L'epigrafe a p. v è tratta da Marguerite Duras, *Il dolore*,
trad. it. di Laura Guarino e Giovanni Mariotti, Feltrinelli, Milano 2019.

L'epigrafe a p. VII è tratta da Anna Seghers, *La guida*,
in Ead., *I morti dell'isola di Djal e altre leggende*,
trad. it. di Daria Biagi, L'orma, Roma 2022.

www.einaudi.it

ISBN 978-88-06-26903-6

Racconti della Resistenza europea

A cura di Gabriele Pedullà

Einaudi

Ernesto Franco *in memoriam*

Imparate a leggere: sono testi sacri.
MARGUERITE DURAS, *Il dolore* (1985).

Insepolti

Se non c'è piú futuro, il passato è esistito invano.
ANNA SEGHERS, *La guida* (1965).

Insepolti: possiamo chiamarli cosí. Sono gli ultimi eroi ufficiali della libertà del continente europeo, donne e uomini, giovani e vecchi (spesso giovanissimi), che nelle forme piú diverse si batterono contro il nuovo ordine della Germania nazionalsocialista di Hitler e dell'Italia fascista di Mussolini. Nel farlo, non pochi di loro persero la vita, e le democrazie nate da quella lotta senza quartiere da allora li hanno celebrati nelle forme piú diverse, con monumenti, intitolando strade e ospedali, finanziando istituti storici destinati a tramandare la loro memoria. Hanno cercato, insomma, di tenerli costantemente presenti, soprattutto a beneficio delle generazioni successive, che quegli eventi non potevano ricordare anzitutto perché ancora non c'erano, ma che egualmente non dovevano ignorare a quale prezzo la libertà era stata riconquistata dai loro nonni, genitori e fratelli maggiori. Da cui il fiorire della statuaria partigiana nelle piazze dell'intero continente, da Liegi a Salonicco e da Marsiglia a Mosca: donne in bronzo «dagli occhi sbarrati, i capelli sciolti e le braccia protese, scolpite in uno stile simmetrico, statico, quasi egizio», grondanti «mestizia» (cosí Harry Mulisch a proposito di Amsterdam ne *L'attentato*, del 1982), e uomini in marmo, «in piedi, col fucile in una mano, una granata nell'altra mano alzata, cartucciera al cinturone e sul fianco la borsa a tracolla con le mappe» (cosí Hanna Krall su Varsavia in *Arrivare prima del Signore Iddio*, del 1977).

C'è però anche un'altra storia, in parte alternativa: una storia che è stata raccontata soprattutto dai narratori e dai registi cinematografici. In questa storia la lotta di quegli anni si è fatta a poco a poco sempre piú invisibile; chi c'era ha dimenticato, e chi non c'era non ha nessuna curiosità di sapere. Un presente soddisfatto di sé, o troppo preso dai propri problemi, non trova piú il tempo di guardarsi indietro. Il passato è passato, semplicemente: come deve essere. Finché, all'improvviso, questo ordine solidissimo comincia a vacillare davanti a un evento inaspettato. Durante una scampagnata tra amici un corpo semi-irriconoscibile riemerge per caso dalla terra, come nel film di

Theo Angelopoulos *I cacciatori* (1977). O invece sono le stesse autorità che assegnano a un alto ufficiale la missione di recuperare le salme disperse in un paese straniero dei caduti dell'ultimo conflitto mondiale, come ne *Il generale dell'armata morta* dell'albanese Ismail Kadare (1963). In un caso e nell'altro, appena dissotterrati, quei poveri resti cominciano a interrogare chi è sopravvissuto o è arrivato dopo, e la loro presenza si trasforma per tutti, a poco a poco, in un muto atto di accusa. All'opposto dei partigiani sempre un poco finti delle celebrazioni ufficiali, quelli rimasti senza adeguata sepoltura hanno infatti ancora il potere di turbare le coscienze intorpidite, se non proprio di scuoterle. Sotto il marmo e il bronzo dei mausolei, dove i combattenti di ieri sono tutti bellissimi e paiono destinati a restare giovani per sempre, si intuisce un campo sconfinato di carcasse in decomposizione. Fanno paura. Eppure solo loro riescono per questo a guadagnarsi l'attenzione dei passanti che da decenni non degnano nemmeno di uno sguardo le statue tirate a lucido del centro cittadino.

Nell'Europa del dopoguerra molti scrittori non hanno avuto remore a suonare la grancassa alla libertà riconquistata, se necessario abbellendo gli eventi e introducendo nelle loro storie personaggi dai tratti fumettistici – figurine ritagliabili di limitato spessore psicologico, eroi a ventiquattro carati perennemente pronti a sacrificarsi senza un momento di incertezza, martiri all'ingrosso. In termini puramente quantitativi, la maggior parte della letteratura della Resistenza (che oggi nessuno legge piú) è fatta cosí, soprattutto nei paesi socialisti, ma anche nell'Europa occidentale. Le passioni politiche del tempo chiedevano morali chiare per indicare la strada ai lettori, e, anche in ottima fede, molti romanzieri non hanno saputo sottrarsi agli imperativi della loro buona coscienza. I narratori veri, però, hanno imboccato una strada diversa, confrontandosi da subito con gli aspetti piú disturbanti della Resistenza e dunque meno facilmente assimilabili con le categorie in bianco e nero della memoria ufficiale. O, per dirlo con una immagine, anche quando non hanno costruito i loro racconti attorno ai corpi rimasti a marcire sottoterra, questi scrittori hanno rappresentato *tutti* i partigiani, senza distinzioni di sorta, come insepolti.

Dalla prospettiva dei memorialisti e dei romanzieri, anche la storiografia rientra nella memoria ufficiale di cui bisogna diffidare un poco. Oggi, questa affermazione può suonare sorprendente, perché almeno dagli anni Novanta i migliori studiosi della Resistenza inseriscono la letteratura dei reduci tra le fonti piú importanti per comprendere cosa fu l'opposizione al fascismo, nel tentativo di recuperare soprattutto i sentimenti e le motivazioni dei combattenti di allora. Per l'Italia il libro della svolta è stato *Una guerra civile* di Claudio Pavone (1991), dove agli scrittori viene esplicitamente chiesto di fornire calore e lievito al racconto. Rispetto alle narrazioni a volo d'uccello, che distanziano per fare chiarezza (come nelle prime grandi storie del movimento partigiano scritte ancora a ridosso degli eventi), qui domina piuttosto una prospettiva dal basso, "ad alzo zero", dove le parole dei romanzieri consentono di restituire una prossimità, anche emotiva, agli eventi che lo sguardo dall'alto invece – inevitabilmente – penalizza (e addirittura evita programmaticamente). Di colpo, grazie alla letteratura, i lettori si avvicinano agli uomini di allora, con le loro incertezze e con le loro esitazioni. Il futuro, per un attimo, è ancora aperto. Tutto, qui, può succedere. La «moralità della Resistenza» cui accenna il sottotitolo del libro di Pavone non è altro che questo sconfinato sentimento di libertà.

A rileggerli oggi, si rimane colpiti di quanto memorialisti e narratori diffidassero di un simile incontro tra letteratura e storia. Troppo grandi erano le differenze. Nelle loro pagine, nessuna generalizzazione, nessuna regola: semmai il gusto impenitente dell'irripetibile. Tra i memorialisti basta ascoltare il principale testimone della rivolta di Varsavia del 1944, Miron Białoszewski: «È inutile che sputi sentenze. Altri, da tempo, hanno fatto la storia, tirato le conclusioni e le hanno rese pubbliche. E la cosa è nota. Ne parlo cosí per me – da profano. E per gli altri. Profani pure loro. Ci è dato di parlare per il semplice motivo che c'eravamo» (*Memorie dell'insurrezione di Varsavia*, 1970). O dare la parola a Marek Edelman, uno dei protagonisti dell'insurrezione del ghetto di Varsavia del 1943: «L'ordine storico si rivela nient'altro che l'ordine del morire. La storia si fa dall'altra parte delle mura, là dove si scrivono rapporti, si diffondono comunicati radiofonici e si lanciano al mondo appelli di soccorso. Ogni specialista conosce i testi dei dispacci e le note dei governi. Ma chi conosce la storia di quel ragazzo che bisogna seppellire vivo perché l'ossido di carbonio invadeva lo scantinato? Chi oggi sa di quel ragazzo?» (*Arrivare prima del Signore Iddio*).

Quanto ai narratori, sembrerebbe che da un certo momento in poi abbiano deliberatamente cercato di imitare il risentimento e l'irrisione dei reduci verso gli storici ogni volta che, nella finzione, hanno dato voce a uno di loro. Danny, l'alter ego dell'autore ne *I vigliacchi* del ceco Josef Škvorecký (1958), immagina cosa racconteranno gli studiosi futuri dell'insurrezione non ancora avvenuta contro le armate tedesche in ritirata, già si figura il titolo (*Storia della rivoluzione a Kostelec*) e non sa se riderne o se piangerne.

> Il signor Macháček non dimenticherà nessuno. Il signor industriale Kaldoun liberò volentieri i suoi magazzini. E la sig.ra Krocanovà con la sig.ra Moutelikovà prepararono la minestra per i partigiani. Il signor Macháček scriverà tutto. Tutto nel dettaglio e secondo verità, perché

sta tramandando ai posteri. Come la sig.ra Krocanovà fece la minestra ai partigiani. Del resto sarà bene tramandarlo ai posteri. Almeno i posteri avranno di che divertirsi.

Nella maggior parte dei casi il sospetto verso la storiografia nasce però soprattutto da una allergia dei memorialisti e dei romanzieri per le grandi categorie in cui a posteriori si vogliono inquadrare i fatti a scapito della verità della esperienza (il libro di Škvorecký si apre con una citazione battagliera da Ernest Hemingway: «Il mestiere dello scrittore è dire la verità»). Come rivendica a un certo punto Tom, il protagonista di *Rondò* del polacco Kazimierz Brandys (1982), uno dei piú bei romanzi in assoluto sulla Resistenza: «Potrei davvero rimproverarmi molte cose, ma certo non di essere stato *tipico*» (ma si potrebbe anche dirlo con le parole di Vasilij Grossman in *Vita e destino*: «Ciò che è vivo non ha copie»). La storia di Tom non serve insomma a spiegare nessuna altra storia, tanto meno poi se questa altra storia si scrive con la maiuscola. Il romanzo di Brandys si finge anzi una lunga lettera di rettifica per smentire le infondate illazioni di un tale professor Janota, che ha scritto un saggio pieno di errori sulla vicenda di un gruppo partigiano – «Rondò», per l'appunto – di cui solo Tom conosce la vera origine e i veri scopi. Nulla è andato come sostiene il professore in *Una pagina di storia della lotta*. Ma piú degli errori fattuali conta la sua incapacità di comprendere la miscela irresistibile di passioni pubbliche e private di cui sono fatte le vite delle persone e di cui si è alimentata anche la lotta contro il fascismo. Secondo Tom,

> oggi si nascondono soprattutto quelle degli anni dell'ultima guerra. Anni ormai pietrificati nei monumenti ai martiri; nelle memorie e pubblicazioni del genere di *Una pagina di storia della lotta* si è affermato uno stile particolare che personalmente m'innervosisce. Il prof. Janota ha forse passato l'intera occupazione a militare nella clandestinità? Ammettiamo pure che sia cosí. Ma è mai possibile che durante tutta quella militanza lui non abbia vissuto una sua clandestinità psicologica personale, una sua privata umanità segnata da congenito egocentrismo, da vanità e da ambizioni? Che sia stato unicamente un combattente, arso solo dal desiderio di lottare? Che davvero non abbia mai avuto un attimo di debolezza, mai sospettato nessuno, né litigato con qualcuno? Oh Dio, oso metterlo in dubbio…

Come scrive Brandys in un altro passaggio chiave di *Rondò*, «a certe scoperte non si è mai preparati, e i manuali di storia le passano sotto silenzio». La memorialistica (quella vera dei reduci e quella finta dei reduci che la simulano nei propri romanzi) riesce a parlare di cose di cui a malapena gli storici sospettano l'esistenza. Meglio allora l'immaginazione pura e semplice, come capisce Anton, il protagonista del già menzionato *L'attentato* dell'olandese Mulisch, visitando in un viaggio a Londra l'abbazia di Westminster: «La vera essenza della vita e dell'operato dei sovrani sepolti là intorno, altro non era se non quella che Shakespeare ci ha offerto nei suoi drammi».

Il rifiuto della storiografia in questi due straordinari romanzi pubblicati ai due poli opposti dell'Europa nel medesimo 1982 muove da premesse quanto mai distanti, se non addirittura opposte, ma giunge, significativamente, allo stesso esito. Per chi nella guerra ci è passato per davvero la storiografia accademica è tutt'al piú una benevola mistificazione. La animano troppe buone intenzioni. Mentre soltanto chi è disposto ad affrontare la lotta partigiana senza sconti, con le sue contraddizioni e con i suoi punti oscuri – vale a dire appunto i memorialisti e i narratori –, saprà farla rivivere.

Parliamo dunque degli insepolti.

Il quando, il dove, il cosa.

Gli storici sanno bene quanto sia difficile comporre le mille Resistenze in un racconto unitario. Troppe sono state le forme in cui le popolazioni occupate si sono opposte al nazifascismo, con e senza le armi. Persino gli obiettivi della lotta sono stati diversissimi. C'è stata infatti una Resistenza umanitaria (per i sofferenti e gli oppressi), una Resistenza nazionale (per la patria) e una Resistenza politica (per la democrazia e/o per il socialismo). Su scala europea, poi, questo quadro si è ulteriormente complicato, perché quanti si sono ribellati lo hanno fatto a vario titolo, in momenti diversi e spesso in nome di principî anche opposti, a seconda del luogo e del momento in cui hanno detto il loro no, per il semplice motivo che ai paesi occupati nelle prime fasi della guerra (la Francia, i Paesi Bassi, il Belgio, la Danimarca, la Norvegia, la Cecoslovacchia, l'Albania e la Grecia) vanno aggiunti gli alleati della Germania che a un certo punto del conflitto le si sono rivoltati contro (l'Italia anzitutto, ma anche l'Ungheria e la Romania) e gli Stati inizialmente complici della politica di aggressione di Hitler che piú avanti ne sono diventati a loro volta vittime (l'Unione Sovietica). Cosí, se l'attività dei servizi segreti inglesi e americani consente di dare almeno una parvenza di unità alle operazioni dei partigiani in Europa occidentale e nei Balcani, non appena si allarga lo sguardo all'intero continente, anche guardare la Resistenza con gli occhi dello Special Operations Executive (SOE) e dell'Office of Strategic Services (OSS) si rivela presto inadeguato.

Con la letteratura gli ostacoli sono addirittura maggiori. Di Resistenza si è scritto in ogni lingua europea, e nelle forme piú diverse, ma tante storie faticano a sommarsi assieme. Non solo i racconti ma anche i romanzi tendono ad avere un forte baricentro regionale: raramente la trama si dipana su un territorio vasto o in piú città, cosí che probabilmente le uniche eccezioni di rilievo sono *Le lacrime delle acacie* dell'olandese Willem Frederik Hermans (1949), diviso tra Olanda e Belgio (dunque in un'area comunque limitata), *Il fantasma del dolore* di Hanna Krall, nel quale l'azione dalla Germania si sposta nelle terre di conquista in Oriente, e *Se non ora, quando?* di Primo Levi (1982), concepito come una moderna *Eneide* ashkenazita, dove, a differenza del modello virgiliano, i viaggi non precedono la guerra e dall'inizio i personaggi si spostano combattendo, prima di approdare in Italia, a un passo dalla loro Terra Promessa: il Mandato britannico della Palestina. *Il generale dell'armata morta* di Kadare, nel quale il primo capitolo svolge da preambolo a una vicenda per il resto risolta interamente in Albania, non rientra in questo gruppo. Invece con qualche forzatura vi si potrebbe includere *La casa vuota* di Hermans (1951), dove i partigiani del racconto provengono dalle piú diverse regioni d'Europa e scontano una radicale condizione post-babelica, sprovvisti come sono delle parole piú elementari per intendersi nella vita di tutti i giorni («Anche dalle persone non venivano che rumori. *Proletari di tutto il mondo, unitevi!* Salvo che poi non sono in grado di scambiare due parole»).

Il peso decisivo delle specificità nazionali (anche all'interno di ciascuna area linguistica) non impedisce però di segnalare almeno un paio di tendenze generali, valide piú o meno per tutti i paesi. La prima è la lentezza dei romanzi a mettere a fuoco efficacemente la Resistenza rispetto ai testi di minore estensione. Chi conosce il caso italiano non dovrebbe stupirsene troppo, dato che tutti i migliori racconti partigiani di Giorgio Caproni, Italo Calvino, Franco Fortini, Marcello Venturi, Beppe Fenoglio e Giorgio Bassani sono apparsi entro la metà degli anni Cinquanta, mentre il romanzo ha richiesto un processo di maturazione piú lungo, come prova il fatto che – dei quattro titoli italiani che meglio hanno resistito alla prova del tempo – solo *Il sentiero dei nidi di ragno* di Calvino (1947) e *La casa in collina* di Cesare Pavese (1949) sono stati pubblicati tempestivamente, mentre per i grandi libri di Fenoglio è stato necessario attendere gli anni Sessanta.

Anche fuori d'Italia, per quanto riguarda la forma racconto, sin dall'inizio non sono mancati i risultati convincenti. Meno numerosi, semmai, sono stati quelli apparsi dalla seconda metà degli anni Cinquanta, che possono essere annoverati tra i piú notevoli dell'antologia: *La mia barricata* del polacco Sławomir Mrożek, *Intervista con Ballmeyer* di Brandys, tutta la raccolta *Scuola di empietà* del serbo Aleksandar Tišma e quella di Marguerite Duras riunita sotto il titolo cumulativo *Il dolore*, il già citato *Il fantasma del dolore* di Hanna Krall e il piú tardo ancora *L'istante della mia morte* di Maurice Blanchot. Pure qui, peraltro, il romanzo ha dato frutti tardivi a paragone del racconto. La prima sua grande stagione si estende dal 1958 al 1965 e comprende *La camera oscura di Damocle* di Hermans, *I vigliacchi* di Škvorecký (entrambi del 1958), *Il generale dell'armata morta* di Kadare, *Nebbia e chiaro di luna* del serbo Meša Selimović (tutti e due del 1963, lo stesso anno di *Una questione privata* di Fenoglio) e *Treni strettamente sorvegliati* del ceco Bohumil Hrabal (1965). La seconda ondata è arrivata però ancora piú tardi in una salva di fuochi d'artificio quasi fuori tempo massimo, con *Rondò* di Brandys, *L'attentato* di Mulisch (entrambi del 1982, lo stesso anno di *Se non ora, quando?*) e *Madre di cane* del greco Pavlos Matesis (1990): tutti libri di straordinaria ambizione compositiva e attenti a concedere, come mai in precedenza, ampio spazio anche alle vittime civili e a quanti simpatizzarono – nelle forme piú varie e per le ragioni piú diverse – per il nuovo ordine hitleriano. La maggiore novità di questo gruppo di testi è però probabilmente che si interessano alle conseguenze di lunga durata dell'Occupazione e della lotta partigiana, seguendo anche per parecchi decenni le sorti di coloro che, in un modo o nell'altro, vissero gli anni tra il 1939 e il 1945 (in parte lo stesso si può dire di un testo molto minore di Kadare, *Un invito a cena di troppo*, del 2009).

Tra queste due fasi maggiori, gli anni Settanta sono stati piuttosto il grande decennio della memorialistica e dei reportage narrativi: da *Memorie dell'insurrezione di Varsavia* di Białoszewski (1970: un testo di non fiction di straordinaria potenza stilistica) a *Fuori dal fuoco* dei bielorussi Aleksej Adamovič, Yanka Bryl e Vladimir Kolesnik (1975, al quale è ispirato uno dei maggiori film sovietici del tempo, *Vai e vedi* di Elem Klimov, del 1985), sino ad *Arrivare prima del Signore Iddio* di Hanna Krall (1977). Un bilancio di tutto riguardo.

Se ci si attiene ai romanzi veri e propri, la prima fase offre invece solo un pugno di capolavori. Negli anni del conflitto – con l'eccezione del notevolissimo *La luna è tramontata* di John Steinbeck (1942) – prevalse la volontà di sostenere il morale dei combattenti, come ne *L'armata delle ombre* di Joseph Kessel (1943, da cui, pure, Jean-Pierre Melville avrebbe tratto un bel film nel 1969 con il titolo *L'armata degli eroi*) o in *Educazione europea* di Romain Gary (apparso prima in traduzione inglese nel 1944 e poi nell'originale francese l'anno successivo). Come scrisse allora il narratore sovietico Il'ja Ėrenburg: «Verrà il tempo di *Guerra e pace*. Ora è la guerra semplicemente, e senza virgolette. [...] Lo scrittore non è sempre chiamato a creare per la posterità: deve anche saper scrivere assecondando l'occasione fuggitiva, se è in quel momento che si decide la sorte del suo popolo» (*La Russia in guerra*, 1943). Un argomento certamente comprensibile: se non fosse che, per quasi tutti coloro che hanno scritto i loro romanzi sotto l'urgenza della lotta antifascista, il momento di *Guerra e pace* non è arrivato mai (e qui la principale eccezione è probabilmente il Vasilij Grossman di *Stalingrado*, pubblicato dopo enormi problemi con la censura nel 1952 con il titolo redazionale *Per una giusta causa*, e *Vita e destino*, concluso nel 1960, ma apparso soltanto postumo nel 1980).

Non troppo meglio sono andate le cose nell'immediato dopoguerra, da tutti e due i lati della Cortina di Ferro. Nei paesi dell'Est la precettistica del realismo socialista ha tenuto a battesimo dozzine di romanzi forzatamente ottimisti, con personaggi stereotipati nella loro abnegazione alla lotta o invece nella loro irridimibile corruttela (nel caso dei cattivi), linguisticamente poveri, spesso costruiti su colpi di scena e situazioni melodrammatiche: una produzione amplissima, di cui nelle lingue occidentali è stata tradotta appena una manciata di titoli, come *La giovane guardia* del russo Aleksandr Fadeev (1946), *Sansone* di Brandys (del 1947, adattato per il cinema da Andrzej Wajda nel 1961) e *Il sole era lontano* del serbo Dobrica Ćosić (1951). Solo dopo l'inizio del processo di destalinizzazione, nel 1956, alcuni scrittori si sentirono di affrontare piú liberamente il tema (quando non giunse invece semplicemente il via libera alla pubblicazione di libri in precedenza bloccati, come *I vigliacchi* di Škvorecký), con il risultato che è da questo momento che dai paesi del blocco sovietico hanno cominciato ad arrivare i primi capolavori veri e propri.

Pure in Occidente, per quanto in assenza di condizionamenti esterni cosí stretti, la volontà di portare la Resistenza nei dibattiti ideologici del dopoguerra ha imbrigliato i narratori. Lo si vede assai bene in due libri apparsi all'indomani della Liberazione, *Uomini e no* di Elio Vittorini e *Il sangue degli altri* di Simone de Beauvoir (entrambi del 1945), per non parlare dei testi anche qui ispirati ai principî del realismo socialista come l'allora fortunatissimo *L'Agnese va a morire* di Renata Viganò (1949). Tra gli innumerevoli titoli pubblicati a caldo in tutta Europa, sostanzialmente soltanto *Ognuno muore solo* di Hans Fallada, *La peste* di Albert Camus (entrambi usciti nel 1947, come *Il sentiero dei nidi di ragno*) e *Le lacrime delle acacie* di Hermans (del 1949, proprio come *La casa in collina*) si sono guadagnati un indiscusso statuto di classici.

L'altro elemento da tenere in considerazione è la geografia. Con l'eccezione dell'Italia, che ha avuto una produzione resistenziale di assoluto rilievo, forse superiore a quella di tutti gli altri paesi, i romanzi decisivi sono stati scritti in quantità sproporzionata nelle periferie culturali dell'Europa o comunque in lingue "minori". Dopo la primissima fase, i testi davvero imprescindibili sono venuti infatti dall'Olanda di Hermans e Mulisch, dalla Polonia di Brandys, Białoszewski e Krall, dalla Cecoslovacchia di Škvorecký e Hrabal, dalla Bielorussia di Adamovič, Bryl e Kolesnik, dalla Jugoslavia di Selimović, dall'Albania di Kadare e dalla Grecia di Matesis. Proprio perché queste letterature godono di una circolazione ridotta (e piú lenta) rispetto a quella di paesi popolosi e di antico prestigio culturale come la Francia, la Germania e l'Italia, i loro scritti sono cosí entrati nel circuito internazionale spesso con considerevole ritardo. Cosa che, tra l'altro, ha impedito che venisse riconosciuto l'addensarsi dei romanzi migliori in poche annate particolarmente fortunate, neanche si trattasse di vini – il 1947, il 1958, il 1963 e il 1982.

Non meno del romanzo, dagli anni Quaranta agli anni Novanta del Novecento la narrativa breve della Resistenza ha sperimentato le forme piú diverse, dall'apologo folgorante al racconto lungo con un gran numero di personaggi. Accanto ai testi di finzione tradizionali nell'antologia si è voluto dare spazio anche a un gran numero di scritti variamente ibridi e spesso inclassificabili: l'inchiesta negli archivi della polizia politica in vista di un romanzo da fare (*Sulla resistenza che nonostante tutto i tedeschi opposero al terrore hitleriano* di Fallada) e la rievocazione di come un proprio libro ha preso forma con la collaborazione dei servizi segreti (*Riflessioni su un'eclissi di luna* di Steinbeck), la lettera aperta per smuovere gli animi dei contemporanei (*Lettera a un americano* di Antoine de Saint-Exupéry e *Sull'insurrezione di Varsavia* di Józef Czapski) e la denuncia delle atrocità naziste sulla stampa clandestina (*Hanno fucilato dei francesi per tre ore* di Camus), la parabola (*Il fiume* del greco Antonis Samarakis) e il reportage di viaggio tinto di fiabesco (*Il trombettiere di Samarcanda* del polacco Ksawery Pruszyński), la celebrazione ufficiale (*Commemorazione della liberazione di Parigi* di André Malraux) e la vignetta satirica (*Smetonz* del cecoslovacco Julius Fučík), sino al ricordo agghiacciato di una morte sentita cosí vicina da togliere il fiato (*Il signor X, detto qui Pierre Rabier* di Duras e *L'istante della mia morte* di Blanchot). Come pure non mancano, all'altro estremo dello spettro della narrativa, dei testi che non si esagera ad annoverare tra la letteratura fantastica.

Resistenza... fantastica? Sostantivo e aggettivo non sembrano accordarsi. Eppure, anche senza scomodare Calvino, che con *Ultimo viene il corvo* (dall'omonima raccolta del 1949) ha dimostrato in maniera definitiva quanto la formula possa funzionare bene, non c'è davvero motivo di stupirsi. Nel corpo principale di *Educazione europea* sono disseminati diversi racconti che uno dei protagonisti, il partigiano letterato Adam Dobranski, compone per i suoi compagni. Questi brevi testi, spesso alla maniera di Kipling, hanno un tratto in comune: parlano delle battaglie di tutti i giorni contro i tedeschi ma lo fanno in chiave non realistica, come in una favola o in un racconto mitologico, forse perché, come dice Adam, i loro nemici non fanno che ripetere che «la libertà, la dignità, l'onore di essere uomo non è altro che un racconto per l'infanzia, un racconto di fate per il quale ci si fa ammazzare», e lui vuole invece dimostrare che con quelle storielle per bambini si può fare Storia. Ecco dunque la montagna che si rifiuta di ripetere l'eco dei conquistatori, i corvi che si spartiscono il banchetto offerto dai cadaveri di una divisione tedesca ancora molto loquace nella morte, il trionfo della neve sulle armate di Hitler narrato alla maniera di un incubo adolescenziale, i compagni della banda caduti in battaglia che tornano a fare baldoria con i vivi e si preparano a riprendere la lotta contro i nemici...

Racconti diversi – viene il sospetto – non riuscirebbero a toccare altrettanto le corde del pubblico di illetterati e semilletterati al quale si rivolge Adam (come dirà un personaggio di *Se non ora, quando?*, «ricordo solo i proverbi e le favole»). E qui tornano in mente soprattutto certe riflessioni di Julio Cortázar sulla straordinaria presa che, nella sua giovinezza, storie fantastiche come *La zampa di scimmia* di W.W. Jacobs avevano sui *campesiños* argentini a paragone di un testo sulla guerra d'indipendenza nazionale «scritto con voluta semplicità per metterlo, come diceva il suo autore, "a livello del contadino"». Il soprannaturale può essere anzi messo efficacemente al servizio della letteratura impegnata, come lo stesso Cortázar ha dimostrato a piú riprese: a cominciare proprio da uno dei testi in assoluto piú inquietanti della narrativa sulla Resistenza, *Le armi segrete* (1959), dove armamentari piuttosto consunti della letteratura di genere come la reincarnazione e la possessione sono saccheggiati per ricordare ai lettori che la vittoria contro i nemici della libertà è sempre tutt'al piú temporanea e che la democrazia non è mai davvero al sicuro.

Con modalità ogni volta diverse (i molti realismi almeno in parte si assomigliano, mentre le forme del fantastico spesso nemmeno dialogano tra loro) questa strada alternativa è stata percorsa anche da altri autori importanti, e anzitutto da Bertolt Brecht e da Friedrich Dürrenmatt, i quali se ne sono serviti in alcuni racconti brevi, dove la tecnica dell'allegoria cara agli scrittori politici che amano parlare per apologhi li porta a mettere in scena personaggi come la Violenza (quasi un *morality play*) o il Vecchio, una sorta di epitome di tutti i dittatori contro i quali un popolo può prendere le armi (si noti, in entrambi i casi, la maiuscola iniziale).

In tale chiave risolutamente antinaturalistica il testo piú riuscito si deve però probabilmente a uno dei maestri del teatro dell'assurdo, il polacco Sławomir Mrożek, che negli anni Sessanta ebbe un grande successo internazionale e per qualche tempo visse anche in Italia. *La mia barricata* presenta una situazione incomprensibile, che sfida ogni logica: uscendo di casa al mattino un uomo scopre che in strada i suoi vicini stanno innalzando una barricata altissima con gli oggetti piú disparati, verosimilmente per fermare l'avanzata di un nemico invisibile, che non viene mai nominato ma della cui presenza, a quanto pare, nessuno dubita. Le azioni sono incongrue e la mancanza di qualsiasi informazione supplementare alimenta il crescente smarrimento del lettore contribuendo alla potente comicità del racconto. Tuttavia, a soli tredici anni dagli eventi, il referente reale della storia è indubbio: senza nominarla una sola volta, Mrożek allude alla insurrezione di Varsavia, quando nell'estate del 1944 la decisione dei partigiani di liberare la capitale da soli (vale a dire senza attendere l'arrivo dell'Armata Rossa) portò alla completa distruzione della città e al massacro di oltre 200 000 civili (in aggiunta a circa 25 000 uomini in armi) su una popolazione iniziale di un milione di abitanti. Allora le vie d'accesso principali si erano popolate tutte di barricate (nelle sue memorie Białoszewski racconta nei dettagli il loro farsi progressivamente sempre piú complesse per bloccare l'avanzata dei mezzi pesanti dei tedeschi), e nel racconto di Mrożek sembra che l'evento piú traumatico della moderna storia polacca stia per ripetersi: anche se nessuno sa esattamente perché (o contro chi) è arrivato il momento di riprendere le armi, né tanto meno si preoccupa di fare chiarezza sulla cosa.

Sconcerto. Risate trattenute. Angoscia. L'assurdo procede cosí, e per funzionare al meglio non è nemmeno necessario che abbia una morale. A meno che Mrożek non intenda suggerirci che, a conti fatti, per quanto ci sforziamo di leggerci un disegno, la Storia è soltanto un'accumulazione disordinata di frammenti casuali, ammassati gli uni sugli altri come gli oggetti in vendita per una cifra irrisoria nella bottega di un rigattiere da quattro soldi. Un sentimento di sperpero universale che un racconto naturalistico non potrebbe mai suggerire in cosí poche pagine.

Calvino, Brecht, Dürrenmatt, Mrożek, Cortázar e, in parte, Gary sono troppo diversi nel loro modo di intendere il fantastico per tracciare una riconoscibile linea alternativa, ma i loro testi brevi bastano a ricordarci che, come stile, il realismo non ha il monopolio nemmeno dei grandi eventi storici, e che anzi la loro verità profonda spesso viene espressa meglio nelle forme "anomale" e apparentemente marginali dell'allegoria, del meraviglioso o del surreale. Si direbbe anzi che ci siano cose che solo in questo modo è possibile comunicare a chi allora non c'era. E la forza della letteratura della Resistenza è dipesa proprio dalla capacità dei narratori di sperimentare la piú grande varietà di registri e soluzioni.

Da Occidente: la scelta.

Come abbiamo visto, la letteratura partigiana è nata nella lotta e per la lotta. I primi racconti e le prime poesie partigiane apparvero su pubblicazioni clandestine come «Combat» (cui collaborarono tra gli altri Sartre, Malraux e Raymond Aron, sotto la direzione di Camus), in compagnia di testi piú giornalistici in cui venivano smontati gli argomenti con cui la stampa ufficiale di Vichy propugnava la collaborazione con la Germania incitando invece i lettori alla resistenza passiva, al sabotaggio e, nell'ultima fase, all'insurrezione armata. Accanto alle riviste nei paesi occupati si sviluppò però presto anche un'editoria parallela con finalità prettamente letterarie, che trovò in Francia il suo esempio piú famoso con le Éditions de Minuit fondate nel 1941 da Jean Bruller e Pierre de Lescure, che in due anni e mezzo arrivarono a pubblicare la ragguardevole cifra di venticinque volumi, tra cui *Il silenzio del mare* dello stesso Bruller (protetto sotto lo pseudonimo di Vercors), la traduzione de *La luna è tramontata* di Steinbeck e libri di François Mauriac, Louis Aragon, Elsa Triolet (la moglie di Aragon) e Paul Éluard (oltre a scritti piú brevi di Jean Paulhan, Julien Benda e André Gide). Parallelamente, anche gli autori in esilio non fecero mancare il proprio sostegno con racconti, poesie, romanzi e appelli, come Kessel, Gary e Saint-Exupéry dall'Inghilterra e dal Nord Africa o, dal Messico, la scrittrice tedesca Anna Seghers.

Di questa letteratura del tempo di guerra vanno dette almeno tre cose. Anzitutto stupiscono le proporzioni del fenomeno, per lo meno nel caso dei testi piú importanti. Scritto su richiesta del capo dell'Office of Strategic Service americano (l'antenato della Cia) prima dell'attacco di Pearl Harbor e del coinvolgimento diretto degli Stati Uniti nel conflitto, *La luna è tramontata* fu tradotto tempestivamente in norvegese e danese, e poco dopo in olandese e francese, alimentando la determinazione a resistere proprio nei paesi in cui i tedeschi avevano provato a stabilire una politica di benevola collaborazione con i governi locali e dove dunque piú forte era il rischio che la popolazione finisse per rassegnarsi. Analogamente, *Il silenzio del mare* venne pubblicato inizialmente in una edizione di non piú di 350-400 esemplari (di cui 250 subito sequestrati dalla polizia), ma una copia raggiunse Londra, dove il libro venne tradotto in un gran numero di lingue, ristampato in francese in svariate decine di migliaia di copie (oltre a essere incluso nella rivista di propaganda «Revue du Monde Libre» per una tiratura di ulteriori 100 - 150 000 copie) e distribuito illegalmente sul continente e in Africa, a conferma che la Francia non si era arresa e continuava a battersi contro l'occupante.

Scrivere, tradurre, stampare, distribuire o anche soltanto possedere questi libri comportava un rischio considerevolissimo, e questo è il secondo punto su cui vale la pena soffermarsi. Nell'apatia generalizzata di un'Europa ancora stordita dalle clamorose vittorie tedesche del 1939 e del 1940, gli scrittori, o per lo meno alcuni di loro, non rinunciavano a mandare un messaggio di speranza, mettendo la propria vita a repentaglio pur di far giungere la propria voce a quante piú persone possibili (per qualsiasi attività di propaganda contro l'occupante era prevista la pena di morte). La guerra, nonostante tutto, andava avanti. Ed era assai importante che, al di là dei contenuti dei loro testi (spesso incredibilmente retorici, soprattutto nel caso della poesia), poeti e romanzieri dessero il buon esempio mostrando che erano pronti a correre il pericolo. D'altra parte, i lettori che si procuravano i loro testi si esponevano anch'essi al pericolo di essere scoperti e questo finiva per coinvolgerli automaticamente in una rete di solidarietà cospirativa contro l'occupante che un domani, chissà, avrebbe potuto assumere forme sempre piú attive e militanti. Magari sino a prendere le armi.

Dal punto di vista letterario l'aspetto piú significativo di queste rischiose collaborazioni è che gli scrittori legati alla Resistenza ne trassero una lezione duratura, destinata a segnarli ben oltre la guerra. Come scrisse Camus, guardandosi indietro a una decina d'anni di distanza:

> Anche se parecchi scrittori non hanno fatto molto per la Resistenza, noi diremo, al contrario, che la Resistenza ha fatto molto per loro: ha loro insegnato il prezzo delle parole [*le prix des mots*]. Rischiare la propria vita per poco che possa valere, per fare stampare un articolo, una poesia, un dialogo, questo significa apprendere il vero prezzo della parola. In un mestiere in cui la regola è lodare senza conseguenza e insultare impunemente, tutto ciò ha rappresentato un'enorme novità. Lo scrittore, scoprendo improvvisamente che le parole sono pesanti, cariche, è naturalmente portato a impiegarle con misura: è il pericolo a render classico. Ciò è vero al punto che solo quelli che non hanno rischiato nulla hanno abusato della parola [*Préface* a Konrad Bieber, *L'Allemagne vue par les écrivains de la Résistance française*, 1954].

Qualcosa di simile a ciò che Camus scrive dello stile vale anche per i contenuti. Sollecitati loro stessi a decidere se schierarsi o attendere pazientemente la fine della guerra, non è certo un caso che gli scrittori abbiamo costruito tante delle loro storie attorno al momento della "chiamata", quasi mettendo in scena il proprio stesso travaglio. La svolta attorno alla quale si snoda la trama può essere l'approdo di un lento processo di maturazione o invece scaturire da una rivelazione improvvisa, che con un solo tratto di penna cancella l'esistenza pregressa. Come scrive ancora Camus, «questo è il momento in cui tutto diventa chiaro, in cui ogni azione vincola, in cui la scelta va pagata, in cui piú nulla è indifferente. È il tempo della morale» (*La notte della verità*, 1944). Nelle diverse storie il meccanismo fondamentale della conversione non cambia molto; è importante anzi che l'intreccio base – il percorso di crescita e di svelamento (dal buio alla luce) – si possa applicare a situazioni, individui e ambienti tra loro diversissimi. Funziona sempre. Ed è per questo che per decenni in tutta Europa (ma, come si vedrà, specialmente nelle sue propaggini occidentali) la lotta contro il nazifascismo è stata raccontata principalmente attraverso quello che, per comodità, possiamo definire il paradigma della Scelta.

Questo paradigma della Scelta si è affermato molto presto e lo si riconosce già in molti dei testi apparsi prima della Liberazione, a cominciare dai due letterariamente piú significativi: il racconto lungo di Vercors e il romanzo breve di Steinbeck. A piú di ottant'anni dalla sua prima pubblicazione, *Il silenzio del mare* mantiene intatta la sua forza principalmente grazie all'abilità del narratore nel dare voce ai dubbi (e alla volontà di resistenza) della Francia attraverso la storia minima di una famiglia obbligata ad accogliere nel proprio appartamento un ufficiale tedesco. Werner von Ebrennac, un musicista innamorato della Francia ben prima di entrarci da conquistatore, vorrebbe stabilire un contatto umano con i suoi ospiti, ma questi, pur ottemperando scrupolosamente agli ordini, gli negano il conforto di qualsiasi interlocuzione e si chiudono con lui in un silenzio contegnoso e ostile (non è molto diversa la morale del breve testo di Brecht qui antologizzato, *Misure contro la violenza*). Agli occhi dell'occupante la nipote del padrone di casa diventa cosí a poco a poco il simbolo di un paese da sedurre con le proprie attenzioni, nel nome di una riconciliazione tra i due grandi duellanti della storia europea da cui possa sorgere un nuovo ordine di pace: «Non mi rammarico di questa guerra. [...] Ne nasceranno grandi cose per la Germania e per la Francia. Penso [...] che sull'Europa risplenderà il sole».

L'identificazione tra la Francia e una donna è antichissima nella iconografia, ma non è escluso che a Vercors sia stata suggerita anche dagli articoli dei piú accesi collaborazionisti come Pierre Drieu la Rochelle e Robert Brasillach, dove la Terza Repubblica veniva ossessivamente descritta come femmina imbelle posseduta da una Germania virile. Questo slittamento trasforma però la pudicizia della nipote in una virtú guerriera, che rimanda alle Lucrezie e alle Virginie della storia romana ma trova un antecedente mitico soprattutto nella Penelope assediata dai Proci. Qui la tela non c'è, e Ulisse è ancora lontano dalla sua Itaca; il corteggiamento insistente dell'ufficiale tedesco e la perseveranza della nipote sono però gli stessi. E la fermezza di lei davanti ai discorsi di amicizia di Von Ebrennac (il piú seducente dei conquistatori) annuncia che anche in questo caso la riscossa non può essere lontana.

Astratto e concretissimo, capace di parlare al cuore dei francesi, come si è detto il racconto ebbe subito eco vastissima. Con gli elogi, non mancarono tuttavia le critiche, che si appuntarono proprio sulla efficacia della trasfigurazione tutta famigliare del grande dilemma del momento: come comportarsi davanti agli occupanti. Da Londra il narratore britannico di origine ungherese Arthur Koestler rimproverò per esempio Vercors di aver offerto un'immagine troppo favorevole di Von Ebrennac, ma soprattutto di aver trattato il conflitto in corso come una delle tante guerre franco-tedesche combattute periodicamente in Europa dal tempo di Napoleone, ignorando la sua dimensione globale e la natura senza precedenti della persecuzione degli ebrei, di cui arrivavano in quel momento le prime notizie (due novità che ne facevano qualcosa di completamente inedito). Analogamente, a guerra finita, Sartre prese a bersaglio *Il silenzio del mare* per illustrare la propria idea di scrittura «in situazione»: un testo come quello di Vercors, che descriveva bene la condizione della Francia nei primi tempi dell'Occupazione, già al principio del 1942 era ormai irrimediabilmente superato, perché il tempo della Resistenza passiva era ormai alle spalle e i francesi si preparavano a prendere le armi, rendendo la collaborazione minima praticata dallo zio e dalla nipote poco piú che un simbolico sussulto di dignità a fronte delle nuove forme assunte dalla lotta. La qualità letteraria del racconto (che nessuno ha mai negato a *Il silenzio del mare*) poteva insomma aver occultato la vera natura del problema, addirittura confondendo i francesi sul futuro che li aspettava e soprattutto sulle decisioni difficili davanti a loro.

La fortuna de *Il silenzio del mare* si misura, prima ancora che dalle tirature e dalle traduzioni (in una cinquantina di lingue), dagli omaggi degli altri scrittori. Questi, in effetti, sono cominciati subito, con *Educazione europea* di Gary, dove a un certo punto compare «il signor Honoré, un vecchio di settantadue anni, che non si degna di rispondere al saluto del signor Karl, né gli rivolge mai la parola, e pare non volere nemmeno accorgersi della sua esistenza», o con *L'armata delle ombre* di Kessel, dove troviamo invece una SS che mostra di apprezzare la collera con cui una ragazza francese risponde al suo corteggiamento («Siete ancora piú carina cosí»), un poco come Von Ebrennac ammirava il contegno gelido della nipote – salvo poi ammettere (svelando una volta per tutte cosa si nasconde dietro le avance anche piú cavalleresche dei conquistatori): «Vorrei essere un predicatore dalla parola invincibile e che tutti i francesi fossero ai miei piedi. E che voi mi stringeste alle ginocchia».

Gli omaggi piú belli sono però quelli arrivati dopo la Liberazione in virtú della sfumatura ironica (e vagamente canzonatoria) che li caratterizza e che prima, a guerra in corso, sarebbe stata semplicemente inammissibile. Basta infatti cambiare i termini del matrimonio tra cultura tedesca e francese sognato da Von Ebrennac sostituendo la letteratura con un altro simbolo della civiltà francese – l'alta moda o l'alta cucina – per produrre una dissonanza che ridicolizza i progetti alati di conciliazione dei conquistatori. Ecco per esempio come parla un tedesco nel tentativo di persuadere la protagonista femminile de *Il sangue degli altri* di Simone de Beauvoir ad accettare un lavoro in Germania dopo la disfatta del 1940: «Francia e Germania sono fatte per intendersi. Prenda noi due per esempio: una collaborazione perfetta. Io produco la stoffa, e lei mi darà quello che da noi non si trova. Il gusto francese». Ed ecco ancora il Gary del tardo *Gli aquiloni*, dove i tedeschi del romanzo appaiono soprattutto ossessionati dalla cucina francese e determinati a guadagnarsi con ogni mezzo la fiducia di un grande chef, nei cui piatti – in un tempo di viltà e di compromessi – sopravvive intatta l'anima del paese sconfitto («Con l'esercito tedesco e la cucina francese, insieme faremo l'Europa. Una Europa di cui la Germania sarà la forza e la Francia il sapore»): sino alla scena grottesca in cui un lavorante del suo celebre ristorante viene torturato con il solo fine di carpirgli la ricetta di un piatto inimitabile (l'uomo, coraggioso, non parlerà). Senza dubbio parodie, ma parodie senza malizia e che anzi – per lo meno nel caso di Gary – rivelano una genuina simpatia per l'idealismo di Vercors.

Pure l'altro libro simbolo delle Éditions de Minuit, *La luna è tramontata*, riscosse al suo apparire un enorme successo, anche se oggi, un poco ingiustamente, viene annoverato tra i romanzi minori di Steinbeck, pur essendo l'unico testo lungo sulla Resistenza di questa prima fase a essere invecchiato davvero bene. Parte della sua forza è nella sua natura di apologo sulle motivazioni profonde per cui una guerra di aggressione come quella condotta dalla Germania ai danni dei vicini non ha nessuna speranza di successo. La storia si svolge in un paese che assomiglia molto alla Norvegia (e per questo, dopo la guerra, Steinbeck venne insignito con la «Croce della libertà» dal suo sovrano Haakon VII) ma, per rendere ancora piú estrema la propria dimostrazione, inizialmente Steinbeck aveva pensato di ambientare il suo romanzo addirittura negli Stati Uniti; finché, a stesura iniziata (come leggiamo nel suo testo qui tradotto per la prima volta sulla travagliata collaborazione con i servizi segreti, *Riflessioni su un'eclissi di luna*), ne venne dissuaso con l'argomento che mostrare un'America occupata avrebbe minato il morale dei lettori, ottenendo l'effetto opposto a quello auspicato.

Su queste basi, il romanzo di Steinbeck possiede la forza di una dimostrazione matematica. Un tranquillo paesino di provincia che ricorda l'America profonda di *Winesburg, Ohio* di Sherwood Anderson, *Piccola città* di Thornton Wilder o addirittura l'*Antologia di Spoon River* di Edgar Lee Masters viene invaso a tradimento e si arrende quasi senza combattere. All'inizio, con l'arrivo degli invasori, non sembra sia cambiato nulla per i suoi abitanti; nemmeno il sindaco ha la minima idea di come ci si debba comportare. Poi però, a poco a poco, e inevitabilmente, le frizioni aumentano e viene versato il primo sangue, rendendo impossibile qualsiasi compromesso. Ogni atto di ribellione sollecita infatti una punizione appropriata e ogni punizione alimenta un nuovo atto di ribellione. Sino a quando non sarà, immancabilmente, l'intero paese a sollevarsi, oltre la conclusione del romanzo.

Composto principalmente di dialoghi secondo la formula del *play-novelette* coniata dallo stesso Steinbeck nel 1938, il romanzo possiede una inconsueta forza tragica. La vera trovata narrativa è il comandante delle truppe tedesche, il colonnello Lanser, che condivide qualcosa della nobiltà d'animo di Von Ebrennac e che nella guerra precedente ha conosciuto il Belgio occupato e sa dunque in anticipo che una politica come quella che gli viene imposta dai suoi superiori è destinata per principio alla sconfitta (anche a Steinbeck, come a Vercors, venne rimproverato di aver dipinto in maniera troppo simpatetica i nemici). Ovviamente, però, il colonnello non può disobbedire agli ordini, con il risultato che nella storia egli recita al tempo stesso la parte di Cassandra, alla quale nessuno dà mai retta (anche se vede il futuro con piú chiarezza di chiunque altro), e colui che deve mettere Cassandra a tacere. Situazione quanto mai tragica, che conduce diritti al finale, dove il colonnello è costretto a prendere come ostaggi il sindaco e il medico del paese minacciando di farli fucilare se continueranno i sabotaggi. Niente però a questo punto potrà piú fermare un popolo determinato a ribellarsi, perché – costi quel che costi – gli uomini liberi scelgono ineluttabilmente la libertà. «Le mosche hanno conquistato la carta moschicida», come chiosa un soldato tedesco a proposito degli apparentemente irresistibili successi del suo esercito.

Il cammino insomma è già segnato, e tuttavia il colonnello non può nemmeno impedire quest'ultimo, inutile sacrificio di innocenti prima che cali il sipario sul racconto. Come gli altri, anche lui deve portare avanti il suo ruolo fino in fondo. Nemmeno il sindaco e il medico lo aiutano peraltro nei suoi tentativi di salvarli, perché si rifiutano di sottoscrivere qualsiasi appello alla collaborazione. Come spiega il sindaco nella scena conclusiva: «Io non ho scelta, capite, signore, fra la vita e la morte, ma... posso scegliere come morire. S'io dico loro di non battersi, essi se ne dispiaceranno, ma si batteranno lo stesso. Se io dico loro di battersi, ne saranno contenti, e io, che non sono un uomo molto coraggioso, li avrò resi piú coraggiosi». Presto, si intuisce, i rapporti di forza cambieranno, e saranno i tedeschi ad avere la peggio: l'imminente uccisione degli ostaggi segna, paradossalmente, l'inizio della riscossa per gli occupati. Il colonnello lo comprende meglio di chiunque altro. Ma questo non cambia nulla, e l'unica cosa che Lanser può fare, in assenza di un *deus ex machina* calato dall'alto che sciolga felicemente l'intreccio, è andare avanti per la strada che altri, meno lungimiranti, hanno tracciato per lui da Berlino. Accanto al trionfo inevitabile della Resistenza, *La luna è tramontata* diventa allora, a poco a poco, anzitutto la sua personalissima tragedia.

Nel dopoguerra il paradigma della Scelta si canonizzò presto in decine di racconti e di romanzi, in tutto il continente. Come si è detto, le storie costruite attorno al momento della decisione, dove la vita si biforca in una grande Y, si prestano a infinite variazioni sul tema, ed è anzitutto questa straordinaria malleabilità che ne ha decretato la fortuna. Per spiegare un successo cosí vasto bisogna però tenere conto di un altro fattore decisivo: la straordinaria influenza europea della filosofia di Sartre, dove – a partire da *L'essere e il nulla* – proprio il tema della libertà umana, e dunque della scelta, occupa un posto decisivo. Sull'Occupazione e sulla Resistenza il pensatore francese ci ha lasciato solo una manciata di (brillantissimi) testi di occasione. Nessuno dei suoi contemporanei, tuttavia, riuscí a cogliere quanto lui lo spirito del tempo, dando voce al sentire comune di tutti coloro che avevano attraversato gli anni della guerra e che, appunto, li avevano vissuti come una sequenza di alternative dolorose. A quelle donne e a quegli uomini Sartre seppe offrire una filosofia che riscattava le loro incertezze e nobilitava i loro piccoli gesti di coraggio ma soprattutto un grande racconto collettivo nel quale riconoscersi a prescindere dal reale contributo che ciascuno aveva dato o non aveva dato alla liberazione della Francia (la maestria con cui Sartre maneggia in questi testi il pronome «noi» e in generale la prima persona plurale è seconda sola alla volontà di non approfondire l'entità esatta del suo impegno contro gli occupanti).

Alla metà degli anni Trenta Sartre era stato in Germania con una borsa di studio e aveva scoperto la fenomenologia di Edmund Husserl e l'esistenzialismo di Martin Heidegger (la leggenda vuole che Sartre avesse scelto di partire per Berlino dopo che, in una sera di bevute con Simone de Beauvoir e il suo amico Raymond Aron, quest'ultimo, che tornava da un soggiorno simile, gli aveva detto: «Se sei un fenomenologo, puoi parlare di questo cocktail e farne della filosofia!»). Superando le difficoltà linguistiche Sartre si immerse nel capolavoro di Heidegger, *Essere e tempo* (1927), da cui derivò una serie di concetti che sarebbero presto diventati fondamentali anche per lui: l'angoscia, l'autenticità, la mortalità e appunto – fondata sul sentimento del limite che distingue gli esseri umani dagli altri animali, inconsapevoli della propria finitezza – la scelta. Rispetto a Heidegger, la versione sartriana dell'esistenzialismo sviluppata ne *L'essere e il nulla* presenta però una differenza decisiva: per il filosofo tedesco lo scopo del pensiero è una condizione quasi mistica di contemplazione, mentre per Sartre l'obiettivo è piuttosto l'azione per trasformare il mondo. E questo processo di cambiamento deve essere portato avanti tutti assieme.

Pubblicato nel 1943, *L'essere e il nulla* contiene diversi riferimenti all'attualità. Sartre spiega per esempio che una guerra non costituisce solo un evento esterno, ma qualcosa di cui siamo responsabili, in quanto – nel momento in cui non ci sottraiamo a essa – continuiamo a sceglierla e la facciamo nostra (IV parte, cap. 1). La situazione politica non gli permetteva ovviamente di spingersi piú in là, esplicitando i propri sentimenti antifascisti. Dopo la guerra però simili cautele non furono piú necessarie e, a cominciare dalla conferenza *L'esistenzialismo è un umanismo* (1945), Sartre cominciò a intrecciare strettamente riflessione filosofica e militanza politica, in una battaglia su due fronti contro i cattolici e contro i comunisti.

Per gli esistenzialisti gli uomini non godono di nessuna certezza metafisica o storica e sono costretti a operare nel mondo senza punti di riferimento, accettando il caos che li circonda e facendo della necessità di scommettere senza garanzie su una vita piuttosto che su un'altra l'occasione per inventare sé stessi. Come dice Sartre ne *L'esistenzialismo è un umanismo* riandando agli eventi recenti: «La gente vuole che si nasca o vili o eroi. [...] L'esistenzialista, invece, dice che il vile si fa vile, che l'eroe si fa eroe; c'è sempre una possibilità per il vile di non essere piú vile e per l'eroe di cessare d'essere un eroe. Quello che conta è l'impegno totale». Ne viene fuori un'etica della contingenza assoluta, dove non trova spazio il dovere patriottico o di classe, ma dove, partendo dalla propria condizione di smarrimento e di solitudine, gli uomini possono comunque trovare un senso e provare a costruire assieme un mondo piú giusto (come, partendo da premesse simili, dirà Camus qualche anno piú tardi ne *L'uomo in rivolta*, del 1951: «Io mi rivolto, dunque siamo»). Da qui ne discende l'apparente paradosso di una morale altruista costruita sulla ribellione individuale e di un rigorismo etico che rifiuta tutti i punti di appoggio della tradizione. «L'uomo», infatti, «essendo condannato a essere libero, porta il peso del mondo tutto intero sulle sue spalle» (*L'essere e il nulla*). O ancora, tornando alla contingenza del 1943, «ciascuno ha la guerra che si merita». Una frase chiave, significativamente ripetuta da Sartre anche nel romanzo *La morte nell'anima*, in una sorta di autocitazione.

Uno dei punti di forza di Sartre, che permise al suo pensiero di raggiungere un pubblico di lettori vastissimo, fu proprio l'incrociarsi e il sovrapporsi della sua opera filosofica con l'attività parallela di narratore e drammaturgo di successo. Nei casi migliori (come il racconto *Il muro* o la pièce *A porte chiuse*) la letteratura di finzione offre a Sartre l'occasione per compiere originali esperimenti con l'etica: la letteratura diventa allora continuazione della filosofia con altri mezzi. In quelli meno riusciti (come nel ciclo romanzesco de *I cammini della libertà* al quale appartiene anche il già citato *La morte nell'anima*) non si va invece oltre la divulgazione delle sue tesi già espresse con altro rigore nei trattati filosofici. Indifferentemente dalla loro alterna qualità letteraria, gli uni e gli altri contribuirono comunque a diffondere la visione di Sartre, e lo stesso fecero i brevi ma acutissimi testi sulla Resistenza, che Sartre pubblicò su giornali e riviste ad alta tiratura tra il 1944 e il 1945. Particolarmente famoso rimase *La repubblica del silenzio* (1944), dove – sulla base delle idee formulate ne *L'essere e il nulla* – Sartre si spinse a sostenere la tesi, ampiamente paradossale, per cui i francesi non erano mai stati cosí liberi come al tempo dell'Occupazione. La presenza dei tedeschi li aveva infatti resi consapevoli della propria mortalità, e da questa nuova consapevolezza erano stati costretti a porsi domande sul senso della vita che in tempo di pace gli individui tendono per lo piú a trascurare o a posporre. Era l'etica della scelta. A poco a poco cosí, pur non avendo partecipato attivamente alla Resistenza se non con alcuni articoli per «Combat», nell'immaginario dei francesi Sartre divenne una sorta di portavoce ufficioso della rivolta delle donne e degli uomini che avevano rischiato (e a volte perso) la vita nella lotta contro il nazifascismo.

Sartre non scrisse mai il romanzo della Resistenza che in molti, probabilmente, si attendevano da lui. La trilogia narrativa che compone *I cammini della libertà* (1945-49) arriva infatti soltanto alla «strana disfatta» del 1940. Probabilmente Sartre era piú interessato al percorso di avvicinamento all'azione (la scelta) che all'azione vera e propria, anche se dai tre volumi emerge senza incertezze una morale dell'impegno inequivocabilmente filopartigiana. Il romanzo della Resistenza venne invece tentato dalle altre due figure piú note del gruppo esistenzialista: Simone de Beauvoir, compagna dello stesso Sartre e autrice de *Il sangue degli altri* (1945), e Camus, autore de *La peste* (1947). Un altro grande protagonista della scena culturale francese del dopoguerra, André Malraux, vagheggiò per qualche tempo di scrivere anche lui un romanzo partigiano dopo l'abbandono della politica attiva all'inizio degli anni Settanta (era stato ministro della Cultura al tempo della presidenza di De Gaulle, dal 1959 al 1969), ma il progetto non andò molto avanti e del libro – che nei piani iniziali avrebbe dovuto intitolarsi semplicemente *No* – ci è pervenuta solo qualche scena slegata.

Il sangue degli altri ha gli stessi difetti di gran parte della narrativa filosofica di Sartre, a cominciare da *La nausea* (1938). Ogni personaggio incarna una diversa posizione intellettuale e morale o uno stadio di uno stesso percorso di maturazione, fino a quando, a seguito di una serie di incontri e di eventi traumatici, emerge finalmente una visione piú chiara. Persino i tratti piú caratteristici della prosa di De Beauvoir (tutti già presenti in Sartre), come lo stile fenomenologico, aderente alle percezioni piú minute, la centralità del corpo e la pesantezza fisica delle cose o l'alternanza delle prospettive (spesso gestita con un sapiente gusto contrappuntistico) rientrano in questo progetto didattico-didascalico, che fa de *Il sangue degli altri* una sorta di *abrégé* di filosofia esistenzialista. Ogni sensazione o pensiero dei personaggi dà la stura a un flusso incontenibile di parole, dove non c'è spazio per l'ambiguità o l'incertezza che caratterizzano in genere la verità della letteratura, perché tutto, qui, deve essere detto nel modo piú esplicito e inquadrato nelle categorie del dibattito intellettuale di quegli anni: rischio, angoscia, libertà, nausea, noia, rancore, risentimento... Come pure, sul versante della trama, non mancano le situazioni piú tipiche della narrativa sartriana, in particolare dei romanzi *L'età della ragione* e *Il rinvio*, apparsi entrambi nello stesso 1945 (la guerra che incombe, la necessità di procurarsi un aborto clandestino, il rifiuto dei privilegi di un'esistenza borghese: tutte declinazioni diverse dello stesso problema della scelta).

Il romanzo partigiano di Simone de Beauvoir finisce cosí per sembrare una sorta di sequel della trilogia de *I cammini della libertà* (di cui *L'età della ragione* e *Il rinvio* sono appunto i primi due tasselli), dove la guerra alla fine è scoppiata per davvero, la Francia ha perso e le domande di ieri hanno acquistato nuova concretezza davanti all'occupazione tedesca. La scelta ormai non è piú solo individuale, ma solleva il problema della responsabilità verso coloro ai quali si è legati, perché la decisione di impegnarsi innesca inevitabilmente una catena di conseguenze non prevedibili in anticipo. Coinvolgere un amico o la propria donna nella lotta potrebbe determinare la sua morte in un'azione futura, come colpire gli occupanti rischia ogni volta di innescare una rappresaglia: è il dilemma del rapporto tra mezzi e fini. Come spiega il protagonista Jean Blomart: «È proprio sulle rappresaglie che conto. [...] Perché la politica di collaborazione diventi impossibile, perché la Francia non si addormenti sulla pace, per questo, bisogna versare sangue francese. [...] Criminali lo si è sempre e comunque». Prendere parte alla lotta partigiana significa infatti essere pronti a pagare il prezzo piú alto non solo per sé ma anche per gli altri (come suggerisce didascalicamente il titolo): ed è precisamente questo che impara il protagonista Jean nel lungo monologo sul letto di morte dell'amata Hélène che si estende per l'intero romanzo, «calpestando le antiche trappole della prudenza, lanciato ciecamente verso il futuro e rifiutando il dubbio: *forse è stato tutto inutile; forse l'ho uccisa per niente*».

Scrivere un romanzo filosofico sulla Resistenza era senza dubbio una sfida ambiziosa, ma non era nemmeno scontato che gli esiti dovessero essere cosí modesti. Per fortuna, l'altra figura di spicco del variegato movimento esistenzialista, appunto Camus, ne *La peste* imboccò una strada completamente diversa: quella dell'allegoria, che aggira la cronaca dell'Occupazione per concentrarsi piuttosto sui sentimenti e sugli interrogativi profondi della Francia di allora. Al posto dei tedeschi troviamo cosí i microbi di una epidemia fatale, che evita di ripercorrere la storia recente nello stesso momento in cui pone i personaggi davanti a un insieme di domande (sul senso della vita, sul rapporto con gli altri, sulla disponibilità al sacrificio, sulla presenza incombente della morte) in tutto e per tutto simili a quelle che avevano assillato i francesi per quattro anni. Anche qui non mancano le lunghe discussioni sulla libertà, l'assurdo, l'impegno o la rivolta, ma – al netto di alcune evidenti cadute, specialmente dove le idee hanno il sopravvento sul racconto – *La peste* è un vero romanzo, di rara potenza nelle descrizioni degli effetti del morbo sulla città, ma capace soprattutto di trasmettere ai lettori l'urgenza delle scelte di chi all'improvviso si trova calato in una situazione eccezionale: come gli abitanti di Orano al manifestarsi della malattia o i francesi all'arrivo dei tedeschi. La malattia avanza, nessuno prende provvedimenti, il tempo per fermare il male è sempre meno, bisogna agire. Piú ancora che nei tanti elementi superficiali che apparentano l'epidemia all'Occupazione (la paralisi dei poteri ufficiali, le menzogne della stampa, il razionamento della benzina e dei viveri, il problema dei rifornimenti, il mercato nero, addirittura i «forni crematori» e i «campi di internamento»...) è insomma nella tensione etica che pervade ogni sua pagina che *La peste* rimanda alla terribile esperienza dalla quale i francesi erano appena usciti. La Resistenza di un piccolo manipolo di eroi raccontata senza mettere in scena un solo soldato tedesco o un solo partigiano.

Ovviamente, si può rifiutare lo stesso di ammettere *La peste* in un canone della letteratura sulla Resistenza propriamente detta. Già Sartre, in un violentissimo saggio che nel 1952 segnò la fine dell'amicizia con Camus, notò che parlare del nazismo, vale a dire un fenomeno politico e interamente umano, come di un'epidemia, significava naturalizzarlo, e questo non era che una palese «mistificazione» (dovuta, secondo Sartre, alla difficoltà di Camus di uscire dalla logica di «solidarietà delle classi» che aveva unito i francesi al tempo della invasione tedesca). Allo stesso modo, qualche anno piú tardi, nel 1955, anche Roland Barthes tornò sull'analogia tra la malattia e l'Occupazione per sostenere che la Resistenza era solo una delle varie interpretazioni possibili dell'impegno di Bertrand Rieux e dei suoi amici contro il morbo: una constatazione in qualche modo addirittura banale (dato che il romanzo funziona perfettamente anche senza la chiave allegorica), ma che irritò Camus, ancora scottato dall'attacco di Sartre e preoccupato di veder "spoliticizzare" il proprio romanzo, spingendolo a ribadire seccamente che *La peste* «ha come contenuto evidente la lotta europea contro il nazismo. La prova è che questo nemico, che non è nominato, tutti lo hanno riconosciuto, e in tutti i paesi d'Europa». Forse non è cosí. Ma dovrebbe bastare il riconoscimento che l'allegoria dell'Occupazione è se non altro *uno* dei tanti modi in cui *La peste* può essere letta per accoglierlo, con qualche distinguo, nel novero dei migliori romanzi della Resistenza.

Altri Occidenti, altre Resistenze.

Il paradigma della Scelta ha avuto senza dubbio il suo cuore pulsante a Parigi, ma il suo successo non è stato un fenomeno esclusivamente francese, e ha offerto probabilmente il racconto-base piú comune per raccontare la Resistenza anche nel resto d'Europa, ma soprattutto nei paesi occidentali, Italia e Germania in testa. Ne è esistita per esempio una variante marxista, dove al posto del salto e della scommessa esistenzialista c'è la conversione al materialismo storico e alla necessità di battersi per il Socialismo, come in due scrittori di questa antologia per il resto molto diversi, come Anna Seghers e Louis Aragon (del quale è notevole soprattutto la straordinaria energia linguistica, cosí mimetica della lingua orale, messa al servizio di una lezione politica altrimenti sin troppo cristallina). Ma, non troppo sorprendentemente, ce ne è stata anche una variante cattolica, a opera di Evelyn Waugh, il quale in *Compassione* (un racconto del 1949 non incluso nell'antologia) narra la maturazione spirituale di una «solida testa di scozzese» a contatto con le sofferenze di una comunità di ebrei mitteleuropei e balcanici bloccati in Jugoslavia nel tentativo di raggiungere la Palestina (morale della favola: «Non c'è sofferenza che vada mai sprecata. La Carità consiste tanto nel dare quanto nel ricevere con letizia»).

La forza di questo modello – una sorta di Ur-plot di buona parte della letteratura partigiana – si misura soprattutto grazie ai libri che affrontano la Resistenza da un'altra prospettiva e che, pure, non rinunciano a costruire almeno una scena attorno al momento della scelta. Da questo punto di vista *Il sentiero dei nidi di ragno* di Calvino risulta specialmente significativo. Pin, il protagonista bambino, è chiaramente troppo al di qua di ogni decisione consapevole; a nove anni cerca il «grande amico» e non comprende davvero gli eventi ai quali prende parte quasi per caso, tanto che all'inizio è affascinato dalle brigate nere piú ancora che dai partigiani. Calvino, tuttavia, avverte l'esigenza di formulare in maniera chiara la morale del suo romanzo, e lo fa attraverso le parole del commissario politico Kim, vero e proprio doppio adulto di Pin (e alter ego di Calvino), che in un lungo monologo interiore riconosce quanto sia facile sbagliare campo in una guerra come quella: «basta un nulla, un passo falso, un impennamento dell'anima e ci si trova dall'altra parte, [...] dalla brigata nera, a sparare con lo stesso furore, con lo stesso odio, contro gli uni o contro gli altri, fa lo stesso». Da convinto comunista, Kim non equipara mai le posizioni, perché, se i partigiani lottano per redimersi dall'«odio anonimo», i fascisti lo fanno per «restarne schiavi» e «perpetuare la miseria, e l'uomo contro l'uomo»: la differenza rimane comunque abissale. E tuttavia colpisce che la facilità con cui chiunque può imboccare l'altra strada serva a Calvino per drammatizzare il momento del passo decisivo, o di qua o di là, in un romanzo che per il resto, raccontando le avventure di un bambino, non ruota affatto attorno a questo tema.

Tra i volumi pubblicati in Germania, speciale attenzione merita l'opera di Hans Fallada, il quale, secondo Primo Levi, con *Ognuno muore solo* (1946) ci ha lasciato il «libro piú importante che sia mai stato scritto sulla resistenza tedesca al nazismo» (altri romanzi tedeschi, come *Chiacchiere di paese*, del 1963, e *Il disertore*, apparso postumo nel 2016 ma scritto nel 1951, entrambi di Siegfried Lenz e costruiti anch'essi attorno al problema della scelta, risultano assai meno convincenti). A dire il vero, dal punto di vista della tecnica, *Ognuno muore solo* è un romanzo costruito con strumenti piuttosto grossolani, da narrativa popolare dell'Ottocento. La trama segue infatti un piccolo numero di personaggi che entrano quasi tutti in scena nei primissimi capitoli e che per le ragioni piú diverse si trovano legati a uno stesso caseggiato (numerosi inquilini, una postina, un poliziotto chiamato a indagare, persino un ladro...) Anche quando nel corso del romanzo alcuni se ne allontaneranno, le loro vite non smetteranno di intrecciarsi, principalmente attraverso due procedimenti narrativi cosí scoperti da apparire goffi per quanto risultano meccanici: la simmetria (mentre A fa X, anche B lo fa, o fa il contrario) e una sequenza impressionante di coincidenze che li riavvicinano ogni volta che uno di loro rischia di uscire per sempre dalla storia (A ritrova B). Fallada intende dipingere un grande affresco della Germania hitleriana, che tenga dentro i suoi carnefici e soprattutto le sue vittime, ma per farlo non esita ad attingere nemmeno ai trucchi del mestiere piú abusati con grande danno del romanzo.

Levi però ha sicuramente ragione nel lodare *Ognuno muore solo*. Messa da parte la costruzione farraginosa e del tutto inverosimile, rimangono i personaggi: ed è qui che Fallada, da vero specialista di vite minime e minuscole, dà senza dubbio il meglio di sé. Lo scrittore tedesco si era imposto come narratore nel 1932 con un libro sulla Grande depressione che aveva ottenuto uno straordinario successo internazionale. In *E adesso, pover'uomo?* Fallada aveva infatti dato prova di una straordinaria abilità nell'immedesimarsi con i vinti della società e con i loro desideri mediocri, conducendo i lettori in un sottobosco di figure opache, moralmente ambigue, in perenne conflitto tra di loro e unicamente animate da ambizioni triviali. Nella storia della letteratura tedesca Fallada si è affermato cosí come il cantore degli «ometti» e degli «omiciattoli» in un tempo in cui la Germania già si avviava a celebrare invece i propri biondi superuomini. La sua condizione di alcolizzato e morfinomane lo aiutò sicuramente in questo processo di identificazione, e gli anni della dittatura nazista, quando lasciò Berlino per trasferirsi in campagna e prese la via della cosí detta «emigrazione interna» (pur accettando di ritoccare alcune delle proprie opere per compiacere Goebbels), rafforzarono se possibile la sua vicinanza al mondo degli eterni perdenti. *Ognuno muore solo* mette per l'appunto a frutto questo stesso talento, dando espressione a un coro dolente di personaggi spaventosamente comuni.

Come spiega il reportage *Sulla resistenza che nonostante tutto i tedeschi opposero al terrore hitleriano*, il romanzo trae spunto da una storia vera, segnalata a Fallada dallo scrittore filosovietico Johannes Becher, allora presidente dell'Associazione Culturale per il Rinnovamento Democratico della Germania, che ci teneva molto a veder pubblicato un romanzo da cui emergesse che i tedeschi non avevano subito la dittatura nazista senza reagire e a questo fine gli forní tutta la documentazione necessaria (non si tratta di un dettaglio solo aneddotico, se consideriamo che, con l'eccezione dello svizzero Dürrenmatt, tutti gli autori tedeschi dell'antologia – Brecht, Seghers e Stefan Heym – scelsero di stabilirsi nella parte Est della Germania e che lo stesso fece anche il controverso scrittore partigiano Stephan Hermlin, non incluso invece nel volume).

Le carte ricevute da Becher rivelavano chiaramente che una oscura coppia di berlinesi che non si erano mai interessati di politica, dopo la morte del figlio nella vittoriosa campagna di Francia, si era lanciata in un progetto decisamente folle: risvegliare le coscienze dei tedeschi depositando lungo le scale degli edifici pubblici delle cartoline scritte a mano contro il Führer e la sua guerra di aggressione. L'impresa era andata avanti per diversi anni, prima che la Gestapo (che aveva dedicato alla caccia considerevoli energie) scoprisse per un misto di sfortuna e leggerezza l'identità degli autori delle missive, i quali a quel punto finirono rapidamente schiacciati dalla macchina repressiva hitleriana. Potenzialmente una trama irresistibile: e assai spendibile nella Germania del dopoguerra, dove tutti erano impegnati a negare il proprio coinvolgimento negli orrori del nazismo.

Per costruire la sua storia, Fallada disponeva di poche decine di pagine dell'inchiesta della polizia e una fotografia, ma il vero punto di forza del libro sono gli uomini e le donne senza qualità con cui il lettore viene a fare conoscenza. Otto e Anna Quangel sono due eroi della opposizione a Hitler, certo, ma nemmeno a loro è chiaro esattamente per quale motivo abbiano deciso di sfidarlo con i loro poveri mezzi; non posseggono gli strumenti culturali necessari per elaborare in termini astratti la propria ribellione (Otto è un operaio specializzato, Anna una semplice casalinga), ma dopo la morte del figlio capiscono che è questa la sola cosa giusta da fare in quel momento, e non hanno paura di esporsi al rischio di una fine orrenda pur di mettere in atto il proprio piano. Per cosí dire, la loro scelta risulta tanto piú ammirevole, quanto meno comprensibile è il movente. Solo alla fine del libro Otto prova a mettere ordine nelle proprie idee, ma nemmeno qui riesce ad andare oltre una semplice urgenza psicologica: «Poco importa se uno combatte da solo o se combattono in centomila; se uno s'accorge di dover combattere, combatte, e poco importa che abbia o no compagni di lotta. Io devo combattere e tornerei a farlo».

Ognuno muore solo è un libro tutt'altro che perfetto e ha numerosi difetti non solo di struttura, ma anche nella caratterizzazione demoniaca dei nazisti e – su un piano prettamente politico – nella rappresentazione dei tedeschi come vittime di Hitler piú che corresponsabili dei suoi crimini (del tutto in linea con i tentativi dell'immediato dopoguerra di concentrare le colpe nei gerarchi). Eppure, proprio nella loro costitutiva mediocrità, Otto e Anna sono davvero due personaggi memorabili. Gli esistenzialisti avevano insistito molto sulla natura non deduttiva della morale, per cui le azioni non dipendono dai libri che si sono letti o dalla chiarezza con cui si esprimono le proprie idee, e avevano puntato piuttosto sull'etica come salto e scommessa. Come riconosce uno dei personaggi de *Il sangue degli altri*: «Un tempo, sognava anche lui di garantire i suoi atti con belle ragioni sonanti: ma sarebbe stato troppo facile. Doveva agire senza garanzie». Otto e Anna non fanno altro, e questo soprattutto perché non possono fare altro. Dove mai potrebbero infatti trovare «garanzie» due come loro? Escluso in partenza. Ed è proprio questa mancanza di strumenti concettuali – un poco paradossalmente – che fa una delle incarnazioni piú perfette dell'eroe esistenzialista.

Se il grande rischio del paradigma della Scelta è il suo intellettualismo, i protagonisti dei libri di Calvino e di Fallada offrono un'alternativa persuasiva alle astrattezze dei personaggi di Sartre, Camus o Simone de Beauvoir, che sentono il bisogno di giustificare ciascuno dei propri passi prima ancora di compierlo. Sprovvisti delle parole per dare voce al proprio malessere e alla propria ribellione, il bambino e l'operaio senza coscienza politica da questo punto di vista si equivalgono. La loro scarsa consapevolezza li mette anzi al riparo da due dei rischi principali della letteratura della Resistenza: la retorica e la tentazione di mettere il racconto al servizio della propaganda. Per ragioni diverse, infatti, né Pin né i coniugi Quangel offrono un modello da seguire, ma soprattutto non hanno niente da insegnare. Proprio ciò che fa di loro delle figure narrativamente cosí interessanti.

Questo naturalmente non significa che fosse per forza impossibile mettere in scena degli eroi intellettuali della Scelta letterariamente memorabili. È però per lo meno significativo che l'unico a esserci riuscito sia stato Beppe Fenoglio. Il grande romanzo esistenzialista sulla Resistenza vagheggiato dai massimi narratori francesi del dopoguerra è stato scritto infatti un centinaio di chilometri piú a sud, da un italiano innamorato dell'Inghilterra che aveva conosciuto tempestivamente il pensiero di Heidegger e di Sartre sui banchi del liceo da un professore fuori del comune, il filosofo Pietro Chiodi (traduttore in italiano di *Essere e tempo* nel 1953), e che nel dopoguerra se ne era servito appunto per ripensare la propria esperienza di partigiano. A scanso di equivoci, Chiodi figura anche come personaggio nel grande affresco di Fenoglio sulla Resistenza, *Il partigiano Johnny* (o, nella sua versione filologicamente piú accurata, *Il libro di Johnny*), dove lo vediamo offrire agli studenti in procinto di unirsi alle bande dei ribelli un corso accelerato di filosofia dell'esistenza: «Vedi, l'angoscia è la categoria del possibile. Quindi è infuturamento, si compone di miriadi di possibilità, di aperture sul futuro. Da una parte l'angoscia, è vero, ti ributta sul tuo essere, e te ne viene amarezza, ma d'altra parte essa è il necessario *Sprung*, cioè salto verso il futuro...»

Johnny (ma anche Milton, il protagonista di *Una questione privata*) è l'incarnazione piú credibile del giovane militante che combina azione e riflessione, senza però che la sua vicenda si trasformi nella verifica di un teorema filosofico (come succede sempre almeno un poco in Sartre, De Beauvoir e Camus). A paragone dei suoi compagni di lotta è un intellettuale, certo, ma questo non dissecca le sorgenti spontanee della sua morale, che non si fonda su principî astratti o grandi ragionamenti perché è guidata piuttosto da immediate ripulse e adesioni altrettanto nette (spesso di natura estetica ancora prima che politica). Sa, ma, piú ancora che sapere, capisce e intuisce, ed è anche affidandosi alle intuizioni che impara a orientarsi in una selva di alternative in cui finirebbe altrimenti per smarrirsi (persino il suo anticomunismo, come il suo antifascismo, ha una nota tutta istintiva e prerazionale). E c'è naturalmente lo stile di Fenoglio, che fa da lievito al racconto e alle idee, come nella piú poetica scena di chiamata partigiana di tutta la letteratura della Resistenza:

> Partí verso le somme colline, la terra ancestrale che l'avrebbe aiutato nel suo immoto possibile, nel vortice del vento nero, sentendo com'è grande un uomo quando è nella sua normale dimensione umana. E nel momento in cui partí, si sentí investito – *nor death itself would have been divestiture* – in nome dell'autentico popolo d'Italia, ad opporsi in ogni modo al fascismo, a giudicare ed eseguire, a decidere militarmente e civilmente. Era inebriante tanta somma di potere, ma infinitamente piú inebriante la coscienza dell'uso legittimo che ne avrebbe fatto [*Il libro di Johnny*].

Per qualche tempo pure Johnny esita, anche per le pressioni dei genitori che, nell'Italia smarrita dell'8 settembre, vorrebbero preservarlo dai pericoli seppellendolo in una tranquilla villetta nei dintorni di Alba fino alla fine della guerra, ma poi il richiamo del dovere, la voglia di crescere e il gusto dell'avventura hanno la meglio e Johnny prende finalmente la via dell'«arcangelico regno dei partigiani». La sua attesa suggerisce comunque che poteva finire diversamente. Il paradigma della Scelta prevede infatti che non tutti siano altrettanto pronti a seguire il richiamo del dovere: accanto a quelli che accettano il rischio, e si buttano, ci sono – inevitabilmente – quelli che mancano all'appello o che a un certo punto, per le ragioni piú diverse, finiscono inavvertitamente dalla parte sbagliata (come nel monologo di Kim). Con il senno di poi, però, chi ha imbracciato le armi raramente rimpiange la propria decisione. E qui vale la pena di ascoltare ancora una volta il Johnny di Fenoglio, nello sviluppo del romanzo: «Se penso, se mi figuro d'aver perso quest'occasione, per paura, per comodità o per qualunque altro motivo, mi vengono i brividi freddi».

Alla possibilità di smarrirsi, inscritta in ogni alternativa, si aggiunge il fascino tutto letterario per i vigliacchi e i collaboratori. Su questi ultimi Sartre scrisse nel 1945 uno dei suoi saggi piú belli del periodo, *Ritratto di un collaborazionista*, e non da meno fu Aragon nel perfido *Il collaboratore* (poco piú di uno scherzo è invece il breve, e facetamente dostoevskijano, *Spia per scommessa* di Alberto Moravia, del 1948). Altri narratori si sono interessati invece ai codardi, come Stefan Heym nel racconto incluso in questa antologia, *Il sopravvissuto*, o come Cesare Pavese, il quale ne *La casa in collina* (seconda parte del dittico compreso sotto il titolo evangelico *Prima che il gallo canti*) ha offerto una delle rappresentazioni piú perfette della viltà come abiura di sé stessi e sconfessione del proprio io migliore.

Il grande numero di vigliacchi, collaboratori e traditori che compaiono nella narrativa della Resistenza non smentisce ovviamente l'importanza della scelta: ne offre casomai, la dimostrazione inversa. L'impegno ha un valore perché c'è sempre chi, nelle stesse circostanze, fa un passo indietro e preferisce non schierarsi o si schiera per convenienza dalla parte del piú forte (prima i tedeschi, poi, nell'ultima fase della guerra, gli Alleati). Ci sono però degli scrittori che dall'inizio hanno guardato la Resistenza con occhi completamente diversi anche in quella Francia che è stata senza dubbio l'epicentro europeo del paradigma della Scelta. Oltre a Jean Paulhan, che ne *L'ape* (1944) paragona la lotta contro l'Occupazione alla risposta spontanea delle api che pungono senza esitazione chi prova a stringerle in pugno (niente scelta qui, evidentemente), vengono in mente almeno tre figure importanti: Romain Gary, Marguerite Duras e Maurice Blanchot.

A paragone di Sartre, l'universo etico di Gary è straordinariamente semplice, e non è evoluto molto nei quasi quarant'anni che separano il suo primo romanzo, *Educazione europea* (1944), dall'ultimo, *Gli aquiloni* (1980), significativamente tutti e due incentrati sulla Resistenza (rispettivamente in Polonia e in Francia con una propaggine esteuropea). In Sartre e nei sartriani, come si è visto, domina l'opacità. Il posto di rilievo assegnato al corpo e alle sue percezioni nei loro libri serve a ribadire che non tutto è ragione nell'uomo, anche se il tipico personaggio esistenzialista – cosí come ce lo presentano i romanzi – esiste per pensare e non fa che interrogarsi sulle proprie azioni (e, ancora piú spesso, inazioni). Questo scavare ininterrotto nei meandri della coscienza garantisce che, nonostante tutto, alla fine si produca un movimento dall'incertezza alla certezza, quando la scommessa del protagonista, per definizione senza fondamento (altrimenti non sarebbe una scommessa), diventa essa stessa il piedistallo su cui da quel momento edificherà il proprio avvenire.

In Gary, invece, i personaggi hanno anzitutto psicologie elementari (a paragone del suo candido Janek, il protagonista adolescente di *Educazione europea*, il Pin di Calvino è un abisso insondabile). Tutto è evidente sin dall'inizio: il bene e il male, e i ruoli che ciascuno giocherà nella tragicommedia della vita. Per chi ama Gary, questo è il loro fascino: la straordinaria leggerezza con cui affrontano le prove anche durissime a cui vanno incontro, contrapposta alla pesantezza anzitutto fisica degli esistenzialisti e piú in generale del romanzo dal naturalismo in poi (persino il freddo, la fame, il sesso e la morte finiscono per smaterializzarsi nelle sue pagine). Una forma di idealismo estremo, di matrice chiaramente neoromantica (leggendo *Educazione europea* viene spesso da pensare a Victor Hugo), e che si ricollega chiaramente al mito della purezza dell'infanzia che percorre l'intera opera di Gary (gli eroi di Gary, non a caso, sono bambini di tutte le età, quasi sempre orfani e spesso un po' lunatici, veri e propri «folli di Dio», che ne *Gli aquiloni* finiranno per stringere una sorta di alleanza di tutti i marginali che non hanno un vero posto nella società: prostitute, artisti bizzarri, ebrei, maghi dei numeri...)

In qualche modo i personaggi di *Educazione europea* e de *Gli aquiloni* passano sempre indenni tra gli eventi: persino quando muoiono. Il prezzo di questa negazione degli aspetti piú sgradevoli della realtà è che nei romanzi di Gary i giovani partigiani attraversano qualsiasi orrore senza che questo si imprima nella loro retina e lasci qualche traccia duratura. A queste tali , nessuno di loro potrebbe essere mai nemmeno sfiorato dai dubbi che macerano invece gli eroi sartriani (unico motivo per cui Adam Dobranski, il partigiano-narratore di *Educazione europea*, può affermare con decisione: «Non esiste un'arte disperata: la disperazione è solo una mancanza di talento»). Il kitsch qui è in agguato in ogni pagina, ma questo non toglie che Gary riesca a sorprendere davvero il lettore con le sue trovate a ripetizione, alimentate da personaggi sempre *larger than life* e da una vena di esotismo che affonda le radici direttamente nel suo mito biografico (come succede anche nel racconto qui pubblicato, *Sergente Gnama*). Quanto di piú lontano dall'universo esistenzialista.

All'estremo opposto di Gary si collocano idealmente gli scritti sulla Resistenza di Marguerite Duras, nel senso che il suo universo etico è invece assai piú complesso (e non assai piú semplice) di quello sartriano. Qui la complicazione si produce anzitutto per virtú di stile: come, dei sei testi da lei ambientati durante l'Occupazione e raccolti ne *Il dolore*, emerge particolarmente bene da *Il signor X, detto qui Pierre Rabier*, dove il costante accavallarsi dei piani temporali impedisce di stabilire una cronologia sicura degli eventi (essenziale invece quando si concentra l'attenzione sul momento della scelta). Alcune azioni della protagonista appaiono incongrue, o volutamente non giustificate, anche perché Duras nasconde alcune informazioni essenziali (perché ad esempio le due deposizioni al processo?) I giudizi si scolpiscono in poche frasi potentemente lapidarie che a volte sembrano sfidare deliberatamente la capacità di interpretazione del lettore (come può scrivere Duras del collaborazionista Rabier, che le ha arrestato il marito: «Già si allontana da tutti, circonfuso di luce, già non può piú essere diverso da quello che sarà nella gabbia degli accusati: un eroe»?) Ma soprattutto si cercherebbe invano qualsiasi interesse per i movimenti del pensiero e il progressivo chiarificarsi delle idee, che invece è il vero quid della narrativa di ascendenza sartriana. In *Il signor X, detto qui Pierre Rabier* non mancano le azioni e non mancano i tentativi di analisi e autoanalisi psicologica della protagonista, ma il rapporto tra i due piani rimane almeno in parte enigmatico. Ed è evidente che, con simili accorgimenti, Duras si ripropone di disinnescare le reazioni automatiche e i giudizi prefabbricati con cui chiunque – a quarant'anni di distanza – si accosta a una storia ambientata nella Resistenza prima ancora di cominciare a leggere.

In una breve nota introduttiva Duras confessa di avere esitato a lungo prima di persuadersi a dare alle stampe il proprio racconto: «Si tratta di una storia vera fin nei minimi particolari. [...] Resta però una cosa, che ci si può chiedere: perché pubblicare ora qualcosa che è in qualche modo aneddotico? Era spaventoso, certo, terribile a viversi, al punto da poterne morire di orrore, ma era tutto, non assumeva mai grandezza, non diventava mai letteratura». In realtà, per come *Il dolore* è concepito, la verità non è altro che l'altra faccia dell'aneddoto: che proprio in virtú della sua singolarità assoluta non si lascia stringere in una formula generalizzante e rifiuta gli schemi a priori (principî etici compresi). Se insomma l'irriducibilità dell'aneddoto a qualsiasi idea è indubbiamente un limite, questo limite può diventare un punto di forza, ma soprattutto quando ci si confronta con un tema usurato come quello della Resistenza, sul quale sembra che in quarant'anni tutto sia già stato detto (e tanto peggio, allora, per tutte le esperienze personali che non rientrano nelle formule impostesi nel frattempo). Si comprende allora la scarsa considerazione per Sartre manifestata da Duras in una famosa intervista televisiva rilasciata solo qualche mese prima della pubblicazione de *Il dolore*, il 28 settembre 1984.

> Alcune persone molto, molto famose, per quanto mi riguarda, non hanno scritto. Sartre non scriveva. Non credo che sapesse cosa fosse la scrittura. Aveva sempre altre preoccupazioni, preoccupazioni ulteriori, di seconda mano. Non ha mai affrontato la scrittura pura. Sartre è un moralista. Ha sempre attinto alla società, a una sorta di ambiente a lui proprio. Un ambiente politico e letterario. Non è una persona di cui direi: «Ha scritto». [...] Io direi che Maurice Blanchot scrive, che Georges Bataille scrive... Ma, sa, non sto esprimendo un giudizio di valore. Ci sono persone che pensano di scrivere, e poi ci sono persone che scrivono davvero. È raro, molto raro.

In questo contesto il riferimento a Blanchot suona non meno significativo. I due scrittori, è noto, erano molto amici e si ammiravano, al punto che Blanchot in quello stesso 1984 aveva consacrato l'intera seconda parte de *La comunità inconfessabile* all'analisi di un breve scritto di Duras, *La malattia della morte* (1982). Ma Blanchot, con il tardo *L'istante della mia morte*, è soprattutto l'unico narratore della Resistenza al quale Duras possa essere avvicinata.

L'istante della mia morte è un testo straordinario e inclassificabile: metà autobiografia, metà poema in prosa, metà meditazione filosofica (che tre metà facciano una unità e mezzo non è un problema, con un'opera di questa densità). A cinquanta anni esatti dagli eventi,

Blanchot vi rievoca il giorno in cui venne messo al muro dai tedeschi per essere fucilato, l'inaspettato sentimento di liberazione provato davanti all'imminenza della morte (il testo parla di «leggerezza» e di «beatitudine») e le circostanze del tutto casuali che lo portarono a salvarsi, quasi senza averlo voluto (e qui è notevole la coincidenza per cui anche Giorgio Manganelli, uno degli autori italiani sicuramente piú influenzati nella propria concezione della letteratura dall'opera di Blanchot, durante la guerra fosse passato per lo stesso trauma).

Ormai vecchio, Blanchot si maschera dietro la terza persona e non confessa mai apertamente di essere lui il giovane uomo del racconto (un poco alla maniera di Jules Michelet nella conclusione della sua storia della Rivoluzione francese), né chiarisce se il giovane uomo fosse davvero responsabile delle azioni di cui lo accusa il tenente tedesco che vuole rivalersi su di lui per gli attacchi dei partigiani – e qui, fuori dal testo, la risposta è negativa, perché Blanchot non partecipò alla Resistenza e fino all'ultimo collaborò anzi senza imbarazzo alle piú compromesse testate di Vichy, dopo aver costeggiato per tutti gli anni Trenta l'estrema destra francese nel nome della lotta, anche violenta, ai principî del 1789. Il Blanchot impolitico del dopoguerra, tra «conversazione infinita» e «libro a venire», si può dire anzi sia nato qui: a contatto con l'imminenza della morte, introiettata e resa familiare, assieme a un senso di colpa verso quanti, quello stesso giorno, non furono altrettanto fortunati e non riuscirono a salvarsi.

A suo modo, *L'istante della mia morte* può essere letto allora come una delle piú radicali contestazioni dell'esistenzialismo sartriano. La prospettiva della fine in Blanchot non produce nessuna intensificazione dell'esperienza e non rimanda l'uomo al mondo con raddoppiata determinazione, anche perché, tra la condanna e l'esecuzione, manca il tempo per qualsiasi scelta, azione o ravvedimento di sorta. Esperita al suo massimo grado, la consapevolezza della propria finitudine che separa l'uomo dagli altri animali (il *Sein-zum-Tode*, «l'essere-per-la-morte» di Heidegger) nel testo di Blanchot alimenta infatti piuttosto una strana forma di «estasi»: la sorprendente «gioia di non essere né immortale né eterno». Un contatto quasi indicibile con il radicalmente Altro, dal quale si esce trasformati nel nucleo piú profondo, ma che non apre la strada a nessun *engagement*.

Da Oriente: l'annientamento.

Nell'agosto del 1944 la liberazione della capitale francese si consumò nel segno dell'esultanza collettiva, per quanto accompagnata da combattimenti in strada e abbondante spargimento di sangue da tutte e due le parti. Ascoltiamo Camus: «Nella piú bella e piú calda delle notti d'agosto, il cielo di Parigi mischia alle stelle di sempre i proiettili trancianti, il fumo degli incendi e i fuochi d'artificio multicolori della gioia popolare. In questa notte senza eguali si concludono quattro anni di una storia misteriosa e di una lotta indicibile in cui la Francia era alle prese con la sua vergogna e il suo furore» (*La notte della verità*). O, invece, lasciamo la parola a Sartre: «Un altro aspetto dell'insurrezione parigina è l'aria di festa che ha mantenuto per tutto il tempo. In certi quartieri sembrava sempre domenica. E se mi domando cosa si festeggiasse, posso rispondere che si festeggiava l'uomo con tutto quello che può fare» (*Una settimana apocalittica. La liberazione di Parigi*). Persino Malraux, a tredici anni di distanza, non può passare sotto silenzio questo aspetto, pur nella ufficialità un poco marmorea del suo discorso: «Allora, sull'illuminazione della città che era stata spenta per tanto tempo, sulla città che era stata silenziosa per tanto tempo, l'immenso osanna delle campane riempí la notte della salvezza» (*Commemorazione della liberazione di Parigi*). In ogni caso, un giorno di battaglia ma anche di allegria, che segna la fine dell'oppressione e annuncia le infinite possibilità di un nuovo inizio.

Spostiamoci a Varsavia, il 9 maggio 1945, data della resa incondizionata delle forze tedesche sul fronte orientale, e passiamo il testimone al polacco Jerzy Andrzejewski (1909-1983), autore di un libro importante sulle contrapposizioni tra le diverse anime della Resistenza (*Cenere e diamanti*, 1948), che a ventidue anni di distanza ha raccontato quel momento storico ne *La sera del giorno della vittoria* (non incluso nell'antologia). Nel cielo razzi colorati squarciano allegramente la notte in un «ventaglio palpitante» di «faville» tra gli «aloni intensi dei riflettori», ma il protagonista (che potrebbe essere lo stesso narratore) vaga tra i ruderi di una città spettrale con cui poco si accordano i festeggiamenti predisposti dalle autorità e ripensa malinconicamente alla Varsavia di prima della guerra. Poi, nel buio, ecco a un tratto qualcosa che rotola e si agita, e dei «suoni soffocati e gutturali». Il narratore fatica a identificare l'origine del rumore. Degli ubriachi? Dei cani famelici? Finché una nuova salva di fuochi d'artificio svela il mistero rivelando due «sagome umane» che «con furia accanita» si percuotono violentemente tra schiamazzi «disarticolati, che da borbottii minacciosi si trasformavano in gagnolii quasi animaleschi».

La liberazione di Parigi è la *Marsigliese* cantata a squarciagola, le campane a festa, il ritorno improvviso della luce per le strade e nelle case; la liberazione della Polonia una scazzottata tra sordomuti sotto le luminarie multicolori delle celebrazioni ufficiali. Difficilmente un'altra coppia di immagini potrebbe restituire con tanta efficacia l'abisso tra l'esperienza dell'Occupazione a Ovest e a Est. Anche a Varsavia il maggio del 1945 segna l'attesa sconfitta della Germania, eppure, dopo sei anni di Occupazione, qui rimane davvero ben poco di cui rallegrarsi. La capitale è stata quasi completamente rasa al suolo. È morto approssimativamente un sesto della popolazione complessiva del paese (quasi sei milioni su trentacinque, di cui tre milioni di ebrei, ossia il novanta per cento della popolazione di anteguerra). Soltanto nei tre mesi della insurrezione di Varsavia è perito un quinto dei suoi residenti. Non c'è famiglia che non annoveri tra i suoi membri caduti e dispersi. Le ferite del conflitto, insomma, non sembrano rimarginabili.

Per parlare della letteratura della Resistenza nei paesi dell'Est conviene allora partire dalla immagine potentissima su cui si chiude il racconto di Andrzejewski: in alto il firmamento illuminato a giorno; piú in basso, tra le rovine, una lotta tra due contendenti anonimi, chiusi per sempre nel loro astio senza parole. Per tutta la guerra fredda nei paesi del blocco sovietico la memoria e la trasfigurazione letteraria della lotta partigiana si sono sdoppiate proprio come succede alla Varsavia de *La sera del giorno della vittoria*. Da un lato, i romanzi e i racconti ufficiali di quella che in Russia era celebrata come la «Grande guerra patriottica»: storie di combattenti sempre pronti al sacrificio, guidati dal senso del dovere e dalla fiducia senza limiti nella chiaroveggenza del partito, in una celebrazione della lotta contro Hitler come preambolo dell'imminente affermazione globale del socialismo. Insomma i fuochi d'artificio. Dall'altro lato, le opere in assoluto piú cupe e disperate di tutta la letteratura della Resistenza, in misura inversamente proporzionale all'ottimismo richiesto dal regime agli scrittori. Come dire la colluttazione tra i due sordomuti.

Particolarmente estremo è il caso dell'Unione Sovietica. Qui a cantare la «Grande guerra patriottica» furono chiamati alcuni degli autori sovietici piú apprezzati del tempo, da Aleksandr Fadeev a Il'ja Ėrenburg, da Aleksej Tolstoj a Valentin Kataev, da Michail Šolochov a Vladimir Bogomolov (dal suo romanzo breve del 1957 *Ivan*, nel 1962 Andrej Tarkovskij trasse il suo primo capolavoro, *L'infanzia di Ivan*). Al contrario del paradigma della Scelta, che valorizza il momento del dubbio come essenziale alla crescita morale e politica dei vari personaggi, nei loro scritti non c'è spazio per la piú piccola esitazione e le virtú piú celebrate sono la dedizione assoluta al partito e la prontezza nell'attuare i suoi ordini, se necessario nel piú completo sprezzo del pericolo. Nemmeno questo bastò alla macchina propagandistica del regime, e presto persino gli scrittori piú ligi ai precetti del realismo socialista si trovarono in difficoltà davanti alle richieste crescenti di presentare nei loro libri soltanto eroi tutti d'un pezzo. Sino al caso limite di Fadeev, che dopo aver ricevuto nel 1947 il Premio Stalin per *La giovane guardia* (storia di un gruppo di partigiani poco piú che adolescenti attivi in Ucraina), venne successivamente obbligato dallo stesso Stalin a modificare profondamente il romanzo per dare maggior rilievo al ruolo direttivo del partito.

Sull'altro versante si incontra invece una narrativa che si è fatta spazio a fatica, tra le censure e le condanne del regime, ma che oggi rappresenta senza dubbio il meglio di quanto si è scritto sulla Resistenza nei paesi dell'ex Patto di Varsavia, a cominciare dai romanzi di Grossman (il suo programmatico tolstojsmo emerge molto bene anche dal testo qui antologizzato, *La strada*, dove per raccontare la lotta partigiana il narratore adotta la prospettiva di un mulo italiano, con un procedimento analogo a quello usato da Lev Tolstoj nel suo celebre racconto *Cholstomér*).

In un simile contesto, lo stesso ruolo di contestazione della retorica ufficiale svolto in Occidente dal paradigma della Scelta ha preso non di rado la forma di un nichilismo di inusitata durezza. Un supplemento di acidi corrosivi indispensabile per smontare le contraffazioni del realismo socialista? Non è escluso. In realtà, la Resistenza senza futuro che troviamo soprattutto in alcuni autori polacchi e yiddish, cosí diversa da quella dei loro omologhi francesi o italiani, si spiega probabilmente soprattutto con i tratti peculiari dell'occupazione tedesca in Oriente. Mentre i nazisti avevano sognato di associare rapidamente norvegesi, danesi e olandesi alla loro *pax germanica* (in quanto popoli «pienamente ariani»), e si erano sforzati di ottenere la collaborazione almeno parziale di francesi e belgi, convincendoli che un compromesso convenisse pure a loro, i piani relativi ai paesi dell'Est contemplarono sin dall'inizio il ricorso indiscriminato alla violenza per rendere piú rapida l'avanzata delle truppe e preparare gli assetti futuri dell'Europa hitleriana. Non soltanto tutti gli ebrei dovevano essere soppressi (come in Occidente), ma l'intera area tra la Prussia e Mosca e Leningrado andava sostanzialmente spopolata, per aprire quelle terre alla futura colonizzazione dei tedeschi. I popoli slavi, reputati inferiori razzialmente, dovevano inoltre essere privati della loro cultura e delle loro tradizioni eliminando tutti i cittadini istruiti, in modo da poter trasformare piú facilmente il resto della popolazione in forza-lavoro non qualificata al servizio dei conquistatori. Un poco come gli Spartiati avevano trattato gli Iloti nel Peloponneso antico.

In accordo con questo disegno, sin dall'inizio la Wehrmacht ricevette mano libera nei confronti non solo dei combattenti ma anche dei civili; unicamente la Cecoslovacchia ottenne in una prima fase un trattamento meno duro, a causa del gran numero di matrimoni misti con le popolazioni germaniche dell'area e perché, senza fare troppe distinzioni, Hitler aveva bisogno che le fabbriche del paese lavorassero a pieno ritmo per sostenere lo sforzo bellico. Ma si trattò appunto di un'eccezione. Come scrisse con malcelato orgoglio il governatore generale della Polonia Hans Frank raccontando sul giornale nazista «Völkischer Beobachter» di un suo recente viaggio in Cecoslovacchia: «A Praga c'erano dei grandi manifesti rossi ad annunciare che erano stati uccisi sette cittadini cecoslovacchi. Mi sono detto: se volessi appendere un manifesto ogni volta che sette cittadini polacchi vengono fucilati, tutte le foreste della Polonia non basterebbero a produrre la carta necessaria».

Per tutti gli anni della guerra la categoria di «nuda vita» (come vita perennemente uccidibile, a discrezione di un potere sovrano che non conosce limiti) adoperata da Giorgio Agamben per i campi di sterminio nazisti descrive in maniera abbastanza precisa anche l'esperienza quotidiana di svariate decine di milioni di persone nelle terre a est dell'Oder – non necessariamente ebrei. Solo in minima parte i numeri riescono a restituire la violenza dell'Occupazione e dell'attività antipartigiana nelle regioni orientali del grande Reich tedesco. Pure per questo, forse, raramente gli scrittori occidentali si sono resi pienamente conto della differenza tra la loro esperienza della guerra e quella dei polacchi o russi, abituati a misurarsi ogni giorno con pratiche repressive di massa solo in casi particolari adoperate in Francia e in Italia dai tedeschi, e per le quali, giustamente, si parla di progressiva «polonizzazione» (l'eccezione positiva è in questo caso Mulisch, che ne *L'attentato* scrive: «Che venissero date alle fiamme le case in cui erano stati uccisi dei nazisti, non costituiva una eccezione quanto fucilare chi ci vi abitava dentro, si trattava di un atto di terrorismo adottato praticamente soltanto in Russia e in Polonia – ma in quei paesi avrebbero trucidato anche Anton, anche se fosse stato un neonato ancora in fasce»). Sostanzialmente indistinguibile dalla Shoah in territori da secoli disseminati di fiorenti insediamenti ebraici, lo sterminio sistematico delle popolazioni locali ha fatto sí che l'occupazione tedesca assumesse in queste aree caratteri del tutto incomparabili col resto del continente, influenzando anche il modo in cui, durante e dopo la guerra, i narratori del luogo hanno raccontato la lotta partigiana.

La natura estrema dell'Occupazione ha obbligato i romanzieri dell'Europa dell'Est a porsi domande semplicemente inimmaginabili in Occidente, dove il paradigma della Scelta si è diffuso anche perché le alternative tra la Francia di Vichy e la Francia di De Gaulle o tra l'Italia di Mussolini e l'Italia dei Savoia (o anche semplicemente tra l'attesa e l'impegno) erano realmente tali per gran parte della popolazione. Russi e polacchi non hanno avuto questo privilegio: e, davanti al massacro indiscriminato, si sono trovati spesso a chiedersi che senso avesse provare a resistere quando non rimaneva piú nulla del mondo e delle persone che si erano amati e non si intravedeva nessuna luce all'uscita dal tunnel.

Piú ancora dei romanzi, sono probabilmente i testi brevi a restituire il carattere disperato della Resistenza in queste regioni. C'è infatti un intero ciclo di racconti (ben rappresentati in questa antologia) dove tutta la ribellione si riduce a un singolo atto simbolico, quasi sempre davanti alla morte, come a escludere in partenza la possibilità di modificare in alcun modo il corso degli eventi. Ne *La morte di Schillinger* del polacco Tadeusz Borowski (ispirato a un fatto realmente accaduto nel campo di sterminio di Auschwitz) una giovane donna in fila per le «docce della morte» riesce a strappare a una SS la pistola uccidendola sotto gli occhi di tutti solo per venire spinta a bastonate nella camera a gas assieme ai suoi compagni dagli ebrei del *Sonderkommando*, terrorizzati delle possibili conseguenze per loro di quel gesto disperato. In *Heshl Ansheles* dello scrittore sovietico di lingua yiddish Der Nister, un giovane già celebre per la sua erudizione perde il senno all'arrivo dei tedeschi e, dopo essere stato costretto da un ufficiale nazista a portargli la borsa tenendola tra i denti, ne aggredisce un altro staccandogli a morsi un dito della mano, per poi finire crivellato di colpi dai suoi camerati (anche questa storia si vuole ispirata a un evento storico). Ne *Il vecchio maestro* di Grossman (del 1943, non incluso nell'antologia), mentre lo stanno trascinando con i compaesani verso il luogo della probabile esecuzione, il fabbro ebreo Chaim Kuliš grida: «Gente, me ne vado!» e attacca un soldato e un sottufficiale scatenando l'eccidio di tutta la colonna dei prigionieri (anche se in questo caso in una breve coda il lettore assiste alla implacabile vendetta dei partigiani russi). E si potrebbe continuare.

A ben vedere, tutti questi racconti hanno un elemento in comune: sono storie di disperata resistenza ebraica, dove la lotta contro l'occupante cade nel cono d'ombra della Shoah. Qui dalla Resistenza alla morte c'è un solo passo, tutto si compie in un istante e non è detto che quel sussulto postremo faccia veramente la differenza per qualcuno. Al contrario del sindaco de *La luna è tramontata*, che rivendica l'importanza di poter scegliere «come morire», qui le proporzioni dello sterminio sembrano privare di senso anche i gesti piú coraggiosi. Se la letteratura italiana della Resistenza si è mai avvicinata a qualcosa di simile è probabilmente solo con il finale di *Primavera di bellezza* (1959), dove (dopo la decisione di Fenoglio di interrompere bruscamente il grande ciclo romanzesco che stava scrivendo da alcuni anni) la morte del protagonista Johnny giunge del tutto inaspettata alla prima azione contro i tedeschi. Il senso del libro di Fenoglio però è molto diverso, perché l'accelerazione finale intende semmai suggerire un romanzo di formazione mancata (tanto piú dolorosamente ironica alla luce della promessa implicita nel titolo).

Un testo non incluso nell'antologia illustra specialmente bene la condizione dei combattenti per la libertà nell'Europa dell'Est. Non è un racconto di fattura particolarmente sofisticata, come si avverte già dalla prosa goffamente declamatoria. Eppure, nonostante i suoi limiti evidenti, non solo possiede una sua forza innegabile, ma consente di cogliere in poche pagine la specificità della lotta partigiana in Europa orientale meglio di tanti testi piú compiuti dal punto di vista letterario. Si intitola *Yossl Rakover si rivolge a Dio* ed è narrato dalla prospettiva di un insorto del ghetto di Varsavia che, davanti alla fine imminente, ripercorre per scritto gli eventi che lo hanno portato a prendere le armi (lo sterminio della sua intera famiglia) e si prepara alla morte. Appena concluso il suo testamento, Yossl Rakover sigillerà infatti la sua lettera in una bottiglia che seppellirà sotto le macerie e andrà sereno verso la morte, stremato dalle prove a cui, come Giobbe, la vita lo ha sottoposto, ma non meno saldo nel suo amore per il Dio di Israele.

Beninteso, come tanti altri manoscritti nella bottiglia, anche questo non è che una finzione letteraria. A comporre *Yossl Rakover si rivolge a Dio* fu infatti Kvi Kolitz (1912-2002), un giovane ebreo lituano emigrato in Palestina negli anni Trenta su posizioni apertamente filofasciste (in un periodo in cui Mussolini sosteneva il movimento sionista in chiave anti-inglese). Per una catena di coincidenze, il suo racconto, apparso in yiddish a Buenos Aires nel 1946, venne presentato in tedesco e in francese una decina di anni piú tardi come un documento autentico, attirando l'attenzione di Thomas Mann e guadagnandosi le lodi del filosofo francese Emmanuel Lévinas, il quale lesse nella sua invocazione la prova che per gli ebrei la Shoah non aveva significato la perdita della fede ma la conquista di un atteggiamento piú maturo nei confronti del divino («Un Dio per adulti si manifesta attraverso il vuoto del cielo infantile. Momento nel quale Dio si ritira dal mondo, e nasconde il volto»).

Né Mann né Lévinas, ovviamente, potevano sapere che Kolitz era stato un fervente ammiratore di Mussolini, al punto di dedicargli nel 1936 la prima biografia in ebraico, per giunta accompagnata da una ampia scelta di discorsi, e che dunque *Yossl Rakover si rivolge a Dio* va letto anzitutto come la celebrazione di un nuovo ebraismo combattente, ansioso di imporsi sulla scena internazionale con la forza delle armi e la benedizione del Dio degli Eserciti. Ai fini della letteratura della Resistenza, però, l'aspetto importante del racconto è ancora un altro. Nella finzione del manoscritto nella bottiglia Yossl Rakover parla a tutti gli effetti da *pre-morto*, che mentre ripercorre le sofferenze passate non appartiene già piú al mondo dei viventi. Per lui non c'è futuro, e nemmeno vorrebbe che ci fosse: al punto che, per essere piú certo di essere arrivato all'ultima tappa del suo cammino terreno, ha versato sui propri vestiti il liquido infiammabile di una delle tre bombe Molotov che gli rimangono per facilitare il compito ai propri uccisori. La Resistenza, qui, non può che concludersi nella morte: vale a dire nella stessa ribellione senza prospettive raccontata da Borowski, Der Nister e Grossman come un estremo atto di testimonianza davanti al mondo, anche se a Kolitz interessa invece il ruolo che questa ribellione può svolgere come monito per il Popolo Eletto che si stava allora ricostituendo sulle rive del Giordano.

Il capolavoro di quello che a questo punto si può definire semplicemente il paradigma dell'Annientamento è però un libro di oltre duecentocinquanta pagine. Si intitola *Memorie dell'insurrezione di Varsavia* e racconta giorno per giorno la lotta per la sopravvivenza di uno dei massimi poeti polacchi del secondo Novecento, Miron Białoszewski (1922-1983), nella città insorta nell'agosto del 1944. Pubblicate solo nel 1970 e accolte con sconcerto dalla critica polacca, che lo considerò poco meno che un insulto ai combattenti di allora, le *Memorie* sono anzitutto una performance verbale irresistibile, fondata sulla simulazione dell'oralità di un reduce che si perde in mille digressioni, salta avanti e indietro nel tempo, introduce dozzine di personaggi senza mai presentarne al lettore nemmeno uno e insiste quasi in ogni pagina sulla difficoltà di ricordare con precisione (uno stilema ricorrente nel volume è la coppia «Mi pare... O forse»). Per un quarto di secolo esatto Białoszewski aveva intrattenuto gli amici con il racconto delle proprie sgangherate avventure picaresche, e le *Memorie* intendono essere una sorta di giocosa trascrizione iperletteraria di quelle conversazioni per forza di cose scombinate (a tratti si avverte la lezione ritmica di Louis-Ferdinand Céline, anche se qui è piuttosto il punto fermo, in alcuni paragrafi collocato dopo ogni singola parola, a svolgere una funzione analoga ai celeberrimi punti di sospensione del francese). Non mancano altri resoconti dettagliati e addirittura avvincenti delle due grandi insurrezioni della capitale polacca come *Il ghetto di Varsavia lotta* di Marek Edelman (1945), *Il pianista* di Władysław Szpilman (1946, da cui nel 2002 Roman Polanski ha tratto un celebre film) o *Pietre per la barricata* di Andrzej Kaminski (1956), ma il libro di Białoszewski si impone su tutti per la sua esuberanza stilistica.

La chiave del memoriale di Białoszewski va cercata probabilmente nella sua condizione di non-combattente, coinvolto suo malgrado nell'evento decisivo della Resistenza polacca senza aver compiuto nessuna scelta. Per lui non si tratta di battersi, ma piú semplicemente di sopravvivere assieme ai propri famigliari in una città che perde pezzi ora dopo ora sotto i bombardamenti dei nazisti: un obiettivo modesto, minimo, che obbliga il narratore a confrontarsi con problemi banali ma quasi irrisolvibili nella Varsavia semidistrutta del 1944 – cosa mangiare, cosa bere, come lavarsi, dove dormire, dove espletare le proprie funzioni corporali (in tutto il libro c'è una costante attenzione al basso-corporeo, e non è probabilmente un caso che il primo autore menzionato sia François Rabelais, che Białoszewski comincia a leggere quasi nello stesso momento in cui la sollevazione ha inizio).

Le *Memorie dell'insurrezione di Varsavia* trovano la loro cifra distintiva in un nichilismo comico al tempo stesso straziante e divertentissimo. Come nota Białoszewski, dal giorno in cui i polacchi prendono le armi contro i tedeschi inizia infatti per lui e per i suoi cari «una nuova storia, mostruosamente lunga, di vita in comune all'ombra della possibilità di morire». Diversamente dagli esistenzialisti, ma proprio come in Borowski, Der Nister e Grossman prima di lui, davanti alla prospettiva immediata della morte la vita non guadagna in intensità, né rivela improvvisamente qualche senso recondito. Nella Varsavia in rovina troviamo la fame, il freddo, la chiacchiera quotidiana, addirittura la preghiera (ma unicamente come pura litania), perché gli uomini rimangono comunque sempre gli stessi, soltanto con piú bisogni («C'era tempo per i pensieri e i sentimenti. Non pensiate. Nonostante tutto»). Addirittura, nei momenti di tranquillità, si compongono versi, si improvvisa un concorso letterario tra amici, ci si intrattiene a vicenda nelle forme piú varie (un esempio per tutti: «Non giocammo a lungo, in effetti. Per via degli aerei all'improvviso. Si faceva finta di smettere. Si faceva finta di nulla. Se ne andavano. Si riprendeva a giocare. Arrivavano di nuovo. E tutte quelle bombe. Di nuovo uno sguardo al soffitto. Cosí, metti caso. E si riprendeva a giocare»). Insomma, la vita di prima – ma peggio, incredibilmente peggio. Perché la principale lezione che Białoszewski trae dall'inferno di Varsavia è che gli uomini col tempo riescono ad assuefarsi a qualsiasi cosa, e poi vanno avanti («È solo questione di abitudine, davvero»; «A che cosa non si faceva l'abitudine?»).

Se per il paradigma esistenzialista della Scelta la Resistenza si risolve in una decisione o in una serie di decisioni, qui i personaggi vagano invece tra i quartieri della città senza una vera meta, perché nel regno del caso, dove una bomba piovuta dal cielo può vanificare in un istante anche il piano meglio congegnato, si impara presto che le alternative non sono davvero tali («Tutto quel parlare, tutto quel decidere, aveva senso?»). Alla fine, per questa strada, persino la morte smette di essere una preoccupazione. Si muore? «Pazienza!» sentenzia perentoriamente Białoszewski, come se salvarsi o meno per lui non facesse piú alcuna differenza. Oppure: «E mi rassegnai di nuovo all'idea di morire. Si trattava solo di sapere come». Tanto, nella Varsavia ridotta a un cumulo di macerie, a quel punto per lui e per gli altri «la morte era la regola. La possibilità maggiore. Quasi l'unica. Quasi al cento per cento». Meglio non farsi proprio illusioni in proposito e smettere semplicemente di pensarci («Non piangere, tanto morirai comunque»; «Non piangere, tanto non sopravviveremo comunque»). Non rimane allora che vivere negli interstizi di tempo tra una salva e l'altra, senza darsene troppa cura, contando magari sul fatto che «si può fare ancora molto, tra il momento in cui la bomba colpisce e quello in cui crolla tutto». Una perla di saggezza che non vale, evidentemente, solo per la Varsavia assediata.

Il nichilismo che caratterizza il paradigma dell'Annientamento tanto nella sua forma seria quanto nella sua forma comica si ritrova anche nelle letterature di altri paesi entrati nella sfera di influenza sovietica alla fine della guerra, come la Cecoslovacchia. Pure qui, naturalmente, non mancarono i libri edificanti, utili a cementare la memoria ufficiale della lotta di Liberazione e non sempre trascurabili dal punto di vista letterario, come la raccolta di brevi memorie e riflessioni del leader partigiano comunista Julius Fučík (impiccato dai nazisti nel 1944), *Scritto sotto la forca*, e il racconto dell'insurrezione di Praga in quattordici "scene" *Barricata muta* (1947) di Jan Drda. Successivamente alla presa di potere da parte dei comunisti nel 1948, quest'ultimo libretto divenne anzi addirittura una sorta di biglietto da visita del nuovo regime, che nel 1949 ne fece anche trarre un film di guerra per la regia di Otakar Vávra.

I maggiori scrittori cecoslovacchi del dopoguerra che hanno raccontato la Resistenza lo hanno fatto però su una corda completamente diversa, ricollegandosi semmai alla tradizione umoristica de *Il buon soldato Sc'vèik* di Jaroslav Hašek. Nel 1958 Josef Škvorecký (1924-2012) riuscí finalmente a pubblicare un romanzo da lui composto dieci anni prima ma rimasto forzatamente nel cassetto (dopo ulteriori dieci anni, in seguito alla repressione sovietica della cosí detta «Primavera di Praga», Škvorecký sarebbe invece emigrato in Canada, trascorrendo in esilio il resto della sua vita). Ambientato negli ultimissimi giorni del secondo conflitto mondiale, un attimo prima dell'arrivo dell'Armata Rossa, al suo primo apparire *I vigliacchi* suscitò immediato scalpore per il modo in cui raccontava, con una prosa frizzante e un ritmo scatenato, le avventure di un gruppo di giovani appassionati di jazz, già delusi dal mondo degli adulti ma non per questo meno coinvolti nella lotta contro il nazismo, anche se con una iniezione di ribellismo individualista ignoto alla letteratura promossa allora dal regime.

La prima domanda da porsi dovrebbe essere: chi sono i «vigliacchi» del titolo? Danny e i suoi amici (ai quali le mamme rimboccano ancora le coperte)? I loro padri imbelli? I notabili di paese, che, dopo aver fatto affari con i tedeschi, cercano soltanto di proteggere i propri interessi nella transizione? Di certo, quando arriva il momento di imbracciare le armi, il protagonista Danny si dimostra piú che all'altezza del compito, ma la sua sfiducia nella possibilità che il mondo migliori per davvero non viene meno neanche allora («Andrà di nuovo cosí. Non cambierà mai. Qualche giorno di entusiasmo e poi di nuovo la stessa pappa, sempre uguale, appiccicosa e vischiosa. E ruttare dopo pranzo»). Danny infatti è un cinico-romantico di chiara ascendenza hemingwayana, teneramente *macho*, che teorizza la disillusione e non si lascia incantare dai paroloni degli altri solo perché ha paura di essere ingannato un'altra volta, ma al momento opportuno sa riconoscere dove stanno il bene e la giustizia e, se serve, non si tira indietro. I numerosissimi lettori del libro lo capirono, e cosí il regista Miloš Forman, che nel 1968 si apprestava a girarne una versione cinematografica proprio quando i carri armati sovietici entrarono a Praga. I critici ufficiali no. Ma, se si pensa alla chiusura della cultura cecoslovacca degli anni Cinquanta, la cosa stupefacente è che un libro del genere abbia potuto giungere comunque in libreria.

A paragone con *I vigliacchi*, l'altro capolavoro della narrativa cecoslovacca sulla Resistenza, *Treni strettamente sorvegliati* di Bohumil Hrabal (1914-1997), si presenta sulle prime come un'opera assai meno contestataria. Nei cartoni preparatori il libro non era ancora un romanzo partigiano, e da questo punto di vista non sorprende che il tema della lotta contro i nazisti sia del tutto assente dai primi quattro capitoli su sei. Nella Cecoslovacchia degli anni Sessanta la Resistenza poteva essere però un buon lasciapassare per uno scrittore come Hrabal, che sino a quel momento aveva faticato a pubblicare i propri libri per l'ostilità dell'apparato ufficiale verso i suoi argomenti, giudicati troppo "leggeri", e verso la sua prosa briosamente scanzonata (per prudenza, un suo volume di racconti venne addirittura cancellato mentre stava andando in bozze a causa dello scalpore destato dal romanzo di Škvorecký). La forza di *Treni strettamente sorvegliati* (da cui uno dei registi piú importanti della *nouvelle vague* cecoslovacca, Jiří Menzel, trasse nel 1966 un lungometraggio che l'anno dopo si aggiudicò il Premio Oscar come miglior film straniero) è anche in questa originalissima miscela.

Gli elementi consueti della narrativa di Hrabal ci sono tutti: l'imitazione del parlato quotidiano e il gusto per le storie orali, che procedono per continua addizione (come si nota anche solo dal gran numero di periodi che si aprono con la congiunzione «e» dopo il punto, quasi a riprendere il filo del discorso interrotto, rilancio dopo rilancio, fin dove regge il fiato); il movimento centrifugo del racconto (che recupera disordinatamente storie famigliari e aneddoti apparentemente casuali); la proliferazione di personaggi strampalati, con le loro verità sapienziali e i loro quarti di follia esposti bene in mostra; il sesso come elemento di sovversione giocosa; la ridicola enumerazione delle gerarchie burocratiche (qui, in ordine di importanza: allievo ferroviere, capomanovra, capostazione, caposervizio, ognuno con le sue uniformi luccicanti); un pacifismo anarchicheggiante (qui soprattutto in una nota di solidarietà creaturale che abbraccia anche gli animali e persino i tedeschi bersaglio dei partigiani)... Non potremmo essere piú lontani dalla tradizionale narrativa dell'impegno. E tuttavia, un poco miracolosamente, quando finalmente la Resistenza arriva (nella forma di una bomba da lasciar cadere su un convoglio di passaggio nella stazione dove lavora il giovanissimo protagonista), l'arte di Hrabal si trova come potenziata dall'attrito con la vicenda bellica.

Basterà un esempio. Come narratore Hrabal ama scomporre gli oggetti in una serie di dettagli che a volte li rendono, almeno all'inizio, irriconoscibili per un lettore al quale viene mostrata la parte ma non il tutto. Si tratta di una chiara influenza del surrealismo francese, che a partire dagli anni Trenta in nessun paese aveva attecchito quanto in Cecoslovacchia (come dimostra la poesia di Vítězslav Nezval e di Jaroslav Seifert), e non è l'unico libro in cui Hrabal usa una tale tecnica. In *Treni strettamente sorvegliati* la frammentazione svolge però un ruolo essenziale per restituire le sofferenze degli animali (ridotti a un ammasso incongruo di occhi, zampe, zoccoli, bocche) e le distruzioni dei bombardamenti. Ne dipendono infatti alcune immagini indimenticabili, come quella dell'ala staccatasi da un aereo in caduta con cui si apre il romanzo, o come la mano guantata di un aviatore tedesco che emerge dalla carlinga del suo apparecchio, separata dal resto del corpo: una istantanea folgorante sulla disumanizzazione della guerra, che trova peraltro un equivalente preciso nelle *Memorie* di Białoszewski, dove a un certo punto tra le macerie compare «una scarpetta da donna insanguinata (con dentro un pezzo di piede)».

Piú di tutto però *Treni strettamente sorvegliati* è un romanzo sul tempo, scandito dal tic-tac degli orologi e dagli orari delle ferrovie, anche se si tratta di un tempo chiaramente impazzito: un tempo che corre a un ritmo anomalo e che per questo travolge tutto e tutti (i treni del titolo sono dei superaccelerati che, per la loro speciale importanza strategica, ricevevano la priorità su qualsiasi altro convoglio). Anche i problemi sessuali di cui soffre il protagonista non sono che una delle tante manifestazioni della stessa disfunzione (una forma di *eiaculatio precox*), ma il tempo «fuori squadra» del romanzo di Hrabal (come direbbe Amleto) rimanda soprattutto a una morte che dalla prima pagina del libro incombe sul racconto. Basta cosí poco! E infatti il protagonista Miloš ha appena l'occasione di risolvere le proprie difficoltà amatorie con una donna piú matura, diventando adulto, che gli tocca perdere la vita alla sua prima azione partigiana, per cosí dire un attimo solo dopo avere incominciato. Anzi, come scopre il lettore nelle ultime pagine, l'intera storia è stata raccontata dal punto di vista, narrativamente "impossibile", di un morto.

Esattamente come le *Memorie* di Białoszewski, *Treni strettamente sorvegliati* offre una visione della Resistenza che non potrebbe essere piú lontana dalla narrativa esistenzialista (nonostante Hrabal fosse un grande estimatore di Camus). Non solo la vita passa in un istante, ma non richiede neanche particolari scelte. Si vive, e poi, quando non si vive piú, si muore (tanto che nel romanzo a prendere la decisione di attaccare il treno anche per l'allievo Miloš è il capomanovra Hubička, e l'immagine degli scambi ferroviari allude soltanto alle imprevedibili biforcazioni del destino, non alla Y delle deliberazioni irreversibili). Non c'è altro. E soprattutto non c'è niente che si possa fare per impedirlo. Per questo, davanti alle sofferenze degli uomini (e degli altri animali) la compassione si esprime attraverso un riso nervoso (anche in questo caso non troppo diversamente da Białoszewski), come i cittadini praghesi davanti alle devastazioni provocate da un bombardamento alleato: «come matti ridevano, ridevano continuamente e cadevano di schiena sul praticello, giacevano sulla schiena e il riso li scuoteva».

Naturalmente non bisogna fraintendere il senso di questi contorcimenti nervosi. Nessuna ilarità potrebbe essere piú dolorosa di quella, come nota il personaggio di un altro racconto di Hrabal quando si trova ad assistere per caso alle sevizie, a loro modo comiche, con cui le SS si accaniscono sugli ebrei.

> Una volta con Rollwagen stavamo passando sopra a una cava di sabbia abbandonata dove avevano messo il cosí detto *Sonnekommando*. C'erano dei vecchi nudi che morivano sotto il sole ardente di luglio. Stavano là finché non morivano e se non morivano li picchiavano a morte. I loro corpicini erano ormai come degli stecchini, ma avevano le gambe gonfie come annaffiatoi... le SS li prendevano a calci in quelle vesciche e quei vecchi squittivano... in modo strano... noi stavamo con Rollwagen sopra di loro e ridevamo di cuore, ridevamo a crepapelle, tanto era comico lo spettacolo. Poi ci siamo scambiati un'occhiata e ci siamo detti: «Ma dove siamo?» Vedi, quel nostro riso era qualcosa di peggio del pianto [*Jarmilka*, dalla raccolta del 1964 *Vuol vedere Praga d'oro?*]

Škvorecký non avrebbe mai potuto scrivere una pagina come questa: la sua comicità non si spinge a tanto. Per contro, certe analogie tra la prosa di Hrabal e di Białoszewski – l'umorismo nero, la frammentazione surrealista, la piena accettazione della normalità della morte, quella propria e quella degli altri – sono invece impressionanti. La vicinanza cronologica delle loro opere, pubblicate a distanza di soli cinque anni nella fase linguisticamente piú esuberante del XX secolo, non basta a spiegarle, come neppure ci riesce il comune scetticismo verso ogni letteratura di propaganda. In tutti e due il sentimento dell'assurdo affonda le sue radici piuttosto nell'esperienza diretta di una catena di atrocità cosí eccessive da indurre per reazione al riso. Da qui entrambi partono per smascherare una volta per tutte le menzogne con cui gli uomini cercano di proteggersi dalla visione dell'abisso. La guerra di sterminio condotta dai nazisti in Oriente (piú in Polonia e in Russia, meno in Cecoslovacchia) ha funzionato insomma nel loro caso da antidoto contro ogni retorica ingenuamente umanista. Non è stato un incubo, purtroppo, o una vertigine letteraria. Per questo Białoszewski può scrivere a un certo punto nelle *Memorie della insurrezione di Varsavia*, «la mia metafora [...] non era per niente una metafora. E se lo era, non ne ho mai vissuta una piú forte». O ancora, persino con piú chiarezza: «Non c'era mica bisogno di essere un poeta per avere le traveggole». L'orrore è reale, straordinariamente reale. Ma, soprattutto, è qui e ora. Ed è proprio di questa ordinarietà del male estremo che il paradigma dell'Annientamento non smette ossessivamente di parlarci: anche quando racconta le storie di quanti hanno cercato di fermarlo.

Altre Polonie, altre Resistenze.

Guai naturalmente a scambiare la contrapposizione tra il paradigma della Scelta e il paradigma dell'Annientamento per una riedizione del presunto contrasto tra l'attivismo occidentale e il fatalismo orientale. Di tutt'altro si tratta: risposte diverse a esperienze storiche incomparabili. E tuttavia, esattamente come vari scrittori francesi si sono tenuti lontani dalla tradizione esistenzialista e sartriana per indole o per una consapevole presa di posizione estetica e politica (come pare piú verosimile nel caso di Duras e di Blanchot), anche in Polonia alcuni dei maggiori narratori della Resistenza hanno seguito una strada tutta loro, in controtendenza rispetto ai propri connazionali, e dialogando semmai con i colleghi dell'Europa occidentale.

In parte ciò è successo perché diversi autori polacchi della Resistenza sono approdati alla scrittura dopo aver fatto esperienze che nulla avevano in comune con le indiscriminate esecuzioni naziste e con le due disperate insurrezioni di Varsavia. Quando la Germania hitleriana attaccò anche l'Unione Sovietica nella cosí detta Operazione Barbarossa del giugno 1941, Stalin decise di offrire ai soldati polacchi che erano stati fatti prigionieri al tempo dello smembramento della Polonia del settembre 1939 di riprendere le armi per battersi a fianco degli Alleati, cosa che loro accettarono. Guidato dal generale Władysław Anders, il Secondo corpo polacco si uní cosí all'armata inglese attraversando il cosí detto «corridoio persiano» e, dopo aver raggiunto l'Egitto e la Libia, risalí la penisola italiana, distinguendosi nella battaglia di Montecassino del maggio 1944, dove subí durissime perdite (in un solo giorno quasi mille morti e piú di trecento dispersi nell'assalto decisivo alla vetta).

Nonostante questo vero e proprio bagno di sangue, il tono degli autori polacchi che parteciparono alla campagna d'Italia risulta profondamente diverso dai loro connazionali rimasti in patria. Non sorprendentemente, scrittori come Pruszyński, Czapski e (in alcuni testi brevi sulla battaglia di Montecassino non inclusi nell'antologia) Gustaw Herling hanno professato un'etica della scelta in tutto e per tutto uguale a quella dei romanzieri occidentali, rivendicando in piena consapevolezza la propria decisione di arruolarsi nel ricostituito esercito come un momento di verità su sé stessi e un atto di fratellanza nei confronti di quanti in Polonia continuavano a battersi nell'ombra. Nel caso di Pruszyński, che prima della guerra era stato uno degli autori di reportage piú apprezzati degli anni Trenta (con viaggi in Palestina e nella Spagna dilaniata dal conflitto tra repubblicani e franchisti), si riconosce addirittura la precisa volontà di recuperare la lezione di Joseph Conrad, combinata a un marcato gusto dell'esotico: l'eccitazione della scoperta e dell'avventura, il gusto delle terre lontane e delle storie tramandate oralmente per secoli, come nell'esemplare *Il trombettiere di Samarcanda*, che proietta la narrativa partigiana verso regioni (geografiche ed emotive) inesplorate dagli altri autori, ma non per questo meno vere. Non ci sono tedeschi e italiani da combattere, qui: anzi per un attimo la guerra stessa sembra lontana. E tuttavia anche l'Asia fiabesca di Pruszyński fa parte a buon diritto della migliore letteratura della Resistenza.

Piú difficile, ma non meno riuscita, è stata l'operazione di quanti hanno cercato di raccontare la lotta contro gli occupanti nelle città e nelle campagne polacche, come anzitutto Kazimierz Brandys e Hanna Krall. Assieme a Kadare, Brandys è stato con ogni probabilità il narratore europeo che per piú tempo ha scritto della guerra partigiana. Da *La città invitta* e *Il cavallo di legno* (entrambi del 1946) a *Rondò* (del 1982), per trentasei anni Brandys è tornato periodicamente alle vicende della Resistenza in romanzi come *Sansone* (1947) e *La madre dei re* (1957) e in racconti lunghi come *L'orso* (1956) e *Conversazione con Ballmeyer* (1960). Per questa inconsueta fedeltà, chi volesse seguire la sua evoluzione di scrittore, ma anche le svolte della cultura e della politica polacca del secondo Novecento, potrebbe farlo agevolmente leggendo anche soltanto i testi che negli anni Brandys ha consacrato alla lotta partigiana.

Tale percorso ha visto passare Brandys dalla adesione piú convinta al regime socialista alla speranza suscitata dal XX congresso del Pcus (1956) e dalla destalinizzazione alla successiva disillusione e agli scontri aperti degli anni Settanta, sino all'esilio, quando nel 1981 il generale Jaruzelski dichiarò lo stato d'assedio per piegare l'opposizione di Solidarność e mise a tacere gli intellettuali dissidenti con misure draconiane. In particolare, *Sansone* offre un ottimo punto di partenza perché mette esplicitamente a fuoco un tema che piú avanti Brandys tratterà in forme piú indirette: quello del rapporto tra il proprio ebraismo (o l'ebraismo in generale) e una modernità incarnata anzitutto dalla politica.

Il romanzo prende il titolo dal nome di battaglia che il protagonista assume nelle ultime pagine, quando si unisce ai partigiani. Ben prima che i tedeschi invadessero la Polonia, la sua vita è stata una sequenza ininterrotta di amarezze provocate dai suoi tratti somatici marcatamente semitici in un paese dove gli ebrei sono malvisti; cosí, quando, durante l'Occupazione, viene posto davanti alla scelta di nascondersi in una casa sicura o di unirsi ai resistenti che lo hanno salvato, non ha esitazioni: «Non ho paura di morire. Ma ho paura di morire perché sono ebreo. [...] Ho paura di morire solo perché ho un viso cosí e non un altro, [...] solo perché mi chiamo Jakub Gold... Credo che non sia giusto che l'uomo muoia per quello che è. Non è mica una lepre. L'uomo, in tempi come questi, mentre tutti lottano, deve morire per quel che ha fatto».

Rispetto ai personaggi delle storie di Borowski, Der Nister, Grossman e Kolitz, che conoscono un breve sussulto di orgoglio prima di soccombere ma non hanno comunque reali alternative, qui si riconosce uno scatto diverso. Quella di Jakub è una vera scelta tra due futuri alternativi. Malgrado, insomma, pure nel suo caso la vicenda sia destinata a concludersi in maniera luttuosa, entrare nella banda partigiana implica una radicale reinvenzione di sé: ovvero, comunque vada a finire, un nuovo inizio. Come gli ha spiegato uno dei suoi compagni di lotta, «chi entra qui, prima o poi, deve morire, non importa chi sia. In questa casa non ti ammazzeranno perché sei ebreo. Chi resta con noi, perde i suoi tratti caratteristici e diventa soltanto uno di noi». Ma Jacub-Sansone decide di rimanere esattamente a questo scopo.

Il paradigma dell'Annientamento non appartiene ovviamente solo agli scrittori ebrei, come dimostrano gli esempi di Białoszewski e di Hrabal. È significativo però che, per non rimanerne prigioniero, la prima soluzione di Brandys sia stata far tagliare al personaggio i ponti con le sue origini. *Sansone* è una storia di assimilazione perché è una storia di scelta e una storia di scelta perché è una storia di assimilazione (anche a costo di banalizzare i termini del problema). Negli anni della maturità Brandys avrebbe preso le distanze da *Sansone* per la sua «semplificazione schematica»: oppure, coerentemente con il suo approccio iniziale, nei suoi lavori successivi sulla Resistenza l'ebraismo ha occupato un ruolo sempre meno importante, come se quel romanzo avesse risolto per sempre la questione.

Lo si vede particolarmente bene in *Intervista con Ballmeyer*, dove un giovane intellettuale americano di origine ebraico-polacca, che ha perso parte della famiglia nei campi di sterminio nazisti, tal Raphael Daves si reca in Germania per interrogare il comandante tedesco responsabile (tra l'altro) di avere schiacciato un'insurrezione nei Balcani con brutalità insolita persino per i tedeschi. Che il tema del racconto sia l'azione, e la sua paralisi, lo si comprende dalla prima pagina, dove domina la sintassi nominale e di fatto sono assenti i verbi. A poco a poco, però, l'intervista diventa un vero e proprio duello filosofico sull'uomo e sulla morale dopo la morte di Dio, in cui l'intervistatore – giovane e ingenuo, come a volte gli europei immaginano gli americani – rischia inizialmente di soccombere, come paralizzato dalle risposte perentorie del suo avversario. È solo in un secondo incontro che l'etica del dubbio di Daves riesce finalmente ad avere la meglio sulle certezze granitiche di Ballmeyer (per il quale invece «la responsabilità è sempre un'astrazione») e la storia può concludersi con quello che è, a tutti gli effetti, un esorcismo riuscito. Ma allora è particolarmente importante che sia un'etica della Scelta a fornire la risposta all'idealista venuto da lontano, quando, dopo il destabilizzante confronto con Ballmeyer, Daves ritrova la sua strada grazie a un triplice imperativo: «Chiedere, paragonare, scegliere».

Alla luce di *Intervista con Ballmeyer* si capisce agevolmente per quale motivo Brandys fosse tanto caro a Sartre, il quale propiziò la sua circolazione in Occidente pubblicando parecchi dei suoi racconti piú belli su «Les Temps Modernes» (significativa, da questo punto di vista, anche la dedica che nel 1962 Sartre vergò sulla copia de *I cammini della libertà* regalata allo scrittore polacco: «A Kazimierz Brandys, le cui opere sono state per me la rivelazione di quello che poteva essere la letteratura socialista»). Negli anni questo quadro non ha smesso tuttavia di complicarsi, come si evince da quel *Rondò* che per molti è il capolavoro di Brandys. Qui, negli ambienti teatrali della Varsavia occupata, attorno alla catena "raciniana" che tiene legati senza scampo i personaggi principali (Nina ama Tom, che ama Tola, che ama Cezar, che è sposato con Iza ma che, come capita a certi attori, ama solo sé stesso) rivive la fiaba dell'apprendista stregone. Per tenere lontana dalle attività cospirative la donna di cui è follemente innamorato, lo sprovveduto Tom la arruola infatti in una formazione clandestina di sua esclusiva invenzione, per l'appunto «Rondò», sperando in tal modo di preservarla dal pericolo fino alla fine della guerra. Sembrerebbe una idea brillante, ma a poco a poco la sua "creatura", cosí ingegnosamente costruita, comincia a sfuggirgli, sino a prendere vita da sola e a rivolgersi contro il suo stesso inventore e i suoi cari a mano a mano che si inserisce nella vera lotta contro i tedeschi. Viene da pensare a *Vogliamo vivere* (1942) di Ernst Lubitsch, anch'esso ambientato a Varsavia, e forse non si sbaglia a farlo.

Sarebbe difficile immaginare un condensato piú perfetto dell'universo romanzesco di Brandys (il quale, già un quarto di secolo prima, ne *L'orso*, aveva giocato sulle conseguenze reali delle leggende su un imbattibile comandante partigiano interamente frutto della fantasia popolare – una storia peraltro già raccontata con poche differenze da Gary in *Educazione europea*). Lo stesso Brandys deve averlo pensato, se nei suoi diari del tempo leggiamo una considerazione come questa: «In verità dall'inizio non esistevano per (in) me che due soggetti: 1. Quando, e in che modo, la realtà diventa racconto, e il racconto realtà; 2. Si può, e a che punto, creare il proprio destino, liberato dalla Provvidenza e dalla Storia». Proprio gli interrogativi che la tormentata storia d'amore di Tom e Tola obbliga i lettori a porsi.

In nessun altro libro di Brandys i «due soggetti» originari vengono a intrecciarsi altrettanto perfettamente che in *Rondò*. Il loro confluire nella stessa storia finisce tuttavia per rendere i dilemmi del romanzo anche enormemente piú intricati. La centralità della scelta, affermata con grande chiarezza in *Intervista con Ballmeyer* (dove fornisce il punto di approdo finale), a tratti sembra infatti vacillare davanti ai capricci di un caso fattosi beffardamente imprevedibile. La realtà sfugge di mano, e persino le imprese meglio congegnate rischiano di cadere a vuoto, o per lo meno di non produrre gli effetti desiderati. Ciò non significa che ci si debba però per forza rassegnare, dato che gli stessi uomini che non dominano i risultati delle proprie azioni possono scegliere come reagire all'imponderabile (secondo una concezione compatibilista del rapporto tra necessità e libero arbitrio che ben si riassume nella massima di Seneca secondo cui «i fati conducono chi li asseconda, trascinano chi li contrasta»). Come insomma sentenzia a un certo punto Tom: «La biografia di un individuo non è costituita dagli avvenimenti della sua vita, ma dal suo atteggiamento verso di essi».

Rondò è stato spesso accostato dalla critica ai romanzi coevi di Milan Kundera, con i quali condivide anzitutto la convinzione che la narrativa possa non solo trarre linfa dalla filosofia ma mettere in scena direttamente alcuni dei suoi grandi temi attraverso gli interrogativi esistenziali e metafisici di personaggi inquieti, perennemente in cerca di risposte sulla vita: grandi auscultatori dell'Essere e della Storia, ma soprattutto grandi uomini del dubbio, post-ideologici se non addirittura anti-ideologici. Tom è fatto proprio in questo modo. Rispetto a *Intervista con Ballmeyer*, però, qui l'avversario intellettuale del protagonista non è un generale nazista ma, piú insidiosamente, il suo amico d'infanzia e negativo fotografico Władek. Nell'economia del libro Władek ha la funzione di accompagnare la Polonia nelle sue mille trasfigurazioni aderendo ai piú diversi sistemi filosofici e alle piú varie fedi politiche, ma senza mai deporre lo scetticismo verso la capacità degli uomini di controllare le proprie vite. A queste condizioni, persino la Resistenza (alla quale peraltro anche Władek ha preso parte, nelle file di «Rondò») smette di avere senso ai suoi occhi.

> La Resistenza? La Resistenza è sempre una minoranza che crede di lottare per una idea. La maggioranza invece non si sbilancia, la maggioranza vuol sopravvivere fisicamente, la maggioranza non crede che l'umanità sia retta da idee. E ha ragione perché l'umanità non è una lotta di ragioni e valori, capisci, è un caos… […] Noi uomini ci serviamo del falso per dare ordine alla realtà! Le verità della realtà non esistono, i loro messaggi e le loro testimonianze non sono altro che interpretazioni. […] Cos'è mai l'uomo, signori miei? È un essere che attribuisce un senso alla propria esistenza. Che cos'è l'umanità? È una comunità che cerca di dare senso ai propri destini.

Come Tom, a questo nichilismo di sapore vagamente nietzschiano Brandys non si è mai arreso: e anche il personaggio di Władek (come prima di lui Ballmeyer) gli serve semmai per riaffermare meglio attraverso la contrapposizione dialettica un piccolo nucleo di certezze inscalfibili, fondate, un poco paradossalmente, sul dubbio e sulla ricerca continua, che non approda a nessuna verità definitiva, ma offre almeno un principio guida nelle tempeste della Storia. Insomma, per citare un'ultima volta Tom: «Non appartengo a quel genere di pessimisti che, nel mettersi il collare, affermano che la libertà non esiste».

Nemmeno Hanna Krall appartiene a questa genia: e, come Brandys, per tutta la vita non ha fatto che ribadirlo nei suoi libri. Rispetto a Brandys, che ha rifiutato il nichilismo del paradigma dell'Annientamento mettendo tra parentesi il proprio ebraismo, lei però non ha mai reciso il legame con le origini. Unica scampata di tutta la famiglia alla Shoah, Hanna Krall ha passato gran parte della sua vita adulta intervistando i reduci e i sopravvissuti per poi raccontare le loro storie in testi di sorprendente forza stilistica, dove le incertezze del parlato e i botta e risposta del dialogo si intrecciano a un racconto scabro, caratterizzato dalla precisione dei dettagli e dagli improvvisi cambi di ritmo e di soggetto. Nella pur grande varietà dei casi da lei narrati in tanti anni si intuisce che – dalla intervista all'ultimo comandante degli insorti del ghetto di Varsavia Marek Edelman che le diede la celebrità nel 1977, *Arrivare prima del Signore Iddio*, a quello che molti considerano il suo capolavoro, *Il re di cuori*, del 2006 – a interessarla sono anzitutto le vicende di coloro che non si sono arresi e che, nelle forme piú varie, hanno continuato a lottare per sopravvivere e per salvare i propri cari. La forza dell'amore, nonostante tutto.

Il racconto di Edelman in *Arrivare prima del Signore Iddio* muove dalla banale constatazione che nel 1943 per gli ebrei del ghetto di Varsavia in attesa della deportazione non c'era comunque salvezza. Niente speranze, ma soprattutto niente alternative né angosce per loro: «In fondo non poteva succedere niente. Niente di peggio della morte, perché si trattava sempre della morte, non della vita. Forse quella situazione non era affatto drammatica. Il dramma è quando puoi prendere una decisione, quando qualcosa dipende da te. Là invece tutto era già pregiudicato in partenza». Siamo insomma non troppo lontani dalla rassegnazione con cui, solo qualche anno prima, Białoszewski aveva raccontato la successiva insurrezione dell'intera città. Questo però è solo il punto di partenza, perché a poco a poco, negli scambi con Hanna Krall, Edelman lascia emergere le ragioni che portarono lui e i suoi amici a battersi comunque. Rifiuto della rassegnazione («Questo affaccendarsi non portava a nulla, visto che comunque morivamo tutti, ma almeno non si aspettava il proprio turno inerti»). Desiderio di portare testimonianza dell'orrore nazista («Bisognava morire coi fuochi d'artificio. Allora ce n'era tanto bisogno»; «Bisognava morire pubblicamente, sotto gli occhi del mondo»). Orgoglio, per quanto alieno da qualsiasi mistica della guerra («Gli uomini hanno sempre creduto che sparare è il massimo dell'eroismo. Allora abbiamo sparato»; «Visto che l'umanità si è accordata che morire con le armi in pugno è piú bello che senza, allora ci siamo sottomessi a questa convenzione»). E poi un'immagine. Una immagine prima di tutto.

> L'immagine che piú lo ferisce, tra le tante umiliazioni inflitte agli ebrei sottomessi, è quella di un piccolo vecchio ingobbito, issato a forza su una botte e schernito dagli aguzzini che ciocca dopo ciocca gli tagliavano la barba, mentre intorno la folla rideva.
>
> – Ho capito allora che la cosa piú importante era non lasciarsi piú mettere sulla botte. Mai, da nessuno. Lo capisci? Tutto quello che ho fatto in seguito, l'ho fatto per non lasciarmici mettere.

Certo, ammette Edelman, «si trattava solo della scelta del modo di morire». Eppure questa scelta conta per davvero, e non è solo la fiammata inconsapevole dei racconti di Borowski, Der Nister e Grossman, come pure nelle sue parole non c'è traccia del culto della bella morte che troviamo in Kolitz (l'ebraismo combattente di Edelman mostra anzi quanto vi sia di posticcio e di stonato nella descrizione della rivolta del ghetto di *Yossl Rakover si rivolge a Dio*). Lo straordinario paradosso di *Arrivare prima del Signore Iddio* è che, nonostante l'accumularsi di violenze inenarrabili (descritte senza eufemismi e giri di parole), le parole di Edelman suonano alla fine come caloroso inno alla vita – un tratto di tutta la letteratura di Hanna Krall che, non meno paradossalmente, si può ripetere anche per *Il re di cuori* e per molti degli altri suoi libri). Questo succede perché l'intervista intreccia la lotta di Edelman nel ghetto con la sua successiva esperienza di cardiologo di fama internazionale, impegnato a prendere decisioni difficili per salvare la vita ai suoi pazienti (molto piú difficili di quelle della sua giovinezza, che erano solo disperate). Perché non bisogna darsi mai per vinti, certo. E perché, «quando si conosce bene la morte, si ha piú responsabilità nei confronti della vita». Sino all'affermazione lapidaria su cui si chiude l'intervista, senza che il lettore sappia davvero di quale delle sue esperienze Edelman stia parlando, se della prima, o della seconda, o piú verosimilmente di tutte e due: «ogni vita rappresenta per ciascuno l'intero cento per cento».

Il racconto incluso in questa antologia, *Il fantasma del dolore* (ispirato alla vera storia di Axel von dem Bussche) condivide la stessa etica minimalista ma la declina su una nota assai piú amara. Provare a uccidere Hitler non è un atto di coraggio, ma la sola cosa dignitosa che un ufficiale tedesco può fare dopo aver scoperto quello che viene fatto agli ebrei in Polonia. Anche qui, in fondo, si tratta solo di stabilire come finirla: «Ogni giorno poteva essere l'ultimo. E stando cosí le cose, perché non scegliersi da sé l'ultimo giorno? Morire per aver ammazzato il Führer sarebbe stato decisamente piú sensato che morire sul fronte orientale...» Cambia pochissimo. Praticamente niente. E tuttavia è proprio in questa impercettibile differenza che può celarsi il senso di un'intera vita.

Dai Balcani: la guerra intestina.

Nel XX secolo i Balcani sono stati spesso la macchina del tempo dell'Occidente. Per ricostruire i processi di composizione e trasmissione orale dell'epica omerica negli anni Trenta il grande grecista americano Milman Parry viaggiò per due anni in lungo e in largo per la Bosnia e il Montenegro registrando le performance dei cantori locali (estese, nei casi piú estremi, per oltre diecimila versi). Allo stesso modo, per i politologi e gli antropologi i Balcani hanno rappresentato un raro esempio di sopravvivenza degli antichi sistemi tribali in un continente in cui da tempo le strutture statali avevano invece dissolto quasi dappertutto il potere dei clan famigliari. Il mondo di ieri praticamente dietro casa.

Durante il secondo conflitto mondiale questa sopravvivenza dei sistemi tribali e delle contrapposizioni etniche ha influito anche sulle forme dell'occupazione italo-tedesca e della Resistenza. I nuovi conflitti portati dagli invasori si innestarono infatti presto su un sostrato di tensioni pregresse nutrite dalle differenze linguistiche, religiose e di costumi. Per fare solo due esempi, i tedeschi in Jugoslavia sfruttarono l'indipendentismo croato di estrema destra degli ustascia e l'anticomunismo dei cetnici serbi (pur formalmente ostili all'Asse) nella lotta contro l'Esercito Popolare di Liberazione del generale Josip Tito, mentre in Albania solleticarono le mire espansionistiche albanesi a spese del Montenegro e della Serbia per guadagnarsi la simpatia della popolazione dopo l'8 settembre. In queste zone l'occupazione italo-tedesca finí cosí per alimentare una feroce guerra civile le cui piaghe avrebbero continuato a sanguinare per parecchi decenni.

Le tensioni etniche dei Balcani hanno determinato anche i modi in cui la Resistenza è stata successivamente raccontata nelle letterature di questa area geografica. Nei paesi socialisti come la Jugoslavia e l'Albania ha a lungo prevalso una rappresentazione in fondo conciliata del recente conflitto, che semplificava il complesso intreccio di interessi e aspirazioni delle diverse comunità per ridurre la lotta che si era combattuta a una semplice alternativa tra progresso e reazione, difesa della patria e asservimento agli invasori. È quello che succede per esempio nel romanzo *Il sole era lontano* del serbo Dobrica Ćosić (successivamente teorico della «Grande Serbia» e primo presidente della Repubblica Federale di Jugoslavia dal 1992 al 1993, al tempo della guerra civile) o nella raccolta di racconti *L'esecuzione* del montenegrino Milovan Đilas (a lungo braccio destro del maresciallo Tito e poi dissidente del regime), tanto per menzionare due dei pochi libri di narrativa sul tema che vennero tradotti anche in italiano. L'impressione generale è che gli scrittori migliori, almeno a partire dagli anni Sessanta, abbiano concentrato invece la loro attenzione proprio sugli aspetti piú disturbanti della lotta contro i tedeschi e gli italiani, a cominciare dal peso nel conflitto delle animosità pregresse e dal sospetto delle popolazioni contadine verso qualsiasi formazione armata. Persino piú che altrove, nei Balcani la Resistenza ha lacerato al proprio interno tutte le comunità, ed è in questa chiave che i narratori piú interessanti, o forse semplicemente quelli meglio conosciuti all'estero, hanno raccontato gli anni tra il 1939 e il 1945 (per ragioni politiche, la lotta di Liberazione fu estremamente popolare tra gli autori jugoslavi dopo la fine del conflitto, ma nella stragrande maggioranza dei casi i loro libri non hanno raggiunto i lettori occidentali, e qualcosa di simile si può ripetere anche per il romanzo greco, con il risultato che è difficile formulare un giudizio appena competente su queste letterature a chi non possiede gli strumenti linguistici necessari).

Ciò ha avuto tre conseguenze di primo piano. Almeno dall'antica Grecia e dall'antica Roma, uno dei principali *topoi* sulla guerra intestina è la sua maggiore ferocia rispetto alle guerre normali, come se i legami precedenti e la condivisione di uno stesso spazio (reale e simbolico) rendessero piú intensa anche la relazione di inimicizia una volta innescata la spirale della violenza reciproca. Lo stesso vale anche per il secondo conflitto mondiale, e il primo tratto distintivo di molta della letteratura partigiana dei Balcani è l'efferatezza con cui vediamo condurre le azioni militari dai diversi gruppi armati. Solo qui potrebbe ambientarsi un dialogo come quello che l'albanese Kadare ha immaginato tra un bambino e un adulto nell'autobiografico *La città di pietra* (1970):

> – Sai chi era Omer, o Omero? – mi chiese Isà.
> – No. Dimmelo.
> – Era un poeta greco cieco.
> – Chi gli ha cavato gli occhi? Gli italiani?
> Scoppiarono a ridere.

Come scrisse il poeta e partigiano croato Ivan Goran Kovačić nel saggio *La paura nell'arte* (1940): «Tenere in mano le proprie gambe, estrarre i propri occhi dalle orbite come fosse gomma elastica, vomitare spade come gli angeli e i demoni di san Giovanni, stringere fra i pugni le proprie budella e presenziare alla propria sepoltura – non è piú un sogno, bensí l'immagine realistica della nostra condizione». Per cosí dire, la «disumanizzazione dell'arte» che costituisce una delle cifre piú evidenti della produzione letteraria, pittorica e musicale del XX secolo (secondo la precoce diagnosi di José Ortega y Gasset) in Jugoslavia, Albania e Grecia avrebbe travalicato la dimensione puramente estetica e, da fenomeno di stile, si sarebbe fatta esperienza vissuta. Un poco quello che è stato detto dei romanzi di Franz Kafka come premonizione dei totalitarismi novecenteschi o che il narratore cubano Alejo Carpentier ha scritto nella premessa a *Il regno di questo mondo* (1949) a proposito degli esperimenti a freddo del surrealismo che nella «inattesa alterazione della realtà» fondata sulla «fede» delle popolazioni caraibiche avrebbero trovato la loro espressione piú compiuta – solo che nei Balcani questo sarebbe successo con la violenza. Un testo come *Scuola di empietà* di Aleksandar Tišma – di fatto un'unica, interminabile scena di tortura a morte di un partigiano – potrebbe indurre davvero a crederlo. Perché, come dice un personaggio di Kadare a proposito degli anni dell'Occupazione: «Il mondo cambia sangue. [...] L'uomo cambia sangue ogni quattro o cinque anni, e il mondo ogni quattrocento o cinquecento. Questi che stiamo vivendo sono gli inverni del sangue» (*La città di pietra*).

La seconda conseguenza della scelta di raccontare la Resistenza anzitutto come guerra intestina è una evidente tendenza a simmetrizzare le posizioni. Tanto il paradigma della Scelta quanto quello dell'Annientamento prevedono il confronto tra due avversari di forze sproporzionate (rispettivamente una forza di occupazione organizzata e i partigiani, o, nel secondo caso, i carnefici e le vittime), mentre qui la dialettica fondamentale occupante/occupato, coglie solo in parte un conflitto dove le due parti si macchiano di crimini altrettanto orrendi. Qualcuno, come Antonis Samarakis ne *Il fiume*, ne ha tratto spunto per un messaggio pacifista contro ogni guerra, lasciando quanto piú indeterminate le identità dei suoi belligeranti proprio per parlare agli uomini di tutto il mondo. Altri, come Meša Selimović e Branko Ćopić nei racconti qui antologizzati, hanno sfruttato piuttosto le evidenti potenzialità comiche della situazione, di fatto contestando con la risata la memoria ufficiale della Resistenza promossa dal regime del maresciallo Tito. In entrambi i casi, comunque, una rappresentazione del tutto inimmaginabile nel resto dell'Europa: tanto a Est quanto a Ovest, dove le parti del buono e del cattivo sono assegnate con estrema chiarezza sin dall'inizio.

Insistere tanto sulla guerra civile ha però anche un terzo effetto di prima grandezza. In un conflitto intestino la violenza travolge a poco a poco anche chi cerca di sottrarsi alla lotta, i potenziali mediatori restano schiacciati dall'inasprirsi delle posizioni, nessuno riesce a rimanere interamente fuori dal ciclo di vendette e ritorsioni. In questo quadro, gli autori balcanici (greci compresi) sono stati dei veri specialisti nel raccontare le sofferenze di chi finisce preso nel mezzo: le vittime, spesso innocenti, di eventi troppo piú grandi di loro. I racconti di Selimović e Ćopić inclusi nell'antologia lo fanno con il sorriso (per quanto agrodolce), ma su una nota completamente diversa su questo medesimo punto insiste anche il capolavoro della letteratura serba della Resistenza, il breve romanzo lirico dello stesso Selimović *Nebbia e chiaro di luna*, dove il rapporto dei partigiani con il mondo contadino viene mostrato in tutta la sua verità, in un intreccio di sospetti reciproci, opportunismi, tensioni tra città e campagna e occasionali solidarietà che solo molto piú tardi è emerso anche nelle ricerche degli storici come uno degli aspetti piú critici della lotta antifascista, tra risorse scarse e terrore popolare delle rappresaglie.

Assai meglio che il paradigma della Scelta e il paradigma dell'Annientamento, il paradigma della Guerra intestina degli scrittori balcanici ha saputo rappresentare il punto di vista dei tanti che cercarono solo di sopravvivere a un conflitto di cui non comprendevano le ragioni e che subirono come una catastrofe naturale. Il grande *epos* di questa arte di arrangiarsi tra le fazioni opposte è probabilmente *Madre di cane* di Pavlos Matesis (1933-2013), che all'uscita riscosse straordinario successo in Grecia prima di venire tradotto in tutte le maggiori lingue europee. La scelta originale di Matesis è proprio quella di raccontare gli anni dell'Occupazione, Resistenza compresa, dalla prospettiva di una famiglia poverissima, dove, alla scomparsa del padre disperso in battaglia, per sostentare i figli la vedova Assimina si rassegna alla carità dei soldati italiani stanziati nella zona che accoglie maternamente nel suo letto – cosa che fa di lei, al momento della Liberazione, una collaborazionista da umiliare in pubblico ad ammaestramento dei greci di domani (la scena in cui Assimina viene sottoposta alla punizione umiliante del taglio dei capelli, come si usava fare con le donne che si erano concesse agli invasori, è sicuramente la piú sconvolgente dell'intero libro).

Assimina, sua figlia Rubina detta Raraú e il fratello appartengono a una genia di perdenti sotto ogni costellazione storica, incapaci di fare distinzioni tra le fazioni in lotta anche perché destinati a pagare comunque il prezzo piú alto. Nei testi scritti a ridosso della guerra la presenza di personaggi politicamente inconsapevoli serviva sempre a preparare la successiva presa di coscienza (i racconti di Aragon, ma anche *Un posto dove stare* di Anna Seghers, sono un ottimo esempio di questa letteratura della maturazione degli oppressi, secondo il piú canonico paradigma della Scelta). Con il romanzo di Matesis gli umiliati e offesi della Storia sono invece per la prima volta portatori di una loro modesta verità, e questa verità alternativa, caparbiamente sorda alle promesse dei contendenti dell'una e dell'altra parte, non prevede alcuna evoluzione nel corso del racconto. Sentiamo per esempio Raraú, in uno dei suoi tanti sfoghi:

> Detto tra noi, ora, io non li ho mai capiti questi atti di eroismo. Io dico sempre, e se avessimo dato ai Tedeschi il permesso di passare attraverso la nostra Patria per poi andare a farsi gli affari loro senza dargli fastidio? Non sarebbe stato meglio? Non avremmo evitato anche l'Occupazione e la carestia? Voglio dire, che cosa ci abbiamo guadagnato, sia dal punto di vista famigliare che da quello nazionale [...]? Gli altri popoli che non hanno resistito ai Tedeschi erano scemi? Solo noi ha preso in giro quell'anima di merda di Churchill, che sia maledetta la sua tomba? E ancora, lo dico sempre, che cosa abbiamo guadagnato con la cosiddetta Liberazione?

Non sembra, peraltro, che a pensarla cosí nel romanzo sia solo Raraú. Per gli ultimi, a conti fatti, cambia poco chi comanda. Ecco allora l'episodio della compagnia teatrale itinerante che nemmeno si rende conto che sono arrivati i liberatori e crede che i tedeschi siano ancora in Grecia («Tre mesi prima c'era stata la Liberazione, ma quelli [...] non ne erano stati informati. Lo seppero con tre mesi di ritardo, festeggiarono l'evento retrospettivamente e presero la via del ritorno [...]. Ovviamente cambiarono in modo adeguato anche i titoli delle opere, in modo da accordarle alla nuova vittoriosa situazione»). O la figura di un sarto omosessuale che passa da un partito all'altro seguendo le inclinazioni politiche del nuovo amore del momento, in una sorta di incunabolo delle vicende greche degli anni Quaranta del Novecento, tra dittatura di Metaxas, Occupazione e guerra civile tra partigiani comunisti e partigiani nazionalisti («Le sue convinzioni erano di volta in volta influenzate dai suoi sentimenti. Si era messo con un partigiano? Parlava di Marx e ricamava falci e martelli. Se la faceva con uno squadrista? Usciva a passeggio col distintivo di una corona all'occhiello»). Una storia certamente non bella da ascoltare, ma alla quale occorre tuttavia prestare orecchio, perché, a suo modo, ci racconta anche essa un volto della Resistenza, o per lo meno dello scetticismo con cui venne guardata in certi ambienti popolari.

Senza dubbio *Madre di cane* si riallaccia a un filone di romanzi degli anni Ottanta in cui la centralità assegnata per la prima volta alle vittime civili e addirittura ai collaborazionisti, invece che ai partigiani combattenti, ha trasformato gradualmente (e in anticipo sulle ricerche degli storici) il modo in cui guardiamo oggi alla Resistenza. Gli altri libri decisivi in questo filone sono stati anzitutto *L'attentato* di Mulisch (per le vittime civili) e il cronologicamente prossimo *La sofferenza del Belgio* di Hugo Claus, del 1983 (per i collaborazionisti), ma riandando indietro di qualche anno è possibile che la vera opera di rottura sia stata il film di Louis Malle del 1974 *Cognome e nome: Lacombe Lucien* sulla storia di un giovanissimo membro della Gestapo francese che si innamora di una ragazza ebrea e cerca di fuggire con lei in Spagna ma finisce fucilato alla Liberazione: una pellicola che in patria ricevette critiche cosí violente da costringere Malle a trasferirsi per una dozzina di anni negli Stati Uniti per poter continuare a fare del cinema, a riprova di quanto il tema fosse ancora scottante a trent'anni quasi dalla caduta del fascismo.

Allo stesso tempo, però, il romanzo di Matesis ha qualcosa che lo rende diverso da tutti gli altri libri sulla collaborazione. Se la vicenda di Assimina e della sua famiglia non potrebbe essere piú triste, *Madre di cane* deve infatti molto del suo fascino al tono scanzonato con cui quelle vicende dolorose sono raccontate da Raraú (da questo punto di vista il libro di Matesis si inscrive in una precisa tradizione di racconti e romanzi della Resistenza che nelle diverse lingue hanno sfruttato al meglio le risorse espressive dell'oralità, da Aragon a Louis Paul Boon, da Škvorecký a Hrabal, da Białoszewski a Krall). Con la sua voce inconfondibile e il suo trascinante eloquio popolare, Raraú è senza dubbio uno dei grandi personaggi della letteratura europea di fine Novecento: una narratrice completamente inattendibile (una maliarda mangiatrice di uomini, che alla fine del romanzo il lettore scopre essere ancora vergine alla soglia dei sessant'anni), capace però di illuminare di una luce nuova la lotta per la libertà dei greci (ma in generale di tutti gli europei) nonostante di quegli eventi lei comprenda sempre troppo poco, dalla sua posizione doppiamente marginale di donna e di adolescente (proprio come Matesis, Raraú è nata nel 1933). Un trionfo della gioia di esistere, piú che di resistere: comunque vada.

L'allegria di Raraú si apprezza ancora di piú a riscontro delle incredibili efferatezze che hanno segnato l'Occupazione nei Balcani e che qua e là fanno una rapida comparsa anche in *Madre di cane*, in qualche modo rese piú spaventose ancora perché accennate solo di passaggio tra un discorso e l'altro. Osservato da Occidente, questo mondo dove per i bambini i ciechi sono tali perché qualcuno ha cavato loro gli occhi può apparire addirittura incomprensibile: una terra ancora barbara e selvaggia, dove la violenza stessa rimane arcaica al contrario delle morti tecnologicamente avanzatissime portate in Polonia e in Russia dall'avanzata dell'esercito tedesco. Da qui a sviluppare un mal riposto senso di superiorità il passo è breve, e neanche la narrativa degli Alleati è stata immune alla tentazione di etnicizzare le popolazioni dei Balcani, riducendole a una serie di stereotipi, come si vede bene dall'unico racconto che il romanziere britannico Evelyn Waugh ha dedicato alla sua esperienza militare in Jugoslavia come ufficiale di collegamento con i partigiani comunisti. Nelle sue intenzioni *Compassione* dovrebbe essere un inno alla carità cristiana, ma un occhio appena smaliziato riconosce subito i tremendi pregiudizi coloniali del protagonista (un alter ego dello stesso Waugh), che fatica a riconoscere l'umanità dei propri interlocutori, e si prende cura di loro come potrebbe fare con un cane affamato o uccellino intirizzito. Suona particolarmente fastidiosa la rappresentazione dei questuanti ebrei: comici e miserabili, unicamente interessati al lato pratico (materiale, economico) della vita e pronti a fare commercio di qualsiasi cosa con la loro «babele di spiegazioni e di rimbrotti», ma anche «inebetiti» e incapaci di esprimersi con lui se non in un «piagnisteo poliglotta, tirando in ballo case, e averi derubati, e razioni». Tutti odiosi preconcetti antisemiti. Se non fosse che nelle stesse pagine allo stesso modo vengono trattati anche i partigiani jugoslavi: malfidi, avidi, efferati, resi ancora piú ottusi dalla loro ideologia (in quanto comunisti). Verso un mondo cosí distante si può provare pietà, certo. E per alleviare almeno un poco le sue sofferenze si possono anche investire considerevoli energie. Provare a capirlo sarebbe però per Waugh solo uno spreco inutile.

La cecità compassionevole di Waugh è particolarmente significativa perché viene da qualcuno che ha combattuto dalla stessa parte dei partigiani di Tito e che per questo dovrebbe provare nei loro confronti almeno un pizzico di simpatia. Il suo disgusto invece rivela come certi stereotipi fossero diffusi persino tra coloro che si erano battuti contro l'ordine hitleriano. Si comprende allora perché a partire dagli anni Sessanta alcuni dei migliori romanzieri che hanno raccontato la Resistenza dai Balcani si siano posti il problema di allargare il quadro, non limitandosi alla guerra ma cercando di smontare gli argomenti propagandistici con cui le forze dell'Asse avevano giustificato la loro occupazione. L'idea, insomma, che nella loro millenaria arretratezza i popoli balcanici non fossero ancora in grado di governarsi da soli, e che per questo, in una forma o nell'altra, continuassero ad aver bisogno di qualcuno che venisse a prendersi cura di loro dal di fuori. Ieri gli italiani e i tedeschi. Domani, forse, gli americani e gli inglesi. O magari i russi.

Tra questi romanzieri svetta sicuramente Ismail Kadare (1936-2024), il quale sarebbe tornato spesso sugli anni della Occupazione dell'Albania nei suoi scritti, ma che, come si è visto, nel suo romanzo di esordio *Il generale dell'armata morta* ha saputo raccontarli dall'inedita prospettiva di una missione di recupero dei caduti italiani a quindici anni dalla fine delle ostilità («una specie di duplicato della guerra» realmente avvenuto, e al quale lui stesso aveva peraltro preso parte in qualità di interprete). Si tratta di un libro di straordinaria potenza lirica e simbolica, che può ricordare addirittura *Cuore di tenebra* di Joseph Conrad per il modo in cui i due protagonisti, il generale e il cappellano militare che lo accompagna a mano a mano che penetrano all'interno del paese sembrano compiere un vero e proprio viaggio nel tempo che risveglia memorie penose per tutti e culmina in una cerimonia tradizionale di matrimonio, quando le atrocità degli occupanti di allora vengono esibite finalmente in tutto il loro orrore. Diari, sogni, frammenti di monologhi in corsivo giunti da chissà dove fanno riemergere un conflitto ormai dimenticato da tutti, senza cadere nella menzogna del buon italiano e del cattivo tedesco ma anche con una non comune simpatia per tutti i caduti, indipendentemente dalla loro provenienza (come nella pagina finale, in cui il generale, sul punto di tornare in patria, guarda «i fiocchi che si posavano sul cemento umido e in un istante si saturavano d'acqua, per poi sciogliersi e sparire, mentre altri continuavano senza fine a cadere dal cielo»: un chiaro riferimento alle troppe vite sacrificate inutilmente quindici anni prima).

La giusta *pietas* per i morti non acceca però Kadare. Uno dei suoi punti di forza è anzi proprio la consapevolezza politica che sorregge il romanzo. Kadare scrive negli anni della decolonizzazione, in cui l'opposizione tra Nord e Sud del mondo sembrava essere diventata ancora piú importante di quella tra blocco occidentale e blocco orientale e in cui l'Albania aveva appena preso le distanze dall'Unione Sovietica per allearsi con la Cina comunista. Ne *Il generale dell'armata morta* si avverte cosí l'orgoglio dell'ex subalterno che ha preso consapevolezza dello stato di minorità nel quale è stato tenuto sino a quel momento e rivendica dagli altri il rispetto che pure a lui è dovuto. È in questa prospettiva che Kadare introduce anche la questione della guerra civile, attraverso le parole del prete che accompagna il generale e che, conoscendo la lingua del luogo, si spaccia per un grande esperto dell'Albania e dei suoi costumi. I conflitti tribali e l'istituto della faida sono per lui la prova principale della irredimibile barbarie dei suoi abitanti.

> Gli albanesi hanno sempre avuto il gusto di uccidere o di farsi uccidere. Quando non hanno trovato un nemico da combattere si sono uccisi tra loro.
>
> A spingerli alla guerra è un istinto atavico. Lo chiede, lo esige la loro natura. In tempo di pace gli albanesi si intorpidiscono, sonnecchiano, come i serpenti. Solo in battaglia la loro vitalità dà libero sfogo.
>
> I temi dominanti dei loro canti sono la distruzione e la morte. È una particolarità della loro arte. La si ritrova nei loro canti, nel loro abbigliamento, in tutta la loro esistenza. È, in genere, una caratteristica comune a tutti i popoli balcanici, ma negli albanesi è piú pronunciata che negli altri.
>
> La loro faida somiglia a un lavoro teatrale composto secondo tutte le regole della tragedia, con un prologo, una tensione drammatica in continua ascesa e un epilogo che comporta la morte.
>
> Attraverso i secoli, gli albanesi non han fatto che recitare un cruento lavoro teatrale.

Come fidarsi di un popolo simile? Cena dopo cena, la lezione del prete scandisce la prima metà romanzo, e anche il generale a un certo punto mostra di non pensarla troppo diversamente («La guerra, qui, non è stata come tutte le guerre. [...] Non si è combattuta su dei fronti. Si è infiltrata dappertutto, come un verme, in ogni cellula di questo paese»). Questa deprecazione degli albanesi e della loro terra entra in crisi però quando un abitante del luogo, che evidentemente comprende la lingua dei due stranieri e che ha sentito le ultime parole del prete, non interviene, ribattendo che queste usanze non hanno nessun rapporto con una presunta psicologia dell'*homo balcanicus* ma sono piuttosto il risultato di una lunga storia di oppressione. Anzi, gli esperti stranieri che si sono occupati tanto di faida lo hanno fatto con un unico proposito: «preparare l'opinione pubblica all'annientamento del popolo albanese».

Si tratta solo di una battuta folgorante, ma in qualche modo l'intero romanzo ruota attorno a essa. Come gli albanesi hanno saputo opporsi agli italiani con le armi, ora, in una nuova fase della loro storia, è arrivato il momento di smontare l'immagine di arretratezza che le grandi nazioni europee cercano ancora di proiettare su di loro allo scopo di controllarli meglio. Ma per Kadare questo vale evidentemente anche per i narratori, che devono accettare la difficile sfida di raccontare la Resistenza del proprio paese nella sua specificità (l'intreccio di guerra e guerra civile) senza trarne però le conseguenze etnicizzanti che hanno caratterizzato sino a quel momento il discorso coloniale. Una esigenza, se possibile, oggi persino piú forte alla luce delle guerre jugoslave (1991-95), del Kosovo (1998-99) e della Macedonia (2001), e della tentazione mai sopita di vedere il destino storico dei Balcani in una lunga catena di conflitti fratricidi.

Nei suoi romanzi successivi Kadare non rinuncerà a raccontare ancora i traumi della guerra, a cominciare dall'autobiografico *La città di pietra* (1970), dove i partigiani sono osservati con gli occhi di un bambino che poco capisce delle vicende degli adulti e per il quale gli anni dalla occupazione italiana all'ascesa del regime comunista passano come un unico caleidoscopio di forme e di colori, efferatezze comprese. Come dice un personaggio: «Pare che adesso facciano un nuovo tipo di guerra. [...] Non so come la chiamano, lotta alle classi o lotta delle classi. Non come le altre. I fratelli si ammazzano fra di loro e il figlio uccide il padre. E nella loro stessa casa, a tavola. Lo guarda fisso negli occhi, poi gli dice che non lo riconosce piú come padre e gli spedisce una palla in testa».

Il tardo *Un invito a cena di troppo* (2009) ripercorre ancora la stessa fase ma con un tono almeno all'inizio piú leggero, perché – attraverso le chiacchiere e le dicerie di strada – gli eventi stessi sembrano perdere consistenza ed evaporare in una sorta di gigantesca commedia degli equivoci, fino alla conclusione ancora una volta nel segno del sangue, sotto lo spietato regime stalinista di Enver Hoxha (regime del quale, peraltro, Kadare rimase fino agli anni Ottanta un caloroso sostenitore, prima di chiedere improvvisamente asilo politico in Francia nel 1990 e di riorientare la propria opera in chiave antitotalitaria con una serie di romanzi politico-allegorici inaugurata da *La piramide*, del 1992).

Rispetto allo sguardo sobrio con cui Kadare aveva raccontato la Resistenza ne *Il generale dell'armata morta*, i libri successivi pagano quella che si potrebbe definire una forma di "autoesotismo". Sempre piú in questa seconda fase il mondo balcanico viene descritto come una terra ancestrale di brutalità e incanti, messa in scena per un pubblico internazionale che nell'Albania piú arcaica cerca una delle possibili incarnazioni dell'Altro da sé. Lo sguardo infantile de *La città di pietra* e il coro paesano di *Un invito a cena di troppo* svolgono in questa ottica esattamente la stessa funzione di reincantamento, ed è significativo che, da un punto di vista prettamente stilistico, portino Kadare ad adottare un procedimento simile, quando la città, come entità collettiva, composta di uomini ma ancora prima di palazzi secolari, si fa in entrambi soggetto grammaticale e personaggio.

J. M. Coetzee ha descritto bene come funziona questo meccanismo perverso nelle culture periferiche: «Il romanzo inglese è scritto in primo luogo dagli inglesi per gli inglesi. È questo a farne il romanzo inglese. Il romanzo russo è scritto dai russi per i russi. Ma il romanzo africano non è scritto dagli africani per gli africani. Magari i romanzieri africani scrivono dell'Africa, di esperienze africane, ma mi sembra che mentre scrivono non facciano altro che guardarsi alle spalle, con un occhio agli stranieri che li leggeranno» (*Elizabeth Costello*, 2003). Purtroppo, è quello che succede troppo spesso anche agli autori balcanici. E lo stesso Kadare, riorientando la propria scrittura per i suoi lettori parigini dopo il successo de *Il generale dell'armata morta*, nei suoi libri successivi sulla Resistenza ha finito malauguratamente per mettersi al servizio del medesimo discorso coloniale che il suo romanzo di esordio aveva invece saputo demistificare con straordinaria abilità narrativa.

Partigiani migranti.

Qualcuno potrebbe chiedersi a questo punto: quale è il modo piú corretto di parlare della Resistenza? Attraverso la Scelta? L'Annientamento? La Guerra intestina? Posta in questi termini si tratta però di una domanda ingannevole, dal momento che ciascuno dei tre paradigmi introdotti sino a qui permette di evidenziare aspetti diversi ma altrettanto rilevanti di uno stesso fenomeno dalle molte facce, aiutando semmai i lettori ad apprezzarne – per somma – la straordinaria complessità. Le stesse classificazioni geografiche vanno prese peraltro tutt'al piú come tendenze generali. Come si è visto, anche a Occidente c'è stato chi non ha raccontato la lotta partigiana come scelta (Gary, Duras, Blanchot e, come si vedrà tra poco, Hermans e Mulisch). E anche a Oriente e nei Balcani non sono mancati invece coloro che lo hanno fatto (ad esempio Brandys e Krall). Per non parlare della guerra intestina: che nell'Europa hitleriana – dove a nessuna latitudine c'è stata carenza di collaborazionisti per opportunismo o per intima convinzione – non ha riguardato, ovviamente, soltanto la penisola sudorientale del continente.

La tendenza degli scrittori della Resistenza ad ambientare racconti e romanzi soprattutto nel proprio paese ha inevitabilmente consolidato l'idea di una rigida partizione per aree geografiche. Certo, alcuni scrittori tedeschi in esilio in Francia, come Anna Seghers e Stephan Hermlin, hanno optato senza difficoltà per una Parigi diventata nel frattempo anche la loro città (rispettivamente in *Un posto dove stare* e in diversi racconti de *L'età della solitudine*). Il complotto ordito da Claus von Stauffenberg per assassinare Hitler ha riscosso vastissima fortuna internazionale, soprattutto dopo il best-seller militare-poliziesco di Hans Hellmut Kirst *La notte dei generali* (1962) e il suo adattamento hollywoodiano del 1967 a opera di Anatole Litvak (lo si trova tra l'altro ne *L'amico ritrovato* di Fred Uhlman, del 1971, e ne *Gli aquiloni* di Gary, oltre a *Il fantasma del dolore* di Hanna Krall e a un racconto del già menzionato Hermlin, *Il sottotenente York von Wartenburg*, del 1946). Waugh ha attinto ai propri ricordi della missione inglese nei Balcani per *Compassione*. Si tratta però, appunto, di casi isolati, che si possono spiegare quasi sempre con le particolari esperienze compiute dai narratori negli anni della guerra o con l'indubbia forza narrativa di un particolare evento (per quanto riguarda il fallito attentato contro Hitler).

C'è tuttavia una eccezione vistosa. Le grandi distese dell'Europa orientale hanno sollecitato la fantasia degli scrittori occidentali come non è successo probabilmente con nessun altro teatro di guerra. Tanto *Educazione europea* di Gary e *La casa vuota* di Hermans quanto *Se non ora, quando?* sono ambientati qui. In questa scelta nel primo e nel terzo caso ha giocato sicuramente un ruolo decisivo la biografia dei due autori. Gary era originario della Lituania, e anche se si era trasferito a Parigi con la famiglia all'età di quattordici anni, nel 1928, il suo rapporto con le terre d'origine rimase sempre molto forte, contribuendo alla sua mitologia personale. Nel caso di Levi ha sicuramente contato invece la conoscenza diretta delle terre percorse dalla banda di ebrei apolidi del suo romanzo, conoscenza maturata durante il travagliato viaggio di ritorno da Auschwitz narrato ne *La tregua* (1963).

Al di là della esperienza dei luoghi, Gary e Levi possono essere stati attratti anche da un altro elemento: il senso di libertà che i grandi spazi come le pianure dell'Europa orientale sanno comunicare a coloro che le attraversano. Lo suggeriscono alcuni passaggi, per quanto rapidi, delle loro opere. Montesquieu aveva sostenuto che il «bel sistema» costituzionale inglese era nato nelle «foreste dei Germani» (*Lo spirito delle leggi* XI.6), e tutti e due sembrano fargli eco, attribuendo alle pianure boscose della Polonia e della Russia un potere analogo nel promuovere tra uomini l'amore per l'autogoverno e l'odio per l'oppressione: «La libertà è figlia delle foreste. È là che è nata ed è là che torna a nascondersi, quando le cose vanno male», scrive Gary in *Educazione europea*. «Molti fra noi non avevano mai gustato il sapore della libertà, e l'hanno imparato a conoscere qui, nelle foreste», gli fa eco Levi in *Se non ora, quando?* Dopo anni di oppressione nazista nessuno spazio si presterebbe insomma altrettanto bene di questo a propiziare simbolicamente la rinascita di quei principî che Hitler aveva cercato di estirpare per sempre dal petto degli uomini.

Tanto Gary quanto Levi rimangono però due scrittori occidentalissimi, che poco o nulla hanno in comune con i grandi narratori polacchi, cecoslovacchi, yiddish e russi della Resistenza. *Educazione europea* annuncia i motivi neoromantici di tutta la futura opera di Gary, esotismo e mito biografico compresi. Quanto a Levi, sarebbe difficile immaginare una fedeltà piú assoluta al paradigma della Scelta con cui, come si è visto, la lotta antifascista è stata raccontata prevalentemente in Francia, Italia e Germania. Il termine, non a caso, ricorre spesso nel testo, e sempre in snodi importanti del romanzo: «Doveva scegliere, e la scelta era difficile» o «Un uomo deve pesare bene le sue scelte» (anche come negazione paradossale: «Vedi, non avere scelta è un vantaggio» o «Non avere scelta è una scelta»). Anzi, addirittura didascalico nella sua esplicitezza in proposito suona uno dei dialoghi alla fine del libro, tra il capitano russo Smirnov e il protagonista Mendel (la verbosità e l'ansia pedagogica di *Se non ora, quando?* lascia sempre un po' di stucco a paragone della straordinaria sobrietà dei libri di memorie di Levi):

> – Ammiro te e i tuoi compagni, e vi invidio anche un poco.
> – Ci invidi? Non siamo da invidiare. Non abbiamo avuto un cammino facile. Perché ci invidi?
> – Perché la vostra scelta non vi è stata imposta. Perché avete inventato il vostro destino. [...] Quanto voi avete imparato nelle paludi e nel bosco non deve andare perduto.

Difficile essere piú espliciti sul *fabula docet* del romanzo (da cui poi la delusione finale di Mendel davanti alla piega che stanno prendendo gli eventi sulla scena internazionale: «Credi di prendere una decisione, e invece segui i destini che qualcuno ha già scritto. Chi? Stalin, o Roosevelt, o il Dio degli Eserciti»). Prettamente esistenzialista, anzi proprio sartriana, è però anche la questione delle *maines sales* («le mani sporche»), cioè dei mezzi e dei fini, che pure trova ampio spazio nella storia. «Pensi che io abbia le mani sporche? Le ho, come tutti quelli che devono scegliere», dice a un certo punto il comandante di una banda partigiana a Mendel, in quello che suona come un diretto riferimento alla omonima pièce di Sartre del 1948 e alla sua metafisica della scelta (come commentò Sartre in relazione al proprio stesso testo: «In un certo senso, ogni situazione è una trappola per sorci: muri da ogni parte. Ciascuno, inventando la propria via d'uscita, inventa sé stesso»).

Il caso di Hermans è completamente diverso, e senza dubbio piú interessante. Niente infatti legava lo scrittore a un'Europa dell'Est che, quando scrisse *La casa vuota*, non aveva ancora visitato. La decisione di ambientare qui il suo romanzo breve è maturata chiaramente su altre basi, e con ogni verosimiglianza perché Hermans sapeva che solo le pianure orientali potevano offrirgli una *location* appropriata per la storia di violenza senza limiti che si era prefisso di raccontare. Semplicemente, in Olanda (ma anche in Francia, in Belgio o in Italia) una trama simile non sarebbe stata credibile. Bisognava andare altrove. Lo spostamento geografico dipende insomma in questo caso dalla necessità di trovare le quinte piú adatte per una vicenda sotto tutti gli aspetti estrema. Detto in altre parole: soltanto qui il suo nichilismo assoluto poteva dispiegarsi appieno (per spiegare la fredda disperazione di Hermans gli specialisti di letteratura olandese ricordano sempre un doloroso trauma famigliare: la morte della amatissima sorella Corry, di soli tre anni piú grande di lui, che si suicidò il giorno dell'entrata delle armate tedesche in Olanda – una vicenda trasfigurata nel finale dell'ultimo romanzo di Hermans sull'Occupazione, *Ricordi di un angelo custode*, del 1971).

Anzitutto la trama. Un partigiano olandese, finito non si sa come a combattere tra Ungheria e Polonia con l'Armata Rossa che avanza verso ovest, perde i contatti col suo gruppo e trova riparo in una ampia e comoda villa in una località termale che (da come viene descritta) ricorda molto Arad (oggi in Romania). La nuova dimora provvisoria gli si offre subito come una epitome di tutti i piaceri della vita di prima della guerra. Acqua calda, vestiti freschi, cibo a volontà, opere d'arte, persino una biblioteca (per quanto i volumi siano scritti in una lingua a lui incomprensibile): il luogo ideale per dimenticare le battaglie che si combattono ancora attorno a lui. La grande Storia però ha deciso di non lasciarlo inabissarsi cosí facilmente in questa oasi di pace, e per difendere il suo piccolo regno il protagonista (di cui i lettori non conosceranno mai il nome) è costretto prima a fingersi il padrone di casa con i tedeschi che nel frattempo hanno ripreso la città e poi, al ritorno del vero padrone, a sopprimere a sangue freddo tutti coloro che potrebbero mettere in discussione la sua versione. Il dominio assoluto dell'olfatto su tutti gli altri sensi ne *La casa vuota* è da questo punto di vista probabilmente anche un riferimento alla componente piú ferina degli esseri umani, che Hermans mette al centro del racconto.

L'indolente fuga dal mondo si protrae per diversi mesi, perché quando il protagonista si insedia nella casa è un'estate afosissima, mentre quando se ne allontana la terra è ormai cosparsa da una «neve fine come sale» (siamo dunque al principio del 1945). Il breve romanzo si sofferma tuttavia quasi soltanto sul primo e sull'ultimo giorno di permanenza: la riscoperta dei piaceri della civiltà e il ritorno dell'Armata Rossa, celebrato con un ulteriore bagno di sangue e con la distruzione di quell'ultimo Eden miracolosamente sopravvissuto cosí a lungo. I primi lettori rimasero impressionati soprattutto dalla impassibilità con cui Hermans descrive anche gli atti piú efferati, tanto piú che la storia è narrata in prima persona e colui che dice «io», e con il quale i lettori sono portati almeno in parte a identificarsi, nel corso del romanzo uccide senza un sussulto donne e uomini, armati e disarmati. Il protagonista forse è un mostro, ma quel mostro potremmo essere noi.

Non tutti ovviamente gradirono. L'altro grande narratore olandese della Resistenza, Harry Mulisch (1927-2010), scrisse per esempio una recensione inorridita, accusando *La casa vuota* di praticare una forma terroristica di «distruzione bestiale». Altri recensori chiamarono piuttosto in causa la filosofia esistenzialista, che con Hermans è però almeno in parte una falsa pista. Dall'esistenzialismo, nel suo caso, può venire il senso dell'assurdo che caratterizza la condizione umana e la negazione di ogni codice morale superiore, religioso (come il cristianesimo) o laico (come il comunismo). Nel mondo de *La casa vuota* si lotta infatti solo per sopravvivere, uno per uno, i rapporti umani sono precari e manca qualsiasi riferimento a un obiettivo comune. Il breve romanzo può essere letto anzi come un manifesto del solipsismo piú radicale, come conferma il fatto che il protagonista si identifichi con Robinson Crusoe, che consideri il mondo esterno alla stregua di «un film che veniva proiettato per me» o che dubiti dell'umanità di coloro con i quali si trova a interagire («Lo guardavo come in genere si guardano gli altri: senza sapere niente di loro, costretti, in mancanza di prove, a supporre che siano piú o meno come noi»).

Dell'esistenzialismo (o per lo meno dell'esistenzialismo di Sartre, Camus e De Beauvoir) manca invece tutta la *pars costruens*: la scoperta della comunanza con gli altri, la scelta, l'impegno in un progetto condiviso. Ma *La casa vuota* non conosce nemmeno l'«estasi» della «leggerezza» scoperta da Blanchot davanti all'imminenza della propria morte (in area Heidegger). Hermans percorre chiaramente una strada tutta sua, dove al massimo, dalla sua prospettiva totalmente nichilista, l'esistenzialismo rappresenta un bersaglio intellettuale, come si capisce da un passo chiarificatore, quando il protagonista si appresta ormai a riprendere la vita di partigiano: «Mentre mettevo il fucile a tracolla e infilavo in tasca la chiave della cantina pensai: rieccomi qui, esattamente come ho iniziato, un soldato sporco tra i tappeti e le pareti di marmo di una casa estranea. Il tempo non era riuscito ad arrivare in cima alla salita e stava tornando indietro come un macigno». Il nome non è pronunciato in maniera esplicita, ma qui Hermans allude chiaramente a Sisifo e alla sua celebre fatica – lo stesso personaggio mitologico che pochi anni prima Camus aveva scelto come simbolo dell'assurdità della condizione umana, insistendo tuttavia sulla necessità di immaginare il mitico fondatore di Corinto felice (*Il mito di Sisifo*, 1942). Ne *La casa vuota*, invece, la figura di Sisifo recupera il significato allegorico che aveva avuto nel Seicento: l'incarnazione della guerra, che ogni volta ricomincia da capo, senza via d'uscita. Difficile immaginare qualcosa di piú remoto dall'esistenzialismo professato in quegli anni in Francia o in Italia (ma tanto piú in Italia, dove, a partire dal 1948, con Nicola Abbagnano, cominciò a diffondersi il progetto di un «esistenzialismo positivo» che riuscisse a conciliare Immanuel Kant e Søren Kierkegaard).

Il rogo finale, cosí, non segna solo la scomparsa di un comodo rifugio. Con i suoi quadri, il suo pianoforte e i suoi lussi, la casa si rivela infatti niente altro che una allegoria della civiltà. Nel corso del racconto ben due personaggi, un ufficiale tedesco e il vecchissimo zoologo padre del vero padrone di casa, cantano le lodi della *cultuur*, la «cultura» (il secondo, forse, unicamente per blandire il protagonista, che ha scambiato pure lui per un tedesco). Entrambi finiranno impiccati a un platano con le corde di un pianoforte (un perfetto esempio del «bizzarro senso dell'umorismo dei partigiani» secondo il narratore), ma è ancora di piú la sorte della villa – saccheggiata, vandalizzata, quasi derisa – a ribadire che la civiltà è tutt'al piú una illusione, una parentesi, una copertura ipocrita, di cui nulla importa né ai rossi né ai neri. La distruzione generalizzata, semmai, permette anche qui di far emergere la vita autonoma delle cose, che paiono prendersi gioco degli uomini e delle loro illusioni, peraltro in perfetta assonanza con il gusto surrealista o parasurrealista del frammento che abbiamo incontrato in Hrabal e Białoszewski (dunque a riprova che, come scrittore, Hermans può essere considerato un meteorite caduto per caso da Est in Europa occidentale: un adepto olandese del paradigma dell'Annientamento). Sino all'epilogo, quando una bomba lanciata dallo stesso protagonista dà alle fiamme quella che per mesi è stata la sua accogliente dimora: «Era come se anch'essa per tutto quel tempo avesse mentito, e soltanto ora si facesse vedere com'era sempre stata: una spelonca percorsa da correnti d'aria, internamente piena di rovine e sudiciume».

Sondare il Male.

L'esempio italiano insegna che la letteratura della Resistenza guadagna a essere organizzata lungo coordinate molteplici: generazionali (in base all'anno di nascita), cronologiche (secondo le varie ondate di pubblicazione), di genere (maschi *vs* femmine), geografiche (in base a dove si è combattuto, ma ponendo l'enfasi soprattutto sulla differenza tra partigiani di montagna e partigiani di città), operative (partigiani combattenti *vs* partigiani non combattenti), di genere letterario (narrativa di finzione *vs* scritture variamente testimoniali e autobiografiche; testi lunghi *vs* testi corti), politiche (i socialisti e i comunisti; i cattolici; gli azionisti; i reduci di Salò), stilistiche (a seconda della maggiore o minore prossimità alle poetiche neorealiste dominanti subito dopo la fine della guerra), persino filosofiche (in base soprattutto al peso per i diversi autori della filosofia esistenzialista nelle sue molteplici declinazioni).

Non sono però escluse nemmeno classificazioni piú sofisticate. È evidente, per esempio, che gli autori partigiani possono essere raggruppati a seconda di quello che hanno trovato nella esperienza della lotta contro il fascismo. Ci sono quelli che hanno vissuto la Resistenza come un processo di crescita e formazione, e che per questo possono essere chiamati gli "scrittori dell'Io". Altri romanzieri hanno invece raccontato la guerra per bande come scoperta del mondo esterno e creazione di rapporti prima inimmaginabili con una umanità socialmente variegata, e questi sono gli "scrittori del Noi". "Scrittori del Loro" sono invece quanti sono stati spinti a scrivere soprattutto dal desiderio di serbare memoria degli amici e dei compagni che non sono arrivati a vedere la fine della guerra, forse i testimoni per eccellenza. Le tre polarità non sono mutualmente esclusive perché dall'una si trascolora facilmente nell'altra e perché talvolta, a distanza di anni, gli stessi scrittori hanno spostato il fuoco del loro interesse. È innegabile, tuttavia, che certe predilezioni hanno influenzato in maniera decisiva il modo dei diversi narratori di reinventare la Resistenza sulla pagina.

Tali tassonomie si possono applicare efficacemente anche alle letterature degli altri paesi europei. Racconti come *Un posto dove stare* di Anna Seghers, *Il collaboratore* di Aragon (non incluso nell'antologia) e *Il fantasma del dolore* di Hanna Krall, il reportage di Fallada, o un romanzo come *Sansone* di Brandys seguono in tutti i suoi movimenti impercettibili (detti o non detti) la lenta presa di coscienza di personaggi inizialmente riluttanti a lasciarsi coinvolgere o ancora politicamente immaturi; esistenzialisti come Sartre e De Beauvoir raccontano spesso il passaggio dall'individuo al gruppo, ma lo stesso percorso si trova spesso anche nelle opere degli scrittori comunisti (come ne *Gli incontri* di Aragon); comune a ogni tradizione letteraria sulla Resistenza è la celebrazione dei compagni di lotta che non ce l'hanno fatta (tra i testi non inclusi nell'antologia che sarebbe piaciuto proporre ai lettori italiani c'è per esempio *Giallo e verde*, un breve ricordo del 1943 dello scrittore cecoslovacco Jiří Weil della partigiana Milena Jesenská: la stessa Milena amata vent'anni prima da Franz Kafka). Nel complesso, però, queste categorie funzionano assai meno bene tanto a Oriente, dove la morte immediata vanifica il percorso di crescita dell'Io e del Noi, e c'è solo spazio per la commemorazione dei morti, quanto nei Balcani, dove invece è la stessa natura ancestrale della violenza a rendere meno importanti i presunti punti di svolta.

Nelle letterature europee della Resistenza emerge però una sorta di quarto polo, assente o quasi assente dalla tradizione italiana e che, per analogia con le altre categorie, si potrebbe definire quello degli "scrittori del Voi", raggruppando sotto questo pronome: gli occupanti tedeschi, i collaboratori per interesse, i carnefici solleciti, gli esponenti dei vari movimenti fascisti che avevano cominciato ad attecchire in tutta Europa sin dagli anni Venti. Curiosamente, in Italia si è parlato pochissimo di loro (in qualche modo *Uomini e no* di Vittorini, con la contrapposizione tra umano e non umano, ha finito per distinguere anche il narrabile dal non narrabile, relegando l'Altro assoluto fuori dal racconto). Pure qui i cattivi certamente esistono, e le loro azioni nella Storia lasciano una traccia profonda. Nella letteratura italiana della Resistenza tali azioni non vengono però quasi mai narrate dalla prospettiva di chi le commette, quasi non fosse prudente per gli scrittori avvicinarsi troppo al centro di irradiazione del Male: meglio combatterlo tenendosi a debita distanza.

L'unica vera eccezione è probabilmente uno straordinario racconto di Marcello Venturi, *Vacanza tedesca* (1955) su una ex SS che a dieci anni esatti di distanza torna nei luoghi dove ha combattuto e perso il proprio migliore amico, ancora pieno di astio verso gli ex nemici. Non è escluso che questa differenza con le altre letterature europee dipenda dalla particolare posizione dell'Italia rispetto ai paesi occupati dalla Germania. Poiché il fascismo era sorto qui, e per vent'anni qui aveva prosperato, gli scrittori italiani interessati alla questione l'hanno affrontata soprattutto parlando degli anni Venti e Trenta (piuttosto che della Resistenza) e si sono concentrati, piú che sui fascisti, sul modo in cui i non fascisti si lasciarono irretire dalla loro propaganda. Da cui anche l'importanza assegnata alla sessualità per spiegare il successo di Mussolini in opere come *Il bell'Antonio* di Vitaliano Brancati (1949), *Il conformista* di Alberto Moravia (1951) ed *Eros e Priapo* di Carlo Emilio Gadda (1967) – tutti autori chiaramente influenzati dalla psicoanalisi freudiana (secondo una linea di indagine percorsa in quegli stessi anni anche dagli studiosi tedeschi che si interrogarono sull'origine della «personalità autoritaria», da Wilhelm Reich a Erich Fromm e Theodor Wiesengrund Adorno).

Esplorare gli abissi del fascismo di guerra, dal 1939 al 1945, come hanno fatto gli scrittori europei della Resistenza, impone però di confrontarsi con la sua furia piuttosto che con la sua oscura capacità di seduzione. Qui non ci sono schermi, anzi gli aspetti piú mostruosi del nuovo ordine hitleriano e mussoliniano emergono già tutti al primo colpo d'occhio. Eppure sembrerebbe che proprio questa radicalità dell'orrore abbia sollecitato i narratori, come se l'eccezionalità del fenomeno nazionalsocialista li sfidasse a mettersi in gioco: anche a costo di mettere a repentaglio il proprio equilibrio mentale e di vedere minacciate le proprie certezze etiche. Di sicuro, mentre i tedeschi ritratti da Vercors e Steinbeck negli anni della guerra posseggono una indiscutibile dignità, nel dopoguerra, con la scoperta della Shoah, la figura del nemico è cambiata in peggio assumendo tratti sempre piú inquietanti. E questa antologia offre un campionario magnifico anche di queste figure piú recenti.

Il Dulič di Tišma, il generale Ballmeyer di Brandys, il Pierre Rabier di Marguerite Duras (ai quali, andando un poco indietro nel tempo, si potrebbero aggiungere il commissario Escherich, il presidente del tribunale Feisler e il pubblico ministero Pintscher di *Ognuno muore solo* di Fallada) sono personaggi memorabili perché uniscono alla violenza piú spietata e alla assoluta spregiudicatezza morale qualcos'altro che sulle prime male si sposa con queste caratteristiche: rispettivamente la paura quasi superstiziosa di una punizione divina, l'intelligenza e addirittura la cultura, o, nel caso di Rabier, la fascinazione per un mondo dell'arte e delle lettere al quale sa di non appartenere ma al quale riconosce comunque una indiscussa aura di sacralità. Al contrario, lo Smetonz di Fučík, che non è provvisto di questi "reagenti", è solo un "povero aguzzino" come mille altri, e cosí la giovane segretaria Lotte della novella di Aragon *Il diritto romano non vale piú* (non inclusa nell'antologia). Introducendo degli elementi apparentemente incongrui gli scrittori puntano chiaramente a rendere meno prevedibili i loro personaggi, ma in questo modo ottengono anche un secondo risultato: permettono ai lettori di intrufolarsi nelle loro psicologie "abnormi" attraverso il poco o il molto che condividono con loro. Tanto in Tišma, quanto in Brandys e in Duras si tratta infatti di presentare il Diverso come (potenzialmente) Identico, o per lo meno il Lontano come (potenzialmente) Vicino. Con tutti gli elementi destabilizzanti di una simile confusione delle posizioni e degli sguardi.

Cosí facendo, i migliori scrittori della Resistenza europea hanno cercato di immunizzare i propri lettori contro qualsiasi concezione religiosa o metafisica del Male, come invece succede abitualmente nelle rappresentazioni melodrammatiche del nazismo. I due grandi romanzi partigiani del 1982, *Rondò* di Brandys e *L'attentato* di Mulisch, sono particolarmente espliciti in proposito. Nel primo, il padre del protagonista, un professore di storia, rifiuta categoricamente di ridurre la Germania hitleriana a una entità incomprensibile e fuori dall'umano: «Chi ha detto mai che il Bene lotta con il Male? Con il Male lotta solo il Male. Il Bene non sa lottare, è forse solo l'orma di una qualche protocultura che ha perso la sua lotta milioni di anni fa». Nel secondo, il suocero del protagonista muove piuttosto nella direzione opposta, affermando: «A questo mondo persino il bene ha il suo lato malvagio, ma resta pur sempre l'altro». Alla fine, però, le due lezioni – impartite in entrambi i casi da uomini maturi e che nell'economia del racconto incarnano la saggezza di chi ha vissuto a lungo – finiscono almeno in parte per coincidere. Un filo segreto lega assieme vittime e carnefici, anche se, naturalmente, questo non cancella le differenze e non apre la porta a nessuna assoluzione generale (al solito piú didascalicamente, si potrebbe citare anche *Gli aquiloni* di Gary: «Si dice che la cosa piú tremenda del nazismo sia il suo lato disumano. Sí. Ma ci si deve arrendere all'evidenza: questo lato disumano è parte dell'umano. Fintantoché non si riconoscerà che la disumanità è cosa umana, si resterà in una pietosa bugia»).

Riattualizzando il celebre «Madame Bovary sono io» di Gustave Flaubert, Mulisch ha risposto una volta a un giornalista che lo interrogava sul perché continuasse a tornare nei propri romanzi sull'ultimo grande conflitto europeo con una sentenza memorabile: «Io non ricordo la Seconda guerra mondiale, io *sono* la Seconda guerra mondiale». Nel suo caso era un riferimento quanto mai preciso alle sue origini e alla vicenda drammatica della sua famiglia, in quanto il padre di Mulisch, un immigrato austriaco, nel dopoguerra trascorse tre anni in prigione per collaborazionismo con l'accusa di aver lavorato presso una banca che amministrava i beni confiscati agli ebrei, mentre sua madre, ebrea, riuscí a salvarsi solo grazie ai rapporti privilegiati che l'ex marito intratteneva con le forze di occupazione (senza, occorre aggiungere, poter far nulla per la nonna materna di Mulisch, che venne deportata in Germania e soppressa in un campo di sterminio). Chiaramente, però, la massima di Mulisch possiede anche un valore piú generale e descrive la spaventosa complicità con l'orrore che prima o poi sperimenta qualsiasi romanziere che abbia deciso di confrontarsi con uno o piú personaggi dai tratti mefistofelici. Il contagio è sempre in agguato. Ma proprio questo rende cosí attraenti i suoi sondaggi nelle regioni piú profonde dell'abiezione umana.

Nessuno probabilmente si è spinto su questa strada quanto Hermans. Già *La casa vuota* confonde deliberatamente il giudizio dei lettori, presentando dei partigiani non meno efferati dei tedeschi che combattono e osservando gli eventi dalla prospettiva disturbante di un narratore interno alla storia che commette senza esitazione gli atti di violenza piú estremi. Sono però i suoi due romanzi sulla Resistenza a portare alle estreme conseguenze questo smarrimento e in particolare il piú maturo *La camera oscura di Damocle*. Al centro della trama troviamo un personaggio enigmatico, segnato sin dall'inizio dalla diversità e forse dalla malattia mentale: l'opaco e indolente Henri Osewoudt, allevato dagli zii dopo che sua madre ha ucciso il padre in un accesso di follia. La sua vita di commesso di un piccolo negozio procede senza scosse fino a quando i tedeschi non invadono l'Olanda e nei primi giorni dell'Occupazione conosce per caso il misterioso Dorbeck, un militare che gli assomiglia in maniera impressionante (come gli dice la moglie: «Era identico a te, come il negativo di una foto è uguale al positivo»). A poco a poco Dorbeck, che sembra avere rapporti con le alte sfere della Resistenza e i servizi segreti inglesi, comincia a coinvolgerlo in azioni sempre piú impegnative, prima chiedendogli di scattare delle fotografie, ma poi assegnandogli addirittura il compito di eliminare tedeschi e collaborazionisti (con un particolare accanimento sul sesso femminile). L'inutile Osewoudt è troppo passivo per pensare alle proprie azioni in termini di Scelta e si limita a obbedire agli ordini («Tutto va da sé, tutto è già successo. Qualunque cosa io faccia è priva di conseguenze», si ripete), ma grazie a Dorbeck che lo telecomanda da lontano, potrebbe diventare addirittura un eroe. Presto, però, le cose si complicano. Quando infatti arrivano gli Alleati e Osewoudt raggiunge la zona libera, scopre di essere ricercato come pericolosissimo agente nazista che per tutta l'Occupazione ha fatto il doppiogioco. Nel caos del dopoguerra, tuttavia, Dorbeck è introvabile, e nessuno può confermare che Osewoudt abbia davvero compiuto le sue azioni per incarico della Resistenza: anzi, ogni nuova prova potenzialmente risolutiva si rivela interpretabile tanto contro di lui quanto in suo favore e non permette di dirimere la controversia. Finché il romanzo si chiude nella piú completa incertezza.

Hermans era un ottimo conoscitore di Wittgenstein e dal 1971 le ristampe de *La camera oscura* di Damocle si chiudono con una breve citazione dalle *Ricerche filosofiche*: «Posso cercarlo quando non è là, ma non posso impiccarlo quando non è là. Qualcuno potrebbe voler dire: "Ma deve pur esserci, se lo cerco". Allora dev'esserci anche se non lo trovo; e anche se non esiste affatto». È soprattutto un'altra intuizione delle *Ricerche filosofiche* però che sembra rilevante per il romanzo, quella relativa a figure ambigue come la celebre coniglio-anatra, che Wittgenstein usa per spiegare la differenza tra percezione e interpretazione: fino a quando vedo solo il coniglio posso dire «Questo è un coniglio», ma non appena divento consapevole della duplicità dell'immagine comincio a dire «Ora lo vedo *come* un coniglio», o, al massimo, «È un coniglio-anatra». Esattamente quello che succede con Osewoudt, che può essere *visto* come partigiano o come collaborazionista. L'eroe della Resistenza è indistricabilmente avvinto al traditore, senza che li si possa separare una volta per tutte. Ma Hermans non arriva a esprimere in maniera esplicita nemmeno questa conclusione e lascia deliberatamente il lettore nell'incertezza. L'uomo rimane insondabile.

Le guerre civili implicano sempre un alto tasso di ambiguità, perché è piú difficile tracciare con sicurezza il confine tra amici e nemici, e, come abbiamo visto, in tutta Europa (non solo nei Balcani) la Resistenza è stata anche una guerra civile. Non è sorprendente allora che il cinema abbia giocato molto sulla confusione, volontaria o accidentale, delle identità, in una serie di capolavori che si possono far risalire almeno a *Il generale Della Rovere* di Roberto Rossellini (1959, da un breve romanzo di Indro Montanelli del 1950), rifatto in chiave parodica da Sergio Corbucci in *I due marescialli* (1961) con un Totò mattatore. In tutte e due le pellicole un piccolo imbroglione, chiamato dagli eventi a impersonare un grande uomo, quando per caso comprende la nobiltà della lotta di quest'ultimo, decide all'improvviso di portare avanti la finzione fino alla fine: anche a costo di pagare con la vita questa decisione sorprendente (ancora una volta la Scelta). Col tempo, però, la stessa incertezza ha assunto sfumature sempre piú inquietanti. Cosí, in *Mr. Klein* di Joseph Losey (1976, da una sceneggiatura originale di Franco Solinas), un mercante d'arte francese che si arricchisce comprando a prezzi stracciati tele di grande valore dai tanti ebrei che si affrettano a lasciare il paese durante l'Occupazione comincia a essere scambiato per un uomo che porta il suo stesso nome e ha anche una vaga somiglianza con lui, ma è ebreo. Alla pericolosità della situazione si aggiunge la crescente ossessione del protagonista per il proprio doppio: il mercante d'arte Klein vuole incontrare ad ogni costo il Klein ebreo comunista che non ha mai visto, e nella conclusione del film questo desiderio di sapere finirà per decretare la sua condanna (a suo modo anche questa una scelta, ma senza alcuna resipiscenza o maturazione politica). Una finzione ancora piú cupa è stata però messa in scena da Jacques Audiard nel suo secondo film, il notevole *Un héros très discret* (1996, da un romanzo dallo stesso titolo di Jean-François Deniau uscito nel 1989), dove un giovane uomo senza qualità ma ubriaco di sogni romantici di gloria, che ha passato gli anni dell'Occupazione nella piú completa inazione, si inventa eroe della Resistenza nella Parigi appena liberata. Con Audiard il ribaltamento può dirsi allora completo: invece dell'impostore che trova la verità (e la morte) nella lotta partigiana (come in Rossellini e Corbucci), ecco infatti un impostore che non ha ritegno a usurpare l'identità di quanti hanno rischiato la vita per la Francia fingendosi con successo uno di loro.

In questo quadro *La camera oscura di Damocle* stupisce per come ha portato alle estreme conseguenze le possibilità piú inquietanti della confusione delle identità già alla fine degli anni Cinquanta, quando Rossellini ne traeva materia invece per una storia rassicurante e potenzialmente consolatoria. In anticipo su tutti, già allora a Hermans le vertigini del gioco prospettico interessavano per sabotare le certezze dei discorsi ufficiali sulla Resistenza, suggerendo indirettamente che tutti i suoi compatrioti erano stati dei collaborazionisti nel momento stesso in cui in Olanda, come negli altri paesi occupati, le democrazie del dopoguerra avevano cominciato a promuovere una memoria rassicurante sugli anni di guerra, dove la popolazione aveva sopportato con coraggio e dignità, ma soprattutto senza mai scendere a compromessi, il tallone di ferro dell'invasore. Oggi sappiamo che le cose effettivamente non stavano cosí, ma affermarlo nel 1958, seppure in forma indiretta e in un romanzo, ha una forza iconoclasta che, leggendo *La camera oscura di Damocle* oggi, potrebbe andare perduta.

Non ci sono certezze. Allo stesso tempo, Hermans affida provocatoriamente a un personaggio minore, una SS diciassettenne che nel romanzo non ha neanche un nome ma per qualche tempo divide con Osewoudt la cella, la piú completa riflessione del romanzo sul senso della vita. È la professione di fede di un «grande teorico amorale» (come si definisce il ragazzo): un figlio della gioventú hitleriana che esalta nietzschianamente il diritto del piú forte e nega qualsiasi principio etico davanti all'insensatezza della morte (la quale con gli uomini ha sempre l'ultima parola). Anche qui sarebbe difficile immaginare un rifiuto cosí completo e radicale della stessa nozione di scelta (nel momento stesso, per altro, in cui il personaggio attinge a piene mani al linguaggio dell'esistenzialismo di quegli anni, come nel suo richiamarsi alla categoria dell'angoscia):

> Io credo che la morale [...] non sia altro che una ipotesi di lavoro e che dopo la morte ogni morale sparisce. [...] Tutto si riduce al fatto che l'uomo è mortale e rifiuta di ammetterlo. Ma per chi è consapevole che un giorno morirà non può esistere una morale assoluta; per lui la bontà e la misericordia non sono altro che angoscia travestita. [...] I filosofi confusionari che hanno creato la nostra civiltà occidentale credevano che ci fosse una differenza tra consapevolezza e innocenza. Ma io sostengo questo: in un mondo in cui tutti sono condannati a morte, non può esserci differenza tra innocenza e colpevolezza. [...] La verità non si contrasta con l'autosuggestione. L'uomo dovrà abituarsi a vivere in un mondo senza libertà, bontà, verità. [...] I nostri nipoti non capiranno perché abbiamo sprecato carta per lamentarci sui giornali. La persecuzione degli ebrei? Ascolta bene le mie parole. Da qui a una ventina d'anni, se gli converrà, inglesi, americani e russi faranno sterminare gli ebrei dagli arabi. [...] Oppure faranno sterminare gli arabi dagli ebrei. Se può consolarti.

Il giovane nazista non è, ovviamente, il portavoce delle idee di Hermans. Tuttavia, in un romanzo dove le certezze e i punti di appoggio sono cosí rari, non si può non notare che questo è l'unico passo di tutto il libro in cui un personaggio cerca di offrire una interpretazione complessiva della condizione umana e della vicenda di Osewoudt, destabilizzando il lettore che, davanti a queste pagine, non sa piú cosa pensare. Ma probabilmente è proprio questo che Hermans voleva ottenere.

Ieri, oggi, domani.

«Erano tempi eroici quelli, no?» esclama, in un racconto di Tišma, un personaggio minore che ha fatto la Resistenza (*L'appartamento*, sempre dalla raccolta *Scuola di empietà*). La domanda, retorica, non richiede una risposta: erano tempi eroici, chiaramente erano tempi eroici. Eppure quello che conta è anzitutto il tempo del verbo. Sono trascorsi molti anni, il mondo è cambiato, e di eroismo, ormai, in giro se ne vede poco: persino tra i piú impavidi di allora.

Ogni grande frattura politica o sommovimento rivoluzionario porta con sé la speranza di una trasformazione che tagli i ponti col passato e inauguri un tempo migliore. Quanto maggiori sono però le aspettative, tanto maggiore è anche la probabilità di essere delusi, come insegna la vicenda esemplare del Risorgimento. Qualcosa di simile è successo con la Seconda guerra mondiale. Dopo quasi sette anni di conflitto (ai quali in Italia bisognava aggiungere un ventennio di regime fascista) tutto doveva ripartire su nuove basi; troppo spesso, però, le cose non andarono cosí. L'attesa palingenesi (che per parecchi partigiani coincideva con il socialismo) non ci fu, o fu di breve durata, presto vanificata dalle nuove tensioni della Guerra fredda. E molti di coloro che piú si erano impegnati in prima persona per quel mondo radicalmente diverso, rimasero anche questa volta con l'amaro in bocca. Come sentenzia un personaggio di *Se non ora, quando?*, «i trionfi durano sempre poco».

Soprattutto dalla fine degli anni Cinquanta il confronto tra le idealità di una stagione di lotte e un presente mediocre (per quanto accompagnato da un benessere materiale senza precedenti) ha ispirato in tutta Europa racconti, romanzi e film, sino a diventare un vero *refrain*. Come dice il protagonista di *Rondò*: «Molti uomini della Resistenza sono passati attraverso questa fase, oggi definita nei modi piú disparati: sublimazione della paura, opportunismo, carrierismo o perfino risultato di una manipolazione della sfera etica dell'individuo». Lo si vede particolarmente bene in Italia, dove l'imborghesirsi e il corrompersi dei giovani partigiani di un tempo ha alimentato sul grande schermo tanto la commedia all'italiana (da *Una vita difficile* di Dino Risi, del 1961, a *C'eravamo tanto amati* di Ettore Scola, del 1974) quanto il cinema politico (*Lettera aperta a un giornale della sera* di Citto Maselli, del 1970), e ha trovato sua rappresentazione narrativa piú compiuta ne *La speculazione edilizia* di Calvino (1957) e in *Una giornata con Dufenne* di Mario Tobino (1968). Per la canzone d'autore si può pensare invece a *Oltre il ponte* di Calvino («Ormai tutti han famiglia hanno figli | che non sanno la storia di ieri | io son solo e passeggio fra i tigli | con te cara che allora non c'eri»), ma all'appello non è mancata nemmeno la poesia, come in questo epigramma di Fenoglio del 1961:

> Furio lo chiamo, tu senti e sogghigni.
> Lo vedi chierichetto di Mammona,
> inchinarsi a Lucullo imprenditore.
> «Mi comandi. Son grato di servirla.
> Già al mare la signora? Lei beata!
> Promosso il primogenito? Si chiede?
> Vuol favorirmi, prego, il suo libretto?»
> Nella guerra che fu, son testimone,
> Sei Teutoni in mezz'ora fece fuori.

«Tutta qui, la Liberazione?» si chiede, legittimamente, la protagonista di *Madre di cane* di Matesis (che peraltro a suo tempo non ha nemmeno tifato per i partigiani). La delusione del dopo fu infatti un fenomeno compiutamente europeo, ma con notevoli differenze, perché lo scarto venne avvertito con piú forza dove le speranze iniziali erano state piú vibranti e l'esito piú deludente, dunque nei paesi finiti dopo la guerra oltre la cosí detta Cortina di Ferro. Qui, ovviamente, il tema dovette essere affrontato con speciale prudenza, perché bisognava che i censori vi leggessero una critica a quanti si erano infiacchiti e avevano smesso di battersi per una società piú giusta piuttosto che una critica delle storture irrimediabili del socialismo in salsa sovietica. Lo spietato racconto di Adolf Rudnicki incluso nell'antologia, *Declino di un combattente*, è un ottimo esempio di come, con qualche cautela, si potessero esprimere persino le critiche piú severe. Ma è in Jugoslavia, dove gli autori godevano (relativamente ad altri paesi socialisti) di una certa libertà di espressione, che i maggiori narratori della Resistenza balcanica – il serbo Aleksandar Tišma e i serbo-bosniaci Branko Ćopić e Meša Selimović – colpirono con piú durezza l'infiacchirsi dei combattenti di ieri, la formazione di una nuova élite di politici di professione e il corrompersi degli ideali di gioventú (per esempio Ćopić nel racconto *Una storia eretica*, del 1950, Tišma nel già citato *L'appartamento* e Selimović nei romanzi *Silenzi* e *Il cerchio*, rispettivamente del 1961 e del 1983, quest'ultimo postumo).

A poco a poco, con il passare dei decenni, gli eventi si sono allontanati a velocità crescente dalle vite dei reduci (solo la mitomane e inaffidabile Raraú non smette di ripetere continuamente in *Madre di cane*: «io negli ultimi quarant'anni non sono cambiata affatto fisicamente» o «il mio aspetto è immutato da quarant'anni»). Per chi non preferiva chiudere gli occhi è diventato presto evidente che di quella stagione eccezionale cominciava a scomparire persino il rimpianto, ma la constatazione si è fatta ancor piú insistita a partire dalla fine degli anni Settanta.

> Dove va a finire il passato? Per quanto tempo esso ha importanza? [Brandys, *Intervista con Ballmeyer*].
>
> La guerra è finita da molto tempo. Il passato è dimenticato [Kadare, *Il generale dell'armata morta*].
>
> Che cosa mi ricordo? Tanto, ma anche poco [Białoszewski, *Memorie dell'insurrezione di Varsavia*].
>
> Che senso ha, oggi, ricordarsi di tutto questo? [Krall, *Arrivare prima del Signore Iddio*].
>
> Viviamo in un'epoca in cui i francesi cercano piú di dimenticare che di ricordare [Gary, *Gli aquiloni*].
>
> Ma che importa? È tutto dimenticato. Le grida si smorzano, le onde si placano, le strade si svuotano. [...] Lui è un uomo dell'ultima generazione che ha «conosciuto la guerra», poco prima che finisse [Mulisch, *L'attentato*].
>
> Non ci sono piú le quinte e i fondali di allora, i partner sono usciti di scena, neanche il pubblico è piú lo stesso. Forse è proprio questa la cosa piú importante: il pubblico di oggi non capisce l'azione. In che modo spiegare quel periodo passato a chi appartiene al nostro tempo? È una cosa assolutamente impossibile [Brandys, *Rondò*].

Il riconoscimento che i partigiani e i loro ideali sono lontani risuona in bocca ai personaggi piú diversi, con tutta l'ambiguità che in un romanzo hanno sempre le loro parole. A parte Gary (prigioniero del suo vitalismo neoromantico), colpisce però il fatto che in questi libri quasi mai questa constatazione si accompagna a una condanna moralistica del presente. La cancellazione è inevitabile: un evento della vita come tanti altri, contro il quale non esistono contromisure. La memoria è destinata ad assottigliarsi a mano a mano che i testimoni vengono meno o cominciano a dimenticare. E la storia, chiamata progressivamente a prendere il suo posto, può svolgere una importante funzione civile ma non è comunque la stessa cosa. La perdita, per cosí dire, rimane.

Il capolavoro di queste riflessioni sul potere del tempo è senza dubbio *L'attentato*. Il romanzo di Mulisch si distende infatti su piú decenni proprio per raccontare gli effetti di una efferata rappresaglia tedesca messa in atto per punire l'uccisione di un importante collaborazionista in cui perde la vita l'intera famiglia del protagonista (la storia prende spunto da alcuni eventi reali: l'omicidio di Fake Krist il 25 ottobre 1944, quando per ritorsione furono uccisi dai nazisti dieci prigionieri e bruciate quattro case, e le azioni eroiche della partigiana comunista Truus Menger, che aveva pianificato con cura l'esecuzione di Krist, ma poi era stata preceduta da un altro gruppo di resistenti, e che fa da modello al personaggio di Truus Coster assieme a un'altra partigiana, Hannie Schaft). Mulisch chiede ai lettori di seguire la vita dell'unico superstite in quattro tappe, fino a quando, tassello dopo tassello, nel corso di quarant'anni gli eventi della notte che ha cambiato per sempre la sua vita vengono progressivamente a chiarirsi. Il collaborazionista era infatti caduto davanti a una villetta di alcuni vicini, i quali però avevano fatto in tempo a spostarlo prima che arrivassero i tedeschi, scatenando la vendetta delle autorità germaniche sulla famiglia di Anton. Ma perché proprio davanti a casa loro e non davanti a un'altra villetta della stessa strada?

Il mistero, anzi i misteri di quella notte alimentano la curiosità del lettore, e da questo punto di vista sulle prime *L'attentato* ha tutta l'apparenza di un romanzo nabokoviano, concepito sulla falsa riga della *detection* del protagonista de *La vera vita di Sebastian Knight* (1941) sul fratello scomparso. Ne *L'attentato* però il protagonista Anton si rifiuta di collaborare. Mentre in Nabokov (e nei suoi numerosissimi imitatori) chi cerca è destinato alla fine ad arrendersi all'impossibilità di sapere veramente, qui è Anton che dall'inizio si sottrae alla caccia. Il trauma è troppo forte, o forse questo è semplicemente il suo carattere. A poco a poco però i pezzi del mosaico si dispongono da soli senza che lui debba fare alcunché, perché il caso si incarica di proseguire qualche linea e collegare inaspettatamente i vari punti, o perché sono gli altri protagonisti di quella notte che desiderano fornirgli una risposta che lui non è sicuro di voler conoscere. Alla fine il quadro sarà completo. Ma quando la verità emergerà dalle tenebre (in un libro interamente costruito sull'opposizione tra buio e luce) Anton e il lettore scopriranno che essa non ha alcun valore. La stessa conclusione volutamente deludente de *La vera vita di Sebastian Knight*, eppure anche completamente diversa.

Il fatto è che *L'attentato* non è un libro sulla verità (o sui valori della Resistenza), ma, appunto, un grande romanzo sul tempo come forza oggettiva e non soggettiva (dunque in chiave diversissima da Marcel Proust, Thomas Mann, Italo Svevo, James Joyce e gli altri narratori della prima parte del secolo). Persino il simbolismo piú forte di questo libro saturo di simboli, quello del contrasto tra luce e buio, rimanda in qualche modo al tempo attraverso l'opposizione elementare giorno-notte. L'indicazione richiede però di essere ulteriormente precisata: *L'attentato* è un libro sulla entropia, vale a dire sulla impossibilità di tornare indietro e di modificare ciò che è avvenuto. Semplicemente, ciò che è stato è stato (le scelte contano, ma, a cose fatte, non ha senso tornarci sopra all'infinito). Lo suggeriscono anzitutto alcune immagini che nelle primissime pagine del romanzo rimandano invece proprio all'idea della reversibilità: le increspature della superficie di un canale al passaggio di un battello, quando l'acqua inizialmente si fende e poi, investiti gli argini, comincia a tornare indietro, e l'azione della madre del protagonista che disfa un maglione con i ferri, verosimilmente per fare qualcos'altro con la lana (o magari per rivenderla) in un momento di universale penuria dei generi di prima necessità. Le vite degli uomini non godono però della stessa capacità di riavvolgersi. Anzi, contrariamente a quello che si dice di solito, è a quel mondo ormai immodificabile di ieri e dell'altro ieri che i nostri sguardi sono rivolti, non al domani (in un passo verosimilmente ispirato da una celebre immagine delle *Tesi di filosofia della storia* di Walter Benjamin): «In realtà nel futuro non c'è nulla, il futuro è vuoto – e si può morire fra un istante, per cui chi tiene lo sguardo rivolto al futuro, in effetti è rivolto verso il nulla, mentre se c'è qualcosa da vedere, è proprio dietro di lui: vale a dire quel tanto o quel poco che riesce ancora a ricordarsi del passato».

Se le cose stanno cosí, ci si può solo rassegnare al lento pacificarsi del dolore, e in gran parte *L'attentato* parla proprio di questo: «La guerra cominciò un po' alla volta a essere tanto tempo fa [...] fino a diventare un oscuro incidente, che solo qualcun altro oltre lui sapeva esserci stato – una favola orripilante di tempi lontani». Oppure: «E poi... E poi... E poi... Il tempo passa». O ancora, piú amaramente, a proposito di Cor Takes, uno dei membri del commando partigiano la cui azione scatenò la furia dei nazisti contro la famiglia del protagonista: «Ecco cosa rimane della Resistenza, un uomo trasandato, infelice, mezzo ubriaco, che si rintana dentro uno scantinato, dal quale forse esce soltanto per andare ai funerali degli amici, mentre i criminali di guerra vengono rimessi in libertà. E la storia va avanti senza curarsi minimamente di lui».

In piú occasioni Hermans si vendicò della recensione severa che Mulisch aveva riservato a *La casa vuota* rimproverandolo di non essere uno scrittore ma un predicatore, cioè un moralista da quattro soldi. Che Mulisch rifiutasse il nichilismo di Hermans non fa però di lui un romanziere conciliato, in cerca di lieti fini. Al contrario. Non solo tutto fa pensare che, in un gioco di microallusioni, *L'attentato* sia stato concepito anche come risposta a *La casa vuota* (a cominciare dal ruolo che un rettilario gioca nella sua trama, esattamente come al centro della villa disabitata di Hermans vi è invece un gigantesco acquario). Semplicemente, Mulisch è troppo onesto con sé stesso e con i lettori per illudersi che Anton col tempo possa trovare un qualsiasi risarcimento per il dolore che ha spezzato la sua adolescenza.

E i partigiani? Dopo tutto, si potrebbe obiettare, *L'attentato* li osserva dalla prospettiva assai particolare di un innocente che ha pagato per le loro azioni. Luce e ombra possono essere intrecciate, ma Mulisch (e con lui Anton) sa comunque distinguere, e lascia emergere con grande simpatia le ragioni dei combattenti attraverso i due personaggi indimenticabili di Truus Coster e Cor Takes. Anche i partigiani, però, come abbiamo visto, invecchiano. E anche loro alla fine possono essere tentati di esclamare da una trasmissione televisiva, prima di eclissarsi definitivamente dalla storia, come fa Cor Takes: «E basta con tutte queste scemenze. [...] Non è stato altro che un enorme casino. Non voglio piú sentirne parlare».

L'attentato è forse il libro definitivo sulla Resistenza: quello che meglio è riuscito a raccontare tutti i cerchi prodotti dalla caduta violenta di una pietra nelle acque limpide del lago. Truus, i genitori e il fratello di Anton, i cui corpi non verranno mai ritrovati, sono degli insepolti nel significato piú letterale del termine. In un modo o nell'altro, insepolti sono però anche tutti gli altri personaggi principali del romanzo che hanno vissuto sulla loro pelle l'occupazione nazista, perché, per quanto si affannino, nessuno di loro trova riposo, senza sapere esattamente fino in fondo quale è il loro posto di sopravvissuti in un mondo che va avanti e ha mille altre cose a cui pensare. Almeno in questo Cor Takes e Anton sono uguali. Vorrebbero dimenticare e non lo vogliono davvero; in parte lo hanno già fatto. Eppure, quando meno se lo aspettano, i ricordi li colgono ancora alla sprovvista, quasi controvoglia e a tradimento. «Il resto è solo epilogo. La nuvola di cenere eruttata dal vulcano sale fino alla stratosfera, gira attorno alla terra e per alcuni anni continua a scendere come pioggia sopra tutti i continenti».

La caratteristica piú importante degli insepolti che ci consegnano i grandi racconti e i grandi romanzi della Resistenza è questa: proprio perché – grazie alla forza della letteratura – in loro c'è sempre qualcosa di non pacificato, una volta incontrati nei libri non ci abbandonano come i partigiani in bronzo e in marmo delle celebrazioni ufficiali. Sono incancellabili, non passano. Fragili e indistruttibili allo stesso tempo. Anche per questo rappresentano simbolicamente, per le nostre estenuate democrazie contemporanee, l'ultima risorsa – la versione moderna (di massa, egualitaria) delle leggende medievali sui grandi sovrani del passato che non sono morti per davvero e che nel momento del bisogno si batteranno ancora a fianco dei propri popoli. Il re Artú degli inglesi, che dorme con le fate ad Avalon (o, secondo altre versioni, dentro l'Etna). Il Marko Kraljević degli slavi meridionali, con i suoi gracchianti corvi neri. Il Barbarossa dei popoli germanici. Olaf di Norvegia. Ogier di Danimarca. L'ostrogoto Teodorico. O Alberto da Giussano, assopito sotto la collina brianzola di Montevecchia. Con la differenza, niente affatto trascurabile, che i partigiani non sono re ma uomini normalissimi, e che della lotta per la libertà incarnano il momento forse piú luminoso, contro tutti gli autoritarismi di ieri e di domani: il tratto istituente, anarchico, libertario, persino prepolitico delle nostre democrazie. In definitiva, lo spirito che vivifica la lettera delle carte costituzionali antifasciste nate dalla Resistenza.

Per questo la democrazia, per sopravvivere, ha tuttora bisogno della loro ideale protezione. Contro gli ordini impartiti dalle autorità alleate (dunque a proprio rischio e pericolo), Beppe Fenoglio non restituí mai le sue armi di partigiano, nel caso un domani ci fosse stato bisogno di imbracciare nuovamente lo Sten a difesa della libertà di tutti (ancora oliate e funzionanti, sono state rinvenute dalla famiglia a cinquant'anni esatti dalla morte, nel 2013). Certi gesti non richiedono grandi proclami, e Fenoglio, da par suo, compí in assoluto silenzio anche questa scelta, senza accennarne nemmeno alle persone a lui piú care. È una possibilità. Per chi, invece, preferisse concludere su una nota piú alta, c'è il partigiano-letterato Adam Dobranski di *Educazione europea*, che, parlando di un amico appena morto agli altri componenti della propria banda, promette solennemente: «ha ritrovato i compagni, e, come un tempo, torneranno insieme a combattere».

GABRIELE PEDULLÀ

Bibliografia di riferimento.

Si indicano le opere menzionate nella introduzione ma non incluse nell'antologia – quando disponibile, nella piú recente edizione italiana, altrimenti in lingua originale. Per le lingue meno note, in assenza di una versione italiana, si è scelto di segnalare eventuali traduzioni francesi o inglesi. I titoli preceduti da un doppio asterisco sono conosciuti dall'autore solo indirettamente, attraverso la bibliografia secondaria.

AA.VV., *Il prezzo della vittoria. Racconti di scrittori sovietici sulla guerra contro il nazifascismo*, trad. it. di Adriana Chiaia, Zambon, Verona 2002 (per i testi di Vladimir Bogomolov, Il'ja Ėrenburg, Aleksandr Fadeev, Valentin Kataev, Michail Šolochov, Aleksej Tolstoj ecc.).

AA.VV., *Racconti della Resistenza* (2005), a cura di Gabriele Pedullà, Einaudi, Torino 2024 (per i racconti di Giorgio Bassani, Italo Calvino, Giorgio Caproni, Beppe Fenoglio, Franco Fortini, Alberto Moravia e Marcello Venturi).

Abbagnano, N., *Esistenzialismo positivo*, Taylor editore, Torino 1948.

Adamovič, A., Bryl Y. e Kolesnik V., *Ja z vognennaj vëski*, Minsk 1975 (per la traduzione inglese: *Out of the Fire*, Progress Publishers, Moscow 1980).

Adorno, T. W. et al., *La personalità autoritaria* (1950), trad. it. di Verina Gilardoni Jones, Comunità, Milano 1973.

Agamben, G., *Homo Sacer. Il potere sovrano e la nuda vita*, Einaudi, Torino 1995.

Andrzejewski, J., *Cenere e diamanti* (1948), trad. it. di Vera Petrelli, Lerici, Milano 1961.

–, *La sera del giorno della vittoria* (1967), in AA.VV., *Racconti dalla Polonia*, a cura di Andrzej Zieliński, Mondadori, Milano 1991.

Aragon, L., *Le collaborateur* e *Le droit romain n'est plus*, in Id., *Grandeur et servitude des français*, Gallimard, Paris 1945.

Barthes, R., *Annale d'une épidémie ou roman de la solitude?* (1955), in Id., *Oeuvres complètes*, a cura di Eric Marty, Seuil, Paris 1993, vol. I, pp. 452-56.

Białoszewski, M., *Memorie dell'insurrezione di Varsavia* (1970), trad. it. di Luca Bernardini, Adelphi, Milano 2021.

Brancati, V., *Il bell'Antonio* (1949), Mondadori, Milano 2018.

**Brandys, K., *Miasto niepokonane* (1946), Prószyński Media, Warsawa 2010 (= *La città invitta*).

**–, *Drewniany Kon* (1946), Czytelnik, Warsawa 1958 (= *Il cavallo di legno*).

–, *Sansone* (1947), trad. it. di Giovanna Tomassucci, e/o, Roma 1996.

–, *L'orso* (1956), in Id., *La difesa della «Grenada» e altri racconti*, trad. it. di Franca Wars, Mondadori, Milano 1980.

–, *La madre dei re* (1957), trad. it. di Ludovico Tulli, Feltrinelli, Milano 1987.

–, *Rondò* (1982), trad. it. di Giovanna Tomassucci, e/o, Roma 2019.

–, *Miesiące 1985-1987*, Instytut Literacki, Paris 1987 (per la traduzione francese: *Carnets. Paris*, Gallimard, Paris 1987).

Calvino, I., *Il sentiero dei nidi di ragno* (1947), a cura di Mario Barenghi, Mondadori, Milano 2020.

–, *La speculazione edilizia* (1957), Mondadori, Milano 2023.

Camus, A., *Il mito di Sisifo* (1942), trad. it. di Attilio Borelli, Bompiani, Milano 2013.

–, *La notte della verità* (1944), in Id., *Questa guerra vi riguarda. Corrispondenze per «Combat». 1944-47*, trad. it. di Sergio Arecco, Bompiani, Milano 2018.

–, *La peste* (1947), trad. it. di Yasmina Mélaouah, Bompiani, Milano 2017.

–, *L'uomo in rivolta* (1951), trad. it. di Liliana Magrini, Bompiani, Milano 2002.

–, *Préface*, a Konrad Bieber, *L'Allemagne vue par les écrivains de la Résistance française*, Droz, Paris 1954.

–, *Lettre a Roland Barthes sur «La peste»* (1955), in Roland Barthes, *Oeuvres* cit., vol. I, pp. 457-58.

Carpentier, A., *Il regno di questo mondo* (1949), trad. it. di Angelo Morino, Einaudi, Torino 1990.

Claus, H., *La sofferenza del Belgio* (1983), trad. it. di. Giancarlo Errico, Feltrinelli, Milano 2016.

Coetzee, J. M., *Elizabeth Costello* (2003), trad. it. di Maria Baiocchi, Einaudi, Torino 2004.

Ćopić, B., *Una storia eretica* (1950), trad. it. di Aleksandra Ivić, accessibile al sito https://www.zestletteraturasostenibile.com/una-storia-eretica-racconto-di-branko-copic/

Ćosić, D., *Il sole era lontano* (1951), Editori Riuniti, Roma 1957.

Cortázar, J., *Le armi segrete*, in Id., *Le armi segrete* (1959), trad. it. di Cesco Vian, in Id., *I racconti*, a cura di Ernesto Franco, Einaudi, Torino 1994.
–, *Alcuni aspetti del racconto* (1963), trad. it. di Vittoria Martinetto, in Id., *I racconti* cit.
De Beauvoir, S., *Il sangue degli altri* (1945), trad. it. di Dianella Selvatico Estense, Mondadori, Milano 2023.
Deniau, J.-F., *Un héros très discret*, Olivier Orban, Paris 1989.
Đilas, M.(chiamato Gilas nel titolo), *L'esecuzione e altri racconti*, trad. it. di Giovanni Ruggeri, Vallecchi, Firenze 1969.
Drda, J., *Němá barikáda* (1947), Československý spisovatel, Praha 1980 (traduzione inglese di uno dei racconti in AA.VV., *Four Czech Short Stories*, Orbis, Prague 1957).
Duras, M., *Il dolore* (1985), trad. it. di Laura Guarino e Giovanni Mariotti, Feltrinelli, Milano 1985.
Edelman, M., *Il ghetto di Varsavia lotta* (1945), trad. it. di Włodek Goldkorn, Giuntina, Firenze 2012.
–, *C'era l'amore nel ghetto* (2009), trad. it. di Włodek Goldkorn, Sellerio, Palermo 2009.
Ėrenburg, I., *Russia at War*, trad. inglese di Gerard Shelley, Hamish Hamilton, London 1943 (raccolta delle corrispondenze di guerra direttamente approntata per il pubblico angloamericano).
Fadeev, A., *La giovane guardia* (1946), trad. it. di Pietro Zveteremich, Macchia, Firenze 1949.
Fallada, H., *E adesso, pover'uomo?* (1932), a cura di Mario Rubino, Sellerio, Palermo 2022.
–, *Ognuno muore solo* (1946), trad. it. di Clara Coïsson, Sellerio, Palermo 2020.
Fenoglio, B., *Primavera di bellezza* (1959), a cura di Piero Negri Scaglione, Einaudi, Torino 2023.
–, *Una questione privata* (1963), a cura di Gabriele Pedullà, Einaudi, Torino 2023.
–, *Il partigiano Johnny* (1968), a cura di Dante Isella, Einaudi, Torino 2023.
–, *Epigrammi* (1978), a cura di Gabriele Pedullà, Einaudi, Torino 2005.
–, *Il libro di Johnny*, a cura di Gabriele Pedullà, Einaudi, Torino 2015.
Fromm, E., *Fuga dalla libertà* (1941), trad. it. di Cesare Mannucci, Mondadori, Milano 2022.
Fučík, J., *Scritto sotto la forca* (1945), Tempo Libero, Milano 2014.
Gadda, C. E., *Eros e Priapo* (1967), a cura di Paola Italia e Giorgio Pinotti, Adelphi, Milano 2016.
Gary, R., *Educazione europea* (1944), trad. it. di Mario Nardi, Neri Pozza, Milano 2006.

Gary, R., *Gli aquiloni* (1980), trad. it. di Giovanni Bogliolo, Neri Pozza, Milano 2017.
Grossman, V., *Stalingrado* (1952), trad. it. di Claudia Zonghetti, Adelphi, Milano 2022.
–, *Il vecchio maestro* (1963), in Id., *Il bene sia con voi!*, trad. it. di Claudia Zonghetti, Adelphi, Milano 2011.
–, *Vita e destino* (1980), trad. it. di Claudia Zonghetti, Adelphi, Milano 2008.
Heidegger, M., *Essere e tempo* (1927), trad. it. di Pietro Chiodi, Longanesi, Milano 2005.
Herling-Grudziński, G., *L'ultimo capitolo* (1969), in Id., *Il pellegrino della libertà. Saggi e racconti*, trad. it. di Marta Herling, L'ancora del mediterraneo, Napoli 2006.
**Hermans, W. F., *De tranen der acacia's* (1949), Uitgeverij Van Oorschot, Amsterdam 1949 (= *Le lacrime delle acacie*).
–, *La casa vuota* (1951), trad. it. di Laura Pignatti, Bur, Milano 2005.
–, *La camera oscura di Damocle* (1958), trad. it. di Claudia Di Palermo, Iperborea, Milano 2022.
–, *Antipathieke romanpersonages* (1960), in Id., *Het sadistische universum*, 2ª ed. aumentata, De Bezige Bij, Amsterdam 1967 (per la traduzione inglese: *Unsympathetic Fictional Characters*, in «Journal of Dutch Literature», VI, 2015, pp. 118-28).
–, *Herinneringen van een engelbewaarder* (1971), De Bezige Bij, Amsterdam 2009 (per la traduzione inglese: *A Guardian Angels Recalls*, Archipelago Books, New York 2021).
Hermlin, S., *Il sottotenente York von Wartenburg* (1946), in Id., *L'età della solitudine e altri racconti*, trad. it. di Luca Sassi, Einaudi, Torino 1991.
Hrabal, B., *Jarmilka*, in Id., *Vuol vedere Praga d'oro?* (1964), trad. it. di Hana Kubistová Casadei, Guanda, Milano 2019.
–, *Treni strettamente sorvegliati* (1965), trad. it. di Pino Corduas, e/o, Roma 2011.
Kadare, I., *Il generale dell'armata morta* (1963), trad. it. (dal francese) di Augusto Donaudy, Longanesi, Milano 1997.
–, *La città di pietra* (1970), trad. it. (dal francese) di Francesco Bruno, La nave di Teseo, Milano 2021.
–, *La piramide* (1992), trad. it. (dal francese) di Francesco Bruno, Longanesi, Milano 1997.
–, *Un invito a cena di troppo* (2009), trad. it. (dal francese) di Maria Laura Vanorio, Longanesi, Milano 2012.
Kaminski, A. J., *Pietre per la barricata* (1956), De Agostini, Novara 2003.
Kessel, J., *L'armata degli eroi* (1943), trad. it. di Daniela Ciccone, Time Crime, Roma 2022.

Kirst, H. H., *La notte dei generali* (1962), trad. it. di Amina Pandolfi, Mondadori, Milano 2001.

Koestler, A., *The Yogi and the Commissar* (1943), in Id., *The Yogi and the Commissar and Other Essays*, Jonathan Cape, London 1985.

Kolitz, K., *Yossl Rakover si rivolge a Dio* (1946), trad. it. di Anna Linda Callow, Adelphi, Milano 1997 (con un saggio di Emmanuel Lévinas, *Amare la Torah piú di Dio*, trad. it. di Rosella Carpinella Guarneri, 1963).

Krall, H., *Arrivare prima del Signore Iddio. Conversazione con Marek Edelman* (1977), trad. it. di Ludmilla Ryba e Janina Pastrello, Giuntina, Firenze 2010.

–, *Il re di cuori* (2006), trad. it. di Valentina Parisi, Cargo, Napoli 2009.

Lenz, S., *Stadtgespräch* (1963), Atlantik, Hamburg 2018 (per la traduzione francese: *La nuit des ôtages*, Flammarion, Paris 1992).

–, *Il disertore* (2016), trad. it. di Riccardo Cravero, Neri Pozza, Milano 2017.

Levi, P., *La tregua* (1963), a cura di Ernesto Ferrero, Einaudi, Torino 2014.

–, *Se non ora quando?* (1982), Einaudi, Torino 2014.

Malraux, A., *No. Fragments d'un roman sur la Résistance*, a cura di Henri Godard e Jean-Louis Jeanelle, Gallimard, Paris 2013.

Matesis, P., *Madre di cane* (1990), trad. it. di Alberto Gabrieli, Crocetti, Milano 1998.

Moen, P., *Møllergata* (1949), trad. it. di Bruni Berni, Quodlibet, Macerata 2019.

Montanelli, I., *Il generale Della Rovere* (1950), a cura di Michele Brambilla, Bur, Milano 2011.

Moravia, A., *Il conformista* (1951), Bompiani, Milano 2019.

**Mulisch, H., *De behouden vrijheid*, in «De Groene Amsterdammer», 9 agosto 1952 (= *La libertà preservata*).

–, *L'attentato* (1982), trad. it. di Gianfranco Groppo, Neri Pozza, Milano 2021.

Ortega y Gasset, J., *La disumanizzazione dell'arte* (1925), trad. it. di Otello Lottini, SE, Milano 2020.

Paulhan, J., *L'abeille* (1944), in AA.VV., *La Résistence et ses poètes* (1974), a cura di Pierre Seghers, Laffont, Paris 2004.

Pavese, C., *Prima che il gallo canti* (1949), a cura di Gabriele Pedullà, Garzanti, Milano 2021.

Pavone, C., *Una guerra civile. Saggio sulla moralità della Resistenza*, Bollati Boringhieri, Torino 1991.

Reich, W., *Psicologia di massa del fascismo* (1933), trad. it. di Furio Belfiore e Anneliese Wolf, Einaudi, Torino 2000.

Salgas, J.-P., *Kazimierz Brandys interdit dans son pays*, in «La Quinzaine Littéraire», n. 425, 1° ottobre 1984.
Sartre, J.-P., *La nausea* (1938), trad. it. di Bruno Fonzi, Einaudi, Torino 2014.
–, *Il muro* (1939), trad. it. di Elena Giolitti, Einaudi, Torino 2015.
–, *L'essere e il nulla* (1943), trad. it. di Giuseppe Del Bo, Il Saggiatore, Milano 2023.
–, *Porta chiusa* (1944), trad. it. di Massimo Bontempelli, in Id., *Le mosche. Porta chiusa*, Bompiani, Milano 2013.
–, *La repubblica del silenzio* (1944), *Una settimana apocalittica. La liberazione di Parigi* (1944) e *Ritratto di un collaborazionista* (1945), in Id., *Parigi occupata*, trad. it. di Diana Napoli, il Melangolo, Genova 2020.
–, *L'esistenzialismo è un umanismo* (1945), trad. it. di Giancarlo Mursia Re, Mursia, Milano 1990.
–, *L'età della ragione* (1945), trad. it. di Orio Vergani, Bompiani, Milano 2019.
–, *Il rinvio* (1945), trad. it. di Giorgio Monicelli, Mondadori, Milano 2001.
–, *Per chi scriviamo?* (1947), in Id., *Che cos'è la letteratura*, trad. it. di Luigi De Nardis, Il Saggiatore, Milano 2020.
–, *Le mani sporche* (1948), trad. it. di Paolo Bignamini, Mimesis, Milano 2010.
–, *La morte nell'anima* (1949), trad. it. di Giorgio Monicelli, Mondadori, Milano 1990.
–, *Réponse à Albert Camus* (1952), in Id., *Situations* IV, Gallimard, Paris 1964.
Seghers, A., *I morti dell'isola di Djal* (1924), in Ead., *I morti dell'isola di Djal e altre leggende*, trad. it. di Daria Biagi, L'orma, Roma 2022.
Selimović, M., *Nebbia e chiaro di luna* (1963), trad. it. di Dino Huseljić, Bottega Errante Edizioni, Udine 2023.
**–, *Tišine* (1961, rifatto nel 1966), Tea Books, Belgrado 2019 (= *Silenzi*).
–, *Il cerchio* (1983), trad. it. di Elisa Copetti, Bottega Errante Edizioni, Udine 2021.
Škvorecký, J., *I vigliacchi* (1958), trad. it. di Alessandro De Vito, Miraggi, Torino 2025.
Steinbeck, J., *La luna è tramontata* (1942), trad. it. di Giorgio Monicelli, Bompiani, Milano 2016.
Szpilman, W., *Il pianista* (1946), trad. it. (dall'inglese) di Lidia Lax, Baldini & Castoldi, Milano 1999.
Tišma, A., *L'appartamento*, in Id., *Scuola di empietà* (1978), trad. it. di Lionello Costantini, e/o, Roma 1988.

Tobino, M., *Una giornata con Dufenne* (1968), Mondadori, Milano 2018.
Triolet, E., *Quatre récits de l'Occupation*, Éditions Aden, Bruxelles 2010.
Uhlman, F., *L'amico ritrovato* (1971), trad. it. di Mariagiulia Castagnone, Feltrinelli, Milano 2012.
Viganò, R., *L'Agnese va a morire* (1949), Einaudi, Torino 2014.
Vittorini, E., *Uomini e no* (1945), a cura di Virna Brigatti, Mondadori, Milano 2022.
Waugh, E., *Compassione* (1949), in Id., *Compassione*, trad. it. di Ottavio Fatica, Adelphi, Milano 2002.
Weil, J., *Giallo e Verde* (1943), trad. it. di Giuseppe Dierna, in «il manifesto», 26 novembre 2023.
Wittgenstein, L., *Ricerche filosofiche* (1953), trad. it. di Renzo Piovesan, Einaudi, Torino 2009.

L'articolo di Hans Frank è citato da Halik Kochanski, *Resistance: The Underground War in Europe, 1939-45*, Penguin, London 2022; il passo da *La paura nell'arte* di Ivan Goran Kovačić è ripreso dalla introduzione di Silvio Ferrari a *La fossa. Poema*, San Marco dei Giustiniani, Genova 2007. Per una testimonianza di un grande scrittore dalla prospettiva dell'occupante: Ernst Jünger, *Sulla questione degli ostaggi. Parigi 1941-42* (2003), trad. it. di Alessandra Iadicicco, Guanda, Milano 2012.

Nota ai testi e ringraziamenti.

Come nel caso del volume gemello sull'Italia (*Racconti della Resistenza*, Einaudi, Torino 2005; ora in versione rivista e notevolmente ampliata, Einaudi, Torino 2024), sono stati presi in considerazione solo testi in prosa auto-conclusi e scritti da autori che – nelle forme piú varie – fecero esperienza diretta della lotta contro il nazifascismo. Dunque, niente selezioni da romanzi, niente opere in versi e niente Resistenza "postuma" o "da lontano" (quest'ultima *contrainte* ha portato a escludere autori come Kvi Kolitz e Julio Cortázar, che negli anni del dominio della Germania sull'Europa continentale si trovavano in Palestina e in Argentina, ma non Hanna Krall, la quale, pur essendo ancora soltanto una bambina, ebbe modo di assistere con i propri occhi agli orrori della Polonia hitleriana).

Si è scelto di disporre i testi dell'antologia in ordine cronologico di pubblicazione, invece che per aree linguistiche o nazionali, in modo da valorizzare al massimo la natura corale della letteratura sulla guerra partigiana che per una ventina di anni è fiorita in tutto il continente. Paesi non rappresentati da nessun racconto (come l'Olanda, la Germania Federale e l'Albania) lo sono indirettamente attraverso i romanzi e i memoriali discussi nel saggio di apertura, con il risultato che l'unico teatro di guerra trascurato – per mancanza di scritti davvero significativi noti all'antologista, a parte le memorie carcerarie di Petter Moen, *Møllergata* – è la penisola scandinava. La divisione in due parti serve a marcare nella maniera piú chiara la differenza tra i testi pubblicati a conflitto ancora in corso (dunque con finalità apertamente militanti) e quelli apparsi dopo la resa della Germània e dei suoi alleati, quando al tempo dell'azione è subentrato il tempo della memoria.

Nonostante questa scelta di puntare in sede di indice sulle coordinate temporali invece che spaziali (diversamente da quanto fatto a suo tempo con i *Racconti della Resistenza* italiani), non è inutile vedere i racconti suddivisi anche per aree linguistiche e geografiche – cosa che permette tra l'altro di valorizzare a colpo d'occhio la centralità della Francia e della Polonia nel "canone" della letteratura partigiana europea (probabilmente gli unici due paesi nei quali la narrativa della Resistenza ha dato frutti qualitativamente paragonabili a quelli dell'Italia).

FRANCESE: Vercors (1942); Albert Camus (1944); Antoine de Saint-Exupéry (1944, pubblicato postumo nel 1973); Louis Aragon (1945); Romain Gary (1946); André Malraux (1957); Marguerite Duras (1985); Maurice Blanchot (1994).

NEDERLANDESE – BELGIO: Louis Paul Boon (1947).

TEDESCO – REPUBBLICA DEMOCRATICA TEDESCA: Anna Seghers (1941); Hans Fallada (1945); Bertolt Brecht (1949); Stefan Heym (1966).

TEDESCO – SVIZZERA: Friedrich Dürrenmatt (1945).

CECOSLOVACCO: Julius Fučík (1943, pubblicato postumo nel 1945); Jan Drda (1947).

POLACCO: Józef Czapski (1944); Ksawery Pruszyński (1946); Tadeusz Borowski (1948); Sławomir Mrożek (1957); Kazimierz Brandys (1960); Adolf Rudnicki (1963); Hanna Krall (1993).

YIDDISH – UNIONE SOVIETICA: Der Nister (1943).

RUSSO – UNIONE SOVIETICA: Vasilij Grossman (1963).

SLOVENO – ITALIA: Boris Pahor (1959).

SERBO – JUGOSLAVIA: Meša Selimović (1953); Branko Ćopić (1959); Aleksandar Tišma (1978).

GRECO: Antonis Samarakis (1954).

INGLESE – STATI UNITI D'AMERICA: John Steinbeck (1963).

Un proverbio statunitense di origine africana recita: *It takes a village to raise a child*, «ci vuole un villaggio per allevare un bambino». Qualcosa di simile, ma su scala piú ampia, vale anche per un libro come questo, in cui l'antologista è chiamato a confrontarsi con una materia troppo vasta per chiunque e le competenze di un singolo evidentemente non bastano. A stadi diversi di una ricerca protrattasi per quasi vent'anni negli interstizi tra un lavoro e l'altro, Erik Butler, Victoria De Grazia, Giuseppe Dierna, Marco Fioravanti, Jean-Louis Fournel, Liesje Schreuders e Arthur Weststeijn sono stati prodighi di suggerimenti e consigli di lettura; nella fase finale Mario Capaldo, Miriam Capaldo e Raissa Raskina hanno risolto alcuni miei dubbi grazie alla loro conoscenza delle lingue slave; Alessandro Mulieri e David Ragazzoni mi hanno procurato dagli Stati Uniti le riproduzioni di alcuni racconti difficili da reperire in Italia; Mauro Bersani, Maria Rosa Bricchi e Alessandro Metlica hanno messo al servizio del progetto la loro prodigiosa rete di amicizie; all'Einaudi Paola Gallo, Marco Peano e Angela Rastelli hanno immediatamente creduto in questo volume e sono stati degli interlocutori preziosi lungo l'intero processo editoriale; Silvia Ferrero ha accompagnato la lavorazione del libro in tutti i suoi passaggi senza perdere il buonumore neanche negli inevitabili momenti di emergenza; l'ufficio diritti ha fatto letteralmente miracoli per raggiungere editori, agenti letterari ed eredi degli autori antologizzati ai quattro angoli del globo. A tutti loro vanno i miei ringraziamenti piú sentiti.

Racconti della Resistenza europea

La Resistenza al presente

(1941 - aprile 1945)

Dove non diversamente indicato, le note ai testi sono del curatore.

Anna Seghers

Un posto dove stare

Un mattino di settembre del 1940, mentre a Parigi, su place de la Concorde, sventolava la piú grande svastica dei territori tedeschi occupati e le code davanti ai negozi erano lunghe quanto le strade stesse, una certa Louise Meunier, moglie di un tornitore e madre di tre figli, venne a sapere che in una bottega del XIV arrondissement si potevano comprare delle uova.

Si diresse lí in gran fretta, fece un'ora di fila e ne ricavò cinque uova, una per ogni membro della famiglia. Intanto le venne in mente che proprio in quella strada abitava una sua compagna di scuola, Annette Villard, che lavorava in un albergo. La incontrò anche, la Villard, trovandola in uno stato di agitazione insolito in una persona tanto tranquilla e ammodo.

Mentre tirava a lucido finestre e lavandini, con la Meunier che cercava di darle una mano, la Villard raccontò che a mezzodí del giorno precedente la Gestapo aveva arrestato un cliente dell'albergo registratosi come alsaziano che invece, com'era poi venuto fuori, era scappato alcuni anni prima da un campo di concentramento tedesco. L'uomo, raccontò la Villard strofinando i vetri, era stato rinchiuso nel carcere de La Santé, da dove lo avrebbero presto deportato in Germania e probabilmente messo al muro. Ma a starle molto piú a cuore del cliente – dato che alla fine l'uomo è uomo e la guerra è guerra – era il figlio. Infatti il tedesco aveva un figlio, un ragazzino di dodici anni che divideva la stanza con lui, andava a scuola lí e parlava francese come un francese; la madre era morta in circostanze poco chiare, come sempre con gli stranieri. Il ragazzo, tornando da scuola, aveva preso atto in silenzio dell'arresto di suo padre, senza versare una lacrima. Quando però l'ufficiale della Gestapo gli aveva intimato di raccogliere le sue cose, perché il giorno dopo sarebbero venuti a prenderlo per riportarlo dai suoi parenti in Germania, aveva risposto chiaro e tondo che si sarebbe buttato sotto un camion piuttosto che tornare in quella famiglia. L'ufficiale aveva replicato bruscamente che la questione non era tornare o non tornare, bensí tornare dai parenti o finire in casa di correzione. Siccome il ragazzo si fidava di lei, di Annette, durante la notte era andato a cercare il suo aiuto, e lei, al mattino presto, lo aveva portato in un piccolo caffè il cui proprietario era un amico. Adesso il ragazzo era lí che la aspettava. Lei aveva pensato che sarebbe stato facile trovargli una sistemazione, ma fino a quel momento aveva ricevuto solo dei no, la paura era troppo grande. Anche la proprietaria dell'albergo in cui lavorava aveva una gran paura dei tedeschi, ed era furiosa per la fuga del ragazzo.

La Meunier aveva ascoltato tutto in silenzio, e solo quando la Villard ebbe finito disse: – Mi piacerebbe conoscere un ragazzo cosí –. Al che la Villard le rivelò il nome del caffè, e aggiunse: – Non hai paura di portargli un po' di vestiti puliti, vero?

Il padrone del caffè, dal quale si fece riconoscere tramite un biglietto della Villard, la portò nella sala da biliardo che al mattino teneva chiusa. Il ragazzo era seduto lí e fissava il cortile. Era alto come il primogenito della donna e anche vestito in modo simile, aveva gli occhi grigi e nei suoi tratti non c'era nulla di particolare che lo identificasse come figlio di uno straniero. La Meunier gli disse che era venuta a portargli dei vestiti puliti. Lui non ringraziò, ma d'un tratto la guardò dritto negli occhi. Fino a quel momento la Meunier era stata una madre come tutte le madri; fare la fila, tirar fuori qualcosa dal nulla e molto dal qualcosa, fare lavori fuori casa oltre a quelli dentro casa, tutte cose ovvie. Adesso, sotto lo sguardo del ragazzo, la misura di ciò che era ovvio crebbe di scatto, e con essa le sue energie. Disse: – Fatti trovare stasera alle sette al caffè Biard, vicino a Les Halles.

Si affrettò a tornare a casa. Per mettere in tavola qualcosa di decente c'è da cucinare molto. Il marito era già là. Aveva trascorso un anno di guerra sulla linea Maginot, da tre settimane era stato congedato, da una la sua impresa aveva riaperto, lo avevano messo a mezzo servizio, passava la maggior parte del tempo libero al bistrot, poi tornava a casa arrabbiato con sé stesso per aver lasciato lí una parte dei pochi soldi che guadagnava. La donna, troppo scossa per far caso alla sua espressione, mentre sbatteva le uova, cominciò a spiegargli la faccenda per prepararlo. Ma, quando arrivò al punto in cui il ragazzino straniero scappato dall'albergo cercava protezione dai tedeschi a Parigi, lui la interruppe dicendo: – La tua amica Annette è stata veramente stupida a incoraggiare una tale sciocchezza. Io, al posto suo, lo avrei rinchiuso, il ragazzo. Che il tedesco se la veda da solo coi suoi compatrioti... di suo figlio non si è preoccupato neanche lui. Se l'ufficiale lo rispedisce a casa fa anche bene. Quell'Hitler ha occupato il mondo, a cosa vuoi che servano le chiacchiere –. Al che la donna fu sveglia abbastanza da mettersi subito a parlare d'altro. In cuor suo vide per la prima volta con chiarezza cos'era diventato quell'uomo che prima partecipava a tutti gli scioperi e a tutte le manifestazioni, e che il 14 luglio si comportava sempre come se avesse voluto espugnare un'altra volta la Bastiglia tutto da solo. Ma assomigliava a quel gigante Cristoforo[1] della fiaba – gli assomigliavano in molti –, che si metteva sempre dalla parte di chi passa-

[1] Secondo la *Leggenda aurea* di Jacopo da Varagine, Cristoforo era un gigante che si era proposto di servire il signore piú potente. Per questo era stato al servizio prima di un re, poi di un imperatore, poi ancora del demonio. Ma aveva sentito da quest'ultimo che il piú forte di tutti era Cristo, e per questo aveva deliberato di conoscerlo e di mettersi al suo servizio, cosa che in effetti fece, aiutando ad attraversare un fiume impetuoso un fanciullo che alla fine della storia si rivela appunto il Salvatore.

va per essere il piú forte e si dimostrava piú possente del suo attuale padrone, tanto che finiva per ritrovarsi tra le grinfie del diavolo. Ma né nella natura della donna, né nella sua giornata piena c'era spazio per abbattersi. Ormai quell'uomo era suo marito e lei era sua moglie, e ormai c'era quel ragazzino straniero che la aspettava. A sera, dunque, raggiunse il caffè vicino a Les Halles e disse al ragazzo: – Posso portarti da me solo domani –. Quello la guardò di nuovo dritto negli occhi e ribatté: – Non c'è bisogno che mi porti con sé, se ha tanta paura –. La donna rispose asciutta che si trattava di aspettare solo un giorno. Pregò la padrona del locale di farlo restare per la notte, dicendo che era suo parente. Non era una richiesta cosí strana, Parigi pullulava di profughi.

Il giorno seguente disse al marito: – Ho incontrato mia cugina Alice, suo marito è prigioniero all'ospedale militare di Pithiviers e lei vuole andare a trovarlo un paio di giorni. Mi ha pregato di tenerle il figlio finché è là –. L'uomo, che detestava avere estranei fra le sue quattro mura, replicò: – Purché la cosa non vada per le lunghe –. Lei allora sistemò un materasso per il ragazzo. Durante il tragitto gli aveva chiesto: – Ma perché non vuoi tornare in Germania? – Lui aveva risposto: – Può sempre lasciarmi qui, se ha paura. In ogni caso non andrò dai miei parenti. Entrambi i miei genitori sono stati messi in carcere da Hitler. Scrivevano, stampavano e diffondevano volantini. Mia madre è morta. Vede, a me manca un dente davanti. Me lo hanno rotto a scuola perché non volevo cantare la loro canzone. Anche i miei parenti erano nazisti e mi tormentavano piú di tutti. Insultavano mio padre e mia madre –. La donna gli chiese soltanto di non parlarne con nessuno, né col marito, né coi figli, né coi vicini.

I figli non erano contenti né scontenti del ragazzino straniero. Quello si teneva in disparte e non rideva mai. Il marito lo detestò fin dal primo momento, diceva che lo sguardo di quel ragazzo non gli piaceva. Se la prendeva con la moglie che gli dava una parte della sua razione di cibo, se la prendeva con la cugina dicendo che era una bella pretesa affibbiargli altri bambini. E quelle lagne finivano regolarmente per sfociare in concioni sul fatto che la guerra era ormai persa, che i tedeschi avevano occupato il paese, e loro sí che avevano disciplina, loro sí che sapevano cos'era l'ordine. Una volta che il ragazzino rovesciò la bottiglia del latte saltò su e gli dette un ceffone. Quando piú tardi la donna cercò di consolarlo, il ragazzo replicò: – Sempre meglio qui che laggiú.

– Una volta, – disse l'uomo, – mi piacerebbe avere di nuovo un vero pezzo di groviera per finire la cena –. La sera tornò a casa tutto eccitato. – Non hai idea di cosa ho visto. Un enorme camion tedesco pieno di forme di formaggio. Si comprano tutto quello che vogliono. Stampano milioni e li sperperano.

Due o tre settimane dopo, la Meunier andò a trovare la sua amica Annette. La donna non fu affatto contenta della visita e le fece intendere di non farsi piú vedere da quelle parti, la Gestapo aveva detto e minacciato di tutto. Avevano persino scoperto in quale caffè si era rifugiato il ragazzo, e che una donna era stata a trovarlo lí, e che i due se ne erano andati in momenti diversi. Sulla via di casa la Meunier soppesò ancora una volta il rischio che faceva correre a sé stessa e ai suoi famigliari. Ma per quanto ponderasse quello che, senza ponderarlo affatto, aveva compiuto in uno slancio improvviso, la stessa via di casa confermava la sua decisione: le code di fronte ai negozi aperti, le serrande davanti a quelli chiusi, i clacson delle auto tedesche che sfrecciavano lungo i boulevard e le svastiche sui portoni. Tanto che, entrando in cucina, accarezzò il piccolo straniero sui capelli come a dargli di nuovo il benvenuto.

Il marito invece l'aggredí dicendo che si era rincretinita dietro a quel moccioso. Quanto a lui, poiché i suoi figli gli facevano pena – tutte le speranze si erano di colpo trasformate nella penosa prospettiva di un futuro cupo e senza libertà – sfogava il malumore contro il ragazzino. Dal momento che il piccolo era troppo prudente e troppo silenzioso per dargliene l'occasione, lo picchiava senza averne una, accusandolo di avere uno sguardo impertinente. Lui stesso era stato privato del suo ultimo svago: aveva continuato a trascorrere la gran parte del suo tempo libero al bistrot, cosa che un po' lo rilassava, ma ora i tedeschi avevano requisito a un fabbro la sua officina in fondo alla strada e la via, fino a quel momento tranquilla e libera dalle svastiche, aveva iniziato d'un tratto a brulicare di meccanici tedeschi. Camion tedeschi in attesa di riparazione sostavano in fila, e i soldati nazisti occupavano il bistrot, facendo come fossero a casa loro. Il marito della Meunier non sopportava quello spettacolo. Spesso la moglie lo trovava muto al tavolo di cucina. Una volta che se ne stava lí immobile da quasi un'ora, la testa sulle braccia e gli occhi aperti, gli chiese a cosa mai stesse pensando. Lui rispose: – A niente e a tutto. E poi a qualcosa che non c'entra nulla. Figurati che stavo pensando a quel tedesco di cui ci aveva parlato una volta la tua amica Annette, non so se te lo ricordi, quel tedesco che era contro Hitler, il tedesco arrestato dai tedeschi. Mi piacerebbe sapere che ne è stato di lui. Di lui e di suo figlio –. La Meunier rispose: – Ho incontrato la Villard non molto tempo fa. Il tedesco, all'epoca, lo avevano portato a La Santé. Può darsi che ormai lo avranno già ammazzato. Il figlio è sparito. Parigi è grande. Avrà trovato un posto dove stare.

Siccome a nessuno piaceva farsi un bicchiere in mezzo ai soldati nazisti, capitava che andassero con un paio di bottiglie nella cucina dei Meunier, cosa che in passato gli sarebbe sembrata insolita e quasi sgradevole. Erano per lo piú colleghi di Meunier che lavoravano nella stessa impresa, si parlava liberamente. Il proprietario aveva dovuto cedere il suo ufficio al commissario tedesco che andava e veniva a suo piacimento. Gli addetti tedeschi esaminavano, soppesavano, portavano via. Negli uffici dell'amministrazione non si davano neanche piú la pena di nascondere per chi sgobbavano. Col metallo saccheggiato costruivano pezzi che venivano spediti a est, per fare la pelle ad altri popoli. E cosí i giochi erano finiti: orario ridotto, salario ridotto, divieto di sciopero. I Meunier tenevano le persiane chiuse, parlavano piano. Il ragazzo straniero girava con gli occhi bassi, quasi avesse paura del proprio stesso sguardo, cosí penetrante da tradire i pensieri del suo cuore. Era diventato talmente pallido, talmente magro che Meunier lo guardava brontolando, dicendo che magari aveva preso qualche malattia e poteva attaccarla ai suoi figli. La Meunier si era scritta da sola una lettera in cui la cugina la pregava di tenere il ragazzo ancora per un po', il marito era gravemente malato e lei preferiva trovare una sistemazione vicino a lui. La fa facile con quel moccioso, commentò il Meunier. La moglie si affrettò a lodare il ragazzo, dicendo che era molto sveglio e che tutti i giorni andava al mercato già alle quattro del mattino, quel giorno per esempio aveva ottenuto senza tessera un bel pezzo di carne di manzo.

Nello stesso cortile dei Meunier abitavano due sorelle che erano sempre state cattive, e ormai passavano le giornate al bistrot sedute in braccio ai meccanici tedeschi. Un poliziotto se ne accorse e le fece portare al commissariato, quelle piansero e strepitarono e lui le fece inserire nella lista dei sorvegliati. Tutta la strada ne fu contenta, ma questo rese le due sorelle ancor piú cattive, cosí i meccanici cominciarono a entrare e uscire da quella casa trattando il cortile come fosse loro, il rumore arrivava fin nella cucina dei Meunier. Per Meunier e per i suoi ospiti ormai da tempo non c'era piú niente da ridere, Meunier aveva smesso di tessere le lodi dell'ordine tedesco, quel bell'ordine consapevole e metodico aveva significato la distruzione della sua vita, sul lavoro e in casa, delle sue piccole e grandi gioie, del suo benessere, del suo onore, della sua tranquillità, del cibo che mangiava e dell'aria che respirava.

Un giorno Meunier si trovò da solo con sua moglie. Dopo un lungo silenzio sbottò esclamando: – Il potere ce l'hanno loro, cosa vuoi? È forte questo demonio! Se ce ne fosse anche solo uno, al mondo, che è piú forte di loro! Ma noi, noi siamo impotenti. Appena apri bocca ti fanno secco. Come quel tedesco di cui ci ha parlato una volta la tua amica Annette, tu forse lo hai dimenticato, io no. Lui almeno ha rischiato qualcosa. E quanto al figlio, massimo rispetto! Tua cugina potrebbe cavarsela da sola col suo marmocchio. Cosa vuoi che me ne importi. Il figlio di quel tedesco, invece, lui sí che lo ospiterei, ne sarei orgoglioso. Lo terrei piú in conto dei miei stessi figli, lo nutrirei anche meglio. Alloggiare in casa propria un ragazzo del genere mentre quei banditi scorrazzano su e giú senza avere idea di cosa ho il coraggio di fare e di che pasta sono fatto, e di chi tengo nascosto in casa mia! A braccia aperte lo accoglierei, un ragazzo cosí.

La donna si voltò e disse: – Lo hai già accolto.

Ho sentito raccontare questa storia nel mio albergo, nel XVI arrondissement, da quella stessa Annette che aveva preso servizio lí perché dove lavorava prima non si sentiva piú al sicuro.

[1941].

Vercors

Il silenzio del mare

Alla memoria di Saint-Pol-Roux[1]
poeta assassinato

Fu preceduto da un grande spiegamento di forze militari. Dapprima due soldati, biondissimi entrambi, l'uno dinoccolato e magro, l'altro tarchiato, con le mani d'un cavapietre. Guardarono la casa, senza entrare. In seguito venne un sottufficiale. Il soldato dinoccolato lo accompagnava. Mi parlarono un linguaggio che supponevano fosse francese. Non capivo una parola. Tuttavia mostrai loro le stanze libere. Sembrarono contenti.

L'indomani mattina una *torpedo* militare, grigia ed enorme, s'inoltrò nel giardino. L'autista e un giovane soldato esile, biondo e sorridente, ne cavarono fuori due casse e un grosso fagotto avvolto di tela grigia. Portarono tutto quanto su nella stanza piú vasta. La *torpedo* ripartí, e alcune ore dopo sentii il rumore d'una cavalcata. Apparvero tre cavalieri. Uno di loro scese a terra e se ne andò a visitare il vecchio edificio di pietra. Tornò, e tutti, uomini e cavalli, entrarono nel granaio che a me serve da laboratorio. Vidi piú tardi che avevano infisso il barletto del mio banco da lavoro fra due pietre, in un buco del muro, vi avevano legato una corda, e alla corda avevano legato i cavalli.

Per due giorni non avvenne piú nulla. Non vidi piú nessuno. I cavalieri uscivano presto con i loro cavalli, li riconducevano a casa la sera, ed essi stessi dormivano sulla paglia che avevano disposto sul soppalco.

[1] Saint-Pol-Roux (1861-1940), poeta francese, pseudonimo di Pierre-Paul Roux. Nel giugno del 1940 un soldato tedesco fece irruzione nel suo maniero di famiglia, violentando sua figlia e uccidendo la governante. Poco dopo, alla notizia che i tedeschi erano tornati nel castello e avevano saccheggiato il suo studio distruggendo i manoscritti delle sue numerose opere ancora inedite, Saint-Paul-Roux morí di infarto.

Poi, la mattina del terzo giorno, la grande *torpedo* ritornò. Il giovanotto sorridente si caricò sulle spalle un'ampia cassetta militare e la portò nella stanza. Poi prese lo zaino che depose nella stanza vicina. Scese, e rivolgendosi a mia nipote in un buon francese, chiese delle lenzuola.

Fu mia nipote che andò ad aprire quando bussarono. Ella m'aveva appena servito il caffè, come ogni sera (il caffè mi fa dormire). Sedevo in fondo alla stanza, relativamente nell'ombra. La porta dà sul giardino, sullo stesso piano. Un marciapiede di mattoni rossi, molto comodo quando piove, gira tutt'intorno alla casa. Sentimmo camminare, sentimmo il suono dei tacchi sul mattonato. Mia nipote mi guardò e mise giú la sua tazza: io tenevo la mia tra le mani.

Era notte, non faceva molto freddo: quel novembre non fu molto freddo. Vidi la figura smisurata, il berretto piatto, l'impermeabile gettato sulle spalle come una cappa.

Mia nipote aveva aperto la porta e restava in silenzio. Aveva sospinto la porta contro il muro, lei stessa si teneva accosto al muro, senza guardare nulla. Io bevevo il mio caffè, a piccoli sorsi.

L'ufficiale sulla porta disse: – Prego –. Fece un piccolo saluto col capo. Parve misurare il silenzio. Poi entrò.

La cappa gli scivolò sull'avambraccio, egli salutò militarmente e si scoprí. Si volse a mia nipote, ebbe un sorriso discreto piegando molto lievemente il busto. Poi venne dinanzi a me e mi fece un inchino piú grave. Disse: – Mi chiamo Werner von Ebrennac –. Ebbi tempo di pensare, molto rapidamente: «Il nome non è tedesco. Un discendente di emigrati protestanti[2] forse?» Soggiunse: – Mi spiace moltissimo.

[2] Quando nel 1685 Luigi XIV revocò l'editto di Nantes di Enrico IV (1598) che assicurava la libertà di coscienza e (in parte) di culto ai protestanti, molti di loro scelsero di trasferirsi all'estero, verso i paesi calvinisti e luterani.

L'ultima parola, pronunciata strascicando la voce, cadde nel silenzio. Mia nipote aveva chiuso la porta e restava addossata al muro, guardando dritto davanti a sé. Io non m'ero alzato. Pian piano deponevo la mia tazza sull'*armonium* e congiungevo le mani, e aspettai.

L'ufficiale riprese: – Naturalmente era necessario. Se era possibile l'avrei evitato. Penso la mia ordinanza farà ogni cosa per la vostra tranquillità –. Stava in piedi in mezzo alla stanza. Era smisurato e assai esile. Alzando le braccia avrebbe toccato le travi del soffitto.

La sua testa era leggermente reclina in avanti, come se il collo non fosse stato piantato sulle spalle, ma alla radice del petto. Non era curvo, ma questo faceva come se lo fosse stato. I suoi fianchi e le sue spalle strette erano impressionanti. Il volto era bello. Virile e segnato da due grandi incavi lungo le gote. Non si vedevano gli occhi, che nascondeva l'ombra estesa dell'arcata. Mi sembrarono chiari. I capelli erano biondi e morbidi, gettati all'indietro, e avevano un brillio di seta alla luce del lampadario.

Il silenzio si prolungava. Si faceva sempre piú denso, come la nebbia del mattino. Denso e immobile. L'immobilità di mia nipote, anche la mia senza dubbio, appesantivano quel silenzio, lo rendevano di piombo. L'ufficiale stesso, disorientato, restava immobile, finché alfine vidi spuntargli sulle labbra un sorriso. Il suo sorriso era grave e privo d'ogni traccia d'ironia. Con la mano egli abbozzò un gesto, il cui significato mi sfuggí. I suoi occhi si posarono su mia nipote, sempre rigida e diritta, e io stesso potei guardare a mio agio il profilo vigoroso, il naso prominente e sottile. Tra le labbra semichiuse vedevo brillare un dente d'oro. Infine egli distolse gli occhi e guardò il fuoco nel camino, e disse: – Ho una grande stima delle persone che amano la loro patria, – e alzò la testa bruscamente e fissò l'angelo scolpito al di sopra della finestra. – Ora potrei salire alla mia camera, – disse. – Ma non so la strada –. Mia nipote aperse la porta che dà sulla piccola scala e prese a salire i gradini, senza uno sguardo per l'ufficiale, come se fosse stata sola. L'ufficiale la seguí. Vidi allora che aveva una gamba rigida.

Li udii attraversare il vestibolo, i passi del tedesco risonarono nel corridoio, alternativamente forti e deboli, una porta s'aperse e si richiuse. Mia nipote tornò. Riprese la sua tazza e continuò a bere il caffè. Accesi la pipa. Restammo qualche minuto in silenzio. Dissi: – Grazie a Dio, ha l'aria di una persona come si deve –. Mia nipote alzò le spalle. Si tirò sulle ginocchia la mia giacchetta di velluto, e finí di cucirvi l'invisibile toppa incominciata.

L'indomani mattina l'ufficiale scese mentre facevamo colazione in cucina. C'è un'altra scala che porta in cucina e non so se il tedesco ci aveva sentiti o se prese questa via per caso. Si fermò sulla soglia e disse: – Ho dormito molto bene. Spero sia stato cosí anche per voi –. Guardava l'ampia stanza sorridendo. Giacché avevamo scarsità di legna e ancor piú di carbone, l'avevo riverniciata, vi avevamo portato alcuni mobili, del rame e dei piatti antichi, per confinarvi la nostra vita durante l'inverno. Egli osservava questo e si vedeva rilucere l'orlo dei suoi denti assai bianchi. Vidi che i suoi occhi non erano azzurri come avevo creduto, ma dorati. Infine traversò la stanza ed aperse la porta sul giardino. Fece due passi e si voltò a guardare la nostra lunga casa bassa, ricinta di viti, con le vecchie tegole marroni. Le sue labbra s'apersero a un largo sorriso.

– Il vostro vecchio sindaco m'aveva detto che avrei abitato al castello, – disse accennando col dorso della mano al pretenzioso fabbricato che s'intravedeva attraverso gli alberi spogli, un po' piú in alto sul poggio. – Mi rallegrerò con i miei uomini perché si sono sbagliati. Questo castello qui è molto meglio.

Poi richiuse la porta, ci salutò attraverso i vetri, e andò via.

Tornò la sera all'ora stessa del giorno prima. Stavamo prendendo il caffè. Bussò, ma non attese che mia nipote gli aprisse. Aperse lui stesso: – Temo di disturbarvi, – disse. – Se preferite passerò dalla cucina: allora chiuderete questa porta a chiave –. Traversò la stanza, e restò un attimo con la mano sulla maniglia, guardando i diversi angoli del salottino. Infine ebbe una piccola inclinazione del busto: – Vi auguro la buonanotte, – ed uscí.

Noi non chiudemmo mai la porta a chiave. Non sono certo che le ragioni di questa astensione fossero molto chiare e molto pure. Avevamo deciso in un tacito accordo, mia nipote ed io, di non mutare nulla nella nostra vita, fosse pure il piú piccolo particolare: come se l'ufficiale non esistesse; come se fosse stato un fantasma. Ma forse un altro sentimento si univa nel mio cuore a questa determinazione: io non posso offendere un uomo senza soffrire, si tratti pure anche del mio nemico.

Per molto tempo – per piú d'un mese – la medesima scena si ripeté ogni giorno. L'ufficiale bussava ed entrava. Pronunciava alcune parole sul tempo, sulla temperatura, o su qualche altro argomento della stessa importanza, che tutte avevano come proprietà comune il non presupporre risposta. Indugiava sempre un poco sulla soglia della piccola porta. Si guardava intorno. Un lievissimo sorriso traduceva il godimento ch'egli pareva trovare in quell'indagine – la medesima indagine ogni giorno e il medesimo godimento. I suoi occhi s'attardavano sul profilo reclino di mia nipote, immancabilmente severo e insensibile, e quando ne distoglieva alfine lo sguardo, ero certo di potervi leggere una sorta di approvazione sorridente. Poi diceva inchinandosi: – Vi auguro la buonanotte, – e usciva.

Una sera le cose mutarono bruscamente. Fuori cadeva una neve minuta commista a pioggia, tremendamente glaciale e umida. Facevo ardere nel focolare dei grossi ceppi che tenevo in serbo per le giornate come quella. Mio malgrado mi raffiguravo l'ufficiale, l'aria infarinata che avrebbe avuto all'entrare. Ma non venne. L'ora della sua venuta era ampiamente trascorsa, e m'irritavo di dover riconoscere ch'egli mi occupava i pensieri. Mia nipote sferruzzava lentamente, con aria molto intenta.

Alfine si udirono dei passi. Ma venivano dall'interno della casa. Riconobbi, al loro suono ineguale, la maniera di camminare dell'ufficiale. Capii che era entrato dall'altra porta, che veniva dalla sua camera. Senza dubbio non aveva voluto apparire davanti ai nostri occhi in una uniforme bagnata e priva di fascino: prima s'era cambiato.

I passi – uno forte, uno debole – scesero le scale. La porta s'aperse, e l'ufficiale apparve. Era in borghese. I calzoni erano di una spessa flanella grigia, la giacca era di *tweed* blu acciaio, intrecciato di nodi d'un marrone caldo. Era larga e ampia, e ricadeva con una trascuratezza piena d'eleganza. Sotto la giacca, un maglione di grossa lana grezza modellava il torace magro e muscoloso.

– Perdonatemi, – disse. – Io non ho caldo. Ero molto bagnato e la mia camera è molto fredda. Mi scalderò al vostro fuoco per qualche minuto.

S'accovacciò con difficoltà dinanzi al focolare, tese le mani. Le voltava da una parte e dall'altra. Diceva: – Bene!... Bene!... – Girò sui tacchi e offerse la schiena alla fiamma, stando sempre accovacciato, con un ginocchio tra le braccia.

– Qui non è niente, – disse. – L'inverno in Francia è una stagione mite. Da noi è ben duro. Molto. Gli alberi sono degli abeti, delle fitte foreste, la neve pesa lassú. Qui gli alberi sono esili. La neve sopra è un merletto. Da noi vien fatto di pensare a un toro, tozzo e possente, che ha bisogno della sua forza per vivere. Qui è spirito, pensiero fine e poetico.

La sua voce era piuttosto sorda, di un timbro assai lieve. L'accento era tenue, marcato soltanto sulle consonanti dure. L'insieme assomigliava a un ronzio piuttosto cantante.

S'alzò. Appoggiò l'avambraccio alla mensola dell'alto camino, e la fronte al dorso della mano. Era cosí alto che doveva chinarsi un poco: e dire che io non ci arriverei neppure col sommo del capo.

Restò abbastanza a lungo senza muoversi, senza muoversi e senza parlare. Mia nipote sferruzzava con vivacità meccanica. Ella non gettò gli occhi su di lui una sola volta. Io fumavo, semisdraiato nella mia vasta poltrona soffice. Pensavo che la pesantezza del nostro silenzio non avrebbe potuto essere scossa. L'uomo ci avrebbe salutati e sarebbe andato via.

Ma il ronzio sordo e cantante s'elevò di nuovo; non si può dire che rompesse il silenzio: fu piuttosto come se ne fosse nato.

– Ho sempre amato la Francia, – disse l'ufficiale senza muoversi. – Sempre. Durante l'altra guerra ero bambino e quello che pensavo allora non conta. Ma dopo l'ho amata sempre. Soltanto era da lontano. Come la Principessa lontana[3] –. Fece una pausa prima di dire gravemente: – A causa di mio padre.

Si volse e s'appoggiò lungo il pilastro, con le mani nelle tasche della giacca. Urtava un po' col capo contro la mensola. Di quando in quando vi soffregava lentamente l'occipite, col moto naturale d'un cervo. Una poltrona gli si offriva, lí accanto. Egli non vi sedette. Fino all'ultimo giorno non vi sedette mai. Noi non glielo proponemmo ed egli non fece nulla, mai nulla, che potesse apparire familiarità.

Ripeté:

– A causa di mio padre. Era un grande patriota. La disfatta è stata un dolore violento. Pure amò la Francia. Amò Briand[4], credeva nella Repubblica di Weimar e in Briand.

[3] Allusione a *La principessa lontana* (1895), dramma di Edmond Rostand sul trovatore provenzale di lingua occitana Jaufré Rudel, che si innamora della principessa Melissinde attraverso i racconti dei pellegrini che tornano da Gerusalemme e, determinato a vedere la donna almeno una volta nella vita, si imbarca per Tripoli quando si sa già mortalmente malato.

[4] Aristide Briand (1862-1932), politico e avvocato francese progressista e pacifista, fu undici volte presidente del governo e fondò con Jean Jaurès il giornale «L'Humanité». Firmò il Patto di Locarno nel 1925 con il tedesco Gustav Stresemann e l'inglese

Era entusiasta. Diceva: «Egli ci unirà, come marito e moglie». Pensava che finalmente il sole stesse per spuntare sull'Europa...

Parlando guardava mia nipote. Non la guardava come un uomo guarda una donna, ma come un uomo guarda una statua. E difatti era proprio una statua. Una statua animata, ma una statua.

– ... Ma Briand fu vinto. Mio padre vide che la Francia era ancora retta dalla vostra crudele alta borghesia, da gente come i vostri di Wendel[5], i vostri Henri Bordeaux[6] e il vostro vecchio Maresciallo[7]. Mi disse: «Tu non dovrai mai andare in Francia prima di poterci entrare con elmo e stivali». Dovetti promettterglielo, poiché era vicino a morire. Allo scoppio della guerra conoscevo tutta l'Europa, all'infuori della Francia.

Sorrise e disse, come se questa fosse stata una spiegazione: – Sono un musicista.

Un ceppo crollò, e un po' di brace rotolò fuori dal focolare. Il tedesco si chinò, raccolse la brace con le molle. Proseguí:

– Non sono un esecutore di musica: sono un compositore. Questo è tutta la mia vita e cosí mi fa un effetto strano vedermi trasformato in guerriero. Pure non mi rammarico di questa guerra. No. Credo ne nasceranno grandi cose...

Si raddrizzò, trasse le mani dalle tasche e le tenne a mezzo levate:

– Perdonatemi: forse vi ho offeso. Ma quel che dicevo lo penso con sincerità di cuore: lo penso per amore verso la Francia. Ne nasceranno grandi cose per la Germania e

Chamberlain e, nel 1928, l'accordo Briand-Kellogg. Nel 1926 ricevette il Premio Nobel per la pace. Era profondamente ammirato da Vercors, che ne scrisse anche la biografia: *Moi, Aristide Briand* (1981).

[5] Dal XVIII secolo fino alla Seconda guerra mondiale, la famiglia Wendel dominò l'industria mineraria e metallurgica della Lorena.

[6] Henry Bordeaux (1870-1963), avvocato e scrittore savoiardo, cattolico e di idee conservatrici.

[7] Philippe Pétain (1856-1951), il maresciallo per eccellenza, eroe di Verdun nel 1916, firmatario dell'armistizio con Hitler nel 1940 e presidente del governo collaborazionista di Vichy.

per la Francia. Penso, dopo mio padre, che sull'Europa risplenderà il sole.

Fece due passi e inchinò il busto. Come ogni sera disse: – Vi auguro la buonanotte –. Poi uscí.

Finivo in silenzio la pipa. Tossivo un poco, e dissi: – È forse inumano rifiutargli l'obolo d'una sola parola –. Mia nipote alzò il volto. Levava alte le sopracciglia, su degli occhi brillanti e indignati. Mi sentii quasi un poco arrossire.

Dopo quel giorno fu quella la nuova forma delle sue visite. Non lo vedemmo piú se non raramente in divisa. Prima si cambiava e poi bussava alla nostra porta. Era per risparmiarci la vista dell'uniforme nemica? O per farcela dimenticare, per abituarci alla sua persona? L'una cosa e l'altra, senza dubbio. Bussava ed entrava senza attendere una risposta che sapeva non gli avremmo dato. Lo faceva con la naturalezza piú candida, e veniva a scaldarsi al fuoco, che era il costante pretesto della sua venuta – un pretesto che non ingannava lui né noi, del quale egli non cercava neppur di nascondere il carattere comodamente convenzionale.

Non veniva proprio ogni sera, ma non ricordo una sola sera che egli ci abbia lasciati senza aver parlato. Si chinava sul fuoco, e mentre offriva al calore della fiamma qualche parte di sé, la sua voce ronzante si alzava con dolcezza, e vi fu nel corso di quelle serate, intorno agli argomenti che abitavano il suo cuore – il suo paese, la musica, la Francia –, tutto un interminabile monologo; poiché non una volta egli cercò di ottenere da noi una risposta, un assenso, o anche uno sguardo. Non parlava a lungo, non mai molto piú a lungo della prima sera. Pronunciava alcune frasi, a volte rotte da silenzi, a volte concatenate fra loro con la continuità monotona d'una preghiera. Ora immobile contro il camino come una cariatide, ora accostandosi, senza interrompersi, a un oggetto, a un disegno che c'era alla parete. Poi taceva, s'inchinava, e ci augurava la buonanotte.

Disse una volta (era nei primi tempi delle sue visite):

– Dov'è la differenza fra un fuoco da noi e questo? Certo la legna, la fiamma, il camino si rassomigliano. Ma non la luce. Dipende dagli oggetti che illumina, dagli abitanti di questo salottino, dai mobili, dalle pareti, dai libri nelle scansie...

– Perché questa stanza mi è tanto cara? – disse pensosamente. – Non è poi cosí bella, scusatemi!... – Rise: – Voglio dire, non è la sala d'un museo... Dei vostri mobili non si dice: ecco qui delle rarità... No... Ma questa stanza ha un'anima. Tutta questa casa ha un'anima.

Stava davanti alle scansie della biblioteca. Le sue dita seguivano le legature, in una carezza lieve.

– ... Balzac, Barrès, Baudelaire, Beaumarchais, Boileau, Buffon... Chateaubriand, Corneille, Descartes, Fénelon, Flaubert... La Fontaine, France, Gautier, Hugo... Che appello! – disse con un riso leggero, scotendo il capo. – E non sono che alla lettera H! Né Molière, né Rabelais, né Racine, né Pascal, né Stendhal, né Voltaire, né Montaigne, né tutti gli altri!... – Seguitava a scivolare lentamente lungo i libri, e di quando in quando si lasciava sfuggire un impercettibile «Ha!», quando, suppongo, leggeva un nome al quale non pensava. – Per gl'inglesi, – riprese, – si pensa in un attimo: Shakespeare. Per gl'italiani Dante. Per la Spagna Cervantes. Per noi, subito, Goethe. Poi, bisogna cercare. Ma se si dice: e la Francia? Allora, chi si leva istantaneamente? Molière? Racine? Hugo? Voltaire? Rabelais? o chi altro? S'incalzano, sono come una folla all'ingresso d'un teatro, non si sa chi far entrare prima.

Si voltò e disse gravemente:

– Per la musica invece ci siamo noi. Bach, Händel, Beethoven, Wagner, Mozart... che nome viene per primo.

– E ci siamo fatti la guerra! – disse lentamente, crollando il capo. Tornò al camino e i suoi occhi sorridenti si posarono sul profilo di mia nipote.

– Ma questa è l'ultima! Non ci batteremo piú: ci sposeremo! – Strinse le palpebre, gl'incavi agli zigomi furon solcati da due lunghe fossette, i denti bianchi apparvero. Disse allegramente: – Sí, sí! – Un lieve tentennio del capo ripeté l'affermazione. – Quando siamo entrati a Saintes, – proseguí dopo un silenzio, – ero contento che la popolazione ci ricevesse bene. Ero molto contento. Pensavo: «Sarà una cosa facile». E poi ho visto che non era niente affatto questo, che era viltà –. S'era fatto serio. – Ho sentito disprezzo per quella gente. E ho temuto per la Francia. Pensavo: «È *davvero* diventata cosí?» – Scosse il capo: – No, no! L'ho veduto poi; e ora, sono contento del suo volto severo.

Il suo sguardo si portò al mio – che distolsi –, s'attardò un poco sui diversi punti della stanza, poi tornò al volto inesorabilmente insensibile che aveva lasciato.

– Sono contento d'aver trovato qui un vecchio dignitoso. E una signorina silenziosa. Bisognerà vincere questo silenzio. Bisognerà vincere il silenzio della Francia. La cosa mi attrae.

Guardava mia nipote, guardava il puro profilo ostinato e chiuso, in silenzio e con un'insistenza grave, dove pure fluttuavano ancora i resti d'un sorriso. Mia nipote lo sentiva. La vedevo arrossire lievemente, vedevo una ruga inscriversi a poco a poco tra le sue sopracciglia. Le sue dita traevano l'ago con moto un poco troppo vivo e brusco, rischiando di spezzare il filo.

– Sí, – riprese la lenta voce ronzante, – è meglio cosí. Molto meglio. In questo modo si formano delle unioni solide, delle unioni in cui ognuno acquista grandezza... C'è una graziosissima fiaba infantile, che ho letto, che voi avete letto, che hanno letto tutti. Non so se il titolo sia lo stesso nell'uno e nell'altro paese. Da noi si chiama *Das Tier und die Schöne*, La Bella e la Bestia. Povera Bella! La Bestia la tiene in suo potere, impotente e prigioniera, le impone ad ogni ora del giorno la sua implacabile e greve presenza... La Bella è superba, dignitosa, s'è fatta dura... Ma la Bestia è meglio di quel che non sembri. Oh, certo non è molto dirozzata! È sgraziata, brutale, appare ben zotica accanto alla Bella cosí fine... Ma ha cuore, sí, ha un'anima che aspira ad elevarsi. Se la Bella volesse!... La Bella ci mette molto tempo a volere. Tuttavia, a poco a poco, scopre nel fondo degli occhi dell'odiato carceriere una luce, un barlume in cui si può leggere la preghiera e l'amore. Ella sente meno la zampa pesante, sente meno le catene della prigione... Cessa di odiare, quella costanza la commuove, ella tende la mano... Di colpo la Bestia si trasforma, il sortilegio che la costringeva in quel barbaro pelame è svanito: essa è ora un cavaliere assai bello e assai puro, delicato e coltivato, che ogni bacio della Bella adorna di pregi sempre piú smaglianti... La loro unione origina una felicità sublime. I loro figli, che sommano e fondono in sé i doni dei genitori, sono i piú belli che abbia portato la terra...

– Non vi piaceva questa fiaba? A me piaceva sempre tanto. La rileggevo di continuo. Mi faceva piangere. Amavo soprattutto la Bestia, perché capivo la sua sofferenza. Ancor oggi, mi sento commosso quando ne parlo.

Tacque, respirò con forza, e s'inchinò:

– Vi auguro la buonanotte.

Una sera – ero salito nella mia camera per prendervi del tabacco – sentii alzarsi il canto dell'*armonium*. Suonavano quell'*VIII Preludio e Fuga*[8] che mia nipote studiava prima della disfatta. Il quaderno era rimasto aperto a quella pagina, ma, fino a quella sera, mia nipote non s'era risolta a nuovi esercizi. Il fatto che li avesse ripresi suscitò in me piacere e meraviglia: quale necessità interiore poteva mai averla subitamente decisa?

Non era lei. Ella non aveva lasciato la sua poltrona né il suo lavoro. Il suo sguardo venne incontro al mio, m'in-

[8] Johann Sebastian Bach, *Il clavicembalo ben temperato* (1): *Preludio e Fuga* n. 8 in Mi bemolle minore, BWV853.

viò un messaggio che non decifrai. Osservavo il lungo busto dinanzi allo strumento, la nuca reclina, le mani lunghe, sottili, nervose, le cui dita si spostavano sui tasti come individui autonomi.

Suonò soltanto il *Preludio*. Si alzò, raggiunse il fuoco.

– Non c'è nulla di piú grande, – disse con la sua voce sorda che non s'elevò molto piú alto d'un mormorio. – Grande?... forse neppur questa è la parola. Al di fuori dell'uomo, al di fuori della sua carne. Ci fa intendere, no, indovinare... no, presentire... presentire quello che è la natura... la natura divina e sconosciuta... la natura... spogliata... dell'anima umana. Sí: è una musica disumana.

Parve, in un silenzio pensoso, esplorare il suo stesso pensiero. Si mordicchiava un labbro pian piano.

– Bach... Non poteva essere che tedesco. La nostra terra ha questo carattere: questo carattere disumano. Voglio dire, non in misura dell'uomo.

Un silenzio, e poi:

– Questa musica io l'amo, l'ammiro, mi colma, è in me come la presenza di Dio, ma... Ma non mi appartiene.

– Voglio fare, io, una musica che sia in misura dell'uomo: anche questa è una strada per giungere alla verità. È la *mia* strada. Non vorrei, non potrei seguirne un'altra. Questo adesso lo so. Lo so pienamente. Da quando? Da quando vivo qui.

Ci voltò la schiena. Posò le mani sulla mensola, vi si afferrò con le dita e offerse il volto alla fiamma tra gli avambracci, come attraverso le sbarre d'una grata. La sua voce si fece piú sorda e piú ronzante:

– Ora ho bisogno della Francia. Ma chiedo molto: chiedo che mi accolga. Esservi come un estraneo, un viaggiatore o un conquistatore, non significa nulla. Allora essa non dà nulla, poiché non si può prenderle nulla. La sua ricchezza, la sua alta ricchezza, non si può conquistarla. Bisogna berla al suo seno, bisogna che essa vi offra il suo seno in un moto e un sentimento materni... So bene che questo dipende da noi... Ma dipende anche da lei. Bisogna che essa acconsenta a intendere la nostra sete, e che acconsenta a placarla... che acconsenta a unirsi a noi.

Si rialzò, senza cessare di voltarci la schiena, sempre tenendosi aggrappato con le dita alla pietra.

– Io, – disse con voce un poco piú alta, – sarà necessario ch'io viva qui molto tempo. In una casa simile a questa. Come il figlio d'un villaggio simile a questo villaggio... Sarà necessario...

Tacque. Si volse verso di noi. La sua bocca sorrideva, ma non i suoi occhi che guardavano mia nipote.

– Gli ostacoli saranno superati, – disse. – La sincerità supera sempre gli ostacoli.

– Vi auguro la buonanotte.

Non posso ricordare, oggi, tutto quel che fu detto nel corso di piú di cento serate invernali. Ma il tema non variava. Era la lunga rapsodia della sua scoperta della Francia: l'amore che ne aveva da lontano, prima di conoscerla, e l'amore ogni giorno piú grande che provava da quando aveva la gioia di viverci. E in fede mia, io lo ammiravo. Sí: perché non si perdeva mai di coraggio. E perché mai fu tentato a scuotere quell'implacabile silenzio con qualche violenza di linguaggio... Al contrario, quando a volte lasciava quel silenzio pervadere la stanza fin nel fondo degli angoli come un gas greve ed irrespirabile, pareva essere proprio quello di noi tre che piú vi si trovava a suo agio. Allora guardava mia nipote, con quell'espressione d'approvazione sorridente e grave ad un tempo che era stata la sua fin dal primo giorno. E io sentivo l'anima di mia nipote dibattersi in quella prigione che s'era costruita ella stessa, lo vedevo da tanti segni, il piú lieve dei quali era un tenue tremito delle dita. E quando Werner von Ebrennac dissipava alfine quel silenzio, dolcemente e senz'urti, col filtro della sua voce ronzante, pareva mi permettesse di respirare piú liberamente.

Parlava di sé, spesso:

– La mia casa nella foresta, ci sono nato, andavo alla scuola del villaggio, dall'altra parte; non l'ho mai lasciata fino a quando andai a Monaco per gli esami e a Salisburgo per la musica. Dopo, ho sempre vissuto là. Non mi piacevano le grandi città. Ho conosciuto Londra, Vienna, Roma, Varsavia, naturalmente le città tedesche. Viverci non m'aggrada. Soltanto mi piaceva molto Praga, nessuna città ha tanta anima. E soprattutto Norimberga. Per un tedesco, quella è la città che gli dilata il cuore, perché vi ritrova i fantasmi cari al suo cuore, in ogni pietra il ricordo di coloro che costituirono la nobiltà della vecchia Germania. Credo che i francesi debbano provare la stessa cosa davanti alla cattedrale di Chartres. Anch'essi debbono sentirsi accosto la presenza degli avi, la grazia della loro anima, la grandezza della loro fede, e la loro gentilezza. Il destino m'ha condotto su Chartres. Oh, veramente, quando appare, al di sopra dei campi di grano maturo, tutta azzurra da lontano e trasparente, immateriale, è una grande emozione! Immaginavo i sentimenti di coloro che un tempo venivano a lei, a piedi, a cavallo o sui carri... Condividevo quei sentimenti e amavo quelle persone, e come vorrei essere il loro fratello!

Il suo volto si oscurò:

– Senza dubbio è duro dover ascoltare questo da un uomo che avanzava su Chartres in una grande autoblinda... Ma pure è vero. Tante cose si agitano insieme nell'anima d'un tedesco, del migliore anche! E delle quali egli amerebbe tanto esser guarito... – Di nuovo sorrise, un lievissimo sorriso che gradualmente illuminò tutto il volto, poi:

– Nel castello accanto a casa nostra c'è una ragazza... È molto bella e molto dolce. Mio padre sempre si rallegrava se l'avessi sposata! Quando è morto eravamo quasi fidanzati, ci lasciavano fare lunghe passeggiate, noi due soli.

Attese, per continuare, che mia nipote avesse infilato di nuovo il filo che aveva spezzato. Lo faceva con grande cura, ma la cruna era assai piccola e fu una cosa difficile. Infine ci riuscí.

– Un giorno, – riprese, – eravamo nella foresta. Le lepri, gli scoiattoli fuggivano davanti a noi. C'era ogni sorta di fiori, giunchiglie, giacinti selvatici, amarilli... La ragazza dava esclamazioni di gioia. Disse: «Sono felice, Werner. Amo, oh, amo questi doni di Dio!» Anch'io ero felice. Ci sdraiammo sul muschio, tra le felci. Non parlavamo. Guardavamo al di sopra di noi oscillare le vette degli abeti, gli uccelli volare di ramo in ramo. La ragazza gettò un piccolo strillo: «Oh! m'ha punto sul mento! Sudicia bestiolina, brutto moscerino!» Poi le vidi fare un rapido gesto con la mano. «Ne ho acchiappato uno, Werner! Oh! guardate, ora lo punisco: gli-strappo-le zampe-una-dopo-l'altra...» e lo faceva...

– Per fortuna, – egli proseguí, – aveva molti altri pretendenti. Non ebbi rimorsi. Ma anche provavo una paura che non m'abbandonò piú, delle ragazze tedesche.

Guardò pensosamente la parte interna delle sue mani e disse:

– Cosí pure sono da noi gli uomini politici. Ecco perché non ho mai voluto unirmi a loro, malgrado che i miei compagni mi scrivessero: «Venite con noi». No: preferivo restarmene sempre a casa mia. Questo non giovava al successo della musica, ma tanto peggio: il successo è poca cosa, accanto a una coscienza tranquilla. E davvero io so bene che i miei amici e il nostro Führer hanno le idee piú grandi e piú nobili. Ma so anche che strapperebbero le zampe ai moscerini, una dopo l'altra. È quel che accade sempre ai tedeschi quando sono molto soli: riaffiora sempre. E chi piú «solo» degli uomini di uno stesso Partito, quando siano al potere?

– Per fortuna adesso non sono piú soli: sono in Francia. La Francia li guarirà. E vi dirò: lo sanno. Sanno che la Francia insegnerà loro ad essere degli uomini veramente grandi e puri.

Si diresse verso la porta. Disse con voce repressa, come a sé stesso:

– Ma per questo occorre l'amore.

Tenne un momento la porta aperta; girando il volto di sopra la spalla, guardava la nuca di mia nipote china sul lavoro, la nuca fragile e pallida, da cui i capelli salivano in volute di mogano scuro. Soggiunse, con un tono di risoluzione calma:

– Un amore corrisposto.

Poi voltò il capo, e la porta si chiuse su di lui mentr'egli pronunciava con voce rapida le parole quotidiane:

– Vi auguro la buonanotte.

Venivano i lunghi giorni di primavera. Ora l'ufficiale scendeva con gli ultimi raggi del sole. Portava sempre i calzoni di flanella grigia, ma sul busto una giacca piú leggera di *jersey* di lana color bigello copriva una camicia di lino dal colletto aperto. Una sera scese con un libro, tenendo l'indice fra le pagine. Il suo volto s'illuminava di quel mezzo sorriso contenuto, che prefigura il piacere che altri proveranno. Disse:

– Ho portato giú questo per voi. È una pagina di *Macbeth*. Oh Dèi! Che grandezza!

Aperse il libro:

– È alla fine. La potenza di Macbeth gli sfugge di tra le dita, insieme con l'affezione di coloro che finalmente misurano la ferocia della sua ambizione. I nobili signori che difendono l'onore della Scozia, attendono la sua prossima rovina. Uno di loro descrive i sintomi drammatici di quel crollo...

E lesse adagio, con una pesantezza patetica:

ANGUS *Ora egli sente che i suoi delitti segreti gl'invischiano le mani. Ad ogni istante uomini di coraggio, sde-*

gnati, gli rinfacciano le sue malvage intenzioni. Quelli ch'egli comanda obbediscono al timore e non piú all'amore. Vede ormai che il suo titolo gli pende intorno, fluente come la veste d'un gigante indosso al nano che l'ha rubata.

Rialzò il capo e rise. Mi domandavo stupito se pensava allo stesso tiranno a cui pensavo io. Ma disse:

– Non è forse questo che deve turbare le notti del vostro Ammiraglio[9]? Compiango quell'uomo, davvero, nonostante il disprezzo che mi ispira, a me come a voi. *Quelli ch'egli comanda obbediscono al timore e non piú all'amore.* Un capo che non ha l'amore dei suoi è un miserando fantoccio. Soltanto... Soltanto... si poteva desiderare altra cosa? Chi mai, se non un fosco ambizioso come lui, avrebbe accettato quella parte? Ed era necessario. Sí, era necessario che una persona acconsentisse a vendere la sua patria, perché oggi, oggi e per molto tempo, la Francia non può cadere spontaneamente nelle nostre braccia aperte, senza perdere la sua dignità ai suoi occhi stessi. Molte volte la mezzana piú sordida si trova cosí alla base dell'unione piú felice. La mezzana non è per questo meno sordida, né l'unione meno felice.

Sbatté il libro nel chiuderlo, se lo ficcò nella tasca della giacca e con un movimento meccanico picchiò due volte la tasca, col palmo della mano. Poi, con il lungo viso illuminato da un'espressione felice, disse:

– Debbo avvertire i miei ospiti che starò assente due settimane. Mi rallegro molto di andare a Parigi. Adesso è il mio turno di licenza e lo passerò a Parigi, per la prima

[9] François Darlan (1881-1942), ministro della Marina del governo di Vichy, inizialmente della fazione attendista, dal 1940 collaborò attivamente con i tedeschi. Al momento dello sbarco in Africa degli angloamericani, con un sorprendente cambio di fronte ordinerà alle truppe francesi di non sparare, facilitando l'entrata ad Algeri degli Alleati e diventando il loro interlocutore privilegiato in questa area. Pochi giorni dopo sarà ucciso da un giovane monarchico.

volta. È un gran giorno per me. Il piú gran giorno, in attesa d'un altro che desidero con tutta l'anima e che sarà un giorno ancor piú grande. Saprò aspettarlo degli anni, se occorre. Il mio cuore ha molta pazienza.

– A Parigi, suppongo che vedrò i miei amici, molti dei quali sono presenti ai negoziati che noi conduciamo con i vostri uomini politici, per preparare il meraviglioso accordo dei nostri due popoli. Cosí io sarò un poco il testimonio di questo matrimonio... Voglio dirvi che sono contento per la Francia, le cui ferite in tal modo si richiuderanno assai presto, ma sono ancor piú contento per la Germania e per me! Nessuno mai avrà tratto profitto dalle proprie buone azioni, come la Germania nel rendere la sua grandezza alla Francia, e la sua libertà!

– Vi auguro la buonanotte.

OTELLO Spegniamo questa luce, per poi spegnere quella della sua vita.

Non lo vedemmo quando ritornò.

Sapevamo che c'era, perché la presenza d'un ospite in una casa è rivelata da molti segni, anche quando egli resti invisibile. Ma per svariati giorni – molto piú d'una settimana – non lo vedemmo.

Debbo confessarlo? Quell'assenza non mi lasciava l'animo in pace. Pensavo a lui, non so fino a qual punto io non provassi dispiacere, inquietudine. Né mia nipote né io parlavamo di lui. Ma quando, a volte, la sera, sentivamo lassú il suono sordo dei passi ineguali, vedevo bene, dall'attenzione ostinata ch'ella subito dedicava al suo lavoro, da qualche linea lieve che segnava il suo viso d'un'espressione al tempo stesso caparbia ed assorta, come neppur lei fosse libera da pensieri simili ai miei.

Un giorno dovetti andare alla *Kommandantur*, per una dichiarazione qualsiasi che riguardava certi pneumatici. Mentre riempivo il formulario che m'era stato teso, Werner von Ebrennac uscí dal suo ufficio. A tutta prima non mi vide. Parlava al sergente, seduto a un tavolino davanti a un alto specchio ch'era appeso alla parete. Sentivo la sua voce sorda dalle inflessioni cantanti, e me ne stavo là, benché non avessi piú nulla da fare, senza sapere perché, stranamente commosso, aspettando non so che conclusione. Vedevo il suo volto nello specchio, mi pareva pallido e sbattuto. I suoi occhi s'alzarono, caddero sui miei, ci guardammo per due secondi, e bruscamente egli girò sui tacchi e mi si fece di fronte. Le sue labbra si dischiusero e con lentezza egli alzò leggermente una mano, che lasciò ricadere quasi subito. Scosse impercettibilmente il capo con una irresoluzione patetica, come avesse detto no a sé stesso, pur senza lasciarmi con gli occhi. Poi abbozzò un inchino col busto lasciando scivolare a terra lo sguardo, e raggiunse zoppicando il suo ufficio, dove si chiuse.

A mia nipote io non dissi nulla di questo. Ma le donne hanno una divinazione felina. Per tutto il corso della serata ella non cessò di alzar gli occhi dal suo lavoro, ogni momento, per portarli su di me; per tentar di leggere qualche cosa su un volto che io mi sforzavo di mantenere impassibile, mentre tiravo nella pipa con applicazione. Infine ella lasciò cadere le mani, come stanca, e, ripiegando la stoffa, mi chiese il permesso di andare a coricarsi presto. Si passava due dita sulla fronte pian piano, come a scacciarvi un'emicrania. Mi baciò e a me parve leggere nei suoi begli occhi grigi un rimprovero e una tristezza abbastanza greve. Dopo che se ne fu andata, sentii sollevarsi dentro di me un'assurda collera: la collera d'essere assurdo e d'avere una nipote assurda. Che cos'erano tutte quelle imbecillità? Ma non sapevo darmi una risposta. Se erano imbecillità, parevano profondamente radicate.

Tre giorni dopo, avevamo appena vuotato le nostre tazze quando sentimmo nascere, e questa volta indubitabilmente appressarsi, il battito irregolare dei noti passi. Mi ricordai bruscamente di quella prima sera d'inverno che quei passi si eran fatti udire, sei mesi prima. Pensavo: «Anche oggi piove». Pioveva inesorabilmente dal mattino. Una pioggia regolare e ostinata, che inondava tutto all'intorno e bagnava l'interno stesso della casa di un'atmosfera fredda e stillante. Mia nipote s'era coperta le spalle con un fazzoletto di seta stampata dove dieci mani sconcertanti, disegnate da Jean Cocteau, si additavano mollemente l'una con l'altra; io mi scaldavo le dita al fornello della pipa – ed eravamo in luglio!

I passi attraversarono il vestibolo e cominciarono a far cigolare i gradini. L'uomo scendeva lentamente, con una lentezza che cresceva senza tregua, ma non come persona che esiti: come persona la cui volontà subisca una prova estenuante. Mia nipote aveva alzato il capo e mi guardava: ella tenne fisso su di me, per tutto quel tempo, lo sguardo trasparente e disumano d'un gufo. E quando l'ultimo gradino ebbe dato il suo strido e seguí un lungo silenzio, lo sguardo di mia nipote s'involò, vidi che le sue palpebre s'appesantivano, il suo capo si piegava e tutto il corpo s'abbandonava spossato allo schienale della poltrona.

Io non credo che quel silenzio sia durato piú di alcuni secondi. Ma furono secondi assai lunghi. Mi pareva di vedere l'uomo, dietro la porta, con l'indice alzato pronto a bussare, mentre differiva, differiva il momento in cui, con quel solo atto di bussare, avrebbe impegnato il proprio avvenire... Finalmente bussò. E non fu né con la leggerezza dell'esitazione, né con la secchezza della timidità vinta: furono tre colpi pieni e lenti, i colpi sicuri e calmi di una decisione irrevocabile. M'aspettavo di veder la porta che subito s'apriva, come un tempo. Ma restò chiusa, e allora io fui pervaso da un incoercibile turbamento mentale, in cui si confondeva all'interrogazione l'incertezza dei desideri contrastanti, che ognuno dei secondi che mi pareva trascorressero con la vorticosità crescente d'una cascata, non faceva che rendere piú confusa e senza uscita. Bisognava rispondere? Perché quel mutamento? Perché mai egli si aspettava che rompessimo quella sera un silenzio di cui aveva mostrato con la sua attitudine anteriore come approvasse la salutare tenacia? Quali erano quella sera – quella sera – i comandamenti della dignità?

Guardavo mia nipote, per cogliere nei suoi occhi un incoraggiamento o un segno. Ma non trovavo che il suo profilo. Ella guardava il pomo della porta. Lo guardava con quella fissità disumana di gufo che già m'aveva colpito: era molto pallida, e vidi il suo labbro superiore alzarsi, ritraendosi sui denti, dei quali apparve una sottile linea bianca, in una contrazione dolorosa; e io, dinanzi a quel dramma intimo svelatosi all'improvviso e che superava di tanta altezza il benigno tormento delle mie tergiversazioni, perdetti le mie ultime forze. In quel momento furon dati due nuovi colpi – due soltanto, due colpi deboli e rapidi – e mia nipote disse: – Se ne andrà... – con una voce bassa e cosí totalmente scoraggiata, che non aspettai piú e dissi con voce limpida: – Entrate, signore.

Perché mai aggiunsi quel *signore*? Per sottolineare il fatto che invitavo l'uomo e non l'ufficiale nemico? O, al contrario, per mostrare che non ignoravo *chi* aveva bussato e che mi rivolgevo proprio a quella data persona? Non so. Non importa. Certo è che io dissi: – Entrate, signore, – e che lui entrò.

Mi figuravo di vederlo apparire in borghese, ed era in uniforme. Direi volentieri che era piú che mai in uniforme, se con questo si voglia intendere come mi apparve chiaro che quella divisa egli l'aveva indossata nella ferma intenzione di imporcene la vista. Aveva respinta la porta al muro e se ne stava dritto nel vano, cosí dritto e cosí rigido che io quasi arrivavo a dubitare se avevo lo stesso uomo davanti a me, e che per la prima volta notai la sua rassomiglianza sorprendente con l'attore Louis Jouvet[10]. Egli

[10] Attore teatrale e cinematografico francese (1887-1951), fuggito in America Latina nel 1940 per sottrarsi all'occupazione tedesca.

restò cosí per qualche secondo, dritto, rigido e silenzioso, con i piedi leggermente divaricati e le braccia abbandonate inespressivamente lungo il corpo, e con un volto cosí freddo, cosí totalmente impassibile, che pareva deserto d'ogni minimo sentimento.

Ma io che ero seduto nella mia poltrona profonda e avevo il volto all'altezza della sua mano sinistra, vedevo quella mano: i miei occhi furono attratti da quella mano e vi restarono come incatenati, per lo spettacolo patetico che essa mi offriva e che smentiva pateticamente tutta l'attitudine dell'uomo...

Appresi quel giorno che una mano, per chi sappia osservarla, può riflettere le emozioni al modo stesso di un volto – al modo stesso e meglio d'un volto, poiché sfugge di piú al controllo della volontà. E le dita di quella mano si distendevano e si richiudevano, si stringevano e s'afferravan tra loro, s'abbandonavano alla mimica piú intensa, mentre il volto e tutto il corpo permanevano immobili e compassati.

Poi gli occhi parvero rivivere; si portarono un attimo su di me – mi sembrò d'essere avvistato da un falco –, occhi lucenti fra le palpebre spalancate e irrigidite, le palpebre al tempo stesso vizze e irrigidite d'un essere in preda all'insonnia. Poi si posarono su mia nipote – e non la lasciarono piú.

La mano infine s'immobilizzò, con tutte le dita chiuse e contratte sul palmo: la bocca s'aperse (le labbra nel separarsi fecero: «Pp...» come il collo stappato d'una bottiglia vuota), e l'ufficiale disse – la sua voce era piú sorda che mai:

– Vi devo rivolgere delle parole gravi.

Mia nipote gli era di fronte, ma teneva il capo basso. S'avvolgeva intorno alle dita la lana d'un gomitolo, mentre il gomitolo si disfaceva rotolando sul tappeto; quel lavoro assurdo indubbiamente era il solo che potesse ancora allacciarsi alla sua attenzione annientata – e risparmiarle la vergogna.

L'ufficiale riprese – lo sforzo era cosí visibile che pareva dovesse costargli la vita:

– Tutto quel che ho detto in questi sei mesi, tutto quello che le pareti di questa stanza hanno udito... – respirò, con lo sforzo d'un asmatico, tenne un attimo il petto gonfio... – bisogna... – Respirò: – bisogna dimenticarlo.

La ragazza lentamente lasciò ricadere le sue mani nel cavo della gonna, dov'esse permasero recline ed inerti come le barche incagliate sulla sabbia, e lentamente levò il capo, e allora, per la prima volta – per la prima volta –, ella offerse all'ufficiale lo sguardo dei suoi occhi smorti.

Egli disse (io lo intesi appena): – *Oh welch' ein Licht!* – neppure un bisbiglio; e come se realmente i suoi occhi non avessero potuto sopportare quella luce, egli se li celò dietro il pugno. Due secondi; poi lasciò ricadere la mano, ma aveva abbassato le palpebre e fu ormai la sua volta di tenere gli sguardi al suolo...

Le sue labbra fecero: «Pp...» ed egli proferí – la voce era sorda, sorda, sorda:

– Ho veduto quegli uomini vittoriosi.

Poi, dopo qualche secondo, con voce ancora piú bassa:

– Ho parlato loro –. E infine in un bisbiglio, con una lentezza amara:

– Hanno riso di me.

Alzò gli occhi sulla mia persona e tre volte scosse impercettibilmente il capo, con gravità. Gli occhi si chiusero, poi:

– Hanno detto: «Non avete capito che li prendiamo in giro?» Hanno detto questo. Esattamente. *Wir prellen sie*. Hanno detto: «Non avrete l'idea che noi vogliamo stupidamente permettere alla Francia di risollevarsi alle nostre frontiere? No?» Risero molto forte. Mi battevano allegramente sulla schiena guardando la mia faccia: «Noi non siamo dei musicisti!»

La sua voce, nel pronunciare queste ultime parole, manifestava un oscuro disprezzo, in cui non so s'egli riflettesse i propri sentimenti verso gli altri, o il tono stesso delle parole loro.

– Allora ho parlato a lungo, con grande veemenza. Facevano: «Tst! Tst!» Hanno detto: «La politica non è il sogno d'un poeta. Perché credete voi che abbiam fatto la guerra? Per il loro vecchio Maresciallo?» Hanno riso ancora: «Noi non siamo dei pazzi né degl'imbecilli; ci si presenta l'occasione di distruggere la Francia, e la distruggeremo. Non soltanto la sua potenza: anche la sua anima. Soprattutto la sua anima. La sua anima è il pericolo piú grande. È questo il nostro lavoro in questo momento: non vi fate illusioni, mio caro! La faremo marcire con i nostri sorrisi e le nostre lusinghe. Ne faremo una cagna strisciante».

Tacque. Pareva trafelato. Stringeva le mascelle con tale energia che vedevo sporgere gli zigomi, e vedevo una vena, spessa e tortuosa come un verme, pulsargli sotto la tempia. A un tratto tutta la pelle del suo viso si mosse, in una sorta di fremito sotterraneo – come fa una ventata su un lago, come, alle prime bolle, la pellicola di panna coagulata alla superficie del latte che è stato messo a bollire. E i suoi occhi s'afferrarono agli occhi smorti e dilatati di mia nipote, ed egli disse, in un tono basso, uniforme, intenso ed oppresso, con una lentezza scorata:

– Non c'è nessuna speranza –. E con una voce piú sorda ancora e piú bassa, e piú lenta, come per torturare sé stesso con questa intollerabile constatazione: – Nessuna speranza. Nessuna speranza –. E d'improvviso, con una voce inopinatamente alta e forte, e, a mia sorpresa, limpida e vibrante, come uno squillo di tromba – come un grido: – Nessuna speranza!

Poi, silenzio.

Credetti di sentirlo ridere. La sua fronte, tormentata e solcata, pareva il gherlino d'una gomena. Le sue labbra tremarono – labbra d'ammalato, febbrili e pallide a un tempo.

– M'hanno rimproverato, con un po' di rabbia: «Vedete bene! Vedete come vi è cara! Ecco il gran Pericolo! Ma noi guariremo l'Europa di questa peste! La libereremo da questo veleno!» M'hanno spiegato tutto, oh! non mi hanno lasciato ignorare nulla. Adulano i vostri scrittori, ma nello stesso tempo, in Belgio, in Olanda, in tutti i paesi che occupano le nostre truppe, fanno già lo sbarramento. Non un libro francese può piú passare, salvo le pubblicazioni tecniche, manuali di diottrica o formulari di cementazione... Ma quanto alle opere di cultura generale, neppur una. Niente!

Il suo sguardo passò al di sopra del mio capo, volando e sbattendosi agli angoli della stanza come un uccello notturno che s'è smarrito. Infine parve trovar rifugio sulle scansie piú buie – quelle dove sono allineati Racine, Ronsard, Rousseau. I suoi occhi vi restarono avvinti e la sua voce riprese, con una violenza lamentosa:

– Niente, niente, nessuno! – E come se non avessimo capito ancora, come se non avessimo misurato l'enormità della minaccia:

– Non soltanto i vostri moderni! Non soltanto i vostri Péguy, i vostri Proust, i vostri Bergson... Ma tutti gli altri! Tutti quelli là! Tutti! Tutti! Tutti!

Di nuovo il suo sguardo trascorse sulle legature che rilucevano dolcemente nella penombra, come in una carezza disperata.

– Spegneranno la fiamma totalmente! – gridò. – L'Europa non sarà piú illuminata da questa luce!

E la sua voce cupa e grave mi fece vibrare fino in fondo al petto, inatteso e sconvolgente, il grido di cui l'ultima sillaba indugiò come il fremito d'un lamento:

– *Never more!*[11].

Il silenzio cadde ancora una volta. Ancora una volta, ma questa volta, come piú oscuro e teso! Certo, al di sotto dei silenzi passati – come, sotto la calma superficie delle

[11] Allude al famoso ritornello («Mai piú») pronunciato dal corvo nella poesia *The Raven* di Edgar Allan Poe.

acque, la lotta degli animali nel mare –, sentivo sí pullulare la vita sottomarina dei sentimenti nascosti, dei desideri e dei pensieri che si negano e si combattono. Ma al di sotto di questo, ah! null'altro che un'atroce oppressione...

La voce infine ruppe quel silenzio. Era dolce e dolente.

– Avevo un amico. Era mio fratello. Avevamo studiato insieme. Abitavamo nella stessa camera a Stoccarda. Avevamo passato tre mesi insieme a Norimberga. Non facevamo niente uno senza l'altro: suonavo la mia musica davanti a lui; mi leggeva le sue poesie. Era sensibile e romantico. Ma mi lasciò. Andò a leggere le sue poesie a Monaco, davanti a nuovi compagni. Mi scriveva di continuo di andare a raggiungerlo. Io l'ho veduto a Parigi con i suoi amici. Ho veduto quel che hanno fatto di lui!

Scosse lentamente il capo, come avesse dovuto opporre un rifiuto doloroso a qualche implorazione.

– Era il piú fanatico! Riso e collera s'univano in lui. Ora mi guardava con fuoco e gridava: «È un veleno! Bisogna svuotare la bestia del suo veleno!» Ora mi dava dei colpetti con la punta dell'indice nello stomaco: «Hanno una bella fifa adesso, ah ah! han paura per le loro tasche e per il loro ventre, per la loro industria e per il loro commercio! Non pensano che a questo! I pochi altri, noi li aduliamo e li addormentiamo, ah ah!... Sarà facile!» Rideva e il viso gli si faceva tutto roseo: «Scambieremo la loro anima contro un piatto di lenticchie!»

Werner respirò.

– Ho detto: «Avete misurato quello che fate? L'avete *misurato*?» Ha detto: «V'aspettate che questo ci possa intimorire? La nostra lucidità è d'un'altra tempra!» Ho detto: «Allora murerete questa tomba? per sempre?» Ha detto: «È la vita o la morte. Per conquistare basta la Forza: non per dominare. Noi sappiamo benissimo che un esercito non val nulla per dominare». «Ma a prezzo dello Spirito!» gridai. «Non a questo prezzo! Lo Spirito non muore mai», disse. «Ne ha viste di peggio. Rinasce dalle sue stesse ceneri. Noi dobbiamo costruire per i millenni futuri: prima bisogna distruggere». Lo guardavo. Guardavo nel fondo dei suoi occhi chiari. Era sincero, sí. Questa è la cosa piú orribile.

I suoi occhi si spalancarono – come sullo spettacolo di qualche abominevole assassinio:

– Faranno quello che dicono! – gridò, come se non avessimo dovuto credergli. – Con metodo e perseveranza! Conosco quei demoni infuriati!

Scrollò il capo, come un cane che ha male a un orecchio. Gli passò tra i denti serrati un bisbiglio, l'«oh» lamentoso e violento dell'amante tradito.

Non s'era mosso. Era sempre immobile, rigido e diritto nel vano della porta, con le braccia allungate come avessero avuto a portare delle mani di piombo; e pallido – non come la cera ma come l'intonaco di certi muri rovinati: grigio, con delle chiazze piú bianche di salnitro.

Lo vidi inchinare il busto lentamente. Levò una mano. La proiettò con la palma in giú, con le dita un poco ripiegate, verso mia nipote, verso di me. La contrasse, l'agitò un poco mentre l'espressione del suo viso si tendeva in una sorta d'energia selvaggia. Le sue labbra si dischiusero, e credetti ch'egli fosse sul punto di lanciarci non so quale esortazione: credetti, sí credetti che ci avrebbe incitati alla rivolta. Ma non una parola si sprigionò dalle sue labbra. La sua bocca si chiuse, e di nuovo si chiusero i suoi occhi. Egli si raddrizzò. Le sue mani risalirono lungo il corpo, all'altezza del volto s'abbandonarono ad un incomprensibile maneggío, che assomigliava a certe figure delle danze religiose di Giava. Poi si prese le tempie e la fronte, premendosi le palpebre con i mignoli distesi.

– M'hanno detto: «È il nostro diritto e il nostro dovere». Il nostro dovere!... Felice colui che trova con una cosí semplice certezza la via del suo dovere!

Le sue mani ricaddero.

– Al crocicchio vi dicono: «Prendete quella via» –. Scosse il capo. – Ora, quella via non la si vede salire alle altezze luminose delle vette, la si vede scendere ad una valle sinistra, immergersi nelle tenebre fetide d'una lugubre foresta!... Oh Dio! Mostratemi dov'è il *mio* dovere!

Disse – gridò quasi:

– È il Conflitto, la Grande Lotta del Potere Temporale contro il Potere Spirituale!

Guardava, con una fissità penosa, l'angelo di legno scolpito al di sopra della finestra, l'angelo estatico e sorridente, luminoso di calma celeste.

D'improvviso la sua espressione parve distendersi. Il corpo perdette un poco della sua rigidezza. Il suo volto s'inchinò leggermente verso il suolo. Lo rialzò:

– Ho fatto valere i miei diritti, – disse con naturalezza. – Ho chiesto di raggiungere una divisione al fronte. Questo favore m'è stato finalmente accordato: ho l'autorizzazione a mettermi in viaggio domani.

Credetti di vedergli fluttuare sulle labbra lo spettro d'un sorriso quando precisò:

– Per l'inferno.

Il suo braccio si levò verso oriente – verso quelle pianure sconfinate dove il grano futuro si alimenterà di cadaveri.

Pensai: «Dunque si sottomette. Ecco tutto ciò che sanno fare. Si sottomettono tutti. Anche quest'uomo».

Il volto di mia nipote mi fece pena. Era d'un pallore lunare. Le labbra, simili agli orli d'un vaso d'opale, erano disgiunte: abbozzava la smorfia tragica delle maschere greche. E vidi al limite della fronte con la capigliatura, non nascere, ma zampillare – sí, zampillare –, delle perle di sudore.

Non so se Werner von Ebrennac vide questo. Le sue pupille parevano ormeggiate a quelle della ragazza, come, nella corrente, la barca all'anello della riva, con un filo cosí teso, cosí inflessibile, che nessuno avrebbe osato passare un dito fra i loro occhi. Ebrennac aveva posato una mano sul pomo della porta. Con l'altra mano s'appoggiava allo stipite. Senza spostare d'una linea lo sguardo, trasse a sé lentamente la porta. Disse – la sua voce era stranamente priva d'espressione:

– Vi auguro la buonanotte.

Credetti che avrebbe chiuso la porta e se ne sarebbe andato. Ma no. Guardava mia nipote. La guardava. Disse – mormorò:

– Addio.

Non si mosse. Restava del tutto immobile, e nel suo volto immobile e teso, gli occhi erano ancora piú immobili e tesi, incatenati agli occhi – troppo aperti, troppo smorti – di mia nipote. Questo si prolungò, si prolungò – per quanto tempo? – si prolungò finché infine, infine la ragazza mosse le labbra. Gli occhi di Werner brillarono.

Udii dire:

– Addio.

Bisognava averla attesa all'erta quella parola per poterla udire, ma infine la udii. Von Ebrennac pure la udí, e si raddrizzò, e il suo volto e tutto il suo corpo parvero distendersi come dopo un bagno riposante.

E sorrise, di modo che l'ultima immagine che io ebbi di lui fu un'immagine sorridente. E la porta si chiuse e i suoi passi svanirono in fondo alla casa.

L'indomani, quando scesi a prendere la mia tazza di latte mattutina, era partito. Mia nipote aveva preparato la colazione, come ogni giorno. Mi serví in silenzio. Bevemmo in silenzio. Fuori un pallido sole splendeva attraverso la nebbia. Mi parve che facesse molto freddo.

[1942].

Julius Fučík
Smetonz

Un secondino dal portamento marziale, faccia da idiota e occhi inespressivi, caricatura perfetta degli sbirri nazisti di George Grosz. Mungeva le vacche alla frontiera con la Lituania, ed è incredibile che quelle belle bestie non gli abbiano lasciato nessun segno della loro nobiltà. Per i suoi superiori è la personificazione delle migliori virtú tedesche: è tagliente, vigoroso, severo, incorruttibile (tra i pochi che non sequestrano i nostri pasti ai responsabili dei corridoi), ma...

Uno scienziato tedesco, non ricordo chi fosse, ha misurato l'intelligenza degli esseri viventi dal numero delle «parole» che sono capaci di riconoscere. Se non sbaglio, ha teorizzato che la creatura meno intelligente di tutte è il gatto domestico, che ne riconosce soltanto centoventotto. Un vero genio in confronto a Smetonz, da cui Pankrác non ha mai sentito nient'altro che queste quattro parole: «*Pass bloss auf, Mensch!*» («Stai attento, tu!») Faceva rapporto un paio di volte alla settimana, ogni volta si sforzava ma non ne combinava una giusta. Come quando il direttore della prigione lo riprese perché non lasciava mai le finestre aperte. Per un attimo, allora, quella montagna di carne ciondolò con imbarazzo da un piede all'altro, incerto sulle gambe tozze; la testa già china non avrebbe potuto piegarsi di piú, gli angoli della bocca si storsero per lo sforzo enorme di giustificarsi di fronte a ciò che le orecchie avevano appena sentito... e d'un tratto tutta quella materia prese a urlare come una sirena; gridava l'allarme in ogni corridoio, ma nessuno capiva cosa stesse succedendo: le finestre continuavano a rimanere chiuse, solo il sangue colava dal naso dei due prigionieri piú vicini a Smetonz.

Finalmente aveva trovato la soluzione.

La soluzione, quella di sempre. Picchiare, picchiare chiunque gli capitasse a tiro, picchiare fino a uccidere. Picchiare, questo Smetonz lo capiva bene, soltanto questo.

Una volta, entrando in una cella comune, tirò un pugno a uno dei detenuti, un uomo malato che cadde per terra in preda a una crisi. Tutti gli altri furono costretti a fare delle flessioni seguendo il ritmo dei suoi spasmi, fino a quando il prigioniero, sfinito, perse i sensi. Solo allora, con le mani sui fianchi e un sorriso imbecille, Smentoz sorrise, come se fosse riuscito a risolvere una situazione ingarbugliata.

Un uomo brutale, che di tutto ciò che gli era stato insegnato aveva trattenuto una cosa soltanto: poteva picchiare. Eppure, dentro di lui, qualcosa si è rotto. È stato circa un mese fa. Erano seduti, lui e K., nella cancelleria della prigione, e K. gli stava spiegando la situazione. Ci volle un bel po' di tempo prima che Smetonz iniziasse a capire cosa stava succedendo. Poi si alzò, e aprí la porta sbirciando con cautela nel corridoio; era notte, silenzio ovunque, la prigione dormiva. Chiuse la porta, girò la chiave e si abbandonò sulla sedia: – Allora è proprio vero che... – Si prese la testa tra le mani. Un peso terribile opprimeva quell'anima piccola rinchiusa in un corpo enorme. Rimase a lungo cosí. Poi, disperato, alzò la testa: – È vero. Non possiamo piú vincere...

Da un mese, ormai, la prigione di Pankrác non risuona piú del grido di guerra di Smetonz. E i nuovi prigionieri ignorano il peso della sua mano.

[1943, pubblicato postumo nel 1945].

Der Nister

Heshl Ansheles*

Racconto di un caso avvenuto nell'attuale Polonia occupata

1.

Heshl Ansheles era ben noto tra gli intellettuali in città – tra i giornalisti, i letterati, e cosí via. Andavano spesso a chiedergli un parere da esperto su opere già completate, e quando qualcuno accettava un lavoro che richiedeva una conoscenza precisa in un ambito specifico nel quale si sentiva un po' zoppicante, attingeva da lui le conoscenze preliminari come da un manuale, da un'enciclopedia. Ne aveva in abbondanza. Benché ancora giovane, non piú di venticinque o ventisei anni, aveva già cosí tanto letto e studiato che sembrava persino un po' sovraccarico: la testa un po' curva sul collo, il viso ancora piú tirato e pallido dei volti di quelli dediti solo allo studio, i capelli già piuttosto radi, le tempie scavate, e la pelle delle mani sottile e trasparente, come la pelle di un pulcino, quando gli soffi tra le piume.

Bisogna dire che gli era stata trasmessa anche un'eredità di un certo peso. In primo luogo da parte di sua madre, che subito dopo averlo partorito – se n'erano accorti tutti – era stata colta da una sorta di mutismo e aveva smesso di rispondere alle felicitazioni, agli auguri di *mazl-tov* che famigliari e conoscenti in visita le porgevano. Era indifferente anche nei confronti del neonato, del lattante, non si comportava come tutte le altre madri; se glielo portavano a letto perché lo allattasse, gli porgeva il seno, altrimenti no. Da sola non se ne ricordava e spesso se ne dimentica-

* Per le trascrizioni dallo yiddish si sono usati i criteri stabiliti dallo YIVO Institute di New York [*N. d. T.*].

va persino mentre lo stava allattando, come sprofondata nei suoi pensieri.

Il mutismo non l'abbandonò neanche dopo che si rimise dal parto. Al contrario, si fece ancora piú grave, al punto che i famigliari cominciarono ad avere paura di affidarle il bambino, se mai se lo fosse dimenticato e lo avesse lasciato cadere dalle mani.

Forse una volta accadde davvero, e allora furono interpellati dottori che la visitarono in modo approfondito e si consultarono piú volte, finché non giunsero alla conclusione che si doveva portarle via il bambino, perché in quella condizione non era in grado di adempiere ai suoi doveri di madre, e lei stessa andava ricoverata in un ospedale apposito, per curarsi.

Cosí fu fatto, e non passò molto tempo che la sua situazione peggiorò. Sprofondò ancora di piú in sé stessa, smise di mangiare, di bere e non si riusciva a nutrirla neppure con la forza. La sua fine fu amara. Un giorno, mentre gli inservienti dell'ospedale erano distratti e l'avevano persa di vista, si impadroní di un oggetto appuntito, un coltello o una forchetta, con il quale provò a tagliarsi la gola. E quando quella volta la salvarono e le curarono la ferita, per un po' nascose le proprie intenzioni, facendo mostra di non voler prendere in mano e nemmeno guardare alcunché di appuntito, finché non le si presentò una seconda occasione propizia e questa volta la fece finita: si inferse alla gola una ferita tanto profonda da procurarsi la morte.

Questo per quanto riguarda la madre. Il padre, che – è chiaro – l'amava molto, ne soffrí a tal punto da considerare anch'egli che la sua esistenza fosse finita. Per lungo tempo se ne andò in giro sbigottito, rifiutando ogni conforto e consolazione, e quando iniziarono a presentarsi a casa sua sensali con svariate proposte, come si fa sempre con un giovane vedovo, non solo non voleva ascoltarli fino alla fine, ma già alle prime parole si metteva a inveirgli contro e senza tanti complimenti li sbatteva fuori. Quelli dapprima fecero spallucce, pensando che fosse qualcosa di passeggero, dovuto al fatto che il dolore era ancora fresco, ma dopo aver provato piú e piú volte a fargli visita, dopo che egli li ebbe apostrofati in modo ancora piú rabbioso, capirono che si trattava di una faccenda seria, che non era una posa, smisero di perdere tempo con lui e non si fecero piú vedere.

Egli, il padre, si ritirò anche dagli affari. Unico erede di genitori facoltosi, che lo avevano provvisto di una ricca dote, sia da parte loro, sia da parte della sposa, con la quale aveva potuto intraprendere un'attività commerciale su larga scala, con prospettive di cospicui guadagni, come fanno tutti i figli unici ricchi dopo il matrimonio, ora, dopo essere stato colpito dalla disgrazia, si fece da parte e se ne tirò fuori. Si chiuse in casa e non badava alle prediche dei genitori o degli altri famigliari, che dicevano: – Cosa? ... Capita... Ma è ancora giovane e deve riprendere in mano la sua vita... – Si dedicò invece completamente al figlio, diventando per lui il sostituto della madre. Per tutto quello che riguardava gli affari e la gestione della casa si affidò, innanzitutto, al suo servitore di nome Shàme, a quel tempo ancora un giovane, che si era guadagnato la sua fiducia, cosí come alla balia e alla domestica – la prima si occupava del bambino, e la seconda della casa.

Aveva liquidato le sue attività e con i soldi raccolti si era comprato un grande caseggiato in una via prestigiosa, per metterlo a frutto, della cui gestione, riscossione degli affitti e manutenzione e cosí via si occupava il suo cameriere personale Shàme, che era per lui sia un servitore, sia un cassiere, sia il direttore di quasi tutto, perché non aveva una vita sua, né aveva mai pensato di mettere su famiglia.

Questo accadeva quando il padre era ancora giovane e la disgrazia lo aveva colpito da poco. E ora, mentre raccontiamo questa storia, ha già oltre un quarto di secolo in piú. Ormai se ne va sempre in giro in veste da camera e pantofole. Non è tornato a occuparsi degli affari e nemmeno si è risposato. È ancora il proprietario del caseggiato nella via prestigiosa, come una volta. Ha sempre con sé il suo servitore Shàme che naturalmente è invecchiato come il padrone, e si è talmente abituato a vivere con lui, che indossa gli stessi abiti del suo datore di lavoro, a volte quelli smessi di quest'ultimo, e a volte anche nuovi, in versione piú economica, ma dello stesso modello. Pranza con lui, insieme a lui si reca ai bagni ed entrambi trascorrono il tempo libero giocando insieme silenziose partite a scacchi.

L'appartamento non è cambiato in nulla, l'appartamento di cinque stanze al secondo piano dell'edificio di proprietà è, come un tempo, lussuosamente arredato. Solo i divani e le poltrone si sono un po' stinti, e l'unico elemento che ha davvero cambiato in qualcosa l'aspetto della casa è il figlio ormai cresciuto del padrone, a cui è stato assegnato quello che era un tempo lo studio paterno, del quale ha arredato le quattro pareti con librerie a vetri alte fino al soffitto, e dove ora riceve spesso visite da persone che né il padre, né Shàme, il servitore, si permettono di trattare con familiarità, tenendo le distanze e traendo piacere soltanto dalla confidenza che con loro ha il giovane, Heshl.

Gonfi d'orgoglio osservano come i visitatori ogni volta varcano la soglia dello studio di Heshl con grande rispetto, pensando, a quanto pare, di ottenere da lui conoscenze che non è immaginabile ottenere da altri. Si compiace del giovane non solo il padre, quando vede come i visitatori bussano gentilmente alla sua porta, ma anche Shàme, che pure considera Heshl un po' come un figlio, e ogniqualvolta vede il padrone cosí fiero e pieno di vanto, lo sostiene e lo giustifica usando espressioni che si addicono a un servitore fedele: – Heshenyu, signore, è, *keyn eyn-hore*[1], un uomo a cui la gente ha davvero bisogno di rivolgersi.

Fin qui tutto bene. Ma allo stesso tempo entrambi si dispiacciono quando notano come Heshl si faccia sempre

[1] Letteralmente «senza malocchio», espressione apotropaica molto comune in yiddish. Indica il timore che un complimento possa destare invidia e quindi essere causa di male, mentre invece chi parla vuole affermare qualcosa di positivo [*N. d. T.*].

piú un vecchio scapolo per il modo in cui curva le spalle e come il pallore che lo ha accompagnato per tutta la prima giovinezza non lo abbia abbandonato con l'età, non si sia attenuato, ma, al contrario, si sia fatto piú evidente, e sia rimasto un tale ospite fisso sul suo volto che quando il padre gli lancia di nascosto un'occhiata, il che avviene spesso, coglie con terrore la spaventosa somiglianza con la madre al tempo in cui lo aveva appena partorito ed era stata colta da quella crisi di mutismo malinconico.

Ciò procurava grande angoscia sia al padre, sia a Shàme, il suo servitore. Tuttavia entrambi si consolavano dicendosi che in fondo Heshl amava stare a casa ed era un grande studioso, e a un tipo come lui si addiceva essere un po' distaccato dal corpo e un po' cagionevole di salute. Niente di male, si consolavano – verrà il momento in cui Heshl entrerà piú in contatto con questo mondo, e allora anche la sua salute cambierà nella direzione desiderata.

Quando la preoccupazione per il figlio lo assaliva, il padrone usava rivolgersi al servitore e gli chiedeva conferma: – Cosa ne pensa, Shàme?

– Sí, signore, – rispondeva quello per sostenere il padrone nella sua consolazione. Ma entrambi restavano poi nella loro inespressa, silenziosa malinconia, e soprattutto il padrone, il quale si sentiva già da tempo il cuore gravato da un macigno ogniqualvolta pensava al destino del proprio figlio.

Ciò avveniva da quando Heshl si era una volta ammalato di qualcosa e un dottore lo aveva visitato. Dopo averlo esaminato, all'improvviso si era messo a domandare della madre, di cosa fosse morta. E dopo averlo appreso, aveva gettato ancora uno sguardo penetrante su Heshl. Mentre accompagnava il medico al portone, il padre si era informato di nuovo, con insistenza, della malattia del figlio, e il dottore gli aveva risposto cosí: – Il malessere attuale non è niente di grave. Passerà. Ciò che è davvero essenziale è proteggerlo da ogni turbamento.

– In che senso? – aveva domandato il padre, che voleva chiarire fino in fondo il significato preciso delle parole del medico.

– Intendo dire nessuna forte emozione, nessuno spavento, di quelli per cui ci si può a volte perdere e dai quali è difficile riprendersi.

Il padre, che aveva memorizzato queste parole, spesso non dormiva per la tristezza, e ogni volta avrebbe voluto discuterne con Heshl, convincerlo di stare attento, poiché il medico quella tale volta lo aveva messo in guardia di questo e di quello, solo che non sapeva come avvicinarsi al figlio con discorsi di tal genere, da che parte cominciare, e se lui – Heshl – lo avrebbe capito. Lo stesso Heshl poi, a quanto pare, non lo aveva capito, e ciò non era certo un bene per lui – era il segno del fatto che non era a conoscenza del proprio stato, di ciò che era in agguato alla sua porta, e cosí una disgrazia avrebbe potuto coglierlo impreparato, qualora qualcosa con il potere di causare una catastrofe a uno come lui si fosse manifestato.

Intanto però nessuna causa scatenante si manifestò. La vita di Heshl nella casa paterna fluiva tra le sponde consolidate da tempo, senza cambiamenti. Al padre vedovo e a Shàme il servo, che non si era mai sposato, si era aggiunto con il passare degli anni un altro, che a giudicare da tutti i segni sarebbe rimasto celibe, con una sola differenza, che Heshl si era fidanzato con il suo studio, di cui il padre gli aveva lasciato l'uso e che lui aveva riempito di altre librerie a vetri intorno a tutte le quattro pareti fino al soffitto, e dove lo si poteva incontrare sempre immerso nella lettura, a volte di un vecchio libro dalle pagine ingiallite e dall'odore di annosa muffa, a volte di un libro nuovo dalle pagine appena tagliate, dalle quali emanava l'odore dell'inchiostro e della carta fresca di stampa.

Col tempo anche Heshl se ne sarebbe andato in giro in veste da camera e pantofole. E alle silenziose partite di scacchi che il padre soleva spesso giocare con il suo servo, si sarebbe aggiunto un terzo, una volta alle spalle di un giocatore, una volta alle spalle dell'altro, senza immischiarsi né mai offrire nemmeno un consiglio.

Forse, se non fosse accaduto nulla, egli avrebbe superato quella parte di pesante eredità e cosí la possibilità di ammalarsi sarebbe rimasta sopita in lui, non avendo alcun motivo di risvegliarsi, come a volte fanno i semi delle piante, quando non hanno le condizioni adatte, il suolo adatto, il sole e l'umidità per svilupparsi.

All'improvviso invece qualche cosa accadde – la guerra, scoppiata nel 1939, e della quale tutti noi e il mondo intero siamo ora testimoni.

2.

Quando l'esercito fascista entrò nella città dove Heshl Ansheles viveva, avvenne che prima di imporre con la forza il nuovo ordine, prima di cacciare gli ebrei dalle loro case e imporgli di trasferirsi nei luoghi a loro destinati, i quartieri-ghetto, i fascisti sguinzagliarono per la città i funzionari responsabili degli alloggiamenti a trovare abitazioni per le loro autorità militari e civili, per ufficiali, funzionari eccetera, senza escludere le case ebraiche.

Quando arrivarono al caseggiato del padre di Heshl, in quella via rispettabile, un vicino, forse con una cattiva intenzione, forse senza, indicò l'appartamento del proprietario come il piú comodo e adatto per il tipo di persone che si pensava di far alloggiare lí.

L'appartamento del padre di Heshl piacque, e subito comparve al portone principale, al piano terreno, un ufficiale già carico di bagagli, pronto a prendere possesso di quanto gli sarebbe stato mostrato. Per un attimo lasciò indietro i bagagli, affidandoli alla custodia del portiere o di altri, e salí al secondo piano, per vedere cosa gli era stato procurato.

L'appartamento gli piacque, specialmente lo studio di Heshl, dove intendeva stabilirsi, e subito diede ordine che i padroni stessi scendessero con lui per aiutarlo con i bagagli.

Si sarebbe voluto, naturalmente, mandar subito giú la domestica. Ma l'ufficiale, il nuovo inquilino, fece un cenno di diniego con la mano: no, non era della domestica che aveva bisogno. Shàme il servo saltò su in piedi per andarci al posto di quella. No, neanche lui andava bene – l'ufficiale rigettò anche la volonterosa disponibilità di Shàme a compiere il lavoro e non gli permise di andare. Allora il padrone di casa in persona, il padre di Heshl, si offrí di scendere con l'ufficiale. Ma anch'egli fu scartato dal militare con un gesto della mano. – No, lui, – disse, indicando Heshl, che se ne stava in disparte, un po' piú pallido del solito, e assisteva ai comandi dell'ufficiale senza capire perché avesse scartato tutti e avesse scelto lui, solo lui, per quel lavoro di trasporto.

– *Panie*[2]*... Herr Offizier...* – il padre di Heshl si rivolse all'ufficiale con voce supplichevole. – È il mio unico figlio, un erudito, come l'ufficiale vede dai libri nel suo studio, e per giunta, come è evidente, debole di salute. Perché proprio lui, allora, quando tutti gli altri sono pronti a servire il signor ufficiale e ad accontentarlo con grande piacere?

– Ah, quindi è un erudito? – l'ufficiale lanciò un'occhiata a Heshl, quasi fosse una cimice o un'altra nullità, – poco male, che si abitui. Si abituerà a cose ben peggiori. *Schnell!*[3] – ordinò a Heshl come a un qualsiasi fattorino, e con la mano gli fece cenno che doveva scendere giú per primo, senza lamentele.

Naturalmente non ci fu verso di fargli cambiare idea. Solo dopo che Heshl e l'ufficiale furono usciti dalla porta, anche tutti gli altri occupanti della casa, come degli automi, li seguirono – il padre, Shàme il servitore, e anche la

[2] «Signore» in polacco [*N. d. T.*].

[3] «Veloce!» in tedesco. Poco piú avanti, *schneller* significa «piú veloce» [*N. d. T.*].

domestica –, non perché, si capisce, potessero essere di qualche utilità o in qualche modo aiutare Heshl, ma perché una sorta di forza sotterranea li spingeva e faceva loro muovere i piedi.

Arrivato al piano terreno, l'ufficiale mostrò con un cenno il bagaglio a Heshl. Erano due valigie. Una piú grande e pesante, la seconda piú leggera. Ma qui, a Heshl, che si era chinato per prenderle entrambe, una per mano, l'ufficiale ordinò: – No! Quella, – indicando la piú pesante, – in mano, e l'altra, – la piú leggera, – con i denti!

– Come? – Heshl, già un po' sbigottito da prima, a sentire ora queste ultime parole lanciò uno sguardo all'ufficiale non capendo che cosa intendesse, pensando di non avere capito bene.

– Sí sí... quella, con i denti.

Per un attimo tutti gli astanti rimasero pietrificati. Il padre avrebbe voluto slanciarsi per gettarsi ai piedi dell'ufficiale e supplicarlo di revocare l'ordine. Anche Shàme avrebbe voluto a quanto pare fare lo stesso, e pure la domestica. Ma in quel momento l'ufficiale cacciò un tale grido – *Schneller!* – rivolgendosi a Heshl, che tutti quanti capirono l'inutilità di suppliche e prostrazioni. Non sarebbero servite a nulla. Quindi, chi aveva occhi e voleva guardare, assistesse pure a quanto stava per succedere, e chi non se la sentiva, che voltasse il capo e guardasse altrove.

Heshl, da parte sua, non disse nulla. Senza lanciare nemmeno un'occhiata né al padre, né al servitore, che sembravano mezzi morti, né alla domestica, che si asciugava le lacrime nel grembiule, si chinò sul bagaglio, afferrò con una mano la valigia piú pesante, e alla seconda – non c'era scelta – si avvicinò con il volto... Solo per un momento si vide come la schiena gli tremava, mentre egli si piegava e poi si raddrizzava, ma presto il tremito cessò. Ahi... curvo sul bagaglio, un uomo di nome Heshl si drizzò, con la valigia tra i denti, ormai trasformato in un altro, diverso – si può dire –, non piú una persona, in ogni caso, non piú lui.

Chi avesse allora guardato Heshl con maggiore attenzione, avrebbe visto come all'improvviso il suo sguardo cambiò. Gli occhi, di solito di un colore tendente al grigio, divennero quasi bianchi, bianchi come se fossero stati inondati dal latte materno. In questo modo, un passo davanti all'altro, portava in una mano la valigia pesante, e la seconda, piú leggera, come gli era stato comandato, con i denti. Un silenzioso corteo funebre, composto dal militare e dai famigliari di Heshl, lo seguiva. L'ufficiale, che a quanto pare era abituato a scene simili ed evidentemente non era un individuo tale da preoccuparsi, o capace di misurare l'entità dell'umiliazione e dell'offesa che procurava a una persona, costringendola a un servizio del genere, seguiva Heshl come si segue un normale facchino che ti porta i bagagli nel modo consueto. Freddo, indifferente, come se non stesse accadendo nulla di particolare. I famigliari del giovane – il padre, il servitore Shàme e la domestica, che non smetteva di asciugarsi le lacrime nel grembiule – seguivano a loro volta, come si segue un morto quando non si hanno piú parole in bocca, quando lo strazio è cosí grande che non sai se la testa è davvero la tua e se i piedi ancora ti reggono.

Ma ciò è ancora nulla in confronto a quanto avvenne piú tardi, quando tutti quanti entrarono in casa e accompagnarono Heshl nel suo studio. Varcata la soglia, Heshl rimase in piedi con i bagagli, come se non avesse la forza o la volontà di posarli, e quando l'ufficiale si rivolse a lui senza parlare, con un cenno, «Be'? Posali!», egli rimase ancora in quella posizione.

La domestica allora gli si avvicinò e gli prese il bagaglio pesante dalle mani mentre il secondo, che egli teneva tra i denti, gli rimase ancora in bocca fino a che la domestica non si avvicinò di nuovo per prendergli anche quello. Ma Heshl continuò a rimanere in piedi con la bocca aperta, aperta quanto lo spazio occupato fino a quel momento dal manico della valigia.

– Figlio mio! – gridò il padre, vedendo la sua sciagura pietrificata dinanzi agli occhi, e fece per andargli vicino, ma subito fece un passo indietro, perché era evidente che l'ufficiale ormai si sentiva il padrone dello studio e voleva prenderne possesso, mettersi comodo, senza essere disturbato da quegli estranei, ossia il proprietario, suo figlio, e gli altri.

– Heshenyu, – si avvicinò al giovane anche il fedele servitore, con l'intenzione di scuoterlo e riportarlo al suo stato anteriore.

– *Marsch!* – gridò l'ufficiale, ma Heshl non si mosse di un passo. Il grido dell'ufficiale non gli fece la minima impressione, ed egli non dava alcun segno di voler ubbidire. Rimase cosí in piedi, paralizzato, con la bocca aperta, finché il padrone e il servitore, piangendo, si misero uno da una parte e uno dall'altra, lo presero per mano, e lo condussero fuori dallo studio.

– Povero me! – gridò il padre di Heshl, quando, dopo aver condotto il figlio nella stanza accanto, vide che anche lí questi rimaneva immutato, come nello studio: muto e con la bocca aperta.

– Heshenyu, cosa ti succede? – scoppiò a piangere il servitore, accorrendo in aiuto al padrone, e subito corse a chiamare il dottore.

Ne portò uno che era quasi di famiglia, che veniva spesso a visitarli; quegli esaminò il paziente con attenzione e una silenziosa impotenza gli apparve sul viso, perché Heshl ormai non era piú Heshl, e il dottore non aveva nulla con cui consolare i suoi famigliari.

Fine. Da allora in poi Heshl non seppe piú quanto succedeva intorno a lui, non si rese conto che un bel giorno, subito dopo il trasferimento dell'ufficiale nell'appartamento di suo padre, fu loro ingiunto di andarsene da lí. L'ordine fu obbedito ed essi si trasferirono in un alloggio molto modesto, da qualche parte in un quartiere cupo e fatiscente.

Heshl non era nemmeno consapevole di tenere sempre la bocca aperta e che il padre o Shàme il servitore vi versavano dentro del cibo, come si fa con un bambino o con un vecchio tremante che ha bisogno dell'aiuto di qualcuno. Non si accorgeva di come spesso veniva portato a fare una passeggiata in quel quartiere dove molti come loro si erano trasferiti da zone piú ricche e prestigiose – privi di tutto, senza soldi, senza il minimo necessario, con i soli vestiti che avevano indosso. Ma la sciagura di suo padre era molto piú grande di quella degli altri, e ogni volta, quando qualcuno vedeva il padre o il suo servitore portare Heshl a passeggio, si fermava e guardava il giovane con la bocca sempre aperta come se fosse nato con quel difetto.

– Che disgrazia, – lo compativa la gente, – a che punto siamo arrivati! A che razza di individuo uno studioso come lui ha dovuto portare i bagagli!

– E in che modo...

– Certo, per un uomo come lui è stata una umiliazione difficile da sopportare.

– Dovrebbero essere cacciati, – si augurava la gente mormorando, – in un posto impuro, dove si gettano le carogne dei cani e dei gatti e tutte le altre carcasse!

Heshl non si accorse di come il padre in poco tempo divenne curvo e affranto, cacciato dalla casa di cui era stato il proprietario per cosí tanti anni, ridotto in miseria, in un luogo estraneo, e per di piú con un figlio malato, alla sua età.

Anche Shàme non era piú lo stesso. Dopo la rovina del suo padrone; dopo che, insieme al padrone e a suo figlio, era stato strappato dalla casa nella via rispettabile, come tutti, senza mezzi, senza vestiti, e in piú brutalmente umiliati con il marchio di infamia, con la pezza che gli ebrei – secondo gli ordini – dovevano portare cucita sulla manica, o sulla schiena, o su entrambe; dopo che Shàme il servitore, che si era legato alla famiglia del suo padrone come se fosse sua, lo vedeva ora in una simile disgrazia, si era fatto carico non solo del lavoro, come sempre in passato, di servitore e di amministratore, ma anche di quello di semplice domestico. Si occupava dei pochi beni rimasti, per quello che le ultime risorse rendevano possibile, e si prendeva cura di Heshl e lo accompagnava per strada quando il padrone era stanco e rimaneva a letto in preda a un malessere, da quanto era abbattuto.

Shàme era non meno abbattuto. Come un vecchio rimbambito, spesso parlava da solo, senza sentire quello che diceva, e a volte, mentre passeggiava con Heshl, gli rivolgeva la parola come se fosse stato in grado di capire: – Oy, Heshenyu, – diceva, – cosa è capitato a te e a noi tutti! Magari Iddio misericordioso guardasse giú!

Heshl non si accorgeva di nulla. Non si accorgeva nemmeno di come alcuni, suoi conoscenti ed estimatori di una volta, che avevano anch'essi perduto gli appartamenti nelle strade eleganti della città e che erano anch'essi, come Heshl e la sua famiglia, finiti in quel decrepito cupo quartiere, venivano a trovarlo e con grande dispiacere scoprivano il suo stato; quando quei visitatori parlavano di lui e della sua salute in sua presenza come fosse un estraneo, senza che egli prendesse parte alla conversazione.

Non lo toccava, non gli importava. Era rimasto uguale, con la bocca aperta, come subito dopo che gli era accaduta la disgrazia, quando aveva portato quella valigia come un cane porta, tenendolo tra i denti, qualcosa al seguito del suo padrone, e pur essendo lui, era come se appartenesse a un altro mondo, con quello sguardo fisso negli occhi un tempo grigi che ora avevano preso l'aspetto lattiginoso di quelli di un neonato al seno della madre.

È vero che, seppure molto raramente, lo sguardo tornava a mostrare qualche barlume di consapevolezza. Ma non durava a lungo, subito tornava a essere fisso, vitreo, e gli occhi lattiginosi e sfocati assumevano un'espressione cosí minacciosa da suscitare il timore che in un attimo egli potesse passare dalla totale inerzia a una furia scatenata, capace di tutto.

Ciò avveniva tutte le volte in cui, passeggiando nel quartiere assegnato come residenza esclusiva degli ebrei, gli capitava di incontrare qualcuno dell'esercito straniero occupante – un soldato o un ufficiale con la stessa uniforme portata da chi aveva fatto con lui quel certo giochetto, dopo il quale gli era successo quanto gli era successo.

Quando s'imbatteva in qualcuno con quell'uniforme, all'improvviso si fermava e si drizzava, come se gli fosse entrato in corpo qualcosa tale da renderlo rigido come l'acciaio. Smetteva di colpo di camminare e ogni volta guardava le mani dell'uomo per vedere se stringesse qualcosa che ben presto gli avrebbe ordinato di prendere e di aiutarlo a portare, e non in mano, ma in bocca, come quella volta... Heshl, allora, apriva la bocca ancora un po' di piú.

Ciò tuttavia avveniva raramente, perché quei militari non avevano niente da fare qui nel quartiere decrepito, un luogo dove c'era sempre un rumore assordante e che, per via della mancanza di spazio e del sovraffollamento, non era neanche troppo pulito. Non era certo il posto dove a gente come loro, distinti militari, venisse in mente di trascorrere il tempo libero o di passeggiare. No. E tuttavia succedeva a volte che uno di loro vi capitasse, e ci veniva a un solo scopo, con un unico obiettivo, per pura crudeltà, ossia per dare un'occhiata a come la loro degna amministrazione avesse organizzato la bella impresa, creando una lurida città-rifugio[4] per i propri peggiori nemici che aveva posto al di fuori di ogni norma e legge.

Avvenne che una volta, mentre Heshl passeggiava cosí, immerso nel suo malessere, in compagnia del padre avvilito dalle sofferenze, e anche di Shàme il servitore che camminava dall'altro lato, gli si parò davanti un gruppo di militari, un terzetto che gli veniva incontro dalla direzione opposta.

Accadde anche che uno dei militari, vestito della stessa uniforme verde di quello che aveva onorato Heshl con l'incarico di portargli il bagaglio, avesse anch'egli con sé

[4] La città-rifugio (*'ir miqlaṭ*) è un'istituzione della legge biblica (Numeri 25.13 e 35.12, Deuteronomio 4.43 e 19.9, Giosuè 20.7) secondo la quale sei città (Bezer, Ramot, Golan, Kedesh, Sichem e Hebron) sono dichiarate un luogo di rifugio che garantisce immunità a coloro che hanno commesso un omicidio involontario [*N. d. T.*].

in quel momento qualcosa, non un oggetto grande, che potesse essergli di peso, altrimenti avrebbe di sicuro «invitato» uno degli abitanti del quartiere a portarlo per lui, come fanno sempre quelle «persone» in simili quartieri. No, niente di pesante, solo un comune pacchetto di quelli che si portano in mano.

E qui, all'improvviso, il padre di Heshl da una parte cosí come Shàme il servitore, che camminava dall'altro lato di Heshl, lo videro slanciarsi verso il terzetto che gli veniva incontro. Prima che uno o l'altro dei due potesse rendersene conto, Heshl si chinò con il viso e la bocca verso colui che portava in mano il pacchetto, come se volesse prenderglielo... e quando quello se ne accorse, un po' spaventato, vedendo con chi aveva a che fare, e arrabbiato perché uno scimunito aveva la sfrontatezza di fermarlo nel bel mezzo della strada e disturbarlo nella sua passeggiata, e fece per spingerlo via, si sentí un grido selvaggio dell'uomo, come di uno a cui avessero versato della pece in testa. E prima che i suoi commilitoni, il padre di Heshl e il servo, riuscissero a capire cos'era accaduto, videro Heshl di nuovo ritto in piedi, dopo essersi chinato sulla mano del militare. Aveva la bocca insanguinata e teneva tra i denti qualcosa che stringeva con una forza tale da far pensare che fosse immensamente prezioso.

In quel momento il viso di Heshl risplendette di vitalità e di un consapevole godimento, come se egli fosse appena uscito vincitore e trionfante per un'azione che non avrebbe mai pensato di essere capace di compiere.

Heshl teneva in bocca, stretto tra i denti, un pezzo del dito del militare che aveva staccato con un morso, e sembrava uno che avesse avuto uno straordinario colpo di fortuna: dopo tanto tempo, da quando gli era accaduta la disgrazia, aveva ora, con piena soddisfazione, chiuso la bocca. No, non chiusa, serrata, anzi, nemmeno serrata, ma cosí sigillata da essere evidente a chiunque che nulla al mondo, per quanto prezioso, avrebbe potuto costringerlo ad aprirla di nuovo e a cedere ciò che stringeva dopo averlo strappato con un morso.

Sia qui un dottore a decidere se Heshl agí in questo modo perché era ulteriormente sprofondato nell'abisso della follia, come avviene spesso a quelli in simili condizioni, quando alzano una mano contro sé o contro altri con l'intenzione di commettere un omicidio o un suicidio, o, al contrario, se lo fece nel pieno possesso delle sue ritrovate facoltà mentali, e, qualora l'avessero lasciato vivere dopo tale azione, dopo questa vendetta esercitata consapevolmente, avrebbe potuto riprendersi, ritornare a essere una persona normale... Lo decida un dottore, noi non lo sappiamo. Sappiamo solo che non gli fu permesso... Poiché subito i due che accompagnavano il soldato ferito, dopo il primo momento di stupore per l'improvviso attacco e l'urlo del loro camerata, si ripresero e misero mano alle armi. Cominciarono, uno da un lato e uno dall'altro, a sparare a Heshl con i revolver estratti in fretta e furia dalle fondine: alla testa, alla tempia, e di nuovo alla testa – e Heshl subito si afflosciò come un fascio di spighe falciato.

Subito accorsero poliziotti e soldati della potenza occupante, che avevano assistito all'attacco a uno di loro, e tutto il quartiere corse il pericolo di essere colpito da un duro decreto per una presunta solidarietà con l'aggressore. Per un caso fortunato il decreto fu per il momento posticipato: la potenza occupante aveva tutto il tempo di fare i conti anche in seguito.

Il morto fu portato nella camera mortuaria, fino a che non si fosse fatta un'accurata indagine. Nemmeno al padre e a Shàme il servitore fu permesso di accompagnare il congiunto, né di dire una parola in sua discolpa, a sostegno della sua innocenza, che non essendo in sé non era responsabile del suo atto.

Anche in seguito, per lungo tempo, Heshl non fu consegnato neppure alla comunità per la sepoltura nel cimitero ebraico, fino a che non si giunse alla convinzione che le cose stavano davvero cosí, che si trattava di un individuo in una condizione tale da renderlo al di sopra di ogni sospetto di aver voluto attentare all'autorità costituita... Solo allora la comunità ottenne il morto.

Venne dunque sottoposto al trattamento che si addice a tutti i morti: fu lavato e preparato per la sepoltura... ma quando si trattò della bocca, quando i membri della *Khevre-kedishe*[5] vollero aprirla per estrarre ciò di cui egli si era impadronito con il morso, la falange del dito del soldato, non vi riuscirono in alcun modo: la bocca era cosí strettamente serrata che nessuna forza valse a separargli le mandibole.

Sorse allora una controversia tra loro, alcuni erano inclini a dire: No, non si può fare, non è giusto... seppellirlo con il dito di un estraneo in bocca... Altri invece, e in particolare i piú pii, ritenevano che fosse invece l'eccezione che conferma la regola, ed emisero il verdetto opposto: Anzi, proprio cosí com'è... che anche in Cielo si venga a sapere... che si veda quanto accade e ci si sforzi di prendere provvedimenti...

Con tutta probabilità fu dunque seppellito cosí com'era, con in bocca l'ossicino che nessuno riuscí a cavargli fuori.

[1943].

[5] La *Khevre-kedishe*, letteralmente «compagnia sacra», è l'organizzazione comunitaria che si occupa della sepoltura dei morti [*N. d. T.*].

Albert Camus

Hanno fucilato dei francesi per tre ore

Bisogna dire le cose come stanno: siamo ormai vaccinati contro l'orrore. Tutti quei volti sfigurati dalle pallottole o dai calci, quegli uomini fatti a pezzi, quegli innocenti assassinati, fanno maturare in noi il senso di rivolta e di disgusto indispensabile per entrare consapevolmente nella lotta. Oggi la lotta di ogni giorno è ormai un dato acquisito, e tuttavia, sebbene non sia possibile dimenticarne i validi motivi, può capitare di perderli di vista. Ma il nemico è lí a ricordarceli e, come se facesse di tutto per impedire a chiunque di noi di voltarci dall'altra parte, accresce i propri sforzi, supera sé stesso, fa leva ogni giorno di piú sulla pusillanimità e sulla stanchezza. Oggi è comunque andato oltre l'immaginabile, e la tragedia di Ascq[1] ricorda a tutti i francesi che sono impegnati in una lotta generale e implacabile contro un nemico ignobile.

I fatti?

Il 1° aprile 1944, durante la notte, si verificano due esplosioni, che provocano il salto di un binario e il deragliamento di due vagoni di un convoglio occupato da soldati tedeschi. La strada risulta ostruita. Nessuna vittima all'interno del treno.

Verso le ventitre, mentre Carré, il capostazione di Ascq, allertato dagli agenti del servizio notturno, riceve al telefono le disposizioni necessarie, un ufficiale tedesco sceso

[1] Piccolo comune del Nord della Francia, a sei chilometri dal confine col Belgio. Il massacro tedesco provocò nei giorni successivi un imponente sciopero delle fabbriche, al quale aderirono almeno 60 000 persone.

dal treno con un manipolo di soldati fa irruzione nel suo ufficio, gli si avventa contro urlando e lo colpisce con il calcio del fucile, dopodiché usa il medesimo trattamento con Peloquin, commissario di prima classe, e con Derache, addetto alla posta e alla contabilità, presenti nella stanza insieme al capostazione. Di piú. Dopo aver riguadagnato la soglia dell'ufficio, sparano una raffica di mitragliatrice sui tre operatori a terra. Carré e Peloquin vengono gravemente feriti al ventre e alle gambe. Poco dopo, l'ufficiale guida un grosso contingente di soldati in località Ascq, perquisisce le case dopo averne sfondato le porte e rastrella circa 60 uomini, li fa condurre in un campo antistante la stazione e ne ordina la fucilazione. Altri 26 uomini vengono fucilati a casa loro o nelle vicinanze. Oltre alle 86 persone fucilate, si registra un consistente numero di feriti.

L'addetto alla posta e alla contabilità Derache riesce a dare l'allarme e ad avvertire l'ufficio del dipartimento di Lilla, il quale a sua volta allerta la Préfecture du Nord, da cui parte la richiesta d'intervento all'*Oberfeldkommandantur*.

Solo con l'arrivo sul posto di alcuni ufficiali dello Stato maggiore le esecuzioni hanno termine: esecuzioni che sono durate piú di tre ore.

Forse è impossibile immaginare ciò che si nasconde dietro la brutale rappresaglia. È comunque impossibile leggere senza provare un senso di totale rivolta e ripugnanza le due semplici cifre: 86 uomini e 3 ore.

86 uomini come voi che state leggendo questo giornale sono stati falciati dai fucili tedeschi, 86 uomini che potrebbero occupare tre o quattro stanze come quella che state occupando voi, 86 volti, smarriti o indomiti, sconvolti dall'orrore o dall'odio.

E il massacro è durato 3 ore, un po' piú di due minuti per ciascuno di loro. 3 ore, il tempo trascorso quel giorno da qualcuno a desinare o a conversare tranquillamente con gli amici, il tempo di una proiezione cinematografica, durante la quale altri come loro si divertivano davanti allo spettacolo d'avventure immaginarie. Per 3 ore, un minuto dopo l'altro, senza una sosta, senza una pausa, in un solo villaggio francese, si sono succeduti gli spari, mentre i corpi si torcevano a terra.

Ecco l'immagine che dobbiamo tenere davanti agli occhi perché nulla venga dimenticato, quella che dobbiamo proporre ai francesi che rimangono ancora indecisi. Perché, riguardo a quegli 86 innocenti, molti sarebbero indotti a pensare che, non avendo essi fatto nulla contro l'esercito tedesco, nulla avrebbe potuto essere fatto loro. In ciò, tuttavia, la Francia è solidale: per essa non esiste che un'unica collera, un unico martirio. E De Brinon[2], quando scrive alle autorità tedesche di tanti francesi ma per lamentarsi del fatto che in questo modo si ostacola il suo lavoro di poliziotto di mondo, si dimostra egualmente responsabile del martirio dei nostri compatrioti e degno della nostra collera. Non si tratta infatti di sapere se quei crimini saranno perdonati, si tratta di sapere se il loro conto verrà saldato. E se fossimo indotti a dubitarne, l'immagine di quel villaggio coperto di sangue e abitato ora solamente da vedove e da orfani basterebbe a rassicurarci che il prezzo del delitto verrà pagato: la cosa, infatti, riguarda ormai tutti i francesi, e dinanzi a quel nuovo massacro scopriamo in noi stessi la solidarietà del martirio e il coraggio della vendetta.

[1944].

[2] Fernand de Brinon (1885-1947), avvocato francese di origini nobiliari, grande sostenitore della collaborazione con la Germania dopo il 1940, presiedette il governo di Vichy in esilio in Germania dopo le dimissioni del maresciallo Pétain. Dopo la guerra venne processato per alto tradimento e condannato a morte.

Antoine de Saint-Exupéry

Lettera a un americano

Ho lasciato gli Stati Uniti nell'aprile del 1943, per raggiungere in Nord Africa i miei compagni di battaglia di *Flight to Arras*[1]. Ho viaggiato a bordo di un convoglio americano. Un convoglio di trenta navi che trasbordava, dagli Stati Uniti verso il Nord Africa, cinquantamila vostri soldati. Quando, al mio risveglio, mi sono trovato a passeggiare sul ponte, ho rivisto intorno a me quella città in cammino. Le trenta navi pesavano con forza sul mare. Eppure avvertivo qualcosa di diverso da una semplice sensazione di potenza. Quel convoglio evocava in me l'allegria di una crociata.

Amici d'America, vorrei rendervi pienamente giustizia. Un giorno, forse, dissidi piú o meno gravi sorgeranno tra voi e noi. Tutte le nazioni sono egoiste. Tutte le nazioni considerano sacro il proprio egoismo. È possibile che la consapevolezza della vostra potenza materiale, prima o poi, vi faccia ottenere dei vantaggi che ci parranno altamente lesivi. È possibile che sorgano un giorno tra voi e noi discussioni piú o meno serie. Se le guerre vengono sempre vinte da chi ha fede, i trattati di pace sono a volte dettati dagli uomini d'affari. Or bene, dovessi pure un giorno formulare nel mio cuore dei rimproveri contro le decisioni prese da questi ultimi, tali rimproveri non mi faranno mai dimenticare la nobiltà degli scopi bellici del vostro popolo. Riguardo alla qualità della vostra sostanza piú profonda, io renderò sem-

[1] È il titolo inglese del romanzo di Saint-Exupéry *Pilota di guerra* (1942).

pre la medesima testimonianza. Non è infatti per perseguire interessi materiali che le madri degli Stati Uniti hanno offerto i loro figli. Non è per perseguire interessi materiali che quei ragazzi hanno accettato di rischiare di morire. So bene, e lo dirò in seguito nel mio paese, in vista di quale crociata spirituale ognuno di voi si è offerto alla guerra.

Ho, tra i tanti, due ricordi da offrire a riprova di ciò.

Ed ecco il primo.

Durante la traversata del convoglio, mescolato com'ero ai vostri soldati, sono stato per forza di cose spettatore della propaganda bellica a loro destinata. Ogni propaganda è un mostro amorale che, per essere efficace, si richiama a qualunque tipo di sentimento, nobile, volgare, o vile che sia. Se i vostri soldati fossero andati in guerra soltanto per difendere gli interessi americani, la propaganda avrebbe messo quotidianamente l'accento innanzitutto sui vostri pozzi di petrolio, sulle vostre piantagioni di caucciú, sulle minacce che incombevano sui vostri mercati commerciali. In realtà, simili argomenti venivano appena sfiorati. Se si parlava invece di ben altro, è perché i vostri ragazzi desideravano ascoltare ben altro. E cosa mai veniva detto loro che potesse motivare ai loro occhi il sacrificio della vita? Si parlava degli ostaggi impiccati in Polonia. Si parlava degli ostaggi fucilati in Francia. Si raccontava quale nuova forma di schiavitú minacciasse di soffocare una parte dell'umanità. Si parlava non di loro, ma degli altri, rendendoli cosí solidali con tutti gli uomini della terra. I cinquantamila soldati del mio convoglio andavano in guerra per salvare non già il cittadino degli Stati Uniti, ma l'uomo stesso, il rispetto per l'uomo, la libertà dell'uomo, la gloria dell'uomo.

La nobiltà del vostro popolo imponeva la medesima nobiltà alla propaganda. Se i vostri negoziatori di pace dovessero un giorno ledere in qualche modo la Francia, in nome dei propri interessi politici e materiali, essi tradirebbero il vostro vero volto. Come potrei dimenticare per quale grande causa il popolo degli Stati Uniti ha combattuto?

Questa fede in voi ha trovato conferma a Tunisi dove, nel luglio 1943, io portavo a termine, insieme ai vostri uomini, delle missioni di guerra a bordo di un Lightning. Ed è la mia seconda prova. Una sera, un pilota americano di vent'anni m'invitò a cena insieme ai miei compagni. Era assillato da un problema morale che gli pareva di estrema importanza. Ma era timido, e non riusciva a esporre il proprio intimo caso di coscienza. Dovemmo farlo bere un po' per dargli coraggio. Alla fine, arrossendo, si spiegò.

– Stamattina ho compiuto la mia venticinquesima missione di guerra, sopra Trieste. A un certo punto, mi sono trovato alle prese con dei Messerschmitt 109. Domani ricomincerò, e può darsi che io venga abbattuto. Voi lo sapete perché fate la guerra: per salvare il vostro paese. Ma io non ho niente a che vedere con i problemi dell'Europa. I nostri veri interessi sono nel Pacifico. Se insomma accetto il rischio di essere sepolto qui, è, nella mia idea, per restituirvi il vostro paese. Tutti gli uomini hanno il diritto di vivere liberi nel proprio paese. E io sono solidale con tutti gli uomini. Ma quando io e i miei compatrioti vi avremo aiutato a liberare la vostra casa... ci aiuterete a vostra volta, nel Pacifico?

Avremmo baciato quel nostro giovane compagno! Aveva infatti bisogno, nel momento del pericolo, di sentire che tutti noi confermavamo la sua profonda fede nella solidarietà umana. Certo, io so perfettamente che la guerra è indivisibile, e che una missione di guerra serve indirettamente gli interessi americani nel Pacifico. Ma lui ignorava tutte queste complicazioni. E i rischi della guerra, li avrebbe accettati il giorno seguente «per restituirci la *nostra* casa». Come dimenticare una simile testimonianza? Come non essere ancora oggi commossi da tale ricordo?

Vedete, amici d'America, mi pare che qualcosa di inedito si vada formando su questo pianeta. I progressi materiali dei tempi moderni hanno indubbiamente collegato gli uomini tra loro attraverso un vero e proprio sistema nervoso. I legami sono innumerevoli. Le comunicazioni immediate. Noi siamo fisicamente uniti come cellule di uno stesso corpo. Ma questo corpo che non ha ancora un'anima. Questo organismo non ha ancora preso coscienza di sé. La mano non sa di essere solidale con l'occhio. Eppure era proprio tale coscienza di una futura unità ad assillare confusamente quel giovane pilota di vent'anni, che si preparava attraverso di lui...

I vostri giovani muoiono in una guerra che per la prima volta nella storia del mondo è, per loro, e nonostante gli orrori, una confusa esperienza amorosa. Non traditeli. Che siano loro a dettare la pace, quando verrà il giorno! Che tale pace gli s'apparenti! Questa è una nobile guerra, che la fede che essi nutrono nello spirito nobiliti anche la pace...

Io sono felice tra i miei compagni francesi e anche tra costoro. Dopo le mie prime missioni su un Lightning avevano scoperto la mia età. Quarantatre anni! Uno scandalo. I vostri regolamenti americani sono inumani. Non si pilota a quarantatre anni un aereo veloce come il Lightning. La lunga barba bianca si attorciglia ai comandi, causando incidenti. E cosí, per alcuni mesi, sono rimasto disoccupato...

Ma come pensare riguardo alla Francia se non si assume una parte di rischio? Laggiú stanno soffrendo. Stanno lottando duramente per sopravvivere. Stanno morendo. Come giudicare, sulla base di alcuni uffici di propaganda, quelli che, persino i peggiori, vivono il dramma nella propria carne? E come amare i migliori? Amare significa partecipare, condividere. Alla fine devo al miracolo di una generosa decisione del generale Eaker se ho visto cadere la mia barba bianca e ho potuto ritrovare il mio Lightning...

Ho ritrovato Gavoille, lo stesso di *Flight to Arras*, il quale comanda, nel vostro gruppo di ricognizione, la nostra squadriglia francese. Ho ritrovato anche l'Hochedé di *Flight to Arras*, di cui un tempo dicevo fosse il santo della guerra, e che la guerra, questa volta, ha ucciso sul suo Lightning. Ho ritrovato tutti quelli che io dicevo fossero, sotto il tallone dell'invasore, non già dei vinti, ma dei semi sepolti nel silenzio della terra. Dopo il lungo inverno dell'armistizio il seme è germogliato. La mia squadriglia di un tempo è nuovamente sbocciata al sole come un albero. Provo la gioia di partecipare nuovamente a quella sorta di immersioni da palombaro che sono le missioni a grande altitudine. Ci s'avventura, in territorio proibito, vestiti di strumenti barbarici, circondati da un popolo di quadranti. Si respira, al di sopra della propria patria, ossigeno fabbricato negli Stati Uniti. L'aria di New York nel cielo di Francia, non è stupefacente? Si pilota quel mostro leggero che è il Lightning P 38 a bordo del quale si ha l'impressione, non già di spostarsi, ma di essere presenti sul continente ovunque e allo stesso tempo. Si riportano indietro fotografie che passano all'analisi stereoscopica come vetrini inoculati al microscopio. I fotografi che le interpretano fanno un lavoro da batteriologi, ricercano, sul corpo della Francia in pericolo, le tracce del virus che la sta divorando. I fortini del nemico, i depositi del nemico, i convogli del nemico appaiono, sotto la lente, come minuscoli bacilli. Si può anche morirne...

... E poi la struggente meditazione in quelle ore di volo al di sopra della Francia, cosí vicina e insieme cosí lontana! Dalla quale ci si sente separati come da secoli. Tutti gli affetti, tutti i ricordi, tutte le ragioni di vita sono lí, ben esposti a trentacinquemila piedi sotto i nostri occhi, ben rischiarati dal sole, e tuttavia piú inaccessibili dei tesori dei faraoni sotto le teche di un museo...

[1944, pubblicato postumo nel 1973].

Józef Czapski

Sull'insurrezione di Varsavia

Lettera aperta a Jacques Maritain e François Mauriac, del 5 ottobre 1944

Ho avuto la fortuna di conoscervi nei miei anni di tirocinio a Parigi.

Ammiravo la vostra integrità di pensatori, di scrittori, il vostro coraggio. Per me, straniero, voi non eravate soltanto Maritain o Mauriac, voi eravate la Francia, una tradizione d'integrità intellettuale, un'atmosfera che si sentiva presso gli scrittori e i pensatori francesi, dai conservatori fino ai rivoluzionari (beninteso, con delle eccezioni).

Tutta l'opinione della Francia è stata sconvolta per la difesa di un solo uomo condannato ingiustamente, perché voi ben giudicavate che si trattava allora di un principio, la cui violazione accettata produrrebbe un abbassamento, uno sprofondamento della morale francese. Voi avete avuto allora Zola, e avete avuto Péguy[1].

Ai miei tempi, a Parigi, Lei dirigeva, Jacques, una revisione di tutta una filosofia. Lei lottava per la filosofia e la morale cattolica, che erano allora piú che impopolari negli ambienti intellettuali della Francia. E con ciò si «comprometteva» doppiamente, attirando verso la Sua fede... dei pubblicani.

È allora che Benda[2] parlava del «tradimento dei chierici», Halévy[3] della «decadenza della libertà» e Gide ci insegnava che cos'è «lo spirito non preconcetto».

[1] Charles Péguy (1873-1914), poeta e saggista francese, convertito al cattolicesimo, morto in battaglia all'inizio della Grande guerra.

[2] Julien Benda (1867-1956), pensatore francese, rimasto celebre per *Il tradimento dei chierici* (1927).

[3] Daniel Halévy (1872-1962), saggista francese, impegnato per sostenere l'innocenza di Dreyfus. Fu compagno di classe di Proust.

E piú tardi, Bernanos e Lei, Mauriac, difendevate gli spagnuoli e i baschi antifranchisti massacrati. Lei Maritain gli ebrei perseguitati, e Gide, credente del comunismo, aveva il coraggio di scrivere il suo libro: *Ritorno dall'Urss*[4].

Potevamo essere «per» o «contro» le vostre affermazioni o i vostri principî, ma eravate per noi un esempio di non-conformismo.

Perciò, ci sforzavamo nel nostro paese di condurre le nostre lotte nello stesso spirito di probità intellettuale. La maggioranza di voialtri credeva troppo facilmente che il mondo finisse col Reno, altri che non cominciasse che a Mosca, e non sapevano neppure che vi erano da noi degli uomini che lavoravano da generazioni per lo stesso compito, e che difendevano il medesimo patrimonio.

Ma che succede ora?

Al momento del vostro ritorno nella vostra capitale liberata, la nostra si è sollevata per un combattimento col suo oppressore, ed è appena caduta, cambiata in un mucchio di macerie, in condizioni senza uguali. Si tratta di un caso di coscienza europea. Siamo in diritto di aspettare dagli scrittori e pensatori francesi, quali li abbiamo sempre conosciuti, una parola in difesa delle vittime, che sarebbe anche stata una parola in difesa dell'onore e della coscienza cristiana dell'Europa; ora, nulla di simile ci è ancora pervenuto.

È difficile parlare di Varsavia, perché ciò che succede laggiú sorpassa i limiti della nostra immaginazione. Una città avente piú abitanti di Roma d'anteguerra, piú grande di Los Angeles e due volte piú grande di Lione, è rasa al suolo, l'esercito sotterraneo [clandestino], tutta la popolazione combattendo senza viveri, senza armi, non sottomettendosi, per quanto da settimane Varsavia manchi d'acqua, devastata da febbre tifoidea e scarlattina, difen-

[4] Nel 1936 André Gide (1869-1951), allora comunista, venne invitato in Unione Sovietica con il proposito di usare il suo prestigio letterario per rafforzare l'immagine della nuova Russia nel mondo. Una volta rientrato a casa, lo scrittore francese stese invece un durissimo pamphlet nel quale denunciava la natura autoritaria e totalitaria del regime.

dendo selvaggiamente ogni casa, e affermando davanti al mondo la propria volontà di indipendenza.

Le nostre chiese, le nostre biblioteche, l'Università di Varsavia, i nostri palazzi storici e migliaia di case dove si rifugiavano piú di un milione e mezzo di uomini, sono distrutti.

Il numero dei morti e dei feriti è calcolato a duecentomila.

Per il campo di transito di Pruszków sono passati fino al 27 settembre duecentoquarantatremila civili, evacuati per forza dai tedeschi (una piazza enorme, senza la minima installazione sanitaria, centinaia di cadaveri insepolti, fucilazioni nel campo stesso).

Questi disgraziati erano le madri, le mogli, i bambini dei soldati polacchi che combattevano a Varsavia e combattono su tutti i fronti.

Valgono qualcosa questi soldati, se i capi degli eserciti Alleati li onorano di affidar loro i compiti piú ardui e pieni di responsabilità; questi soldati, che hanno conquistato Montecassino e Ancona, hanno preso parte ai piú duri combattimenti di Falaise e di Arnhem; e sempre con questa fede irragionevole: che vi è al mondo una giustizia e che il sangue versato non è mai sangue versato inutilmente.

Presento in breve alcuni fatti.

Nell'ottobre 1943, il movimento clandestino polacco riceve dal suo governo a Londra l'ordine di collaborare con le truppe sovietiche. Questa collaborazione si inizia all'entrata delle truppe russe in Polonia, l'insurrezione della capitale ne è un termine logico.

Le truppe sovietiche entrano a Praga (sobborghi di Varsavia) e la radio russa, il 30 luglio, lancia un appello alla popolazione di Varsavia di cui cito alcune frasi:

«Tutta la popolazione della città deve unirsi intorno all'esercito della resistenza. Cittadini di Varsavia, alle armi! Attaccate i tedeschi, facilitate il passaggio della Vistola alle truppe sovietiche. Un milione di abitanti è un esercito di un milione di uomini che combattono per la libertà della Polonia».

Contemporaneamente, le autorità tedesche ordinano l'evacuazione totale della popolazione della città.

Spinta dalla radio sovietica, minacciata di sterminio, Varsavia si solleva.

Varsavia è il piú importante nodo di comunicazioni di tutto il fronte orientale. L'insurrezione blocca queste arterie, sconvolge i piani dell'alto comando della Wehrmacht, chiude in questo settore forze considerevoli.

Tattica russa: il comando sovietico rifiuta di concedere un qualsiasi aiuto a Varsavia, innalza ostacoli contro l'opera di soccorso intrapresa dagli Alleati, rifiuta l'uso delle sue basi aeree e mantiene questa interdizione durante quarantanove giornate decisive per la sorte di Varsavia quando tali soccorsi potevano ancora essere efficaci, e si decide finalmente a un «gesto magnanimo», intorno al quale la propaganda russa fa gran chiasso, gesto consistente nel lancio tardivo di armi e viveri, effettuato quando si sapeva già ch'era troppo tardi per salvare Varsavia.

L'unica causa della caduta di Varsavia è la mancanza assoluta di ogni aiuto, durante il primo periodo dell'insurrezione, da parte di coloro che potevano e dovevano concederlo. Nell'ultima fase dell'insurrezione, allorché il destino di Varsavia era già segnato, giunsero i soccorsi, troppo tardivi, e, del resto, insufficienti. L'unica operazione di gran larghezza fu effettuata dall'aviazione americana, con quattrocento fortezze volanti. Ma per quanto l'ottanta per cento del materiale lanciato col paracadute cadesse in mano ai polacchi, si trattava di vettovagliamento sufficiente appena per due giorni. Un aiuto concesso senza ritardo dai russi durante la prima fase dell'insurrezione avrebbe senza dubbio prodotto la liberazione di Varsavia, salvando la capitale dalla distruzione totale, e risparmiando ai suoi abitanti orribili sofferenze e morte.

Questo scorcio di fatti dice ben poco se la nostra fantasia non vi collabora.

Non conoscete il grido di pericolo della radio di Varsavia? Lo suppongo, perché vi sono delle forze nel mondo che vogliono soffocare questi richiami di soccorso. Vi è una propaganda che fin dalla creazione, nel 1939, della frontiera Molotov-Ribbentrop, si è specializzata nel metodo di propagare tesi che non rispondono a verità alcuna; e ve n'è un'altra parallela e che ha molto successo nei paesi democratici d'oggi, di non sentire i fatti fastidiosi.

Ma non vi è nessuno in questi paesi che voglia vedere la verità, che voglia sapere ciò che vale, ciò che soffre un paese, anche se non si è in grado di portargli aiuto?

Leggiamo nei radiogrammi di Varsavia di questi ultimi due mesi dei richiami ininterrotti di aiuto in materiale di guerra e in viveri, il 27 agosto ancora la radio ci informa che l'esercito del paese dà tutto il suo sforzo per aiutare l'esercito sovietico, lo fa credendo che questa collaborazione nella battaglia potrà creare una base di giusto accomodamento fra i due paesi.

Sostenuta dalle ottimistiche emissioni [trasmissioni] delle radio alleate, le notizie di enormi bombardamenti in Germania, la popolazione non cessava dal credere in un forte aiuto degli Alleati stessi e aspettava questi soccorsi come nell'anno 1863 i nostri insorti credevano nell'aiuto di Napoleone III, e anche all'arrivo di Garibaldi, con il suo esercito, attendevano la riscossa.

La radio del 29 agosto ci disse: «La capitale della Romania, appena due giorni dopo essere insorta contro i suoi Alleati di ieri, riceve un aiuto per il quale noi chiamiamo da ventisei giorni e che Varsavia aspetta senza ricevere. Bisogna essere nemici per cinque anni e non tra i piú fedeli Alleati per ricevere un aiuto?» Seguiamo attraverso la radio la descrizione delle donne che, nel fumo degli incendi, durante l'attacco della Centrale telefonica, prendono parte all'azione, nei lavori dei vigili del fuoco e degli zappatori.

Seguiamo la lotta nel vecchio quartiere della città, uno dei piú bei monumenti dell'architettura in Polonia, che non esiste piú. La sua cattedrale gotica di San Giovanni è oggi un mucchio di ceneri.

Veniamo anche a conoscenza della presa dell'edificio della polizia, che precedeva l'annientamento dei tedeschi nella chiesa della Santa Croce dove si era formata una piazzaforte (vi era sepolto il cuore di Chopin).

Bisogna conoscere queste chiese storiche, che ci sono familiari fin dalla nostra infanzia, questi tranquilli caffè dove trascorrevamo le nostre ore di riposo, trasformati in fortezze, prese e riprese da noi e dai tedeschi, per poter immaginare in parte l'atrocità dei combattimenti nella nostra capitale.

I varsaviani sono informati dalle radio delle vittorie degli Alleati sui fronti dell'Occidente, e anche del discorso di Churchill, insistente sulla cessione ai russi delle nostre provincie orientali.

«Dobbiamo forse perdere la Polonia per questo lungo e sanguinoso martirio?» grida la radio di Varsavia. «Varsavia combatte per i diritti e la libertà, non soltanto per sé, ma anche per tutta la Polonia. Varsavia non cessa di aspettare, di ascoltare le voci del lontano Occidente, ed è il discorso di Churchill che ci giunge... Tutto diventa piú chiaro, al momento in cui diveniamo coscienti che la Polonia è senza forza, esangue, che con una Polonia simile non si ha piú bisogno di contare». E poi questa frase: «Abbiamo dato ciò che potevamo e abbiamo cosí poco contribuito alla soluzione della questione polacca. Sono le parole e il pensiero di tutta Varsavia».

Ma in tutti questi comunicati vi è ancora una riserva di speranza, essi spirano la gioia del combattimento di un popolo, per cinque anni selvaggiamente soggiogato.

Dopo essersi ritirati, i russi rioccupano Praga, il sobborgo sulla riva destra della Vistola. Ed ecco che dopo il primo entusiasmo di un cosí vicino aiuto, giungono le notizie delle deportazioni.

Leggiamo nel comunicato del 30 settembre: «Nessuno al mondo ci vuole ascoltare... Vi è qualcuno che tiene a che la nazione polacca cessi d'esistere... Non possiamo capire per quali cause e quali fini l'Inghilterra permetta alla Russia di tormentarci... Nel momento in cui scoppiò la rivolta, non vi erano a Varsavia né armi, né munizioni. Le abbiamo guadagnate sui tedeschi perdendo un uomo ogni due fucili. Ci si lasciò senza aiuto, perché l'Inghilterra ha deciso che l'aiuto per la Polonia non si calcoli. Un troppo grande aiuto per un paese cosí piccolo, dicevano gli uomini politici inglesi... Varsavia combatteva con fucili contro cannoni, con granate contro carri armati. Combattevamo sotto l'artiglieria e le bombe tedesche. Eppure avevamo dei momenti di gioia: il primo era l'entrata degli eserciti sovietici a Praga, e l'altro l'arrivo degli apparecchi americani. Solo oggi ci accorgiamo di come ci siamo illusi, rallegrandoci dell'entrata dei russi, credendo che non ricomincerebbero i loro atti del 1939. E soltanto ora vediamo ch'essi sono venuti in Polonia per perderci».

I difensori ricevono notizie definitive, secondo le quali i russi deportano la popolazione in Siberia. Scoppia una collera, un rancore contro gli Alleati.

È per questo, allora, che si è combattuto, che si è distrutta la propria capitale?

Nella radio del 2 ottobre, abbiamo parole piene di fiele contro gli Alleati. È molto possibile che gli abitanti di Varsavia non abbiano avuto un'idea chiara delle difficoltà da sormontare per organizzare un efficace aiuto degli Alleati. Ma pur tuttavia queste voci strazianti di una popolazione in pericolo devono essere ascoltate dal mondo. Questi richiami non giungono a voi «perché sono autentici». Oh, se fossero stati redatti da uffici di propaganda di Mosca, di Berlino, di Londra o di Washington, li avreste intesi in tutte le emissioni, tutti i giornali li citerebbero nelle loro postille. Ma queste frasi insanguinate, spesso sgarbate, questi richiami contraddittori di rancore e di tenerezza inviati da una città in fuoco non vi giungono.

Questa popolazione ricorda che abbiamo perso durante la battaglia aerea di Londra il quaranta per cento dell'effettivo della nostra aviazione che ha preso parte alla difesa, che i polacchi combattono oggi su tutti i fronti. Il comunicato del 2 ottobre, alle sette di sera, ci dice: «L'aiuto non viene da nessuna parte. Gli eserciti del generale Rokossovskij assassinano i nostri fratelli». È con queste frasi che incomincia il comunicato. «I russi hanno ordinato l'evacuazione da Varsavia (del sobborgo occupato da loro) dei vecchi e dei bambini. Gli uomini fra i quattordici e i sessant'anni sono mandati in Siberia». E dopo, alcune parole fra le piú dure verso gli Alleati: «Sappiate che già oggi centinaia di migliaia di polacchi sono morti per voi. Dovete subito portarci aiuto. Noi soccombiamo... Ci si chiama la "preoccupazione dei popoli combattenti". Perché? Per il sangue versato o perché siamo un popolo che vuol vivere, respirare l'aria libera? E osavate proclamare il motto: "Combattiamo per la libertà dei popoli soggiogati". Ci avete persi in un labirinto di menzogne. E ci rivolgiamo ora agli uomini giusti, a coloro che non hanno vangato la fossa sotto il popolo polacco estenuato. Cambiate il mondo, che vada su un'altra strada, se è necessario, non abbiate paura di cambiare guide. Perché non fate questo sforzo? Perché non aiutereste coloro che periscono? Abbiamo una sola strada davanti a noi, la strada nell'altro mondo. Ricordate che sono gli spettri dei cadaveri di domani che vi parlano. Abbiamo perso la fiducia nell'uomo, nei suoi sentimenti, nella sua lealtà, e abbiamo in fondo al nostro animo un'amarezza mortale contro coloro che hanno distrutto il nostro paese». E dopo queste frasi di sanguinante rancore, un'altra, fatta di tenerezza: «Sappiamo che non interpreterete male ciò che diciamo. Siamo stati cosí a lungo ingannati, e ora ancora di piú, ma crediamo sempre».

Vedo già degli uomini «moderni» e scettici sorridere con una benevola superiorità: «Che popolo romantico, che sogni scaduti di libertà delle nazioni, di giustizia». Ma so che nessuno di voi, Maritain, Mauriac, si permetterà di sorridere.

Cito alcuni passaggi del comunicato del 3 ottobre: «Varsavia disgraziata, non vinta, combatte ancora. Non riceviamo aiuto da nessuno, Rokossovskij distrugge i resti della popolazione polacca. A Varsavia vi è un pugno di soldati estenuati fino all'ultimo. Le donne, i bambini e le madri con i loro piccoli muoiono di fame. È stato proclamato ieri l'ordine del generale Rokossovskij che esige l'evacuazione della popolazione di Varsavia (riva destra occupata dai russi). In Siberia vanno i soldati dell'esercito nazionale; ai lavori forzati vanno gli eroi di Varsavia che muore. Dov'è la lealtà umana? Esigiamo da voi aiuto. L'aiuto deve venire subito, capite, subito per Varsavia che muore. Non vi è tempo da perdere, crediamo soltanto in voi. Solo in voi abbiamo fiducia».

Ancora questa speranza, questa fiducia non spenta negli Alleati. «È oggi che ricomincia la strada polacca in Siberia, una via lunga e lontana. Una via che è un pericolo anche per l'Inghilterra. Il patrimonio di tante generazioni è stato distrutto. La capitale dei grandi uomini, la capitale della Polonia bruciata... Soldati dell'indipendenza e della Costituzione, avete fatto tutto ciò che dovevate fare, avete salvato l'onore della città insanguinata e morente. Avete posto il suo onore piú in alto della vostra vita, voi, gli uomini della Polonia sotterranea. Varsavia vi ha ricevuti come una madre, vi ha nascosti nelle sue cantine, e quando le bombe tedesche volevano strapparle i vostri cadaveri, vi copriva con le sue macerie. Allevati da tutto il paese polacco, di cui Varsavia è una parte, non ne avete ceduto una particella senza combattere. Gloria e onore a voi. Iniziamo oggi una lunga via nell'incognito. Dobbiamo abbandonare con dolore queste care macerie, queste pietre che ancor oggi sono un pericolo per gli occupanti. Abbiamo il diritto di parlare a nome dei polacchi, e ce ne serviamo per dirvi che è nostro desiderio che ogni polacco conosca le parole e i richiami che Varsavia lancia nel mondo, da molto tempo. Sappiamo che le ore dei tedeschi sono contate. Il popolo polacco era, è e sarà. Il nostro popolo non perirà. I truffatori, per quanto barbari essi siano, non riusciranno ad assassinare un eroico popolo di trenta milioni».

Questo stesso comunicato ci porta l'ultimo ordine del giorno del capo del sollevamento, il generale Bór. Ne cito alcuni frammenti: «Abbiamo combattuto per uno scopo nobile. La liberazione del popolo polacco e di tutti gli Stati che dividono la sua sorte. Abbiamo combattuto per il ritorno di un giusto ordine per tutti nell'Europa del dopoguerra, per una sicurezza di tutti i suoi cittadini. Per la rinascita del mondo. Non ci è stato dato di finire questo combattimento. Abbiamo dovuto cedere alla forza, ma i nostri eserciti all'estero combattono, e la lotta per la Polonia e per la libertà non finisce qui a Varsavia. La capitolazione della capitale non prova che abbiamo cessato di lottare contro i tedeschi. La Polonia, che ha combattuto contro di loro durante i cinque anni dell'Occupazione, ora, dopo una perdita cosí dolorosa, in una situazione politica atroce, non cesserà di lottare. Le esigenze di Mosca sono peggiori della resa degli eserciti al nemico. Preferiamo morire piuttosto che accettarle. I sovietici volevano deportarci e distruggerci come le diecimila vittime di Katyn[5]. Non ci è stato dato aiuto, abbiamo combattuto senza questo, abbiamo fatto il nostro dovere fino alla fine... Sono sicuro che le ore della Germania, contro la quale combattiamo, sono contate».

È la fine del combattimento di sessantatre giorni. La sconfitta.

[5] Nella primavera del 1940, dopo la conquista delle regioni orientali della Polonia, Stalin diede ordine di eliminare circa 22 000 tra ufficiali, politici, giornalisti, professori e industriali polacchi che erano stati fatti prigionieri durante il primo anno di Occupazione del paese, con l'intento di facilitare la sovietizzazione delle terre conquistate.

Contemporaneamente alla lotta condotta a Varsavia, si organizzava nel mondo intero un'attività febbrile e ben diretta, avente per fine di calunniare gli uomini della resistenza polacca. Dopo un'accanita lotta contro il capo del nostro esercito, il generale Sosnkowski, che in un ordine del giorno constatava apertamente l'insufficienza dell'aiuto degli Alleati, vi è ora una campagna contro il generale Bór-Komorowski, capo della difesa di Varsavia, e oggi capo di tutte le nostre forze armate.

I telegrammi di Mosca qualificano per «criminali» i capi responsabili dell'insurrezione che hanno essi stessi incoraggiata con tutte le loro forze, esigendola.

Un giornale americano, letto da migliaia di soldati, pensa bene di mettere in grandi caratteri: «I polacchi fuggono da Varsavia». Non so se questo redattore americano si permetterebbe di parlare di fuga se si trattasse di soldati americani che si fossero battuti per sessantatre giorni, circondati da un nemico cento volte piú forte, senz'armi e quasi senza aiuto dai loro Alleati. E ancora con la prospettiva di essere accusati di tradimento e deportati in fondo alla Russia.

E con ciò, altre notizie ancora ci pervengono dalla Polonia.

La terribile prigione di Maidanek, presso Lublino (tutta la stampa mondiale ne parlava come di un centro di atrocità tedesche) è piena oggi di duemilacinquecento soldati polacchi del nostro esercito sotterraneo. La differenza consiste unicamente nel fatto che i tedeschi tenevano a Maidanek la popolazione civile e stranieri che vi si portavano da altri paesi dell'Europa, mentre i sovietici, in nome della lotta comune contro i tedeschi, vi hanno messo dei soldati che hanno combattuto e che potrebbero ancora combattere contro l'esercito tedesco.

Gli ufficiali dei battaglioni polacchi che hanno preso parte alla conquista di Wilno con gli eserciti sovietici, invitati a pranzo il giorno della vittoria dal comando russo, sono stati arrestati sul posto. Il loro destino è sconosciuto.

Fino al 25 settembre sono state deportate da Wilno diecimila persone, per il momento a Kaluga, nel centro della Russia.

Un telegramma ci informa che le deportazioni, le fucilazioni dell'elemento polacco sono piú numerose che nell'anno 1939.

Ma sapete almeno che cos'erano queste deportazioni del 1939 e 1940? Sapete che vi era un milione e mezzo di uomini, di donne e di bambini che sono stati deportati fino ai confini dell'Urss e che una parte enorme di questi deportati è già morta di fame, di freddo, di miseria? Che non vi è quasi nessun polacco che non vi abbia perso parenti stretti?

Una nazione di trenta milioni è votata a una definitiva distruzione biologica da due Stati totalitari di ottanta e di centottanta milioni. Questo paese, che per primo ha detto «no» a Hitler, con una capitale ridotta in ceneri, non può nemmeno farsi ascoltare, la sua bocca sanguinante deve essere ancora imbavagliata, e si dice che sia necessario in nome della causa comune. Ma qual è questa causa comune? Dopo che si è sotterrata la Carta Atlantica e che si vuol regalare alla Russia metà del territorio polacco, dandoci promesse di ricompense dalla parte dell'Ovest, come se la patria fosse un armadio che si trasporta di posto in posto.

Ci ricorderemo sempre, con commossa riconoscenza, che vi sono stati degli aviatori britannici, sudafricani, australiani, americani, che sono morti tentando di portare soccorso alla capitale della Polonia.

Siamo oggi informati che Churchill ha reso omaggio solenne ai difensori di Varsavia alla Camera dei Comuni. Siamo riconoscenti per queste belle parole ripetute dalla stampa mondiale, che «Varsavia ha subito sofferenze e privazioni che nulla sorpassa, anche fra tutte le disgrazie di questa guerra».

Ma non salveranno piú Varsavia. Vi è un detto polacco che dice: «Utile come incenso per i morti».

E poi queste commoventi parole alla Camera dei Comuni non erano accompagnate da alcuna prova di comprensione per il senso, il fine di questi combattimenti: la libertà e l'integrità della Repubblica.

Capiamo bene come gli uomini politici abbiano le loro grandi e le loro piccole combinazioni, e come la tattica imbrogli spesso gli scrittori, il cui compito è stato sempre quello di dire la verità; sono loro che dicevano: «Accuso», che «Non potevano tacere», che erano «Al di sopra della mischia». So bene dove si trovano quelli che sono rimasti in Germania, in Russia, in Polonia, se ve ne sono ancora che non sono stati uccisi. Sono tutti votati al silenzio, torturati nei campi, dall'Olanda fino al Pacifico. Ma dove sono i grandi scrittori inglesi, americani? Perché tacciono? Ammetto che vi sia poca materia nel dramma polacco per un brillante paradosso di Bernard Shaw, ma dove sono il sottile Aldous Huxley, Sinclair Lewis, Dreiser?

Silenzio completo dei grandi scrittori. Sono anch'essi ridotti al silenzio dalla censura? Capisco che sia scomodo parlare oggi della Polonia, che è infinitamente piú facile tacere o ripetere riproduzioni semplicistiche o false sulla Polonia, paese dei *landlords* e dei reazionari. Queste voci cosí comode, accettate oggi da una parte della stampa mondiale detta progredita, sarebbero un'inciviltà sotto la penna di uno scrittore degno di questo nome.

Forse mai la mancanza della Francia, questo vuoto che ha formato la sua disfatta nel 1940, ci apparve piú evidente e piú tragica.

Ma è a voi, scrittori e pensatori francesi che tornate oggi nella vostra patria ferita, provata ma liberata, nella vostra Parigi quasi intatta, è a voi che si rivolgono la nostra speranza e la nostra fiducia, la nostra speranza che rifarete la coscienza mondiale, continuerete una tradizione che è la vostra. Non riuscirete a ricreare l'autorità della Francia se non lottate ugualmente per le nazioni che difendono e incarnano gli stessi princípî di civiltà.

La causa della Polonia e di tutti i popoli dell'Europa come essa assoggettati, dopo cinque anni di guerra mondiale, è una causa della morale e della coscienza del mondo. Se per un giuoco di cosí dette esigenze politiche, la Francia, come gli altri, si disinteresserà della loro sorte, cesserete dall'essere agli occhi del mondo ciò che eravate – gli apportatori di un patrimonio comune, i difensori delle idee universali. Partecipereste col vostro silenzio alla distruzione, forse per sempre, del prestigio, cosí caro a noi tutti, del prestigio intellettuale e morale della Francia nel mondo.

[1944].

Friedrich Dürrenmatt

Il Vecchio

Le ondate dei carri armati varcarono le colline con un impeto tale da rendere vana ogni resistenza. Eppure gli uomini combatterono ugualmente, forse perché fidavano in un miracolo. Suddivisi in gruppi isolati, si nascosero nelle buche del terreno. Alcuni si arresero, i piú caddero, e solo pochi fuggirono nei boschi. Poi la battaglia cessò, improvvisa, come talora fanno i temporali. Chi era ancora vivo gettò le armi e si fece incontro al nemico con le mani alzate. Il terrore paralizzava la gente. I soldati stranieri dilagarono per il paese come cavallette. Entrarono nelle antiche città. Camminavano a passi pesanti per le strade e quando si faceva sera spingevano la gente nelle case. Pesanti mezzi cingolati attraversavano i villaggi, spesso abbattendo le capanne che gli crollavano addosso, perché nei villaggi la resistenza non si era ancora spenta. Era una resistenza che covava di nascosto, nelle occhiate dei ragazzi, nei movimenti misurati degli uomini anziani, nell'incedere delle donne. Era una resistenza che appestava l'aria, al punto che gli stranieri la respiravano come l'odore di un'epidemia. Dai boschi spuntavano uomini, ora isolati, ora a gruppi, e sparivano di nuovo nelle foreste impenetrabili, dove nessuno straniero osava seguirli. Non c'erano ancora stati scontri col nemico, ma furono trovate morte persone che avevano collaborato con lui. Poi venne la sollevazione. Adolescenti e anziani si gettarono con vecchi fucili sul nemico, che rispose ai colpi come liberato da un incubo; si videro donne avventarsi con falci e forconi. La battaglia durò una notte e un giorno, poi la rivolta finí di colpo. I villaggi furono circondati, gli abitanti rastrellati e abbattuti a colpi di mitragliatrice. I boschi in fiamme rischiararono le notti per intere settimane.

Poi venne la quiete, quella quiete che c'è nella tomba quando la terra copre ormai la bara. La gente si comportava come se non fosse successo nulla. Seppellí i suoi morti. Il contadino tornò all'aratro, l'artigiano all'officina. Ma, profondo in ognuno, attecchí un sentimento che non avevano mai conosciuto prima: l'odio. S'impadroní di loro, li riempí d'una forza rovente e ne condizionò l'esistenza. Non era l'odio impaziente e furioso che deve agire con precipitazione per poter vivere, era un odio capace di aspettare, per anni, annidato dentro, non in superficie, ma in profondità, tutt'uno con la loro natura, che non aveva bisogno d'una via di sfogo, e s'insinuava piuttosto come una spada nell'animo, non per distruggerlo, bensí per temprarlo come acciaio con la sua vampa. Ma come la luce delle stelle che si muovono a enormi distanze trova la via per giungere a noi, cosí quell'odio era diretto verso una figura che si manteneva tutta sullo sfondo, da qualche parte dell'oscurità impenetrabile, invisibile come molte figure dell'abisso, conosciuta solo come fonte di tutti gli orrori dell'inferno da essi sopportati, e l'odio degli oppressi si volse verso questa figura – la chiamavano il Vecchio – tanto che i soldati stranieri divennero loro indifferenti e apparvero spesso ridicoli. Intuivano coll'istinto dell'odio che quegli uomini, apparentemente tutti uguali nelle loro uniformi, con gli elmetti d'acciaio e i corti stivali, non li tormentavano per crudeltà, ma perché erano completamente in potere del Vecchio. Quei soldati agivano come strumenti privi di volontà, senza libertà, senza speranza, senza senso e senza passione, sperduti nel paese altrui, fra gente che li disprezzava in quanto stranieri penetrati nel suo paese, come sono disprezzati gli strumenti di tortura e come è giudicato infame il boia. Su tutti gravava una smisurata costrizione che incatenava insieme oppressi e oppressori come schiavi di una stessa galera, succubi del potere del Vecchio. Si accanivano gli uni contro gli altri, senza piú traccia di umanità, e quanto piú il popolo odiava, tanto piú crudeli diventavano i soldati stranieri. Torturavano donne e bambini per non sentire i tormenti che essi stessi dovevano sopportare. Tutto era ineluttabile, come è ineluttabile il contenuto dei libri di matematica. L'esercito straniero era una macchina immensa e complicata che incombeva su quel paese e lo schiacciava, ma da qualche parte doveva esserci il cervello che la guidava e se ne serviva per raggiungere i suoi obiettivi, un essere di carne e sangue, da odiare con tutti i sentimenti, e questi era il Vecchio, di cui osavano parlare solo bisbigliando, quando erano fra di loro. Nessuno l'aveva mai visto, non ne avevano mai udita la voce, non ne sapevano nemmeno il nome, le disposizioni crudeli che dovevano subire recavano firme di generali qualsiasi che ubbidivano al Vecchio senza averlo mai conosciuto, e che s'illudevano forse di agire a propria discrezione.

Conoscere l'esistenza del Vecchio, e odiarlo, era la forza segreta degli oppressi, quella che li rendeva superiori ai nemici. I soldati stranieri non odiavano il Vecchio, non sapevano niente di lui, come le parti d'una macchina non sanno nulla dell'uomo che le manovra, non odiavano nemmeno il popolo da loro oppresso, però ne sentivano aumentare l'odio, diretto contro qualcosa che non conoscevano ma che doveva essere misteriosamente connesso a loro. Si vedevano trattare dal popolo con disprezzo crescente, e divennero sempre piú crudeli e impotenti. Non sapevano quello che facevano, né perché si trovavano fra quella gente estranea che li odiava con tanta mortale ostinazione. C'era un'entità superiore che si comportava con loro come si agisce con animali addestrati a far questa o quell'altra cosa. E vivevano cosí, come spettri vaganti nelle lunghe notti d'inverno.

Su tutti però, sui soldati stranieri, sui contadini e sulla gente nelle antiche città, volteggiavano giorno e notte giganteschi uccelli d'argento che, come il popolo credeva di sapere, erano agli ordini diretti del Vecchio. Volteggiavano altissimi, tanto che si coglieva solo di rado il ruggito dei loro motori. Di tanto in tanto scendevano in picchiata come avvoltoi dalle loro altezze, e scagliavano il loro carico mortale sui villaggi che s'infiammavano rossi sotto di loro, oppure sulle loro stesse colonne che non avevano eseguito abbastanza sollecitamente gli ordini.

Poi però l'odio degli oppressi raggiunse il livello in cui perfino gli esseri piú deboli divengono capaci delle piú alte imprese, e a una giovane donna toccò il compito di trovare colui che odiavano piú di ogni altra cosa al mondo. Non sappiamo come lei riuscisse a trovarlo. Possiamo solo supporre che l'odio estremo renda le persone chiaroveggenti e inattaccabili. Giunse fino a lui senza che nessuno cercasse d'ostacolarla. Lo trovò solo in una piccola sala antica, dalle finestre spalancate irrompeva la luce del sole e penetrava il cinguettio degli uccelli, e c'erano, alle pareti, antichi libri e busti di pensatori. Non vi era nessun segno a indicare che fosse proprio lui in quella sala, eppure lo riconobbe. Sedeva chino su una grande carta, gigantesco e immobile. Alzò tranquillo lo sguardo su di lei, la mano posata su un grosso cane accucciato ai suoi piedi. In quello sguardo non c'erano né minacce né domande. Lei si fermò e comprese d'aver perso la partita. Tolse tuttavia ugualmente la rivoltella dalle pieghe dell'abito e la puntò sul Vecchio. Questi non sorrise nemmeno. Guardò la donna con indifferenza e infine, quando capí, allungò un po' la mano, come si fa coi bambini che vogliono regalarci qualcosa. Lei si avvicinò e poggiò la rivoltella sulla mano aperta, che la cinse piano e la depose lentamente sul tavolo. Tutti questi movimenti erano stati di per sé silenziosi, e la vicenda nel suo complesso aveva qualcosa d'infantile, eppure, contemporaneamente, tutto fu spaventosamente insensato e irrilevante. Quindi lui abbassò gli occhi e guardò la carta, come se avesse già dimenticato l'accaduto. Lei voleva fuggire, ma a questo punto il Vecchio cominciò a parlare.

– È venuta per uccidermi, – disse. – Quello che voleva fare è del tutto inutile. Non c'è nulla di piú insignificante della morte –. Parlò lentamente, e la sua voce aveva un suono gradevole, ma non pareva attribuire alle parole la benché minima importanza. – Da dove viene? – chiese poi, senza distogliere lo sguardo dalla carta, e quando lei glielo disse, osservò, dopo una lunga pausa durante la quale aveva cercato con cura sulla carta, che quella città avrebbe dovuto essere distrutta perché era contrassegnata da un segno rosso. Poi tacque e cominciò a tracciare grandi linee sulla carta, in lungo e in largo. Erano linee marcate, fantastiche, quelle che tracciò, secondo strane curve d'una singolare simmetria, di quelle che costringono l'occhio a seguirle e che però tendono immancabilmente a confondere la vista. Era a pochi metri da lui e lo guardava, chino come una sinistra massa scura sulla carta. Stava lí, al sole della sera che riversava oro delicato sul Vecchio. Lui non badava al sole e non badava alla donna che aveva voluto ucciderlo e che aveva fallito. Era sospeso nel vuoto, dove non esistono piú relazioni né responsabilità nei confronti degli altri. Non odiava gli esseri umani, non li disprezzava, non faceva loro caso, e la donna intuí che proprio in questo atteggiamento risiedesse l'origine misteriosa del suo potere. Gli rimase davanti come una condannata, incapace di odiarlo, aspettando di morire per mano sua. Poi però la donna capí che aveva dimenticato lei e il suo gesto, che poteva andarsene, dove voleva, ma anche che questa era la sua vendetta, piú spaventosa della morte che annienta. Si avviò lentamente verso la porta.

Ed ecco che il cane nero ai suoi piedi si mise ad abbaiare furiosamente. La donna si girò verso il Vecchio e lui sollevò lo sguardo. La mano afferrò la rivoltella con cui lei avrebbe voluto ucciderlo. Poi vide l'arma poggiata sul palmo della mano, che le si offriva. Cosí, con un gesto disumano, infinitamente umiliante, superò l'abisso fra di loro e scoprí l'intima essenza del suo potere, che doveva alla fine distruggere sé stesso come tutte le cose basate sull'assurdo. Lo guardò negli occhi, che la fissavano senza irrisione e senza odio, ma anche senza bontà, e che non intuivano di averle restituito tutto quello che le aveva tolto, l'odio e la forza di ucciderlo. Prese con calma l'arma dalla sua mano, e quando sparò avvertí quell'odio che gli esseri umani talvolta nutrono verso Dio. Lui poggiò con cura sul tavolo la matita con cui aveva tracciato i segni sulla carta, poi però cadde lentamente, come un'antichissima quercia divina abbattuta, e il cane leccò tranquillo il volto e le mani del morto, senza minimamente curarsi della donna.

[1945].

La Resistenza al passato
(maggio 1945 - 1994)

Louis Aragon

Gli incontri

Sua sorella era una stenografa del giornale: una ragazza coraggiosa e zelante, quell'Yvonne; quasi carina nonostante il naso all'insú. Aveva grandi occhi azzurri. Le avrei fatto volentieri la corte, ma era seria, e io... il matrimonio... È al Vel d'Hiv[1] che li ho incontrati per la prima volta insieme. Non sono affatto uno sportivo, ma il giornale insisteva a mandarmi, insieme al tizio dello sport, ai grandi eventi, calcio, corse, eccetera, per l'atmosfera. Mi faccia un cappello di venticinque righe, Julep[2]...

Quanto mi dà fastidio questo nome. Mi chiamo Pierre Vandermeulen, all'inizio avevo firmato Julep solo per scherzo, unicamente per le piccole stupidaggini che mi facevano fare a destra e a manca, riservando il mio vero nome ai testi seri, ben scritti. Sono state le idiozie ad avere successo, e Julep è diventato famoso, e a poco a poco Pierre Vandermeulen si eclissa dietro Julep... Cosí è la vita.

Dunque è stato al Vel d'Hiv, forse una decina d'anni fa. Una sera della Sei giorni[3], nella luce brutale, color malva, i ciclisti correvano in tondo... Avevo passato un'ora in basso, tra gli altoparlanti, il buffet, la gente elegante

[1] È il Velodromo d'Inverno. Quando scrive il racconto, Aragon sa che di lí a poco quel luogo di divertimento diventerà tristemente famoso, perché è dove nel luglio del 1942 gli ebrei parigini saranno ammassati dopo la grande retata, per essere poi spediti nei campi di sterminio tedeschi.

[2] È il nome di un cocktail a base di menta [*N. d. T.*].

[3] La piú importante manifestazione ciclistica ospitata al Velodromo d'Inverno, sin dal 1910. Negli anni Trenta la competizione è cosí popolare che viene disputata anche piú volte all'anno.

insultata da sopra dalla massa dei veri tifosi, e poi ero salito nel settore popolare, quella sera pienissimo. Da uno degli spalti avevo visto piú giú, verso le prime file, questo giovane posseduto che scandiva la gara a colpi di pugni in aria, gridava, si chinava verso la vicina... Proprio quello che mi serviva per l'atmosfera, appunto. Mi ero avvicinato per osservarlo, quando la vicina mi chiamò: – Signor Julep? – La gloria, insomma. No, be', era solo Yvonne, e il forsennato accanto a lei era suo fratello, Émile Dorin, un metalmeccanico, con il suo stesso naso all'insú ma senza i suoi begli occhi, i capelli castani che formavano grandi ciocche piatte, e in quel momento la fronte imperlata di sudore. Una faccia simpatica. Mi presentò sua moglie, Rosette, una bruna piccolina, con la pelle un po' lattiginosa e le lentiggini, gli occhi chiari, sarebbe stata molto carina se si fosse data una sistemata... Quanto a Émile, era di nuovo preso dalla gara. Ci stava come un pesce nell'acqua. Io non ci ho mai capito un cavolo di tutto questo mischione di volate, di premi, di pubblicità per le liquirizie Cachou Lajaunie, le calze di seta Étam, il vino Frileuse, e le grida dei commentatori, le maglie sgargianti, i grandi numeri sulla lavagna... Lui era uno di quelli che, in un impeto di rabbia o di entusiasmo, gettano in pista il berretto o persino le chiavi (ci si chiede come facciano a rientrare a casa, dopo).

E poi, davvero sembrava che lo facessimo apposta: lo incontravo dappertutto, Émile. Una volta in metropolitana, una volta a Porte Maillot a una partenza del Tour de France, cose cosí. Perché, per essere patito di ciclismo, era patito di ciclismo. Ovunque si pedalasse, si poteva essere certi di vederlo arrivare, mai sazio dello spettacolo. Mi riconosceva: – Salve, signor Julep –. E gli avevo pure detto di chiamarmi Vandermeulen, ma non serviva a nulla.

Allora, chiacchieravamo... Lavorava alla Caudron, in quel periodo. Montatore-riparatore. Guadagnava bene. Cioè, lui lo chiamava guadagnare bene. Un operaio eccellente. Quanto a energia, non era secondo a nessuno:

all'uscita dal lavoro, saltava in bici e filava all'altro capo di Parigi, nella zona di Les Lilas, dove, per chissà quale combinazione, aveva uno di quei piccoli giardini che ti spezzano il cuore in cui coltivava verdure, fiori e palle di vetro per tenere lontani gli uccelli. Diceva che zappare lo riposava. La domenica, poi, era tutta dedicata alla Piccola Regina[4]: partiva con la sua signora e andavano a sessanta, settanta chilometri da Parigi, con il pretesto di fare un picnic, o di tornare in un'osteria dove avevano mangiato un boccone prima di sposarsi.

La signora Dorin era incinta quando Yvonne ebbe l'idea di portarmi da suo fratello, una sera. Dovevo assolutamente intervistare l'uomo della strada su non so neanche piú cosa, per un settimanale illustrato, e avevo ricevuto risposte cosí stupide dai tre o quattro volponi che avevo interrogato onestamente in rue Picpus, sul boulevard des Italiens o in place Maubert, che ero in preda allo sconforto. Bene. Io, Yvonne e il fotografo, uno che si chiamava Protopopoff, me lo ricordo, il figlio di un generale naturalmente, portiamo tutti e tre la macchina fotografica e il magnesio a Boulogne-Billancourt, nel piccolo appartamento dei Dorin. C'erano Émile, Rosette, che aveva già una bella pancia, una sorella di lei e il marito, un uomo alto e biondo sulla trentina, che lavorava alla Renault come la moglie, una specie di fabbro del Nord con una giacca di pelle, piuttosto taciturno. Be', Émile è stato perfetto. Non mi ricordo di cosa si trattasse o cosa mi rispose lui, ma perfetto. Abbiamo bevuto un bicchiere. Ho litigato con il cognato, per inciso, perché era chiaramente un comunista, e naturalmente abbiamo discusso su un paio di cosette. Émile mi raccontò che avrebbe comprato un tandem a rate per sé e per la moglie, una volta nato il bambino.

Era proprio sul tandem che li ho rivisti la primavera successiva, vicino a Champagne-sur-Seine, sotto un sole

[4] La bicicletta [*N. d. T.*].

cocente. – Ah! Signor Julep! – Émile mi ha spiegato le caratteristiche della sua nuova cavalcatura a due posti, e i cambi di marcia e questo e quello... Gli ho chiesto gentilmente notizie di suo cognato; eravamo in un periodo turbolento, dopo il febbraio 1934[5]. Ma Émile evitò di parlare di politica, era troppo occupato con il suo tandem.

L'ho incontrato di nuovo a Monthléry, per una gara dietro alle moto. Ma pensava che fosse roba da matti. Non una cosa seria. Gli sarebbe piaciuto seguire la Parigi-Nizza, ma con il lavoro in fabbrica era fuori discussione, doveva essere il '35. Poi di nuovo sulle strade; sul tandem la coppia ora portava il loro marmocchio, un maschietto uguale sputato a Émile, in un cestino legato al manubrio.

Poi è arrivata una seconda figlia, nel '36, all'epoca degli scioperi[6]. Avevo visto Émile a una di quelle incredibili assemblee-concerto in mezzo alla fabbrica occupata, in cui i cantanti famosi venivano a esibirsi per gli scioperanti. Lui aveva l'aria di divertirsi, senza malizia. – Ma come, Émile, ora è in sciopero? – Oh! Be', signor Julep, faccio quello che fanno tutti gli altri. Non si possono tradire i compagni –. Doveva essere l'influenza del cognato.

L'ho incontrato di nuovo al Vel d'Hiv. Mi ci sono imbattuto al Salon de l'Auto. L'ho visto da lontano a Clichy per una Parigi-Roubaix, e ci siamo salutati con la mano. Poi al circuito organizzato dal mio giornale; ero stato nominato commissario e alla partenza, mentre mi trovavo alle prese con una fascia tricolore e un mucchio di distintivi sul bavero, mi sono sentito chiamare: – Ehilà! Signor Julep!

Émile e sua moglie, sempre uguali tutti e due, Rosette un po' stanca. Avevano deciso di adottare un bambino

[5] Data del fallito colpo di stato nazista in Austria, in cui però muore il cancelliere Engelbert Dollfluss.

[6] Nel maggio del 1936, pochi giorni dopo le elezioni che diedero la vittoria al Fronte Popolare, un'ondata di scioperi spontanei, non controllati dalle forze sindacali e iniziati con una imponente celebrazione della Comune di Parigi, spinse il governo del socialista Léon Blum a introdurre senza ulteriori indugi una serie di riforme sociali importanti, a cominciare dalle ferie retribuite.

spagnolo[7]: chissà se avrebbero concesso di portarne a Parigi... – Vi volete prendere un bambino straniero sulle spalle? Ma siete impazziti? – Lei sorrise e disse: – Dove si mangia in due, si mangia in tre... – Stavolta doveva essere proprio stato il cognato ad averglielo messo in testa. Che fine aveva fatto? – È un po' che non lo vediamo... – Ah! Avete litigato – Oh, no, è in Spagna... a combattere Hitler... – Pronunciava *il est h-en Espagne* senza fare il legamento, proprio come lo scrittore Montherlant[8], che avevo intervistato il giorno prima, a proposito delle signorine che gli davano la caccia con assiduità, diceva aristocraticamente: – *Comment h-allez vous?*[9] – Comunque, non hanno autorizzato i parigini ad adottare i bambini spagnoli. Ne ho di nuovo parlato con Émile, piú avanti, sull'autobus da Vincennes. Lui ha scosso la testa: – L'avremmo fatto... Si sono fatti ammazzare per noi –. Su questa gente la propaganda funziona.

All'epoca di Monaco[10], a corto d'idee, mi sono ritrovato a rifare la scenetta dell'uomo della strada, e naturalmente ho pensato a Émile. Ma questa volta Émile me l'hanno tagliato, perché quello che mi aveva detto era indigeribile, devo ammetterlo. E l'avevo pure edulcorato... Cosí, non ho pensato molto a lui fino alla mobilitazione.

[7] Nel corso della guerra civile spagnola le forze democratiche organizzarono una rete di supporto per gli orfani delle famiglie repubblicane; molti bambini, per esempio, furono accolti in Unione Sovietica.

[8] L'attacco non è casuale, dal momento che, già prima di pubblicare il volume *Le Solstice de juin* nell'ottobre del 1941, lo scrittore Henry de Montherlant (1895-1972) si era ampiamente compromesso in favore del governo di Vichy elogiando apertamente il «nuovo ordine europeo» di Adolf Hitler sui giornali. Nel 1936 Montherlant aveva pubblicato il romanzo *Le ragazze da marito*, primo volume della quadrilogia misogina *Le ragazze* (1936-39). Data l'ostilità di Aragon, il passo può contenere anche un'allusione alla omosessualità di Montherlant, mai dichiarata dall'autore ma ampiamente nota negli ambienti letterari.

[9] «Come sta?»

[10] Per scongiurare la guerra, alla fine di settembre 1938 i primi ministri di Regno Unito, Francia, Germania e Italia si incontrarono, di fatto autorizzando Hitler a occupare le zone della Cecoslovacchia abitate in maggioranza da una popolazione tedesca, i cosí detti Sudeti. Dati gli sviluppi successivi, l'incontro segnò la sconfitta del pacifismo a tutti i costi.

Ma questa volta, in un posto dimenticato da Dio, vicino a Metz, a sostegno della linea Maginot[11], ero tenente in un reggimento di fanteria, mentre mangiavamo c'era la radio accesa, Chevalier[12] si è messo a cantare *Mimile*. E io – quanto si può essere scemi – non potevo fare a meno di rivedere la faccia buona di Émile, i suoi capelli lisci, il naso all'insú. Dove si trovava, in quel momento, Émile? E il cognato, il comunista? Doveva essersi messo in qualche pasticcio, quello là, al ritorno dalla Spagna... Le occasioni di incontrarsi si facevano rare. Niente piú gare ciclistiche, niente piú uomini della strada da intervistare sul viaggio del re d'Inghilterra o sulla moda del *black bottom*[13].

Eppure, dovevo rivederlo in piena guerra, Émile, nel bel mezzo della battaglia. Nel cuore di questa schifezza. Dopo aver resistito sull'Aisne e sull'Oise, avevamo dovuto battercela, disgustati, su ordine dei generali. Doveva essere il 12 o il 13 giugno. Lo rivedrò per sempre. Un paesino della Normandia, nell'Eure. Con un castello Luigi XVI con tanto di laghetto, viali scuri e silenziosi di alberi ben potati, grandi statue mitologiche sui pilastri d'ingresso. Una piazza solcata da incessanti convogli verso l'interno, le tristi scritte sulla porta della chiesa: *Georgette Durand è passata di qui... Per mamma, siamo in partenza per Angers...*, e noi eravamo lí coi dragoni[14] e i loro carri armati, i feriti che riportavamo indietro, i crucchi forse a un chilometro di distanza, al massimo millecinquecento metri sulla strada per Évreux. Quanto tempo potevamo reggere? In una strada di fronte al

[11] Il sistema di difese che avrebbe dovuto rendere imprendibile la Francia da un attacco tedesco, ma che venne accerchiato dalle truppe naziste invadendo l'Olanda e il Belgio.

[12] Maurice Chevalier (1888-1972), attore e cantante francese.

[13] *Black Bottom Stomp* (1925) è un famoso pezzo del jazzista americano Jelly Roll Morton.

[14] Unità di fanteria meccanizzata (*2e régiment des dragons montés*), con motociclette, sidecar e vari mezzi di trasporto.

convento, la scuola delle suore era occupata dai medici e dall'infermeria, e dovevamo mangiare con loro, perché la mensa... be'! La mensa non c'era piú. Faceva caldo, l'aria era pesante, il cielo plumbeo, che improvvisamente riacquistava i suoi colori di giugno a grandi schiarite, per poi riprendere subito un aspetto cupo. Sotto gli alberelli del cortile un lungo tavolo di legno. Mangiavamo tutti insieme, i medici, alcuni ufficiali e, in un angolo, i sottufficiali, gli infermieri e i feriti, senza distinzione di grado, che potevano sedersi e aspettare che l'ambulanza venisse a prenderli. Una piccola suora vestita di lana bianca, con la sua cornetta sproporzionata, volteggiava in mezzo a noi, portando piatti, aiutando i cuochi, con ogni sorta di saluto agli ufficiali, raccogliendo il vestito con entrambe le mani per saltare oltre il mucchio di armi gettate alla rinfusa in un angolo.

L'artiglieria tedesca ci sparava addosso. Probabilmente stavano bombardando la strada, all'uscita.

C'era un soldato, ammesso che fosse un soldato, a torso nudo, con il braccio e la spalla sinistra in un gesso di fortuna, con una sciarpa di garza e la barba di tre giorni. Quando mi disse: – Signor Julep, – rimasi sbigottito. Adesso ero il tenente Vandermeulen: chi poteva essere? – Non mi riconosce? Dorin, il fratello di Yvonne... – Era Émile, questa poi! Mi raccontò che era tra i volontari della divisione di cavalleria[15]; dopo Dunkerque, non gli avevano restituito abbastanza carri armati perché prima guidava un Hotchkiss... – Niente a che vedere con la Piccola Regina, eh, Émile? – Fece un sorriso fiacco. La spalla doveva fargli male. Di tanto in tanto, si toccava meccanicamente il gesso con la mano destra. Comunque, veniva dai dintorni di Rambouillet. Avevano difeso Rambouillet, quelli del gruppo franco, con le mitragliatrici, la strada... dopo che l'esercito se n'era andato... – Era cosí stra-

[15] Si tratta del Group Franc Motorisé.

no... Rambouillet... Ci andavamo spesso in bici con Rosette... – Non sapeva che fine avessero fatto Rosette e i bambini, forse erano ancora a Panama[16], con i tedeschi in arrivo. O peggio, se n'erano andati per le strade come... Una granata esplose poco lontano. Non ascoltai il resto, il dottore-capitano mi stava chiamando. C'era una conversazione in corso. Correvano voci. Gli americani stavano per scendere in campo, i russi avevano attaccato i crucchi, e poi a Parigi c'era il comunismo... Ripetevamo tutto questo senza credere a nulla e ci guardavamo l'un altro per vedere cosa ne pensavano gli altri. Era il primo giorno che la luce della sconfitta era puntata su di noi in quel modo. Avevamo del buon vino raccolto in cantina, non volevamo lasciarlo ai Fritz che non sanno bere. – Cosa volete che ci capiscano gli operai a Parigi? – disse il dottore-capitano, un uomo grassottello, piuttosto giovane, con i baffi a spazzola. – Immaginate Thorez[17] che arriva con l'esercito tedesco...

Fu a questo punto che Émile prese la parola. Non a voce alta. Con una specie di riserbo. Ma con decisione.

– Quando ero all'ingresso di Rambouillet, – disse, – lí, sa, davanti al castello del Presidente, signor Julep... avevamo le mitragliatrici e le pistole spianate... I crucchi non si erano ancora visti... ma c'erano dei parigini che continuavano ad arrivare... con cose incredibili, dei vecchi. E poi sono comparsi dei gruppi di operai, una fabbrica a un tratto... lo vedevi subito... Ci parlavano mentre passavano. Quelli della Salmson... e poi della Citron... e là chi ti vedo? Mio cognato e mia cognata, pensate... Ah! Tanto per cambiare. Allora ci hanno raccontato... In fabbrica, e alla Renault uguale, quando hanno saputo che i crucchi stavano per entrare a Parigi, volevano distruggere tutto, le macchine, bruciare i capannoni... eh sí. Gli hanno man-

[16] Soprannome di Parigi.

[17] Maurice Thorez (1900-1964), segretario del Partito comunista francese dal 1930 alla morte.

dato le guardie, che hanno minacciato di spararngli addosso… Non ci capivano piú niente, potete ben dirlo. Salvare le macchine per i crucchi, ve lo immaginate? Non ci si capisce piú nulla di nulla.

Come tutti, mi girai a guardare Émile: aveva gli occhi pieni di lacrime.

Questa volta, quando l'autoambulanza l'ha portato via, mi chiedevo se l'avrei mai rivisto. E poi è Yvonne che ho ritrovato, con i suoi begli occhi azzurri, stenografa in un giornale che si era ritirato a Marsiglia. Ne era passata di acqua sotto i ponti. Dalla finestra, si sentivano dei ragazzini che cantavano: – Maresciallo, eccoci qua! – C'erano dei giovanotti inquartati che sfilavano nelle uniformi piú diverse sul marciapiede. La zona libera era nel pieno dell'illusione. – Émile? – mi disse Yvonne. – È rientrato a Parigi, poi ha dovuto filarsela. C'erano dei sabotaggi in fabbrica… – Oh, caspita! – esclamai. – Sono sicuro che Émile non è un sabotatore! – Mi sembrò che Yvonne mi guardasse in modo strano, con quei suoi occhi azzurri. Una sensazione cosí. Assomigliava sempre di piú al fratello. Mi chiedo perché non si è mai sposata.

Verso Natale, sono risalito a Lione. Il capo moltiplicava le edizioni del giornale. È sul binario di Perrache, una sera che stavo per prendere il treno per la Camargue, dove ero stato inviato per un'inchiesta sul ritorno alla terra, che mi scontrai con un tizio tutto trafelato, che disse: – Non potrebbe fare attenzione? To', il signor Julep –. Di nuovo il mio Émile. La spalla e il braccio? Completamente guariti. I bambini dai nonni… – E Rosette? – Oh! Lavora… – Cosa? Aveva lasciato i figli? – Be', proprio voi che volevate adottare un bambino spagnolo –. Lo stesso sguardo bizzarro che aveva avuto Yvonne: – In momenti come questi, – disse Émile, – non si ha il tempo di occuparsi dei propri marmocchi –. Non spiegò poi molto su cosa stesse facendo. Gli chiesi notizie del cognato. Mi rispose in modo evasivo. Il suo treno stava per partire.

Si può dire che è nell'estate del '41 che le idee della gente cambiarono. Perché, mica lo so. I tedeschi erano davanti a Mosca, ma non l'avevano presa. Sui treni, le lingue cominciavano a sciogliersi. Non tutti la pensavano come si credeva. Da qualche parte vicino a Tarbes, in uno di quei corridoi affollati, tra le valigie e le persone che andavano continuamente in bagno, la gente si diceva cose da far rabbrividire e ridere allo stesso tempo. Riconobbi la voce di Émile. – Aspettate un po', – diceva, – vedrete che cosa gli combineranno –. Che fiamma aveva negli occhi. Riconoscevo il mio Émile del Vel d'Hiv, l'Émile che gettava il berretto dietro ai ciclisti, ma non parlava piú di bicicletta, adesso, parlava dei russi. – L'altra volta non mi ha detto che fine ha fatto suo cognato –. All'improvviso, una specie di nebbia gli passò sul viso, Émile gettò indietro con la mano le ciocche lisce che gli ricadevano sulla fronte. Si chinò verso di me. Equivocai la sua espressione: – Avete litigato? – Alzò le spalle. – I crucchi... – disse a mezza voce. – Quando l'hanno ammazzato con i mitra... lo hanno calpestato. Gli hanno schiacciato la faccia con gli stivali. Gli hanno sfondato il cranio –. Non me l'aspettavo proprio. Il cognato. Il comunista. – Cos'aveva fatto? – chiesi stupidamente. Alzò le spalle. Non era certo quello il posto per parlarne. Comunque, nella fabbrica dove era tornato a lavorare per ordine del suo partito, gli operai erano scesi in sciopero... Nel cortile, dieci di loro dovevano essere fucilati, gli altri si erano scagliati contro i crucchi per salvarli... Sí, proprio cosí, senza armi... il cognato in testa. Allora l'hanno calpestato.

Quando Émile diceva «calpestato», mi sembrava di vedere la scena: c'era nella sua voce soffocata una danza selvaggia di soldataglia verde, uno scatenarsi di bruti con l'elmetto. Volevo dire qualcosa. – È terribile... però è ragionevole scioperare? – Émile all'inizio non rispose. Poi mi guardò con attenzione: – Signor Julep, – disse, – non siamo crucchi... Ragionevole? Mica si tratta di essere ragionevoli. Bisogna cacciare via i crucchi. Si ricorda del '36?

All'epoca mi ha chiesto perché ero in sciopero... Be', anche oggi non possiamo tradire i compagni. E quando uno cade, altri dieci devono alzarsi –. Un enorme *Feldwebel*[18] passò tra di noi, emanando quel particolare odore di soldatesca germanica, con una di quelle facce inespressive di cui hanno la ricetta segreta. – Sono ben vestiti, – disse Émile, e parlò d'altro.

Non l'ho piú rivisto per tutto il 1942. Le cose stavano prendendo una piega strana. Non si trovavano piú persone che difendessero Vichy. Il lavoro era diventato impossibile. I giornali si facevano con il barattolo di colla e i comunicati dell'OFI[19]. Di tanto in tanto cercavamo di infilare una parola qua o là, ma non immaginate che razza di ebeti potevano esserci alla censura. Per fortuna erano spesso dei tizi di intelligenza media. A novembre, con l'ingresso degli americani ad Algeri e l'occupazione della zona sud da parte dei tedeschi, bisognava essere del tutto rimbambiti per avere ancora dei dubbi. Il giornale colò a picco. Il capo è stato molto gentile e ci ha pagato ancora per un po' come se niente fosse. In fondo, per la prima volta in vita mia, me lo aspettavo. La Resistenza mi aveva fatto proposte da piú parti. Esitavo ancora... Ci fu la notte in cui Hitler, distruggendo l'esercito, diede il colpo di grazia a Vichy[20]...

Alla fine, accettai di fare qualche pezzo di infimo livello, che mi prendevano ancora nei giornali dove lavoravano alcuni amici. Ovviamente non era divertente vedere cosa si scriveva accanto. Ma non trascinavo lí in mezzo il nome di Vandermeulen né la firma di Julep. A prezzo della vita. Senza mai mangiare al mercato nero... ma appena si prendeva qualcosa in piú al ristorante, che prezzi. E dato che non raccontavo nemmeno balle sul lavoro coatto, né facevo salamelecchi a quegli insetti infestanti dei soldati tedeschi...

[18] «Sottufficiale» in tedesco.

[19] Office français d'information, agenzia di stampa del governo di Vichy.

[20] Hitler ordinò la dissoluzione dell'armata di Vichy il 26 novembre 1942.

Quando ho saputo che avevano arrestato Yvonne, la notizia mi ha fatto male. Quella povera ragazza. All'inizio era alla prigione di Montluc. Ho sentito dire che è orrenda e sovraffollata. Che aveva potuto combinare mai? Ah, quelle centinaia di migliaia di persone nelle prigioni e nei campi di concentramento, si può forse sapere cosa hanno fatto, tutti quanti? Yvonne era una ragazza che lavorava sodo, sempre di buonumore anche quando eravamo nei guai. L'unica cosa a cui bisognava fare attenzione con lei era l'ortografia dei nomi propri...

Quando l'ho incrociato a Nizza, non sono sicuro che Émile mi avesse visto. Però mi ha dato l'impressione di fare quello che non mi aveva visto. Avevo voglia di corrergli dietro, soprattutto per chiedergli notizie di Yvonne, e poi... Oh! Non era la paura di essere indiscreto. A Émile piace, in fondo, incontrare questo vecchio Julep... No, ma non ero solo; credo mi capiate. Almeno era ancora vivo.

Per qualche tempo ho nascosto in casa mia un collega, ebreo, al quale davano la caccia senza che avesse fatto un bel niente a parte essere ebreo. Aveva bisogno di documenti. Li ho chiesti a quelli che sapevo essere nella Resistenza... Ma dopotutto, lo nascondevo già a casa mia. Alla fine ci si sente in imbarazzo a non far nulla. L'arresto di Yvonne mi aveva fatto uno strano effetto.

Comunque, il mio ospite si era arrangiato, era riuscito a trovare delle persone molto brave, diceva, a fare documenti falsi a un prezzo di tutto rispetto, e stava per partire per un nascondiglio in campagna quando, un mattino, bussano alla porta: un'intera compagnia, un commissario di polizia francese, i suoi uomini e due tizi della Gestapo. Non mi piace molto raccontare questa storia, i dettagli, non c'entra niente. Ci hanno picchiato. Io, i francesi mi hanno fermato. Nessuno sa cosa sia successo a quel poveretto, invece. Doveva essere in quel carro bestiame in partenza per la Germania che hanno dimenticato su un binario morto alla stazione di Brotteaux a Lione, con i catenacci alle porte, e dove ogni rumore è cessato dopo cinque o sei giorni. Io me la sono cavata: sei mesi di galera per non aver dichiarato un inquilino.

È nel cortile della prigione che questa volta avevo rivisto Émile. Durante l'ora d'aria. Alla faccia dell'ora d'aria. Una specie di pozzo tra le mura alte e nere, e si gira in tondo, uno dietro l'altro, senza il diritto di parlarsi, tenendosi a una buona distanza, circa dieci metri per otto... Era dietro di me, non l'avevo visto. All'improvviso sento mormorare: – Ehilà! Signor Julep... signor Julep, – impossibile sbagliarsi: era Émile. Non abbiamo potuto dirci molto. Un giro del cortile tra la domanda e la risposta. Notizie di Yvonne? – Si trova in un campo. Non va troppo male... – E Rosette? – La risposta non arrivò subito. Continuavamo il giro. La guardia osservava dal nostro lato. Infine, la voce, un po' cambiata: – In Slesia... da gennaio... nessuna notizia.

Fu un colpo. Tornato in cella, pensavo tutto il tempo a Rosette. In Slesia. Dove? Nelle miniere di sale, chissà. Povera figlia. La rivedevo ancora come la prima volta, al Vel d'Hiv, una ragazzina... Il cognato, Yvonne, Rosette... Ah! Era una famiglia messa a dura prova, che non si era certo risparmiata. Non avevano nulla da guadagnarci. C'erano con me uno del mercato nero e un piccolo borseggiatore, che mi guardavano di traverso perché ero un *politico*: il colmo, veramente, io un politico...

La volta dopo, durante il turno del bucato. Ero nel corridoio. Ecco Émile che mi passa accanto. Mi sussurra: – Qual è il suo nome, signor Julep? – Che idea folle, chiedermi una cosa del genere: ho a malapena avuto il tempo di rispondergli. Quando l'ho rivisto all'ora d'aria, alla mia domanda: – Cos'aveva fatto Rosette? – mi ha risposto: – Niente, il suo dovere...

Il tizio del mercato nero diceva che ci trattavano male perché, in quella prigione, c'era un mucchio di comunisti, e questo si ripercuoteva sugli altri. E mi lanciava occhiate furtive. Gli spiegai che non ero affatto comunista, neppure gollista. – Ma lei è comunque un politico –, disse quell'uomo, – quindi bisogna scegliere...

Ed ecco che una sera nella topaia c'è una strana baraonda. Si sentivano le porte sbattere, persone che andavano e venivano. Noi tre ci guardavamo, vagamente inquieti. Cosa stava succedendo ancora? Poi dei passi in corridoio, la chiave nella serratura. Eravamo già al buio. La porta si apre, la lampada della guardia, una seconda guardia con la prima, e dietro di loro tre prigionieri che avevano l'aria di dare gli ordini. La voce di Émile: – Quello lí, in fondo... Vandermeulen... – E la guardia: – Vandermeulen, venga avanti –. Cos'era? Una rivolta? Émile spiegò: – Un'evasione collettiva.

I miei compagni di cella esultavano, ma li respinsero nella cella: solo i politici. Questa poi, brontolavano.

Non ho mai visto niente di cosí ben organizzato. Il direttore della prigione come un ragazzino, diverse guardie passate dalla parte dei prigionieri, le altre legate. Erano i rivoltosi che facevano la polizia. Avevano le liste del direttore. Émile diceva: – Facciamo uscire solo i patrioti –. Mi metteva tra i patrioti. Non so come dirlo, mi sentivo orgoglioso.

Non sto a raccontare quello che è successo dopo, il camion di notte, quel terribile incidente sotto il ponte della ferrovia, poi l'arrivo in un villaggio di montagna, la brava gente che ci ha nascosto, i vestiti che ci hanno dato, la straordinaria gentilezza di tutti. Devo dire che non avrei mai creduto che in questo paese ci fosse cosí tanto coraggio, tanta brava gente... Non riesco a trovare altre parole... brava gente. Émile non era piú con noi. Ci avevano dispersi in gruppetti. Con me c'erano un avvocato di Clérmont, due gollisti, uno dei quali era un mio collega, e un contadino della Drôme. Eravamo evasi in ottanta, pensate un po'.

Ecco che non mi chiamo piú Vandermeulen, e nemmeno Julep. Ho dei documenti a nome Jacques Denis. Degli ottimi documenti, ben fatti, altro che la cartaccia rifilata da quegli imbroglioni al povero diavolo che avevo ospitato. I miei compagni mi hanno chiesto se avessi dove andare. All'inizio ho risposto di no. Poi, quando mi hanno detto: – Allora, vieni con noi, – ho chiesto: dove? Be', nella Resistenza. Devo ammettere che la proposta non mi ha entusiasmato. Ancora ancora d'estate, ma l'estate era ormai inoltrata. La Resistenza. Non mi ci vedo affatto nella Resistenza.

Con quello che la gente del villaggio mi ha dato, sono riuscito ad arrivare fino a M..., dove i miei amici Y..., non ho intenzione di comprometterli, hanno un bel piccolo castello. Mi avrebbero dato il tempo di tornare indietro. Non avevano l'aria molto contenta di vedermi. Ma alla fine sono stati corretti. Paul Y... non si capacitava e mi faceva un sacco di domande. Ciò che lo preoccupava era il villaggio dove eravamo stati cosí ben accolti: – Allora, diceva, in questo paesucolo, lassú in montagna, adesso sono tutti comunisti? – Perché comunisti? Nemmeno per sogno. Brava gente. Hanno un Comitato del Fronte Nazionale. Questo non rassicurava Paul Y... – È spaventoso, – diceva, – il progresso di questa roba –. Non ho detto niente, ma mi sono ripromesso di non trattenermi a casa sua. Ciò che lo spaventa, a quello, non sono i crucchi che si vedono dalle sue finestre passare per strada con le autoblindo, andando a caccia di renitenti al lavoro forzato sull'altopiano di L..., dove dicono che ce ne siano. No.

Una cosa tira l'altra e sono arrivato in città. Alcuni amici mi hanno dato una mano, e poi ho incontrato di nuovo Protopopoff, Protopopoff in persona, il figlio del generale, il fotografo del giornale con cui ero stato una volta a casa di Émile. Pensate, è scatenato, scatenato. Non pensa che a Stalin. Dice che suo padre era un idiota che non capiva niente di niente, che lui si considera sfortunato a non essere in Russia, nell'Armata Rossa, a battersi per la patria.

Sta di fatto che come sempre non so cosa combini di preciso, ma lavora in un grande settimanale illustrato, e mi ha procurato degli articoli un tanto a riga, le didascalie alle sue foto, con il caporedattore che è una brava persona, a quanto pare. Non ho bisogno di apparire, firmo Odette de Luçon. Nessuno andrà a pensare a Julep, con un nome simile. Sbarco il lunario.

Quello dove vivo è un piccolo villaggio. All'inizio non parlavo con nessuno. Poi, insomma: vedo spesso il prete. Un esaltato, questo prete. Tiene spesso conciliaboli con dei tizi dall'aspetto militare. Ha organizzato un laboratorio di cucito in cui le donne del posto, delle piccolo-borghesi e persino delle operaie (abbiamo una piccola fabbrica di limonata), lavorano per non si sa cosa, ma si capisce. Se ce l'avessero detto nel 1940. L'intero paese è cosí, adesso. Vado a sentire la radio dal macellaio. Un altro personaggio singolare. Dà la carne a ogni sorta di strani rifugiati, che non hanno documenti. Si sa che il dottore cura i partigiani, non molto lontano da qui. C'è stato un ferito l'altro giorno. Il villaggio sembra molto tranquillo, ma quando lo guardi da vicino... Di tanto in tanto dal macellaio arrivano persone che assomigliano a quelle che il prete riceve in gran segreto. Parlano tutti piú o meno come Émile. Cosa siano, non ne ho idea. Discutono dei lenti progressi della guerra in Italia, hanno soffiate su ciò che sta accadendo a Vichy, spostano le puntine sulla mappa del fronte russo.

Nella città vicina, per l'anniversario di Valmy, il 20 settembre, c'è stato uno sciopero. I crucchi hanno preso trecento operai e li hanno portati non si sa dove. Il prete nasconde uno scioperante che è scampato per un pelo. Lo porteranno in una fattoria. Lui dice che preferirebbe entrare tra i partigiani. È straordinario, queste persone sono arrabbiatissime. C'è da essere fieri di essere francesi.

Nel paese c'è solo un'ombra in questo quadro. Un uomo che abita appena fuori, questa casa gialla. Sembra che quando i tedeschi sono passati da qui, nel '40, li ha ricevuti a braccia aperte, li ha portati in campagna a rifornirsi, beveva con loro... Insomma, non è amato. Soprattutto perché il nipote di sette anni, giocando con il figlio del macellaio, ha detto: – Io, quando sarò grande, farò il miliziano come mio zio. Guadagnerò come lui centocinquanta franchi al giorno per non fare niente... – Se ne parla in giro. Probabilmente non è il solo. Solo che, degli altri, non si può esserne certi. Di tanto in tanto riceve per posta una piccola bara e tutti ridono sotto i baffi.

Io e Protopopoff siamo andati a fare un reportage in un campo di Compagnon[21] non lontano da Grenoble. Faceva già caldo. Quattro ore di autobus. Un posto molto bello. Gli alberi rossi... La descrizione non ha importanza. Insomma, mentre i capi facevano sfilare le loro truppe, e avanti, e indietro, acquartieramento, tutte cose viste cento volte, devo dire, ecco che due camion si presentano all'ingresso del campo, e tizi armati ne scendono ordinatamente e ci puntano i fucili addosso. Una ventina, e noi eravamo almeno centocinquanta. Ma senza armi. I capi avevano una faccia strana. I Compagnon si sono fatti facilmente convincere a consegnare i loro vestiti, le scarpe e tutto l'equipaggiamento. Io e Protopopoff non siamo stati toccati. Erano ragazzi giovani, con giacche, scarpe grosse, pantaloni e gambali di varietà eterogenea, che il berretto uniformava un po'. Naturalmente, quando uno di quelli che li dirigeva mi ha detto: – Ma allora! Cosa fa lei qui, signor Julep? – sono sobbalzato. Ancora Émile. Incredibile. Eccolo partigiano, adesso. Ha insistito per prendere una bicicletta che i Compagnon avevano lí. Bisognava vederlo, mentre la esaminava con aria soddisfatta: – Dài, caricatemela sul camion –. Non era cambiato, Émile. Se ne sono andati com'erano venuti.

[21] I Compagnons de France, movimento della gioventú istituito nell'agosto del 1940 dal governo di Vichy.

Tornato a casa, avevo la lingua che pizzicava dalla voglia di raccontarlo al prete. È incredibile come cambino le prospettive morali... Fino a poco tempo fa, avrei considerato Émile come un bandito. Oggi, e non è a forza di riflettere, è tutto cosí semplice, le cose hanno cambiato senso, significato. Non solo per me. Il macellaio, per esempio. Il prete. E quasi tutti qui, queste persone che hanno lavorato tutta la vita, rispettando la legge, salutando il sindaco. Modestamente. Quelli che andavano a messa, quelli che non mangiavano di magro il Venerdí santo. Il proprietario della fabbrica di limonata che ha i due figli in Germania, perché non si erano ancora organizzati quando sono partiti, proprio all'inizio, e che fa del suo meglio per impedire ai suoi operai di andarci. Le mogli del notaio e del medico. Ho raccontato al macellaio la storia del cognato di Émile, quello che hanno calpestato. Mi ha detto: – Ma mi dica, il maresciallo Tito... È vero quello che dicono, che è comunista? – Questo lo disturba. Naturalmente non posso dirgli che, quando sono scappato dalla prigione, non ho mica chiesto chi mi stava facendo evadere.

Poco dopo l'11 novembre hanno circondato il borgo. I crucchi. Al mattino presto, era ancora buio. Secondo i racconti, sono andati in municipio, e sono stati visti, prima di ogni altra cosa, bussare alla porta della casa gialla, e il miliziano li ha accompagnati in municipio. Io ho avuto la fortuna che non siano entrati nella casa dove ho una stanza, presso una delle signore dell'ufficio postale. In effetti, cosa rischiavo? I miei documenti erano in regola... Hanno preso venti giovani e uno di loro, di diciannove anni, ha cercato di fuggire, lo hanno ucciso, dietro la chiesa. La cosa piú terribile è stata il modo in cui hanno arrestato il prete, il povero vecchio prete... Si dice che l'abbiano buttato fuori, che l'abbiano picchiato con il calcio dei fucili, è caduto piú volte, diceva: – Padre nostro che sei nei cieli, sia santificato il tuo nome... venga il tuo regno... – Sembra che il miliziano fosse presente quando l'hanno messo nel furgone e che gli abbia gridato: – Addio, sporco comunista –. Ora chiamano cosí anche il prete... Nel paesino c'è molta rabbia verso l'uomo della casa gialla. Se gli succedesse qualcosa, non mi metterei certo a piagnucolare.

Si dice, ossia me l'ha detto il macellaio, che è successo perché c'era un accampamento nelle vicinanze. Devono essersi spostati in fretta. Era stato il prete a farli avvertire. Il medico deve sapere dove sono andati. Nel frattempo, questo posto è infestato dagli spioni. Di notte ci sono motociclette che girano. All'Hôtel des Voyageurs e al ristorante Bourillon sono comparse persone di tutti i tipi. Hanno sorpreso alcuni di loro a origliare alle porte. La radio inglese, che prima accendevano a tutto volume, ora si ascolta solo al minimo. C'è stata una denuncia contro il dottore e sua moglie. È venuta la Gestapo; questa volta non li hanno portati via, ma dà l'impressione che è per vedere chi frequentano. In città, qualcosa salta di tanto in tanto; un caffè, la facciata dell'Ufficio tedesco, una granata al Cinéma-Palace... Tre volte in otto giorni, la linea ferroviaria è stata tagliata.

È un pensiero stupido, lo so, ma mi sembra che è sempre Émile che fa tutto. Lo rivedrò, il mio Émile? E come sta sua sorella? Ora che sto diventando un po' piú vecchio, mi dico che sono stato uno sciocco: avrei dovuto sposare Yvonne, è una piccola francese coraggiosa, con dei begli occhi. Avremmo potuto essere felici insieme... Forse mi sono sbagliato su tutto il senso della vita. Non si può tornare indietro. Non essere stato altro che un egoista...

È il terrore in tutta la regione. I crucchi la perlustrano. Ci aspettiamo un'incursione alla fabbrica di limonata. Il marito della signora delle pulizie è stato designato per quello che hanno l'audacia di chiamare la Relève[22]. Si farà

[22] La Relève (letteralmente «ricambio») fu un dispositivo studiato dal governo di Vichy per venire incontro alle richieste di manodopera che arrivavano sempre piú insistentemente dalla Germania. Sostanzialmente, nel maggio 1942 la Francia sconfitta si impegna a fornire 150 000 lavoratori qualificati per l'industria pesante tedesca

mettere il gesso alla gamba, con un certificato medico... Penso che abbia torto. Farebbe meglio a entrare tra i partigiani. Meglio essere un soldato che un disertore.

Ho rivisto Émile. Ma in sogno. In una città che non era né Grenoble, né Parigi. Un grande viale vuoto, triste, d'inverno. I tedeschi non si vedevano. Ma erano lí, dietro gli alberi spogli, negli stipiti neri delle porte... Avevo una piccola valigia ed ero di fretta. Non sapevo piú se fosse il treno o io ad avere quattro ore di ritardo. All'improvviso, degli spari, uomini colpevoli solo di essere lí che cadevano... Tutto questo e anche quella storia vaga che mi è stata raccontata su un uomo che avevano arrestato e su cui hanno sguinzagliato il cane, dopo averlo appeso per i polsi... Tutto questo... È allora che Émile mi è apparso. Era su una magnifica bicicletta, cromata. Una bicicletta come quelle degli acrobati, al music-hall. Sapevo che era quella che aveva sottratto ai Compagnon. Mi passò accanto, e disse: – Buongiorno, signor Julep... – Di colpo mi resi conto che dietro di me stava succedendo qualcosa. Era l'uomo della casa gialla, il miliziano. Stava puntando una pistola su Émile. Fui preso dal desiderio di gridare. La voce mi si fermò in gola. Ma fu Émile a sparare e il miliziano, sul selciato, sanguinava, sanguinava...

Mi sono svegliato di soprassalto, spaventato da me stesso. Desideravo veramente la morte di un uomo? Dicono che è lui che ha denunciato il prete, che ha guidato i crucchi verso l'accampamento dei partigiani... Forse davvero mi sono sbagliato su tutto nella vita. Immagino Rosette, con le sue lentiggini, ai lavori forzati in Slesia. Come sono diventati i suoi capelli, le sue mani? È arrivato l'inverno. Deve aver freddo, terribilmente freddo. E la stanchezza delle giornate di lavoro. È insopportabile pensarci. Ogni giorno è un po' piú insopportabile pensarci.

in cambio della liberazione di 50 000 soldati ancora prigionieri, e lancia una imponente campagna pubblicitaria dell'iniziativa che però, davanti al sospetto della popolazione, fallisce clamorosamente.

Sono stato in città. Sull'autobus c'era l'uomo della casa gialla. Ben vestito. Tutto sfrontatamente nuovo: le scarpe, il cappotto, i guanti di pelle chiara. L'autobus era strapieno. Se lo avessero accoltellato al cuore, sarebbe rimasto in piedi, sorretto dagli altri. È spaventoso pensare che ci siano francesi che ne consegnano altri ai crucchi. A Grenoble, a Clermont-Ferrand, hanno cominciato a uccidere quelli che chiamano «i loro ostaggi». Sul loro giornale appaiono grandi avvisi: *Miliziani, segnate i vostri uomini...*

Non incontro piú Émile, adesso. Ma incontro il miliziano dappertutto. Non so, prima non lo si vedeva cosí spesso. È andato a Lione con il mio stesso treno. L'ho trovato dall'orologiaio quando gli ho portato la mia sveglia da riparare. Una volta in campagna... vicino a quel piccolo villaggio che ha una grande fabbrica dalle finestre blu... Facevo una passeggiata igienica. Ci siamo trovati faccia a faccia. Intorno a noi, la pianura. I campi deserti. Non avevo con me un'arma, ecco, non avevo un'arma.

Il macellaio è andato a fare una ricognizione alla ferrovia, a quindici chilometri da qui. Mi ha raccontato che ora, per fare le ronde, i crucchi avevano dei francesi e dei miliziani.

Se sapessi dove trovare Émile, andrei a chiedergli consiglio. È come se Émile fosse apparso nella mia vita, tanto tempo fa, per darle una direzione. L'avranno ucciso? Non ho viaggiato poco. Sono stato a Tolosa, a Marsiglia. Avevo il desiderio segreto di rivedere Émile. Non sarebbe comparso sulla banchina di una stazione, in una strada deserta? Nessuno.

Il maresciallo Tito continua a preoccupare il macellaio. Comincia a irritarmi, il macellaio. Che importa al macellaio cosa è, questo Tito, visto che combatte contro Hitler? Mentre pensavo a questo, ho avuto una specie di brivido, mi è sembrato di risentire Émile che diceva: «È in Spagna, combatte contro Hitler...» Allora, ero come il macellaio... Ancora peggio. Non capivo cosa volesse dire, combattere contro Hitler, ciò che mi colpiva era la pronuncia sbagliata di Émile, non quello che diceva.

E quell'Yvonne dagli occhi azzurri... si trova in un campo di concentramento. Non male, tutto sommato... non male... Siamo a dicembre. Presto sarà Natale. I bambini di Rosette avranno un albero di Natale, dai nonni? Quanti anni avranno? Il maschio, il piú grande, dovrà ormai averne dieci... La piccola, vediamo, la piccola è nata quando...

Quest'inverno è terribile da sopportare. Non ascolto piú la radio, la guerra è troppo lunga, non ci sono abbastanza cambiamenti. L'anno scorso, solo tre mesi fa, stavo aspettando lo sbarco. Ci sarà uno sbarco un giorno o l'altro. Ma adesso non mi sembra piú il punto essenziale. Forse che il cognato, Yvonne e Rosette non hanno aspettato lo sbarco? Bisognerà immischiarsi. Non si possono lasciare le cose come stanno e non immischiarsi. Delle armi, se avessimo delle armi. Quel giorno, sulla strada, quando ho visto arrivare l'uomo della casa gialla. Ah!... Delle armi...

Mi portano tutte le mattine «Le Petit Dauphinois» e me lo mettono dietro la porta, cioè tra la porta a battente in rete metallica che ci protegge dalle mosche in estate e la porta chiusa a chiave. È la mia padrona di casa a ritirarlo e a portarmelo con la colazione. Negli ultimi tempi si è rimpicciolito, arriva solo tre volte alla settimana, e poi quando ci sono state tutte quelle storie a Grenoble, piú volte, non mi è proprio arrivato. Hanno ucciso due giornalisti lí. Siccome non ascolto piú la radio, o comunque non regolarmente, al mattino trovo qualche interesse in quel fogliaccio assurdo, con le sue menzogne di Vichy. Mentre bevo il mio caffè nazionale, un avviso mi salta agli occhi. Ancora, per la miseria... È un comunicato del comandante militare tedesco del Südfrankreich. AVVISO. Tre esecuzioni... Attacchi a mano armata contro la Wehrmacht che hanno causato perdite alla Wehrmacht... Addestravano dei renitenti a usare le armi contro la Wehrmacht... E quando la Wehrmacht li aveva circondati, avevano resistito. Tre *terroristi*, dicevano, i signori della Wehrmacht. Tre terroristi di cui davano i nomi: uno era studente, con un nome pieno di sole, il secondo era studente anche lui, il terzo un metalmeccanico, Émile Dorin di Parigi.

Émile... Émile Dorin... di Parigi.

Delle armi... delle armi, datemi delle armi. Ero tenente, per Dio, nell'esercito francese. Saprei addestrare i refrattari all'uso delle armi anch'io. Contro la Wehrmacht. Contro la Wehrmacht. Il dottore, qui, è in collegamento con l'accampamento di partigiani che è tornato in questi giorni, a cinque chilometri dal villaggio, da quel che si dice. Lui potrà dirmi. Émile, Émile. Causare delle perdite alla Wehrmacht... e a quei miliziani maledetti. Sono il tenente Vandermeulen, non quel mollaccione di Jacques Denis, né quell'egoista di Julep. Émile... Il tenente Vandermeulen se ne frega di chi siano i partigiani che raggiungerà, oggi o domani, in collina, dove presto cadrà la neve.

Un maresciallo Tito qualunque, che creda a Dio o al diavolo, ma che si batta contro Hitler, contro Hitler, basta questo...

Mio caro Émile... Oggi stesso. Ti ho incontrato per sempre, Émile.

Oggi, il tenente Pierre Vandermeulen ricomincia la sua vita. Non si possono tradire i compagni.

E quando uno cade, altri dieci devono alzarsi.

[1945].

Hans Fallada

Sulla resistenza che nonostante tutto i tedeschi opposero al terrore hitleriano

Ho davanti a me uno smilzo fascicolo di documenti – circa novanta pagine – avviato e in massima parte redatto dalla Gestapo di Berlino e portato a conclusione, sempre a Berlino, dal Tribunale del popolo. In questo fascicolo si compie il destino di due esseri umani; adesso, giunto sino a me, dovrà fornire la materia prima per un romanzo. Guardiamo un po' cosa contengono i documenti, senza preconcetti positivi o negativi, in modo del tutto oggettivo, quasi come farebbe un falegname che esamina la sua catasta di assi per verificarne l'utilizzabilità.

Nella parte nord della città di Berlino, fra il 1940 e il 1942, visse una coppia di coniugi, tutt'e due sui quarant'anni, non piú giovani, non ancora vecchi, senza figli, con pochi parenti, che inoltre frequentavano appena. Lui era installatore in una fabbrica metallurgica, con reddito settimanale di 40 *Reichsmark*, che, a desumere da una annotazione nella sentenza del tribunale giudicante, era da considerarsi un reddito addirittura principesco (il presidente di quel Tribunale del popolo avrà percepito una somma di gran lunga superiore). Se si guardano le foto di quest'uomo – chiamiamolo Otto Quangel – scattate durante la custodia preventiva, di fronte, di profilo e di tre quarti, dapprincipio si ha l'impressione di un piccolo impiegato di second'ordine, una faccia qualsiasi, che si nota appena, che si dimentica presto. Osservandole meglio, però, dà subito nell'occhio la bocca molto larga, ma quasi priva di labbra, come un taglio di rasoio. E poi la fronte, alta ma assai sfuggente. In questa bocca c'è qualcosa di spietato, di fanatico; mentre la fronte sfuggente non fa desumere doti intellettuali particolarmente elevate.

Questo Otto Quangel ha lavorato per circa vent'anni nella stessa azienda, nello stesso reparto insieme a un'ottantina di operai; lí, in questi due decenni, non s'è fatto neppure un amico, durante il lavoro non ha scambiato una sola frase di tipo personale, che andasse oltre i limiti delle piú elementari incombenze quotidiane; cosí come quasi inesistente – l'ho già segnalato – era la sua frequentazione dei pochi parenti. Un essere solitario, dunque, deciso a salvaguardare il proprio isolamento, condiviso da una sola altra persona, la moglie.

E adesso questa donna, Anna Quangel, che era la sua seconda moglie, la prima gli era morta. Quando s'erano sposati erano tutt'e due a metà della trentina. Anna Quangel veniva dalla campagna, da una delle zone piú povere del Brandeburgo. Aveva lavorato a Berlino per parecchi anni come donna di servizio. Com'è che i due si fossero conosciuti, perché si fossero sposati, se per paura di invecchiare da soli o per affetto, di tutto ciò nei documenti non si dice nulla. Di lei non c'è neanche un'immagine, ed è abbastanza significativo: l'uomo viene almeno degnato d'una foto, alla moglie però, che doveva finire come lui sotto la mannaia, non si fa neppure quest'onore. Lo Stato nazionalsocialista infatti non ha mai dato peso alla donna, le toccava partorire, anche votare, ma per il resto era del tutto irrilevante, persino, come dimostra quest'esempio, nel ruolo di criminale.

Indipendentemente da ciò che abbia fatto incontrare questi due esseri, essi hanno comunque condotto un'autentica vita coniugale, se per vita coniugale s'intende una completa concordanza nella maniera di sentire e di pensare, un incondizionato sostegno reciproco. Durante la custodia preventiva, separati l'uno dall'altro, ma ambedue accomunati dalla minaccia di morte per alto tradimento, ognuno di loro cerca instancabilmente di prendere sulle proprie spalle la principale responsabilità della colpa, scaricandola da quelle dell'altro. C'è solo un posto, e cioè nella sentenza del Tribunale del popolo, in cui si afferma qualcosa di diverso, ovvero che ognuno ha tentato di incolpare l'altro. Ma questa sentenza contiene tali e tante palesi menzogne da farmi preferire come degno di fede ciò che viene costantemente ripetuto nei verbali dei sette mesi di custodia preventiva: non è l'altro, sono io che ho piú colpa!

Questi coniugi Quangel, due individui insignificanti della parte nord di Berlino, quasi indigenti, senza alcun aiuto, senza particolari attitudini, senza seguito, un bel giorno del 1940 scendono in campo contro il colossale meccanismo dello Stato nazista, e succede qualcosa di grottesco: l'elefante si sente minacciato dal topolino! L'intero potere, tutta l'astuzia e la forza si mettono in moto contro questo topolino, un apparato che non ha l'uguale comincia a darsi da fare per acchiappare queste due piccole creature. L'elefante trema, non riesce piú a chiudere occhio, nell'oscurità ci sono questi nemici, bisogna catturarli, bisogna abbatterli!

Ma com'è che i due Quangel, che fino a metà della loro vita non si erano scostati per nulla dall'andazzo generale, decisero a un tratto di uscire dalla massa e di sfidare Hitler, il Führer, in uno scontro che fra l'altro, vista la schiacciante superiorità, non poteva non finir male per i due individui isolati?

Nelle loro deposizioni essi adducono direttamente o indirettamente tre motivi che li avevano indotti a un passo cosí gravido di conseguenze e che avevano provocato una deviazione talmente radicale dal loro recente passato. Fino al 1940, infatti, erano stati nazisti, fedeli seguaci del Führer, pronti a eseguire ogni suo ordine. Hanno ricoperto persino delle cariche: lui, Otto Quangel, una piccola mansione nel Fronte del lavoro, lei, Anna Quangel, una già piú importante nella Lega delle donne. Ora ambedue dichiarano a verbale in modo concorde che le molte iniquità di cui avevano fatto esperienza appunto nell'esercizio delle proprie mansioni erano in contrasto col loro senso della giustizia. Li aveva fatti indignare il discrimine che veniva operato fra tedeschi «iscritti al partito» e semplici «connazionali». Si noti che essi depongono in questi termini e che il funzionario verbalizzante trascrive senza alcuna annotazione: il discrimine fra tedeschi «iscritti al partito» e semplici «connazionali». Viene quindi considerato qualcosa di accertato, non soltanto per gli indignati Quangel, ma anche per l'uomo della Gestapo estensore del verbale, che nella terminologia del nazionalsocialismo esistevano connazionali e iscritti al partito, e che questi ultimi, ovviamente, si collocavano in una posizione superiore. Al di sopra della cosiddetta comunità nazionale stava preminente il partito.

Un motivo di ribellione è dunque l'offesa al senso di giustizia dei due; l'altro, che è poi quello che li ha fatti decidere, è la morte in Francia del fratello della donna. Vien data loro la notizia che il giovane è fra i caduti: credo che questo sia stato il fattore scatenante piú per la donna che per l'uomo. Per lui, che si cura appena dei parenti e dei propri genitori, la morte del cognato non sarà stata un avvenimento cosí traumatico. Solo in seguito al dolore effettivamente provato dalla moglie lui sarà stato portato a condividerlo, a riflettere sull'assurdo sacrificio di quella giovane vita, e i dubbi a lungo covati in silenzio si saranno trasformati in ostilità e in ribellione.

Al pari di molti esseri umani privi di contatti e semplici nel loro modo di sentire, i due (per di piú totalmente sprovvisti d'immaginazione) hanno creduto di provare qualcosa di eccezionale, e che ciò che gli capitava non fosse mai successo a nessuno. Lo vedevano con i propri occhi: il mondo tutt'intorno andava avanti come prima, nonostante il cambiamento che c'era stato dentro di loro. I giornali continuavano ad annunziare vittorie; il nazionalsocialismo, che adesso tanto odiavano, doveva e voleva trionfare su tutto il mondo; il nemico, Hitler, aveva il sopravvento e non era giusto che ciò accadesse!

A quel punto si destò in loro il bisogno di comunicare anche agli altri ciò che essi stavano provando, il bisogno di guadagnare accoliti, di arrecare danno al nemico. Di chi fosse stata inizialmente l'idea loro stessi non erano in grado di ricordarlo. Comunque sia, una domenica lui si siede a tavolino e, tracciando con fatica degli artificiosi caratteri a stampatello che non tradiscano la vera grafia dell'autore, scrive la sua prima cartolina, piú o meno di questo tenore: «Finitela di credere alle bugie di Hitler! Vuole soltanto mandarvi in rovina. Rallentate il lavoro, ancora di piú! E soprattutto non date nulla al Soccorso invernale...»

La moglie gli siede accanto, ogni tanto butta lí una parola, propone qualcosa. Il lavoro è abbastanza faticoso; stando a scrivere tutta la domenica, non gli riesce di portare a termine piú di due o al massimo tre cartoline, scorrette nell'ortografia e goffe nella formulazione. Piú in là, quando l'aggressione alla Russia dà nuovi incentivi alla loro indignazione, di tanto in tanto lui scrive anche delle lettere di una certa lunghezza. Gli costano parecchie domeniche di lavoro: «Cosa ci hanno fatto i russi? Stavano giocando a carte i soldati russi, quando le bande criminali di Hitler li hanno assaliti» ecc.

Ma in ognuna di queste lettere, in ogni cartolina viene ripetuto l'ammonimento: «Non date nulla al Soccorso invernale!» E qui abbiamo la terza motivazione della loro lotta contro Hitler: si pensi a questa bocca serrata, dalle labbra sottili, alla fronte sfuggente... quest'uomo sarà stato parsimonioso, forse persino taccagno. Gli avranno fatto stringere il cuore le detrazioni salariali per il Soccorso e i questuanti del cancelliere che andavano in giro a elemosinare ogni prima domenica dei mesi invernali. Sarà stato davvero male al pensiero di essere pure costretto a dar soldi al nemico perché potesse forgiare nuovi armamenti. No, manco un centesimo al Soccorso invernale!

Le cartoline sono state scritte, adesso bisogna metterle in giro. Per lo piú lo fa il marito da solo, raramente la moglie, piú spesso ancora vanno tutt'e due insieme, nel qual caso la moglie resta per strada a fare da palo, cosa che di per sé non è affatto necessaria, dato che non c'è alcun pericolo. Anche questo l'hanno studiato per bene sin dall'inizio: prendono in considerazione soltanto edifici in cui abitano medici oppure avvocati, in cui quindi c'è un certo viavai di persone. L'uomo sale su per le scale, posa le cartoline sul davanzale di una finestra o anche semplicemente su un gradino, ridiscende le scale e torna in strada: ecco, ormai è fatta, il rischio è stato corso.

Può darsi che le prime volte ci sia stato del batticuore, in seguito però tutta la faccenda si svolge con una sicurezza quasi sonnambolica, in modo abitudinario, senza pensare al pericolo. La sera, poi, i due siedono vicini e parlano dell'effetto che faranno questi appelli. Immaginano le cartoline che passano di mano in mano, gli sembra che il loro effetto sulla gente non potrà non venir fuori, e anche molto presto, forse già domani! Non per niente lui ci ha aggiunto quasi sempre: «Fate circolare questa cartolina, lasciatela leggere anche ad altri!» Non sono tanto ingenui da non prevedere che un certo numero di cartoline verrà consegnato alla polizia o al partito, ma si aspettano con convinzione che la maggior parte di esse andrà in giro fra la gente e farà il suo effetto. È questo che si aspettano i coniugi Quangel.

Deposte che sono lungo le scale, le cartoline vengono trovate e vengono – di sicuro quasi tutte – subito consegnate. Di tali lettere e cartoline, da ultimo, alla Gestapo se ne accumulano oltre duecentoventi. Tenendo conto della lentezza con cui lavora il Quangel, è difficile che nel periodo in questione possa averne scritte di piú. Saranno stati al massimo cinque o dieci gli appelli non consegnati, ma anche questi saranno stati letti certamente in fretta e con trepidazione e subito tolti di mezzo, distrutti. Che esito miserevole per degli sforzi tanto ostinati! Che popolo inconcepibile, che non conosce neppure l'indulgenza del silenzio e deve subito andare a denunziare chi la pensa diversamente! Che senso di paura diffusa, davvero collettiva, che si manifesta nella precipitosa consegna di queste cartoline! Un popolo di delatori, educato da uno stato corruttore, nel quale chi denunzia gode di onori e di agevolazioni, nel quale il padre non è al sicuro dalla delazione del figlio, la sorella dalla delazione del fratello!

Frattanto in uno delle centinaia e centinaia di uffici della Gestapo le cartoline si accumulano. Uno delle centinaia e centinaia di funzionari della Gestapo viene incaricato della ricerca del colpevole o dei colpevoli, ha il grado di tenente di polizia e si chiama Rusch. Il tenente Rusch si vede posto di fronte a un compito quasi insolubile all'apparenza: fra i milioni di abitanti di Berlino ce n'è uno che lui deve catturare. Rusch non dispone di alcun appiglio: quest'uomo, che con tanta ostinazione scrive le sue cartoline e le depone lungo scale piene di gente, non l'ha mai visto in faccia nessuno. Anche delle impronte digitali non c'è che farsene. A parte il fatto che le impronte digitali di quest'uomo, che con tutta probabilità non è un delinquente professionale, al reparto identificazione di Alexanderplatz non ci saranno, queste cartoline, fra chi le ha trovate, la polizia, il partito, sono passate attraverso fin troppe mani perché possano fornire un qualsiasi appiglio sicuro.

Per il momento deve quindi contentarsi di segnare con una crocetta rossa su una grande mappa di Berlino ogni punto in cui c'è stato un ritrovamento, annotandone con scrupolo il giorno e l'ora e riportando il nome del rinvenitore. Forse qualche volta avrà avuto di che sbuffare, di fronte alle sempre piú pressanti raccomandazioni, minacce, intimidazioni dei suoi superiori. Ma che poteva fare...? Contro quest'uomo che agiva nell'ombra tutto l'enorme apparato del meccanismo statale hitleriano si rivelava inefficace. Il tenente sapeva per esperienza che bastava avere pazienza: prima o poi anche il criminale piú astuto commette un errore.

Nell'oscurità di questo caso un primo spiraglio di luce sembra finalmente gettarlo la denunzia fatta dall'assistente di un ambulatorio medico nella parte nord di Berlino. Durante l'orario delle visite ha notato un operaio di nome Heidecke, che le ha dato ai nervi per il suo continuo andirivieni dalla sala d'aspetto alla toilette che si trova nell'ingresso. Malgrado tutti i richiami di lei, l'uomo non ha desistito dal suo comportamento irrequieto, e a un tratto per le scale, davanti alla porta dell'ambulatorio, c'erano due di quelle cartoline. L'assistente, che apre e chiude continuamente la porta, se la sentirebbe quasi di giurare che un minuto prima le cartoline non c'erano ancora, che nel frattempo Heidecke era andato nell'ingresso e che, a giudicare dalla posizione delle cartoline, lui poteva benissimo averle gettate verso l'esterno attraverso la fessura della buca delle lettere.

Tra parentesi, che situazione realmente drammatica: un'infermiera tesa, innervosita, con quaranta, cinquanta pazienti in sala d'attesa, se l'è presa per un uomo, il quale, altrettanto teso e innervosito, non ha la calma di starsene quieto per tre o quattro ore ad aspettare che il medico gli rilasci un certificato di malattia (visto che quel certificato Heidecke lo vuole ad ogni costo); e nel frattempo il vero responsabile, l'uomo nell'ombra, sale tranquillamente su per le scale, depone le cartoline proprio davanti alla cassetta della posta di quest'ambulatorio medico, ridiscende le scale e, un attimo dopo, è irrintracciabile, scomparso in mezzo al caos di milioni di persone. Questa casuale coincidenza, che non viene imbastita dalla fantasia di un romanziere, ma è messa in atto dalla complessità della vita stessa, indirizza il tenente Rusch su una pista del tutto sbagliata, che lo terrà impegnato per un anno intero, portandolo sempre piú lontano dall'individuazione del vero responsabile.

Questa pista dunque, salutata con un sospiro di sollievo da un funzionario pesantemente pressato dai propri superiori, lo porta a contatto con uno strano ambiente sommerso, fatto di mezze figure oltre che di qualche nemico dello Stato, l'ambiente dei perdigiorno e degli scommettitori. Heidecke è un perdigiorno, è stato congedato dall'esercito per lavorare in una fabbrica di armamenti, ma a lui lavorare non piace e preferisce darsi malato. Però ha una moglie e due bambini, che dividono con lui nella piú nera miseria una qualche cantina nella parte nord di Berlino, quasi senza masserizie, completamente senza mobili, campando a credito. E allora dev'esserci almeno l'indennità di malattia, innanzitutto per il capofamiglia e poi per la moglie e i figli. Ma la cassa mutua paga soltanto per un certo numero di settimane; cosí, negli intervalli, lui per un paio di giorni deve fare la parte di chi è guarito e tornare a lavorare. È diventato un esperto di questi espedienti, cambia spesso di medico, raggira anche quello di fiducia dell'azienda, accusa mali difficilmente accertabili, per lo piú emorragie gastriche o coliche biliari.

Da uno o due anni ormai porta avanti questo suo giochino; la fabbrica comincia a pensare di rimettere questo Heidecke a disposizione dell'esercito, visto che viene accreditato all'azienda come unità di manodopera e però non lavora. Ma a Heidecke non importa; non si cura neanche dell'incendio che sta divampando nel mondo né delle parole d'ordine di Hitler, e neppure della moglie e dei figli che hanno fame. Ma cos'è che importa a questo Heidecke?

La mattina si alza alle dieci o alle undici e scompare, per far ritorno a casa non prima di notte. Di preferenza si reca in due piccole e squallide bettole della zona, dove gli altri frequentatori lo salutano col nome di «Enno». In queste due bettole si conoscono tutti, ma per lo piú soltanto di nome, fuori dal locale non sanno nulla l'uno dell'altro. Cos'è che accomuna questi soggetti che tornano a comparire giorno per giorno, si fanno delle bevute, è qui che finiscono i soldi che tanto servirebbero alla moglie e ai figli?

No, Enno Heidecke è capace di starsene seduto per ore e ore davanti allo stesso bicchiere di birra, ogni tanto fa anche una partita di carte a Skat, ma non è affatto questo ciò che attira lui e gli altri in questo posto; è gente invece che, mentre il mondo sta andando in fiamme, è posseduta da un unico pensiero, le corse di cavalli: puntano i loro pochi soldi, ora uno, ora due o magari persino cinque marchi sulla vittoria di un cavallo. Stanno a discutere per ore sulla condizione fisica e sulle chance dei cavalli da corsa, di ogni fantino conoscono delle storie, si scambiano sottovoce pronostici sicuri come la morte che sostengono di aver ricevuto confidenzialmente. Tutti quanti loro, accovacciati insieme in queste due bettole, perditempo, miseri commercianti, ancor piú miseri pensionati, tutti quanti un vero cavallo da corsa in vita loro non l'hanno visto quasi mai, gli sono sempre mancati i soldi necessari. Secondo quanto è stato accertato, Enno Heidecke era stato una sola volta a Ruhleben, all'ippodromo. Ma non è che abbiano bisogno dei cavalli e dei loro fantini; sono intossicati, posseduti dal demone del gioco... Scommettere sulle corse è la loro ossessione, tutto il resto non esiste.

Ci vuole l'irremovibile ottusità di un funzionario della Gestapo per non rendersi conto di tale ossessione già dopo un paio di giorni e non smetterla perciò di seguire questa pista. Non si può essere in balia di due idee fisse contemporaneamente, anche chi non si stanca di scrivere le cartoline infatti dev'essere preda di un'ossessione. Ma a discarico della vana perseveranza del tenente Rusch va considerato come i suoi superiori pretendessero in modo sempre piú pressante e intimidatorio che si scoprisse una pista... Bene, adesso lui ne aveva una e la seguiva con grande solerzia.

Con grande solerzia, certo, ma anche con un'inettitudine e con una mancanza d'inventiva che hanno quasi dell'incredibile. Per cui tanto maggiore risalta la supponenza di questa povera mente. Nei suoi verbali le indagini che sta svolgendo le definisce costantemente «osservazioni», parla in toni particolarmente enfatizzati dell'individuo osservato, che sarebbe molto abile e scaltro e che non ha mai avuto il sospetto di essere «oggetto di osservazione». In contraddizione quasi puerile con tutto ciò sta l'insuccesso delle osservazioni, che Rusch apertamente riconosce. Quando ad esempio si propone di pedinare il sospettato dall'abitazione di lui lungo uno dei suoi percorsi cittadini, il resoconto si conclude regolarmente con le parole: «A questo punto le osservazioni dovettero interrompersi, dato che l'osservato camminava troppo velocemente». Oppure: «Dato che la ressa nella metropolitana era troppo grande». (Certe volte Heidecke andava a trovare il proprio padre o qualche altro parente, in genere per farsi prestare dei quattrini). O persino: «Dato che il terreno era troppo aperto» (l'osservato avrebbe quindi potuto notare che lo si pedinava). Non si dà un solo caso in cui il tenente sia riuscito a pedinare il suo sospettato fino al punto d'arrivo.

E c'è anche dell'altro che risulta chiaro da questi verbali: la disinvolta, naturale freddezza con cui il tenente Rusch si sforzava di consegnare la sua vittima al boia, visto che non poteva non sapere che a Heidecke, se era lui il compilatore delle lettere, sarebbe sicuramente toccato morire sul patibolo. Eppure, in tutti questi resoconti, non troviamo una sola parola di commiserazione per la sorte di questo povero essere umano a cui si sta dando la caccia. I suoi resoconti Rusch li stende animato unicamente dalla propria vanità e dal desiderio di darsi importanza, per il resto quel suo compito di battitore per il boia lo adempie con la stessa naturalezza con cui un altro impiegato starebbe a vendere francobolli in un ufficio postale. Nel 1940 assassinare e far da battitori per gli assassini era ormai diventato qualcosa di assolutamente ovvio nella Germania di Hitler, e purtroppo, come ci è già capitato di leggere, non soltanto per un funzionario della Gestapo. È evidente che assai piú facili da eseguire furono le indagini di Rusch presso la fabbrica di armamenti dove Heidecke risultava occupato anche se non vi lavorava. Sarebbe stato molto piú semplice – vista l'inoppugnabilità del caso – mandare quell'uomo davanti a una corte di giustizia con l'accusa di sabotaggio del lavoro. E la ditta era risoluta a farlo. Ma era una scelta che a Rusch dava da pensare, tanto da bocciarla. Per Heidecke, che non aveva precedenti penali, l'accusa di sabotaggio del lavoro avrebbe comportato soltanto un paio di mesi di galera e poi il ritorno sotto le armi. Qui c'era in ballo qualcosa di piú importante: bisognava far cadere una testa!

E cosí l'inchiesta si trascina ancora per un anno, finché Rusch da ultimo, assillato dai superiori, perde la pazienza e non sa far altro che arrestare Heidecke, il perdigiorno. Già dopo poco tempo risulta chiaro che quest'uomo non c'entra niente con la faccenda delle cartoline: da un lato queste continuano a venir disseminate in giro e, dall'altro, il baggiano in stato d'arresto non sa scrivere e di politica ne capisce meno di un bambino. L'incriminazione quindi va completamente all'aria e l'individuo Heidecke scompare dal fascicolo; che cosa abbia comportato per lui il suo sabotaggio del lavoro, se magari non abbia addirittura trovato la «morte eroica» in un «battaglione di disciplina», non sono in grado di dirlo.

Il tenente Rusch però è esattamente allo stesso punto di piú di due anni prima: nessunissima traccia da seguire, soltanto le molte, tante crocette rosse sulla pianta della città di Berlino. Questa pianta della città viene consegnata allora a un qualche cervello della Gestapo di una certa «finezza», che vi si siede davanti e, proprio come un bravo Sherlock Holmes, ne trae le sue deduzioni, pienamente convincenti, ma purtroppo anche assolutamente sbagliate.

Ad esempio: l'uomo non può avere dei conviventi né essere sposato, qualcosa altrimenti, in tutto questo tempo, sarebbe stata spiattellata da un pezzo. Quindi dev'essere o celibe o vedovo (oppure divorziato). Non può avere un'occupazione fissa, dato che le cartoline vengono rinvenute per le scale a tutte le ore del giorno e della notte. Deve avere però qualcosa a che fare con i tram – risulta evidente come il cervello «fino» della Gestapo sia particolarmente fiero di questa deduzione –, visto che sette delle otto zone principali di ritrovamenti si trovano nei pressi di depositi tranviari. Non può tuttavia trattarsi di un tranviere in divisa, poiché nel frattempo il responsabile è stato visto due volte mentre deponeva le sue cartoline e sempre in abiti borghesi. In conclusione: un uomo non sposato, privo di uniforme, che ha in qualche modo a che fare con la tranvia e che molto verosimilmente abita nella tale e talaltra strada del nord di Berlino o nelle loro immediate vicinanze, dato che, dopo due anni di riscontri, è in questo settore che si è accumulata la maggior parte di crocette rosse.

Con ciò il cervello «fino» ha esaurito per intero il proprio dovere, e il fascicolo torna indietro al tenente Rusch: ecco qui, caro mio, fa' il piacere di regolarti in questo senso con le tue osservazioni! Ci si può facilmente immaginare lo scoraggiamento di Rusch nel ritrovarsi davanti quel fascicolo che non lo lasciava da anni. In ciò che aveva scritto il cervello fino c'erano soltanto cose assai aleatorie! Nella strada in questione e nelle sue immediate traverse abitavano migliaia e migliaia di operai, del rimando ai tram non c'è che farsene, e le descrizioni delle due donne che sostengono di aver visto il responsabile sono assolutamente imprecise e, per giunta, si contraddicono fra loro. Le dichiarazioni non concordano neppure circa la statura, l'età e il colore dei capelli.

Otto e Anna Quangel avrebbero potuto continuare a scrivere e a spacciare le loro cartoline fino al crollo del Terzo Reich se non fossero diventati troppo sicuri di sé. A causa di questa eccessiva disinvoltura vanno incontro, nel giro di pochi mesi, a due incidenti, e il secondo, aggravato dal primo, li condurrà alla rovina.

Quangel va con la moglie a far visita a un cognato che abita nella parte sud di Berlino. Il cognato sta lí da un paio di mesi, prima ha abitato anche lui a nord. È la seconda volta che i Quangel vanno a trovare il cognato nel nuovo alloggio. Quando si mettono sulla via del ritorno, il marito dice alla moglie: – Va' pure avanti, Anna, perdo un attimo qui a lasciare una cartolina.

Lentamente la signora Quangel si porta alla fermata del tram; sono tanto sicuri di sé che lei non si ferma neanche a far da palo. A dire il vero, neanche far da palo avrebbe potuto ovviare a ciò che stava per succedere; il marito l'ha appena raggiunta alla fermata del tram, quando un uomo si precipita su di lui:

– Ehi, lei! Un istante fa ha lasciato questa cartolina da noi su per le scale… – E sventola con forza la cartolina.

Freddamente e con tono offeso Quangel nega: non è mai stato in quella casa né è disposto a tollerare simili molestie. E Anna Quangel lo spalleggia: suo marito non si è mosso dal fianco di lei.

Per un attimo l'accusatore resta interdetto, vedendo che a smentirlo sono in due. Ma è troppo sicuro della cosa, ha osservato Quangel mentre posava la cartolina e non l'ha perso d'occhio un solo istante. Violento battibecco, assembramento di gente, intervento di una guardia, trasferimento al posto di polizia. L'accusatore adduce le proprie ragioni con tale minuziosità da far ritenere necessaria una perquisizione dei due Quangel, ma addosso non gli viene trovato nulla di incriminante. E anche le deposizioni dei Quangel sono molto minuziose, citano il nome e il domicilio del cognato al quale hanno appena fatto visita… alla fine li si lascia andare. In base ai documenti si tratta di un vecchio operaio senza alcun precedente penale, colui che ha effettivamente depositato la cartolina l'accusatore l'avrà perso di vista per strada.

Dello stesso avviso è anche il tenente Rusch, al quale da ultimo perviene la cartolina con una breve annotazione della polizia. Dà proprio nell'occhio con quanta poca speranza avvii un paio di ricerche circa la persona di questo Quangel. Contro di lui non c'è nulla, sul posto di lavoro non sono in grado di riferire un benché minimo sospetto a suo carico... Con un profondo sospiro Rusch sospende le indagini su questo Quangel. L'unica cosa che resta è una nuova crocetta rossa sulla carta della città. Ciononostante un'anomalia, è appena la seconda cartolina che viene deposta là a sud, cosí lontano da tutti gli altri ritrovamenti.

Detto fra parentesi: se Rusch fosse stato un po' meno sfiduciato, se ci avesse messo un po' piú di iniziativa, attraverso il trasloco del cognato dalla parte nord a quella sud avrebbe potuto cogliere un nesso con Quangel. Ma Rusch si contentò di appurare che il cognato abitava effettivamente lí, senza chiedere da quanto tempo. Collegare il trasloco con i due ritrovamenti che si erano avuti contemporaneamente a sud avrebbe gettato un forte sospetto su Quangel.

E passano di nuovo alcuni mesi. Otto Quangel continua a scrivere le sue cartoline, il piccolo incidente nella zona sud l'ha quasi dimenticato. A quel punto si verifica un secondo incidente. Siamo nel 1942, la borsa, con cui lui si porta in fabbrica la colazione e il thermos, da qualche tempo s'è rotta, ma con la guerra in corso non è facile sostituirla. Una mattina, nel capannone in cui lui lavora con altri ottanta operai, viene trovata una delle sue cartoline. È caduta da una costura scucita della borsa. Si chiama la Gestapo; quell'installatore, che da quasi vent'anni lavora nella medesima azienda, di per sé non sarebbe piú sospettabile di ciascuno dei suoi ottanta compagni di reparto, però ci sono, in primo luogo, l'annotazione della polizia col nome Quangel relativa al ritrovamento d'una cartolina a Berlino sud e, in secondo luogo, il dato di fatto che Quangel abita proprio in quella strada in cui la disseminazione delle cartoline è stata piú fitta.

Stavolta Rusch non sta a pensarci piú di tanto. Esegue subito una perquisizione domiciliare dai Quangel, e qui – terzo incidente – viene trovata una cartolina cominciata con i noti caratteri a stampatello, che Quangel, chissà quando, non aveva portato a termine senza piú ricordarsene. Tutt'e due i coniugi vengono arrestati, all'inizio per un po' negano, poi confessano la loro colpevolezza. Finalmente Rusch ha fatto una preda, valeva la pena aspettare con pazienza. Le minacciose ammonizioni dei suoi superiori per la perdurante irreperibilità di un colpevole non gli rovineranno piú l'appetito quando fa colazione con i suoi panini imbottiti. I colpevoli sono stati presi, rei pienamente confessi, il giudice istruttore del Tribunale del popolo dispone la custodia preventiva... Sullo sfondo si rizza minacciosa la sagoma del boia.

Sintomatico della totale ingenuità dei Quangel è il fatto che – finiti nelle mani dei loro assassini – scorgano soltanto all'ultimo quest'ombra minacciosa del boia. Loro, che per anni hanno fatto parte degli organi del partito, continuano a non sospettarne la disumanità. Lui fa appello alla propria vita senza macchia, implora un giudizio clemente, promette di espiare ciò che ha commesso, si dichiara sinceramente pentito. E io non ho alcuna esitazione a credere alla sincerità del suo pentimento. S'era cacciato in questa contrapposizione, per quale motivo, oggi non lo capiva piú neanche lui. Ora che si trova in mezzo a persone tutte quante piú istruite di lui, che certamente ne sanno piú di lui, gli sembra che le sue azioni gli si levino contro. C'è stata una frattura nella sua vita; lui non s'era mai scostato dalla massa del gregge, ora, messo sotto pressione dal meccanismo statale, non sa piú com'è che per anni si è potuto muovere da solo, in contrapposizione a tutto ciò che lui stesso era stato una volta. Che cosa abbia poi provato, quando il procuratore del Reich ha chiesto la pena di morte per lui e per la moglie, quando questa sentenza di morte – morte per mano del boia – è stata poi pronunciata, di tutto ciò il fascicolo non dice nulla, si chiude con la condanna a morte.

Per ciò che riguarda la signora Quangel, invece, sia dai verbali degli interrogatori, che dall'atto d'accusa, che dalla sentenza, si nota come lei non sia mai stata presa sul serio. I suoi verbali sono succinti e lacunosi; è vero che lo Stato nazionalsocialista condannava questa donna a essere giustiziata insieme col marito, ma la considera, al pari di tutte le donne, qualcosa di second'ordine, un fattore irrilevante all'interno di questo Stato fatto di uomini.

Il fascicolo Quangel si chiude, come s'è detto, con la condanna a morte, nessuna ulteriore parola che riguardi questi due esseri umani o che sia stata pronunciata da loro. Nell'autunno del quarto anno di guerra il carnefice li sottopose al suo lavoro; vennero cancellati dalla faccia della terra in quanto traditori del loro popolo... dai traditori di questo popolo. Sul testo della sentenza di morte c'è prestampato, a grossi caratteri neri: «In nome del popolo tedesco», e lí accanto si legge, a caratteri piú piccoli, ma di un rosso brillante: «Segretissimo!» Qui abbiamo in nuce, per cosí dire, la paradossalità di tutto quanto questo Stato hitleriano, che sosteneva di agire in nome del popolo tedesco e che operava nel piú assoluto segreto: di ciò che lo Stato faceva realmente il popolo tedesco non doveva saperne nulla!

Abitualmente fascicoli del genere non si chiudono con la sentenza di morte, bensí con una cartelletta, per lo piú assai smilza: la documentazione relativa alla grazia, in cui non c'è traccia né di grazia né di compassione. A completamento del quadro fin qui fornito della dominazione di quest'apparato criminale, diamo un'occhiata a una simile cartelletta, prendendola da un altro fascicolo. In questo caso, ad esempio, una madre supplica per la vita del figlio, anche per Quangel una madre avrebbe potuto rivolgere una supplica, può pure darsi che l'abbia fatto e che la documentazione sia andata perduta. Questa madre è nazionalsocialista, crede nel Führer, una tale fede e l'amore per il figlio cozzano nel cuore di lei. Ne vien fuori – lo si legge non senza sgomento – qualcosa piú o meno di questo tenore: «Mio amatissimo Führer! Una madre disperata ti prega in ginocchio per la vita del proprio figlio. Egli si è macchiato di una grave colpa nei tuoi confronti, ma tu sei tanto grande, avrai misericordia, lo perdonerai...» Hitler è diventato un dio nel cuore di questa donna sconvolta. Il mondo intero trabocca di prove della sua infamità, ma questa donna crede in lui, continua a credergli persino adesso, quando quel figlio lui lo sta consegnando al boia... Abramo che sacrifica Isacco, questa nuova divinità però non conosce misericordia.

Addentriamoci ancora di piú nell'incoerente dissidio che regna nel cuore dei tedeschi! Ecco due ragazzi della Gioventú hitleriana, di quattordici e quindici anni, che supplicano per la vita del proprio padre: «Mio Führer! Ti promettiamo di riscattare a costo della nostra vita il delitto che nostro padre ha commesso verso la tua persona. Cancelleremo l'onta del nostro genitore...» I figli, immaturi giovinastri con la testa imbottita della vuota retorica inculcata dai loro comandanti, si ergono ad arbitri e a detrattori dell'operato del proprio padre. Il sovvertimento di ogni valore, decoro, diritto, onore: tutto crollato, demolito, nel cuore dei giovani come in quello degli anziani.

Come si comporta il divino Führer riguardo a tali suppliche, come ricompensa la fede dei suoi proseliti? Queste suppliche lui si rifiuta persino di guardarle, vengono tutte disbrigate per via gerarchica, tutte allo stesso modo gelido, impersonale, canagliesco. Dozzine di uomini hanno contribuito a redigere un simile fascicolo, e in ogni parte lo stesso tono, lo stesso atteggiamento: ciò che vien fatto non può non esser fatto. Sono tutti d'accordo nel sopprimere violentemente anche la vittima piú degna di commiserazione. Ne risulta un tenore del genere: «La condotta (durante la detenzione) non ha che ottemperato al regolamento interno. Non si propone alcun atto di grazia». Oppure, da parte della cancelleria del Führer: «Al ministro della Giustizia del Reich per l'espletamento. Si renda indietro soltanto se il condannato è iscritto al partito, la qual cosa dall'istanza di grazia non risulta».

Dieci, venti di tali suppliche, che s'incagliano tutte fra documenti e fascicoli, senza imbattersi mai in un cuore dotato di una qualche umanità. Alla fine l'eterna formula: la giustizia segua il suo corso! Vale a dire: si esegua l'impiccagione o la decapitazione. Nel fascicolo dei Quangel, oltre alla cartelletta della grazia, manca anche quella delle spese. Un'altra cosa non priva d'interesse: quanto costa nel Terzo Reich far decapitare un essere umano? Abbiamo fra le mani una documentazione di questo tipo, non si tratta di un caso berlinese ma il metodo resta lo stesso dappertutto, a Salisburgo come a Berlino. Un tranviere di Salisburgo viene giustiziato a Monaco, la cartella delle spese si apre con l'attestazione che, per sovrabbondanza di salme, l'istituto di anatomia di Monaco non è in grado di utilizzare il cadavere. Gli istituti di Innsbruck e di Würzburg invece, che di per sé sarebbero interessati, il cadavere non possono mandare a ritirarlo per mancanza di benzina. Dato che non si dispone neanche di casse per una spedizione ferroviaria, il giustiziato deve essere inumato.

Dichiarazione giurata che si trattava di un ariano, che pertanto può essere decentemente seppellito in un cimitero (cristiano o comunque ariano). Ordinativo a un'impresa di pompe funebri perché provveda alla sepoltura. Segue la fattura di quest'impresa con la stampigliatura pubblicitaria: «In caso di decessi rivolgetevi subito a Müller e Meyer, che disimpegnano qualsiasi incarico di inumazione e cremazione!» State allegri, giustiziati, Müller e Meyer vi tratteranno con cura. È vero che, in base alle direttive del Tribunale del popolo, non vi daranno neanche una camicia e che, nudi come quando siete nati, vi metteranno in una bara a rendere, conteggiata per 10 marchi, ma in compenso vi accorderanno un cuscino, che nell'importo della fattura incide per 40 centesimi. Comprese la traslazione e le ore di straordinario, un funerale di questo tipo ammonta a 94,40 marchi... Se nella vostra famiglia dovesse di nuovo verificarsi un decesso del genere, chi potrebbe offrirvi un servizio piú economico di Müller e Meyer?

Certo che la condanna a morte e i costi della custodia preventiva ammontano a marchi 1164,30, mentre il difensore d'ufficio riceve soltanto marchi 81,60, un po' poco, se, come si ricava da un altro conteggio, già soltanto i costi di missione dei magistrati giudicanti assommano a marchi 2592,25. Dove dà nell'occhio che il presidente del Tribunale, dr. Pfeiffenberg, percepisce «soltanto» 294 marchi, mentre il cancelliere Becker afferma di aver sostenuto marchi 434,20 di spese di missione... e glieli liquidano pure.

I costi sono stati calcolati... Ora si tratta di sapere: chi se li assumerà? L'erario giudiziario oppure, meglio ancora, i congiunti del condannato? In ogni caso, i capi di vestiario che l'imputato aveva addosso al momento dell'arresto possono essere consegnati alla consorte, ma il «patrimonio personale» di marchi 29,42 presente nella tasca del giustiziato lo incamera lo Stato.

La caccia a qualcuno che possa assumersi almeno una parte dei costi viene condotta con grande accuratezza. Si scopre cosí che nello Stato hitleriano non soltanto la moglie, no, pure la madre, i fratelli e le sorelle di un condannato possono essere chiamati a sostenere i costi giudiziari. Congiunti, totalmente all'oscuro del «crimine» del giustiziato, devono pur tuttavia pagare per lui.

Finché, da ultimo, tutta quella caccia viene interrotta senza alcun esito: tutti i congiunti risultano nullatenenti. «1. Il recupero dei costi è inattuabile. 2. Costi non attribuiti».

Dopo di che, per una sorta di ripercussione, su un ultimo mezzo foglio la procura del Reich presso il Tribunale del popolo di Berlino, sezione costi, chiede alla procura di Monaco, sezione costi, quali spettanze siano state corrisposte al giustiziere e ai suoi assistenti. Per l'esecuzione il giustiziere Reichhart di Monaco ha percepito 120 marchi, questo è ciò che risulta.

Fine. I termini di scadenza sono da annullare, il fascicolo viene depositato.

Questi due, Otto e Anna Quangel, una volta sono stati in vita. La loro protesta s'è spenta senza trovare ascolto, apparentemente hanno sacrificato inutilmente la loro vita per una lotta senza speranza. Può darsi però che non fosse del tutto senza speranza? Può darsi che non sia successo del tutto inutilmente?

Io, l'autore di un romanzo ancora da scrivere, spero che la loro lotta, le loro sofferenze, la loro morte non siano state del tutto inutili.

[1945].

Romain Gary

Sergente Gnama

Nel 1941 il Chari sfociava nel lago Ciad. Non so cosa ne sia oggi. Il mondo è cambiato cosí tanto! Tante speranze sono svanite, tanti sogni sono andati in fumo, tanti amici hanno tradito, non c'è piú nulla di certo: il mondo stesso ha forse cambiato volto. Ma nel 1941 la speranza era viva, i sogni ardenti e puri, conoscevamo i nomi dei nostri amici e il Chari sfociava nel lago Ciad.

Quel giorno di gennaio eravamo in sette, sul fiume. Le piroghe si trascinavano lente, al sole. Gli ippopotami tiravano fuori le orecchie dall'acqua per poi tornare a immergersi, come palloncini obesi. I pellicani prendevano l'abbrivio, sbatacchiando l'acqua con le zampe e un suono schiaffeggiante, poi ritiravano i loro piedi palmati e via che decollavano. Lungo le rive, i caimani somigliavano a tronchi d'albero morti. I compagni di brigata dormivano in cabina. Da Fort-Archambaud a Fort-Lamy ci volevano dieci giorni di piroga e Dio sa se avevamo fretta: i nostri Blenheim ci aspettavano a Fort-Lamy e Cufra era ancora in mano agli italiani.

– Ascoltate, – disse qualcuno.

Un nero cantava sul ponte. Era una specie di litania araba, triste e disordinata, come la loro preghiera della sera.

– Le parole sono francesi, – disse Paul-Louis.

Mi alzai e misi la testa fuori. Il boy di Paul-Louis era seduto sul ponte. Mi dava le spalle. Accovacciato, stava squamando con cura un pesce persico. Il sole tramontava e per un attimo vidi la sua testa nera e crespa proprio al centro del disco rosso. Tutto il suo corpo tremava leggermente, al ritmo della barca.

– È il mio boy, – mormorò Paul-Louis, affacciandosi dall'ombra. – E non sa il francese...

Eppure, ecco cosa cantava un ragazzo nero della tribú Sara, in mezzo al Chari nel gennaio del 1941, un ragazzo nero che non conosceva il francese:

Pie madri, quanti pianti,
nostra etnia fu prigioniera.
Qual giustizia darà i canti
ai leali nella schiera?

– Dammi un pizzico, – sussurrò Paul-Louis.

Lo feci, e dovetti farlo ben forte perché cominciò a imprecare, ma come se pregasse, a voce bassa. Il ragazzo stava ancora cantando. Le parole erano difficili da capire, distorte e quasi strozzate, ma lui ricominciava sempre la sua canzone senza prendere fiato, come un disco rotto, e riuscivamo con fatica a ripescare le parole una per una.

Ah cruenta è la vendetta,
ma qui non abbiam paura.
E da un solo ardor che aspetta
siam noi mossi senza abiura.

Lasciammo scorrere via una serie di suoni tenui e acuti che fecero improvvisamente tuffare gli ippopotami e cacciarono i caimani dalle rive. Poi ritrovammo il filo:

Salda e fiera, anima mia,
colga il mal chi si ritira.
Fermi sulla destra via,
al dover niun sospira.

– C'è uno iato in ogni verso, – squittí un purista alle nostre spalle.

Pena per la codardia
tra bestiali fauci sia.
Nel deserto o tra maree
onoriam le nostre idee...

Fine. Ho visto il boy girarsi e guardarci con terrore infantile.

– Jean-Baptiste, – chiamai.

Il ragazzo si avvicinò. Teneva in mano il persico spellato e aveva l'espressione spaventata di un ladro colto sul fatto.

– Come conosci questa canzone?

– Non parla francese, – disse Paul-Louis con una certa malinconia.

– Lo canta solo, – suggerí aspro qualcuno.

Il mio boy ci fece da interprete. Sí, aveva imparato quella canzone da un francese. Quale francese? Un francese. Tutti i francesi sono uguali. Non c'è differenza tra i francesi.

– Farebbe piacere al grande De Gaulle, – sentenziò qualcuno, sempre lo stesso.

Dove aveva conosciuto quel francese? A Bangui. Cosa stava facendo? Cantava. E quando non cantava? Cantava sempre. E ridagli! A volte, quando non cantava, dormiva.

– Un funzionario dell'amministrazione coloniale, – ipotizzò ancora quel qualcuno.

– Ma se non cantano mai, – osservò Paul-Louis.

Dov'è stato finora il suo padrone? In cielo. Morto? No, non è morto, si è solo alzato in volo. Quindi era un aviatore? Sí, è cosí, era un... be', uno di quelli come dici tu. E come si chiamava? Sergente Gnama.

– Vuol dire animale...

Gli ippopotami tirarono fuori dall'acqua le orecchie da gatto e sbuffarono rumorosamente. Il sole era tramontato nella giungla e la notte arrivava con la velocità di un tuffo.

Sergente Gnama, non so dove siano le sue tracce oggi, in quali cieli lei abbia vinto e su quale terra sia morto, ma voglio che il suo paese sappia cosa cantava il suo boy nero di Ubanghi in quel 1941. Fu un anno terribile, ma certo... Ricordo benissimo: all'epoca il Chari sfociava nel lago Ciad.

[1946].

Ksawery Pruszyński

Il trombettiere di Samarcanda

Fu un tempo, come me, giovane assistente presso la cattedra di storia del diritto e poneva la mia medesima passione nei *volumina* e nelle *pandectæ*, nell'*arbitrio* e nei *rescripta*. Il susseguirsi degli inverni ricopriva di candidi ermellini di neve i chiostri rinascimentali del Wawel[1]; il susseguirsi delle primavere rinverdiva il Sikornik di una vegetazione ancora piú tenera di quella dei prati del Green Park. Ma le stanze buie dell'edificio di via Gołębia 20, dove si annidavano gli istituti universitari dall'epoca di Sigismondo il Vecchio[2], erano sempre ugualmente scure, forse in primavera solo un poco piú umide. E noi scrivevamo una dissertazione dopo l'altra, un lavoro dopo l'altro. Quando lui lavorava al diritto dei *culm*, io iniziavo il mio *Organizzazione dei possessi reali sulla base del «Capitulare de villis» di Carlo Magno*. Quando si immerse nella legislazione urbana della Prussia Reale, io concludevo lo studio circa l'influenza di Montesquieu sulla Costituzione del 3 maggio[3]. Regnava un grande accordo tra noi, poiché ci legava la medesima passione per lo studio. Ma io ero attirato sempre piú dall'Oriente dei nostri vicini piú prossimi, l'Oriente delle repubbliche mercantili della Grande Novgorod e di Pskov, dell'Orda d'Oro, con

[1] Wawel: il castello reale di Cracovia.

[2] Sigismondo il Vecchio (1467-1548) re di Polonia. Nel 1518 sposò Bona Sforza.

[3] La Costituzione del 3 maggio 1791 definí le basi del sistema politico della Repubblica secondo le richieste avanzate dai fautori delle riforme.

cui aveva stretto rapporti Witold[4], dei Girei[5] di Crimea, con cui furono in corrispondenza gli Jagelloni. Solo che a Cracovia, come in Occidente, a me vennero a mancare le chiavi per quel mondo misterioso. Egli invece per il suo le aveva tutte. Quanto a me attirava l'Oriente, asiatico e mongolo, altrettanto egli era attratto dalla misura, dalla calma, dalla freddezza e dall'ordine del Medioevo urbano in Europa. A Cracovia, accanto al clan aristocratico del Palazzo degli Arieti, di via Bracka e di corso Tarnowski, accanto al mondo dei professori, in cui le cattedre scientifiche erano per consuetudine ereditarie, proprio come le castellanie nell'antica Polonia, e anche come talvolta le cariche politiche nell'Inghilterra di non molto tempo fa, esisteva anche il piú silenzioso, riservato, ma di per sé forte mondo borghese. Gli era piú congeniale la chiesa della Vergine Maria che la cattedrale del Wawel, e le palazzine borghesi di via Grodzka piú che i palazzi. Il mio amico si era infatti formato in quel mondo.

I giovani storici di solito sentono disprezzo per tutto ciò che viene da noi definito come leggenda, rituale, racconto popolare e che non può contare sulla testimonianza di una documentazione chiara. Il mio amico era diverso. Egli pareva credere piú che a tutto appunto alla tradizione popolare. Riteneva che essa, conservata da persone dalla mente semplice, venga notevolmente meno contaminata di quando se ne impadroniscono con la loro fantasia persone definite come dotte. Riteneva che se una certa versione è conservata soltanto da un singolo individuo o da un paio di persone o da alcuni documenti, essa è notevolmente meno degna di fede della versione conservata dalla maggioranza degli abitanti di un dato villaggio, quartiere o città e trasmessa da una massa di persone alle generazioni suc-

[4] Witold (1352-1430) granduca lituano, cugino del re Ladislao Jagellone; nella battaglia di Grünwald fu a capo degli eserciti lituani.

[5] Girei: i Tatari di Crimea che fondarono un importante khanato, regno (metà del XV secolo - 1783), con Bachëisaraj per capitale.

cessive. Cosicché quando a un certo momento divampò la contesa sul cosiddetto Lajkonik[6] il mio amico ne tenne con forza le parti. Tutti conosciamo la storia del Lajkonik, non vale la pena di ripeterla. Basti dire che di punto in bianco qualcuno scoperse non si sa come che quella tradizione, di cui Cracovia ha sempre menato tanto vanto, che ha sempre celebrato con tanto sfarzo un anno dopo l'altro in occasione del Corpus Domini, era un'invenzione di certo risalente a epoca assai tarda! In quanto non si era trovata in alcuna fonte neppure la minima traccia che Cracovia avesse mai subito proprio una invasione tatara simile a quella di cui parla la tradizione. Mai i Tatari si erano avvicinati alla città non visti e cosí dappresso da poter bramare di impadronirsene con l'inganno e, fatto piú importante, poter colpire con l'arco l'uomo di sentinella sulla torre di Maria Santissima nel momento in cui costui suonava la diana. Allo stesso modo non v'è menzione del fatto che successivamente i suddetti Tatari abbiano subito una sconfitta tale che perí il loro capo o principe. I professori, come è noto, non amano le leggende, e si compiacciono dell'esattezza.

Il popolo di Cracovia non si preoccupò piú di tanto di quelle scoperte dei professori. In primo luogo perché viveva separato sia dalla Cracovia delle corone nobiliari, come dalla Cracovia delle toghe professorali, da una muraglia difensiva notevolmente piú antica della porta di San Floriano. In secondo luogo, perché già una volta aveva affrontato la battaglia accanita e vittoriosa per i colombi della chiesa di Maria Santissima. Ma il mio amico incominciò a battersi appassionatamente con la trentina di sapienti che si assidevano un anno dopo l'altro negli stalli del Collegium Novum e che sfilavano tra densi vapori di naftalina,

[6] Lajkonik: maschera legata al mondo delle Corporazioni e presumibilmente connessa agli antichissimi riti della primavera. A Cracovia questa tradizione si riconnette a sua volta all'invasione tatara della fine del XIII secolo: nel periodo della Pentecoste un personaggio abbigliato alla foggia tatara sfila per le vie indossando una sagoma che riproduce un cavallo di legno decorato con colori vivaci [*N. d. T.*].

nei porpora, viola, verde e blu delle toghe dalla chiesa di Sant'Anna fino al suddetto Collegium. Ricordò che comunque la diana di Maria Santissima veniva un tempo suonata dai bastioni delle mura della città e che su uno di quei bastioni poteva essere stato trafitto quel famoso trombettiere; argomentò che nelle cronache ci sono lacune e imprecisioni; che se anche qualcosa mancava nella cronaca, nella vita poteva tuttavia essere accaduto. La discussione andava avanti, gli anni anche: il mio amico in margine ad altri lavori difendeva la sua leggenda.

Nel 1939 fu richiamato alle armi per le esercitazioni della riserva. Mi scrisse dai dintorni di Ostrog: «Visito le tue parti natíe». Dopo poco tempo avrebbe dovuto visitarle in modo un po' piú preciso. Si trovò infatti a Starobielsk, poi a Griazowiec, e finalmente a Tashkent. Dopo due anni di vita errabonda la divisa dell'armata polacca era logora, malandata, piena di toppe, ma in essa vi era maggior gloria che in piú di un vessillo, il quale al di fuori delle sfilate non aveva mai visto il fronte. L'uomo si era ingrigito, rattrappito, ma non aveva perso la fantasia. Leggeva molto, scriveva un poco.

«Rimpiangi amaramente di non aver provato tutto questo. Kozielsk, che monastero c'è lí! Barocco greco-ortodosso! Ho percorso come ufficiale agli alloggiamenti tutta l'Asia centrale sovietica. Che meraviglia! Buhara! Samarcanda!»

Era davvero uno scienziato, perché le cimici piú incattivite non erano riuscite a uccidere in lui la passione, cosí come in Józef Czapski non avevano indebolito la sensibilità al bello, al colore, alla luce e alla linea, e come in Broniewski[7] non avevano annebbiato l'incanto dei versi di Esenin e di Błok. Ci eravamo ormai insediati a Teheran, città delle leggende di Shehrazād, città dell'Oriente, e attraverso la paccottiglia europea, che aveva suscitato tanta ammirazione nelle persone uscite dalla Russia, l'Oriente

[7] Władysław Broniewski (1897-1962), poeta.

si chinava verso di noi e guardava nelle nostre finestre. Intanto nella conversazione a voce sommessa si parlava di Cracovia, dei professori, di Stanisław Estreicher, che non c'è piú[8], di Kutrzeba, di Taubenschlag, di Adam Vetulani[9], di tutto un mondo che si era perduto chissà dove, perito o dissolto. Ci congedammo. Avrei dovuto fargli visita la sera. Mi disse ancora: – Quando verrai, ti dirò una cosa... Una cosa bellissima ti racconterò.

Il mio amico abitava in capo alla città, nel quartiere degli armeni... Ci sedemmo nel cortile della casa, sotto gli alberi, da soli. Sapevo che mi avrebbe raccontato qualcosa, come raccontava un tempo nell'istituto di via Gołębia 20, sulle scoperte o sulle osservazioni che aveva effettuato. Incominciò tuttavia a raccontare di Samarcanda.

– Sai, – disse, – devo ammettere che quando ci destinarono dalle rive del Volga a quei luoghi, sospirai immediatamente di sollievo. Il paesaggio dello Jangi-Jul' ad esempio – talvolta è come il paesaggio dei Carpazi. Ti ricordi di Biecz, accovacciata tra le montagne, coperta di muschio? Non conoscevamo le nostre città! E inoltre là c'era la gente. Può darsi che in altre zone fossero diversi, può darsi che se fossimo stati dei prigionieri si sarebbero comportati diversamente, ma almeno io adesso posso dire che sospirai di sollievo. Si tratta di una razza antica, a suo modo colta e civile. Possiede quel tipo di dignità che hanno gli abitanti del Marocco e gli arabi di Palestina. Noi per loro eravamo inoltre figli del Lechistan[10]. Per costoro non esiste alcuna Lettonia, alcuna Cecoslovacchia. Non hanno sentito parlare di Olanda, Svizzera o Spagna. Ma del Lechistan hanno sentito parlare. Cosí come noi un tempo della Tur-

[8] Stanisław Estreicher (1869-1939), morto nel campo di concentramento di Sachenhausen.

[9] Stanisław Kutrzeba (1876-1946); Rafał Taubenschlag (1881-1958); Adam Vetulani (1901-1976).

[10] Confederazione polacco-lituana, soppressa nel 1795 con la suddivisione dei suoi territori tra Prussia, Austria e Russia.

chia. Dopo tanti secoli sono rimasti soltanto i ricordi buoni. Forse un giorno accadrà lo stesso anche dopo le guerre attuali. Ad ogni passo, ad ogni città, ad ogni moschea, o tomba, ci si imbatteva nelle memorie storiche. Non ci sono tracce di storia nelle distese verdeggianti dei Komi[11], e neppure oltre gli Urali, giovane e avara è sul Volga. Ma là, oltre il Mar Caspio, e verso i confini della Persia, la storia si è disposta secondo stratificazioni di millenni. Tutto il paese è come un vulcano spento, che secoli orsono abbia riversato la sua lava sul mondo. I popoli di là sono appunto codesta lava. Essa si è sparsa in lungo e in largo, portando guerra fuoco e pestilenza. Fino a che si smarrí in sé stessa e si raffreddò. Adesso siedono immobili sulla soglia di miseri casolari e attendono non si sa che. Neppure la rivoluzione è ancora riuscita a scavare in questo marasma fino in fondo. L'Oriente. Ecco che noi, i polacchi, l'esercito, ci hanno salutati, te l'ho detto, in modo estremamente cordiale: gli uzbeki, i tagiki, i kirghisi, tutti. Ma soltanto a Samarcanda si profusero in un'ospitalità tipicamente orientale, asiatica, pregna di un qualche secondo fine. Il secondo fine era davvero molto ben celato. Non si fece intendere neppure quando ci chiesero con noncuranza, facendo finta di nulla: «Siete figli del Lechistan, vero?» «Sí». «E siete soldati, vero?» «Sí». Un gruppetto di anziani, dai visi rugosi, il cui giallore si era mutato in color bronzeo, confabulò per un poco, affermando ancora una volta ciò che d'altronde sapevamo da tempo. Dopo di che chiesero come per caso: «E credete in Dio? Nel vostro antico Dio, sí?» «Ci crediamo, abbiamo i preti, o, guarda, portiamo le croci» rispondemmo. Mostrammo ai vecchi le piccole croci che tenevamo in seno. Piccole croci ritagliate dalle scatolette di conserva. Pareva che la cosa li rallegrasse stranamente. Qui giunse una domanda nuova, alquanto inattesa, come piú

[11] Nome di popolazioni insediate in territori a nordest della parte europea della Russia. Oggi costituiscono una repubblica autonoma.

audace, come piú diretta: «E avete dei trombettieri?» «Li abbiamo!» Come sai ottenemmo assai in fretta gli strumenti musicali, comprendi infatti che cosa sarebbe sembrata la festa polacca del reggimento o una sfilata senza orchestra. Non so come fosse da voi in Scozia, ma da noi questo non mancava... Dopo una pausa gli uzbeki dissero: «Perché noi vorremmo rivolgervi una grande preghiera... Se siete del Lechistan e siete soldati... e credete nel vostro Dio... e avete dei trombettieri... non potreste domani sera dare ordine ai vostri trombettieri che suonino per noi sulla nostra piazza vecchia? Dirimpetto alla moschea in cui riposano le ceneri del grande Timur[12]?» «D'accordo». Gli anziani ringraziarono, in modo stranamente breve, per essere degli orientali, e se ne andarono. Ancora, mentre li si accompagnava, chiesero sulla soglia: «Suonerete di certo?» «Suoneremo». L'indomani ci rendemmo conto che era giovedí, la vigilia del giorno sacro dei maomettani, e ricordo che qualcuno alla mensa ufficiali fece notare che forse questo aveva una qualche connessione. Ma ce ne avvedemmo davvero soltanto la sera. Il colonnello, che ama queste cose, aveva deciso di fare un'apparizione degna. I trombettieri erano tutti in ghingheri, come si deve, le trombe lustre e tutto quanto a puntino. La sera, davanti alla moschea di Samarcanda, la famosa moschea in cui riposano le ceneri di Tamerlano, nereggiava una folla cosí fitta, cosí densa e cosí immobile nell'attesa, come solo nell'Oriente asiatico può stare in attesa. Completamente immota. Ondeggiava soltanto con un mormorio. Perfino le vie e i bazar adiacenti, tutto era traboccante. Solo davanti alla moschea si vedeva un piccolo spiazzo di selciato deserto circondato dalla moltitudine. In quella direzione si avviarono i trombettieri. Era il posto riservato a loro. Suonarono una prima, una seconda, una terza volta. Suonarono la sveglia militare, suonarono qualche appello, suonarono infine la diana. La nostra della

[12] Condottiero mongolo (1336-1405), meglio conosciuto in Italia come Tamerlano.

cattedrale. Ricordi, quando la suonavano a Tatiszczewo in dicembre? Sai bene come siano le strade di una Samarcanda, o di una Buhara. Invece in quell'occasione non c'era nulla di quel chiasso, di quel bailamme in confronto ai quali le nostre Nalewki o Kazimierz[13] erano un'oasi di pace. Essi davvero parevano impietriti. Era la musica ad agire cosí su di loro, o che altro? In silenzio ascoltarono, in silenzio si dispersero. Ma già allora noi comprendemmo che sotto tutto questo si celava qualcosa. Cosicché incominciammo a investigare, a fiutare, a ficcare il naso. Nessuno dei sicofanti di casa nostra – e ammetterai che negli ultimi tempi da noi questo settore si è stranamente moltiplicato! – ficca altrettanto il naso, va a caccia di parole, curioso della vita altrui come noi allora. Ma gli orientali erano impenetrabili. Non volevano dire nulla.

Il mio amico sorrise:

– Per prime si tradirono le donne... – sorrise con i bei denti giovani che lo scorbuto non aveva corroso. – Le relazioni dei testimoni sono come le relazioni negli archivi. Trovi qualcosa alla Jagellonica, lo confronti con qualche cosa della Rapperswil; trovi qualcosa nella Rapperswil, lo confronti con qualcosa di Kórnik. Purché ci sia un aggancio. L'aggancio fu quello che mi disse quella ragazza. Poi parlarono gli anziani, coloro che conoscevano meglio la cosa.

Ricordo che si era fatto ormai del tutto buio e sulla parete della casa armena c'erano le ombre azzurre della luna, quando continuò a raccontare:

– A Samarcanda, a quanto risulta, esiste una leggenda. O piuttosto una profezia. Cioè essi una volta presero parte insieme ai Tatari alle invasioni della Polonia. È comprensibile che vi abbiano preso parte, altrimenti come si spiegherebbe che masse cosí enormi si siano riversate nei nostri paesi durante le invasioni? Ed ecco che una volta assalirono una città «che da voi – cosí mi disse Tuzbe-

[13] Quartieri ebraici di Cracovia.

co – equivale a quello che per noi (ossia per i Tatari di allora) è Samarcanda…»

– Cracovia? – chiesi a bruciapelo.

– Non lo so; questo non me lo disse e la leggenda non ne fornisce il nome: dice soltanto che era una città molto antica e molto ricca…

– Se era ricca, non era Cracovia.

– Scusa: nella loro concezione anche Samarcanda è una città ricca.

– Beh, se Samarcanda… – ammisi.

– …una città molto antica e molto ricca, capitale del paese. E città sacra. Proprio da uno dei minareti – come dicono loro – di questa città fu suonata con la tromba la preghiera. I Tatari erano sgattaiolati proprio fin sotto le mura. Volevano prendere la città di sorpresa. E allora…

– Si tratta del Lajkonik!

– Fa' attenzione! E a stento il trombettiere poté dare l'allarme alla città, che la freccia dell'arco tataro gli trapassò la gola. Morí, ma la città avvertita si difese. I Tatari furono sconfitti.

(Oggi, mentre descrivo quel racconto di Teheran, mi viene in mente che almeno per una volta le fonti originali di due popoli descrivono lo stesso evento in modo identico. Allora, a Teheran, potevo pensare soltanto a una leggenda).

– Dunque era davvero la nostra leggenda?

– Aspetta. Sai perché volevano che i nostri trombettieri suonassero nella piazza grande della loro città, alle soglie della moschea?

– Perché?

– Beh, figurati che i Tatari avevano un tempo la nobile abitudine di redigere precisi rapporti dopo ogni spedizione. Quale ne fosse stato il decorso, quanto fosse durata, come avessero combattuto gli avversari, dove il bottino fosse stato piú ricco in bestiame, e dove in donne. Simili rapporti dopo il ritorno alla patria delle steppe erano sottoposti all'esame di una sorta di commissione, composta dai piú anziani, e quindi anche dai sacerdoti. I rapporti venivano esaminati con particolare diligenza se la spedizione era fallita. Questa volta le cause del fallimento furono esaminate tanto piú accuratamente, in quanto era morto un principe tataro, figlio del capo o qualcosa di simile. Dunque proprio come nella nostra leggenda cracoviana. Come vedi, talvolta le leggende hanno ragione. I sacerdoti non faticarono molto a emettere il loro verdetto. Affermarono ben presto che la spedizione era fallita per punizione del cielo, poiché mentre la città si raccoglieva alla preghiera, essa era stata interrotta d'improvviso. Non so perché avessero sentenziato proprio cosí. Forse per il fatto che tutti i sacerdoti sono solidali tra loro, forse perché non avendo trovato altre cause volevano in questo modo esprimere ciò che noi definiamo *vis maior*. Fatto è che cosí sentenziarono. E aggiunsero anche una profezia oltremodo cupa per tutti questi popoli: «Il vostro atto» dissero «vi attirerà la punizione del cielo. Non calpesterete terre straniere ad ogni primavera, non conquisterete città altrui, i vostri regni decadranno, sulle rovine delle moschee crescerà la malerba e la gloria della steppa cadrà nell'oblio. Tuttavia anche per voi tornerà a brillare il sole della prosperità. Ma ciò non accadrà fino a quando un trombettiere del Lechistan non suonerà sulla piazza di Samarcanda il canto che allora non concluse». Cosí racconta la leggenda di Samarcanda. E cosí credono tutte le tribú mongole dal Tien-scian fino alle rive del Mar Caspio. L'anima di Gengis Khan vaga errabonda per le steppe dell'Asia.

– Allora si tratta di una leggenda autentica?

– Che vuol dire: leggenda autentica? Esistono documenti autentici o contraffatti, non esistono leggende autentiche o contraffatte. Le leggende non possiedono l'atto di nascita. I paesi nuovi non hanno leggende; le hanno i paesi antichi. La leggenda fermenta nei cervelli di un paio di generazioni come il vino nei tini, acquista forza. È cosa certa che qui nessuno aveva sentito parlare di Cracovia, della diana, del nostro Lajkonik. Ma avevano una leggenda che sembra l'altra metà della nostra. Come nel nostro clima ritroviamo i loro modelli steppici, cosí nel disegno di quella leggenda ritroviamo la traccia della nostra.

Nella tenue luce bluastra della notte, sotto la parete bianca, sfumata d'azzurro, Cracovia all'improvviso si sovrappose all'immagine di Samarcanda. Il campanile della cattedrale, la piazza del Mercato, via Gołębia, i giardini delle Planty. Era caduto lo schermo dello spazio e del tempo. Si erano rimpiccioliti chissà dove miglia e secoli. Tra la lontana Cracovia e la quasi leggendaria Samarcanda incominciò a tessersi il disegno variopinto, uguale per loro e per noi, della leggenda comune.

[1946].

Jan Drda

L'assassino

Il sole di maggio incendia la strada. Sul selciato, venti metri al di là della barricata, giace il piccolo corpo di Elenetta. La morte digrigna i denti. *Trr... ratatatata...* Il pettine del mitra ha accarezzato la testa della piccola di cinque anni. La mamma la riconosce soltanto dai vestiti. Perché la testa... meglio non parlarne. E tuttavia questo è un luogo muto, finora calmo; solo in qualche parte verso la nona, decima barricata, i nostri fanno fuoco contro i tedeschi.

La terra è umida e immobile, dal suo grembo sono stati cavati blocchi di pietra. E dopo due giorni di pioggia che è entrata fino al midollo, di nuovo splende l'enorme sole di maggio. Non si possono tenere i bambini in casa. Corrono dappertutto con le palettine e i secchielli, a gruppi si siedono in mezzo alla strada, giocano con la terra bagnata. Nel cielo tutto è silenzio, la guerra è lontana. Il sole riscalda i fanciulli intirizziti dalla notte.

E ancora una volta, *ratatata.* I bambini impauriti si disperdono come galline. Elenetta non corre piú. E Vlasticka, la sua compagna di quattro anni, d'un tratto al posto delle belle manine paffute vede qualcosa di terribile. Inorridita dal proprio sangue, gli occhi spalancati, corre ancora sul marciapiede e lí si ferma, e giace sulle pietre.

Lí a pochi passi c'è il braccio. Le dita non hanno abbandonato la palettina.

Gli uomini si precipitano per strada. Senza armi, perché hanno mandato tutto lí davanti, dove si combatte sul serio. Sanno che quello lassú può sparare. Che spari, almeno si capirà dove si nasconde. Con gli occhi pieni di odio, si rivolgono verso gli abbaini. A guardar solo le finestre non lo si vede, le granate ieri hanno schiantato quasi tutto. I vetri già da tempo sono ammassati ai muri delle case. E quello lí – non c'è nome per lui – sta seduto da qualche parte col dito sul grilletto, l'occhio in guardia. Spara quando vuole. Ma come, qui ci sono ancora dei tedeschi? Per tre volte di seguito era stato visitato tutto il blocco, dalle cantine fino agli abbaini. Nessuno poteva scappare. Nessuno. Ma «quello» è qui. I ragazzi guardano come incantati il corpo di Elenetta. I tiratori mirano. Nessuno, nessuno... e tuttavia è qui.

Compagni, confessate!

Allora uno di loro, tutto impaurito, balbetta: – Compagni, sono un uomo debole. Forse, io... ho lasciato una vecchia malata al quarto piano... Non ho avuto coraggio... Forse qualcuno è stato cosí buono anche con mia madre... ma certamente... ma come, la vecchia che spara... Riusciva appena a togliersi le coperte di dosso...

– Bestia! – gli grida con ferocia il fabbro Martinek, – sei una bestia!

E lo colpisce con un pugno al petto che lo fa barcollare. – Datemi una pistola! Una granata!

Poi si accontenta di un piccone. Tre, quattro, cinque di loro percorrono la strada. Sono carichi d'odio. Ognuno vuole essere presente. Solo l'ultimo, l'uomo debole, resta accanto al corpo di Elenetta. Piange a dirotto.

Sulla porta non c'è nome. Martinek alza il piccone, ma il compagno lo ferma con la mano. Meglio suonare. Trilla il campanello, sordo, lontano, come da un altro mondo. E dopo una lunga pausa, dopo un'attesa silenziosa, ardente, si sente un leggero fruscio. Le pantofole strisciano sul pavimento. Qualcuno, non si sa perché, piagnucola come per vincere insieme il dolore e la rabbia. Timidamente, si apre uno stretto spiraglio.

Atterrita, pallida, lo sguardo acceso, la vecchia sta davanti a loro. Sopra la camicia da notte porta una vestaglia sporca che sa di muffa. Con gli occhi stanchi, arrossati, pieni di sottomissione, sorride agli uomini: – Cosa volete? Io già donna vecchia...

Sono esterrefatti. Dio mio, non sono le vecchie che stiamo cercando. E per la seconda volta se ne sarebbero tornati, per la seconda volta avrebbero capitolato davanti a questo straccio di impotenza senile. Soltanto Martinek non abbandona il sospetto. E tutti lo prendono per un uomo cattivo quando afferra la vecchia per le spalle e la fa girare come una trottola. Si intrufola dentro la casa. Una cucina tranquilla, smorta. Un focolare freddo. Un letto con lenzuola grigie, consunte, con le coperte sottosopra.

– Qui nessuno, qui nessuno...

Una testardaggine disperata spinge Martinek verso l'altra porta. Una stanza, vuota. Sulle pareti, palme incartapecorite simili ad antichi ventagli, vecchissime cartoline delle Alpi, uno specchio scheggiato. In una cornice di conchiglia, la fotografia di un ufficiale austriaco: con la sinistra si appoggia alla sciabola, con la destra alza un bicchiere. Gli occhi disperati di Martinek passano in rassegna ogni cosa. Ma improvvisamente lo sguardo si ferma sulla tavola. Accanto alla tazza del caffè, in un piattino, c'è una tartina dalla quale una larga bocca d'uomo ha strappato due mezzelune. Nient'altro. La tartina è gialla di burro. Rossa di marmellata di lamponi. Rossa come il sangue.

Con un colpo feroce rompe le due ante dell'armadio, getta via il piccone, tende le braccia e si lancia contro i vestiti della donna appesi alle grucce. Si dibatte tra questi vecchi stracci. Poi afferra qualcosa di vivo, di solido. Furioso. Cadono sul pavimento, rovesciano alcune sedie. Martinek è fabbro: si vede, in venti secondi pianta le sue ginocchia sul petto di quell'animale di un tedesco. La sua lunga testa sbatte sul pavimento di legno.

Trovano il mitra nella biancheria, mezzo caricatore sparato. Lo legano con una corda ricavata dalle lenzuola e gli intimano di alzarsi. E tu, vecchia megera, vieni anche tu! La vecchia si getta ai piedi di Martinek.

– Walter... Walter... lui niente fatto!

– *Schweig, Mutti!*[1] – le grida l'assassino. Ma in lei la diga ha già ceduto. Si contorce, si dibatte, si tiene le ginocchia. E poi vomita terribili parole di accusa contro sé stessa.

– Vieni a vedere, carogna! – Martinek la conduce verso la finestra. – Ecco, guarda un po'. La vedi? Tu sei mamma?

– Io, io stessa detto Walter! Io detto lui sparare bambini, lui niente fatto... io stessa detto sparare!

D'un tratto, Dio sa come, perde l'equilibrio vicino al davanzale della finestra. Le mani che dovrebbero sostenerla cadono nel vuoto. Come un mostruoso paracadute, si abbatte sul selciato. Walter sporge la sua testa lunga dalla finestra aperta, ma non batte ciglio, gli occhi di ghiaccio, come se fosse caduto uno straccio.

– Vieni qui, porco! – lo spingono prendendolo a pugni e lo conducono in mezzo alla strada verso il corpo di Elenetta. Davanti all'ingresso del palazzo giace la vecchia, un mucchio di ossa informi in un sacco di pelle. Suo figlio la scavalca, come se passasse su un albero abbattuto. Senza fremito, senza guardare. Alza la sua testa lunga all'indietro, mostra il mento come un attore sulla scena.

– Inginocchiati! Bacia questa terra insanguinata! – urla Martinek, e con un colpo piega Walter in ginocchio in mezzo alla strada. Walter fa per alzarsi. – Inginocchiati! Bacia!

E qui l'assassino compie il suo ultimo affronto, sputa sul volto della bambina morta.

Due minuti dopo è completamente ammansito. Un grande animale che balbetta con la bocca insanguinata inutili preghiere di perdono.

[1] «Silenzio, mamma!»

– Mangia la terra! – gli gridano, e lui, obbedendo, lo fa. Si riempie la bocca di quella terra nera, si ingozza, un boccone dopo l'altro. Finalmente è sazio di questa terra ceca che da sempre desidera con tanto appetito.

Poi, ben nutrito, lo consegnano nelle mani dei partigiani.

Sulla sua carta d'identità c'è scritto: dottore in Medicina.

[1947].

Louis Paul Boon

Qualcuno venuto da buchenwald*

Un terrorista? Era uno che si era pettinato i capelli sulla maniglia della porta e si aggirava per le strade di notte come gustave aimard nelle praterie, con una bomba per ogni mano, un piccolo cannone anticarro sul fianco, e pantaloni sbrindellati che gli svolazzavano intorno alle gambe. Poi però venne da me il primo terrorista, un signore con gli occhiali di corno (che dovevano fungere da travestimento) e una cravatta blu scuro con una righina rossa, che mia moglie in seguito disse «una cravatta cosí bisogna che te la compri anche tu», e come se non bastasse con le scarpe di lacca. Le scarpe di lacca, maledizione, pensai con sconfinato disprezzo. Si chiamava andré, ma quello era ovviamente un nome di copertura, per mettere gli altri su una pista sbagliata, e all'inizio credevo che volesse metterli sulla pista sbagliata anche per come era vestito, perché dall'eleganza con cui si sedeva, da come era educato e dai modi gentili con cui beveva dalla tazzina di caffè, avrei potuto giurare che fosse una ragazza. Anche vieze era con noi, e gli disse che la germania bisognava raderla al suolo, maledizione, e andré sgranò gli occhi e si disse dispiaciuto che dovessero essere distrutti tutte quelle vecchie chiese e quei castelli, e quando obiettai che in fondo erano solo vecchi sassi, che dopo la guerra potranno costruire chiese nuove, mi guardò… giusto,

* Nell'originale le iniziali dei nomi propri, tranne che in apertura di frase, sono minuscole: nella traduzione si è deciso di mantenerle cosí [*N. d. T.*].

proprio come io avevo guardato le sue scarpe di lacca. Perché in seguito seppi che prima di entrare in clandestinità doveva avere lavorato come conservatore in un museo, o al gabinetto delle stampe, o in ogni caso in luoghi dove ci si trova a condurre una lotta disperata contro la polvere. Ma per evidenziare qualcosa che lo caratterizzava veramente: era la persona di collegamento con una terrorista del quartiere del porto, che casualmente era una ragazza, sai, di quelle per cui si usa ogni sorta di epiteti, non capisco perché, una è una sartina, l'altra una dattilografa, e un'altra ancora è una puttana, e quella ragazza diceva di lui: andré? Ah, è una cara amica. E andré aveva percorso anche la sanguinosa via crucis dagli uffici della gestapo a breendonk e da breendonk a buchenwald, e anche da buchenwald lo portarono via DI NUOVO – e quando ti portavano via da lí potevi tranquillamente metterci una croce sopra – e gli legarono le mani dietro la schiena e lo portarono al patibolo dove... oh, mi verrebbe da dire dove la sua ultima cravatta era già annodata pronta ad attenderlo, ma suona cosí... cosí... Se pensi che ci sono dovute andare centinaia delle nostre persone migliori, con le mani legate dietro la schiena... Ma proprio mentre era lí erano arrivati gli aerei e all'istante era scattato l'allarme e avevano iniziato a bombardare le baracche delle SS, e tutti erano scappati abbandonando andré da solo, lí, davanti al suo patibolo. E quando gli aerei non c'erano piú, erano usciti dai nascondigli, e si erano messi a cercare andré che era fuggito e aveva preso da un morto un passaporto francese, e gli aveva lasciato il proprio. André era morto, andré, che era vissuto in clandestinità qui da noi, viveva in clandestinità per la 2ª volta laggiú a buchenwald. E ora ritorna, si siede con delicatezza, e chiede molto educatamente come sto, e quando gli domando come te la sei passata laggiú? allora mi racconta prima quello che lo ha colpito di piú: dovevo lavorare, e lo sai cosa dovevo fare? e arrossisce leggermente, e abbassa la testa imbarazzato – e cosí piano, che quasi non può sentirlo neanche lui, dice: vuotare le latrine.

filosofia del povero omuncolo tradito: oh, accidenti, ti caghi addosso eppure sei già morto

e ricevo 2 lettere e uno mi scrive che mi rispedisce il mio ESAME *e l'altro che il valore è stato* ESAMATO[1]

e il sergente del servizio mine che è seduto sul tram con un'esile donna bionda la sorprende dicendole che tendono un cavo lungo le mine e poi da un rifugio crac-crac – e gira il pugno cosí – e ci sono ovunque vetri rotti ahah MA A VOLTE *CI SONO I RATÉ*

– Raté? Cosa sono? –

Be', le mine che non esplodono, e poi dobbiamo andare a cercarle – e fa cosí con il pollice e le dita, come un cuoricino piccolo piccolo che batte fortissimo – e la donna bionda esile si mette a tubare di piacere.

[1947].

[1] E qualcuno che lesse questa pagina da bravo scolaretto corresse l'errore, forse arrabbiato perché non so scrivere neanche esaminato [*N. d. A.*].

Tadeusz Borowski

La morte di Schillinger

Il sergente maggiore delle SS Schillinger[1] svolgeva nel 1943 le mansioni di *Lagerführer*, ovvero di comandante responsabile del settore lavorativo maschile D del campo di Birkenau, parte integrante di quell'enorme complesso di lager grandi e piccoli sparsi per tutta l'Alta Slesia che amministrativamente dipendevano dal campo di concentramento centrale di Auschwitz. Schillinger era un uomo piuttosto basso, tarchiato. Aveva una faccia piena, gonfia, e i capelli chiari come il lino, pettinati aderenti sul cranio. Gli occhi azzurri erano sempre vagamente socchiusi, le labbra strette, le guance lievemente contratte da uno spasmo d'impazienza. Non si preoccupava del suo aspetto esteriore e non ho mai sentito che si fosse lasciato corrompere dai prominenti.

Schillinger dirigeva il lager D in modo attento e autocratico. Con la sua bicicletta correva a perdifiato per le strade del campo, sbucando inaspettatamente là dove meno se ne sentiva il bisogno. Col pugno era in grado di picchiare duro come con un bastone, faceva sanguinare e spaccava mascelle con grande facilità.

Nel vigilare era infaticabile. Visitava di frequente gli altri reparti del campo di Birkenau, seminando il panico fra le donne, gli zingari e i prominenti dell'*Effektenenkammer*, vale a dire del reparto piú ricco di Birkenau, dove

[1] Josef Schillinger (1908-1943) è una figura realmente esistita, anche se sulla sua morte sono sorte parecchie leggende. Anche Borowski, d'altra parte, non fa che riportare una voce.

venivano depositati i beni delle persone mandate al gas. Sorvegliava anche i *Kommando* che operavano all'interno della *Postenkette* grande, perquisendo senza preavviso gli indumenti dei prigionieri, gli stivali dei *Kapo* e le borse delle SS. Si recava in visita ai crematori e si dilettava nell'osservare le persone mentre venivano spinte nelle camere a gas. Il suo cognome veniva citato accanto a quelli dei vari Palitzsch, Krankenmann e dei molti altri assassini che si facevano un vanto di aver massacrato qualche migliaio di persone con le proprie mani, a pugni, a bastonate o con le armi.

Nell'agosto del 1943 cominciò a circolare nel campo la notizia che Schillinger era morto in circostanze imprecisate. Dell'incidente vennero date versioni diverse, in teoria autentiche, ma di fatto assolutamente contraddittorie. Per quel che mi riguarda, sarei piuttosto propenso a credere a un amico, un *Vorarbeiter* del *Sonderkommando*, che un pomeriggio – mentre se ne stava seduto con me su un assale in attesa di una partita di latte condensato dal magazzino del campo degli zingari –, a proposito della morte del sergente maggiore Schillinger, mi raccontò quanto segue:

– La domenica, dopo l'appello di mezzogiorno, Schillinger era venuto nel cortile del crematorio per fare visita al nostro capo. Il capo non aveva tempo perché erano appena arrivati dalla rampa i primi autocarri del trasporto da Będzin. Be', fratello, lo sai bene, scaricare un trasporto, ordinargli di spogliarsi, e poi trascinarli alla camera a gas è un lavoro che richiede un gran – come dire? – tatto. Lo sanno tutti che non è permesso – prima che quelle persone vengano chiuse nella camera – mettersi a guardare nelle loro cianfrusaglie, frugarci, e tanto meno tastare le donne nude. Solo il fatto che si ordini alle donne di spogliarsi insieme agli uomini, lo capisci anche tu, fratello, costituisce per le persone in *Zugang*[2] un bel colpo. E allora si ricorre

[2] «Entrata», l'ingresso nel campo (in tedesco nel testo).

al sistema della massima fretta, e si finge che i bagni siano improvvisamente sommersi da un'enorme quantità di lavoro. D'altra parte bisogna sbrigarsi davvero, per fare in tempo a gassare un trasporto e a ripulire la camera a gas dai cadaveri prima che arrivi quello dopo.

Il *Vorarbeiter* si tirò su, si sistemò sul cuscino, lasciò penzolare le gambe dall'assale e, dopo essersi acceso una sigaretta, proseguí:

– Si trattava, fa' attenzione, del trasporto da Będzin e Sosnowiec. Quegli ebrei sapevano benissimo che cosa li aspettasse. Anche i ragazzi del *Sonderkommando* erano nervosi. Qualcuno di loro è di quelle parti. Ci sono stati casi di arrivi di parenti o di conoscenti. Anche a me è capitato...

– Non sapevo che tu fossi di quelle zone. Dall'accento non si direbbe.

– Ho fatto il Magistero a Varsavia. Circa quindici anni fa. Poi ho insegnato in un ginnasio a Będzin. Mi avevano offerto di andare all'estero, ma ho rifiutato. Sai com'è, fratello, la famiglia. Già.

– Già.

– Il convoglio era inquieto, sai, non si trattava di quei mercanti francesi o olandesi arrivati ad Auschwitz con l'idea di mettere su qualche affaruccio nel campo di internamento. I nostri ebrei la sapevano lunga. Per questo c'erano un sacco di SS, e Schillinger, vedendo come andavano le cose, aveva estratto il revolver. Sarebbe andato tutto per il verso giusto, se a Schillinger non fosse piaciuto un corpo: veramente ben fatto, classico. Probabilmente era venuto dal capo per questo. Se ne va da quella donna[3] e la afferra per un braccio. E d'improvviso quella donna, nuda, si china, prende una manciata di sabbia, gliela getta negli occhi e, quando Schillinger, urlando di dolore, lascia cadere il revolver, quella lo raccoglie e gli spara un paio di colpi nella pancia. Sul piazzale è scoppiato il finimondo. I

[3] Probabilmente Franziska Mann (1917-1943), ballerina polacca di origine ebraica.

prigionieri, nudi, si sono avventati su di noi gridando. La donna ha sparato un altro colpo al capo e l'ha preso in faccia. Lui e le SS se la sono data a gambe, lasciandoci soli. Comunque, grazie a Dio, ce la siamo cavata. Li abbiamo cacciati a bastonate nella camera a gas, abbiamo sprangato le porte e gridato alle SS che buttassero lo Zyklon B. Un po' di pratica ormai ce l'eravamo fatta, no?

– Be', *ja*, certamente.

– Schillinger giaceva bocconi e dal dolore raspava la terra con le unghie. Lo abbiamo tirato su e trasportato al camion senza troppe cerimonie. Per tutta la strada ha continuato a lamentarsi, stringendo i denti: «*O Gott, mein Gott, was halb'ich getan, dass ich so leiden muss?*» Che significa: «Oh Dio, mio Dio, che cosa ho fatto per soffrire in questo modo?»[4].

– Che buffa ironia del destino, – dissi scuotendo la testa, – che fino in fondo non abbia voluto capire.

– Che buffa ironia del destino, – rispose assorto il *Vorarbeiter*.

Davvero, che buffa ironia del destino: quando – poco tempo prima dell'evacuazione del campo – gli ebrei del *Sonderkommando*, per paura di essere fucilati, dettero vita a un ammutinamento nei crematori, bruciarono i forni, tagliarono i reticolati e fuggirono nei campi, bastarono poche SS a falciarli tutti, fino all'ultimo, col fuoco delle mitragliatrici.

[1948].

[4] La doppia invocazione ripete ironicamente quella di Cristo sulla croce: «Dio mio, Dio mio, perché mi hai abbandonato?» (Marco 14, 1-15,47, ma anche Salmo 22). Analogamente in un altro racconto, *Addio a Maria*, Borowski sceglie il nome della protagonista proprio con l'intento di produrre un attrito piú forte con il messaggio di speranza del cristianesimo.

Bertolt Brecht

Misure contro la violenza

Quando il signor Keuner, il pensatore, in una sala, davanti a molte persone si espresse contro la violenza, notò che la gente indietreggiava e andava via. Si guardò intorno e vide dietro di sé... la Violenza.

– Che stavi dicendo? – gli disse la Violenza.

– Mi sono espresso in favore della violenza, – rispose il signor Keuner.

Quando il signor Keuner se ne fu andato, i suoi alunni gli chiesero se avesse una spina dorsale. Il signor Keuner rispose: – Io non ho una spina dorsale per farmela rompere. Proprio io devo vivere piú a lungo della violenza.

E il signor Keuner raccontò la seguente storia:

Nell'appartamento del signor Egge, che aveva imparato a dire di no, entrò un giorno, al tempo dell'illegalità, un emissario che gli mostrò un documento diffuso in nome di coloro che dominavano la città e nel quale si diceva che doveva appartenergli ogni abitazione in cui mettesse piede, e parimenti doveva appartenergli ogni cibo che richiedesse; e parimenti doveva servirlo ogni uomo che vedesse.

L'emissario si sedette su una seggiola, chiese da mangiare, si lavò, si coricò e con la faccia rivolta alla parete, prima di addormentarsi domandò: – Mi servirai?

Il signor Egge lo coprí con una coperta, scacciò le mosche, protesse il suo sonno e cosí come in quel giorno gli obbedí per sette anni. Ma qualsiasi cosa facesse per lui, ce n'era una che si guardava bene dal fare, e cioè dal pronunciare una sola parola. Quando i sette anni furono trascorsi, l'emissario diventato grasso a furia di mangiare, dormire e comandare, morí. Allora il signor Egge lo inviluppò nella coperta ormai consunta, lo trascinò fuori della casa, lavò il giaciglio, imbiancò le pareti, diede un sospiro di sollievo e rispose: – No.

[1949].

Meša Selimović

I sei capitani di Jasenizze

Quelli di Jasenizze vissero in pace il primo anno di guerra. Il vecchio Mikailo Ilić si lamentò con i paesani che gli si era guastata la radio, l'unica che c'era in paese. Invece, di sera, incollando l'orecchio alla scatola, ascoltava le notizie dal mondo. Non erano buone. Il mondo si era incendiato. Vada per il mondo, la cosa si potrebbe sopportare; ma ha preso fuoco anche il nostro Stato.

Mikailo pensava che la guerra sarebbe stata come quell'altra, la Prima guerra mondiale. I tedeschi faranno un po' di preda, metteranno qualcuno in prigione, ne fucileranno e impiccheranno degli altri, qualcuno resterà vivo, basta avere il sale nella zucca e non pensare che l'eroismo sta nella testa rotta. Passeranno anche questi quattro anni, quanto dura di solito una guerra, quei pazzi di tedeschi affonderanno un bel po' di navi, i pesci si ingrasseranno di carne umana, sulla terra ci saranno tanti morti quanti vivi, puzzeremo di polvere da sparo, di fumo di incendi, di cattiveria, sembrerà venuto il giorno del Giudizio, ma poi tutto si calmerà, quando dagli uomini sarà uscita tutta la pazzia, e arriveranno i vincitori sui cavalli bianchi.

Ben presto, però, si convinse che la guerra non era come quella di prima. Certo, la guerra è guerra, ma adesso ci aveva messo le mani anche il diavolo. Erano venuti i tedeschi, e va bene, erano piú forti ed erano venuti, imponendo la loro dura legge. Ma qui c'erano anche certi ustascia, non si erano mai visti prima; ed erano comparsi anche i cetnici, si erano fatti vivi perfino certi partigiani; insomma non sai piú chi è un esercito e chi sono gli aiducchi[1], tutti hanno impugnato un fucile e nessuno pensa bene dell'altro. Questi ustascia, poi, che Dio ce ne liberi, non sono cristiani e nemmeno belve, ma peggio di quanto piú peggio abbia visto e veduto un uomo. Uccidono, e passi, uccidono tutti. Ma loro ammazzano senza pietà e senza distinzione, anche i bambini nella culla, e scannano i vecchi e accoppano col maglio le donne incinte, mangiano carne umana, bevono sangue umano, sono pazzi arrabbiati, a pensarci ti piglia la febbre e ti viene il vomito.

Mikailo si impensierí. Se è veramente cosí come si sente dire, sono molte anche quattro settimane di guerra, altro che quattro anni! Se adesso non ci aiuta l'astuzia, l'eroismo non serve a niente.

Il voivoda cetnico Karović inviò un proprio uomo dagli jasenizzani mandandogli a dire di passare dalla sua parte, di formare un battaglione cetnico nelle file della sua brigata, perché soltanto l'unione adesso poteva salvarli.

– Nessuno piú di noi è per la concordia! – gli fece sapere Mikailo. – Ma ecco, per adesso non possiamo andare da nessuna parte. Ci troviamo sulle pendici della Montagna, lontani da voi, mentre dall'altra parte del fiume ci sono i villaggi turchi. Non ci toccano, ma ci hanno fatto sapere: se vi muovete, vi bruceremo! E allora, vi pare giusto farsi bruciare, giustizia di Dio? Però vi diciamo: quando ci sarà l'insurrezione generale, e tutti saranno in piedi con le pale e con le forche, ebbene allora non ce ne staremo nemmeno noi con le mani in mano. E sarà quel che sarà.

Partito l'emissario del voivoda, Mikailo e alcuni altri jasenizzani andarono a trovare i loro primi vicini, i musulmani di Montenero. Si trovarono sulla sponda del fiume, con la grappa e la carne bianca. Si salutarono cordialmente, merendarono insieme, poi dissero:

[1] Gli ustascia sono le milizie fasciste croate; i cetnici i nazionalisti anticomunisti fedeli al re; i partigiani le formazioni comuniste del maresciallo Tito; «aiducchi» è termine di origine ungherese per indicare i combattenti irregolari impegnati nella resistenza contro l'Impero ottomano.

– Ecco voi, ecco noi. Da centinaia di anni ci guardiamo in faccia voi da quella e noi da quest'altra montagna, siamo i primi vicini di casa, e finora siamo sempre andati d'accordo. Vi abbiamo fatto mai qualche mala azione?

– Jok, mai!

– Grazie, nemmeno voi a noi. Ma ecco, sono venuti tempi che il vicino non è piú col vicino com'era una volta. Ma noi diciamo, vi chiediamo: vi pare bello che si guasti il buono che c'è?

– Dio ce ne guardi! Sarebbe una disgrazia.

– Proprio cosí, una disgrazia. Perciò noi la pensiamo cosí: continuiamo a vivere da fratelli come finora, senza odiarci e senza pensar male l'uno dell'altro, perché ci sono ben altri che si danno questa briga e cercano il vostro e il nostro male. Facciamo cosí: voi ci guardate le spalle da quella parte e noi guardiamo le vostre spalle dalla nostra parte. E che passi questo malanno.

Jasenizzani e montenerini concordarono che le disgrazie non bisogna andarle a cercare, è già un male trovarle per strada.

Ma il secondo anno la disgrazia capitò fra gli jasenizzani da dove meno se l'aspettavano. Il voivoda riapparve in paese, dicendo e ripetendo che dovevano inquadrarsi nei cetnici e basta. Rifiutarono, ma il voivoda non si diede per vinto. Finalmente: – Ti ringraziamo fino al cielo per la cura che ti prendi di noi, – gli dissero gli jasenizzani, – ma noi stiamo bene cosí, – e aggiunsero che non avevano intenzione di seguirlo sui monti.

Allora il voivoda spedí un plotone dei suoi, e i cetnici si portarono via una decina fra le vacche migliori, per punizione.

– Salutatemi tanto il voivoda, – disse calmo ai cetnici Mikailo, – e ditegli che non ci dispiace se le vacche possono salvare qualche testa jasenizzana.

Ma vennero altre disgrazie. Un giorno arrivò al presidente del comune di Jasenizze l'ordine delle autorità superiori di inviare l'elenco di tutti gli jasenizzani abili al servizio militare, perché dovevano essere inquadrati nei battaglioni di lavoro. Agli jasenizzani caddero le braccia. Sapevano che sotto c'era lo zampino del voivoda cetnico.

– Che gli venga un accidente! – disse Mikailo, per la prima volta in vita sua seriamente preoccupato e impotente.

Convocarono l'assemblea dei capifamiglia.

Il presidente del comune, impacciato e di poche parole, disse quello che aveva da dire. Bleso com'era e impappinandosi, sputacchiò, farfugliò, inghiottendo le parole. Ma lo capirono ugualmente perché la gente stessa sapeva che ormai non c'era altra via d'uscita: o nei battaglioni di lavoro, o nei cetnici o con i partigiani.

– Io penso che sia i cetnici che i partigiani... cosí, – disse per primo, in modo molto vago, il commerciante Risto Cvitanović.

Ma tutti capirono con esattezza. Voleva dire, pressappoco: gli uni e gli altri sono un malanno.

Ma i secondi furono subito caratterizzati da un motivo fondato, condiviso da tutti:

– I partigiani però combattono!

E i partigiani furono esclusi.

Ai battaglioni di lavoro non fecero nemmeno cenno, c'era da sentirsi male al solo nome, immaginarsi poi i lavori ai quali venivano adibiti in regioni lontane e sconosciute.

– E i cetnici? – chiese uno, visto che non rimaneva altro argomento.

– I cetnici sono per il re, – rispose Risto.

– Facile «per il re», ma vi domando: combattono o no?

– Raramente.

– Che fanno, allora?

– Aspettano di prendere il potere, quando la guerra sarà finita.

– Beh, non c'è male, – concluse la maggioranza.

Mikailo era rimasto in silenzio. E quando gli chiesero il suo parere, rispose cosí:

– Non va bene, fratelli, né da quella né da quell'altra parte. Quando si accapigliano con qualcuno, è meglio starne lontani. Ma che si può fare? Ci è capitata la disgrazia sulla testa e bisogna decidersi. Io la penso cosí: diciamo pure di essere cetnici, basta che ci lascino in pace, e vivremo come abbiamo fatto finora. Chiamami pignatta, ma non mi rompere.

Non avendo altre alternative, gli jasenizzani accettarono questa soluzione, purché la guerra passasse senza sangue e senza teste morte. Di lí a poco, dopo questa decisione (della quale furono informati i montenerini, dicendogli che tutto rimaneva come prima), a Jasenizze venne il voivoda cetnico in persona. Tenne un lungo e infuocato discorso. Agli jasenizzani da un orecchio gli entrava e dall'altro gli usciva, però lo ascoltarono con le bocche spalancate, facendo cenni affermativi con la testa, tanto che a furia di approvare, scuotendo il capo, molti soffrirono per due giorni per le vene del collo gonfie. E sorridevano umili, sicché il voivoda non finiva di stupirsi, come mai quella gente meravigliosa e rispettosa si era per tanto tempo rifiutata di passare dalla sua parte.

Il voivoda si era portato dietro un cetnico grosso e forte, coi baffi e la barba che gli scendeva fino al petto. Agli jasenizzani disse che era uno di loro. Veramente quell'uomo non era mai stato visto a Jasenizze prima, ma era jasenizzano. I piú vecchi si ricordarono – quando il voivoda gliene fece menzione – che una trentina di anni prima era andato via da Jasenizze tale Marko Čanak; in qualche parte della Posavina gli nacque un figlio, Pero; e questo Pero, eccolo qua, col grado di sergente maggiore di gendarmeria. Era tornato alla terra dei suoi padri per assumere la carica di capitano di Jasenizze!

Nessuno gli si buttò al collo, nessuno gli disse benvenuto, nessuno gli fece festa. Lo accolsero col sorriso acido. Benvolentieri quando si deve, dicevano fra di loro.

Il capitano si installò al Municipio e prese a comandare.

Comandasse pure. C'è sempre qualcuno che ti comanda, c'è sempre un Pero che ti cavalca.

Gli procurarono un bel cavallo, un garzone di stalla e l'uniforme degna di un capitano. Gli piaceva mangiare bene, e bere anche meglio. Buon pro gli faccia, basta che non venga il peggio.

Ma venne anche il peggio,

Con apprensione vedevano i corrieri cetnici andar su e giú tra la Montagna e Jasenizze, portando certe lettere, messaggi, rapporti. Un giorno arrivarono le armi spedite da Karović. Gli jasenizzani rimasero sbigottiti. Il capitano convocò l'assemblea e spiegò ai paesani che senza armi il battaglione cetnico di Jasenizze era niente, una farsa. Ora bisognava cominciare con le istruzioni. Comunicò pure, per rallegrarli, che il voivoda Karović faceva agli jasenizzani l'onore di mettersi alla loro testa, il mese venturo, per una missione di guerra contro i partigiani.

Rimasero tutti senza fiato. Finalmente dalla folla si levò una voce:

– Come sarebbe a dire, fratello? Noi si pensava senza combattere...

Il capitano si degnò allora di spiegargli cortesemente, tirando in ballo l'animaccia fottuta del padre e della madre di colui che si era permesso di parlare, e tutte le anime dei morti, che quello che pensavano gli jasenizzani non valeva un fico secco, e chiese ancora come mai si permettessero di pensare, bestie peggio delle bestie, manzi che non erano altro, aggiungendo che fino a quando sarebbe rimasto lui a Jasenizze, gli jasenizzani non avevano bisogno di pensare. Disse inoltre che era già un grande onore che gli si faceva quello di combattere per il re e per la patria. Asini idioti erano, e si permettevano anche di pensare!

Queste e altre cose disse il capitano sempre gentilmente e con intenzioni didattiche, sicché riuscí a convincerli. L'adunata si sciolse e gli uomini si avviarono verso casa guardandosi sottocchio.

E tutto sarebbe andato cosí come il capitano pensava, se non gli fosse capitata la disgrazia. Un bel mattino lo trovarono in camera con la testa traforata da un proiettile.

– Dio mio, quando si dice il destino! – commentarono tristemente in paese. – Che ragione aveva di uccidersi? Giovane, sano, con noi stava bene, eppure vedi un po'... Eh, proprio peccato, un uomo e un capo come quello!

Al voivoda Karović spedirono un rapporto nel quale si diceva che Pero Čanak, capitano di Jasenizze, si era suicidato per ignoti motivi, «fatto questo che appare ai sottoscritti molto strano, perché il suddetto non aveva dimostrato alcun segno che facesse capire l'intenzione di compiere un gesto cosí insano». Lo informarono, inoltre, di aver tumulato la buonanima di Pero Čanak con tutti gli onori militari, che li aveva meritati, e che fra di loro avrebbero scelto il nuovo capitano, in modo che il battaglione non sarebbe rimasto senza un capo.

Il voivoda Karović, però, mandò un suo uomo di fiducia, un ufficiale. Il quale, appena arrivato in paese, lesse subito un messaggio di Karović che diceva pressappoco: se ci tenete alla testa, non scherzate, ma preparatevi alle armi, che i tempi sono brutti.

– Perdinci, ha ragione, i tempi sono proprio brutti, – dissero gli jasenizzani dopo aver ascoltato il messaggio.

Il nuovo capitano non scherzava. Secco e senza tante parole, eccezion fatta per gli obbligatori discorsetti patriottici che teneva dopo ogni addestramento, si mise a preparare gli jasenizzani alla lotta, li trascinava sugli altipiani, gli insegnava a correre in ordine sparso e in gruppi d'assalto, a sparare, a sganciarsi, a mascherarsi. E, a dire la verità, ci sapeva fare cosí bene, e i coscritti erano tanto ubbidienti, che sarebbero stati presto in grado di affrontare il combattimento, se non fosse successo quel che successe.

Una notte trovarono il capitano morto sulla strada, la testa sfracellata a colpi di bastone.

Le indagini promosse dall'autorità del villaggio non riuscirono ad appurare nulla, se non che il capitano era un terribile dongiovanni e certamente, come si diceva nella lettera spedita a Karović, «qualcuno lo ha preso sul fatto e gli ha fatto la festa. Purtroppo, – si concludeva, – il colpevole non è stato trovato».

Passarono quindici giorni durante i quali Karović non si fece sentire né mandò nessuno dei suoi. Gli jasenizzani stavano già per consolarsi, con la speranza che, a Dio piacendo, erano stati dimenticati e avrebbero potuto vivere finalmente in pace, quand'ecco farsi vivo il diavolo. Karović gli spedí il terzo capitano.

Era, costui, l'ex segretario comunale di Jasenizze, Rade Tomić, un omaccione, grasso e asmatico, però intelligente e insomma in grado di tener testa agli jasenizzani. Tomić fece venire anche due guardie del corpo, segno questo che degli jasenizzani non si fidava. Un poco per volta e con oculatezza, cominciò a raccogliere informazioni per sapere come erano morti i due precedenti capitani. Metteva insieme gli indizi pezzetto per pezzetto, aspettando con pazienza di scoprire la traccia. Parlava con la gente, si recava ai raduni famigliari e alle riunioni, porgeva orecchio ad ogni discorso, ricorse al denaro per trovare qualche confidente. Ma, falliti tutti i tentativi, cambiò discorso e si mise apertamente a minacciare, dicendo che avrebbe fucilato mezzo paese per l'assassinio dei due capitani.

Era una misteriosa fatalità che perseguitava tutti i capitani di Jasenizze. Anche il terzo finí stecchito. Dopo una cena abbondante e una solenne ubriacatura in casa del presidente del comune, fu trovato morto all'alba nel suo letto. Né trafitto, né bucato. Intatto, eppure morto.

Le guardie del corpo, nell'anticamera, dormivano profondamente. Quando si svegliarono, giurarono e spergiurarono che nessuno era entrato nella camera del capitano. Ovvio, aveva mangiato e bevuto troppo, e questo l'aveva ucciso!

Indaffarato nei combattimenti con i partigiani, Karović si limitò a spedire un breve messaggio a Jasenizze:

«Quando avrò finito con questi comunisti, mi interesserò della vostra salute!»

Ma non fu in grado di mettere in atto la minaccia. Per alcuni mesi Karović non riuscí a parlare con gli jasenizzani. E questi elessero capitano un proprio uomo, Risto Cvitanović, il quale, mingherlino e nanerello com'era, dall'aspetto insignificante, non era certamente il piú adatto alle cose militari; ma era un politicone nato. A Mikailo e agli altri paesani, Risto disse in confidenza:

– E va bene, diciamo che accetto. Ma, fratelli miei, voi sapete bene che questi nostri capitani hanno vita molto breve, e io vorrei invece camminare ancora a lungo su questa terra.

– Ognuno di noi ha il suo destino, – gli rispose saggiamente Mikailo. – Vuol dire che quelli erano destinati a vivere poco, mentre tu, probabilmente, vivrai anche cento anni. Chi lo sa!

– Lo so, ma il loro destino è stato scritto qui a Jasenizze.

– Dici?

– Eh, già. Pero è stato ammazzato con un colpo di carabina, e lui la carabina non ce l'aveva, portava il parabellum e la «cieca». Quell'altro ufficiale, si sa, a bastonate. Quella montagna di grasso, l'ex segretario comunale, è stato soffocato col cuscino.

– Di' un po', Risto. Hai le prove di quel che dici?

– Le prove? E dove le prendo? Non penso di dimostrare niente, né si può dimostrare niente.

– Allora, fratello, tieni la bocca cucita.

Il capitano Risto non attese ordini da Karović. Si rivolse all'altra parte, ai tedeschi. Per la verità, fu lui a cercare loro per primo, ma in seguito quelli non se lo lasciarono piú sfuggire di mano. Lo mandavano a chiamare, venivano da lui, e il capitano cominciò a passar la vita sulla strada tra

Jasenizze e la città, sviluppando sempre piú la sua rete di commercio. E cominciò a cambiarsi. Si dava sempre piú arie, divenne piú deciso, piú sicuro di sé, orgoglioso della sua scaltrezza che gli aveva permesso di far progressi mentre gli altri indietreggiavano. Tale convinzione gli dava forza e gli toglieva l'assennatezza. Ma non al punto da fargli dimenticare i suoi predecessori. Cominciò a lavorarsi gli jasenizzani, fingendo indecisione e cercando il loro aiuto:

– Che cosa dobbiamo fare, gente mia? Vogliamo litigare con i tedeschi?

– Macché litigare! – gli rispose calmo Mikailo. – Tu, piuttosto, sta' attento a quel che fai. Non ci immischiare in cose spiacevoli!

– Ma che posso farci io? Insistono che dobbiamo dargli una mano quando si metteranno a rastrellare i partigiani, e cosí…

– Ah, dici?

– Parola mia, saremo costretti, e presto pure.

Mikailo tacque.

Un giorno che il capitano si recò in città, non tornò piú vivo a Jasenizze. Qualcuno gli uscí incontro, dal bosco, e lo uccise con una schioppettata.

Arrivarono in paese i tedeschi, avviarono indagini, ma dagli jasenizzani, afflitti e tristi, non riuscirono a sapere niente. Proprio non avevano fortuna con i capitani.

Il quinto capitano divenne un pazzoide, un tale che non vedeva e non capiva niente, ma tutto a un tratto credette di scoprire in sé la capacità di far grandi cose. Egli si rivolse nuovamente a Karović e gli addestramenti ripresero in grande stile. Lo inghiottirono le tenebre della Montagna.

Fu allora che arrivò a Jasenizze Karović in persona. Furibondo e irsuto, minacciò, urlando, che avrebbe dato fuoco a tutto il paese, senza lasciar traccia degli jasenizzani.

– E perché mai, fratello, in nome di Dio? – gli chiese Mikailo umilmente. – Siamo stati senza capi, abbiamo perduto tanti capitani, e tu vuoi anche bruciarci vivi!

Per fortuna il voivoda aveva fretta (negli ultimi tempi aveva sempre piú fretta, era sempre piú arrabbiato e sempre piú scuro), ma disse che sarebbe tornato presto a regolare i conti.

Partito Karović, gli jasenizzani decisero di nominare il nuovo capitano, ma faticarono sette camicie. Nessuno voleva la carica. Prega, supplica, implora, convinci: niente! Nessuno ambiva a quell'onore. Finalmente si ricordarono di Peran Gajić e lo misero sul trono.

Lo trovarono in un fossato, ubriaco fradicio, lo caricarono sopra un carro tirato da buoi e lo trasportarono in paese, fino al Municipio. L'averlo trovato ubriaco non era una novità. Peran era sempre sbronzo. E con lui Jasenizze fu felice. Non avrebbero potuto trovare un capitano, un capo migliore. Non sapeva niente, non chiedeva niente, non si immischiava in niente, non comandava nessuno, non sognava la gloria né la guerra, non imponeva tasse, non contestava, non si opponeva, diceva sempre sí qualunque cosa accadesse. Lo chiusero a chiave nella sua residenza, gli faceva la guardia il commesso del Municipio, il vecchio Miccio, il quale firmava tutto quello che c'era da firmare, e non succedeva spesso, a nome del capitano. Anzi, non firmava nemmeno; premeva sulla carta l'indice bagnato nell'inchiostro. La stessa cosa avrebbe fatto il capitano, perché erano analfabeti tutti e due.

Ogni tanto, raramente, capitava che al capitano passasse la sbronza e allora cominciava a ribellarsi perché lo tenevano chiuso. Ma zio Miccio sventava subito queste ribellioni e i tentativi di rinsavimento, ricorrendo alla grappa migliore, acquavite ridistillata. Quella faceva miracoli. Trasportato nelle sfere della beatitudine, Peran ridiventava capitano.

– Mai avuto uno migliore! E migliore di lui non si potrebbe trovarne! – dicevano gli jasenizzani soddisfatti, stupendosi di come mai non avevano pensato prima a quella soluzione.

Ai cetnici in montagna mandarono a dire, perché non gli piacevano i messaggi scritti, che si consideravano loro fratelli da sempre e per sempre: ai musulmani di Montenero dissero che i rapporti di buon vicinato sono la migliore fortezza; ai partigiani, che li avevano invitati a passare dalla loro parte, fecero sapere che essi sapevano da che parte stava la giustizia.

Durante il capitanato di Peran, un distaccamento partigiano attraversò Jasenizze e vi lasciò un combattente gravemente ferito. Era quasi un ragazzo, avrà avuto meno di diciotto anni. Gli jasenizzani lo accolsero – altro non gli restava da fare – ma tennero nascosto da tutti quell'ospite tanto pericoloso. Lo nascosero per il suo e per il proprio bene. Lo curarono onestamente, che i partigiani non si arrabbiassero se gli fosse successo qualcosa, e il ragazzo, Zizza, cominciò a guarire, a mangiare, poi a dire qualche parola, infine a parlare normalmente. Cominciò a parlare!

Quando Mikailo sentí quello che il partigiano diceva, andò a trovarlo:

– Cosí, sei guarito! – lo salutò, e si mise a sedere.

– Beh, non va male, zio Mikailo, – rispose il partigiano. – Non sono guarito del tutto, ma va bene.

– E puoi parlare!

– Beh, posso parlare.

– Lo so, l'ho sentito dai paesani. E che ne dici, se ti portiamo dai tuoi?

– Ottimamente, zio Mikailo.

Mikailo ordinò di sellare subito un cavallo e di portare il ragazzo al suo distaccamento. Aveva paura che gli succedesse qualcosa, perché parlava troppo e diceva cose spiacevoli che bisognava combattere, e che c'era gente col cervello ottuso, e che era una vergogna restarsene con le mani in mano, e cose del genere. Per la vergogna, passi, e per i cervelli ottusi, e per la lotta. Sarebbe una vergogna e anche una pazzia perdere la testa per niente. A Jasenizze nessuno aveva perduto nemmeno un capello della testa.

Ma proprio in quel tempo gli avvenimenti presero una svolta, sicché a tutti fu chiaro che per i tedeschi e i cetnici non c'era piú salvezza. Bisognava perciò mettersi al passo coi tempi e gli avvenimenti! Controllarono le notizie sentite, rimossero zio Miccio dall'incarico di guardiano del capitano, buttarono giú dal trono lo stesso capitano, cioè lo cacciarono dal Municipio senza nessuna delicatezza (Peran, poveretto, credeva di aver trascorso qualche mese di prigione per qualche contravvenzione), e zio Mikailo convocò l'assemblea dei capifamiglia.

– È venuto il tempo, – disse, infuocandosi, – che anche noi dimostriamo chi siamo e che cosa sappiamo fare. Jasenizzani! Possiamo noi permettere che i nostri fratelli e compagni spargano il loro sangue mentre noi badiamo ai fatti nostri? No e poi no!

Dopo il battagliero discorso di Mikailo, un discorso che riaccese perfino il suo vecchio sangue, a comandante del battaglione di Jasenizze venne nominato il figlio di zi' Mizzo, un giovane che piú degli altri aveva fatto compagnia al partigiano Zizzo. Mikailo non si oppose. Ora che la guerra è finita, pensò fra sé, eleggano chi vogliono.

Senza un'eccessiva disciplina, ma col canto, il battaglione mosse alla volta di Lujnizza dove si trovava la sede del comando di un reparto partigiano, per mettersi a sua disposizione. Assieme al battaglione andarono anche i piú vecchi, anche Mikailo. Al comando furono accolti bene, parlarono di vari argomenti e, finalmente, dissero agli jasenizzani che la sera stessa avrebbero potuto andare in combattimento. Si prepara un attacco, dissero, ai fortini tedeschi sulla ferrovia.

– Ma di quali tedeschi state parlando? – chiese Mikailo nel cui cervello si era fatta una certa confusione.

– Di quelli che sono scappati dalla città.

Mikailo non fece altre domande, raggiunse i suoi jasenizzani e disse deciso:

– Ci siamo sbagliati, la guerra non è ancora finita. Su, torniamo a casa, come se non fosse successo nulla, aspetteremo ancora un po'.

Ma indietro non si poteva tornare piú. Il battaglione era stato già inquadrato nella brigata partigiana e da quelle file non avrebbe potuto strapparlo nessuno.

E poi, saltò su il figlio di zio Mizzo. – Noi siamo venuti, – disse, – e non intendiamo tornare indietro. Abbiamo aspettato anche troppo, possiamo vergognarci. Chi non vuole, non deve restare, la via è libera e vada dove vuole.

E sarebbe successo un finimondo se Mikailo e i suoi uomini non fossero rimasti zitti. Zittirono e meditarono.

Tornando a Jasenizze, mesti e in silenzio, andavano pensando che, purtroppo, l'antica saggezza degli jasenizzani era morta. I giovani non ascoltavano piú i vecchi.

[1953].

Antonis Samarakis

Il fiume

L'ordine era tassativo: è vietato il bagno nel fiume, è vietato avvicinarsi a meno di duecento metri di distanza. Non era permessa nessuna disobbedienza. Chi disobbediva all'ordine sarebbe passato dal Tribunale militare.

Qualche giorno prima, l'ordine era stato letto dal comandante in persona. Aveva radunato tutti in assemblea generale, tutto il battaglione era stato chiamato in adunata e l'aveva detto. Ordine del Comando di divisione. Non era uno scherzo.

Erano passate circa tre settimane da quando si erano fermati di qua dal fiume. Dall'altra parte c'era il nemico, gli Altri, come li chiamavano tutti.

Tre settimane d'inerzia. Certo non sarebbe durata molto quella situazione, per il momento però regnava la pace.

E sulle due rive del fiume, esteso su un'ampia radura, c'era un bosco profondo, un bosco fitto. Nel cuore del bosco si erano attendati sia gli uni sia gli Altri.

Le informazioni dicevano che lí c'erano due battaglioni degli Altri. Fino a quel momento non avevano provato ancora ad attaccare, chissà cosa volevano fare. Nel frattempo, le sentinelle delle due parti erano, qua e là, nascoste nel bosco, pronte ad affrontare tutto.

Tre settimane! Come erano passate tre settimane? Non si ricordavano, in quella guerra cominciata da quasi due anni e mezzo, di un altro intervallo come quello.

Quando erano arrivati al fiume faceva ancora freddo, da qualche giorno però il tempo si era rimesso. Era primavera ormai.

Il primo che se ne era scivolato verso il fiume era un sergente. Una mattina si era spinto di nascosto verso quella parte, e si era tuffato. Poco dopo era stato ripescato dai suoi con due pallottole nelle costole; non era sopravvissuto a lungo.

Il giorno dopo anche altri due soldati se ne erano andati verso il fiume e non li avevano piú rivisti. Si erano sentiti soltanto gli spari e, poi, silenzio.

Fu allora che arrivò l'ordine del Comando di divisione.

Però il fiume era una grande tentazione. Sentivano che faceva scorrere le sue acque gorgogliando e loro le sognavano impazziti. Per due anni e mezzo erano stati divorati dalla sporcizia e si erano disabituati a tutta una serie di gioie, ecco ora che sulla loro strada era comparso quel fiume... ma l'ordine del Comando di divisione.

– Al diavolo l'ordine del Comando di divisione! – disse tra i denti quella notte.

Si girava e rigirava senza trovare pace. Il fiume era lí vicino, lo sentiva e non poteva riposare.

Il giorno dopo ci sarebbe andato, ci sarebbe andato ad ogni costo.

Al diavolo l'ordine della divisione!

Gli altri soldati dormivano. Alla fine il sonno prese anche lui. Vide un sogno, era un incubo. All'inizio lo vedeva qual era, un fiume, lui era davanti al fiume e quello lo aspettava. E lui, nudo sulla riva, non si tuffava come fosse trattenuto da una mano invisibile. Poi si era trasformato in una donna, una donna giovane, bruna e dal corpo pieno: nuda, sdraiata sull'erba, lo aspettava. E lui, nudo davanti a lei, non le cadeva addosso, trattenuto da una mano invisibile.

Si era svegliato sconvolto, la luna non era ancora sorta...

Quando era arrivato sulla riva, si era fermato e lo aveva guardato. Il fiume! Quel fiume esisteva davvero! Per ore e ore si era interrogato se esisteva veramente, se non fosse una fantasia, un'invenzione e un'illusione di tutti.

Gli si era presentata l'occasione di scappare e si era diretto verso il fiume. La mattinata era una meraviglia! Se era fortunato non se ne sarebbero accorti, magari fosse riuscito a fare un tuffo nel fiume, a entrare nell'acqua, il resto non gli interessava.

Sotto un albero, sulla riva, lasciò i suoi panni e, dritto, appoggiato al tronco, il fucile. Alla fine gettò un ultimo sguardo indietro, se non ci fosse qualcuno dei suoi, e uno alla riva di fronte, che non ci fosse qualcuno degli Altri. Ed entrò nell'acqua. Come il suo corpo, tutto nudo, si immerse nell'acqua, quello stesso corpo che per due anni e mezzo era stato tormentato dalla guerra e segnato anche da due ferite, si sentí un altro uomo. Come se un colpo di spugna dentro di lui avesse cancellato quei due anni e mezzo.

Nuotava sul dorso e lasciava che la corrente lo trasportasse; faceva anche i tuffi.

Quel soldato che aveva poco piú di ventitre anni era tornato bambino anche se gli ultimi due anni e mezzo lo avevano profondamente segnato.

A destra e a sinistra volavano gli uccelli e lo salutavano passandogli, di quando in quando, sopra.

Davanti a lui galleggiava un ramo d'albero trasportato dalla corrente; si tuffò, voleva raggiungerlo con un solo tentativo e ci riuscí. Riemerse esattamente vicino al ramo. Si sentiva bene! Ma in quel momento vide una testa davanti a lui, a circa trenta metri di distanza.

Si fermò e cercò di guardare meglio. Anche l'altro che nuotava lo aveva visto, si era fermato anche lui. Si guardarono.

Tornò a essere quello che era prima: un soldato che aveva due anni e mezzo di guerra sulle spalle, che aveva ottenuto anche una croce di guerra e che aveva lasciato il fucile vicino all'albero.

Non riusciva a capire se quello davanti a lui era dei suoi o era degli Altri. E come capirlo? Riusciva a distinguere solo una testa, poteva essere dei suoi, poteva essere degli Altri.

Per qualche minuto restarono fermi entrambi, immobili nell'acqua. Uno starnuto interruppe il silenzio, egli stesso aveva starnutito e poi aveva imprecato ad alta voce. Allora l'altro che era di fronte cominciò a nuotare verso la riva opposta e anche lui non perse tempo. Nuotò con tutte le sue forze verso la riva, uscí per primo, corse all'albero dove aveva lasciato il fucile, lo afferrò. L'Altro stava uscendo dall'acqua, correva anche lui a prendere il fucile.

Lui alzò il suo fucile e aggiustò la mira, gli sarebbe stato molto facile piazzargli un colpo in testa. L'Altro era un facile bersaglio mentre correva, completamente nudo, a circa venti metri davanti a lui.

No, non premette il grilletto. L'Altro era là, nudo come era venuto al mondo, egli stesso era nudo, come era venuto al mondo.

Non poté tirare. Erano tutti e due nudi. Due uomini nudi, nudi dei vestiti, nudi dei loro nomi, nudi di nazionalità, nudi di loro stessi, nudi del loro sé stesso color uniforme.

Non poté tirare. Il fiume non li divideva ora, anzi, li univa.

Non poté tirare. L'Altro era un altro uomo adesso, senza «u» maiuscola, solo un uomo, niente di piú, niente di meno.

Abbassò il fucile. Abbassò la testa. E non vide nulla fino alla fine; riuscí a vedere solo qualche uccello che stramazzava spaventato quando partí, dalla riva opposta, il colpo. E lui prima si inginocchiò e poi cadde, con la faccia contro la terra.

[1954].

Sławomir Mrożek

La mia barricata

Uscendo la mattina per prendere il latte, mi accorsi che sotto la nostra casa era stata eretta una barricata. Doveva esserci da poco, perché alle quattro, quando m'ero alzato, non l'avevo vista.

– Ma guarda un po' che sorpresa! – dissi piano, – oggigiorno uno non dovrebbe mai andare a letto.

Come tutte le barricate, anche questa era costruita con gli oggetti piú impensati: al centro c'era un enorme armadio di legno chiaro, coperto da una lamiera di ferro. Si vedevano sparsi un po' dappertutto dei pomodori, che evidentemente erano stati una volta sopra l'armadio a maturare. Mi avvicinai; gli uomini intenti a puntellare la costruzione stavano litigando.

– Me lo vuoi dire una buona volta, – gridava un giovane alto e abbronzato, che aveva tutta l'aria d'essere il capo, – sei pronto sí o no a morire per la causa?

L'ometto al quale era rivolta la domanda se ne stava appoggiato a un lungo fucile e, cercando evidentemente di guadagnare tempo, si puliva i denti con un pezzo di fiammifero.

– Se non vuoi, nessuno ti obbliga, – continuava a gridare l'altro. – Ognuno è arbitro della propria vita.

– E va bene, – accettò il piccoletto, conciliante, – dove mi devo mettere?

Il capo gli indicò il posto. Sentii un'improvvisa gelosia. Da tempo mi consideravo rivoluzionario. Mi ribellavo sempre contro il grigiore della vita quotidiana, priva di prospettive per l'avvenire. Tutte le mattine lo stesso: scendere a comperare il latte, poi bollirlo, poi lavare la pentola... Volevo combattere. E inoltre, ero disoccupato.

– Desidero combattere, – dissi, rivolgendomi al capo, – combattere fino all'ultimo respiro, – aggiunsi, per non lasciare dubbi sulla sincerità della mia decisione.

Il comandante mi scrutò da capo a piedi.

– Intellettuale?

– Signorsí. Anche se, devo confessarlo, non ho letto molto.

– Abbiamo bisogno d'intellettuali, – disse seccamente il comandante. – Sdraiatevi qui, – e mi indicò un punto della barricata. – Certamente non saprete sparare, ma il vostro cranio sarà abbastanza duro per bloccare i proiettili di quegli aguzzini. Non abbiate paura, le loro pallottole non sono molto pericolose: i fornitori e gli ufficiali gli rubano regolarmente la polvere. Anche il vostro pentolino potrà esserci utile. Date qua!

Mi sdraiai, come mi era stato ordinato, sulla cresta della barricata. Contro il mio fianco destro poggiava lo sportello dell'armadio, e con i piedi toccavo una pelle d'orso. La giornata si annunciava splendida.

C'erano molti uomini che si affaccendavano sulla barricata. Contento di avere già il mio posto di combattimento, osservavo i miei compagni d'arme e le case circostanti. A una finestra al secondo piano d'una casa apparve una bandiera bianca. La pattuglia subito inviata dal comandante tornò informando che il gesto era stato compiuto da un daltonico. Si decise di aprire un'inchiesta.

Intanto il sole saliva. Il nostro portiere s'affacciò al portone. Lo chiamai con un fischio. S'avvicinò con aria preoccupata e seria. Volevo chiedergli che mi portasse da casa un cuscino, perché lo spigolo dell'armadio cominciava a darmi veramente fastidio. Ma all'ultimo momento ci ripensai, per paura che il comandante mi giudicasse un codardo. Chiesi solo al portiere che cosa ne pensava di tutta la faccenda:

– Formidabile, – rispose lui. E subito aggiunse: – Vorrei soltanto sapere a chi toccherà di scopare via tutta questa robaccia.

Apparve un carro di verdura, diretto al mercato. Vidi il comandante conversare con il carrettiere. Questi sembrò accettare subito la proposta e pochi istanti dopo ceste di patate, di cavoli, di carote e di bieta si aggiungevano alla barricata, che si alzò cosí di un mezzo metro.

Non era ancora finita la sistemazione dei legumi, che un corteo svoltò l'angolo. Erano i bambini dell'asilo infantile con le loro maestre. Ogni bambino portava un orsacchiotto, una bambola, un'ochetta. Si disposero in doppia fila, sull'attenti. Poi la maestra salutò e riferí al comandante che l'asilo desiderava contribuire alla lotta contro il nemico, offrendo i propri giocattoli per rinforzare la barricata. Il comandante ascoltò, passò in rassegna i piccoli e chiese se avessero già studiato il combattimento alla baionettina. Dopo di che il distaccamento se ne andò, battendo il passo. Gli orsacchiotti e le bambole andarono a rinforzare l'ala destra.

– E adesso, che vengano pure! – disse un veterano, muovendo minacciosamente i baffi. Evidentemente si riferiva al nemico. – Alzatevi e aiutatemi a spostare quest'armadio.

L'armadio pesava piú di quanto ci si potesse aspettare. Quando avemmo finito, il veterano arrotolò due sigarette offrendomene una. Ma quasi subito fummo costretti a spegnerle, perché ci portarono i papiri dal Museo storico e pesanti volumi dall'Accademia delle Scienze. Cosí rinforzata, l'ala sinistra sembrava proprio inaccessibile.

Si attendeva da un momento all'altro la comparsa delle forze nemiche. Verso le dieci la nostra barricata arrivava all'altezza del primo piano delle case. Nuovi carichi di materiale da costruzione arrivavano senza sosta. I materassi fatti venire dal locale ospedale crearono una formidabile facciata. Io stavo sdraiato comodissimo e la vista che si stendeva davanti ai miei occhi si faceva sempre piú ampia. Il comandante appariva molto soddisfatto. Ogni tanto faceva la ronda. Si fermò anche accanto alla mia postazione.

– Perfetto, – disse, – sono sicuro che quegli assassini cercheranno di colpirvi.

– Canaglie! – risposi con convinzione.

– Banditi, – aggiunse il comandante, dandomi il senso di un'affettuosa fraternità d'armi. – È l'unica cosa di cui saranno capaci.

Se ne andò, chiamato da altri doveri, mentre io mi sentivo cosí fiero che non pensavo piú al mio cuscinetto. I materassi dell'ospedale, del resto, non erano affatto scomodi.

La barricata diventava sempre piú pittoresca. L'associazione degli invalidi di guerra inviò le proprie protesi. Messe al centro della barricata e frammiste ai sacchi di semolino facevano davvero impressione. Mi misi sdraiato sulla schiena a guardare il cielo. Non trovavo piú nessuno con cui scambiare due parole. Il vecchio veterano insieme ad altri combattenti era andato a requisire biancheria da letto. Ben presto la nostra barricata si accrebbe di un numero imprecisato di coperte e piumini. Ma nel mio settore furono messe delle macchine da cucire, che, devo ammetterlo, mi davano maledettamente fastidio. Cercavo però di spiegarmi ogni cosa con le necessità strategiche. «Supponiamo, – dicevo tra me, – che il nemico attacchi proprio nel mio settore. È convinto di non trovare altro che piumini, invece non sono i piumini a sbarrargli il passo, ma le macchine da cucire. Che smarrimento tra i suoi generali! E che sconfitta!»

Secondo gli ultimi rapporti, l'attacco del nemico era previsto per mezzogiorno. M'annoiavo un po' meno ora, perché dalla mia postazione (ero sempre in cima alla barricata) potevo vedere quello che succedeva nell'appartamento al terzo piano. Faceva caldo, e le finestre erano aperte. In ogni stanza si vedevano dei gran vuoti. All'interno 16, per esempio, due mutilati, entrambi senza un braccio, giocavano a scacchi. Ma il loro gioco si svolgeva per terra. Tutto il mobilio era stato portato via per rinforzare la nostra barricata. Uno dei giocatori, sicuramente un tacito alleato del nemico, mi fece una pernacchia. Lo riferii al veterano, e questi spedí subito una pattuglia. La scacchiera venne gettata in cima alla barricata, e con una certa maligna soddisfazione io mi misi a osservare i due mutilati che, non sapendo come passare il tempo, rincorrevano le zanzare o giocavano a mosca cieca.

Che vista splendida! Davanti a me c'era una strada che terminava in un giardinetto circondato da panchine: si supponeva che il nemico sarebbe arrivato proprio da quella parte. A destra e a sinistra c'erano i tetti con le grondaie, sul fondo delle quali scorgevo pezzi di tegole, passerotti morti, e ammassi di melma. Piú in là, i comignoli e quei buffi omini di latta che giravano a seconda della direzione del vento. Poi, le antenne della radio e, in fondo, i campanili delle chiese. Abbassando lo sguardo sul gigantesco pendio formato dagli oggetti piú svariati, vedevo come un laboriosissimo formicaio: file interminabili di cittadini che portavano, spingevano, rotolavano sulla barricata ogni loro avere, tavole, lampade, ferro, cartone, ceralacca, barattoli di vetro, nastri, fotografie, biancheria e dischi. Ci si sentiva orgogliosi a vedere tutto quell'entusiasmo e quasi ci si augurava che il nemico arrivasse finalmente e che fosse ridotto in polvere ai piedi della gigantesca barricata. Eppure, ogni tanto, mi assaliva il dubbio che il nemico non sarebbe mai venuto. Mi guardavo bene, però, dall'esternare questo pensiero, per non essere accusato di disfattismo. Può anche darsi che i miei dubbi nascessero dalla fame, che dapprima leggermente, poi con gran violenza aveva preso a tormentarmi. Ogni tanto cercavo di appurare dove si trovasse il mio pentolino del latte, ma non riuscivo a vederlo. Mi consolavo pensando che il comandante l'aveva certamente fatto mettere in un punto dove avrebbe assolto fino in fondo alla sua missione difensiva.

Ogni tanto m'assopivo, forse per il gran caldo del mezzogiorno, o per l'incessante anche se lontano brusio sotto di me, o forse per una mia qualche debolezza. Chissà. Sognavo che la battaglia era già finita, e che il mio pentolino veniva decorato insieme agli altri combattenti, di medaglia d'oro al valore; gli appuntavano la medaglia sulla panciuta superficie di smalto azzurro. Oppure sognavo lo stesso pentolino posato sul fornello, con dentro il latte bianchissimo; il latte si scaldava lentamente e mandava un delizioso profumo. Mi svegliavo di soprassalto per un acuto dolore al naso o all'orecchio, convinto che fosse arrivato il nemico; ma erano solo i due mutilati della casa di fronte che per scacciare la noia mi facevano segno di un nutrito lancio di piselli sparati con improvvisate cerbottane. Mi consolavo all'idea che persino i piselli sparati contro di me per malignità o per vendetta contribuivano a rinforzare la barricata.

Desideravo ardentemente che il nemico arrivasse almeno entro le cinque o al massimo le cinque e mezzo del pomeriggio. Nel frattempo si era scoperto perché l'armadio pesava tanto. Ci stava dentro un vecchio signore, che s'era nascosto per non partecipare alla costruzione della barricata. Il vecchietto ora cercava di giustificarsi affermando di aver già partecipato a tre guerre e di soffrire di conseguenza di dolori alle gambe.

Io intanto cominciavo a soffrire per quel sole che da troppo tempo mi picchiava in testa. Sentii l'ometto dal lungo fucile, che protestava, giú, in basso:

– Non ci capisco piú niente, – gridava. – M'avevate promesso che sarei morto per la causa. E allora? Guardate che ora è. Vi sembra questo il modo di mantener fede agli impegni?

Ascoltavo incuriosito.

– Un po' di pazienza, – spiegava il veterano. – Non si può avere tutto in una volta. Prendete me: sono un veterano, eppure ancora non ci sono riuscito. La colpa del resto non è mia, ma del nemico.

– E questo che c'entra? – rispondeva l'altro, testardo. – A me non me n'importa niente.

Per fortuna arrivò il comandante.

– Che succede? – chiese. – Non avete fiducia in me? Vi do la mia parola che il nemico verrà. Anche se dovessi attaccare la barricata io stesso. All'armi, cittadini!

– Se è cosí, allora va bene, – brontolò lo scontento.

Il veterano s'avvicinò a me.

– Ho un gran mal di testa, – disse con aria stanca, – non avete visto dei cachet da qualche parte?

– I cachet contro il mal di testa sono all'altezza del secondo piano accanto alle macchine da cucire, sotto la betoniera.

Il movimento alla base della barricata stava cessando. Solo ogni tanto si vedeva qualcuno che portava oggetti finora disprezzati: stampe antiche, mummie, conserva di pomodoro... Ero tormentato dalla sete.

S'avvicinava l'ora del tramonto. La città sarebbe rimasta senza illuminazione, perché i lampioni, se ben ricordavo, rinforzavano la barricata proprio al centro.

Era già completamente buio quando con mille precauzioni cominciai a scendere. A un dato momento mi trovai faccia a faccia con il veterano il quale stava disperatamente cercando qualcosa tra le macchine da cucire e le betoniere. Vidi anche il comandante che si sceglieva un cappello. Li oltrepassai, senza dire una parola.

Cercai a lungo, saltando, strusciando, sprofondando. Penetravo nell'interno della barricata, dove i singoli strati non aderivano strettamente l'uno all'altro, sgusciavo tra i singoli oggetti, oppure balzando da un appiglio all'altro tentavo di distinguere, leccando, toccando e annusando, la porcellana dalla plastica, il lino dalla lana, la canna dal vimini, il rame dal ferro. Passai cosí in rassegna innumerevoli superfici e odori, porosità e forme, finché alla luce della luna vidi il luccichio familiare dello smalto azzurro.

Diedi uno strattone. Si udí un leggero colpo all'interno della barricata, poi un sibilo come di sabbia che scende da una duna.

Col pentolino in mano, imboccai di corsa una traversa. Alle mie spalle crollava la barricata.

[1957].

André Malraux
Commemorazione della liberazione di Parigi

A nome del generale De Gaulle,
in quel momento in Africa,
davanti alla stazione dove fu firmata
la resa delle truppe tedesche di Parigi.

24 agosto 1958

Ecco quindi, dopo quattordici anni, questa città intatta, sulla quale è tornata l'estate come era tornata un tempo sulle rovine; l'ombra sbiadita del generale Von Choltitz, l'ombra del generale Leclerc davanti alla quale abbiamo chinato la testa stamattina nella cripta degli Invalides; ed ecco i volti dei sopravvissuti, sui quali il tempo è passato. Illustri o sconosciuti, sono uniti oggi dallo stesso ricordo che si affievolisce. Ormai, per tredici milioni di giovani francesi, la liberazione di Parigi appartiene soltanto alla Storia; posso parlar loro qui a nome vostro, e fare in modo che, per quelli di loro che ci ascoltano, per tutti i giovani sparsi per il paese che ci sentiranno stasera, la Storia si confonda con il ricordo.

Quando le Forze francesi libere e la Resistenza, nate entrambe dalla stessa chiamata, si incontrarono in una sala oggi storica di questa stazione, ciascuna di esse conosceva l'altra solo per le sue azioni leggendarie. Le Forze francesi libere erano Bir Hakeim, le battaglie d'Italia, l'epopea di Leclerc, il sentimento ritrovato quando la Francia aveva saputo che il pugno di uomini del generale Kœnig, cercando disperatamente di resistere dieci giorni contro due divisioni, aveva resistito per quattordici, e aveva spezzato l'accerchiamento di Rommel. Questi combattenti erano il «no» del 18 giugno[1] incarnato. Non erano affatto una specie di legione francese a fianco degli Alleati, ma l'eterno manipolo di coloro attraverso i quali inizia o ricomincia tutto ciò che trasfigura gli individui: la legione dei testimoni. I testimoni della continuità nazionale, quelli che proclamavano che anche se la Francia non era piú in Francia, anche se si trovava ormai soltanto nel deserto africano, era ancora viva, perché in quel deserto il mondo riconosceva quello che era stato il suo coraggio.

La Resistenza – quella vera, simboleggiata qui dal presidente del suo Consiglio nazionale: l'insieme delle forze clandestine che avevano la missione di preparare l'insurrezione – era molto meno conosciuta. A causa del suo carattere segreto. A causa dei troppi sforzi per appropriarsene, da quando è finita... Poco importa: i suoi morti si sono riconosciuti tra loro, perché erano caduti sotto gli stessi proiettili o erano morti negli stessi campi di prigionia. Per le Forze francesi libere, per tutti coloro che comunicavano nell'oscurità con essa, la Resistenza era l'organizzazione sotterranea, e con essa i gruppi partigiani che avevano osato attaccare in pieno giorno il Palazzo di Giustizia per liberare i nostri prigionieri.

Al momento dello sbarco in Normandia, questa Resistenza contava piú morti che sopravvissuti. Per questi, uomini e donne, rappresenta il ricordo della piú profonda fraternità virile che abbiano mai conosciuto. Rappresenta il ricordo di aver combattuto – e, all'inizio, a mani nude – contro un nemico smisuratamente piú forte di loro, il ricordo di aver tenuto tra quelle mani un frammento del rifiuto della Francia, del destino della Francia; di essere stati i compagni oscuri dell'uomo «che allora ne teneva alto l'onore come un sogno invincibile». Ci sono molti modi

[1] Il 18 giugno del 1940 il generale De Gaulle lanciò dalla radio inglese un appello al popolo sulla necessità di continuare la guerra nonostante l'armistizio firmato dal governo.

di definire l'onore, ma ce n'è uno solo di sentire l'umiliazione. Nessuno dei combattenti della Seconda divisione corazzata che sono qui ha dimenticato la sensazione che provò quando la sua divisione si trovò per la prima volta di fronte ai carri tedeschi; nessun partigiano ha dimenticato il sorriso che gli increspò le labbra quando, entrato da appena un giorno nella Resistenza (con una rivoltella in tasca oppure no), incontrò il primo ufficiale tedesco. Né la sensazione provata quando scambiò i segni di riconoscimento con il suo primo compagno sconosciuto...

Sentimenti ancora piú profondi perché legati, nel '44, alla minaccia della tortura, alla conoscenza dei campi di sterminio che allungavano fino al Baltico l'atroce corteo di ombre che aspettavano i vinti. Sopravvissuti della Resistenza, voi potete veramente dire, senza bisogno di alzare la voce, che avete combattuto in faccia all'inferno.

Queste sono dunque le Forze francesi libere e la Resistenza, all'inizio dell'agosto 1944. L'esercito angloamericano raggiunge allora Avranches. Ma la Seconda divisione corazzata è sbarcata in Normandia, e la Resistenza sta per diventare insurrezione.

Il 10 agosto, sciopero dei ferrovieri; il 15, sciopero della polizia; il 18, sciopero dei lavoratori delle poste. La radio ha sospeso le trasmissioni, i giornali collaborazionisti cessano le pubblicazioni. I sindacati proclamano lo sciopero generale. La mattina del 19 l'insurrezione, guidata dal generale Chaban, delegato militare nazionale, e dal colonnello Rol, capo delle Forze francesi dell'Interno per l'Île de France, occupa i municipi, i ministeri, le sedi dei giornali. Il 20, il generale De Gaulle sbarca a Cherbourg, un distaccamento in avanscoperta della Seconda divisione corazzata parte in direzione di Parigi che, il 22, si copre di barricate. Ma il 23 i tedeschi rispondono a un attacco della Resistenza incendiando il Grand Palais. Le conquiste delle Forze e della Resistenza sono precarie. Al di là del romanzesco secolare delle barricate, l'insurrezione possiede il vero eroismo, quello che prende le rivoltelle con niente, i mitra con le rivoltelle, le mitragliatrici con i mitra; quello che lancia allo scoperto bottiglie incendiarie contro i carri armati. La Resistenza è comunque molto piú sicura di espandere la guerriglia che di mantenere gli edifici occupati. Ma la sera del 24 i carri del colonnello Billotte raggiungono la stazione di La Croix-De-Berny, quelli del colonnello De Langlade arrivano al Pont de Sèvres, quelli del capitano Dronne all'Hôtel de Ville. La *Marsigliese* ininterrotta che li segue dalla Porte d'Italie esplode furiosamente in piazza. Il capitano entra nelle stanze del prefetto. Un microfono appare davanti ad Alexandre Parodi, delegato del generale De Gaulle. – Ho davanti a me, – dice, – un capitano francese che è appena entrato a Parigi. Il suo viso è rosso. È sporco e non rasato. Eppure, ti viene voglia di baciarlo...

Perché la Resistenza ha conquistato la sua radio, e i microfoni sono ricomparsi. La chiamata alle armi è stata diffusa ogni quarto d'ora, seguita dalla *Marsigliese* e dalle notizie dell'insurrezione; Pierre Crénesse, intervistando il presidente del Consiglio nazionale in un piccolo caffè, al suono dei proiettili, ha fornito il primo servizio per la radio degli insorti. Poveri mezzi, povera diffusione! Ma quella notte l'elettricità, dapprima distribuita per settori, illuminerà Parigi per un'ora intera, e le porterà, insieme alla luce, il balbettio della Liberazione.

– Parigini, – dice Schaeffer[2], – restate sintonizzati! Siamo pazzi di felicità! La nostra trasmissione non è controllata. Sono tre giorni che non mangiamo. Ci sono compagni che hanno sparato per questi tre giorni e che stanno tornando al microfono. Forse siamo ubriachi, ma ubriachi di gioia e di felicità... – Non può continuare; altri prendono il suo posto: – Aprite le finestre! Appendete le bandiere

[2] Pierre Schaeffer (1910-1995), compositore francese, padre della musica concreta e ingegnere radiofonico.

alle vostre case! – Infine, Schaeffer riprende: – Sono stato incaricato dal Governo provvisorio della Repubblica di parlare ai sacerdoti che possono sentirmi o che possono essere immediatamente avvertiti. Dico loro di far suonare immediatamente le campane!

Allora, sull'illuminazione della città che era stata spenta per tanto tempo, sulla città che era stata silenziosa per tanto tempo, l'immenso osanna delle campane riempí la notte della salvezza.

Ma non è ancora finita. Alle voci della radio si aggiunge il martellamento dei cannoni: le batterie tedesche di Longchamp sparano su Parigi. Ma i carri armati del colonnello Billotte avanzano attraverso la bruma dell'alba, raggiungono place du Châtelet in mattinata; i carri armati del colonnello Dio, anch'essi sostenuti dalle Forze francesi all'interno della città, raggiungono la Torre Eiffel. A mezzogiorno e mezzo, il tricolore sventola dalla torre per la prima volta dopo quattro anni; un'enorme bandiera si srotola dalla cima dell'Arco di Trionfo fino al suolo mentre i carri del colonnello De Langlade entrano in place de l'Étoile. Quando i primi soldati si dirigono verso la tomba del Milite ignoto, una granata tedesca passa sotto l'arco: i combattimenti continuano. Ma non per molto. Alle 10, il colonnello Billotte ha mandato un'ingiunzione perentoria al generale Von Choltitz. Dopo un'ultima lotta degli ultimi carri armati tedeschi, il generale si arrende. Alle 4:15 del mattino, arriva nella sala da biliardo della stazione di Montparnasse di fronte a un giovane ufficiale che dice tra i denti: – Ecco, ci siamo, – e ad alta voce, in tedesco: – Sono il generale Leclerc.

Era proprio qui, quattordici anni fa...

L'accordo per la resa viene firmato dal generale Leclerc, dal colonnello Rol, comandante delle Forze francesi libere dell'Île de France, e dal generale Von Choltitz. Un quarto d'ora piú tardi, passa il generale De Gaulle, per poi dirigersi al ministero della Guerra dove arriva alle 5 del mattino dopo essere stato accolto da una raffica di spari in rue Eblé. Sarà la sera all'Hôtel de Ville, dove lei, signor presidente del Consiglio nazionale della Resistenza, gli dirà: – In un momento in cui siamo uniti dalla stessa volontà, e senza che nessuna distinzione di partito, di credo o di origine abbia potuto separarci, ho la gioia e il dovere di esprimere prima di tutto la nostra immensa gratitudine all'uomo che, senza aspettare e senza tergiversare, dal primo giorno ha detto «no» al nemico e al tradimento. È stato il primo; quello che sta accadendo sotto i nostri occhi nella Parigi liberata dimostra che la Francia intera ripete oggi con lui questo «no» del primo giorno.

E mentre si spengono gli ultimi spari, passano i carri armati francesi la cui polvere della Normandia è scomparsa sotto i fiori; e i soldati, che sono stati baciati fin dal mattino, chinano sulla tomba del Milite ignoto il volto coperto di rossetto...

Il giorno dopo sarà la leggendaria discesa degli Champs-Élysées. La liberazione di Parigi era finita.

Che Parigi sarebbe stata liberata – un po' piú tardi – senza la Resistenza, dunque senza l'insurrezione, e senza la Seconda divisione corazzata, nessuno lo ignorava. Il vero obiettivo di quei combattimenti non era tanto riconquistare la città quanto ritrovare la Francia. La Francia alla quale gli avversari del generale De Gaulle non credevano, perché esisteva soltanto nel cuore di chi combatteva per lei. È per questa Francia, e per nient'altro, che lo sapessero o meno, che i morti per la liberazione di Parigi sono caduti. Per ritrovare un orgoglio misterioso, la cui perdita li separava da tutto il passato della nazione, un orgoglio di cui molti di loro sapevano un'unica cosa, ossia che, ai loro occhi, la Francia l'aveva perduto. La libertà, l'indipendenza, gli Alleati sarebbero stati sufficienti a restituirle. E questi combattenti non si sono ingannati: perché la Francia non si è risollevata appoggiandosi alla loro vittoria, ma appoggiandosi alla loro lotta e al loro sacrificio. L'insurrezione trionfante di Parigi è sorella dell'insurrezione schiacciata di Varsavia.

Né la Francia né il mondo sbagliarono. Mentre le città dell'America Latina esultavano, le campane di questa liberazione, di chiesa in chiesa, e dalla Bretagna alla Provenza, riempivano il cielo d'estate; e mentre suonavano, la radio trasmetteva le parole pronunciate dal generale De Gaulle all'Hôtel de Ville: – Parigi martire, ma liberata dal suo popolo, lotta insieme a tutta la Francia –. E tutta la Francia veniva a sapere che Parigi si era liberata da sola: quelli della Prima armata in marcia verso il Reno, i partigiani che combattevano per raggiungerli al di là delle province riconquistate, la Francia combattente e la Francia prigioniera nei campi di sterminio, quella della gioia e quella dell'inferno.

Cosí, in tutte le prigioni dalla Foresta Nera al Baltico, l'immenso corteo di ombre che ancora sopravvivevano si alzò sulle gambe vacillanti. E il popolo di coloro che la tecnica concentrazionaria aveva cercato di rendere schiavi perché a volte erano stati degli eroi, il popolo grottesco delle teste rasate e delle uniformi a righe, il *nostro* popolo! non ancora liberato, ancora di fronte alla morte, sentí che anche se non avesse mai piú rivisto la Francia, sarebbe morto con l'anima di un vincitore.

Questa è la semplice e grande storia che commemoriamo oggi – forse perché, oggi, la Francia osa guardarla in faccia. Gioventú a cui la Francia appartiene, prima che suonino di nuovo tutte le campane di Parigi, i testimoni che mi circondano, e la straziante riunione di ombre che ho appena evocato, ti dicono con la voce quasi bassa che sveglia i dormienti: – Ascolta stasera, gioventú del mio paese, queste campane d'anniversario che suoneranno come quelle di quattordici anni fa. Che tu possa sentirle, questa volta: suoneranno per te.

[1957].

Boris Pahor

Nuove fibre

Lille. Una città della quale conosco quattro vie e un edificio. È grigio, grande, sembra un cassone. Probabilmente un antico monastero trasformato poi in caserma. Ma esistono altre città delle quali si conosce ancor meno. Una sala d'aspetto di terza classe, lo zaino militare sotto la testa, mozziconi di sigarette e torpore in attesa della rumorosa tradotta. Il senso di tutto si può racchiudere in una sola parola: Lille. È facile immaginare lo sguardo stupefatto dei greci che, sfuggiti al deserto, si erano trovati davanti il mare. *Thalassa! Thalassa!*[1] Forse però cerchiamo invano di immedesimarci nel battito frenetico dei loro cuori; in effetti per loro il silenzio teso, profondo sarà stato senza dubbio il piú eloquente dei discorsi.

Mattino. Un mattino di maggio. Il treno avanza lentamente. Quasi scivola lungo la banchina. In silenzio. Come se strisciasse in una trappola misteriosa. Questa strana calma desta un'inquietudine prossima alla paura, anche se l'inconsueto silenzio non è che l'assenza di voci urlanti. Ma in quel momento non te ne rendi conto, non ti rendi conto che nel paese della morte tutto quello che c'era ancora di umano si riduceva a urla selvagge, violente, mentre al di qua del fatale confine il valore dell'esistenza è racchiuso nel silenzio, nella sua quieta ricchez-

[1] In greco antico: «Mare! Mare!» È l'espressione con cui i mercenari greci salutano con gioia il mare, e dunque il ritorno a casa, alla fine della spedizione in Persia raccontata da Senofonte nell'*Anabasi* (la stessa invocazione si legge in *Primavera di bellezza* e ne *Il libro di Johnny* di Fenoglio).

za. Soltanto le righe azzurrognole dei nostri indumenti sono ancora di là. I corpi scendono dal treno, altri vengono portati in barella, cosicché le righe blu e quelle grigie sono come frecce che fendono l'aria in tutte le direzioni, sono come le impronte visibili lasciate dalle urla sul detenuto affinché non possa piú sfuggire di soppiatto alla stretta della morte.

In tutte le rappresentazioni del crocifisso c'è sempre una donna a proteggere quel corpo, a restargli accanto con il cuore e gli occhi che traboccano di amorevole impotenza. Là, sul binario, i volti femminili erano amaramente delusi perché cercavano invano tra noi lineamenti ben noti, e rimanevano turbati scoprendo magari, in un primo momento, qualche tratto familiare attorno agli occhi, per poi rendersi subito conto dell'errore e correre incontro al prossimo passeggero. E le donne si curvavano anche su quelli malandati trattenuti da mani altrui sui predellini dei vagoni, o sui corpi in barella.

Occhi che attraverso un reticolo di linee cercano di penetrare nel mistero del nulla. Le insistenti richieste di informazioni, accompagnate da un elenco di numeri e date, conferiscono a quegli incontri un'aria di ingenua follia: l'istinto materno della femmina che cerca febbrilmente e ciecamente nella massa zebrata e non ha il tempo di capire che i soliti numeri sono del tutto privi di significato nel mondo anomalo sul quale fa domande. Eppure alcuni di noi, come se il contatto con il suolo natio li avesse trasformati per incanto in viaggiatori gentili e servizievoli, preannunciano pieni di comprensione l'arrivo di nuovi trasporti, donando loro nuova speranza. Si vede però che lo fanno piú per un bisogno quasi esuberante di comunicare e per l'impazienza che deriva dal sapersi veramente in salvo, piuttosto che per amore filiale. E le donne sembrano rendersene conto perché se si fermano non è per ascoltare, ma per seguire macchinalmente con gli occhi linee di zigomi che sembrano loro familiari. Indugiano sulle commessure delle labbra. Salgono con lo sguardo fino alla fronte. Fino al capo rasato. Ritornano alla bocca. Quando infine si voltano in cerca di un altro volto, nella stazione silenziosa si rifrange il vuoto smarrimento dei loro occhi.

Poi un grigio edificio. Un enorme cassone. Ma passare dalle basse baracche, dalle capanne di legno piene di putridume a quelle forti, vecchie mura significa ritornare nella storia vera, saggia, inquadrata. Le solide pareti sembrano fatte apposta per salvare gli ultimi resti della fragile, vulnerabile materia umana. E anche se attorno ai lunghi tavoli, dove in tempi andati sedevano uomini in tonaca che pregavano l'Essere perfetto al di là del mondo tangibile, stanno ora seduti dei naufraghi che nutrono scarsa fede nell'uomo, nell'aria aleggia – a malapena avvertibile – la possibilità di una riconciliazione. Tanto piú che nell'ambiente prevalgono le uniformi di panno giallomarrone dei soldati francesi, tra le quali riescono a confondersi i miseri stracci delle uniformi a righe. Sí, lunghi tavoli. E nella parete a sinistra si apre una serie di porte a vetri. Ci sentiamo come gli ospiti, una moltitudine, di una casa di correzione, dove pian piano riusciranno forse a rimetterci in grado di avere normali contatti con la gente. Visto che davanti al futuro siamo tutti uguali, ognuno di noi ha accanto a sé una scatola di cartone, dono della Croce Rossa americana. Ciascuno la tiene vicino a sé, sul tavolo. Sul pavimento accanto alle scarpe. Sottobraccio. Ma, proprio a causa di quella croce rosso carminio, le scatole assomigliano alle cassette del pronto soccorso; come se ognuno di noi avesse ricevuto del disinfettante e delle fasce per le ferite che dovrà cominciare a curarsi con grande pazienza e perseveranza.

I dormitori sono per lo piú lunghe camerate, con numerosi giacigli. Ma vi sono pure stanze larghe. Oppure piccoline, con due, tre letti. Sono letti di ferro, ma veri, con alti materassi che li fanno sembrare un po' piú corti dei letti normali; letti veri, usciti direttamente dai nostri ricordi, con il lenzuolo superiore ripiegato, oltre che all'infuori, anche di lato, in un lungo, stretto triangolo. E grazie al tessuto immacolato che offre un'accoglienza sincera, dolce, invitante, il nostro corpo si rende definitivamente conto di essere libero. La sensazione di un'accoglienza dapprima fresca, ma che a poco a poco si fa sempre piú calda, richiama in noi quella provocata dalla vicinanza di un corpo femminile acerbo e ancora inesperto che teneramente accarezzato si va risvegliando, percorso da piccole scintille di calore.

François e René vogliono però andare in città.

– Certo, la tua tosse, – dice René. – Ma tanto ora avrai a disposizione tutto il tempo che vorrai per startene ammalato in pace!

Camminiamo dunque lungo il marciapiede come in un corridoio ben noto ai nostri piedi per via di un'abitudine tramandataci in tempi lontani. Ma gli occhi non fanno che meravigliarsi ingenuamente: l'uomo ha organizzato il proprio habitat in modo che i bei quartieri siano in centro. Sulle facciate delle case grandi vetrine nelle quali sono esposti degli oggetti, messi lí apposta per ammaliare gli occhi. Proprio dove passa la gente. E i vetri fanno apparire gli oggetti ancora piú invitanti nella luce del primo mattino; come se su di loro scorresse argentea acqua sorgiva. Benché trasparenti, queste cortine di vetro sugli occhi delle case sono solide, probabilmente per proteggere gli oggetti dalla mano che potrebbe protendersi se qualcosa di bello l'attirasse a sé come una calamita... Sí, una simile sensazione l'avrebbe un abitante della giungla che posasse per la prima volta il piede sul selciato di una strada cittadina. Ma la sua meraviglia sarebbe senz'altro troppo intensa e quindi deformata poiché non conoscerebbe il piacere della riscoperta dopo che tutto sembrava ormai perduto.

– Bisognerà imparare di nuovo ogni cosa, – disse René.

– La impareremo fin troppo presto!

L'ironia di François non era nata nel mondo dello sterminio, l'aveva portata con sé, l'aveva già con sé, e veniva alla luce soltanto quando affondava freddamente il coltello nei tessuti in decomposizione dei suoi pazienti. Questa sua freddezza da macellaio era alquanto insolita per un giovane infermiere che nel mondo degli umani era il nipote di un produttore di liquori parigino. O forse neanche lo era, cosí insolita. Chi mai può garantire che un produttore di liquori sia una persona sensibile?

– Credo che ci vorrà un bel po' prima di riprendere contatto con la realtà nel modo giusto, – disse René. Alla partenza da Bergen-Belsen aveva trovato da qualche parte un paio di stivali di tela i cui gambali a tromba gli arrivavano fino all'inguine. Come se, partendo verso la libertà, avesse voluto aggiungere qualcosa al suo corpo, agghindandolo. Mentre cammina goffamente sul marciapiede trasmette una misera impressione di forza che mal si accompagna alle nostre uniformi zebrate.

– La vita deve seguire il suo corso, – disse François.

Ma io osservai: – Dovremo però fare di tutto perché il mondo non tiri un frego dimenticando quello che è successo –. Un improvviso accesso di tosse, però, mi fece ben presto capire quanto fosse fragile l'impegno con il quale avevo voluto soccorrere René calato in quei ridicoli stivali di tela.

François si fermò per primo. Tutti e tre insieme avevamo quasi occultato la vetrina. Si trattava di uno di quei negozietti, per lo piú angusti, con una sola piccola luce. Al di là del vetro un reggiseno trasparente su un roseo busto di cera. Biancheria soffice. Morbidi pizzi.

– Ah, questo sí, – esclamò François.

– Che ne dici? – chiese René volgendosi verso di me.

Io pensavo alle righe delle nostre uniformi con le quali formavamo una palizzata grigioazzurra davanti alla vetrina, in quel mattino di maggio con le strade ancora deserte.

Osservai: – Sto pensando a un ragazzino di dodici anni che si ferma, inquieto e pieno di scrupoli, davanti a una simile vetrina.

– Già, – scandí René. – Non riesco a immaginarmi una donna alle prese con l'amore di un rimpatriato. Lo cullerebbe come un neonato?

– Su, non esageriamo, – lo derise François allontanandosi. René lo seguí. – Perché tergiversi? – gli chiese, ma dal momento che con quei suoi stivali camminava come un sommozzatore sulla terraferma, il tono brusco delle loro parole si trasformò in punzecchiamento cameratesco. Sembrava l'inizio di un oscuro conflitto che si rinnova costante nel genere umano fin dai tempi di Caino e Abele. E non mi pareva affatto consolante sapere che gli Abele sono la stragrande maggioranza, quando a causa della loro prepotenza e mancanza di scrupoli i Caino prendono con facilità il sopravvento. E poi hanno il senso dell'organizzazione e l'istinto per mettere in pratica efficacemente i loro piani.

Svoltammo in una via secondaria. Leggermente in salita. Ma senz'anima viva. Solo di quando in quando appariva dietro l'angolo un passante solitario. Alla vista dei tre fantasmi rallentava il passo e dapprima sembrava voler chiamare aiuto, per poi correre a nascondersi sconcertato in un portone buio; infine accelerava soltanto il passo, che però non era piú in sintonia con il normale ritmo quotidiano. Una strada stretta, ancora semiaddormentata, ancora fredda dopo l'ultima notte di aprile, con i riflessi dorati del primo sole sui tetti. Da chissà dove mi sfiorò furtiva, come per incanto, una visione di erba umida insieme al richiamo sempre piú fievole di un grillo, le cui fragili corde vocali si sono indebolite a causa della fresca rugiada. Nel raccoglimento dei muri ancora addormentati, René e io cercavamo di percepire il senso nascosto della vita. Perché François con le sue smorfie ci faceva chiaramente capire che voleva gli mostrassimo qualcosa di meglio di un povero sobborgo dimesso. Ma proprio nelle strette viuzze delle città vecchie, dove le facciate delle case quasi si toccano, si può intuire come gli uomini di una volta non potessero neanche immaginare di vivere distanti gli uni dagli altri.

Mettevano in comune i loro valori per poterli difendere piú facilmente, mentre l'uomo moderno si allontana, annulla il proprio destino, lo frantuma, lo disperde. Per il reduce poi, questi stretti passaggi rappresentano degli alvei pronti ad accogliere il suo anonimato per avviarlo pian piano verso nuove mete.

Una piccola piazza. Con le facciate che si sono riunite a consulto stringendo le spalle per stare piú strette cosí da far posto a tante altre compagne. E un timido silenzio prima che la mattina inizi; c'è soltanto un ometto mingherlino che sta spazzolando una mantella bianca sulla soglia di una piccola bottega da barbiere. E dato che René si volta curioso, la faccia sulla soglia sorride cortese.

– Avanti, – dice. – Accomodatevi.

– Sí, mi piacerebbe… – risponde imbarazzato René.

– Niente paura, – insiste l'ometto. – Chi porta simili uniformi non ha bisogno di denaro.

Mentre François si siede, il vecchio gli avvolge una salvietta intorno al collo e racconta del suo ritorno dalla prigionia tedesca dopo la Prima guerra mondiale. Ma non si possono fare confronti. Era molto meglio ciò che aveva detto prima a proposito dei soldi. Già. E se invece si fossero trovati davanti a un forno? Ecco spiegata la sua straordinaria premura nei nostri confronti, come se l'alba avesse preannunciato ancora prima del mattino il nostro arrivo.

È una di quelle botteghe da barbiere piccole e fuorimano con lo specchio costellato di macchie e il lavandino ruvido, come se ne trovano probabilmente in tutto il mondo. Il sabato pomeriggio gli operai si preparano lí al riposo domenicale. Il vecchio ora insapona le guance, poi affila il rasoio sulla cinghia di cuoio ben tesa. È quasi un rito, la preparazione di un sacrificio che non sarà affatto cruento. – Ah, da Belsen, – commenta. – Abbiamo visto le fotografie sul giornale –. Mentre rade François, sbircia gli stivali di René. È seduto accanto a me, René, su un seggiolino a ridosso della finestra, ma ha fatto la stupidaggine di mettersi quei cosciali di tela. – Mettevate questa roba là? – René dice di no, gli stivali li ha trovati in un magazzino quando gli Alleati ci hanno portato con i camion verso la frontiera olandese. – Là avevamo degli zoccoli con la striscia di tela legata fino al collo del piede –. L'ometto sta radendo la guancia sinistra di François. – Anche d'inverno? – chiede. – Sempre, – risponde René. Chiacchierare cosí è quasi confortante, seduti, senza fretta alcuna, davanti agli occhi soltanto gli zoccoli e un rasoio che balla nell'aria. Ma un attimo dopo non lo tiene piú in mano il vecchio, bensí un deportato con l'uniforme a righe che si sta avvicinando al tuo pube come colto da un subitaneo proposito di castrazione. Sono queste le prime cose che si vedono in un mondo incomprensibile. Con il tempo però si trasformano in un rituale periodico, vale a dire nella lotta contro i pidocchi. E dopo la rasatura, lo spennellamento con il liquido disinfettante. La doccia, e dopo la doccia la corsa, il corpo nudo si mette a correre per difendersi dal freddo mentre le suole di legno, colpendo ritmicamente il terreno, sottolineano il battere dei denti. Zoccoli di legno con un pezzetto di tela sopra le dita; tela che si straccia ben presto sicché il piede si tira dietro la suola di legno. Soprattutto quando deve correre. Nell'acqua. Sulla neve. Giú per le scale, su per l'erta. E quando la notte si stende su tutta questa umana miseria, il pavimento di cemento nel lavatoio appare ricoperto delle calzature di legno di quei francescani zebrati che vengono via via offerti in sacrificio sulla brace perché il loro fumo s'innalzi come da un altare verso il freddo cielo nordico. Zoccoli ammaccati e consunti. Legno logoro perché sfrega sulle ossa.

Zoccoli con le strisce di tela lacere. Il mattino seguente la prima preoccupazione dei piedi nudi sarà quella di assicurarsi delle calzature ancora in buono stato che consentano la corsa sulla neve al momento della sveglia, prima dell'alba. Certo che è molto piú facile pensare a tutto questo nella piccola bottega del barbiere dove l'ometto si sta intrattenendo con René mentre provvede ad accostare correttamente il rasoio alla guancia. Che differenza tra quei barbieri e questo! Soltanto tra gli uomini è possibile distinguere tra *quelli* e *questo*. E anche una conversazione cosí pacata è possibile soltanto fra uomini. Le giovenche, per esempio, non si parlano affatto quando il macellaio ne conduce via qualcuna, e si limitano a ruminare sempre in silenzio l'erba succulenta. In silenzio.

– Posso? – chiede René.

Un piccolo apparecchio radio. Davanti all'altoparlante un logoro disco di seta; René gira la manopola come farebbe il membro di una spedizione che fosse riuscito nonostante tutto a raggiungere una terra disabitata e cercasse di collegarsi con l'umanità lontana. A mo' di confortante prologo si sente innanzitutto della musica, ma subito dopo una voce maschile parla dell'imminente capitolazione della Germania. Himmler l'ha già offerta ai due Alleati occidentali, ma questo non porterà a niente perché il Reich deve arrendersi incondizionatamente a tutti, anche all'Unione Sovietica. E noi stiamo seduti in ascolto come farebbero dei tizi stanchi che iniziano il meritato riposo facendosi fare la barba il sabato sera. Poi all'improvviso: – *Belgrade. Le poste de Belgrade annonce que l'armée yougoslave a occupé Trieste...*[2] – Il vecchio sogghigna con aria soddisfatta quando dice: – Questi sí che sono ragazzi in gamba. René si volta verso di me come se fosse stato punto. – *Tu ne dis rien, toi?*[3] – Ma che cosa potrei dire ora in questa insignificante bottega di barbiere a Lille? Dovrei potergli mostrare davanti alla finestra l'immagine del golfo blu, i colli che si accostano al mare diffidenti nei confronti della misteriosa superficie marina. La costa dolcemente digradante. Oppure quella a picco con gli scogli carsici simili a bianche lame, a bianchi denti che azzannano il mare verde. Dovrei poter-

[2] «Belgrado. La posta di Belgrado annuncia che l'armata jugoslava ha occupato Trieste...»

[3] «E tu? Non dici niente?»

gli mostrare le pietre riarse del Carso, i pini scuri, i vigneti sui terrazzamenti, e le doline, simili a tazze nelle quali il sole lascia cadere le sue gocce ardenti che fanno maturare in silenzio, sul fondo, il granoturco, le cui foglie frusciano come le pagine essiccate dell'antica storia slovena. In mezzo a questo scenario dovrebbe essere proiettato il film sul genocidio della gente slovena; soltanto cosí René sarebbe felice quanto noi per il fatto che la bora abbia spazzato via le camicie nere dal golfo di Trieste. Altrimenti la conquista di una città si riduce soltanto a un successo militare. Molto, eppure sempre poco, se non conosci tutti i retroscena. Ognuno sa purtroppo soltanto le cose che lo riguardano. Cosí pure il barbiere che parla di Mussolini: – *Ils nous ont frappé avec le couteau dans le dos, les lâches*[4].

– Si vuole accomodare?

– Ma sí, gli faccia la barba in onore della sua città! – esclamò René continuando a rumoreggiare con i suoi pesanti stivali.

Istintivamente sentiva che fare dello spirito era la migliore medicina. La vecchia faccia sorrise benevola e il tocco della mano cercò di essere piú lieve di quanto fosse sua abitudine. Ma allorché questa mano paterna si allontana per lasciarti tossire, ti sembra che la tua cassa toracica si sia trasformata in un apparecchio arrugginito che bisognerebbe urgentemente sostituire con uno nuovo; eppure proprio grazie a quella mano pensi con indulgenza che la cassa toracica ti è pur stata fedele compagna nei giorni peggiori. Ma ecco un'altra esclamazione meravigliata di René che continua a muoversi con i suoi stivali da sommozzatore. Tiene in mano un esemplare del quotidiano «Libération». Formato ridotto, edizione bellica. La metà di un vero giornale. Gli articoli sono concentrati, il formato delle lettere è piccolo, quasi soltanto *petit*. Le notizie su un giornale cosí miniaturizzato assumono un'aria di illegalità anche se ciò è

[4] «Ci hanno pugnalato alla schiena, quei vigliacchi».

dovuto soltanto alla mancanza di carta. I titoli invece sono in grassetto, espressivi come la voce di René: «Mussolini e la sua amante Clara Petacci sono stati fucilati assieme a Mezzegra (provincia di Como) ieri alle 16.30. Trenta capi fascisti sono stati fucilati alla schiena alle 15.50. Starace, l'ex segretario del Partito fascista, è stato fucilato proprio nel luogo in cui le camicie nere avevano ucciso quindici combattenti per la libertà. Dapprima i cadaveri sono stati esposti a Como, dopodiché le salme di Mussolini e di Clara Petacci sono state trasportate a Milano dove sono state messe in mostra nella vetrina di un negozio a prezzo unico. La gente vi è passata davanti per tutta la domenica».

– L'hanno appeso come un maiale, – osservò il vecchio, allontanando istintivamente il rasoio dal mio collo.

– Gente passionale, – commentò René.

– E buona, – aggiunse l'ometto. – Soltanto con i capi hanno sfortuna.

– Ma l'atmosfera si sta purificando! – esclamò René. Era infantilmente allegro e pareva lo disturbasse il freddo e protratto silenzio di François. Era evidente che gli avvenimenti travolgevano quel forte ragazzo, e lui veniva colto da una indefinibile stanchezza. Ma come avremmo potuto sospettare, René e io, che il giorno dopo la polizia francese sarebbe venuta a prenderlo; forse, se avessimo saputo perché i tedeschi gli avevano messo l'uniforme a righe, o se avessimo capito com'era stata la sua vita nel campo di concentramento prima che venisse da noi... Ma in quel momento il rasoio scivolava con dolcezza e una pace beata permeava l'aria trasparente. La consapevolezza che l'annientamento della gente slovena era finito scorreva lentamente come il silenzioso fiume della consolazione universale; altrettanto lentamente e scrupolosamente la placida corrente si trasformava in un mare calmo e infinito che accarezzava la costa appena tratta in salvo, ma ancora ferita. E l'uomo, appeso a testa in giú nel negozio milanese, si girò e si mise in piedi su una macchina scoperta che procedeva lenta all'angolo della mia via, proprio in riva al mare. Il braccio teso verso l'alto, la testa calva che sembra di lucida cera, i lineamenti duri. Un'espressione di artefatta virilità. Ma quando lo osservi dalla finestra della tua camera da letto, c'è nel suo viso qualcos'altro che non è studiato. La sua faccia si sente estranea in quella città. È appena passato accanto alla piazza sul Canale e si è reso conto dell'aria che soffia dai colli del Carso. – No, – si dice quella faccia. – Da questa città non si caverà niente, anche se ho già fatto fucilare un paio di teste calde slovene e ne dovrò certamente far fucilare delle altre alla prima occasione. Ma questo mondo sassoso che arriva fino in città, questi pini, quest'atmosfera, questo maledetto retroterra – non si possono fucilare –. La macchina prosegue verso il Corso e la piazza della Borsa per sottrarsi al mio sguardo, ma egualmente ho l'impressione di essere io il piú forte, perché quando lui parlerà in piazza Grande si renderà conto con ancora maggiore chiarezza che il suo discorso è vano. Nel bel mezzo del clamore lo coglierà un sordo presentimento. Ed ecco che si gira un'altra volta e resta appeso a testa in giú, mentre il barbiere mi insapona la faccia.

– Lei la sa lunga al riguardo, – osserva; mi rendo conto che si sta rivolgendo a me e allude alle atrocità delle camicie nere.

– Sono azioni commesse dagli uomini del XX secolo, – gli dico. Ma puoi anche non prestare attenzione quando René, per simpatia cameratesca, ricorda la «cultura dell'olio di ricino», perché la città sta lentamente prendendo forma nella tua memoria come un porto che esca dalla nebbia. No, nel paese della morte questo non era permesso. Riandare con il pensiero, con i desideri a casa era come lasciare il proprio corpo indifeso. Non si deve. La morte aggredisce subdolamente sfruttando anche la minima disattenzione per infilarsi nella fessura non sigillata. Tutto il passato deve quindi sparire. Sei solo. Nudo come al momento della nascita. Ecco perché la città si può avvicinare ora a poco a poco.

Lentamente. Dolcemente, per evitare di andare a sbattere con troppa violenza contro la costa, come farebbe un marinaio troppo impaziente al timone. Ecco, solo un leggero contatto con la riva; e questa bottega di barbiere potrebbe benissimo essere quella di fronte alla società di canottaggio. Sulla parete davanti all'ingresso c'è uno specchio e quando il vecchio ti taglia i capelli là si riflettono le alberature delle barche a vela da competizione che si dondolano alla fonda. Accanto alla finestra siede un uomo abbronzato. Parla del prezzo del pesce. Quello che prima s'era fermato sulla soglia per chiedere al barbiere: – Vuoi degli sgombri oggi? – glieli ha appena portati. – Te li lascerò nel secchio, – dice. – Verrò a ritirarlo piú tardi –. La bottega è spartana come la tolda di un peschereccio. E il pescatore che vi entra, irsuto fino alle orecchie, ne esce ringiovanito, liscio e, per via del talco cosparso sulla faccia, meno abbronzato di prima. Nello specchio continuano a dondolare le alberature senza che si senta il grido dei gabbiani perché al di là del marciapiede sta passando con fragore un tram. Oppure sono i vagoni ferroviari che la locomotiva traina dalla stazione principale al Campo Marzio. O nella direzione opposta. Una fila che non finisce mai, anche perché in riva al mare passano accanto ai pedoni, e la velocità del convoglio viene dettata dal ferroviere che cammina fra le rotaie davanti alla locomotiva. Sventola in continuazione una bandierina rossa come volesse scacciare delle mosche noiose. Nello specchio sulla parete riappare un raggio di sole che il fumo della locomotiva prima aveva ingoiato. Un chiarore argenteo nel vetro dal fondo maculato; come questo.

Nel frattempo anche René è sbarbato. L'ometto ci stringe la mano dicendo: – Cosa volete che sia una rasatura dal momento che arrivate da là –. Ed è ancor piú imbarazzato di noi; come se non sapesse coordinare il suo pudore con il movimento delle spalle e l'intonazione delle parole. Ma forse, in realtà, è perché dinanzi a lui si trovano tre corpi che riempiono quasi completamente l'ambiente, che circondano la sua sagoma mingherlina con le righe ghignanti delle uniformi, coinvolgendolo improvvisamente in un mondo che lo sconcerta.

Poi ci ritroviamo di nuovo fra le strette vie che si aprono in un passaggio piú largo fra le case. Il mattino cancella dalle facciate le ultime tracce cispose. Atmosfera primaverile. Ma probabilmente è quasi impossibile descrivere quel momento, la sensazione di benessere un po' solenne che ci viene dall'avere la faccia rasata, come rinnovata. A causa delle notizie eccitanti, in un certo qual modo ci si sente retti, equilibrati, pronti a essere reintegrati nella propria fierezza. Ma l'immagine di disumanizzazione definitiva trasmessa dai nostri abiti fa affiorare un senso di inutilità. Eppure anche un senso di libertà cosmica, di vastità in sé conclusa, ma palpitante, viva – una libertà che ci si offre ostinata e respinge senza riguardi le concrete, tangibili immagini di desolazione che si sono materializzate nella memoria. Uno scontro tra aerea levità e plumbea pesantezza. Il desiderio di mare che si è appena insinuato nella bottega del barbiere è autentico, eppure tale desiderio assomiglia all'impotente tentazione del prigioniero che, dietro la grata, viene colto di sorpresa dal miraggio della libertà in mezzo al germogliare lussureggiante della natura. La sensazione intempestiva di aver condiviso e perpetrato un peccato imperdonabile, e, di conseguenza, un sentimento di distacco dai comuni e innocenti passanti di Lille; ma al tempo stesso una curiosità appena percettibile riguardo al senso delle comuni occupazioni quotidiane. È a causa di questo stimolo che tentiamo di scoprire segni di dignità sui volti, negli occhi degli sconosciuti. Certo, nutriamo dubbi sul valore di una simile scoperta; ma dubbi comunque piú deboli della nostra entusiastica fede infantile nel potere vivificante dell'atmosfera di una città laboriosa che si va svegliando.

Altrettanto tormentoso è il conflitto negli occhi dei passanti, alla vista della pattuglia zebrata (René, il piú alto, sta per caso in mezzo) che è simbolo degli inferi e fa la ronda per le strade dei vivi. Se gli occhi sorpresi mostrano un po' di allegria, questi sprazzi gioiosi vanno tuttavia ricondotti a un perplesso stupore. Come se improvvisamente fosse apparso un fenomeno sismico destinato a sconvolgere l'ordine di case e marciapiedi. Questo lo avvertono anche gli autisti che rallentano la corsa neanche fossero incappati in un improvviso banco di nebbia, allorché la minima imprudenza potrebbe risultare fatale. Uno di loro frena addirittura cosí bruscamente la macchina che gli pneumatici protestano stridendo. Si accosta al marciapiede e ci invita a salire a bordo in fretta, come se vi fosse un incendio o da ciò dipendesse la salvezza di tutta la città. Parole e gesti rapidi di un uomo alto e magro, spigliato piú che sicuro del fatto suo. Si vede che è abituato a comandare, ma questo non dipende da una forte natura interiore, bensí dalla smania di sfruttare per tempo il momento contingente. Spinge la macchina a tutto gas come se fosse accaduta una disgrazia, e quando frena di colpo davanti a un edificio grigio, gli pneumatici si lamentano un'altra volta. Si muove in fretta, in modo irragionevole (o forse, al contrario, ragionevole). Fruga nei cassetti di legno che occupano tutta una parete del magazzino e ci butta sulle braccia qualche paio di mutande lunghe, alcuni fazzoletti e delle calze di lana. – Erano destinati ai ragazzi sulle montagne, – dice. Ma a dire il vero non si capisce di quali ragazzi si tratti perché il signore va ripetendo che non è il caso di girare per la città con le uniformi a righe di cui bisogna liberarsi quanto prima. E con la stessa velocità con la quale ci ha portati fin lí, ci fa risalire in macchina; la guida come se fosse un'ambulanza. Noi intanto teniamo in grembo, anche se fuori è maggio, calze di lana e mutande lunghe che erano state raccolte per «i ragazzi sulla montagna» e quindi non sono mutande e calze qualsiasi. Ed è difficile immaginare di poterle sostituire ai nostri indumenti zebrati; ma quando ci fa scendere, il signore continua a raccomandarci febbrilmente di cambiarci d'abito, e in fretta. René per ripicca si ferma, ben ritto, in mezzo al marciapiede con i mutandoni sotto il braccio, sistemandosi la giacca zebrata: – Lo farò lavare e stirare questo vestito, – dice. – Che sia di ammonimento a mio figlio e al figlio di mio figlio! – Allora è François a replicare: – Appendilo addirittura nell'armadio, cosí la prossima volta, quando ne avrai bisogno, sarà a portata di mano –. René e io ripensammo seriamente a questa osservazione solo piú tardi; in quel momento pareva invece che François avesse voluto stemperare, con una battuta sarcastica, la triste impressione lasciata dallo sconosciuto, che aveva contaminato l'aria di maggio.

Forse mi aveva stordito la malattia oppure quella logorante stanchezza che si impadronisce di noi quando abbiamo superato una dura prova, quando il pericolo mortale è cessato. In parte vi contribuí senz'altro il biancore delle lenzuola, cosí invitante, e probabilmente anche il segreto piacere di ritrovarmi solo nella stanza. Quando mi coricai avvolto dalla tela appena un po' umida, fu come se il mio corpo, disteso nella fresca posizione orizzontale, fosse immerso nell'acqua chiara di un fiume tranquillo e trasparente. Al tempo stesso provavo quel senso di sicurezza che proviene dai solidi oggetti di una casa contadina: gli utensili di legno, il cassettone massiccio, la tela profumata, tessuta in casa, cosí resistente da venir tramandata alle spose di generazione in generazione. Inavvertitamente mi ritrovai tra le lenzuola della zia nella casetta in mezzo al piccolo frutteto. Le stesse lenzuola grezze. Lo stesso letto alto, lo stesso materasso rigonfio. A causa della sua imbottitura, le prime notti il corpo scivola verso i bordi di legno del vecchio letto tarlato. Solo che là frusciavano sotto di me le foglie del granturco prima che mi addormentassi. Ecco, è una tela dalle grosse fibre che sembrano trattenere la linfa densa che le ha rese cosí turgide e compatte.

Devi restartene coricato tranquillamente, mi dissi, molto tranquillamente, affinché i principî salutari di questo buon tessuto possano essere assorbiti dalle cellule del tuo corpo disteso. Resta fermo, mi dissi, del tutto immobile. Ma il biancore del tessuto accanto a me mi stordiva, sicché non mi resi conto dell'istante in cui René strappò il rasoio dalle mani dell'ometto per scagliarsi contro il pube dell'impiccato a testa in giú. – Io lo raderò, – grida. – Lasciatelo a me! – François però glielo impedisce e lo afferra per un braccio, tanto che René è furibondo. Infine qualcuno spinge via François; nel bagno c'è una gran confusione, ma il grosso duce spicca fra le mummie viventi. Si guarda attorno interdetto e il suo pube rasato luccica come la testa calva. Quindi, concludo, è proprio vero che chi scava la fossa agli altri, finisce lui stesso per cadervi dentro. Ricordo di aver già previsto, una volta, che non ci sarebbe riuscito. Fu la volta in cui venne da noi, ma non mi sentí perché stavo troppo distante, alla finestra del quarto piano, ma soprattutto perché attorno a lui tutti sbraitavano come matti urlando il suo nome. Adesso si gira a guardare quelle casse toraciche che assomigliano a costine affumicate, ed è semplicemente sconcio, cosí pallido e grasso, sotto la doccia che risciacqua la sabbiosa insaponatura gialla facendola scorrere sul pavimento di cemento come rivoli di urina di cavallo. Due delle mummie giacciono sul pavimento perché non ce la fanno piú a stare in piedi. Le altre intanto già corrono fuori per calzare gli zoccoli. Anche il duce vorrebbe andarsene e cerca di salire in macchina e quasi vi riesce, sennonché René gli dà uno spintone, infatti a quanto sembra il signore preferirebbe essere lui a guidare piuttosto che noi. Ma cerca invano di appioppargli quelle calze di lana. Che vuoi che se ne faccia. E le mutande! – Adesso non ne ha piú bisogno, – dice il vecchio barbiere sventolando la bianca salvietta perché ha appena finito di radere. – Non avrai bisogno delle calze, bello mio, e non sarà neanche necessario raderti il pube, non ti si annideranno i pidocchi tra i peli! – Ma questa salvietta non è mica quella del barbiere. È il lenzuolo che tiene in mano mio zio, sta per buttarmelo su, nel fienile. È il lenzuolo della zia. Gliel'ha dato per te, affinché il fieno non ti punga quando ti coricherai sugli steli profumati. Non occorre che me lo getti quassú, zio, scendo io a prenderlo. Appoggio il piede sul piolo della scala traballante; ma lo zio ride, appallottola il lenzuolo e lo getta in aria e quando sei a metà della scala il tessuto ti copre la testa e la bocca...

Tastai la grezza tela e mi liberai la faccia cercando di immaginare un campo di lino. Un mare di fiori azzurri. Non ho mai visto crescere il lino, né ho mai osservato come vengono maciullati i suoi gambi, come li mettono a mollo; stando coricato, immobile, cercavo di vedere le donne che filano la morbida fibra e la impiegano per ricavarne solidi fili bianchi. No, adesso le donne non filano piú, pensai, ma desideravo che da qualche parte esistessero ancora donne che per me, per il mio consunto tessuto cellulare, riprendessero a filare nuove fibre.

[1959].

Branko Ćopić

Corrispondenza sulla vacca

Quando il cetnico Drago Keča venne fatto prigioniero, gli furono trovate addosso alcune lettere di suo fratello Miloš Keča, sergente partigiano. Bastò questo all'ufficiale del nostro controspionaggio, il sospettoso Hazim, per convocare al comando il sergente e sottoporlo a interrogatorio. Anche addosso a Miloš furono trovate alcune lettere del fratello cetnico; e dopo che furono lette queste e quelle e furono confrontate, venne fuori questa storia:

«Caro e amato fratello Drago,

ecco, ho fatto secondo il desiderio di nostro padre che ha mandato te, che sei il figlio piú vecchio, con i cetnici e me con i partigiani. Mi ha strappato alla mandria e mi ha spedito nudo e scalzo; cosí, dice, sarò piú stimato dai partigiani e avranno piú fiducia, per la ragione che essi i poveri li tengono in considerazione.

Va', dice, Miloscino, va', coccolo mio, perché è sempre bene, dice, che ci siano nella nostra famiglia dei figli da una parte e dall'altra; cosí, dice, se vincono i partigiani ci proteggerai tu, e se la spuntano i cetnici, c'è qui Drago.

Fratello Drago, io quasi mi sento molto triste nel cuore per la ragione che nella nostra compagnia ci sono anche i croati, che Iddio li punisca, e nutro un forte sospetto nella testa che ci sta anche un turco o due turchi interi, e il fatto mi preoccupa di notte quando dormo, che ho paura di essere scannato.

Adesso che nel nostro paese ci siete voi cetnici, sta attento specialmente alla nostra Leporetta, che è la vacca migliore del paese e i vitelli che figlia sono molto famosi. Poi, se un giorno questi miei partigiani qui verranno da quelle parti, Leporetta me la prendo io a cuore.

Scrivimi come vanno le cose da voi e come è il rancio nel vostro esercito, perché il nostro commissario ci tiene discorsi molto brutti sul vostro conto e dice che avete tradito lo Stato. Ora non ho altro da dirti, sta' attento a Leporetta come la luce degli occhi e salutami papà e la mamma come pure tutti quelli che chiedono di me.

Tuo fratello Miloš».

«Caro fratello Miloš,

come ho potuto capire al comando, noi stanotte ci ritiriamo dal nostro paese e voi partigiani arrivate domani. Si va dicendo che profanerete la chiesa e che sotto il vostro regime gli uomini vivranno come bestie e non si saprà chi è il padre e chi è figlio. È un ordine degli ebrei, dicono, e degli altri comunisti che sono contrari al re, alla patria e al santo patrono.

Per quello che scrivi di Leporetta, quella graziaddio gode buona salute, e io l'ho curata come mia madre carnale, e ora la lascio a te in pegno e carattere, che tu lo sai; i re se ne vanno e gli Stati vanno in malora, senza di loro si può stare, ma senza la vacca no.

Per quanto riguarda gli italiani, quelli ci mandano razioni magre, farina e maccheroni, e abbastanza munizioni. A dirti la verità io non me la sento tanto di sparare contro di voi, ma il pane bisogna guadagnarselo, e poi c'è l'ufficiale alle spalle.

Papà ti manda a dire di sopportare meglio che puoi fra quei cattolici slavoni e turcassi, perché bisogna avere qualcuno dei propri, disgraziato, in ogni esercito, di qualsiasi specie che siano; e oggi ce ne sono tanti che non si capisce un accidente.

La mamma non fa che piangere tutto il giorno, dice: adesso il fratello spara al fratello. Io, per dirtela, quasi sempre faccio chiasso col fucile cosí, in aria, ma da parte vostra c'è qualcuno che fa maledettamente sul serio e ci spara addosso col mitragliatore, figlio di un cane, certamente sarà qualche saracino, perché quelli sono di mira buona e gli piace dare addosso al serbo. Te la mando per posta, scrivi presto la risposta. E Leporetta, quella è di nuovo gravida, che il cielo la benedica.

Cordiale saluto da Drago».

Alcuni mesi dopo.

«Caro compagno, fratello Drago, salve!

Ti lascio questa lettera presso il piccolo pioniere Stojan, noi ci ritiriamo, perché l'odiato occupatore nostrano e i cetnici suoi servi sono penetrati nel paese con l'aiuto della tecnica guidata dai traditori.

Era mia positiva intenzione evacuare Leporetta per non farla cadere nelle mani dei banditi, ma papà no e poi no, perché lui è un contadino piccolo possidente, indeciso con due anime, la nostra e la vostra, la testa in barbieria e il culo in cucina, come dice il nostro commissario e il compagno Lenin, membro del Comando Supremo.

Devo informarti e farti sapere inoltre che sei un fuorviato vale a dire incosciente, e il re ha tradito il paese e i fini della lotta popolare di liberazione e io mi vergogno di avere un fratello fra i banditi, perché questo mi macchia le caratteristiche e la fiducia.

A Leporetta non voglio pensare anche se in qualità di mandriano rieducato mi piange il cuore per lei, perché noi oggi lottiamo per una Leporetta proprietà comune del popolo, se mai tu lo riesci a capire per via della tua incoscienza.

Quel mitragliere che vi abbrustoliva cosí maledettamente, quello non è affatto un turco, perché noi siamo per la fratellanza armata. Quel tiratore sono io, e mio aiutante è un musulmano, vale a dire cioè un nostro fratello e noi coscientemente diamo addosso ai banditi con l'aiuto della Unione Sovietica, dell'Inghilterra e dell'America.

Non ho da dirti altro, però alla fine ti propongo di divenire un compagno cosciente e di entrare nelle file, e con questo esulto e ti saluto col nostro saluto di battaglia.

Morte al fascismo - Libertà ai popoli!

Miloš Keča».

«Caro fratello Miloš, traditore della nazione serba.

Tu non sei Miloš ma Mujo, che purtroppo porti il nome di Miloš Obilić e hai traviato perfino il piccolo Stojan facendolo entrare nei pionieri ai quali perciò gli abbiamo tirato per bene le orecchie, e ricordati che San Sava ha catechizzato i serbi e non i turchi e gli ebrei.

Vergognati per quello che dici quando dici che nostro padre ha due anime neanche fosse un vitello qualunque che ha due stomaci e non uno ortodosso e serbo. E per quella tua invenzione di una specie di vacca statale, lo so anch'io che lo Stato è una mucca da latte e noi, fratello, ci faremo sotto la sua poppa, e dalla nostra parte ci sono il re e la regina e tutto il governo a Londra, e voi non avete con voi nemmeno un presidente della provincia, e poi pretendete di comandare lo Stato, ci fate la figura della sella in groppa alla scrofa.

E vergognati per quello che ti sei messo a cantare sul conto del vitello di Leporetta, «ieri la vacca ha figliato, il vitello ha la testa di un conte castrato». Adesso i nostri per punizione si sono presi il vitello, e questo per colpa della tua propaganda comunista, e tu lo sai bene che il nostro povero vitello non aveva nulla contro il re e la nazione serba, perché è un vitello incosciente, come diresti tu.

E per quanto riguarda l'incoscienza che mi rinfacci, domanda a nostro padre chi di noi due ha la coscienza piú pulita, perché io finora ho portato a casa due paia di scarpe, una catena per il carro, un'accetta, catenelle e uno zaino pieno di tante cose, mentre tu in tanti mesi di guerra non hai portato a casa nulla di utile, nemmeno un soldo bucato, ma ti sei anzi portato via, cane di un rosso, che tu sia... fetente che sei. E ricordati, ovunque ci incontreremo, sarà il Kosovo e non ti dico altro, ricevi un caro saluto dal tuo fratello Drago».

Tre mesi dopo.

«Caro compagno ed ex fratello Drago,

dalla tua relazione, vale a dire lettera che ho studiato attentamente, io vedo che tu manifesti la tua coscienza banditesca rubando catene e varie specie di catenelle, mentre noi qui ci battiamo per spezzare le catene di tutta l'umanità asservita della Jugoslavia, vale a dire del nostro paese occupato. Per questa ragione non ci sporchiamo le mani saccheggiando, ma strappiamo al nemico le armi e altri arnesi di guerra con i quali picchiamo il fascismo, vale a dire le belve sanguinarie.

E quello per la qual cosa tu ci prendi in giro dicendo che non abbiamo nemmeno un presidente della provincia è proprio vero, perché noi non vogliamo il ritorno ai vecchi, bensí governeremo il paese noi stessi, vale a dire il popolo e la gioventú.

Posso darti la risposta anche per le tue parole arretrate che mi chiami fetente e cane.

Anche se sei un bandito e un saccheggiatore, non voglio coprirti di vari epiteti, vale a dire cioè bestemmie, perché sono incluso nell'attività culturale di massa e noi non adoperiamo piú la parlata volgare, bensí apprendiamo nozioni sull'unità di lotta, sugli Alleati e sulla futura vita migliore nonché sulla deficienza di Dio e su quelli che rendono stupida la gente, vale a dire i preti.

E torno a comunicarti che è scoccata l'ora, vale a dire cioè è venuto il momento che tu venga nelle file e sotto la bandiera, perché i proletari serbi e montenegrini sono già ai confini della nostra Krajina guidati dal compagno Tito, e un buco di topo lo pagherai tre ducati d'oro, perciò tu spicciati che il prezzo sale.

Anche la nostra Leporetta l'abbiamo mobilitata per gli utili fini e mandiamo il latte ai compagni feriti e Dio mi perdoni, ma ora sarebbe peccato chiamarla una vacca perché, obiettivamente parlando, tu sei un bovino piú bovino di lei, ma io questo non te lo posso dire dato l'attuale livello culturale.

Per concludere ti invito ancora una volta sotto la nostra bandiera a cinque punte, a diventare compagno, e non bandito, e con questo ti mando il nostro fragoroso saluto.

Morte al fascismo - Libertà ai popoli!

Compagno Miloš Keča».

Una settimana dopo questa lettera, il cetnico Drago Keča venne fatto prigioniero. Ci furono grosse risate durante l'interrogatorio, mentre stavano a guardare suo fratello che faceva il muso e arrossiva. Finalmente, quando dicemmo al cetnico che poteva tornare a casa, quello per una buona mezz'ora stette a parlottare col fratello sotto un albero di noce in mezzo al cortile; infine si avviarono verso la compagnia di Miloš.

Quelle lettere vennero consegnate a me, con questa osservazione ironica: «Ecco, pettegolo. Visto che ti stanno tanto a cuore, conserva queste lettere, serviranno anche a te per le tue caratteristiche».

[1959].

Kazimierz Brandys

Intervista con Ballmeyer

I.

L'interno di un magazzino in muratura, penombra con una leggera infiltrazione di luce grigia, travature alte, al centro un pilastro di pietra. Nell'angolo un divano o forse una bassa branda con sopra una coperta, accanto una sedia e una tavola. Ai piedi di una parete alcuni libri, piú su una mensola con oggetti da toletta, contro un'altra parete un baule nero e sopra, appeso a un chiodo, un cappotto. Tutto questo non occupa molto spazio. Nel magazzino non c'è grano, ci sono solo parti di macchine agricole abbandonate e arrugginite, e resti di vecchi finimenti. Il portone è sbarrato. Jahn, ascia alla mano, fa entrare R. Daves da una porticina di un battente. È primavera avanzata, fa caldo, Daves ha il cappotto sbottonato. Estrae dalla tasca il taccuino e la penna, si guarda attorno. Jahn spiega che il generale non è ancora rincasato dalla passeggiata ma che tornerà all'ora stabilita. Daves sorride, le grosse lenti dei suoi occhiali si rivolgono a Jahn, gli offre una sigaretta. Jahn depone l'ascia e cerca i fiammiferi nelle tasche dei pantaloncini di cuoio. – È puntuale? – chiede Daves. Gli tende l'accendisigari. – Non tarda mai, – dice Jahn. Daves si accomoda su una sedia, annota nel taccuino la risposta di Jahn. – Da quanti anni lo conosce? – Jahn risponde e Daves di nuovo annota: «Dal 1935, attendente Ball. n. 1915 Prussia. Con lui a B-m?»
Jahn aspetta altre domande ma Daves si è improvvisamente sprofondato nei suoi pensieri.

– La settimana scorsa, – dice Jahn, – ci sono stati quattro giornalisti stranieri. Lei viene dagli Stati Uniti?

Daves annuisce e sorride.

– Sul «New York Times» c'era la fotografia, – dice Jahn. – Hanno fotografato anche il magazzino e me.

– Oh! – si meraviglia cortesemente Daves.

– Sissignore. Il maggiore Johnson del «New York Times». Fu ferito nella battaglia di Dieppe. Mi ha fotografato mentre taglio la legna.

«Ascia» annota Daves. – La fattoria appartiene a lei, signor Jahn?

Jahn spiega che la fattoria appartiene a suo cognato. Al ritorno del generale, il cognato, persuaso da Jahn, gli ha dato in affitto il vecchio magazzino. Per il momento Jahn dorme su una branda nella legnaia. Il maggiore Johnson del «New York Times» vi ha scattato tre fotografie. – Il maggiore Johnson, – aggiunge Jahn dopo un momento, – è del parere che i tedeschi e gli americani non dovrebbero farsi guerra. «Johnson, caro imbecille» annota Daves.

Guarda l'orologio: mancano pochi secondi alle undici. Jahn riprende l'ascia. Tende l'orecchio. Nel cortile si sentono dei passi e una voce. Qualcuno si avvicina parlando, probabilmente a un cane. Daves volge lo sguardo attento verso Jahn.

II.

– Signor Ballmeyer, – dice Daves, – la sua questione interessa i lettori americani.

Fa una breve introduzione: «Scientific Review», una rivista fondata da un gruppo di giovani professori della Columbia University. Materiale per lo studio della storia contemporanea. Certi suoi aspetti non sono stati ancora chiariti. Le persone scompaiono portandosi via le fonti di informazione. Diventa sempre piú necessario lo scambio di esperienze.

Sorride. Ballmeyer è seduto sul bordo del divano con le mani tranquillamente appoggiate sull'impugnatura di un grosso bastone. Daves annota nella memoria: «Giubba verde da cacciatore, scarponi da montagna. Somiglianza fisica col tipo nordamericano».

– Ha detto: la sua questione, – fa Ballmeyer. – Che cosa intende?

Daves: – I motivi. Le circostanze. La psicologia. I fatti li ha già raccontati la stampa. A me non interessa tanto quel che lei ha fatto, quanto quel che ne pensava.

Punta gli occhiali su Ballmeyer. Gli sembrava di conoscerlo già, come se lo avesse incontrato varie volte. «*Roundhead*[1], – pensa Daves. – Trecento anni fa avrebbe potuto benissimo far parte dello Stato maggiore di Cromwell». Daves è sicuro di non esserselo mai immaginato diverso. Dice: – A suo tempo il destino dell'isola di Barnum[2] turbò l'opinione pubblica del mondo intero. Questo è il fatto. La sua situazione attuale aggiunge un fatto nuovo. Ma intendiamoci, signor Ballmeyer, di solito i fatti sono il risultato di una serie di complesse circostanze. I fatti non li si sceglie, essi sono la conclusione di un ciclo.

Quel suo tono bonario, un po' confidenziale, gli sembra ben azzeccato. Daves intende mantenerlo. Ma prima che gli sia possibile pronunciare un'altra frase, gli capita qualcosa di imprevedibile. Daves si sente come un pesciolino dagli occhi sbarrati osservato da un'anguilla. Lo sguardo di Ballmeyer è ironico e incuriosito:

– Lei è americano di nascita?

– Sí, – risponde Daves e si sente stringere il cuore. Odia quell'uomo. Gli torna il ricordo del cortile nel quale giocava a palla e di sua madre che lo chiamava dalla finestra.

– Non ho fatto il soldato. Alla mia gamba sinistra manca un pollice e mezzo di lunghezza. Zoppico.

Ballmeyer non guarda la gamba. Ascolta annuendo ma come uno che si prepari a sollevare tra un istante questioni

[1] Soprannome dei puritani che sostenevano il parlamento durante la Guerra civile inglese.

[2] Località inventata, per cui Brandys sceglie il nome del celebre circo americano.

piú importanti. Poi, con irritata impotenza comincia a lamentarsi dei giornalisti con i quali ha avuto brutte esperienze: si intrufolano a forza di sotterfugi e di mance, lo fotografano di nascosto durante la sua passeggiata mattutina. Daves pian piano riprende il suo equilibrio e dà ragione a Ballmeyer, affermando che simili metodi non vanno d'accordo con l'etica professionale. Intanto cerca di immaginare che aspetto avesse Ballmeyer quindici anni prima, quando era ancora a capo dei reparti blindati delle SS e comandante militare dell'isola di Barnum. – La sua cortese lettera è una rara eccezione, signor... – Daves, Raphael Daves... – A quest'età sono molti quindici anni, dieci dei quali trascorsi nell'isolamento. Ballmeyer è nato nel 1898 nella Prussia occidentale, a Kulm. Durante gli interrogatori di Norimberga insisteva su questo nome nonostante le proteste del rappresentante polacco il quale sosteneva che la città si chiamava diversamente. Daves aveva esaminato i resoconti stenografici. Le deposizioni di Ballmeyer si distinguevano per la precisione nelle indicazioni topografiche e per l'ostinazione nel rettificare le inesattezze («Mi permetta di osservare, signor procuratore, che in questo caso non ha perfettamente ragione»). Durante la lettura dei resoconti stenografici Daves si era sorpreso piú volte a simpatizzare con Ballmeyer. Il fatto risultava tanto piú compromettente in quanto lo stesso Ballmeyer non aveva cercato di eludere le proprie responsabilità nella tragedia di Barnum. Ufficialmente Daves giudicava questa sua reazione come una sconfitta, non ufficialmente come una debolezza che si perdonava.

Ora spiega di essere giornalista solo per metà. L'altra metà, quella scientifica, garantisce al cento per cento un comportamento leale. Oltretutto le conversazioni avute con vari personaggi durante il suo viaggio attraverso l'Europa, hanno per lui un valore esclusivamente intellettuale; non intende pubblicare testi non suoi senza autorizzazione.

Un attimo di maggiore attenzione da ambedue le parti. In questo momento Daves decide di fare la domanda che negli appunti preparati in albergo aveva indicato con il numero quattro. Rimanda a piú tardi le prime tre.

La cauta domanda di Daves:

– Nel caso di una totale modificazione delle proprie convinzioni, ci si può chiedere in che misura il fenomeno sia determinato da circostanze interiori, diciamo psicologico-morali, e in che misura da circostanze esteriori, per esempio storiche. A mio avviso le une e le altre sono in stretta relazione fra di loro. Mi sono espresso abbastanza chiaramente, signor Ballmeyer?

Ballmeyer si alza. Daves è tutto preso dal senso del rischio. Ballmeyer si avvicina lentamente alla porta. Daves pensa: «Un elefante dimagrito». Per un attimo ha la sicurezza di sapere che aspetto avesse Ballmeyer nella divisa di generale delle SS durante gli avvenimenti di Barnum. Un breve gesto col bastone: Ballmeyer ha toccato la porta, l'ha dischiusa, la porta ha cigolato. Rimane immobile, tagliato da una striscia di luce. Ora si sentono il clacson lontano di una macchina che percorre l'autostrada di Monaco e dei colpi di ascia. Dopo un momento il clacson tace.

– Molto chiaramente, signor Daves. Il metropolita Zaccaria, col quale ad Atene ebbi occasione di parlare di Dio, si esprimeva in modo ben piú complicato.

Daves si china in avanti e poi indietro. Scoppia in una risata tutta americana, scoprendo largamente la dentatura un po' sporgente ma sana. – Straordinario, signor Ballmeyer! Veramente una risposta magnifica! – La risata lo stanca un po', sente troppa saliva agli angoli della bocca. Si accorge di quanto gli stia a cuore dare a Ballmeyer l'impressione di essere un americano autentico, e questo gli guasta l'umore. «Il mio complesso» pensa con disperazione, ma la presenza di spirito non lo abbandona. Quando Ballmeyer torna a sedersi sulla sponda della branda, guardandolo con interesse dice: – Lei è diverso dagli altri giornalisti americani, signor Daves –. Raphael Daves risponde fulmineo: – Lei è diverso dagli altri generali tedeschi delle SS, signor Ballmeyer –. (Una forte stretta di mano, i *gentlemen* si voltano verso la telecamera, sorrisi, peccato che non ci sia qui Johnson del «New York Times». In questo modo Daves congela le sue soddisfazioni). Nel cortile qualcuno fischia a un cane.

Ballmeyer: – Le interessa il mio atteggiamento di fronte al nazionalsocialismo?

Uno sparo improvviso. Daves sussulta (– È Jahn che dà la caccia alle cornacchie, – spiega Ballmeyer). Segue una lunga enunciazione che si potrebbe riassumere in una decina di frasi. Daves comincia ad annotare rapidamente: «Tesi Ball. riferite al passato. Giudizio su Germania prima 1933: disorganizzazione, indebolimento, estinzione valori nazionali. Nazismo è esplosione istinto autodifesa dei tedeschi. Consenso quasi unanime dei tedeschi in e fuori paese. Ball. sostiene che in realtà (sottolineato) la morale dell'individuo è condizionata dalla nazione. Citazione alla lettera: la religione e l'etica sono sempre delle astrazioni di fronte alla volontà del settantacinque per cento del popolo. Secondo Ball. la nazione tedesca ha riconosciuto l'ineluttabilità del destino indicatole da H. Citazione: giudicando le azioni di un tedesco medio non bisogna dimenticare che (sottolineato) allora la nazione sopravvalutava i concetti di bene e di male».

Daves: – Con ciò devo intendere che questa era la sua posizione durante il primo periodo del nazionalsocialismo?

Ballmeyer: – Può intenderlo.

Daves: – Ha detto che in pratica, di fronte alla volontà della nazione, la religione e l'etica diventano delle astrazioni. Crede che i principî della morale individuale siano relativi fino a questo punto?

Ballmeyer: – Relativo è solo il loro contenuto. Mi pare che esista una certa proporzione, solitamente rispettata, tra ciò che è proibito e ciò che va fatto.

Daves prende appunti e sottolinea: «L'etica formale di Ballmeyer». È turbato. Dice: – Molto interessante, signor

Ballmeyer –. Daves sa che in albergo avrà molte cose su cui meditare, ma per ora deve andare avanti. Si dà le istruzioni: non impegnarsi; decide di comportarsi come un uomo d'affari; niente gratis, prima sfruttare il contraente e poi concedere il credito a forte interesse. Ma nonostante ciò sente la supremazia di Ballmeyer. Daves ha minori riserve, deve badare alla tattica, scegliersi un comportamento. Ballmeyer dà l'impressione di aver deciso il suo comportamento da molto tempo. Le sue brevi risposte hanno il tono di uno scritto in cifra, frutto di una lunga elaborazione. È piú sé stesso di quanto non lo sia Daves, il quale non è completamente sicuro di quel che dirà fra un momento, né di chi si dimostrerà. Le loro forze non si equivalgono anche perché Daves sa poco di cose sulle quali Ballmeyer sa tutto. Daves non ha fatto la guerra, è uscito dall'America per la prima volta tre mesi fa, conosce il conflitto dai documenti. Non gli resta che dar rilievo a questa situazione, essere ingenuo e candido. Un americano leggermente proclive a sogni umanitari. Lo assale una passeggera preoccupazione: questa incarnazione se l'è scelta lui stesso o gliel'ha imposta Ballmeyer? È uno dei pensieri poco piacevoli di Daves. Ma finché c'è corrente, bisogna mettere all'ordine del giorno «i morti dell'isola di Barnum».

– Oggi le sue memorie sarebbero un *best seller*. La stampa continua a occuparsi di lei. Persino i giapponesi hanno pubblicato la fotografia di questo magazzino. Naturalmente è possibile fotografare il magazzino, ma quanto al lato psicologico... (allarga le braccia). Mi permetta di riassumere i fatti principali. Nel 1948 lei fu condannato dal Tribunale militare internazionale a quindici anni di reclusione. Nella sua qualità di comandante del fronte sud-orientale e capo delle forze dislocate a Barnum, dovette rispondere dei famosi incidenti che a suo tempo avevano provocato le proteste di tutto il mondo civile. A quanto mi risulta, dopo aver scontato sei anni di pena lei, di sua iniziativa, rese una deposizione supplementare con la quale accusava seriamente vari personaggi vicini alla Wehrmacht. Nel 1957 fu rilasciato per motivi di salute. Bene. Si stabilisce quindi a Monaco. Subito dopo il suo arrivo si scatena contro di lei una violenta campagna di stampa che invoca il boicottaggio. Per una parte dell'opinione pubblica lei diviene il nemico numero uno, per l'altra lo è sempre stato. Finora la faccenda è abbastanza chiara. Invece meno chiaro è che lei per tutto questo tempo abbia mantenuto il silenzio. Non si è difeso, non ha tentato di lottare. Ho saputo che ha trascorso gli ultimi mesi a Monaco in condizioni di estrema povertà. Ora ha scelto (un gesto del braccio) questo domicilio. Sembra che i fatti da me citati siano veri. Ma non conosco i suoi motivi, signor Ballmeyer. Vorrei sapere se è esatta la mia supposizione secondo la quale il motivo determinante della sua crisi sia stato uno choc psichico-morale, conseguente alla rivelazione dei crimini di Barnum. Gli psicanalisti americani che si interessano di simili casi...

Ballmeyer lo interrompe, Daves ormai lanciato continua a parlare. Seguono frammenti di un dialogo confuso («lasciamo stare la psicanalisi, signor...», «lo chiamano, se non erro...», un colpo di bastone sul pavimento, «un riflesso retrospettivo...», «avendo da scegliere», «... ma in questo campo», «il ruolo di un assassino o di un traditore», «naturalmente lei scelse...», «non sceglievo niente, signor Daves», «benissimo, signor Ballmeyer!»), dopodiché cade un silenzio nel quale si ode il campanello di una bicicletta. Entra Jahn, dietro a lui un postino. – Una raccomandata da Bonn, – dice Jahn.

Daves osserva i libri disposti sul baule, il postino estrae dalla borsa un mazzetto di lettere; contro ricevuta consegna separatamente una busta gialla con intestazione ufficiale stampata in nero. L'operazione richiede qualche minuto, Daves si interessa a un volume in tela grigia che sta sopra gli altri libri e dal quale spuntano delle striscioline di carta. Senza farsi notare se lo accosta e lo apre. Incontra uno sguardo duro e imperativo. Due pupille molto chiare tra le grosse falde della bocca e delle sopracciglia. L'alto colletto militare solleva un po' la mascella. A Daves fa l'impressione di una faccia piena di boria. Cerca il nome. È sul frontespizio: gen. Kuno von Mohr[3] *La tattica delle truppe autoblindate*.

Daves sa di aver già sentito questo nome. Ma in quel momento Jahn e il postino escono («Auguri per la sua salute, signor generale!»), bisogna rimettere il libro al suo posto. Ballmeyer è intento a sfogliare le lettere, borbotta: – Mi scusi, – e apre col temperino la lunga busta gialla. Osservandolo Daves prova d'un tratto una strana sensazione. Gli sembra che la sua vita si sia da molto tempo incrociata con quella di Ballmeyer e che essi costituiscano le due facce di un insieme molto complesso e poco chiaro. Gli dà fastidio questa sensazione e nello stesso tempo gli procura un sensazionale piacere. La respinge, richiama alla memoria i giorni di vent'anni fa, quando gli strilloni di New York irrompevano nelle strade calde e rumorose con le edizioni straordinarie piene di minacciose notizie sui tedeschi. Lui si purificava allora del suo piccolo male. Quell'altro male, quello grande, risucchiava come un urlante aspirapolvere la sua sporcizia quotidiana.

«Il mio nemico» pensa guardando Ballmeyer che con le mani giunte dietro alla schiena cammina avanti e indietro tra il pilastro di pietra e il divano che somiglia a una branda. Un momento di indecisione. Ballmeyer si ferma spiegazzando la lettera che ha in mano. Guarda Daves, riflette. Daves intuisce che è il momento buono e non vuol perdere tempo. Fa la domanda numero due: – Lei era al corrente di quel che succedeva a Barnum, – dice rinunciando questa volta al sorriso. – Se ne sente responsabile?

– Signor Daves, – risponde Ballmeyer, e nella sua voce c'è un po' di ironia, – lei non è pratico di questioni militari. Nel nostro linguaggio il sapere qualcosa e l'essere

[3] Il nome del generale è inventato da Brandys ribaltando quello di Ernst Röhm, la principale vittima della cosí detta Notte dei lunghi coltelli (30 giugno - 1° luglio 1934), quando Hitler decise di liquidare le SA per consolidare il proprio potere.

responsabili di qualcosa sono due concetti di dimensioni diverse. Siamo responsabili di quanto succede nel raggio d'azione affidatoci. Entro questi limiti siamo tenuti a sapere tutto. Forse a lei questo principio sembrerà astratto. Ma la responsabilità è sempre un'astrazione. («La seconda astrazione di Ballmeyer» constata Daves). Un'astrazione che si concreta all'atto del risultato finale: vittoria o sconfitta. Solo allora si può decidere chi è responsabile e di che cosa. Io o gli insorti di Barnum. Per il metodo di soffocamento della rivolta o per il suo scoppio. Lei mi chiede se ero al corrente. Questa è un'altra astrazione, signor Daves. La conoscenza dei fatti dipende dal carattere delle informazioni. Il comandante di un fronte o chi è preposto a una zona di amministrazione può ricevere oggi delle informazioni su uno stesso fatto, in due versioni contrastanti. Di solito viene raggiunto piú facilmente dalla versione che è il risultato del suo sistema di governo: gli informatori conoscono i desideri del loro capo e sanno esaudirli. Lui stesso, dunque, è indirettamente l'autore delle informazioni che riceve, e solo le decisioni che prenderà, o piuttosto i loro effetti, dimostreranno se è stato bene informato e se ha tratto da queste informazioni le conclusioni opportune. Lei è americano, signor Daves, il suo senso pratico dovrebbe aiutarla a capire questi problemi. In ogni sistema mirante a realizzare un successo pratico, deve funzionare questo meccanismo di informazioni e responsabilità. Suppongo che la mia spiegazione interesserà i suoi lettori.

– Ne sono perfettamente convinto, signor Ballmeyer. Ma lei non ha ancora dato una risposta diretta alla mia domanda. Nell'isola di Barnum fu sterminata l'intera popolazione. Vorrei sapere se questo avvenne su suo ordine oppure contro la sua volontà.

Ballmeyer fa un gesto come se volesse accostare a sé il tavolo e anche Daves. Si china posando tutte e due le mani sul tavolo:

– Su mio ordine e contro la mia volontà. Riesce a capire?

– Se non sbaglio, – dice Daves incerto, – lei vuol dire di essere stato costretto a dare quell'ordine...

Ballmeyer: – Sbaglia, non ero stato costretto a niente.

Daves si toglie gli occhiali e pulisce le lenti. È come una tregua.

Ballmeyer: – A Barnum l'insurrezione scoppiò il 3 aprile. Un gruppo di insorti occupò la vecchia cittadella costruita ai tempi dell'imperatrice Maria Teresa. Furono liberate alcune centinaia di prigionieri politici. Come lei sa, la popolazione di Barnum non superava i centoventimila abitanti; una vecchia stirpe che passava continuamente dalla dominazione dei turchi a quella degli austriaci e viceversa. Dalle rovine dell'antico circo romano partí una seconda azione diretta, questa volta, contro i depositi di armi della polizia. La rivolta assumeva proporzioni piú vaste. Il 6 aprile un ordine personale di Adolf Hitler mi chiamava da Bucarest, il compito che mi veniva affidato era quello di liquidare l'attività ribelle nel modo piú rapido. Lo richiedeva la situazione sempre piú difficile del nostro esercito sul fronte orientale. A Barnum avevo a disposizione dei reparti di polizia e la brigata motorizzata di Sepp[4], composta da criminali. Queste unità si erano ritirate nel settore settentrionale della costa insulare, tutto il resto del territorio era in mano al governo ribelle; da un momento all'altro si temeva uno sbarco aereo degli Alleati, ogni notte venivano paracadutate delle armi. Questo era il quadro della situazione militare, signor Daves. Il giorno successivo a quello del mio arrivo potei mettermi in contatto telefonico col quartier generale del Comando Supremo. Parlai con Adolf Hitler. Fu, se cosí si può dire, una conversazione piuttosto unilaterale. Ha mai sentito parlare dell'«ordine Alfa»? Cosí era denominato l'ordine che ricevetti durante quel colloquio: eliminazione totale della popolazione di Barnum, senza distinzioni di età o

[4] Il generale delle SS Josef «Sepp» Dietrich (1892-1966).

di sesso. Quell'uomo gridava al telefono. Mi insultava. Quando provai a obiettare mi diede del traditore... Un momento, signor Daves, mi permetta di prevenire la sua domanda. Perché ero contrario? Lo ero per ragioni politiche. La prospettiva di una distruzione fisica avrebbe prolungato la resistenza degli insorti. Centomila persone che non hanno piú niente da perdere costituiscono una forza potente, soprattutto se per combatterle si hanno a disposizione soltanto reparti di criminali e forze di polizia invece di un esercito regolare. Ero contrario, volevo ottenere una capitolazione a condizioni umane. Avevo deciso di non eseguire «l'ordine Alfa», signor Daves, assumendomene tutta la responsabilità. Come vede non ero stato costretto a niente. Il 9 aprile ordinai che fossero lanciati dagli aerei manifestini invitanti i partigiani a deporre le armi. Garantivo di rispettare la popolazione e di trattare le formazioni ribelli secondo gli accordi della Convenzione di Ginevra. La prego di non interrompermi. Il mio appello grazie al quale, come può facilmente indovinare, rischiavo la testa, incontrò il rifiuto beffardo dei capi della rivolta. Allora chiesi rinforzi. Nello stesso tempo deferii alla corte marziale il comandante di brigata Sepp per saccheggio e violenze ai danni della popolazione. Dal 14 aprile i nostri aerei cominciarono a bombardare l'isola. Una divisione corazzata di SS ci fu inviata dalla Grecia. Da quel momento la situazione militare di Barnum era risolta. Cominciai a organizzare campi provvisori per gli abitanti delle cittadine e dei paesi distrutti. Gli uomini e le donne catturati con le armi in mano li internai nei campi per prigionieri di guerra. Questi furono i miei ultimi ordini prima di lasciare l'isola. All'inizio di maggio fui richiamato a Berlino. Non avevo nessun dubbio sul significato di quell'ordine e, mi creda, signor Daves, fui molto meravigliato quando mi si propose un comando sul fronte sud-orientale.

Un silenzio prolungato. Domanda di Daves:

– Dopo non è piú stato a Barnum?

– Non ci sono piú tornato, – risponde calmo Ballmeyer. – Piuttosto Barnum è tornata da me. Mi si rese responsabile di tutto ciò che vi successe a partire da quel momento.

Daves: – Lo considera un torto fatto a lei personalmente?

Ballmeyer (ridendo): – Ha mai incontrato un generale vittima di torti? Sono cose che non prendo in considerazione, signor Daves. Se lo sbarco a Barnum fosse avvenuto alla metà di maggio oggi sarei considerato l'uomo che ha salvato la popolazione dell'isola. Ma poiché gli Alleati vi sbarcarono solo in settembre oggi sono l'uomo che ha organizzato i campi della morte a Barnum. Come vede la differenza tra la virtú e il delitto dipende talora da quattro mesi.

Daves annota l'ultima frase, poi ripone la penna. Si chiede se non sia giunto il momento di fare la domanda numero uno, sottolineata nel taccuino con due grosse righe. Ma nello stesso istante sente un frantumarsi del pensiero, una specie di sterile stupore, e dice sottovoce: – Per l'amor di Dio, come è successo...

– Da maggio fino a settembre, – spiega seccamente Ballmeyer, – i campi di Barnum furono sottoposti all'amministrazione civile. Quei signori avevano i loro metodi.

– Signor Ballmeyer! – esclama Daves. – Lei è un tedesco! Sono stati i tedeschi ad assassinare la popolazione di Barnum! Lo sa che vi furono casi di cannibalismo? E che delle persone furono seppellite vive?

Ballmeyer conferma annuendo:

– Come ho già detto, l'amministrazione civile aveva elaborato dei metodi speciali. Ho sempre considerato tali metodi piuttosto spiacevoli e a lungo andare inefficaci. Tuttavia, signor Daves, se vogliamo attenerci ai fatti non bisogna dimenticare che allo sterminio degli abitanti di Barnum contribuiva la stessa popolazione. Probabilmente lei non è al corrente di questi particolari. Anche io li ho saputi solo durante i confronti di Norimberga e piú tardi, in prigione, dove incontrai delle persone che in quel periodo erano state a Barnum. Dal contenuto delle loro deposizioni si può concludere che la popolazione di Barnum abbia sterminato sé stessa.

Daves ascolta intento dimenticando gli appunti. L'espressione del suo viso denota il massimo interesse. Dice che alcuni anni fa gli erano giunti vaghi accenni, congetture; qualcuno ne aveva scritto. Circolavano delle testimonianze orali... Parlandone si usava il termine «autosterminio».

– Non ci credevo, – dice Daves. – Mi sembrava troppo inverosimile. Ma lei ne è proprio sicuro? Il libro che ho letto recentemente, forse lo conosce, *I morti dell'isola di Barnum*, non ne parla affatto.

– È comprensibile, – spiega Ballmeyer. – Il libro è stato scritto da uno degli abitanti di Barnum salvatosi per caso. Non era nell'interesse dell'autore rivelare questi fatti.

«Solo dell'autore?» pensa Daves. È colto dall'incertezza. Nell'interesse di chi si dovrebbero rivelare quei fatti? «Dell'umanità», annota, e sottolinea. Dopo un attimo ci aggiunge un punto interrogativo. Gli è sorto un vago dubbio: l'umanità deve proprio sapere tutto di sé stessa? È un dubbio che per il momento non sa risolvere. Lo rimanda alla notte, a quando sarà solo in albergo.

La successiva domanda di Daves concerne i metodi:

– Ha accennato ai metodi speciali impiegati dall'amministrazione civile nei campi di Barnum. Potrebbe spiegare in che cosa consistevano? Credo di capire che lei si riferisca all'inasprimento dei dissidi religiosi che dividevano gli abitanti dell'isola. Se non sbaglio a Barnum oltre alla popolazione di rito greco ortodosso vi erano dei maomettani e dei seguaci di sette protocristiane. Prendendo in considerazione anche i contrasti di natura politica...

Ballmeyer: – Mi permetto di osservare, signor Daves, che i conflitti dei quali parla ebbero nel processo di autodistruzione una parte assai meno rilevante di quanto si potrebbe credere.

Un gesto indefinibile di Daves: – Cosa intende?

Ballmeyer: – Il razionamento dei viveri.

Daves non ha capito. Arrossisce. – Potrebbe precisare?

Ballmeyer precisa:

– In una situazione di severo isolamento, riducendo le razioni di viveri al di sotto di un certo minimo, si determinano ampie possibilità di pressioni indirette. In tali condizioni, per ottenere una razione supplementare gli uomini si liberano dei freni morali. Entrano in azione nuovi stimoli. Ammesso che per mille individui vi siano disponibili solo cento razioni supplementari, si è certi che su dieci persone una diventa nemica delle altre nove. Questo naturalmente può essere assunto come regola solo quando si è scesi al di sotto di un minimo indispensabile X di calorie.

Silenzio. Si sente Daves che respira con il naso. Ballmeyer guarda l'orologio.

– Vuol dire, – fa lentamente Daves, – che si uccidevano fra loro per fame? Per quelle razioni supplementari?

– Non proprio cosí, – corregge Ballmeyer. – Le razioni supplementari venivano semplicemente assegnate come compenso per determinate prestazioni. Ad esempio, per l'aiuto nel sotterrare i morti.

Daves lo guarda un po' ottusamente. Dopo un momento scoppia in una risata:

– Le sue opinioni sono fenomenali, signor Ballmeyer. Da quanto ha detto risulta che i fondamenti morali dell'uomo dipendono dalle quantità di calorie. Mi scusi, ma come uomo educato sulla base del Vecchio Testamento mi trovo piuttosto sconcertato. Sono opinioni con orizzonti, almeno per me, un po'... troppo vasti.

Ballmeyer: – Sbaglia. Le mie opinioni hanno orizzonti molto piú vasti. Questa era solo l'esposizione di alcuni fatti obiettivi –. Con piú calore: – Tutti e due abbiamo letto a scuola il Vecchio Testamento, signor Daves. Sono di rito asburgico-riformato.

– Molto interessante, – dice Daves. Socchiude un po' gli occhi sotto le lenti. – Quanto a me, provengo da una famiglia ebrea. I miei parenti sono morti nel ghetto di Varsavia.

Dopo un attimo: – Devo la vita agli Stati Uniti. Sono un americano.

Ballmeyer lo ascolta con comprensione. Chinando leggermente la testa dichiara che fin dal primo momento aveva considerato del tutto ingiustificata la politica di Adolf Hitler nei confronti degli ebrei. (– Glielo ha mai detto? – chiede Daves. – Sarebbe stato completamente inutile, – spiega Ballmeyer). La conversazione torna alle vicende di Barnum. A Daves interessa la psicologia degli esecutori. Che cosa pensavano coloro che elaboravano i metodi speciali nei campi e come valutavano le loro responsabilità. Tra i giuristi esistono in proposito opinioni discordanti. Il criterio tradizionale è incline a configurarle, a norma del codice, come responsabilità criminali. Vedute piú moderne tentano di far passare un certo genere di azioni per «delitti politici», e da qui addirittura la definizione: «funzionari del delitto».

– Sono due diversi ordini di moventi, – continua Daves. – Uno è quello del delitto dettato in via amministrativa o a carattere mistico-dottrinale; l'altro è il caso, ad esempio, del delitto passionale. Sono curioso di sentire la sua opinione su questo problema.

– Per quel che concerne le questioni strettamente giuridiche, – risponde Ballmeyer, – mi è difficile prendere posizione. I rapporti del mondo militare con la legge sono sempre stati piuttosto complicati. Per esempio il fatto che lo strumento base delle operazioni militari sia l'uccisione del nemico. Purtroppo (ride) finora non abbiamo escogitato un metodo piú delicato. Noi, e neppure voi, signor Daves. (Anche Daves ride). Posso invece assicurarla di una cosa: gli uomini dei quali parla, da un punto di vista sociale erano degli individui onesti. Erano come è lei e come sono io.

– Permette che prenda nota? – dice Daves.

– Prego, faccia pure. Sono stato in rapporto con quelle persone per molti anni e posso affermare che a parte i fatti per i quali furono giudicati dai cosiddetti tribunali di denazificazione, erano sotto ogni aspetto persone irreprensibili. Come patrioti, come cittadini e come padri di famiglia. Lo Stato li aveva educati in questo spirito. Da molto tempo la Germania non disponeva di un materiale umano cosí omogeneo e cosí prezioso. La scrupolosità dell'impiegato tedesco e la resistenza del soldato tedesco furono elevati in quegli anni all'ennesima potenza. Bisogna tener presente che nessuno di loro, commettendo quegli atti che oggi vengono definiti omicidi, aveva per movente il lucro o qualsiasi altro profitto personale. Li consideravano come un inderogabile dovere imposto loro dalla legge. Noti bene, signor Daves: da secoli ai tedeschi era stato inculcato il rispetto della legge. Mentre per l'americano la piú grande colpa consiste nel rinunciare a qualche cosa, per il tedesco la piú grande colpa sta nel non eseguire l'ordine. Il tedesco, signor Daves, è l'uomo che ha ceduto la sua onestà alla Germania.

Daves (annotando rapidamente): «... sua onestà alla Germania». (Pausa). – Insomma, lei considera l'onestà come una cosa che si possa cedere? Da questo risulterebbe che il connaturato criterio del bene e del male si può semplicemente dare in appalto?

Ballmeyer (dopo aver riflettuto): – Di solito in pratica succede proprio cosí, signor Daves. Nel momento in cui si accetta un determinato punto di vista, quello che lei chiama criterio del bene e del male viene sottoposto alle regole dell'azione pratica. L'esempio piú antico di questo fenomeno è l'esercito –. Daves: – Ho in mente esempi un po' piú recenti.

– La capisco benissimo. La parola «soldato» viene spesso usata in senso metaforico, ma alla base c'è sempre il militarismo. La fedeltà al punto di vista adottato e tutte le sue conseguenze, compresa l'autorizzazione all'omicidio. Non per motivi individuali, naturalmente, ma in nome del suddetto punto di vista e sotto la protezione della sua autorità. L'elemento del castigo e quello del pentimento decadono, tutto rientra nel quadro delle regole riconosciute...

– Lo negano i fatti, – interrompe Daves. – Avrà sentito di ex hitleriani pentiti. Taluni, come dice lei soldati e impiegati, parlando del loro passato piangevano...

– Solo perché era crollato il punto di vista da loro accettato, – afferma Ballmeyer. – In questi casi dell'uomo non resta piú niente.

Daves (nervoso): – E Goethe? E Thomas Mann?

– Mi dispiace, signor Daves, – dice sorridendo Ballmeyer. – Si avvicina l'ora di andare a tavola, mi rincresce di non poterla invitare. Quanto ai nomi che ha pronunciato un attimo fa, è difficile sospettare che io manchi loro di rispetto. Erano dei grandi tedeschi. Tuttavia credo che entro determinate strutture sociali, specie se organizzate, esista la possibilità di violare le leggi morali tanto in loro quanto in noi due. Credo che in ogni uomo vi sia su per giú la stessa proporzione di bene e di male. Ma questo non è decisivo perché ognuno di noi può adottare uno scopo o un punto di vista che lo giustificherà al momento di condannare a morte qualcuno.

Nell'accomiatarsi Ballmeyer indicò a Daves il libro che prima lo aveva interessato. Disse cortesemente di non aver sospettato che a Daves interessasse la tattica dei mezzi corazzati e si espresse con molta stima sul conto dell'autore: – Von Mohr era un eminente esperto. Oggi passa per un classico e non solo nel suo paese.

Jahn accompagnò Daves alla fermata dell'autobus.

III.

Daves è riuscito ad afferrare il suo sogno. Una stretta roccia verticale sulla quale si muoveva un'ombra. Una scala graduata che sembrava fatta di sostanza viva, simile a carne bianca tagliata a intervalli uguali come tanti canaletti. L'ombra si era fermata davanti a uno dei tagli e questo aveva un importante significato. Accese la luce e prese il taccuino. Si era specializzato nell'annotare i suoi sogni che negli ultimi tempi diventavano sempre piú allusivi. Inga Holz sospirò proteggendosi il viso dalla luce. Daves spense la lampadina.

Ora è disteso nel buio, supino, e rimpiange di non essere solo. Quando era tornato a Monaco aveva dormito pesantemente per alcune ore e svegliandosi con il vestito tutto sgualcito aveva visto che nella camera si diffondeva già la luce dei neon. Gli era venuto un gran desiderio di una donna. Sceso nel bar si era imbattuto in una compagnia di giornalisti abbastanza brilli. Inga Holz era corrispondente della «Frankfurter Zeitung». Verso mezzanotte l'aveva invitata a prendere l'ultimo whisky da lui («per finire tranquillamente la serata»). Tutto si era svolto facilmente, come aveva previsto.

L'ombra avrebbe potuto rappresentare Ballmeyer e la roccia la misura del bene e del male. La strana sostanza era probabilmente carne umana. Ma il significato dell'intero sogno restava inafferrabile. Daves ascolta la sua *libido* e ricostruisce mentalmente tutti i simboli freudiani che conosce. Nessun risultato. Il sogno è insolubile. Un plasma torbido e caldo col quale si è a contatto per una frazione di secondo; un prodotto surreale del rilassamento. «Due cose non individuabili: Dio e io», si ricorda Daves. Una frase degli altri. Daves cerca di definire la sua identità: «Daves, Daves, Raphael Daves», e sente solo il peso del suo corpo non molto grande, coricato sul materasso di gommapiuma. Sorride scoprendo nel buio i denti grandi e convessi; sa che cosí somiglia a Charlie Chaplin. Poi d'un tratto sussurra: «Dawid Rafalson» e gli sembra che qualcuno dentro di lui abbia esclamato: hai scambiato il nome col cognome!

Ora giace sul fondo del suo complesso, si è steso al tappeto da solo. Inga Holz si muove nel sonno. «Io sono la mia vergogna» pensa Daves. Gli sembra di essere veramente sé stesso quando tenta di mettere a nudo il male che si nasconde in lui; c'è chi ravvisa in questo stato d'animo la voce di Dio. Sigarette. Daves a tastoni ne trova un pacchetto già cominciato, con la mano copre la fiammella dell'accendisigari: per un attimo si vedono sul cuscino i neri capelli arruffati di Inga. Il portacenere. I fatti! I fatti nella sua vita non avevano un unico significato, si potrebbe attaccar loro delle trecce di motivi, la psicologia è governata dalla moda quanto lo è la pettinatura. Con gli stessi fatti si può imbastire la difesa e l'accusa, inoltre nella nostra vita c'è sempre un numero di fatti superiore a quello che conosciamo, nessuno ha una memoria talmente perfetta da ricordare tutto ciò che non hanno dimenticato i testimoni; Daves immagina i suoi sentimenti, apre la bocca, osserva i suoi testimoni sbirciando nel buio e non si aspetta niente di buono. Non ha mai fatto delle vittime. Non sarà giudicato dalle sue vittime. E se nessuno avrà voglia di giudicarlo? «Ottima osservazione» pensa Daves spaventato. Ci tiene molto a essere valutato e giudicato. Si ricorda di aver salvato un giorno uno che stava per annegare, ricorda pure che una volta per un attimo desiderò la morte di sua madre. La domanda: che cosa succede dopo quel giorno, quell'ora, quell'attimo? Dove va a finire il passato? Per quanto tempo esso ha importanza? Daves: «Non so trovare una risposta, tutto si smarrisce dentro di me. Ma in qualche luogo ci devono essere l'odio o la pietà con cui sarò misurato».

Daves sa che non è vero. Anche l'odio o la pietà con cui sarà misurato sono solo dentro di lui.

Nel cassetto della scrivania è riposto il documento non rivelato, quella copia che grazie alla sua abilità Daves si era procurato a Norimberga (un *lunch* con il direttore della clinica psichiatrica) e che un Johnson avrebbe probabilmente pubblicato sul «New York Times». Un documento che non è fatto per essere pubblicato; la sua terribile, illecita intimità spaventa Daves. Non si pubblica l'oscurità dell'inferno, l'abisso dev'essere difeso.

Che pensare di Ballmeyer? Si potrà dare una risposta solo quando si sarà chiarito che cosa Ballmeyer pensa di sé stesso. Ci sono tre documenti. Ballmeyer '48 riconosce le sue responsabilità (i primi interrogatori). Ballmeyer '54 estende le responsabilità ad altre persone. Ballmeyer '58 elimina il concetto di responsabilità. E poi c'è quel duplicato di cui non si sa che fare. Daves cerca dei criteri di giudizio. In quei tre testi Ballmeyer rimane inesplicabile. Per tre volte era apparso in veste di commentatore dei fatti, esponendo il suo atteggiamento. Non provava orrore. Come hanno potuto permettergli di non spaventarsi di sé stesso?

Nel buio Daves fa una brutta smorfia. Non ha avuto il coraggio di rivolgere a Ballmeyer la domanda numero uno, la domanda che considerava una via d'uscita. Al contrario era stato Ballmeyer a lasciargli immutati i suoi interrogativi, a ribadirglieli nel cervello. Daves è immerso nell'incertezza. «Raphael Daves ha discusso per due ore e mezza con il famoso criminale hitleriano, e non ha saputo contrapporgli nessun argomento, né come intellettuale, né come americano».

Isterismo. Ma è tornato da quella visita come svuotato. Ballmeyer, che non si era lasciato costringere a giudicare sé stesso, aveva bombardato i criteri di giudizio di Daves. Daves esamina i suoi criteri. Nessuno glieli ha mai sollecitati, eppure nella sua vita Daves ha pronunciato un certo numero di giudizi. Giudizi contraddittori, casuali, incoerenti. Non era un solo individuo ma tanti individui. Alcuni tizi molto eloquenti, con il comune titolo «R. Daves», avevano espresso una serie di frasi intellettuali. Daves se ne sente tutto tappezzato. Strati di parole e di opinioni, uno sopra l'altro, leccati, già secchi, si potrebbe bruciare questa carta da macero. («I tedeschi avrebbero dovuto conoscere una vera espiazione» aveva detto a Inga Holz. Un quarto d'ora dopo le slacciava il reggiseno. Se in quel momento glielo avesse chiesto lui avrebbe rinunciato all'espiazione dei tedeschi...) «Quella carta da macero foderata di tornaconto, quei mucchi di frasi infiammabili che non cambiavano niente, che non risolvevano niente, che non mi servivano per giustificarmi con R. Daves, mia unica vittima e mio unico persecutore».

– Niente, – dice Daves. – Guardo la corrispondenza. L'ha svegliata la luce. Vuole recitare qualche battuta della sua parte? Daves aspetta. No, è ancora piena di sonno. Ha solo messo fuori dalle coperte una gamba. Al mattino c'è da aspettarsi una piccola dimostrazione di cinismo d'avanguardia. Una snella gamba olivastra. Daves sente un lento afflusso di sangue. Ripete: – Dormi, torno subito, – e prende dal cassetto della scrivania un portafogli piatto e verde con dentro la copia del documento dal quale risulta che nel 1951 Ballmeyer si era riconosciuto posseduto dal demonio.

Una fotografia: Ballmeyer con gli occhiali neri, i capelli tosati, le guance e le tempie incavate. Era cosí quando il 30 giugno lo portarono dalla cella al reparto d'osservazione della clinica psichiatrica di Norimberga. Affermava che la notte precedente aveva parlato con Adolf Hitler. Domanda: «Come ha fatto a entrare nella sua cella? Lo sa che è chiusa». Il paziente Ballmeyer risponde che Hitler era stato portato in prigione insieme a lui: «È stato con me per tutto questo tempo». Quando l'assistente esprime la sua meraviglia per il fatto che nessuno si fosse accorto della sua presenza, il paziente spiega: «Lo nascondevo». Alla domanda: «In che modo?» dopo una lunga riflessione risponde: «Dentro, dentro di me». Furono notati cambiamenti caratteristici nell'atteggiamento del paziente: nei momenti di agitazione usava il tono di voce e i gesti che Hitler assumeva durante le sue apparizioni in pubblico. L'assistente vuol sapere qual è l'attuale aspetto di Hitler. Il paziente Ballmeyer grida: «La prego di non prendermi in giro. Lei sa bene a che cosa mi riferisco. La questione ci riguarda tutti». Il 2 luglio ha luogo un altro esame. Il paziente è piú calmo. Continua a parlare di Hitler, lo chiama «il bambino condannato». Afferma che l'infantilismo era la sua principale caratteristica. Descrive i suoi colloqui con Hitler negli anni dal 1930 al '44: «Si sentiva vittima di un torto, una specie di infantile mania di persecuzione.

Mi diceva che di notte non poteva dormire. Soffriva di paure notturne come un bimbo di sette anni». L'8 luglio il paziente Ballmeyer chiede di poter vedere il medico. Ha da comunicargli una cosa molto importante.

– Subito, – dice Daves. – Torno subito.

L'aria nella stanza è soffocante, lui mezzo nudo, in *shorts*, è seduto in una nuvola di fumo grigio. Le dichiarazioni di Ballmeyer in clinica non erano state stenografate. Ci possono essere delle inesattezze. Il testo che Daves ora esamina ha una sua logica. Si chiede come debba intenderlo. Un uomo che avesse espresso simili idee in condizioni normali non sarebbe stato sospettato di follia, al massimo gli si sarebbe attribuita una tendenza un po' mistica alla metafora. Dalle annotazioni dell'assistente risulta che Ballmeyer si sentiva invasato da forze primitive comunicategli da Hitler, le chiamava «lo spirito della Germania infantile». In sintesi la cosa si presenta nel modo seguente: nella storia della Germania ci sono due forze in lotta fra di loro, la prima fondata sull'analisi e sul perfezionamento, la seconda sul comandamento rivelato che impone il rifiuto dell'esperienza. Il tedesco compreso nell'ambito di questa seconda forza deve riaffermare sé stesso e sottoporre la realtà alle proprie leggi semplici e sintetiche. È proprio questo che Ballmeyer chiama «lo spirito della Germania infantile» comunicatogli da Hitler. Nota dell'assistente: «Per tutto il tempo il paziente conserva il filo logico della sua tesi. Non accenna alla presenza di Hitler nella sua cella. Parla tranquillamente. Sostiene che il suo dovere è quello di avvertire tutti i tedeschi. Alla domanda se "lo spirito della Germania" da lui nominato avrebbe potuto avere un'origine soprannaturale, per esempio demoniaca, risponde: "Credo di sí, dottore, ma questo non è essenziale. Molto dipende da noi stessi"».

In allegato un breve rapporto della direzione delle carceri che emoziona Daves. Il giorno precedente a quella notte del giugno 1951, Ballmeyer non manifestava nessun sintomo di disordine psichico. Nella cella gli fu trovata una rivista illustrata con le fotografie dei partecipanti al Putsch del 1934, tutti assassinati. Una pagina con la foto del generale Von Mohr era stata staccata e appesa col bordo ripiegato alla mensola del lavabo.

Una lacuna nella memoria di Daves si colma: la liquidazione del gruppo militare, von Mohr e compagni, ammazzati su ordine del Führer. Particolari orrendi, notte, biancheria insanguinata, uomini tirati giú dai letti per essere uccisi. Daves ricorda il viso della fotografia e la pagina del frontespizio, immagina l'uomo svegliato un attimo prima della morte, la camera, il disordine, la luce accesa, gli uomini con le rivoltelle attorno al letto... Tutto questo si svolgeva tra persone ognuna delle quali probabilmente conosceva bene il viso e il nome dell'altra. Daves è come affascinato. Guardando la gamba di Inga pensa se avrebbe potuto prendere parte all'omicidio di una persona riscossa dal sonno, e conclude che non gli sarebbe stato possibile. Non gli sarebbe stato possibile perché era troppo occupato con sé stesso. Non sarebbe stato capace di inserirsi a tal punto in un gruppo. Al massimo avrebbe potuto assistere come testimone casuale, senza armi.

Annota: «Il mio interesse per me stesso. Il mio lottare per me stesso. Attenzione al proprio Barnum. Ognuno può diventare un cannibale ai propri danni in cambio di qualche razione supplementare».

Cancella. L'annotazione gli sembra troppo letteraria, torna a cancellarla. È arrabbiato per aver usato quel nome. Domanda: «Se fossi stato lí avrei sotterrato i vivi?»

Daves: «Avrei agito come gli altri. Di solito agisco come gli altri. Forse sarei stato uno degli ultimi a pagare quel prezzo per una libbra di pane. Ma non so se l'ordine di successione abbia qui qualche importanza. Su questo tema Ballmeyer ha detto tutto».

Daves: «Ma nei momenti di pericolo so lottare. Non era facile salvare quel ragazzo dall'acqua. La paura e la depressione mi danno un potenziamento psicologico, di solito difficilmente prevedibile. È una paura sulla quale posso contare. La sento dentro di me, certe cose non le so fare. Nelle cose che non so fare sono piú autentico che in quelle che so fare. Sono Daves che non sa uccidere, piú di quanto non sia Daves che ha imparato a vivere».

Daves si appiglia a quest'idea. A Barnum sarebbe stato il primo a essere sotterrato. Lo ripete sussurrando: «Non so uccidere, sarei stato il primo a essere sotterrato». Prova sollievo come una persona che nel buio abbia trovato a tastoni la porta. Ora avanza nel fascio di luce, cammina lungo la sua vita e giunge alla fonte inquieta del dolore che sempre circola in lui. È la principale caratteristica di Daves, indicata nel suo profilo:

«R. Daves non si distingue per spiccate capacità. Suppongo che abbia un complesso di inferiorità (forse per ragioni di origine) e qualche altro complesso. Si tratta di sapere che cosa riesce a fare con questo bagaglio. Ho l'impressione che Daves tenti di migliorarlo con le proprie forze. Non sa sbarazzarsi delle sofferenze come un qualunque americano. Le fa diventare il suo baricentro. Non sarà mai un Daves bell'e pronto, un Daves completo; continuerà sempre e solo a far polpa attorno al suo nocciolo e forse il suo vero valore sta proprio in questo».

Sono righe scritte da un suo caro amico dei tempi dell'università, caduto nel 1943 nel cielo di Dortmund. Il suo diario di studente fu regalato a Daves dalla famiglia. Quelle righe Daves le conosce a memoria. La notte in cui le lesse per la prima volta fu una notte molto importante per lui.

La notte che ora sta per finire non è pulita. Fumo, la bottiglia di whisky vuota, questa donna estranea, e soprattutto lui stesso, Raphael Daves, colmo di torbidi e indistinti pensieri, e dentro il suo «nocciolo» smosso da Ballmeyer. I tedeschi uccidevano in nome della legge, gli abitanti di Barnum assassinavano per una libbra di carne marcia. Daves sente nella testa uno stormire di fronde come se dentro di lui il vento stesse abbattendo alberi centenari. Perché non aveva protestato? Le parole di Ballmeyer non lo avevano indignato abbastanza? Daves si accusa di nutrire un segreto amore per il male; non è la prima volta che gli viene questo sospetto, ricorda quelle frazioni di secondo nelle quali aveva desiderato ardentemente che diventasse piú leggero il peso, una parte del quale doveva portare anche lui...

Scatta in piedi. Il *round* è stato troppo lungo, Daves è spompato, ne ha abbastanza. Va alla finestra, la spalanca, i fogli volano dalla scrivania. – Qui si soffoca, – dice. – Non senti che manca l'aria? – Sigarette. Gliene getta un pacchetto e va a sedersi su un morbido pouf vicino al letto, ora desidera parlare. Chiede: – Che cosa hai sognato? – Inga racconta il suo sogno: ha sognato un orto, a casa sua, in Turingia, frutteti e mele cadute sull'erba. Daves: – Vorresti tornarci? al paese dell'infanzia? – No, – risponde Inga, – non sono una sentimentale –. Daves annuisce («Imbecille», si insulta tra sé e sé, «specialista in dialoghi da albergo»), ripete: – Un orto in Turingia, un orto in Turingia, – e d'un tratto, con sorpresa per sé stesso, decide di tornare l'indomani da Ballmeyer.

– Se avessi voglia di andare da qualche parte... – Eh? – Daves è soddisfatto, avrebbe dovuto pensarlo subito, annota nella memoria: primo «magazzino», secondo «domanda numero uno». Ride e le pizzica un polpaccio.

– Cosa?! – sussulta. – Dove vorresti andare? Perché proprio lí? Sei matta!

Si alza, cerca gli occhiali, vuol vederla meglio. Ripete: – Proprio lí? – La ascolta a bocca aperta.

– Non sono una sentimentale, – dice Inga Holz, – me ne infischio della mia infanzia. Voglio andare nei posti dove non sono mai stata. Un panorama montano e selvaggio, e ville costruite dai tedeschi. Ne ho viste le foto. Ora tutti vanno lí.

– Ville? – si meraviglia Daves. Anche Inga è meravigliata. – Ti sembra una novità, Davy? I tedeschi hanno civilizzato Barnum. Prima c'erano solo rovine romane e paesini. I tedeschi ci hanno costruito aeroporti, autostrade («Autostrade...» ripete Daves) e sanatori per convalescenti. Tutte le comodità. E adesso anche alberghi per turisti. Inoltre hanno canalizzato tutta l'isola. La popolazione è contenta perché è diminuita la mortalità. I medici tedeschi durante la guerra hanno scoperto un vaccino contro quella loro terribile malattia, una specie di vaiolo. Ne abbiamo parlato sulla «Frankfurter», Davy. La malattia si chiama hyrra e ogni tanto c'era un'epidemia che decimava la popolazione.

– La popolazione?! – esclama Daves. – Da dove hanno preso la popolazione?!

Inga non ne è ben informata. Pare che la popolazione di Barnum sia ora composta da gente trasferita dalle vicine isole sovrappopolate.

IV.

Il seguito ha luogo solo tre giorni dopo, per colpa di una indisposizione durata quarantotto ore. Depressione, nausea morale, disturbi gastrici oltre a una avversione particolarmente forte per l'alcool. Per due giorni aveva piovuto, all'alba del terzo giorno il vantaggioso cambiamento di pressione diede sollievo all'organismo: il dolore dietro alle orecchie sparí e cosí pure il peso allo stomaco. Daves era ormai un essere purificato. Un attimo dopo i pensieri e le decisioni ripresero l'attività interrotta. E come conseguenza Daves si trova là, dove tre giorni prima lo aveva accompagnato Jahn, a un'ora piuttosto mattutina. Il terreno sulla strada che vi conduce dalla fermata è piuttosto molle (ci dev'essere passata da poco un'automobile, si vedono ancora i segni delle ruote), Daves scende con attenzione scivolando sulle suole di gomma. Il medesimo impermeabile, gli occhiali, il medesimo taccuino e la penna Parker, il resto è da immaginare a piacere.

L'esterno del medesimo magazzino: un alto zoccolo di pietra, mattoni e travi, sopra il portone un numero composto con piastrelline rosse: 1911. Il cortile è deserto. Oltre a un'ascia conficcata in un tronco non ci sono altri strumenti di offesa, che sarebbero potuti servire per un eventuale omicidio. L'uscio del portone è chiuso a chiave. Daves osserva le tracce e nota le impronte fresche dei copertoni di una automobile distanti alcuni metri dal portone. Dunque tutto è finito in niente, Ballmeyer è partito.

L'autobus riparte fra quarantacinque minuti. Daves medita sul da farsi. Gli sembra paradossale che Ballmeyer vada in città in macchina. Le tracce lasciate dalle ruote sono grosse e visibili, la loro distanza fa supporre che si tratti di uno degli ultimi modelli della Mercedes; sul terreno ci sono molte orme, devono esserci passate diverse persone. Seguendole Daves arriva dietro al magazzino. Un orizzonte completamente nuovo e un muro coperto di vegetazione. Lo costeggia un sentiero cosparso di rottami di mattoni, che porta al bosco. Daves penetra nell'ombra dei pini. Le orme degli scarponi chiodati spariscono sul sentiero coperto di aghi di pino. A un certo punto Daves si ferma. Come se provenisse da dietro un muro, gli giunge la voce di Jahn: «Aspetterò, signor generale, sono nuvole che passano». Per tutta risposta si sente un suono secco e breve, simile a un colpo di tosse. – Sono convinto, – continua Jahn, – che sono venuti qui per l'ultima volta.

Johnson del «New York Times» ora avrebbe cercato di rendersi molto somigliante a un pino. R. Daves della «Scientific Review» è sul punto di fare la stessa cosa, ma lo scopre il fiuto del cane. Con un allegro abbaiare il giovane bracco lo porta fuori dal fitto degli alberi. Su una panchina di pietra sta seduto Ballmeyer, di fronte a lui in piedi c'è Jahn, con addosso una vecchia giubba militare.

Daves sorridendo pronuncia parole di saluto. Ballmeyer rimane immobile e calmo, Jahn vigile e muto si apposta alle spalle dell'americano, il cane si accovaccia ai piedi di Ballmeyer. Attorno è lo sfondo grigioverde del bosco, nell'ombra fresca senza vento si ode un cinguettio di uccelli.

– Mi riconosce, signor Ballmeyer? – domanda Daves.

– Con meraviglia, signor Daves, – dice Ballmeyer.

Non si gira verso Daves. Ora è solo un vecchio generale tedesco che appoggiato al bastone si gode la sua passeggiata in compagnia dell'attendente e del cane. Daves si sente di troppo e si domanda come avrebbe agito Johnson se si fosse trovato nella sua situazione. La risposta non è difficile. Daves si siede sulla panchina accanto a Ballmeyer e allungando le gambe scoppia in una fragorosa risata: – Mi creda che sono tanto meravigliato quanto lo è lei, e forse anche un po' di piú! L'assicuro che si è trattato di una decisione sorprendente, proprio imprevedibile! – («Dagli qualche colpetto», consiglia Johnson, «magari sul ginocchio». Raphael Daves si rifiuta).

– Che cosa l'ha portato qui? – chiede dopo un po' Ballmeyer, rigido sopra l'impugnatura del bastone.

Daves aspetta che Jahn e il cane spariscano dietro agli alberi, dopodiché risponde: – I dubbi.

– Temo, signor Daves... – ma Daves non gli permette di finire.

– I dubbi. L'inquietudine. Il dovere. Tutto della migliore qualità. Per sessanta ore ho pensato al nostro colloquio. Non vorrei tornare in patria senza aver avuto da lei alcuni chiarimenti.

Ballmeyer se ne sta seduto immobile, accanto a lui Daves inquieto, eccitato. Per tutta la durata del colloquio Daves parla cambiando di posto: in piedi, seduto, passeggiando, e persino da sotto l'albero distante cinque passi dalla panchina.

– Senza aver avuto da lei alcuni chiarimenti. Ho fatto un grande sforzo, signor Ballmeyer, meditando da solo sul suo problema, e giungo alla conclusione, o piuttosto temo di giungerci, che su problemi come i suoi non si deve meditare da soli. Se giungessi effettivamente a questa conclusione mi troverei di fronte a una grave sconfitta. Ballmeyer, butti via tutto quel che ha fatto il mondo per renderci tanto diversi l'uno dall'altro! Lei e io.

Si alza dalla panchina, si toglie il cappotto, cerca lo sguardo di Ballmeyer. Ballmeyer non reagisce. È seduto con le sopracciglia inarcate, sprofondato nell'indifferenza, o forse in un dormiveglia. Daves decide di svegliarlo:

– Signor Ballmeyer, – dice con una sorta di triste riflessione, – perché fingeva allora? Allora, nel giugno del '51, è chiaro che lei era un uomo normale. Perché aveva inventato quella favola del demonio che la ossessionava? Forse lei si era guardato in faccia per la prima volta e questo l'aveva tanto spaventata che si era deciso per la follia? Quello psichiatra non era molto esperto. Appena uno lancia un grido di spavento ecco il mezzo che usano: la camicia di forza. Da molto tempo ho il sospetto che la maggior parte delle malattie mentali siano un abbandono della scena quando la parte da recitare diventa troppo difficile. Lei voleva fare la stessa cosa. L'ha fatta. Era malato e per questo fingeva la malattia. Occorreva portarla fino in fondo, loro non avevano capito che lei lo voleva, non avevano intuito l'offerta nella sua simulazione. Cominciarono a curarla, invece di sostenerla. E l'hanno guarita. Ah, quei medici tedeschi!

Si siede sulla panchina rivolto a Ballmeyer. Lo osserva. Si alza, si china per guardarlo in faccia: – Dorme, signor Ballmeyer? – Continui a parlare, – risponde il generale chino sopra il bastone, – pare che non abbia ancora detto tutto. – È vero, – conferma Daves, – ma lei ha capito le mie intenzioni? – Ballmeyer tossisce e fa con il mento una mossa categorica: – Non tentenni, signor Daves.

Alcuni passi: fino all'albero e ritorno.

– Va bene, – dice Daves annuendo. – Vado avanti, vuole che torni in America e pubblichi un articolo intitolato *L'espiazione di Ballmeyer*? Si troveranno decine di migliaia di lettori che ci crederanno con piacere. Lo sa che a

Hollywood vogliono girare un film sulla sua vita? Una demoniaca storia del male, conclusa con la redenzione. Un suo diario le basterebbe per acquistare tutta questa fattoria. A parte il fatto che se domani volesse ritrattare le dichiarazioni con le quali si è inimicato le sfere militari, l'atteggiamento a suo riguardo cambierebbe di colpo. Una cosa è poco chiara: perché abita in questo magazzino? Pubblicità?

Alcuni secondi di silenzio. Daves (sottovoce): – Un rifugio? Da chi? Da che cosa?... (si toglie gli occhiali, lo guarda in faccia da vicino). Risponda. È molto importante.

Ballmeyer: – Importante per chi, signor Daves?

Daves: – Per i problemi che sono al di sopra di noi.

Ballmeyer: – Per l'aviazione?

Fruscio di alberi. Dopo un attimo:

– Ha ricordato la mia malattia. Come vede sono sano di mente. Mi chiede perché abito qui. Mi sento stanco, signor Daves. Sebbene il paesaggio sia diverso da quello della terra dove sono cresciuto, questa zona mi ricorda la mia infanzia. E tanto mi basta. Non mi va di ritrattare niente né di immischiarmi in qualsivoglia faccenda.

Daves fa qualche passo verso l'albero. Torna, di nuovo si siede sulla panchina accanto a Ballmeyer e dice con rassegnazione:

– Per l'amor di Dio, non scherzi. È la seconda volta che vengo qui per sapere quel che lei pensa veramente. Purtroppo rimango deluso. Non mi resta che salutarla e tornare col prossimo autobus a Monaco.

Non si alza dalla panchina. Aspetta. Silenzio. Un frullare di ali. «Addio Germania» pensa Daves. A questo punto la situazione si capovolge diventando sempre piú favorevole al giornalista: il generale esprime alcune parole di riavvicinamento. Durante dieci minuti si svolge una conversazione che ha per tema il paesaggio bavarese, e questo offre al nervoso Daves un inquietante riposo. Annuisce lodando la brezza profumata di resina che giunge dal bosco, ma il suo cervello elabora un nuovo concetto.

Il nuovo concetto di Daves: «Ballmeyer è un uomo simile agli altri uomini, Ballmeyer si è rifugiato qui per proteggersi dal suo male, e solo l'orgoglio lo obbliga a nasconderlo».

Appena si esaurisce il dialogo sul paesaggio bavarese, Daves prende la parola e comunica:

– Non potrò mai convincermi che ricordando quelli di Barnum, lei non abbia sofferto nemmeno una volta. Ma sbaglia di grosso se crede che sia possibile riconciliarsi con l'umanità senza l'aiuto degli uomini.

Segue una scena abbastanza violenta, imperniata su uno scambio di frasi estremamente contrastanti; la rapida gesticolazione di Daves è intercalata dalle pesanti proteste di Ballmeyer; inoltre si alza il vento. Il fruscio dei rami accentua la divergenza delle opinioni, il cielo si oscura, la natura offusca il suo sfondo. Daves cerca di confermare Ballmeyer nella sua umanità («Tutti stiamo cercando una via migliore, anche lei»). Ballmeyer tenta di scalzare le idee morali di Daves, dice: – E se io non voglio cercarla, questa sua «via migliore», signor Daves? – Al che Daves risponde: – In tal caso dovrei considerarla un assassino, sebbene lei non abbia assassinato personalmente –. L'atmosfera è di nuovo torbida.

Ma pian piano Daves si calma, si scoraggia, sempre piú spesso bada a ritirare i suoi apporti senza perdite. Questo avviene forse per colpa della stanchezza ma anche indipendentemente da qualsiasi motivo plausibile, come se di colpo l'organismo di Daves da solo avesse semplicemente scoperto che Ballmeyer non desidera niente poiché nella sua vita tutto è stato precisamente regolato, e che questo è l'unico segreto di Ballmeyer, del quale probabilmente lui stesso non è al corrente.

Il dialogo continua e ci sarebbero anzi da annotare alcuni frammenti piú interessanti, come per esempio l'osservazione di Ballmeyer: – Negli ultimi quarant'anni ciò che lei chiama condizione umana è diventato una pedina dei sistemi politici –; e l'esclamazione di Daves: – Lei dimentica i ribelli e i solitari! Sono loro a dare la misura della condizione umana! – Ma tutto l'insieme acquista un andamento lievemente ironico, poiché nessuno dei due interlocutori cerca piú di convincere l'altro; ciascuno si rivolge solo a sé stesso.

– La storia e la natura uccidono anonimamente, in un modo o in un altro. Non bisogna cercare gli esecutori individuali. A Norimberga credevate di accusare gli uomini. Accusavate la storia. Sarà lei ad avere l'ultima parola.

– L'uomo che ha sparso una sola goccia di sangue, – dichiara Daves, – non deve ritrovare il sonno finché non si sarà convinto che la sua colpa appartiene ai problemi fondamentali dell'eternità. Il vostro maggior delitto sta nel non considerarvi colpevoli. Avete condannato gli uomini all'insonnia e voi vi addormentate tranquilli.

Da qualche istante Daves si interessa alla sua parte sotto un aspetto del tutto privato. Mentre parla a Ballmeyer si giustifica tra sé: «Hai fatto quanto stava in te, rappresenti altre esperienze, il suo problema è già stato chiuso, non ci sono punti di contatto, mio caro». Prova la sensazione di aver commesso un errore, come se fosse entrato inutilmente nella stanza dove c'è un morente e avesse cercato di iniziare con lui una discussione. Forse esagera, probabilmente la verità sta nel mezzo, ma non c'è dubbio che tutti e due, il giornalista e il militare, sono giunti al punto in cui i loro argomenti prendono vie parallele e cessano di incrociarsi. È il punto critico di ogni polemica. I contendenti sono seduti l'uno accanto all'altro, non vedono se non le proprie ragioni, e ormai pensano solo a riportarsele a casa.

Daves, seduto sulla panchina, si chiede perché sia venuto. Sente una spiacevole mancanza di concetti. L'ultimo che l'aveva tanto persuaso si è dimostrato piuttosto astratto. Ora il cervello di Daves lavora a rilento, il suo organismo ha un momento di fiacca; prova un leggero bruciore tra lo stomaco e la faringe. Chissà perché, si ricorda una riunione in una sala semivuota dove un atletico «profeta di Detroit» gridava a un gruppo di uomini e donne in piedi: «Avete accettato di mettervi addosso pelli di asino, ed ecco che alle parole del Signore rispondete con un sordo rullare di tamburi...»

Nel silenzio prolungato, in mezzo a un sempre piú insistente cinguettio di uccelli (fra gli aghi dei pini), giungono alla coscienza di Daves pensieri sparsi dai quali in giorni molto prossimi si delineerà il suo nuovo concetto, ma che per ora non danno altro se non una nebulosa inquietudine.

E inaspettatamente: – Mi mancano le conclusioni, – dice sottovoce guardando il vuoto.

v.

Solo piú tardi, sulla via del ritorno, Daves si renderà conto che Ballmeyer aveva reagito proprio in quel momento e proprio a quella frase. Ballmeyer nel suo apparente torpore stava probabilmente attraversando lo stesso momento di intimo contatto con il proprio contenuto (come Daves un istante prima). Le ultime parole di Daves dovettero per caso imbattersi nell'ultimo pensiero di Ballmeyer; di qui l'immediata reazione. Improvvisamente e all'ultimo momento butta fuori il violento contenuto.

Torniamo indietro di alcuni secondi per ricapitolare:

– Mi mancano le conclusioni, – dice sottovoce Daves.

– Finalmente l'ha detto, – ride Ballmeyer. – Da questo avrebbe dovuto cominciare. Le mancano perché lei si serve di finzioni.

Daves vuole interromperlo, ma Ballmeyer non glielo permette. Dichiara di sapere tutto, di aver già visto tutto:

– Me l'hanno mostrato per intero, – afferma seccamente, – un sacco pieno. Grandiosa, signor Daves, merda grandiosa.

Daves sobbalza. Ballmeyer continua:

– Se avesse cominciato da questo non le sarebbero mancate le conclusioni. Tutto ciò che lei ha considerato come verità, le crollerà in un attimo sulla testa. Qualcuno tirerà la catena e lei sparirà, cesserà di esistere. Il suo posto sarà insozzato. Salverà soltanto un pensiero: di essersi preparato tutto ciò lei stesso, con le sue mani. Solo allora vedrà chiaramente che bisognava cominciare subito da questo. La sua vita non ha avuto alcun senso.

Daves prende rapidamente appunti:

«Alcun senso...» e aspetta il seguito.

Ballmeyer: – È cosí, signor Daves. E quelle definizioni che ripete tanto volentieri, come «umanità» o «condizione umana», neanche esse hanno alcun senso. Nel migliore dei casi sono qualcosa di ben poco chiaro.

Daves (annotando): «Qualcosa di ben poco chiaro...»

– Sí, – conferma Ballmeyer. – Probabilmente si tratta di una forma di energia oppure di un impulso difficilmente identificabile.

– La ringrazio, signor Ballmeyer, – dice velocemente Daves e chiude la penna.

Ballmeyer tace. Daves è calmo e pieno di un magnanimo disprezzo che gli dà la positiva consapevolezza del proprio valore di fronte all'uomo che ha appena smesso di parlare. Ripone il taccuino nella tasca della giacca, pulisce gli occhiali e ripensa alle efficaci descrizioni delle torture, che ha letto nella raccolta dei documenti sul campo di concentramento di Auschwitz. «Il Musulmano» si ricorda d'un tratto, «l'uomo disteso sui fili di ferro». Guarda le dita ossute di Ballmeyer che stringono l'impugnatura del bastone e considera terminata la sua intervista.

Le nuvole si disperdono, un raggio di sole tra le vette dei pini. Un quarto d'ora piú tardi Daves sale verso l'autostrada, dopo venticinque minuti ferma l'autobus diretto a Monaco, dopo una settimana si imbarca sulla nave *United States* che salpa da Brema per New York. L'urlo della sirena (diecimila asini selvaggi scuoiati vivi), sventolio di fazzoletti, l'interno di una cabina singola. Daves si toglie la giacca, apre il *nécessaire*, fa entrare un po' d'aria e si distende sul letto con l'ultimo «New York Times». Lo scorre sbadigliando e d'un tratto scatta a sedere con gli occhi inchiodati su un titolo su due colonne in mezzo alla pagina. Si sprofonda a lungo nella lettura del testo.

L'ultimissimo concetto di Daves si cristallizzò quello stesso giorno. Fino alla sera rimase in cabina. Verso le 22, ora europea, scrisse sul suo grosso taccuino le seguenti osservazioni:

«Ballmeyer: l'uomo che ha accettato e ha eseguito tutto. (Cancellato: "che si è lasciato rivestire...") Ballmeyer con il suo dramma degli avvenimenti senza il dramma della coscienza. Venuto al mondo con la sua ereditaria sicurezza di aver ragione. Che ha indossato la pelle conciata della stirpe tedesca (tre punti interrogativi e due righe illeggibili). Senza un destino dettato dall'interno, con uno scopo imposto dal di fuori. Tamburo d'assalto della storia (cancellato). Il prezzo con il quale si paga la rivelazione della certezza, il prezzo del perdere tutto. (Cancellato: "L'apoteosi di R. Daves con il 'nocciolo' dentro"). I ciechi che accecano gli altri (sottolineato e cancellato). Costruire sé stesso muovendo dalle imperfezioni e, se sarà necessario, anche contro la realtà dei fatti. Chiedere, paragonare, scegliere. Edificare il proprio "io" (fra parentesi: "parola troppo grossa"). E non prendere quanto non è veramente necessario».

I precedenti appunti di Daves rimasero intatti, eccezion fatta per alcune righe proprio all'inizio. Le cancellò dopo un attimo di riflessione con un grosso ed energico zigzag. Era la domanda numero uno di Raphael Daves, o piuttosto il punto introduttivo al test condotto poco tempo prima dalla rivista «Scientific Review» tra i piú eminenti personaggi degli Usa.

«Considerando necessari e giusti i piú elementari criteri morali, presumiamo che Ella li ritenga validi anche nei suoi confronti. La preghiamo di una risposta sincera: giudica sé stesso una persona buona?»

«Assolutamente irreale» annota accanto Daves.

Si spoglia, infila il pigiama, diminuisce l'afflusso di aria marina. La notte è fresca. Cinque minuti nel buio. Riaccende la luce. Prende il «New York Times» per vedere la foto dell'uomo con gli occhiali neri e rileggere per la terza volta il servizio da Bonn di Johnson, il quale riferisce la notizia dell'arresto dell'ex *Obergruppenführer* ed ex generale delle SS Wolfgang Joachim Ballmeyer, effettuato a opera delle autorità federali, sotto l'accusa di aver assassinato nei sanguinosi giorni del giugno 1934 il generale d'armata Kuno von Mohr nella sua tenuta vicino a Berlino[5].

Daves si alza, va al lavabo, apre il suo rasoio di sicurezza. Servendosi della lametta taglia le due colonne col titolo e la fotografia. Toglie dal *nécessaire* il portafogli verde e vi ripone l'articolo ritagliato. Sbadiglia. Chiude il *nécessaire*. Spegne la luce.

[1960].

[5] Il colpo di scena finale è ispirato alla vicenda del generale Dietrich, che venne condannato a venticinque anni di carcere perché ritenuto responsabile dell'eccidio di prigionieri americani compiuto durante la controffensiva tedesca nelle Ardenne. Nell'ottobre del 1955 venne scarcerato, ma venne riarrestato nell'agosto del 1956 e nuovamente processato per il suo ruolo di rilievo nel massacro delle SA del 1934. Fu condannato ad altri diciotto mesi, ma per le precarie condizioni di salute venne scarcerato dopo solo sei mesi.

Vasilij Grossman

La strada

La guerra non risparmiò nessuno nella penisola percorsa dalla dorsale appenninica.

Anche senza sapere che il Führer aveva convinto il duce a dichiarare guerra all'Unione Sovietica, il giovane mulo Giu, in servizio al carreggio di un reggimento d'artiglieria, il 22 giugno 1941 si accorse subito dei cambiamenti intervenuti.

La gente si stupirebbe molto se sapesse quante cose notò il mulo il giorno in cui la guerra cominciò a est: la radio sempre accesa, la musica, le porte spalancate della scuderia, le folle di donne e bambini fuori della caserma e le bandiere sopra la caserma, l'odore di vino in bocca a gente che di vino non aveva mai puzzato, le mani di Niccolò che tremavano quando lo portò fuori dalla stalla e gli infilò l'imbraca.

Giu non piaceva al mulattiere che lo attaccava sempre al tiro di sinistra, cosí da poterlo frustare comodamente con la destra. E non lo frustava sul didietro, dove la pelle era piú spessa, ma sul ventre. Aveva la mano pesante, Niccolò, scura e con le unghie ricurve, la mano di un contadino.

Dell'altro mulo del carreggio a Giu importava poco. Era un animale grosso e forte, laborioso e cupo; l'imbraca e le tirelle gli avevano consumato il pelo sul petto e sui fianchi, ormai le zone spelacchiate, nude e grigiastre, avevano un riflesso untuoso di grafite.

Gli occhi dell'altro mulo erano appannati da un velo azzurrognolo, e il muso dai denti gialli e consumati aveva sempre un'espressione indifferente e assonnata, sia che salissero su per un monte lungo l'asfalto reso molle dalla calura, sia che riposassero sotto gli alberi, all'ombra. Come in quel momento, per esempio, sul valico nella vallata in mezzo alle colline: davanti orti e vigneti intessuti del nastro grigio dell'asfalto già percorso, in lontananza il mare luccicante, e nell'aria profumo di fiori, di iodio, di fresca brezza montana, ma anche di polvere calda e asciutta della strada... Ha gli occhi spenti, l'altro mulo, le sue narici non fremono, e dal labbro inferiore gli colano lunghi filamenti di bava trasparente; giusto l'orecchio ha un sussulto ogni tanto – sente i passi del mulattiere Niccolò. E anche quando i cannoni tuonano, durante le esercitazioni, il vecchio mulo sembra sempre dormire della grossa, le sue lunghe orecchie restano immobili.

Una volta Giu aveva provato a spintonarlo, per gioco, ma l'altro gli aveva sferrato un calcio – pacifico, senza cattiveria – e si era girato dall'altra parte; altre volte Giu smetteva di tirare e con la coda dell'occhio osservava il compagno che non mostrava i denti né abbassava le orecchie, ma prendeva a tirare con tutta la forza che aveva in corpo, ansimando, con la testa che intanto andava su e giú, su e giú.

E dunque, malgrado tirassero ogni giorno lo stesso carreggio stipato di casse di munizioni, si abbeverassero allo stesso secchio e, la notte, Giu sentisse il respiro profondo del vecchio mulo nella stalla accanto alla sua, avevano smesso di curarsi l'uno dell'altro.

Il mulattiere, i suoi obiettivi, il potere, la frusta, gli stivali e la voce roca non suscitavano in lui alcun senso di succube venerazione.

Per Giu c'erano solo l'altro mulo sulla destra, il tintinnio del carro e le grida sporadiche del mulattiere dietro, e davanti agli occhi la strada. Certe volte pareva che il mulattiere fosse tutt'uno con il carro, altre che il carro fosse tutt'uno con il mulattiere. La frusta? Le mosche gli rosicchiavano a sangue la punta delle orecchie, ma le mosche facevano il loro mestiere. E altrettanto faceva la frusta. E cosí pure il mulattiere.

Le prime volte che lo avevano legato al carreggio aveva provato un segreto rancore per quella lunga striscia assurda di asfalto che non si poteva né masticare, né bere, mentre ai lati c'era abbondanza di foglie ed erba, e pure d'acqua – laghi e pozze.

L'asfalto sembrava il suo peggior nemico, ma bastò poco perché Giu prendesse in odio ancora maggiore il carro pesante, le redini e la voce del mulattiere.

E allora si riconciliò con la strada; prima o poi, pensava, gli avrebbero tolto di dosso carro e carrettiere. La strada saliva, si infilava fra gli aranci, e intanto il carro sbatacchiava dietro di lui, monotono, inesorabile, e l'imbraca di cuoio gli schiacciava le ossa del torace.

La fatica senza senso a cui era costretto gli metteva voglia di scalciare contro il carro e di strappare le tirelle a morsi, e la strada non era piú qualcosa in cui sperare, e a lui non andava piú di percorrerla. Nella sua grossa testa vuota si ripresentavano continuamente le stesse immagini, il profumo e il sapore del cibo, visioni nebulose che lo tormentavano: l'odore delle giumente, la dolcezza succosa del fogliame, il calore del sole dopo il freddo della notte, la frescura dopo il caldo torrido della Sicilia…

La mattina infilava la testa nell'imbraca che gli porgeva il mulattiere e come ogni giorno il suo petto percepiva il freddo di quel cuoio morto e lustro. Ormai si comportava come il suo vecchio compagno, non tirava indietro la testa e non mostrava i denti – l'imbraca, il carro, la strada erano parte della sua vita.

E tutto era diventato consueto, dunque normale, tenuto insieme e trasformato in quanto di piú naturale ci sia nella vita: la fatica, l'asfalto, l'abbeverata, l'odore del grasso delle ruote, il boato dei cannoni puzzolenti dalle lunghe proboscidi, le dita del mulattiere che sapevano di cuoio e tabacco, il secchio con il granturco la sera, la bracciata di fieno ispido…

Ogni tanto, però, quella monotonia veniva interrotta. Giu si spaventò a morte quando, imbragato per bene, fu sollevato da una gru e depositato su un battello. E gli venne la nausea: quella terra di assi di legno scivolava sotto gli zoccoli, e Giu non volle saperne di mangiare. Poi arrivò il caldo, ancora piú torrido di quello italiano, e gli calcarono in testa un cappello di paglia; quindi fu la volta dei ripidi pendii dell'Abissinia con le sue rosse strade sassose, e le palme con quelle foglie troppo alte per la sua bocca. Un giorno fu molto incuriosito da una scimmia su un albero e molto spaventato da un grosso serpente sulla strada. Laggiú le case si mangiavano, e ogni tanto Giu ne assaggiava le pareti di canne e i tetti d'erba. I cannoni sparavano spesso e altrettanto spesso divampava il fuoco. Quando il carro si fermava sul limitare scuro di un bosco, di notte Giu sentiva suoni sinistri, fruscii, certi rumori che lo terrorizzavano, e tremava, sbuffava.

Poi la nausea tornò e tornò anche quella terra di tavole che sfuggiva da sotto i piedi, e intorno c'era solo una distesa azzurra, poi, senza sapere come – si era mosso appena! –, all'improvviso era spuntata la scuderia dove la notte, nella stalla accanto, ansimava il suo vecchio compagno.

Poi, poco dopo il giorno con la musica e le mani tremanti del mulattiere, la scuderia sparí di nuovo e tornò la terra di tavole di legno, e furono colpi sordi e scosse e stridori, e alla fine il buio della stalla stretta e cigolante venne rimpiazzato dallo spazio aperto di una pianura senza fine.

Su quella pianura aleggiava una polvere soffice, grigia, una polvere che non era né italiana né africana, e lungo la strada, verso il punto in cui sorgeva il sole, muoveva una fila ininterrotta di camion, cingolati, cannoni con proboscidi lunghe e corte, e colonne di mulattieri appiedati.

Era una vita durissima, fatta solo di spostamenti con il carro sempre carico, e il suo compagno ansimava tanto forte che Giu ne sentiva il respiro nonostante il frastuono della strada grigia e polverosa.

Poi, vinti dall'immensità di quegli spazi, i muli cominciarono a morire. I loro corpi venivano trascinati ai lati della strada e lí restavano, ventre gonfio e zampe divaricate che non avrebbero piú marciato; gli uomini passavano oltre, indifferenti, e anche gli altri muli non sembravano fare caso ai propri morti – scuotevano la testa e continuavano a tirare –, ma era solo un'impressione, li vedevano eccome, i loro morti.

Su quella terra pianeggiante il cibo era davvero saporito. Per la prima volta Giu assaggiava un'erba tanto tenera e succosa. Per la prima volta, nella sua vita, mangiava un fieno cosí soffice e odoroso. E in quel paese di pianure anche l'acqua era buona e dolce, e l'amaro dei rametti piú teneri si sentiva appena.

Il vento caldo della pianura non bruciava come i venti dell'Africa e della Sicilia, e il sole riscaldava la pelle – dolce, soave, diverso dal sole implacabile dell'Africa.

E anche la polvere grigia e sottile che restava sospesa giorno e notte nell'aria sembrava setosa, morbida, in confronto alla polvere rossa e pungente del deserto.

Eppure l'immensità di quella pianura era inesorabile, crudele, infinita – per quanto i muli avanzassero trotterellando e scrollando le orecchie, la pianura era piú forte di loro. Marciavano a passo lesto con il sole e con la luna, ma lei non finiva mai. Correvano, battevano gli zoccoli sull'asfalto, sollevavano polvere sullo sterrato, ma lei non voleva saperne di finire. Non aveva fine né con il sole, né con la luna e le stelle. E da quella pianura non nascevano i monti e neppure il mare.

Giu non si accorse che era cominciata la stagione delle piogge: arrivò a poco a poco. Erano fredde, quelle piogge, e da fatica monotona che era, la sua vita diventò sofferenza tagliente, estenuante.

Ogni aspetto della sua esistenza si fece piú complicato: la terra divenne piú appiccicosa – e parlava, e sciaguattava –, la strada molto melmosa e perciò piú lunga, e ogni passo era come tanti passi, e anche il carro era pigro e testardo da non poterne piú – pareva quasi che Giu e l'altro mulo non ne stessero tirando uno solo, ma diversi. Il mulattiere non la smetteva di gridare, li frustava spesso, duramente, e pareva quasi che sul carro non ce ne fosse uno solo, di mulattiere, ma diversi. E anche le fruste si erano moltiplicate, ed erano tutte cattive, linguacciute, fredde e roventi insieme, e pungevano, mordevano.

Trainare il carro sull'asfalto era cosa piú dolce dell'erba e del fieno, ma gli zoccoli non lo sfioravano per giorni interi, l'asfalto.

E i muli conobbero il freddo e i brividi della pelle zuppa per la pioggerellina fitta d'autunno. E cominciarono a tossire, si presero la polmonite. Sempre piú spesso qualcuno trascinava ai lati della strada quelli per i quali la strada era finita, quelli che non sarebbero piú andati avanti.

La pianura continuava ad allargarsi – cosí immensa che non la si percepiva piú con gli occhi, ma con tutti e quattro gli zoccoli... Quegli stessi zoccoli che affondavano sempre piú nella terra ammollata, mentre le zolle melmose si attaccavano ostinatamente alle zampe e la pianura appesantita dalle piogge si allargava, si espandeva sempre piú immensa, sempre piú vasta e possente.

Nel cervello grande, capace del mulo, che partoriva immagini nebulose di odori, forme e colori, stava ora spuntando un'immagine completamente diversa, frutto del pensiero di filosofi e matematici – l'immagine dell'infinito: la brumosa pianura russa e la fredda pioggia d'autunno che su quella pianura scendeva senza sosta.

Poi al posto di quell'immagine buia, torbida e greve ne apparve una nuova – bianca, asciutta, farinosa, che bruciava le narici e scottava le labbra.

L'inverno aveva divorato l'autunno, ma non aveva tolto a Giu il suo fardello. Che, anzi, divenne pesantissimo. Un predatore crudele e affamato aveva divorato un altro predatore meno forte di lui...

Lungo la strada, accanto ai corpi dei muli, ora c'erano i cadaveri degli uomini – il gelo si era preso la loro vita.

La fatica continua e abnorme, il freddo, l'imbraca che gli consumava la pelle sul petto fino alla carne viva, le piaghe insanguinate sul garrese, il dolore alle zampe, gli zoccoli spezzati, sbriciolati, le orecchie congelate, gli occhi doloranti, le fitte allo stomaco per il cibo schifoso e l'acqua gelata a poco a poco spegnevano le forze di Giu, nei muscoli come nello spirito.

Si stava impossessando di lui un'indifferenza senza limiti. Il mondo gli franava addosso, enorme, impassibile. E si era esaurita anche la cattiveria del mulattiere – ormai era tutto rattrappito, non imperversava piú con la frusta, né lo prendeva a pedate su quell'osso tanto sensibile della zampa anteriore...

Lenti, inesorabili, l'inverno e la guerra stavano schiacciando Giu, e all'indifferenza sconfinata che lo stava sommergendo e si preparava ad annientarlo, Giu oppose la propria indifferenza, altrettanto infinita.

Era l'ombra di sé stesso, e quell'ombra viva e cinerea non sentiva piú né il calore del suo stesso corpo, né il piacere del cibo e del riposo. Che dovesse avanzare sulla strada gelata, con un incedere meccanico delle zampe, o restare fermo a testa bassa, non faceva differenza per lui. Masticava il fieno, indifferente, senza gioia, e con altrettanta indifferenza sopportava la fame, la sete, il vento dell'inverno che lo sferzava. Il bianco della neve gli feriva i bulbi oculari, ma le tenebre e il buio lo lasciavano comunque indifferente, Giu non li desiderava e non li aspettava.

Avanzava accanto al suo vecchio compagno, ormai del tutto simile a lui, e l'indifferenza reciproca era senza fine, quanto l'indifferenza verso sé stesso.

Quell'indifferenza verso sé stesso che era la sua ultima rivolta.

Essere o non essere, per Giu non aveva piú importanza: il mulo aveva risolto il dubbio amletico.

E poiché era ormai indifferente e rassegnato all'esistere come al non-esistere, Giu smarrí la cognizione del tempo, notte e giorno si confondevano nella sua mente che non distingueva piú un sole gelato da una notte senza luna.

Quando i russi attaccarono, il freddo non era piú cosí intenso.

Giu non perse la testa sotto il fuoco devastante dell'artiglieria. Non strappò le tirelle, non scalciò quando fra le nubi divamparono i bagliori dell'artiglieria, e la terra cominciò a tremare e l'aria squarciata dal rombo e dal fragore dell'acciaio si riempí di fuoco, fumo e zolle di terriccio e neve.

Il fiume della ritirata non lo inghiottí; Giu rimase fermo, con la testa bassa e la coda penzoloni, mentre accanto a lui gli altri scappavano, cadevano, si rialzavano e ricominciavano a scappare, a strisciare, uomini, cingolati e camion dal muso rincagnato.

A un certo punto l'altro mulo diede un raglio strano, con una voce che pareva umana, cadde a terra, agitò le zampe e poi si zittí, mentre attorno la neve si tingeva di rosso.

La frusta era sulla neve, e anche il mulattiere Niccolò era sulla neve. Giu non sentiva piú lo scricchiolio dei suoi stivali, e neanche l'odore di tabacco, vino e cuoio non conciato.

Se ne stava lí, nella sua indifferenza rassegnata, ad aspettare senza fretta che la sorte si compisse: nuovo o vecchio, il suo destino gli era comunque indifferente.

Venne l'imbrunire. Scese il silenzio. Il mulo era sempre lí, con la testa bassa e la coda penzoloni. Non si guardava intorno, non tendeva l'orecchio. Nella sua testa vuota e indifferente continuavano a rombare i cannoneggiamenti ormai sopiti dell'artiglieria. Ogni tanto, ma solo ogni tanto, spostava prima una zampa, poi l'altra, per poi fermarsi di nuovo, immobile.

Attorno a lui corpi di uomini e animali, camion a pezzi o rovesciati e qua e là un filo di fumo che si alzava pigro.

E in lontananza – senza inizio e senza fine – la pianura caliginosa, scura, innevata.

La pianura aveva inghiottito tutta la sua vita passata – il caldo torrido, le impervie strade rossastre, l'odore delle giumente, il gorgoglio dei ruscelli. Era difficile distinguere Giu dalla fissità immobile che lo circondava e con cui si fondeva, il mulo era tutt'uno con la pianura brumosa.

E quando i carri armati violarono il silenzio, Giu li sentí perché il loro suono metallico riempí l'aria conficcandosi nelle orecchie morte di uomini e animali e in quelle vive del mulo stremato.

E quando l'immobilità della pianura fu violata e i carri armati si mossero in colonna cigolando sulla distesa di neve vergine, da nord a sud, Giu li vide – riflessi nei parabrezza e negli specchietti dei veicoli abbandonati, riflessi negli occhi del mulo accanto al carro rovesciato. Ma non si fece da parte nemmeno quando i cingoli gli passarono proprio accanto, alitandogli addosso il loro caldo aspro e l'odore di grasso bruciato.

Poi dalla pianura bianca si staccarono alcune figure bianche, uomini che si muovevano silenziosi, rapidi, uomini che non sembravano uomini ma predatori, rapaci. Quindi scomparvero, dissolti, ingoiati dall'immobile distesa di neve intonsa.

Poi Giu sentí il rumore di una fiumana di esseri umani, macchine e pezzi d'artiglieria che scendeva da nord, carreggi che cigolavano…

La fiumana avanzava lungo la strada, ma il mulo non la degnava di uno sguardo, immobile, mentre quel movimento gli scorreva accanto fino a farsi talmente impetuoso da straripare oltre il ciglio della strada.

Fu allora che gli si avvicinò un uomo con una frusta in mano. Osservò Giu e Giu sentí odore di tabacco e di pelle non conciata.

E proprio come Niccolò, anche quell'uomo lo colpí sui denti, sul muso, sui fianchi.

Diede uno strattone alle redini e attaccò a parlare con voce roca, e al mulo venne istintivamente da guardare verso il mulattiere Niccolò riverso sulla neve. Ma Niccolò non parlava.

L'uomo tirò un'altra volta le redini, ma il mulo restò dov'era.

L'uomo si mise a gridare, gesticolò, ma il suo modo di incitarlo era diverso da quello dell'italiano. Non perché fosse piú imperioso, no: erano diversi i suoni di cui quelle minacce erano fatte.

Poi l'uomo gli diede una pedata sull'osso della zampa anteriore e la zampa gli fece male, era lo stesso osso delle pedate di Niccolò, ed era particolarmente sensibile.

Giu seguí l'uomo. Si avvicinarono ai carri. Furono circondati da altri mulattieri chiassosi che gesticolavano anche loro, ridevano e gli davano delle pacche sulla schiena e sui fianchi. Gli portarono un po' di fieno, Giu lo mangiò. Ai carri erano attaccate coppie di cavalli con le orecchie corte e gli occhi cattivi. Niente muli.

Il mulattiere lo portò fino a un carro a cui era attaccato un cavallo soltanto.

Era una cavalla scura, piccola, e Giu, mulo robusto, risultò piú alto di lei. La cavalla lo guardò, abbassò le orecchie, le drizzò di nuovo, poi scrollò la testa, si girò e sollevò una delle zampe posteriori, pronta a scalciare.

Era magra, e quando respirava le costole affioravano come un'onda sotto la pelle; sopra la pelle, invece, aveva un tappeto di ferite insanguinate – proprio come Giu.

Giu se ne stava a testa bassa, essere o non essere continuava a non fare differenza per lui, placido e indifferente verso il mondo che con indifferenza lo stava annientando.

E come al solito – cosí aveva già fatto centinaia di volte – infilò la testa nell'imbraca che non era di cuoio ma che come quella di cuoio lambí il suo petto stanco; mandava uno strano odore, odore di cavallo. Ma al mulo non importava granché.

Aveva per compagno una cavalla, ma il calore che proveniva dal suo fianco sudato lo lasciava indifferente.

La cavalla appiattí le orecchie contro la testa e l'espressione sul suo muso si fece cattiva, rapace, non da erbivoro. Strabuzzò gli occhi, sollevò il labbro superiore e scoprí i denti pronta a mordere, ma Giu, nella sua indifferenza, le offrí lo zigomo e il collo, indifesi. E anche quando la cavalla cominciò a indietreggiare, tirando la cavezza per girarsi e rifilare al mulo un colpo di zoccolo, Giu non se ne curò rimanendo dov'era, a testa bassa, com'era rimasto accanto al suo carro distrutto, all'altro mulo morto, a Niccolò morto e alla frusta sulla neve. A quel punto, però, il mulattiere lanciò un grido e frustò la cavalla, poi con la stessa frusta – sorella di quella rimasta sulla neve – colpí anche il mulo: quell'animale abbacchiato doveva dargli sui nervi, e anche la sua mano era come quella di Niccolò, la mano pesante di un contadino.

E allora Giu lanciò uno sguardo di sbieco alla cavalla e la cavalla guardò Giu.

Poco dopo il carro si mosse. E di nuovo ricominciò a cigolare come suo solito, e di nuovo davanti agli occhi c'erano la strada e dietro il carico, il mulattiere e la frusta, ma ormai Giu sapeva che la strada non lo avrebbe liberato dal suo fardello. Avanzava trotterellando, e la pianura nevosa non aveva inizio né fine.

Stranamente, però, nel suo abituale procedere nel mondo dell'indifferenza Giu sentiva di non essere indifferente alla cavalla che gli stava accanto.

Lei agitò la coda sfiorandolo, e quella coda scivolosa di seta non somigliava affatto alla frusta o alla coda dell'altro mulo suo compagno – infatti scivolò dolcemente sulla sua pelle.

Dopo qualche istante la cavalla agitò di nuovo la coda; strano, su quella pianura innevata non c'erano né mosche, né moscerini, né tafani.

E allora Giu sbirciò la cavalla che gli correva accanto, e in quello stesso momento la cavalla guardò verso di lui. I suoi occhi non erano piú cattivi, forse solo un po' maliziosi.

In quel mare di indifferenza universale si era formata una piccola fenditura, una piccola crepa.

Muovendosi, i corpi delle due bestie si scaldarono e Giu avvertí il sudore della cavalla, mentre il suo fiato, che sapeva di fieno umido e dolce, lo sfiorava, via via sempre piú intenso.

E senza sapere perché, Giu fece tendere le tirelle, le ossa della sua cassa toracica avvertirono il peso e la pressione, l'imbraca della cavalla si allentò e fu piú semplice, per lei, tirare il carro.

Avanzarono cosí, a lungo, poi la cavalla nitrí. Fu un suono lieve, cosí lieve che non lo sentirono né il mulattiere, né la pianura tutt'attorno.

Era cosí lieve perché doveva sentirlo solo il mulo al suo fianco.

Lui non rispose, ma da come dilatò le narici era chiaro che l'aveva udito.

Avanzarono a lungo, molto a lungo, fintanto che il carro non si fermò per la sosta; fianco a fianco, con le narici dilatate e i loro odori – l'odore del mulo e della cavalla aggiogati allo stesso carro – che si fondevano in uno solo.

E quando il carro si fermò e il mulattiere tolse loro l'imbraca e insieme mangiarono e bevvero l'acqua dallo stesso secchio, la cavalla si avvicinò al mulo e appoggiò la testa sul collo di lui, e le sue morbide labbra gli sfiorarono l'orecchio, e allora lui guardò con fiducia gli occhi tristi di quella povera cavalla di campagna e il suo fiato si mescolò a quello di lei, caldo, benevolo.

In quel tepore buono ciò che si era assopito si risvegliò, ciò che era morto da tempo riprese vita: la dolcezza del latte materno che aveva tanto amato da piccolo, e il primo filo d'erba che aveva assaggiato, e la pietra rossa e crudele delle strade di montagna in Abissinia, e il caldo torrido tra le vigne, e le notti di luna negli aranceti, e la fatica enorme, tremenda che pareva dovesse ucciderlo con il suo fardello di indifferenza, e che invece non c'era riuscita.

La vita del mulo Giu e il destino della cavalla di Vologda si erano contagiati a vicenda con il tepore del fiato, con la stanchezza degli occhi, e uno strano incanto si era prodotto in quei due esseri fiduciosi e teneri che stavano l'uno accanto all'altra nella pianura spazzata dalla guerra sotto un grigio cielo invernale.

– Quell'asino d'un mulo ci ha messo poco a farsi piacere la Russia! – rise un mulattiere.

– No, guarda meglio, stanno piangendo tutti e due, – disse un altro.

E sí, stavano proprio piangendo.

[1963].

Adolf Rudnicki

Declino di un combattente

Ritto accanto al leggio faceva girare lo sguardo sulla sala affollata. Nel momento in cui il suo sguardo si fermava su qualcuno, in attesa di approvazione per quanto diceva, si imbatteva in qualcosa che gli veniva perfino difficile definire. Lo sguardo dell'ascoltatore sfuggiva davanti a lui sulle spalle del vicino, o a guardarsi i piedi. Quando citava il cognome di qualcuno a comprovare che non era solo nelle sue affermazioni, il citato faceva scorrere in fretta un'occhiata stupita sui vicini. Non si voleva avere niente in comune con lui; forse lui stesso non si rendeva conto di fino a che punto non contasse nulla, ma quelli all'intorno lo sapevano.

Continuava il suo discorso. Qua e là qualcuno si alzava e incominciava a farsi largo tra le seggiole verso l'uscita. Nessuno borbottava, nessuno inveiva. L'oratore era una carta perduta, la cosa era irrimediabile, aveva perfino cessato di essere un dramma, era un dramma per lui soltanto. Non suscitava né emozione, né attenzione, benché fosse rimasto lo stesso di sempre. Era sempre stato a dire il vero un buffone, un istrione, e da questo punto di vista non era cambiato. Oggi al congresso si era presentato in uniforme, nell'oro e nell'argento di tutte le sue decorazioni, sebbene si trattasse in fondo di decorazioni legate alla poltrona, alla carica, non soltanto alla sua persona. Stava mettendosi in ridicolo un'altra volta, doveva pure sapere come stavano le cose. In luogo del grigiore aveva scelto l'oro, benché fosse ormai un falso. Abbigliato come un pagliaccio, aveva ritardato un minimo nel cercarsi la sedia e si trovò nelle prime file. Sarebbero scappati davanti a lui, se fosse stato possibile cambiare di posto. I vicini per tutto il tempo stettero seduti come sui carboni ardenti.

Il suo sguardo implorante correva ai piedi di quanti si affrettavano al buffet ben fornito. La disciplina vietava di bere a quell'ora, ma non vietava di mangiare, al contrario, la pinguedine era la comprova dell'equilibrio psicologico, il mangiare era divenuto una nuova virtú. Poiché il deflusso delle persone verso l'uscita non accennava a diminuire, l'oratore fece ricorso alla battuta di spirito, per la quale un tempo andava famoso. Un tempo gli rispondevano scoppi di risate, questa volta – no. Un tempo manovrava nella sua morbida mano dalle dita paffute parecchie fila del potere. Andava famoso per il suo modo di comportarsi: nei giorni afosi sedeva nel suo studio senza camicia, con il ventre opimo e biancastro debordante fuori dai calzoni; lui soltanto poteva permetterselo; a qualcuno pareva perfino una cosa piena di fascino. Quando conversava con qualcuno nei corridoi, perfino le persone altolocate attendevano di lontano. Non aveva mai rivestito il suo potere con la pelle della minaccia, al contrario, lo protendeva mollemente, come il suo ventre. In quella sala stupenda aveva parlato spesso anche nel passato. Tuttavia un tempo non uscivano per andare al buffet, non tradivano impazienza, gli si dava il benvenuto e ci si congedava da lui con ovazioni, benché mai e in nessun luogo avesse tenuto nascosti i suoi lati deboli, che anch'essi erano forti, finché fu forte lui. In quegli anni aveva progredito senza ombre; poteva non ricordare l'ombra, livellata dalla forte luce che irradiava dalla sua cerchia. Adesso non udí scoppi di risa dopo la sua battuta, la si accolse in silenzio. Poiché interpretò la cosa come una manifestazione di dissenso, ricorse al tono serio. Ma anche il tono serio non gli giovò – uscivano incessantemente; sempre piú gente lasciava la sala. Facevano con la mano un gesto come a significare che egli era sempre stato cosí; disgustoso, molle, debole della debolezza dei secoli, che – questo non potevano comprendere – un tempo avevano interpretato come forza.

Egli da parte sua in tutto ciò che diceva non faceva che confermare nel suo atteggiamento la sala e incolpare sé stesso. La sua uniforme, le onorificenze, il posto in prima fila, l'aver prima ascoltato devotamente l'uno dopo l'altro tutti gli oratori, tutto ciò era stato un gesto di rispetto verso la sala, la conferma del fatto che essa aveva ragione e un'autoaccusa. Era stato l'ultimo tentativo di salvezza. Mentre si autoseppelliva, pronunciava però di tanto in tanto il nome di coloro che un tempo egli stesso aveva tirato fuori dal nulla e ai quali aveva procurato qualche carica. Il loro riverbero avrebbe dovuto ora riscaldarlo un poco. Ma nulla di quel che diceva faceva impressione a nessuno. I nominati mantenevano un viso impenetrabile oppure sorridevano. Poi si alzavano e se ne andavano al buffet.

Anche Wierzba raggiunse il buffet. A suo tempo l'oratore gli aveva dato tutto. Il riflesso, come dicono i pugili, era stato un tempo la caratteristica principale dell'oratore; anche altri avrebbero notato Wierzba, la sua origine, l'argomento delle opere, il cognome[1], perfino il suo viso, in quanto tutto questo oggi aveva importanza. Ma per fare quel che ad altri avrebbe richiesto cinque anni, all'oratore fu sufficiente un attimo. Il riflesso era stato la sua forza, ma il riflesso fu anche il suo nemico. Poiché viveva piú in fretta, di volta in volta dava il segnale del nuovo. Poiché sembrava sempre vivere come senza zavorra, correva in avanti, troppo in avanti! La vita, che lo aveva spinto troppo in avanti, poi rapidamente lo aveva rigettato.

«Dell'aringa marinata? Del luccioperca? Un pezzetto di vitello freddo?»

[1] *Wierzba* in polacco significa «salice» ed evidenzia l'origine contadina del personaggio [*N. d. T.*].

Wierzba rifletteva verso che cosa tendere la mano; con i pensieri tuttavia continuava a rimanere nella sala. Non era a suo agio, sentiva vorticargli in testa mille idee circa l'oratore. «Oggi se ne andrà nell'immondezzaio, – pensava, – ma... nessuno mai può essere gettato nell'immondezzaio una volta per tutte. Certe questioni tornano continuamente in quanto il loro numero nel complesso è limitato. Quando le questioni ritornano, ritornano anche i nomi. Nell'immondezzaio vanno dunque soltanto le persone, le povere persone!»

Wierzba vide delle piccole fette di pane bianco ricoperte di bellissime perline nere di caviale. Tese cupido la mano, ma la fettina era cosí piccola che con difficoltà trovò posto nel suo sgraziato palmo da contadino. Si gettò ingordamente la piccola fetta nelle possenti fauci, quando d'un tratto udí qualcosa di simile a un pianto. Accorse in direzione della sala, ma tutto là proseguiva senza mutamenti. L'oratore continuava ancora a parlare.

[1963].

John Steinbeck

Riflessioni su un'eclissi di luna

Di recente, il mio amico Knud Meister[1], autorevole giornalista danese, mi ha mandato un plico con dentro un malconcio manoscritto ciclostilato dal titolo *Maanen er Skjult, en Roman af John Steinbeck*, stampato nel 1942 nella Danimarca occupata.

La lettera di accompagnamento di Knud diceva: «Per puro caso ho trovato questa copia tra le carte del mio defunto padre, e te la mando con i migliori auguri. Come sai, fu data alle stampe dalla Resistenza danese durante l'occupazione tedesca, e poi passò di mano in mano».

Pungolato da quel manoscritto, ho cominciato a riflettere sulla gestazione del mio breve romanzo *La luna è tramontata*, e sulle vicissitudini a cui andò incontro: una storia bizzarra e incredibile, a distanza di vent'anni.

Nel 1942, le implacabili milizie di Hitler avevano sconfitto e occupato l'intera Europa. Solo l'Inghilterra resisteva, battendosi disperatamente per sopravvivere, e noi ci trovammo a fronteggiare due nemici potenti e vittoriosi. Avendo vinto la guerra, a posteriori è difficile ricordare quanto fossimo a malpartito: la nostra marina era stata distrutta nel Pacifico, e i disperati convogli per l'Inghilterra, e persino le navi costiere, decimati dai sottomarini, col risultato che le spiagge orientali erano una distesa di relitti e petrolio.

[1] Knud Meister (1913-1989), scrittore e giornalista danese, ottenne un grande successo come autore di libri per bambini assieme a Carlo Andersen, talvolta con lo pseudonimo di Lisbeth Werner.

Sulle prime piombammo nella confusione, come quando si stuzzica un formicaio, ma presto ci mobilitammo, all'inizio in modo non proprio efficiente, ma con straordinaria energia. Quasi tutti volevano dare una mano, e può darsi che molti siano stati piú d'impiccio che altro, ma nel giro di poco vennero organizzate e messe a frutto le varie competenze.

Gli scrittori furono particolarmente attivi. Hitler aveva dimostrato il potere e la forza della propaganda. Vennero fondati il Writers' War Board e l'Office of War Information. Diversi scrittori prestarono servizio come consulenti dell'esercito, della marina e dell'aeronautica.

Scrivevamo come pazzi, talvolta sovrapponendoci l'uno all'altro, molto spesso in disaccordo su cosa si doveva fare e come. Io lavoravo per l'aeronautica, il Writers' War Board e l'Office of War Information, e persino per l'Office of Strategic Services. Scrivevo di tutto, discorsi, saggi, racconti, pièce, trasmissioni radiofoniche, un intero volume sull'addestramento dei bombardieri, qualsiasi cosa mi passasse per la testa o mi venisse suggerita, e come me decine di altri scrittori. Non so se siamo stati d'aiuto, ma almeno non abbiamo intralciato lo sforzo bellico.

Nell'Office of War Information cominciai a conoscere e frequentare rifugiati delle nazioni occupate. Dedicavano quel che restava delle loro energie ad aiutare le organizzazioni clandestine che opponevano una strenua ed eroica resistenza all'occupazione tedesca. Ero affascinato da quelle organizzazioni, che rifiutavano di ammettere la sconfitta benché le loro strade fossero pattugliate dai tedeschi.

Pur con qualche differenza dovuta alla psicologia delle singole nazioni, tutti i paesi occupati affrontarono esperienze simili. Al momento dell'invasione era prevalso il turbamento; in alcune nazioni c'erano partiti nazisti clandestini, c'erano spie e voltagabbana. Il nome di Quisling è diventato sinonimo di traditore. Poi c'erano i collaborazionisti, alcuni mossi dalla paura, altri semplicemente dalla convenienza e dal guadagno. Infine le misure restrittive dei tedeschi, i loro soprusi e le punizioni selvagge. Tutti questi fattori andavano raccordati e compresi, prima di poter costituire e mobilitare un movimento clandestino. E col progredire della guerra, tali figure silenziose dovevano essere consigliate, incoraggiate e rifornite di armi e materiali, per sostenere quella che spesso dev'essere sembrata una causa persa.

A poco a poco ebbi modo di conoscere a fondo quegli eserciti segreti, e convogliai verso di loro la maggior parte delle mie energie. Poi diventò chiaro che ogni popolo doveva imparare la stessa lezione, ognuno per conto proprio e partendo da zero. Ero e sono convinto che nella sostanza i popoli non siano poi cosí diversi. Avevo l'impressione che se fossi riuscito a descrivere le esperienze delle nazioni occupate, ma rapportandole all'America, avrei potuto chiarire che cosa stava facendo la Resistenza, e qualora fossimo stati invasi, eventualità al tempo non cosí remota, un simile resoconto avrebbe potuto servire da modello, prospettando i possibili scenari e i nostri margini d'azione.

Scrissi una storia di fantasia su una delle tante cittadine rurali americane di medie dimensioni che conoscevo bene. Naturalmente non sarebbero mancati i collaborazionisti. Non dimenticate le riunioni del Bund[2] nelle nostre città, le trasmissioni filotedesche precedenti alla guerra e gli uomini sempre pronti a saltare sul carro del vincitore: «Mussolini faceva arrivare i treni in orario». «Hitler ha salvato la Germania dal comunismo». Non era irragionevole pensare che la nostra città avrebbe avuto i suoi codardi, cittadini disposti a vendersi per denaro. Ma sotto, ero e sono convinto, ci sarebbe stato uno zoccolo duro impossibile da sconfiggere. E cosí scrissi il mio racconto di finzione basandomi su avvenimenti accaduti in città già sotto l'occupazione nazista.

[2] Il German-American Bund fu un movimento di ispirazione nazista organizzatosi negli Stati Uniti a partire dal 1933.

Non avevo un ruolo di spicco nell'organizzazione per cui lavoravo. Anzi, ero un pesce piuttosto piccolo. Perciò, quando ebbi terminato quello che ormai era diventato un libro, lo sottoposi ai miei superiori.

Mi fu restituito con sconcertante rapidità. 1. Non eravamo stati occupati, quindi la storia non era vera. 2. Molti avrebbero potuto interpretarlo come un'ammissione della possibilità di sconfitta, con effetti disastrosi sul morale. Mi fu consigliato – consiglio che aveva la perentorietà di un ordine – di mettere da parte il libro e accantonare l'idea.

Non ero d'accordo ma obbedii e tutt'ora non so chi avesse ragione. Ma i miei amici dei vari gruppi di Resistenza, norvegesi, danesi, francesi, cechi, che mi avevano fornito i dettagli e avevano letto il manoscritto, furono indignati dalla mia decisione. All'epoca non era ancora stato scritto alcun resoconto del processo di occupazione e Resistenza. Perché, suggerirono i miei amici, non trasferire la storia in un paese occupato? Magari il libro avrebbe fiaccato il morale americano, dicevano, ma di certo avrebbe rinfrancato il morale degli uomini della Resistenza. Perciò ambientai la storia in un paese imprecisato, freddo e austero come la Norvegia, scaltro e implacabile come la Danimarca, razionale come la Francia. Ai personaggi diedi nomi piú internazionali possibile. Nemmeno i tedeschi li chiamai tedeschi, ma semplicemente invasori. Intitolai il libro *La luna è tramontata*, da un verso di *Macbeth*, e lo mandai in stampa.

La luna è tramontata ricevette pareri molto favorevoli, e fu scelto come libro del mese. Poi, con mia grande sorpresa, fu violentemente, quasi istericamente, attaccato da parecchi critici autorevoli, che lo definirono disfattista, infondato, compiaciuto al limite del proditorio. Nel mio libro, gli uomini della Resistenza, diversi tipi di uomini provenienti da contesti diversi, erano capaci di sofferenze, pazzie ed errori. Uomini che potevano sbagliare, e sbagliavano. Ero convinto che un garzone tedesco, a prescindere dal suo addestramento, potesse sentirsi solo e infelice alla pari di qualsiasi altro soldato, in un paese che lo odiava. Quel che volevo dire è che, in quanto uomini, potevano essere sconfitti, e lo sarebbero stati, se le loro premesse e i loro obiettivi erano sbagliati. Da qui gli attacchi. Ero convinto che i tedeschi non fossero tutti superuomini, mostri ferrei e infallibili – benché tra loro ci fossero anche individui di questo tipo. Perciò fui accusato di essere pericolosamente romantico e ingiustificatamente ottimista, cosa che avrebbe potuto inficiare i nostri sforzi e pregiudicare l'intera causa. Devo ammettere che quegli attacchi mi ferirono, perché ero persuaso della bontà e del patriottismo del mio gesto.

I miei amici della Resistenza furono ugualmente sconcertati. Gli avvenimenti che avevano vissuto venivano etichettati come pericolosamente romantici da uomini che non erano stati presenti. Sottolinearono che se non avessero pensato di poter vincere, le organizzazioni clandestine si sarebbero arrese già da tempo.

Il libriccino fu contrabbandato nei paesi occupati. Fu copiato, ciclostilato, stampato a mano negli scantinati, e ho visto persino una copia faticosamente manoscritta su carta di recupero e tenuta insieme con lo spago. I tedeschi non lo considerarono ingiustificatamente ottimista. Possederlo diventò un reato punibile con la pena di morte, sanzione che purtroppo, a quanto ne so, fu comminata parecchie volte. Piú si avvicinava all'azione, meno il libro sembrava romantico.

A distanza di appena vent'anni abbiamo già dimenticato l'orrore e il senso di incertezza, le violente divergenze d'opinione su comportamenti, metodi e tecniche. Il processo Eichmann ha resuscitato lo spettro dell'orrore, e il ciclostilato malridotto inviatomi qualche tempo fa dal mio amico ha rievocato l'eroismo. Non c'è nulla di romantico nel coraggio delle persone con le spalle al muro. È un fatto da ricordare, e una promessa da mantenere.

[1963].

Stefan Heym

Il sopravvissuto

Se non l'avete provato di persona non lo capirete mai. È come se arrivaste da un'altra epoca o da un'altra stella scivolata giú verso di noi – un mondo di esperienze diverso dal nostro, reazioni senza alcuna relazione con le nostre; perciò le vostre domande mirano storto, e le nostre risposte vi sono incomprensibili. Il vostro comportamento mi ricorda quello stupido sottotenente americano, di allora, nel 1945, che, vedendomi camminare zoppicando lungo lo stradone, mi fece salire sulla sua jeep e cominciò poi a chiedermi: – Perché avete fatto tutto questo voi tedeschi? Non lo sapevate?

Certo che lo sapevamo. Tutti; anche quelli che davano a intendere alle mogli, ai figli, a sé stessi di non saperne niente. Ci sono cose che l'essere umano sa e basta. Questa era una di quelle. Divideva le coscienze delle persone e dava alle loro anime immortali un doppio fondo, come nella valigia di un contrabbandiere. Vi ricorderete di come dopo la guerra tutti vi dicessero di essere sempre stati contro le brutalità e contro quello che era stato fatto agli ebrei e contro l'aggressione ai molti paesi.

Ipocriti? Se volete davvero capire, cancellate questa parola dal vostro dizionario. Appartiene a un'altra epoca, a un'altra stella. L'ipocrisia, come mi sono già sforzato di spiegarvi, non è il male principale. Qual è il male principale, allora? Temo che non esista una parola che lo indichi in nessuna lingua. È qualcosa che viene dal profondo, dove nessuno osa guardare; un sentimento cosí terribile, che dilania l'individuo con tale impeto, che ci si guarda bene dal fargli prendere forma, o dal pensare a esso, o ancora dal dargli un nome. E tuttavia è questo sentimento che in tempi simili dà forma ai pensieri degli esseri umani, ai loro discorsi, fa cambiare e alterare la voce, tremare le ginocchia, e stimola la sudorazione nel palmo delle mani.

Voi dite: coscienza. Questo dimostra di nuovo che ho parlato a vuoto. Coscienza... Ho visto uomini dall'animo sensibile come la piú pura delle vergini saltare sul corpo inerme di altri uomini e piantargli nei reni i tacchi chiodati degli stivali. Inoltre, ma perché devo spiegare qualcosa, a voi, o a chiunque altro? Non mi devo scusare di niente. È un miracolo che non sia morto da piú di vent'anni, uno scheletro senza cranio in una tomba senza nome, come Judith, come Linda. Guardate la mia gamba: non è mai stata steccata bene. I medici dicono che potrebbero romperla di nuovo in modo che guarisca dritta; un'operazione del tutto indolore, tra l'altro, ma perché tutte queste storie; l'essere zoppo mi dà un'impronta personale, che cos'ho altrimenti che mi distingua dal primo venuto? Gli occhi, la fronte, la bocca, la forma del mento? Visi come il mio ce ne sono a dozzine.

Judith e Linda, al contrario, non erano merce corrente. Non voglio sostenere che Linda o Judith, o entrambe, potessero definirsi delle bellezze; ma avevano qualcosa, nel portamento, nell'espressione degli occhi. Ciò impediva qualsiasi avvicinamento; indusse persino la polizia a indugiare prima di toccarle. Retrospettivamente, vorrei dire che erano le ombre che le precedevano, a separare Judith e Linda da noi altri.

Le amavo entrambe, e come me tutti nel gruppo. Era un tipo di amore, immagino, simile a quello che devono aver provato anche gli ufficiali di santa Giovanna, appena si accorsero del fascino della ragazza. Non che Judith avesse avuto le voci di Giovanna, e tanto meno Linda; non avevano bisogno di voci, credevano negli uomini e pensavano che si potesse scuoterli con lo spirito di sacrificio e l'esempio; una fede del tutto ultraterrena e irrealistica, e tuttavia cosí forte, che trascinava con sé noi altri.

Non erano sorelle. Judith proveniva, per quanto ne so io, da parte materna da una famiglia della piccola nobiltà, mentre i parenti da parte del padre erano stati per lo piú funzionari amministrativi; i parenti di Linda erano persone completamente insignificanti; il padre era caduto nella Prima guerra mondiale; lei si manteneva all'università grazie al suo grande talento, che riusciva a strappare alle autorità una borsa di studio dopo l'altra. Ma nei mesi prima dell'arresto, le due ragazze divennero sempre piú simili a sorelle, a gemelle quasi: a tal punto che l'una poteva riprendere una frase incompiuta, compreso il tono e la gestualità, esattamente dove l'altra l'aveva interrotta. Erano inseparabili, a meno che il dovere, che loro stesse si erano imposte, non le costringesse ad allontanarsi l'una dall'altra, e avevano lo stesso modo silenzioso di ritrarsi se, come poteva succedere nello sfilare un volantino, o nell'ascoltare una voce smorzata alla radio, si veniva in contatto con la mano dell'una o col gomito dell'altra.

Ero contrario al loro piano, sin dall'inizio. Non possedevo una fede forte come la loro. Non consideravo perciò la situazione dal loro punto di vista; io sapevo del sentimento senza nome che tiene le persone in suo potere e, pur mettendo in conto le sconfitte all'Est e all'Ovest, non ero dell'opinione che fosse necessario solo un segnale affinché la gente insorgesse.

Ma Judith e Linda non si potevano sconfiggere con argomentazioni, e i miei tentativi al riguardo, lo devo ammettere, non furono neanche molto energici. Ci si sentiva cosí pusillanimi in quei casi; e che cosa si poteva veramente replicare, se Judith ti guardava con quei suoi occhi e ti chiedeva: – Hai forse paura? – E Linda aggiungeva: – Hai forse paura di morire? – Mi ricordo ancora del silenzio che seguí a quelle parole, e come Judith infine dicesse: – A me piace vivere come a ognuno di voi. Anche a Linda –. Linda aveva la bocca carnosa con labbra graziosamente arcuate; avevo sentito dire da qualche parte che i vermi attaccano prima gli occhi e poi le labbra. – Ma vivere solo per vivere? – chiese Judith. – Per questo le cose vanno sempre avanti in questo modo, perché ognuno considera soltanto il suo stipendio, la sua casa, la sua piccola ridicola esistenza, rispetto a quello che dovrebbe fare veramente, come sa molto bene. Perciò il professore evita di parlare, l'ufficiale di agire e l'operaio di scioperare –. Linda volse lo sguardo verso di me. – Vogliono sopravvivere, – disse, – ogni singolo minuscolo essere umano, sopravvivere, finché il tutto non gli crollerà intorno con fragore.

«E ti meravigli di questo?» avrei voluto replicare. E aggiungere: «Se ti pieghi in modo da diventare piccola quanto basta, non hai anche tu una possibilità di sopravvivere?» Ma non lo feci. E non avrei neanche fatto in tempo, poiché Judith già riprendeva il pensiero che Linda non aveva terminato e spiegava: – Un circolo vizioso. In qualche modo e da qualche parte lo si deve interrompere.

– Con un paio di volantini? – chiesi. – Che svolazzano nella tromba delle scale di un edificio universitario?

– Quanto dev'essere grande la pietra che dà l'avvio alla valanga? – replicò Judith. Linda disse: – Non occorre che tu sia il terzo, sai, – e si rivolse con fare interrogativo agli altri nella stanza, per lo piú ragazzi piú giovani di me, per trovare un volontario al posto mio.

– Sarò lí, – dissi, – alle dieci in punto.

La mia voce deve aver sicuramente avuto un suono particolare. Judith e Linda alzarono il capo, e la loro profonda somiglianza mi colpí. Sapevo in quel momento che loro sarebbero morte, e che io sarei morto, ma anche che la nostra morte aveva un senso, perché dimostrava qualcosa – fede nella causa, amore, e che in questo paese avevano vissuto per lo meno un paio di persone che si riconoscevano in un valore piú alto dell'abbuffarsi, del dormire e del riprodursi.

Provavo davvero questi sentimenti e il mio stato d'animo influí sugli altri. Se Judith con il suo istinto da capo non fosse intervenuta e non avesse sollevato questioni pratiche, l'atmosfera da solenne sarebbe diventata patetica. Presi in consegna la mia parte di volantini e ricevetti informazioni sul posto che mi era stato destinato: un pianerottolo che aveva una via di fuga lungo alcune stanze adibite a guardaroba. Una via di fuga veramente buona, in base alle mie conoscenze di quella parte dell'università, ammesso che si avesse un minuto di tempo tra il lancio dei volantini e l'allarme che ne sarebbe necessariamente conseguito. Persino mezzo minuto sarebbe bastato. Una via di fuga comunque migliore di quella che avevano Judith e Linda, che dovevano stare sui pianerottoli superiori, vicino al lucernario, e che sarebbero state in trappola se qualcuno le vedeva lanciare i volantini, o se la polizia e le autorità universitarie avessero agito di comune accordo. Avrei voluto proporre uno scambio di posti, ma avevo già avuto, poco prima, un diverbio con Judith e Linda – e tutto sommato trenta secondi in piú o in meno non erano un buon motivo per pagare una seconda volta dei costi spirituali.

Durante la notte riuscii a dormire un paio d'ore. Ma alle due in punto mi svegliai. Da allora in poi fu un tiro alla fune tra il tempo che trascorreva e me che cercavo di arrestare lo scandire delle ore delle campane. Avrei eseguito quello che avevo promesso; sarei stato alle dieci in punto sul pianerottolo e avrei lanciato i miei volantini nella tromba delle scale, affinché gli studenti che si recavano in aula li raccogliessero e li leggessero. Non avevo il minimo dubbio che mi sarei presentato, anche perché Judith e Linda, dai pianerottoli superiori, potevano capire se ero al mio posto.

Oggi sono convinto che Linda e Judith, in quel breve lasso di tempo che avevano a disposizione prima di buttare i volantini e tentare di scappare, non avrebbero potuto affatto verificare chi fosse al suo posto e chi no. Ma allora non mi venne assolutamente in mente un pensiero cosí ovvio, mentre un concetto cosí insolito come l'onore postumo aveva importanza per me. Giacevo nel letto con gli occhi sbarrati nel buio, avaro di ogni secondo e tuttavia pieno di odio perché ognuno di loro distruggeva un nuovo pezzo di me. Non vedevo altra via che quella per cui mi ero impegnato, sebbene col trascorrere dei minuti mi divenisse piú chiaro che era una via sbagliata, e precisamente una via mortale.

Era poi quello che le persone aspettavano? Una manciata di studenti immaturi, che nell'edificio di una grande università, in una città di media grandezza di un grande paese, lasciassero svolazzare un paio di pezzi di carta? Sarebbe stato decisivo per il problema della guerra, per il problema della libertà? Ci si poteva permettere una tale ingenuità, una tale fede cieca in un Babbo Natale politico, quando in realtà si stava di fronte a un governo piovra, i cui lunghi tentacoli giungevano in ogni casa, in ogni famiglia? E anche ammettendo che Linda e Judith avessero ragione quando affermavano che quell'azione di volantinaggio avrebbe fatto traboccare il vaso, e che il mio mazzo di volantini avrebbe interrotto il circolo vizioso del quale era prigioniero un intero popolo – chi decideva che proprio io dovessi assestare il colpo e che dovesse essere il mio sangue o quello di Judith o di Linda a finire nel grande vaso? C'era poi la probabilità che il mondo, anche senza il nostro tentativo di dargli una spinta in avanti, avrebbe continuato a ruotare intorno a sé stesso; forze immense si erano messe in moto, eserciti di milioni di uomini, intere città venivano ridotte in macerie, e in questa lotta gigantesca noi tentavamo di gettare il peso di un paio di granelli di polvere sul piatto della bilancia. Chi ci avrebbe ringraziato? Qualcuno ha mai ringraziato Gesú Cristo? Voi compite il rituale, ma l'uomo è morto già da molti anni e noi viviamo; fuori, davanti all'oscurità delle cattedrali, che sa di muffa, splende il sole e noi ci affrettiamo a raggiungere la nostra birra domenicale. E fu sempre Gesú Cristo a sacrificarsi per l'intera umanità, passata, presente e futura – mentre noi per chi intendevamo sacrificarci? Per un paio di colleghi che schioccando la lingua avrebbero detto in tono commiserevole: «Avevano ragione loro, sono stati anche coraggiosi, davvero di animo nobile; e siamo felici che tra noi ci siano eroi simili, ma che cosa ne hanno avuto?...» Per un paio di professori che segretamente simpatizzavano con noi, ma che pubblicamente avrebbero urlato a squarciagola di non aver avuto alcun legame con noi?... Per la polizia che ci avrebbe interrogato e picchiato, per un giudice nella sala vuota di un tribunale, per il boia?

Conoscete il puzzo del panico, il sudore unto della paura sulla pelle? Giacevo lí e pregavo che il tempo potesse allungarsi, e alla fine feci un calcolo realistico del mio futuro, secondo il quale Judith, Linda e io saremmo andati al patibolo. Un giorno un paio di strade avrebbero avuto il nostro nome, se avessimo avuto fortuna – tranquille strade secondarie, scelte da impiegati comunali, con un senso per le proporzioni storiche migliore di quello che avevamo avuto noi. Immaginavo come sarebbe trascorsa la mia vita, se quel pomeriggio di sei mesi prima me ne fossi semplicemente andato via, via da Judith e Linda. Sí, l'avrei potuto fare, nessuno mi spinse a proclamare: sissignore, appartengo a voi; nessuno si sarebbe irritato per questo. Avrei continuato i miei studi universitari e detto sí quando ci si aspettava un sí, e no quando era opportuno un no, e avrei vissuto, vissuto. Quel pomeriggio era stato un bivio, pensavo mentre contavo i rintocchi delle campane, e ogni rintocco mi penetrava nel cervello.

E poi pensai a Linda e Judith, a come le avevo viste quella domenica sulla riva del lago. Judith aveva le gambe lunghe e una pelle che si abbronzava alla svelta; quella di Linda restava bianca e il suo corpo aveva forme piú morbide. Mi conficcai le unghie nel cuoio capelluto – non avevo avuto nessuna delle due; non ci avevo neppure provato. Ero un folle sotto molti aspetti, e adesso che il primo grigiore del mattino iniziava a riempire il vano della finestra, riuscivo a riconoscere la scrivania e la cartella poggiata sopra, con dentro i volantini.

Mi alzai; mi muovevo come se i piedi mi fossero diventati di piombo. Mi lavai e mi feci la barba, non spensieratamente come gli altri giorni, bensí con la consapevolezza che quella era l'ultima volta. Mi lavai e utilizzai il rasoio quasi come se si trattasse di un atto sacro. Mi venne in mente un verso: *che venga lo sposo* – non riuscivo a liberarmi di quelle parole e iniziai a inventare una melodia che le accompagnasse. Marcia funebre, poi un coro nuziale wagneriano, un valzer alla Strauss e infine uno a ritmo jazz. Feci persino una buona colazione, buona per quei tempi – pane colloso, marmellata di susine, surrogato di caffè, surrogato di margarina. Il pensiero dello sposo mi teneva ben dritto: non avrei avuto soltanto una sposa, ma due, e la morte ci avrebbe mostrato le sue tenerezze nella prima notte di nozze.

E poi ebbi due ore e mezzo di tempo da passare in bianco. Il tempo, che durante la notte avevo cercato di arrestare, gravava adesso su di me con tutto il suo peso. Mi feci il letto, lavai i piatti della colazione, spazzai la stanza; lessi il volantino piú volte; in principio le parole sembravano non avere alcun senso, quando infine questo apparve mi sembrò estremamente ingenuo. Alla fine non ce la feci piú a stare nella stanza; afferrai la cartella, scesi in fretta le scale e mi allontanai dalla casa. Quando mi resi conto di dove fossi, mi trovavo nello Schillerpark – la luce penetrava attraverso i vecchi alberi, distrutti in seguito nelle notti dei bombardamenti. L'unica cosa che disturbava l'illusione, altrimenti perfetta, della pace mattutina era un grande blocco di cemento grigio; il bunker antiaereo, nel quale in una sola notte di bombardamenti sarebbero rimaste soffocate milleottocento persone. Ma tutto ciò apparteneva al futuro. Io, che allora camminavo nel parco, ero pieno di una gioia di vivere cosí intensa, che non solo l'avvertivo, ma credevo persino di sentirne il gusto sulla lingua: un sapore stranamente chiaro e dolce, come quello di un vino che si chiama Chante d'Alhouette e che ho imparato ad apprezzare dopo la guerra. Mi buttai sull'erba nonostante il cartello di divieto e nonostante il rischio di venire catturato con i volantini, per una piccolezza come quella di non rispettare un cartello di divieto in un parco pubblico. Godetti il profumo della terra; il sole mi scaldò il viso e sentii come il sangue mi pulsava nelle vene, e di nuovo pensai a Judith e Linda; ma questa volta rimasi intimamente tranquillo e indifferente, e i volti di entrambe, che vedevo davanti a me con la mente, erano altrettanto tranquilli, come se mi volessero dire: siamo già al di là di tutto questo; non ci tocchi piú, niente ci può piú toccare. E poi all'improvviso la debole eco dei tremendi rintocchi delle campane della notte, il lontano scampanio di una chiesa.

Sobbalzai. Mio Dio – mi ero addormentato? Si era disinserito qualcosa in me, grazie a un astuto meccanismo di protezione? Una bella scusa: non mi sono svegliato in tempo. Ma mi ero svegliato in tempo. Ce la potevo ancora fare. Mi sarei dovuto spicciare, per riuscire a prendere il tram numero nove. Il numero nove impiegava circa dodici minuti dallo Schillerpark all'università, salvo imprevisti; una colonna di camion che bloccava i binari, un carro a cavalli che sbarrava la strada, una signora anziana che aveva problemi nel salire e nello scendere. Raccolsi la cartella e corsi alla fermata. Il nove ripartiva in quel momento; feci uno sprint, qualcuno disse: – Si romperà di nuovo una gamba, giovanotto!

Mi fermai sulla piattaforma ansimando. La fretta improvvisa e l'agitazione non permisero che sorgesse una nuova crisi sentimentale; tutti i miei pensieri giravano intorno a un solo problema che riguardava l'orario: il numero nove sarebbe arrivato in tempo alla fermata vicino all'università, in modo da permettermi di percorrere a piedi il breve tragitto sino all'ingresso? Oppure, per guadagnare tempo, sarei dovuto rimanere sulla vettura e saltare giú dal tram in corsa proprio davanti al portone d'ingresso – cosa che avrei fatto malvolentieri, poiché con quel tipo di sport mi ero già slogato una volta la caviglia?

E adesso, vedete, inizia la seconda serie degli avvenimenti – egualmente indipendente dalla mia volontà e dalle mie intenzioni come la prima, quella volta, in quel pomeriggio di sei mesi prima, quando mi dedicai anima e corpo a Linda e Judith e alla causa. Il tram numero nove arrivò in tempo alla fermata; io però mi chiesi: «Avrai la forza necessaria? Oppure dopo cinquanta o settantacinque o cento passi ti tremeranno le ginocchia, i volantini nella cartella ti tireranno giú per terra con le loro tonnellate di peso, e tu fallirai, perché i poveri muscoli non obbediranno piú alla tua volontà?...» Cosí rimasi sulla piattaforma del tram. Mi ricordo di ciascuno dei momenti di quell'ultima parte del viaggio – il cigolio del tram con l'accelerazione del motore, la strada che ondeggiava nel passare, le sbarre di ferro della recinzione dell'università che apparivano nel campo visivo e si confondevano l'una con l'altra, il grigio del muschio della facoltà di medicina e poi il portone d'ingresso dell'edificio, in cui Judith e Linda...

Mi feci largo verso la porta della vettura. Maledizione. Un'altra voce, chiara, la sento ancora oggi: – Si romperà di nuovo una gamba, giovanotto –. Saltai giú.

Un'auto, che veniva dietro il tram, si fermò cigolando; il cofano quasi sopra di me. L'autista scese e mi insultò. Accorse gente, ma nessuno mi fu d'aiuto mentre mi tiravo su. Un dolore mi salí dalla caviglia lungo tutto il corpo. Stavo quasi per crollare un'altra volta. La cartella – chiusa, grazie a Dio – giaceva nella cunetta; non ebbi la forza di prenderla. Inseguito dall'autista, raggiunsi, piú strisciando che zoppicando, il marciapiede. La folla mi era chiaramente ostile: i loro figli e mariti erano in Russia o sul Monte Cassino, e io ero lí, mi godevo la vita all'università e per di piú mettevo in pericolo il traffico. Mi trascinai fino alla recinzione e mi sollevai. Con una mano sull'inferriata, mi voltai, faccia a faccia con la folla – erano dunque quelle le persone per le quali mi sarei dovuto sacrificare…

Ma la folla aveva cominciato a muoversi; un nuovo interesse aveva attirato la sua attenzione.

Il fischio di una sirena tagliò l'aria. Dall'edificio uscirono con urla rabbiose numerosi uomini in divisa. Poi, affiancate su entrambi i lati da due colossi, i cui abiti civili sembravano un cattivo travestimento, Judith e Linda. Avevano le manette ai polsi. Il maglione di Linda era strappato; il bianco della pelle faceva sembrare la sua spalla spaventosamente nuda. Tentai di girarmi; le mie mani erano come congelate sul ferro dei tubi dell'inferriata; non ci riuscii. Judith e Linda non guardavano né a destra né a sinistra; le loro labbra apparivano esangui, i loro volti emaciati.

– Volantini! – disse qualcuno e rise.

– Dovrebbero essere impiccate! – disse un altro a voce alta. Poi tacque, come se all'improvviso si fosse spaventato.

Pregai Dio che Linda e Judith non potessero vedermi, e allo stesso tempo desiderai che mi vedessero. Se avessi potuto dirigere lo sguardo di Judith verso di me, o quello di Linda – anche solo per una frazione di secondo –, avrei potuto far loro un cenno col capo: sí, sono qui, sono con voi, non è stata colpa mia, mi sono slogato la caviglia…

Le spinsero avanti in fretta. Il camion della polizia le aspettava sul ciglio della strada. I due colossi volevano spingerle su; improvvisamente però esitarono. Non sapremo mai perché – forse era stata un'alzata di spalle di Judith, a renderle intoccabili, o un sorriso di Linda… Judith stava lí e si guardava intorno, cosí come Linda – non guardavano me né una persona singola, un oggetto singolo; ma dominavano il mondo con lo sguardo, si potrebbe dire, tutto il mondo che immerso nella luce era davanti a loro. Poi di spontanea volontà si voltarono, salirono sul camion; la tela incerata venne giú; sparirono.

La mia gamba? Ve l'ho detto, si trattava solo della caviglia. La frattura della gamba venne piú tardi, durante le notti dei bombardamenti, quando intorno a noi tutto crollò con fragore. Ma sono sopravvissuto anche a questo, e ho intenzione di vivere il piú a lungo possibile. Voi forse no?

[1966].

Aleksandar Tišma

Scuola di empietà

Era una giornata fredda e cupa. Nel locale, la lampadina appesa al soffitto ardeva fin dal mattino. Una lampadina nuda, polverosa, schizzata di macchie, perché il locale non veniva mai pulito: non c'era nessuno per farlo, nessuno era stato destinato a ciò, per una sorta di falso pudore persino nei confronti dei vecchi prigionieri – che sapevano tutto – tenuti a fare le pulizie al pianterreno e ai vari piani.

Questo disordine dava fastidio a Dulič, che amava la pulizia e le comodità, ritenendo che esse contribuiscano ad accrescere il prestigio dell'uomo che se ne circonda, e lui era avido di prestigio quanto lo era di denaro; e quel posto, a cui era pervenuto da meno di un anno, era il primo che gli rendesse abbastanza bene. Ma, proprio perché era nuovo e aveva un grado non alto – era investigatore aggiunto del servizio di controinformazioni – non si sentiva ancora autorizzato a cambiare l'ordine interno.

Una volta tentò di esternare il proprio disagio all'investigatore capo Reves, mentre stavano seduti a fumare in silenzio dopo un interrogatorio estenuante: – Tutta questa polvere, questa cenere, questi avanzi di cibo, questo sangue, – disse, indicando con la sigaretta accesa il pavimento di cemento e le pareti. – Bisognerebbe ordinare a qualcuno di questi maledetti di pulire –. Ma Reves lo ascoltava appena, guardava fisso davanti a sé a bocca aperta, con le spalle abbassate e il ventre in fuori e, quando Dulič rinnovò con maggiore determinazione la sua proposta, si limitò a fare un gesto pigro: – Sí, sí, lei ha ragione. Ma ne vale la pena per un'ora o due che passiamo qui?

Dulič ci passava molto piú tempo, non ne usciva quasi mai; di sopra, al pianterreno, non aveva un ufficio per sé, ma solo una sedia, che gli cambiavano di continuo, vicino al tavolo dell'investigatore aggiunto Domokoš, perché non gli veniva ancora affidata la redazione dei verbali, ma gli erano assegnati solo gli interrogatori preliminari che avevano luogo appunto in cantina. Anche adesso stava aspettando che gli venisse condotto il prigioniero per un tale interrogatorio, di cui per il momento si sarebbe occupato da solo; avrebbe potuto far venire Domokoš o Reves solo se il detenuto – un giovanotto di nome Ostojin – avesse dato segno di cedere.

Temeva che la cosa potesse andare per le lunghe perché lo aveva già picchiato due volte fino a fargli perdere i sensi senza avergli cavato una sola parola di confessione o il piú piccolo segno di cedimento. L'insuccesso gli bruciava, tanto piú che Ostojin era il primo caso che aveva seguito dal principio, e poteva dar l'impressione di non essere abbastanza deciso e di non saperci fare. E il giovanotto era in effetti debole, piú debole di tutti coloro che aveva pestato o visto pestare fino a quel momento. Per questo aveva perduto i sensi con tanta facilità, rifugiandosi nella perdita di coscienza e sottraendosi cosí alle proprie responsabilità.

Dulič detestava la debolezza, perché la sentiva dentro di sé, pur riuscendo a dominarla. Lo faceva per la sua reputazione e per quella della sua famiglia; ma, mentre egli si mostrava degno di questo sforzo, che comportava un notevole sacrificio, la sua famiglia – sua moglie e suo figlio – non gliene dava atto, né gli porgeva aiuto.

Anche in quel momento era a causa della loro debolezza che si vedeva costretto a riflettere se era il caso di telefonare, mentre stava aspettando senza fare niente, per avere notizie di suo figlio che stava male, e proprio quel loro carattere fiacco gli impediva di cedere alla tentazione di farlo. Al telefono, lo sapeva, avrebbe udito parole di impotenza e di paura, parole di cui non aveva davvero bisogno e che non avrebbero avuto altro effetto che quello di turbarlo e di continuare a roderlo anche dopo aver riattaccato il telefono, intaccando la sua fermezza. E poi non erano neanche due ore che era uscito di casa, lasciando istruzioni su quanto andava detto al medico; nessuna medicina, seppure Ježan l'avesse già presa, poteva fare effetto in cosí breve tempo; chiamarli sarebbe stato perlomeno prematuro.

Distese le membra, spingendo le spalle indietro, e gettò via la sigaretta, perché aveva udito dei passi in corridoio. Sentí bussare alla porta di ferro; gridò: – Avanti! – e la porta si aprí con un rombo sordo, lasciando passare la guardia Nagy-Károlyi che conduceva Ostojin legato e, dietro di lui, un'altra guardia sconosciuta che teneva il prigioniero per la corda che gli serrava i polsi. Le due guardie si fermarono davanti a lui, il loro superiore. Dulič si schiarí la gola. – Allora, hai riflettuto stanotte? – disse con voce forte e aspra, accostandosi a Ostojin, come aveva visto fare da altri in simili circostanze, e fissò il giovane con uno sguardo minaccioso. Questi, non rasato, guardava con un occhio solo; l'altro, il sinistro, tumefatto e bluastro per un colpo ricevuto la sera prima, era completamente chiuso. Anche il labbro inferiore era spaccato, probabilmente per lo stesso colpo. – Allora? – L'occhio aperto guardò Dulič battendo le ciglia, spento; impossibile leggervi alcunché. Ma parlare il giovanotto poteva, e invece stava zitto. – Rispondi quando sei interrogato! – urlò Dulič, in modo cosí violento che la voce parve squarciargli la gola, soffocandolo. Strinse i pugni e colpí Ostojin al petto.

Il giovane cadde all'indietro, finendo addosso alla guardia sconosciuta che, con cipiglio vendicativo, lo respinse in avanti con un forte pugno alla schiena. Il giovane mandò un gemito e fu di nuovo di fronte a Dulič. Odorava di sudore. Sudore di sporco, pensò Dulič con astio, e quindi con odio: non sudore di paura. Lo fissò di nuovo.

Il giovane era bello, e continuava a esserlo nonostante che i pugni gli avessero sfigurato metà viso, chiudendogli completamente un occhio; nonostante che la barba, non rasata da giorni, velasse con la sua ombra scura i tratti regolari del viso, e i capelli, incollati a ciocche, cadessero in disordine sulle orecchie e sulla fronte. Anche ridotta cosí, la sua capigliatura aveva un riflesso di seta, nel suo bel colore castano, quasi biondo, come la barba, che gli si arricciava sulla pelle, cingendolo come una corona d'oro. La bocca, pur rigonfia e con il labbro inferiore spaccato, formava un arco bizzarro e pieno. Il suo unico occhio aperto aveva, nel suo cavo fosco, il colore azzurro tenero di certe pietre rare. C'era, in quella bellezza, qualcosa di femminile.

Dulič ricordava che, scorgendo Ostojin condotto al primo interrogatorio, ancora pulito, ordinato, con i riccioli che gli ricadevano sulla fronte, con quelle labbra piene ben disegnate che, schiudendosi in un timido saluto, avevano scoperto per un istante due file di denti bianchi e regolari, aveva avuto un'impressione di dolcezza seducente, come all'avvicinarsi di una donna, che lo aveva per un attimo turbato e reso al tempo stesso diffidente.

Anche adesso aveva la medesima impressione, ma ancora piú forte, nonostante la devastazione del viso del giovane, nonostante il puzzo di sudore che appena ora aveva cominciato a emanare dal suo corpo – come se quella devastazione e quel puzzo contrassegnassero la vicinanza a cui erano pervenuti i loro due corpi, senza però abbandonarsi l'uno all'altro.

Presentiva che, se questo fosse accaduto, avrebbe provato qualcosa di straordinario, forse addirittura di vergognoso per un uomo. Questo lo induceva a scostarsi da quel giovane con una sorta di ripugnanza, ma al tempo stesso lo spingeva ad abbandonarsi all'odio verso di lui che lo invadeva. – Cane che non sei altro! – gridò, senza aspettare un qualche pretesto. Afferrò Ostojin per i risvolti della giacca e, tendendo le braccia, si precipitò in avanti con tutto il peso del corpo, urtando la guardia sconosciuta, fino al muro, contro cui andarono a sbattere prima le spalle e poi la nuca del giovane. Quindi lo riattrasse a sé e lo scaraventò di nuovo contro la parete, continuando a scuoterlo cosí, con la testa che gli sbatteva contro il muro, sibilando: – Cane! cane! cane! – finché sentí che le sue mani non incontravano piú resistenza, che i risvolti della giacca del giovane gli scivolavano tra le mani e vide quel corpo odiato accasciarsi lentamente lungo il muro, sprofondare, piegarsi in due e stendersi sul fianco, mentre l'unico occhio ancora vivo si chiudeva pesantemente e le labbra rigonfie si schiudevano scoprendo i denti rossi di sangue.

Lo guardava, crollato ora tra le sue gambe divaricate, sentendo nella parte interna dei polpacci il suo peso e il suo calore. Dovette far forza su sé stesso per non retrocedere. Non poteva sopportare quel contatto dolciastro, seducente, un contatto che non era un colpo, né una punizione e che pure sentiva proprio come una punizione inflittagli per essersi lasciato andare al sentimento, anziché avanzare ponderatamente verso la sua meta.

Sapeva che anche le guardie erano del parere che avesse sbagliato, benché si fossero scagliate sul prigioniero e l'avessero preso a calci per imitare il suo furore. – Basta! – ordinò, come se fossero state le guardie a superare il limite. – Deve ancora parlare –. Ma in quel momento questo appariva poco probabile. Ostojin giaceva immobile. Bisognava aspettare, fissando le guardie, i loro occhi perfidamente abbassati, che lo bruciavano piú che se lo avessero scrutato con aria critica. Scosse con il piede sinistro la spalla del giovane che gli si era appoggiata sul malleolo. Ora il suo corpo, come allungato da una molla, era disteso sul pavimento, di fianco, quasi che il giovane si accingesse a prender sonno. – Buttategli addosso dell'acqua –. Le due guardie si precipitarono a ubbidire, ma Nagy-Károlyi, piú pratico, aveva già afferrato il secchio sul pavimento ed era corso verso la porta. – Vado io, – disse.

La conduttura dell'acqua non arrivava in cantina e questo causava un continuo andirivieni, sia per gettare acqua sui prigionieri svenuti, sia per portare da bere agli investigatori. Anche qui Dulič vedeva un difetto. Desiderava parlarne con la guardia sconosciuta, ma si trattenne: avrebbe significato parlar male dei superiori. L'osservò con la coda dell'occhio: aveva un viso corto e grigiastro con dei radi baffi tagliati e in quel momento, quasi fosse solo, si stava stuzzicando il naso con il suo grosso indice carnoso. Dulič distolse lo sguardo. La bruttezza di quel viso, a cui l'attenzione rivolta al dito infilato nella narice dava un'espressione quasi ebete, era in tale contrasto con la figura cosí armoniosamente disegnata di Ostojin da fargli involontariamente pensare che era ingiusto e innaturale che i ruoli di chi picchiava e di chi era picchiato non fossero invertiti. Ma, concluse quasi nello stesso istante, questo confronto toccava anche lui, anzi toccava proprio lui; forse, inconsciamente, lo aveva fatto proprio per tormentarsi. Si era sempre sentito umiliato dal suo aspetto: basso, schiena curva, viso stretto e ossuto, con gli occhi ravvicinati come quelli degli strabici. Di bello aveva solo i capelli, di un bel colore castano scuro, ondulati, e ne aveva una gran cura; ma nemmeno questo era riuscito a trasmettere a Ježan, che aveva invece dei capelli irti, setolosi, ribelli al pettine. Per questo, quando era piccolo, metà per scherzo e metà per amarezza, gli aveva dato il soprannome di Ježan, l'irsuto (anzi Sünöcske, in ungherese), che in casa usava ancora adesso.

Ježan! Ora di sicuro stava a letto con la febbre, come l'aveva lasciato la mattina, distrutto, trasparente, con due ingannevoli macchie rosse sugli zigomi prominenti, con i piccoli occhietti ravvicinati che sbattevano disperatamente. Poveretto. Era sempre stato cosí gracilino, e lui non era stato in grado di aiutarlo, non aveva potuto affrancarlo dalla sua bassa statura, dalle sue ossa sottili, dal suo pallore. Eppure gli aveva dato tutto, cibo, che lui alla sua età non aveva avuto, vestiti caldi; solo tenerezza non gli aveva dato, apparentemente almeno, ma questa era colpa di sua moglie, che trepidava per lui, come se il bambino fosse continuamente in pericolo di vita. Dulič aveva tentato di farli ricredere, lei e il figlio, di forza, cercando di temprare il bambino con discorsi severi, mettendolo in guardia contro la durezza della vita che lo attendeva; ma, anziché rafforzarsi, Ježan si rammolliva, passava da una malattia all'altra e, invece di procedere secondo i suoi ammonimenti e i suoi incoraggiamenti, sembrava dar ragione alle cupe previsioni di sua madre. Anche in quel momento, mentre pensava a lui, sentiva un bisogno imperioso di stargli accanto, di fargli coraggio, di impedirgli con la pressione della mano di lasciarsi andare alla malattia; ma sapeva già che non sarebbe riuscito a niente, come era sempre accaduto: non avrebbe fatto che spaventarlo ancor piú.

La sua impazienza permeava il silenzio teso del locale. Sul pavimento, Ostojin giaceva immobile. Forse era rinvenuto senza che nessuno se ne fosse accorto e approfittava di quella pausa. La guardia, appoggiata al muro, guardava di sbieco le dita sminuzzando il moccio indurito che aveva cavato dal naso. Un cretino, che si sarebbe dovuto prendere a schiaffi e cacciar via. Aveva voglia di gridargli: «Smettila!», ma fu spaventato dal solo pensiero di udire la propria voce; non poteva immaginare che un grido lacerasse quel silenzio di morte che lo avvolgeva da tempo, come per soffocarlo. Fece uno sforzo per liberarsi, mosse un passo. Ma no, era stata solo un'impressione, era tutto in ordine, era perfettamente padrone dei propri movimenti, del proprio corpo, della propria volontà. Erano gli altri che lo provocavano. – Dov'è Nagy-Károlyi? – brontolò, per darsi un tono, ma subito si appigliò a quel biasimo simulato. Ora gli sembrava davvero che la guardia assente tardasse in modo inaccettabile; probabilmente, anziché recarsi a riempire d'acqua il suo secchio al primo rubinetto, s'era fermata nella sala di servizio al pianterreno vicino all'ingresso per fumare e chiacchierare con gli altri sfaccendati. Al pensiero dell'offesa che derivava da questa ipotesi, dall'immagine da essa evocata, sentí in bocca un sapore amaro. Si frugò in tasca con irritazione per prendere una sigaretta, ma gli venne in mente che ne aveva appena buttata una e si fermò. Ma a questo movimento, tante volte ripetuto davanti a suo figlio, impotente di fronte alla sua debolezza, Dulič si riscosse. Perché doveva essere il solo a rinunciare a un giusto desiderio? Perché non approfittare di quella stupida attesa per fare una telefonata a casa che forse l'avrebbe calmato? Si rivolse alla guardia sconosciuta e gli disse una bugia: – Vado a cercare Nagy-Károlyi –. Poi accennò al prigioniero, aggrottando le sopracciglia. – Tienilo d'occhio. E appena si muove, costringilo a stare in piedi –. E uscí quasi di corsa.

Appena uscito, fu accolto dal corridoio vuoto e silenzioso, illuminato anch'esso da lampadine nude e tremolanti, come un pozzo di miniera. Non c'era nessuno che potesse vederlo e chiedergli perché uscisse, dal momento che il prigioniero era stato condotto all'interrogatorio. Trasse di tasca una sigaretta, l'accese e ne aspirò il fumo avidamente. Ora udiva il mormorio che veniva dalle stanze che davano sul corridoio, perché il suo orecchio si era abituato al silenzio; in qualcuna si rafforzava in un crescendo minaccioso: di certo un interrogatorio. Tutta la cantina e l'edificio sopra, una vecchia caserma, erano un'enorme sala di interrogatorio, con dei complicati rapporti tra interrogati e interroganti. Dulič ne faceva parte da troppo poco tempo per avere una visione d'assieme di tutto quel formicaio, o meglio egli ne aveva una sua visione, sapeva esattamente dove si trovasse ogni cosa e a che servisse, ma tutto ciò non era ancora diventato parte di lui, delle sue abitudini, e, quando si trovava solo in mezzo a quel trambusto, era colto da una sensazione di insicurezza, da una sensazione di pericolo. L'edificio era ben vigilato, sia all'esterno che all'interno, ma gli sembrava che le parti in contrasto fossero in esso troppo mescolate, che il numero dei prigionieri fosse troppo grande in rapporto a quello dei guardiani e che i primi avrebbero potuto avere il sopravvento sui secondi. In lunghe riflessioni inquiete, aveva immaginato una soluzione migliore: i detenuti dovevano stare al centro della costruzione, in uno spazio minimo, possibilmente senza luce, isolato da muri provvisti di un solo passaggio, come una gabbia o un pozzo, e gli investigatori con i guardiani dovevano tirarne fuori alla luce e all'aria uno alla volta coloro che volevano vedere e ascoltare. Si rendeva conto che la cosa sarebbe stata forse difficile da realizzare, che avrebbe richiesto continue ricerche, inutili appelli, che forse avrebbe portato a una completa interruzione del lavoro nel momento in cui fosse cessata la comprensione tra i padroni di fuori e i reclusi di dentro; ma ogni altra disposizione gli sembrava manchevole e pericolosa.

Ora attraversava il corridoio e il mormorio che aveva udito poco prima si faceva piú distinto: a sinistra, dove si trovava la stanza numero 3, riconobbe la voce alta e strascicata dell'investigatore Šomodji che staccava convinto le parole: – ... in testa che io sono il tuo signore Iddio e che dipende da me se domani sarai vivo, – e, mentre si allontanava, qualcosa come una domanda: – Mi hai capito?

Sempre gli stessi modi persuasivi, lo sapeva, dopo di che venivano le percosse, unico modo per ottenere ubbidienza. E tuttavia, in principio, si provava sempre, infaticabilmente, con le parole. Ne aveva le scatole piene, di quelle parole intimidatorie, che cosí inutilmente si spandevano nelle stanze e nelle celle, negli uffici e nei corridoi, a migliaia nello stesso istante, come la pioggia su una terra arida; diventavano una vera inondazione che impregnava il pavimento, saliva lungo il corpo umano, sommergendolo, fino al petto, fino alla bocca, in un liquido lordume.

Arrivò alla scala e quasi d'un balzo si slanciò di sopra. Si sentí come uscito dalla melma, dai flutti densi e sudici di una inondazione, e giunto infine all'aria libera.

Al pianterreno. Qui c'era finalmente la luce vera, la luce del giorno, anche se pallida a causa del cielo coperto; davanti all'ampia porta a vetri scorse, come si aspettava, un gruppo di guardie, fucile in spalla, attente, vivaci, che, con la loro semplice presenza, fugavano il suo senso di insicurezza. Diede un'occhiata per verificare: Nagy-Károlyi non era tra di loro, ma tanta tranquillità suscitò la sua invidia. Infinite volte aveva desiderato di non essere altro: una guardia, fucile in spalla, che esegue ordini senza chiedersene le ragioni; ma, data la sua istruzione – ginnasio superiore – gli era stato offerto un posto piú elevato e meglio retribuito che, naturalmente, aveva accettato. Ma dentro di sé non si era mai realmente adattato a un tale servizio superiore, che comportava la responsabilità di prendere decisioni, basata su una autorità misteriosa, concessa solo a un ristretto gruppo di persone; era fiero di tale autorità, ma al tempo stesso non la sentiva del tutto sua, perché vi era pervenuto troppo tardi, a trentadue anni. Fino a quel momento, da quando aveva lasciato la scuola – e l'aveva lasciata perché suo padre non poteva piú mantenerlo agli studi – aveva fatto lavori subordinati, in particolare come portinaio-maschera in un piccolo e vecchio cinema, dove era piú a contatto con gli operatori, le cassiere, le donne delle pulizie, le addette ai gabinetti che non con quella realtà superiore che si chiamava direzione, composta dal direttore, dal comproprietario, il signor Kramberger, e due impiegate. Alla cerchia di questi eletti egli aveva accesso solo se chiamato per ricevere ordini e ogni primo del mese per ricevere la paga. Di nascosto aveva anche brontolato contro di loro ma, da quando aveva assunto un posto di responsabilità e dava ordini a sua volta, nel suo sentimento di trionfo si insinuava spesso il rimpianto per la sua antica, oscura ma comoda posizione di subordinato.

Passò accanto al gruppo delle guardie, che abbassarono la voce con atteggiamento servile, pensò per un istante di chiedere loro notizie di Nagy-Károlyi, ma si ricordò che la ricerca della guardia troppo lenta era solo un pretesto e si diresse risolutamente verso l'ufficio di Reves. Proprio nell'istante in cui vi giungeva, la porta si aprí e il suo vano fu interamente riempito dal grosso corpo rotondo dell'investigatore capo Reves, che, senza nemmeno guardare Dulič, si allontanò, dondolando sulle sue gambe ricurve e maldestre e lanciando boccate di fumo in direzione della scala della cantina. Dulič fu un poco sorpreso del fatto che il capo non gli rivolgesse la parola, dato che non si erano visti dalla sera prima e ci si poteva aspettare che gli chiedesse come era andata con l'interrogatorio di Ostojin quella mattina; ma, in realtà, gli andava bene che Reves non lo trattenesse e non gli facesse nessuna domanda, perché il suo ufficio era l'unico luogo da cui poteva telefonare a casa senza essere disturbato e in piena libertà. Diede un'occhiata all'interno, ma dovette fermarsi di nuovo e lasciar passare due persone: un detenuto con il viso tumefatto e una guardia che lo spingeva per le spalle davanti a sé.

Finalmente entrò, trovando vuote entrambe le stanze, quella d'ingresso e quella del capo. Si fermò, tirando le ultime boccate dalla sigaretta. Intorno a lui, il locale, con le due scrivanie affiancate, gli armadi per i documenti con i battenti abbassati e la porta aperta che lasciava vedere un angolo del tavolo del capo, era immerso nel silenzio, cosicché si udiva il fruscio del vento di fuori, al di là della finestra, dove delle tendine trasparenti lasciavano passare il suo sguardo vagante. Ma questo adesso per lui non era solo il silenzio del riposo, era anche il silenzio dell'insidia, perché in realtà si proponeva di fare qualcosa di nascosto e si rallegrava di averne l'occasione. Telefonare in città dall'ufficio del capo era cosa consentita e anzi diventata abituale, perché era la sola linea diretta e tutti gli agenti avevano una propria vita personale, famigliare, o magari un amore segreto, che a volte richiedeva di poter parlare con la sicurezza di non venire ascoltati. Tuttavia, pur servendosi forse piú raramente degli altri di tale privilegio, o probabilmente proprio per questo, si sentiva, quando vi ricorreva, sempre un poco in colpa.

Si avvicinò al tavolo per spegnere la sigaretta e, mentre premeva il mozzicone nel portacenere, il suo sguardo cadde su un fascicolo giallo su cui riconobbe la scrittura chiara e rotonda del suo collega Domokoš, investigatore aggiunto, che aveva messo l'intestazione: «Miloš Ostojin». Prese il fascicolo, se lo strinse al petto come uno scudo – e tale lo sentiva – e con piú sicurezza di quanta ne avrebbe avuta diversamente entrò nell'ufficio di Reves. Doveva accostare la porta? Decise che era meglio lasciarla aperta: se arrivava qualcuno, non avrebbe capito subito che si stava nascondendo.

L'ufficio di Reves era diverso da quello all'ingresso: piú comodo, piú ricco, con tre poltrone sotto la finestra e un armadio pieno di libri di diritto che nessuno prendeva mai, con un piccolo tavolo intagliato, su un angolo del quale era poggiato il telefono. Qui non c'erano mai interrogatori, e mai scene di violenza. Reves riceveva solo i collaboratori, per appuntamento, e se assisteva agli interrogatori, al cosiddetto lavoro sporco, lo faceva solo nei loro uffici, oppure nei locali della cantina, dove scendeva quando gli pareva, pigro e annoiato, guardando da un angolo colpire i prigionieri e lanciando da sopra la sigaretta, perennemente incollata al labbro inferiore, un «Piú forte!» o «Ti fa compassione?», come se qualcuno avesse mai risparmiato sé stesso o i prigionieri quando c'era da cavarne una confessione o un particolare sconosciuto. Dulič intuiva che quelle frasi brevi, quasi prive di senso, tradivano il bisogno represso di uno spettacolo ancor piú sanguinoso, un godimento inconfessato a veder sfigurare, massacrare i detenuti e, osservando sul viso degli altri investigatori e delle guardie un moto d'impazienza del labbro o del sopracciglio, capiva che anche loro condividevano tale impressione; tuttavia, alle parole del capo, tutti si scagliavano davvero sulla vittima con foga e furia raddoppiate: il suo incitamento provocava di solito il massacro del prigioniero, talora la sua morte. Era la regola non scritta del servizio: accettare ogni esortazione alla ferocia, perché era questa la misura dell'impegno, e nessuno voleva essere sospettato di non osservarla.

Da tutto questo la stanza di Reves, con la sua tranquillità, era lontana mille miglia: qui regnavano la pulizia e l'ordine, i libri silenziosi e il docile strumento per parlare. Dulič poggiò il fascicolo sulla superficie lucida del tavolo e sollevò il ricevitore. Sentí il segnale di libero e fece il numero di casa. Poi attese. Udí il suono prolungato indicante l'avvenuto collegamento. Quindi, dopo un lungo intervallo, un altro suono, poi, dopo un altro intervallo, lunghissimo, un altro ancora. E un altro. Sentiva il collo bagnarsi di sudore: era possibile che nessuno sentisse il telefono? Oppure...? Per un istante, immaginò uno spettacolo orribile: Ježan disteso sul letto, morto; la testa, nell'ultimo sussulto dell'agonia, è scivolata giú dal cuscino, trascinando il suo tronco leggero fin sul pavimento; davanti al corpo rovesciato è inginocchiata sua moglie che manda alti lamenti, mentre nell'altra stanza il telefono squilla, squilla, impotente e insensato. Non c'è nessuno che risponda e non c'è piú nemmeno motivo di farlo.

In quell'istante, nell'apparecchio si udí uno scatto e il suono prolungato cessò. Che cosa succedeva? – Pronto! – gridò, in preda al terrore e, in risposta, con sollievo ma anche con rabbia, udí il «pronto» di sua moglie, pronunciato quasi in un sussurro, lento, rauco, con l'accento sbagliato, con le labbra non abituate al telefono, con la sua lingua maldestra, con uno spasimo di turbamento che rifletteva orribilmente il suo. – Perché non dici nulla? – la rimproverò, ma la risposta non giungeva, certo perché lei non sapeva formularla, non sapeva spiegare ciò che a lui era chiaro anche senza parole. Oppure taceva perché non osava dargli la notizia terribile? Si sentí di nuovo madido di sudore. – Ascolta, ma parla una buona volta! Che c'è? – Niente... – Allora non era il peggio. – Come niente? – e si sentí rianimare. – Non è venuto il dottore? – Sí. – Ma dimmelo, per la miseria. È per questo che ti telefono. O credi che voglia stare a sentire il tuo balbettio? Che ha detto? – Oh, Pali... – Era peggio di tutto quello che poteva dire, quel lamento interrotto, sottomesso, quasi umile, che ricordava a sproposito il tempo in cui si amavano. Inghiottí la saliva. – Che Pali? Parla! – Ho tanta paura! – Pure questo suonava sinistro. – Di che cosa hai paura? – Anche Dulič abbassò involontariamente la voce. – Che ha detto il medico? – Ha detto che c'è pericolo. Scalrattina. Il bambino può... può soffocare –. Voleva dire che era vivo, in ogni modo. Ma come doveva storpiare ogni parola straniera o poco comune! – Si dice scarlattina. Non è niente. È una malattia frequente nei bambini. Anche io l'ho avuta, – disse mentendo. – Forse l'hai avuta anche tu, ma non lo sai –. Tacque per capire dal suo silenzio, dal suo respiro, se si calmava, ma non riuscí a indovinare niente. – Ma lui come sta? – Lui... – scoppiò subito in lacrime non appena il discorso venne a riguardare direttamente suo figlio. – Lui... è un fuoco... delira... gli faccio degli impacchi... – Impacchi? Che impacchi? – Impacchi freddi, sulla gola e sul petto –. Gli si offuscò la vista. – Sta' attenta che non prenda freddo. – Ho tanta paura –. Di nuovo silenzio. Che altro si poteva dire? – Il medico gli ha dato qualche medicina? – Oh, un'iniezione! – disse, rianimandosi, aggrappandosi disperatamente a quel particolare, ma con un accento di disperazione. – Ecco, vedi, – disse lui, a caso, per tenerla calma. – Gli farà sicuramente bene –. Ma lei, invece, diede proprio ora, sfogo alla sua pena, al suo orrore. – Ha detto... ha detto... che tutto dipende dalla sua forza, che adesso è nelle mani di Dio, se resiste fino a sera, ha detto, allora resterà vivo; ma Pali, oh, tu sai quanto è debole Ježan! – Era cosí vero che ciò lo colpí come un pugno in pieno petto. – Non è debole, – disse, sforzandosi di dare forza alla sua voce. – Sei tu che credi che è debole. È resistente invece, altro che. Tu non sai quanto può resistere un bambino.

A un tratto, senza sapere perché, si ricordò di Ostojin, che giaceva laggiú, sul pavimento del locale, stremato dalle percosse, spossato, sfinito dalla fame e riarso dalla sete, con il suo unico occhio semichiuso; lo rivedeva sopportare i colpi in silenzio senza rivelare i nomi dei suoi complici, e se la sarebbe cavata. – Sono forti, non aver paura –. Ma non era del tutto sicuro che questo valesse anche per Ježan. – Mi senti? – Sí. – Va' a fargli gli impacchi –. Si attendeva che riattaccasse, ma non sentí lo scatto nell'apparecchio. Voleva dire che era rimasta vicino al telefono, rannicchiata, temendo di abbandonare quella conversazione alla quale si aggrappava piena di paura, come lui all'altro capo del filo. Ma neppure quella comunicazione che continuava poteva in fondo aiutarli, né lei, né lui e neppure Ježan. Ježan, come aveva detto il dottore, era adesso nelle mani di Dio, e lui, che non credeva piú in Dio, sapeva che cosa voleva dire questo: voleva dire che non era nelle mani di nessuno, che era esposto al caso, al capriccio; come Ostojin laggiú in cantina, che aspettava che cosa lui, Dulič, volesse farne. – Ora devo andare, davvero, – disse con un sospiro di impotenza. – Hai sentito che cosa ti ho detto. Va' a fargli degli impacchi –. Silenzio, poi nell'apparecchio si udí finalmente uno scatto. Era andata, era sicuro che avrebbe eseguito fedelmente quello che le aveva ordinato, e piú di questo non si poteva fare.

Quindi, bisognava tornare da Ostojin. Ma ora non gli andava di scendere laggiú, nell'aria soffocante della cantina, in quell'angoscia di colpi, di imprecazioni, di minacce. Per quello scontro che era il suo lavoro – un lavoro difficile, spossante – c'era bisogno di rabbia, diversamente non si poteva fare, e in quel momento Dulič non sentiva rabbia.

Sentiva che tutto era davvero «nelle mani di Dio», cioè che tutto dipendeva da influenze lontane, invisibili. La malattia di Ježan, da cui il piccolo era rimasto affetto per chissà quale contatto, forse proprio a contatto con lui, suo padre, che a sua volta l'aveva contratta attraverso il respiro e le gocce di saliva invisibili di un prigioniero, forse proprio Ostojin, mentre lo interrogava standogli a faccia a faccia. E cosí erano tutti legati a una catena di cause e di influenze, investigatori e detenuti, tutto quell'edificio pieno di gente che soffriva e che infliggeva sofferenza, ed esso, a sua volta, attraverso influenze, germi di malattie, progetti e complotti bizzarri, era legato ad altri gruppi e ad altri individui lontani, che preparavano tali progetti e tramavano tali complotti, spingendo al tradimento e alla rivolta intere mandrie di giovani immaturi come Miloš Ostojin. Perché Ostojin era immaturo, Dulič ne era persuaso, conosceva abbastanza gli uomini per scoprire sul suo tenero viso dai tratti delicati e diagnosticare, come un medico, la malattia: immaturità, mancanza di indipendenza, influenzabilità. Era proprio questo che lo rendeva piú aspro con il giovane, la certezza che egli era in fondo innocente, che era stato irretito da persone piú mature e piú astute, e indotto ad andare a scrivere di notte sui muri delle case slogan comunisti senza rendersi conto dello stato di disordine e di miseria a cui si sarebbe arrivati se quello che scriveva si fosse realizzato. Ma, nella sua innocenza, era ostinato: non voleva fare il nome di chi gli aveva dato quell'ordine, né indicare alcuno di coloro che lo avevano aiutato. Che cosa fare con un simile sventato?

Dulič esaminava ora il fascicolo con il nome e cognome di Ostojin che aveva portato con sé come protezione nell'ufficio di Reves. Non era ancora venuto nessuno la cui presenza giustificasse questa misura di prudenza. Lo prese allora e si avviò per rimetterlo sulla scrivania della stanza d'ingresso. Mentre vi si dirigeva, premette con il pollice il bordo della copertina che si aprí alla prima pagina del verbale con i dati personali. Quanti anni aveva esattamente il giovane? Non lo aveva guardato quando aveva letto il fascicolo mentre si preparava per gli interrogatori – aveva dato appena un'occhiata a questi dati preliminari, per l'impazienza di conoscere il tipo e la gravità dell'imputazione. Ora i suoi occhi cercavano le righe sulla sommità della pagina. «Nome e cognome» lesse e saltò la risposta. «Nato il 26 giugno 1926». Quindi non aveva nemmeno diciotto anni, calcolò mentre passava macchinalmente oltre. «Nome del padre: Jovan. Nome della madre: Erzsébet». Qui si fermò, stupefatto.

In questo stato d'animo lo trovò Domokoš, entrando nell'ufficio. – Sei qui tu, – fece sorpreso e, scorgendo probabilmente sul viso di Dulič i segni della sua agitazione, si fermò davanti a lui. – Che cosa è successo? – Dulič non poté fare a meno di dirglielo, benché cosí rivelasse di non averlo saputo prima. – Tu lo sapevi? – chiese, indicando con il dito il punto sul fascicolo. Domokoš chinò con indifferenza il suo pallido viso affilato di volpe e, strizzando gli occhi, diede una scorsa alle prime righe della pagina, che del resto aveva lui stesso battuto a macchina. – Sí. E allora? – E allora sua madre si chiama Erzsébet, quindi con tutta probabilità è ungherese... – Lo sapevo. Il capo non te l'ha fatto notare? – No. – Ma tu hai letto il fascicolo, – e le sue labbra secche ed esangui si tesero con malvagità.

Dulič lo guardò. Erano colleghi, e con lo stesso grado. Domokoš era entrato in servizio solo un po' prima di lui e questo in qualche modo li aveva avvicinati. Ma tra loro correva anche una segreta gelosia, perché Domokoš evitava i disagi della cantina e, approfittando di ogni occasione per farsi avanti e insinuarsi nelle grazie di Reves, riusciva a mettersi sempre piú al riparo dell'ufficio, delle scartoffie, delle norme e degli ordini. Anche adesso, forse, gli stava tendendo un tranello per denunciarlo e fare cosí un altro passo verso le comodità e un avanzamento in carriera? – Ascolta, Šimi, – gli disse Dulič, chiamandolo eccezionalmente per nome e cercando di dare alla sua voce il tono piú amichevole e confidenziale possibile, per respingere in anticipo un'accusa ancora inespressa. – Tu sai bene che la questione non è se ho letto o no il verbale, ma un particolare sul quale tu e io come ungheresi dobbiamo fermarci, perché noi non siamo soltanto dei funzionari, ma anche dei patrioti! – Vide che aveva toccato il tasto giusto: sul viso di Domokoš l'espressione di scherno fece posto alla precauzione, le sue spalle angolose tesero la giacca grigia che gli stava troppo stretta. – Certo che lo siamo, – ribadí, guardando di traverso Dulič, – ma proprio per questo non dobbiamo consentire nessuna eccezione quando si tratta di un'inchiesta. – Eccezione? – sussultò Dulič, sentendo la trappola stringere le sue branche di acciaio. Ma, per fortuna, Domokoš era sulla strada sbagliata. – Chi parla di eccezione! – proseguí. – Io penso al contrario che dobbiamo essere piú severi quando si tratta del nostro sangue. Perché ascolta, – disse, infiammandosi ora davvero e provandone sollievo, – non è forse mostruoso che uno la cui madre è senza dubbio ungherese, la cui prima parola è stata ungherese, uno che ha imparato la nostra lingua succhiando il nostro stesso latte nella culla, si metta ora a intrigare contro di noi? – Mentre parlava, Domokoš scuoteva la testa guardando di lato quasi stesse in ascolto, e ora continuava in questo movimento, riflettendo senza dubbio a che cosa rispondere. A un tratto raddrizzò la testa e fissò severamente Dulič con i suoi chiari occhi oblunghi. – Ma che credi dunque, che il comunismo sia un'invenzione serba? Non hai imparato niente dall'esempio della Repubblica dei Consigli[1] del 1919? E credi che a Pest noi non abbiamo a che fare con la stessa banda di qui? Pensare una cosa simile è infantile, mio caro –. Poi afferrò il fascicolo con entrambe le mani. – Ti serve ancora? – Dulič esitò qualche istante, sentiva di essere stato in qualche modo abbindolato, ad-

[1] La repubblica socialista instaurata in Ungheria dal 21 marzo al 1° agosto 1919.

dirittura preso in giro, ma non sapeva come recuperare la sua dignità cosí scossa. – No, non mi serve –. Lasciò il fascicolo nelle lunghe mani ossute di Domokoš. – Mi è tutto chiaro come a te, non temere, – trovò opportuno spiegare. – È per questo che sono venuto a prendere il fascicolo, per esaminarlo a fondo prima di ritornare laggiú da quello scioperato –. Gli sembrava di dovere dimostrare a sé stesso che quella battaglia verbale non aveva avuto né vincitori né vinti, e aggiunse a caso, con tono indifferente: – E tu, hai finito con il tuo Radojčić? L'ho visto uscire di qui poco fa –. Domokoš assentí brevemente. – Sí –. Poi, quasi avesse deciso di ripiegare anche lui sulla linea dei rapporti di lavoro, piegò le labbra in una smorfia di sarcasmo. – Il capo l'ha cercato per vederlo lui stesso. Ora sono giú alla sei –. La sua voce vibrava di un misterioso tono di scherno. Forse sul conto di Reves? Prudentemente, Dulič non si sforzò di venire a capo della cosa. – E cosí sei rimasto tu a guardare l'ufficio, – osservò, ripagandolo con questo rimprovero scherzoso. – A ognuno quel che piace, – disse Domokoš con un'aria astuta e di superiorità. – Andiamo! – Dulič fece un cenno di approvazione e sospirò: – Me ne ritorno dal mio ragazzo –. E uscí.

Ma, dentro di sé, non era affatto convinto né della cattiva disposizione di Domokoš, né della mostruosità della scelta di Ostojin. L'una e l'altra cosa lo riguardavano fin troppo direttamente, perché anche il suo orientamento sociale e la sua magiarità erano in fondo incerte. Per la verità, era un puro ungherese, per parte di padre e di madre e per religione, la cattolica, ma il cognome – ereditato, non c'era dubbio, da antenati slavi dimenticati – lo aveva reso insicuro fin dall'infanzia. Iscritto per distrazione con il cognome Dulić (con la «ć») alla prima classe della scuola elementare e parlando perfettamente il serbo perché era cresciuto in un quartiere di periferia povero e misto, veniva considerato serbo e lui non si opponeva, sentendosi anzi lusingato, perché questo allora, in Jugoslavia, rappresentava un vantaggio. Ma il silenzio che si era imposto era ambiguo perché, mentre i figli dei contadini serbi prendevano in giro davanti a lui il figlio di qualche bracciante ungherese che pronunciava male una parola serba o che, data la sua educazione religiosa e famigliare piú severa, era riservato e timido, dentro di sé li biasimava per la loro prepotenza, senza avere però il coraggio di manifestare il suo biasimo per timore di non averli piú come compagni uguali a sé. Anche quando, a causa della miseria, l'avevano levato dalla scuola, rimase incerto, nel suo rancore, se accusare quella miseria, che colpiva senza badare alla nazionalità, o se voltare le spalle alla nazione che lo abbandonava, prendendosi tutti i posti migliori.

La vera svolta si verificò quando, ormai uomo fatto e desideroso di metter su famiglia, dovette, per la differenza di religione che non era piú un elemento secondario, rivolgersi proprio a quel ceto di braccianti ungheresi che fino a quel momento aveva lasciato umiliare in silenzio. L'eletta proveniva dalla famiglia di un operaio viticultore con molti figli, da una casa con il pavimento in terra battuta, dove ogni capo di vestiario passava da una generazione all'altra e dove non si conoscevano né radio, né cinema, né villeggiatura, né tutte quelle altre forme di benessere accessibili ai serbi, benché spesso di identiche condizioni di fortuna, a causa della loro maggiore libertà e capacità di iniziativa, che anche lui, magari come testimone, aveva conosciuto qua e là.

Il matrimonio con Jolanda, che, con i suoi occhi obliqui, le sue gambe corte e l'andatura leggera, aveva suscitato in lui un profondo desiderio di trattenerla e fecondarla, lo trascinò, quindi, in fondo alla scala sociale. Lei a scuola c'era stata appena, parlava serbo assai male e lui doveva aiutarla a farsi capire nei negozi e negli uffici, e questo li univa nell'umiliazione di uno stato inferiore, un sentimento che però, al tempo stesso, volgeva a invidia e sete di vendetta.

Salutò cosí l'arrivo dell'esercito ungherese come un ungherese che aveva sofferto, e sofferto doppiamente, perché a lungo si era illuso di non dover soffrire. Proprio questo sentimento esasperato lo aveva indotto ad accettare subito, con l'appoggio della Guardia Nazionale nella quale si era arruolato con entusiasmo, il posto di agente, a cui diversamente non avrebbe mai pensato come a una possibile occupazione.

Anche adesso, per la tradizione operaia della sua famiglia, lo considerava un brutto mestiere, perché odiato dalla gente normale, per bene. E temeva che esso, per la crudeltà che richiedeva, avrebbe potuto attirare su di lui e sui suoi famigliari, se la guerra avesse preso una svolta non desiderata, la vendetta e la rovina. Considerava la sua decisione di restare in servizio, benché su di essa influisse in maniera determinante la sua incomparabile convenienza economica, come un sacrificio per la patria. Sarebbe stato ammazzato come un cane, forse tra un anno o due, sarebbe stato buttato in una fossa anonima, il suo nome sarebbe stato cancellato, oppure sarebbe rimasto solo come simbolo della crudeltà e dei delitti piú indegni. E perché? Perché faceva qualcosa che andava fatto, dato che non si poteva non sbarrare la strada – con la brutalità e la violenza – all'idra della rivolta nell'Ungheria appena riportata alle sue frontiere naturali. Ostojin, invece, figlio di una ungherese come lui, non era danneggiato come lui da questo dualismo, ma ne era anzi avvantaggiato, potendo essere serbo a pieno titolo quando il momento lo richiedeva e ungherese quando la situazione cambiava, rimanendo puro e incontaminato, anzi addirittura nobilitato dalle sue sofferenze volontarie, gloria e vanto dell'uno e dell'altro popolo! Quel mingherlino, quel moccioso, che non aveva conosciuto né la responsabilità né il bisogno, che avrebbe potuto mangiare tranquillamente il pane di papà e starsene zitto, che quindi si era ribellato per puro capriccio, per presunzione, per scherno, per farsi beffe di lui, piú anziano, che lavorava da quando era bambino, che aveva il peso della famiglia, delle preoccupazioni, che era padre di un bambino malato! Dulič sentiva ora la decisione di Ostojin come uno schiaffo e, mentre attraversava il pianterreno, passando accanto alle guardie indifferenti, per scendere nella fossa della cantina con la sua fila di locali da cui provenivano sordi gemiti e minacce, gli sembrava che fosse proprio Ostojin a trascinarlo perfidamente laggiú al suo lavoro brutale.

Entrando all'improvviso nel locale, sorprese le due guardie sedute sulla panca a fumare, mentre Ostojin stava in piedi, con la nuca e la schiena appoggiate al muro, gli occhi chiusi, il collo e il petto bagnati. Al cigolio della porta che si apriva, Ostojin raddrizzò, con un piccolo ritardo, la testa e aprí l'occhio, mentre le guardie, pure con ritardo, sollevarono stupite il sedere dalla panca. – Alzatevi, – disse loro Dulič, – e preparate la corda per legarlo –. E a Ostojin ordinò: – Togliti le scarpe! – Questi capí, l'occhio sbatté, ma si chinò con estrema lentezza, con evidente pena e, quando prese una delle sue scarpe senza lacci cercando di toglierla, barcollò e per poco non cadde a terra. Normalmente, Dulič avrebbe approfittato di una circostanza simile per colpirlo e spaventarlo, ma ora si trattenne, deciso a non lasciarsi andare all'istinto. Aspettò pazientemente che il detenuto si fosse tolte le scarpe e quindi gli indicò la panca. – Là –. Ostojin si accostò alla panca e le guardie, per abitudine, lo afferrarono brutalmente per le braccia e si misero, senza alcuna necessità, a spingerlo in basso. – Sulla schiena o sul ventre? – pensò tuttavia di chiedere la guardia sconosciuta, fermandosi un attimo e lanciando a Dulič uno sguardo servile. – Sul ventre, sul ventre, – rispose in fretta Dulič, perché aveva già in precedenza perduto qualche istante a immaginare la posizione in cui desiderava che il corpo fosse esposto. Allora rovesciarono in un attimo il giovane sulla panca che per poco non si rovesciò. Per punirlo, Nagy-Károlyi gli diede un pugno sulla schiena, mentre la guardia sconosciuta gli legava le gambe all'asse della panca al di sopra delle caviglie e, davanti, le braccia tese ai piedi della panca. Dulič si accostò, tirò con l'indice i tre nodi e, siccome uno era un po' lento, lo indicò senza dir parola a Nagy-Károlyi, invitandolo a chinarsi e stringerlo. Poi andò all'altro lato del locale, dove c'era una cesta da biancheria intrecciata, alta e stretta, piena di bastoni. Ne scelse uno, lo tirò fuori, lo scosse con forza, poi lo rimise nella cesta, ne prese un altro, lo agitò in aria facendolo sibilare. Questo gli parve piú flessibile, piú tagliente; si decise per esso e tornò alla panca. Ostojin era sdraiato bocconi, con le gambe riunite, le braccia distese rigide verso il pavimento di cemento, la testa pendente oltre il bordo della panca, come se stesse in procinto di tuffarsi. – E i calzini? – Nagy-Károlyi e la guardia sconosciuta si precipitarono contemporaneamente a togliere, uno per parte, i calzini al prigioniero. Cercarono di fare in fretta, tirandoli, quasi strappandoli, ma il tessuto, umido e stracciato, non scivolava facilmente sulla pelle.

Apparvero i piedi bianchi del giovane con le loro piante rosa; Dulič si avvicinò e annusò l'aria con un disgusto preconcetto: – Niente, – concluse, – razza di signori come pensavo.

Sollevò il bastone con godimento e colpí a tutta forza le piante dei piedi riuniti. Sentí un sibilo e un grido soffocato, e vide le piante colorarsi di una striscia obliqua, rossa e rigonfia. Colpí ancora e ancora e ancora, contando fino a cinque. Allora fece il giro della panca e si fermò al di sopra della testa di Ostojin. – Ora parla, perché questo è solo l'inizio. Mi senti? Dimmi chi ti ha mandato a scrivere quelle sconcezze sui muri e chi ti ha aiutato –. Niente. – Apri la bocca e dimmi chi, altrimenti ti ammazzo. – Nessuno –. Questa volta il diniego non lo deluse, se lo aspettava, anzi lo desiderava. – Dunque, continuiamo, – disse e andò a rimettersi dietro i piedi di Ostojin. Le strisce – lo vide chinandosi – erano intanto diventate color rosso porpora e s'erano fatte piú gonfie. Sollevò il bastone e colpí di nuovo cinque volte. – Chi? Parla! – Chinatosi per sentire, distinse soltanto un respiro affannoso. – Voglio i nomi, hai capito? Chi? – Nessuno, – la risposta giunse al suo orecchio alterata, come attraverso un tappo di calce. – D'accordo, – acconsentí, e continuò a colpire. Sempre cinque colpi alla volta. Le piante dei piedi erano ormai una unica piaga sanguinolenta. – Slegatelo.

Si voltò e andò al centro del locale. Gettò il bastone. Mentre osservava le guardie che scioglievano i nodi alle braccia e alle gambe di Ostojin mettendolo poi in piedi, si accese una sigaretta. Le sue dita, accostando il fiammifero, tremavano e, quando tentò di tenerle rigide, gli prese a tremare tutto il corpo, dalla testa ai piedi, come per un attacco di febbre. Per un attimo, pensò di essere malato: alla fine era stato colpito dall'infezione che aveva trasmesso a Ježan, se era stato davvero lui. Ma respinse subito questa ipotesi, che gli parve come il tentativo, indegno di lui, di eludere una verità ancor piú spiacevole. Si trattava semplicemente del fatto che ora stava torturando a freddo, non per rabbia, come era abituato a fare e come era piú facile, e questo provocava una tensione nervosa intollerabile. Ma la cosa non doveva influire su ciò che s'era prefisso di portare a termine. – Piú presto! – sollecitò le guardie che si affaccendavano intorno a Ostojin, disturbandosi a vicenda, nell'inutile tentativo di farlo stare diritto sui piedi gonfi. – Lasciatelo sedere. Che si segga, è quello che voglio. Lo stivaletto spagnolo!

Nagy-Károlyi lasciò alla guardia sconosciuta il compito di far mettere seduto Ostojin sulla panca e andò, quasi di corsa, alla cesta, traendone un fascio di stecche. Tornò e le depose accanto ai polpacci di Ostojin, dicendo al compagno: – Lega! – Ma questi non comprese che cosa esattamente gli si chiedesse di fare e, reggendo Ostojin per impedirgli di cadere dalla panca, si rivolse a Dulič. – Lo faccio io, – decise questi e gettò il mozzicone di sigaretta, si avvicinò alla panca, si mise in ginocchio, senza preoccuparsi se cosí sporcava i pantaloni di pus e di sangue, prese una corda sul pavimento e, con le mani che continuavano a tremargli, l'arrotolò piú volte passandola intorno alle stecche che Nagy-Károlyi teneva aderenti alle gambe del detenuto. – Ora stringete, – ordinò, rialzandosi.

Nagy-Károlyi prese una delle assicelle appuntite che stavano sul pavimento, ne infilò la punta tra le stecche alla congiunzione delle ginocchia di Ostojin, e si voltò: – Dammi il martello che sta sul tavolo –. La seconda guardia, che evidentemente continuava a non capire che cosa volessero fare, andò incerta fino al tavolo, prese con aria interrogativa un grosso martello arrotondato da entrambi i lati e, visto Nagy-Károlyi far cenno d'assenso con la testa, glielo portò esitante. Nagy-Károlyi prese il martello e senza arrestarsi, proseguendo il movimento, cominciò a infilare la stecca fra le altre. Penetrò facilmente, perché le stecche che avvolgevano le gambe di Ostojin per colpa di Dulič non erano legate strette. Ma Dulič ora non se ne preoccupò: sapeva che la stecca seguente avrebbe incontrato una resistenza maggiore. E difatti, quando Nagy-Károlyi cominciò a infilare la seconda stecca, questa penetrò a stento, centimetro per centimetro, e il viso di Ostojin si contrasse, ricoprendosi di sudore. Dulič, che lo osservava attentamente, ora riprese fiato. – Che c'è? Fa già male? – chiese con finta apprensione, accendendo una nuova sigaretta. – Ma questa è appena la seconda stecca, figliolo. Ti ha inciso solo la carne. E la carne è tenera, non è niente a confronto delle ossa. Solo quando le ossa cominceranno a spaccarsi, saprai davvero che cos'è lo stivaletto spagnolo –. Aspettò per sentire se Ostojin dicesse qualcosa, ma, vedendolo soffrire a testa bassa e in silenzio, fece cenno a Nagy-Károlyi di continuare. Nagy-Károlyi cominciò a infilare una terza stecca e a questo punto Ostojin, come se fosse stato premuto un bottone, lanciò un urlo. E non cessò piú di urlare, con la testa gettata all'indietro e la bocca spalancata, da cui l'urlo sgorgava come un flusso unico, come un fiume, un fiume di dolore, perché – Dulič lo sapeva – il dolore non si attenuava nemmeno per un istante, come accade invece con le botte, ma rimaneva stabile, salendo anzi di un grado ad ogni colpo di martello. Ora le sue gambe sussultavano ad ogni colpo. Nagy-Károlyi batteva sempre piú forte, perché la resistenza delle stecche e dei nodi si faceva sempre maggiore. Teneva la testa china sul petto e colpiva come se dovesse conficcare un chiodo enorme in un blocco di pietra. Ostojin urlava, la sua voce riempiva il locale e si ripercuoteva sulle pareti e sul soffitto, spaccando i timpani, e il suo corpo sussultava come attraversato da scariche elettriche, sicché la seconda guardia, che fino a quel momento era rimasta quasi assopita su di lui, faceva fatica a tenerlo fermo sulla panca, pur premendolo con tutto il suo peso. Nagy-Károlyi diede ancora un forte colpo e la terza stecca finí per allinearsi con le altre, serrando i polpacci di Ostojin. Posò il martello.

– Che c'è? – gli gridò Dulič a piena gola, perché bisognava superare in intensità le urla di Ostojin. Ma non ci riuscí, non sentiva nemmeno la propria voce, sommersa in quel grido uguale e prolungato da parere appena un sussurro. Si chinò e tirò Nagy-Károlyi per la manica, e quando questi, quasi spaventato, sollevò il viso, fissò su di lui uno sguardo interrogativo. Nagy-Károlyi si strinse nelle spalle, con una espressione ottusa, il viso sudato, gli occhi sbarrati. «Infilane un'altra!» gli fece capire Dulič battendo il pugno sulla palma della mano aperta, perché, pur gridando, continuava a non sentire la propria voce. Nagy-Károlyi scosse la testa, indicando Ostojin, che, sempre urlando, si era rovesciato sfinito sulla seconda guardia. Ma Dulič batté di nuovo il pugno sulla palma e Nagy-Károlyi si chinò senza piú opporsi. Prese sul pavimento una delle due stecche rimaste e cercò a lungo, tastando, uno spazio tra le ginocchia di Ostojin, inserendone infine un'estremità in una stretta fessura. Sollevò il martello, colpí due, tre volte, e a un tratto si fece un profondo silenzio, nel quale il quarto colpo risuonò come uno sparo. Quando la sua eco si spense, si udí, leggero come il rosicchiare di un topo, un crepitio sottile. Nagy-Károlyi posò il martello sul ginocchio e guardò Dulič. Questi si chinò su Ostojin. Il mento del prigioniero pendeva, la sua bocca era aperta, la lingua sporgeva molle a un'estremità delle labbra sanguinanti, gli occhi erano chiusi. Ma il crepitio continuava, penetrando nell'orecchio. Dulič lo seguí con lo sguardo e all'improvviso capí che davvero – per quanto la cosa sembrasse inverosimile, come aveva predetto nelle sue minacce – le ossa delle gambe di Ostojin si stavano spaccando. Ma il carnefice non ci badava piú – il prigioniero gli stava sfuggendo di nuovo.

Tremava come una foglia. Aveva la bocca secca e ruvida, anche sotto la lingua. Riuscí appena a dire: – Slegalo! – E alla seconda guardia: – Dov'è l'acqua? Porta dell'acqua! Dobbiamo farlo rinvenire.

La guardia lasciò il corpo di Ostojin e uscí, mentre Dulič, spinto dal bisogno di allontanarsi, la seguiva macchinalmente, quasi vacillando. Si fermò davanti alla porta, nel corridoio, ma non vedeva nulla intorno a sé. Tremava tutto, ora piú ora meno forte, percorso da un fremito inconsapevole, come un giocattolo nelle mani di una forza sconosciuta. Poi, a poco a poco, dapprima il suo udito riprese a ricevere nuovamente le impressioni esterne, uno scoppio e un rumore sordo, quindi anche la vista colse lo spettacolo di agitazione piú avanti, in fondo al corridoio. C'era chi entrava e chi usciva dai vari locali. Scorse un detenuto trascinato come un ciocco sobbalzante verso le scale e poi su di esse. Da quella folla incomprensibile emerse a un tratto Reves, che si avvicinò con il largo busto teso sotto la camicia, le sue gambe storte, il suo viso rotondo e pesante, la sigaretta incollata al labbro, gli occhi inafferrabili sotto le palpebre su cui spioveva una ciocca di capelli. Si fermò come se Dulič l'avesse chiamato e attendesse di sapere che cosa voleva dirgli. Dulič, non ancora ripresosi del tutto, sorrise a fatica. – Non sei dentro? – chiese allora il capo, impassibile, ma accompagnando con un respiro sibilante ogni parola. – Sono uscito in questo momento, – disse Dulič accostando i talloni e notando nello stesso istante con un senso di fastidio Domokoš che spuntava da dietro Reves, tendendo l'orecchio appuntito. – Sono uscito in questo momento, – ripeté con un atteggiamento meno sicuro. – Aspetto che portino l'acqua per versargliela addosso –. Reves tirò una boccata dal suo mozzicone, arricciò le labbra, mentre il viso di Domokoš, dietro di lui, si distendeva visibilmente. – Allora è svenuto? – chiese il capo, sempre impassibile, senza palesare approvazione o rimprovero. – Sí, – ammise Dulič, e spiegò: – Gli succede subito. È debole. Ma questa volta, – si schiarí la voce, – questa volta parlerà –. Il capo rimase in silenzio, poi si rivolse a Domokoš e, contrariamente alle sue abitudini, scoppiò a ridere. – Diglielo, Šimi –. Domokoš si chinò allora in avanti e a bassa voce, quasi in un sussurro, spiegò: – Il capo ha messo alle strette quel Radojčić e il ragazzo ha detto tutto. Anche degli slogan. Anche di Ostojin. Tutto, capisci? – e cosí dicendo tendeva le labbra secche e spalancava su Dulič gli occhi scintillanti. – Tutti i nomi, tutti gli indirizzi. Tutto –. Poi tornò di colpo alla sua espressione abituale, grigia e indifferente. – Sí, – proseguí Reves, lanciando d'un soffio il mozzicone sul pavimento, come una pallottola. – Esatto. Tutto. E quindi, – disse, rivolgendosi di nuovo direttamente a Dulič, – se il tuo ragazzo non parla, se proprio non ne ha nessuna voglia, sai, non fa nulla –. Trasse una nuova sigaretta dalla tasca dei pantaloni, senza metter fuori il pacchetto, e se la mise sul labbro inferiore. – Con lui ormai puoi solo divertirti, sai –. Con l'altra mano prese l'accendino e l'accostò alla sigaretta, congiunse le labbra e aspirò il fumo. – E divertiti per bene, eh, perché quell'Ostojin non ci serve piú. È chiaro? – E, dopo che Dulič ebbe sospirato: – È chiaro, – si girò lentamente sui tacchi, agitando le lunghe braccia, sicché il magro Domokoš scomparve dietro di lui. Si avviò, pesante e lento, si allontanarono entrambi lungo il corridoio, Reves ciondolando e Domokoš saltellando ora davanti e ora dietro di lui, come se volesse una volta tagliargli la strada e un'altra cedergli il passo.

Dulič rimase lí, a smaltire il proprio insuccesso. Si sarebbe infilato volentieri nel primo locale vuoto, in solitudine, per riprendere fiato e calmarsi. Ma non c'era nessun posto libero, non in quella casa del furore, dove si colpiva e si urlava in ogni angolo. Anche in quel momento qualcuno arrivava di corsa nel corridoio – era la seconda guardia, con in mano un secchio da cui l'acqua usciva abbondantemente. – Non farla cadere, imbecille! – gridò Dulič, sfogando la sua rabbia sulla guardia. – Dopo, ti dovrò mandare a riprenderla –. E la lasciò passare.

Ma subito comprese quanto fosse sciocco continuare a preoccuparsi dello svenimento di Ostojin, divenuto ormai inutile, un cadavere. Sí, un cadavere, perché, come Reves gli aveva fatto capire, non era piú necessario all'inchiesta. Quindi, risparmiato, scampato a ulteriori sofferenze, solo per la sua cocciutaggine? Ma allora sarebbe stata non una punizione ma una ricompensa, che lui, Dulič, non poteva accordargli.

Si voltò e, con una risolutezza nuova, con una rabbia fredda che finalmente lo pervase, vivificante, entrò nella sala. Là, sul pavimento accanto al muro, giaceva Ostojin, senza nodi e senza stecche alle gambe, tutto bagnato, in mezzo a una pozza d'acqua, mentre le due guardie chine, con le mani appoggiate sulle ginocchia, lo osservavano. Dulič respinse Nagy-Károlyi e si chinò anche lui; le labbra del prigioniero si contraevano aspirando aria con avidità, il suo unico occhio era di nuovo visibile a metà. – Ti ho detto di andare a prendere altra acqua, – disse, rivolgendosi alla seconda guardia. – Portane due secchi, mi hai sentito? – E a Nagy-Károlyi: – Alzalo e riattaccalo alla panca, ma sulla schiena, e legalo tutto, che non si possa nemmeno muovere –. Nagy-Károlyi si chinò e prese Ostojin sotto le ascelle tirandolo su, ma senza riuscire a farlo stare in piedi. – Aspetta, – disse Dulič, si accostò al giovane e lo prese sotto le ginocchia. Ostojin gemette dal dolore, sussultò, si divincolò, ma Dulič strinse di proposito piú forte dove sapeva di far male, proprio per far male, e, insieme con Nagy-Károlyi lo sollevò e lo buttò sulla panca. Graffiatosi, si scostò di colpo. Era bagnato, e sulla manica gli si allungavano due o tre strisce appiccicose di sangue. – Puh! – esclamò e, con molta attenzione, usando due dita di ciascuna delle mani, si tolse la giacca, che appoggiò sulla sedia accanto al tavolo. Trasse di tasca le sigarette con i fiammiferi e ne accese una. Notò che le mani non gli tremavano piú. Quando si voltò, Nagy-Károlyi aveva finito di legare Ostojin sulla panca e si stava rialzando, ansante. – Trovami un imbuto e un pentolino, – gli ordinò. E poiché proprio in quell'istante entrava la seconda guardia, portando un secchio d'acqua per mano, le indicò un punto davanti alla panca. – Mettili là –. Si accostò al giovane e verificò con le dita la saldezza delle corde, prima sulle gambe, poi intorno al busto lungo il quale erano disposte le braccia. Allora decise: – Voi due, fuori!

Prese da Nagy-Károlyi con la sinistra un grande imbuto rosso e con la destra un pentolino azzurro, si chinò tenendoli dietro la schiena e, mentre aspettava di rimanere solo, fissò il viso di Ostojin. Era bianco come calce, con i lividi in risalto, non solo sull'occhio e sulla guancia sinistra ma anche sulla mascella sotto l'orecchio destro, dove fino a quel momento non si notavano. Ma le labbra – quello superiore, intatto, e quello inferiore, spaccato e un poco gonfio – erano riunite nel loro arco succoso con dolcezza e armonia, e nell'occhio semiaperto color della pietra baluginava una espressione di attenzione cosciente. Dopo essersi voltato e aver constatato che le guardie erano uscite, si chinò sopra quell'occhio e disse: – Adesso siamo rimasti soli tu e io. Non ti chiederò piú niente, perché non mi puoi dire piú niente. Ormai sappiamo tutto, abbiamo cavato fuori tutto dai tuoi compagni, tutto, capisci, il tuo silenzio è stato inutile, ora non mi interessa altro che vederti soffrire e perciò ti torturerò. Ma non perché tu parli, capisci, solo perché tu soffra, solo per questo. Tienilo a mente –. Gli cacciò l'imbuto tra le labbra turgide e, con una piccola pressione, lo infilò tra i denti di un biancore rosato. – Ora berrai acqua, capisci. Tanta, ma tanta acqua, e il tuo ventre si gonfierà, fino a scoppiare –. Si chinò, prese dell'acqua con il pentolino e cominciò a versarla nell'imbuto. Non guardava quello che faceva, ma solo Ostojin. Il giovane inghiottiva lentamente, il pomo d'Adamo, sussultando, andava su e giú, inghiottiva, inghiottiva, e Dulič, senza distogliere lo sguardo da lui, si piegava con attenzione sulla sua destra per prendere dell'acqua, che versava poi lentamente nell'imbuto. «Finora deve averne bevuta almeno due litri» calcolò tra sé e sé chiedendosi se fossero vicini, lui e Ostojin, al limite di contenimento dello stomaco umano. Desiderava non esserne vicino, voleva che quella ginnastica – la sua e quella di Ostojin – durasse ancora a lungo, quel gioco di vasi comunicanti tra il secchio pieno d'acqua, con il quale ormai si identificava, e il ventre di Ostojin, perché in esso trovava un piacere quasi tenero, un'unione che si prolungava ma che si sarebbe ineluttabilmente conclusa con la sua vittoria, e con la sconfitta dell'altro. Versava l'acqua e guardava il pomo d'Adamo di Ostojin andare su e giú, sempre piú lentamente, ma in modo inarrestabile, andando incontro alla vittoria di Dulič. Il giovane respirava ora a fatica, di naso, gemeva, le sue guance si gonfiavano e si coprivano di macchie rosse, ma continuava a bere, il pomo d'Adamo andava sempre su e giú, mentre l'acqua nell'imbuto abbassava docilmente il suo livello inquieto, trasparente. «Fino a che punto? fino a che punto?» si chiedeva Dulič, preoccupato ed entusiasta al tempo stesso, perché, se da un lato continuava a temere di giungere al limite, dall'altro lo desiderava con sempre maggiore impazienza. E con sempre maggiore curiosità, perché non sapeva esattamente che cosa sarebbe accaduto dopo; intuiva soltanto che sarebbe stato qualcosa di mai provato prima, qualcosa di terribile, che gli faceva già venire i brividi sulla schiena. A un tratto, Ostojin parve soffocare, schizzò due getti d'acqua ai lati della bocca, tossí. – No, no, non ancora, – protestò Dulič, quasi supplichevole. – Ma tu puoi inghiottire ancora, vero che puoi? – Lasciò cadere il pentolino sul pavimento e strinse la punta del naso del giovane tra il pollice e l'indice della mano destra. – Altrimenti non potrai nemmeno respirare, – minacciò. Ostojin sussultò, il suo viso si fece nero, il suo occhio parve uscire dall'orbita, ma, soffocando e tossendo, riprese a inghiottire. – Cosí, cosí, – approvò Dulič, lasciandogli il naso. – Inghiotti –. Si chinò, riprese il pentolino, attinse dell'acqua e la versò nell'imbuto. Sapeva che il limite estremo non era piú lontano, e questo lo riempiva di trepidazione e di esultanza allo stesso tempo. Ostojin inspirava l'aria rumorosamente attraverso il naso tornato libero, e beveva, poi soffocò di nuovo, riprese a tossire e a sussultare, agitando la testa e tutto il corpo. Il suo viso diventò rosso, poi paonazzo, ma Dulič continuò a versare, premendo in basso l'imbuto. Ora Ostojin ansimava, soffocava, i getti d'acqua che gli uscivano dalla bocca si coloravano di rosso. «Sto per ucciderlo» pensò Dulič con orrore, ma anche sicuro di non doverne rispondere, come aveva potuto capire dalle parole di Reves. Ora premeva l'imbuto con tutte le sue forze. Gettò il pentolino e uní la mano destra alla sinistra per premere piú forte. Premeva e sentiva con le palme delle mani che il metallo tagliente penetrava nella carne, vide l'occhio di Ostojin venir fuori dal suo giaciglio di palpebre e di ciglia, diventando folle, un non-occhio, che gli ricordava irresistibilmente degli altri occhi. All'improvviso, si rammentò che cosí diventavano gli occhi di Ježan quando aveva paura della sua collera.

Sto uccidendo mio figlio, pensò incredulo e subito comprese che non era un'idea sua, perché, uccidendo il prigioniero senza necessità, commetteva un peccato mortale che non poteva restare impunito, e il castigo lo avrebbe colpito nel modo piú facile, attraverso colui che stava già disteso a letto, malato senza scampo, nelle mani di Dio.

Ma non poteva piú dominarsi, non poteva desistere, continuava a premere, godendo con delizia la penetrazione del metallo che era come il prolungamento del proprio corpo. Premeva vedendo con orrore sul viso di Ostojin la bocca insanguinata di suo figlio e i suoi occhi sbarrati, frantumando nell'uno e nell'altro tutto ciò che si opponeva al suo disegno e alla sua volontà, ascoltando il suo rantolo come un sospiro d'amore. Lo raffreddò solo l'istante che seguí l'appagamento – umidità sulla coscia. L'occhio azzurro di Ostojin era fisso sotto di lui, morto da tempo. Tolse l'imbuto dalla sua bocca, ricoperto fino al manico di sangue di un rosso piú scuro di quello della sua vernice. Anche la bocca di Ostojin era piena di sangue e restava aperta, come un altro imbuto, informe.

Ora non sentiva piú odio per lui, sentiva solo paura e orrore. – Che cosa ho fatto, che cosa ho fatto, – mormorava, e non erano domande, ma risposte alle immagini che sfilavano nuovamente nella sua mente. Capiva che era stato una bestia, un mostro, un degenerato, e che non poteva restare in vita come prima; si meravigliava di non essere ancora stramazzato al suolo o ridotto in cenere. Ma si ricordò che il castigo gli sarebbe arrivato solo attraverso Ježan, che magari in quel momento Ježan stramazzava al suolo e si riduceva in cenere, lui che si trovava «nelle mani di Dio». Questo gli era stato annunciato come ammonimento, tramite un intermediario, ma lui aveva respinto e lordato questo ammonimento. Ora esso s'era di sicuro avverato e suo figlio giaceva morto, con la bocca aperta e gli occhi sbarrati, come Ostojin; tutta la sua casa era morta, e in essa risuonava solo il lamento di sua moglie semimpazzita. Come comportarsi di fronte a lei? Come comportarsi in genere davanti alle persone, come guardare in faccia la gente, quando ognuno avrebbe visto in lui un delinquente, a causa di suo figlio, proprio ciò da cui fino ad allora aveva cercato di non farsi toccare? Perdizione e vergogna! Perdizione e vergogna! Nome cancellato, vecchiaia fredda, gelida, disonorata. Come sopportarlo?

Ma non poteva sopportare nemmeno di restare lí, accanto a Ostojin, non poteva guardarlo, perché vedeva in lui Ježan morto, e non poteva nemmeno non guardarlo, guardando i muri che, macchiati di sangue e impregnati del suo odore, si stringevano intorno a lui, per soffocarlo. Doveva uscire da quel locale opprimente, di nuovo, ma ora con il peso di un crimine irreparabile sulle spalle.

Lasciò la stanza. Un mormorio, soffocato da gemiti provenienti dal profondo; un poco oltre, Nagy-Károlyi e la seconda guardia fumavano e chiacchieravano tranquillamente. Passò accanto a loro a testa bassa, senza osar dire una parola e nemmeno guardarli, sicuro del resto che, appena si fosse allontanato, essi sarebbero subito entrati nella stanza, accertandosi dell'orrore che aveva lasciato dietro di sé, e ben presto, l'indomani stesso, avrebbero saputo anche dell'orrore che lo aveva colpito come castigo. Sarebbe stato disonorato, sarebbe stato un esempio di perdizione.

Saliva già per le scale, ma non poteva nemmeno immaginare di entrare nel suo ufficio, davanti a Reves e Domokoš, mostrandosi loro con quello che aveva fatto e con quello che gli era accaduto. Meglio la morte, pensò. Tirare fuori la pistola dalla tasca e cacciarsi una pallottola nella tempia. Cosí, un istante di dolore lo avrebbe sottratto alla vergogna di tutta una vita. Ma dove farlo? Si diresse verso il gabinetto, fece per entrare, ma la porta urtò qualcosa di molle e, quando riuscí ad aprirla di piú, nel vano apparve il viso rosso dell'investigatore Klopenholz, che disse, con un sogghigno: – Ho qui due signorine, aspetta!

Abbozzò un sorriso, ultima ipocrisia imposta da quello strano mestiere che davanti agli altri ancora esercitava e proseguí oltre. A destra c'era la stanza delle dattilografe, dove a quell'ora non c'era piú nessuno. Spinse la porta. Ma sul tavolo c'era un telefono. Quasi senza volere, vi si avvicinò. Parlare con sua moglie, sentire che cosa era accaduto, se davvero quella cosa orribile era diventata realtà, come profondamente credeva e sentiva. Sollevò il ricevitore, ma non sentí nessun suono, perché quell'apparecchio non aveva collegamento diretto con l'esterno. Ma non importava, avrebbe atteso che il centralinista rispondesse. Fece piú volte il numero, confondendosi, e attese, sentendo il sangue rifluirgli dalla testa e un tormento insopportabile nello stomaco. Finalmente un segnale, poi un secondo, un terzo, poi un'interruzione. E silenzio: naturalmente, lei di nuovo non parlava. Aspirò profondamente. – Sei tu, Joli? – Sí –. La voce era debole, come disseccata, e Dulič sentí stringersi lo stomaco. – Ma dimmi come vanno le cose. Come va Ježan? – Ježan va... – qui, parve soffocare, – Ježan va meglio, molto meglio, la febbre è scesa. Oh, Pali, sembra proprio che sopravvivrà! – Dulič attese, non poteva crederci. – Ma sei proprio tu? – Sí, sí, sono io. – E dici che Ježan sta meglio? – Sí, la temperatura è scesa, ora ha lo sguardo limpido, ha chiesto persino del succo di lampone. Oh, Pali, sono cosí felice!

Posò il ricevitore, i suoi sfoghi non lo interessavano. Sentiva che un peso gli scivolava di dosso, sfiorandolo in modo impercettibile, che la nausea lo abbandonava, che il cervello si schiariva. «Tutto si accomoderà» pensò, o piuttosto si chiese come fosse possibile. La vita sarebbe dunque continuata come se niente fosse accaduto, sarebbe rimasto un uomo, aveva un figlio, aveva un avvenire, un avvenire infinitamente lungo davanti a sé. La vita! E, cedendo a un bisogno irresistibile, un misto di commozione e di stupore, Dulič andò alla porta e girò la chiave, poi tornò indietro, cadde in ginocchio, congiunse le mani, guardò in alto verso il soffitto e gridò, a voce spiegata: – Grazie, Dio mio! Tu non esisti, Dio mio! No, davvero, non esisti, non esisti. Grazie!

Quindi, placato e sfinito, si alzò, andò alla porta e girò di nuovo la chiave. Prese a rimettersi in ordine. Passò le dita nella capigliatura ondulata, seguendone, per abitudine, l'andamento irrequieto, cercò con lo sguardo uno specchio e, non trovandolo, si fece scorrere lo sguardo lungo il corpo, notando il panciotto gualcito e i pantaloni bagnati, e solo allora si rese conto che non aveva la giacca. Se l'era tolta giú in cantina e l'aveva lasciata là. Pensò di scendere a prenderla, ma si ricordò del cadavere di Ostojin che giaceva ancora laggiú, insanguinato, forse ancora legato alla panca. Non voleva vederlo, la sola idea lo faceva inorridire; avrebbe ordinato a una guardia all'ingresso di dire a Nagy-Károlyi di farlo portare via. E insieme di mandargli la giacca. Poteva ordinarlo, poteva ordinar loro tutto quello che voleva ed essi gli dovevano ubbidienza totale.

[1978].

Marguerite Duras

Il signor X, detto qui Pierre Rabier

Mattina del 6 giugno 1944 nella grande sala d'attesa della prigione di Fresnes. Vengo a portare un pacco a mio marito che è stato arrestato il 1° giugno, sei giorni fa. Suona l'allarme. I tedeschi chiudono le porte della sala d'attesa e ci lasciano soli. Siamo una decina. Nessuno parla. Il rumore dei bombardieri arriva su Parigi, mostruoso. Sento che qualcuno mi dice a voce bassa ma nitida la frase seguente: – Sono sbarcati questa mattina alle sei –. Mi volto. È un giovane. Grido sottovoce: – Non è vero. Non diffonda false notizie –. Il giovane dice: – È vero –. Nessuno gli crede. Tutti piangono. Cessato allarme. I tedeschi fanno evacuare la sala d'attesa. Niente pacchi per oggi. Rientrando a Parigi – rue de Rennes – vedo: i volti intorno a me, si guardano tutti come pazzi, si sorridono. Fermo un giovane, gli chiedo: – È vero? – Mi risponde: – È vero.

I pacchi di viveri sono sospesi *sine die*. Vado piú volte a Fresnes per niente. Decido allora di ottenere un permesso attraverso quelli della rue des Saussaies. Una mia amica, segretaria all'Information, si assume l'impegno di telefonare al dottor Kieffer (avenue Foch) a nome del suo capo, per ottenere una raccomandazione a tale scopo. Viene convocata. È ricevuta dal segretario del dottor Kieffer che le dice di rivolgersi all'ufficio 415 E4, quarto piano del vecchio edificio della rue des Saussaies. Non le rilascia alcuna raccomandazione scritta. Aspetto diversi giorni di seguito in rue des Saussaies. La coda occupa cento metri di marciapiede. Aspettiamo, non di penetrare nei locali della polizia tedesca, ma di avere l'autorizzazione per entrarvi. Tre giorni. Quattro giorni. È solo al segretario dell'ufficio Autorizzazione Pacchi che posso parlare della raccomandazione del dottor Kieffer. Devo prima andare all'ufficio 415 da un certo signor Hermann. Aspetto tutta la mattina: il signor Hermann è fuori ufficio. La segretaria di un ufficio vicino mi dà un permesso che mi consente di ritornare la mattina dopo. Il signor Hermann è ancora fuori e aspetto tutta la mattina. Il mio lasciapassare scade a mezzogiorno, cerco inutilmente la segretaria del giorno prima. Sto per perdere il vantaggio di circa venti ore di attesa. Fermo un tipo imponente che passa nei corridoi e gli chiedo se per favore può farmi prolungare il lasciapassare fino a sera. Mi dice di fargli vedere il tesserino di riconoscimento. Glielo porgo. Dice: – Ma è la faccenda della rue Dupin.

Fa il nome di mio marito. Mi dice che è stato lui ad arrestarlo. E a fargli il primo interrogatorio. Questo signore è X, detto qui Pierre Rabier[1], agente della Gestapo.

– È una parente?

– Sono la moglie.

– Ah!... è una brutta faccenda, sa...

Non faccio domande a Pierre Rabier. Lui si mostra gentilissimo. Mi rinnova personalmente il lasciapassare. E mi dice che il giorno dopo Hermann ci sarà.

Rivedo Rabier all'indomani quando vado da Hermann per il permesso. Aspetto in corridoio, lui esce da una porta. Tiene fra le braccia una donna semisvenuta e pallidissima, bagnata fradicia. Mi sorride, sparisce. Torna qualche minuto dopo, sorride ancora. – Allora, sta sempre aspettando?...

Dico che non importa. Lui torna sulla faccenda della rue Dupin. – Era un vero arsenale... E poi quella mappa, sul tavolo... Una gran brutta storia.

[1] Charles Delval (1901-1945).

Mi fa qualche domanda. Sapevo che mio marito faceva parte di un'organizzazione della Resistenza? Conoscevo le persone che abitavano in rue Dupin? Dico che le conoscevo appena o non le conoscevo affatto, che scrivevo libri, che nient'altro m'interessava. Mi dice che lo sa, che mio marito glielo ha detto. Che ha perfino trovato due miei romanzi sul tavolo del salotto quando lo ha arrestato, ride: se li è portati via. Non mi fa altre domande. Finalmente mi dice la verità, non potrò ottenere nessun permesso per i pacchi perché i permessi sono stati revocati. Ma esiste la possibilità di far arrivare i pacchi attraverso il funzionario tedesco che svolge l'istruttoria quando questi procederà agli interrogatori dei detenuti.

Il funzionario istruttore è Hermann, quello che aspetto da tre giorni. Arriva nel tardo pomeriggio. Gli parlo della proposta di Rabier. Dice che non potrò incontrare mio marito, ma che posso portare i pacchi l'indomani mattina, penserà lui a farli avere a mio marito e a sua sorella. Uscendo dall'ufficio di Hermann, incontro ancora Rabier. Sorride, mi conforta: mio marito non sarà fucilato «nonostante il piano per far saltare delle installazioni tedesche trovato sul tavolo del salotto insieme ai due romanzi». Ride.

Vivo in totale isolamento. Unico legame con l'esterno: una telefonata di D.[2] ogni mattina e ogni sera.

Passano tre settimane. La Gestapo non è venuta a perquisirmi la casa. Se le cose vanno come devono, pensiamo che ormai non verrà piú. Chiedo di ricominciare a lavorare. Mi viene accordato. François Morland[3], il capo del

[2] Dionys Mascolo (1916-1997), saggista, ricordato soprattutto per il libro *Le communisme* (1953), dove si esprimeva in favore di un comunismo libertario. Sposò Duras nel 1947, per poi divorziare nel 1956. I due ebbero un figlio nel 1946, Jean.

[3] François Mitterrand (1916-1996), futuro leader socialista e presidente della Repubblica (1980-1994). Nel 1985 lui e Duras registrarono una serie di conversazioni sulla loro comune esperienza partigiana. Del gruppo faceva parte anche il sociologo Edgar Morin.

movimento, ha bisogno di un agente di collegamento e mi fa chiedere di prendere il posto dell'agente Ferry che parte per Tolosa. Accetto.

Il primo lunedí di luglio alle undici e trenta del mattino, devo mettere in contatto Duponceau[4] (delegato, all'epoca, del MNPGD[5], in Svizzera) con Godard[6] (capo gabinetto del ministero per i Prigionieri retto da Henry Frenay[7]). Dobbiamo incontrarci all'angolo del boulevard Saint-Germain con la Chambre des Députés, sul lato opposto alla Chambre. Arrivo puntuale. Trovo Duponceau. Mi avvicino e ci mettiamo a chiacchierare con quell'aria spigliata e disinvolta che i membri della Resistenza ostentano alla luce del sole. Non sono passati cinque minuti che mi sento chiamare a qualche metro di distanza: Pierre Rabier. Mi chiama schioccando le dita. Il volto è duro, severo. Sento che siamo perduti. Dico a Duponceau: – La Gestapo, siamo spacciati –. Vado dritta verso Rabier. Non mi saluta neppure.

– Mi riconosce?

– Sí.

– Dove mi ha visto?

– Rue des Saussaies.

O la presenza di Rabier è un puro caso, o viene ad arrestarci. In questo caso, la «11 légère» della *Polizei* è in attesa dietro l'angolo, ed è già troppo tardi.

Sorrido a Rabier. Gli dico: – Sono molto contenta di vederla, l'ho cercata diverse volte all'uscita di rue des Saussaies. Non ho notizie di mio marito... – L'espressione severa di Rabier svanisce immediatamente – il che non mi rassicura. È allegro, cordiale, mi dà notizie di mia co-

[4] Georges van Batten, direttore generale delle *Maisons du prisonnier* nella Zona Sud. Il compito delle Case del prigioniero era di accogliere e sostenere le famiglie dei prigionieri di guerra e dei deportati.

[5] Mouvement National des Prisonniers de Guerre et des Déportés.

[6] Alphonse Grenier-Godard.

[7] Henry Frenay (1905-1988), figura di spicco della Resistenza, membro del governo provvisorio di De Gaulle.

gnata che ha visto e alla quale ha consegnato il pacco che avevo lasciato a Hermann. Mio marito non l'ha visto, ma sa che ha avuto il pacco. Non ricordo cos'altro mi dice. Ma ricordo questo: che da una parte Duponceau, per non perdermi – «perdere il contatto» – resta là, al suo posto. E che, dall'altra parte, arriva Godard e, non so per quale miracolo, non mi si avvicina. Mi aspetto da un momento all'altro che prenda Rabier per Duponceau e venga a darmi la mano, ma non lo fa. Ci troviamo, io e Rabier, inquadrati dai due compagni, uno cinque metri davanti, l'altro cinque metri dietro. Questa situazione, di una classica comicità da repertorio, non fa ridere nessuno. Mi domando ancor oggi come Rabier non si accorga del mio turbamento. Devo essere verde. Stringo le mascelle per non battere i denti. Si direbbe che Rabier non lo veda. Per una decina di minuti, parla. Non ascolto affatto, zero assoluto. Si direbbe che non gl'importi. Man mano che il tempo passa, attraverso la mia paura si fa strada una speranza, quella di avere a che fare con un pazzo. Il comportamento di Rabier in seguito ha fatto sí che questa mia sensazione trovasse una qualche conferma. Mentre lui parla, alcune persone passano e si fermano vicino a noi: Mme Bigorrie e suo figlio, gente del quartiere che non ho rivisto da dieci anni. Non riesco a spiccicar parola. Se ne vanno in fretta, certo sbalorditi dal mio aspetto stravolto. Rabier mi dice: – Ne conosce di gente qui intorno, – spesso, in seguito, farà allusione a tutti gli incontri di quel giorno – poi ricomincia a parlare. Sento che dice che presto avrà delle informazioni su mio marito. Immediatamente mi metto in sintonia con lui, l'ho fatto spesso in seguito, insisto per rivederlo, avere un appuntamento. Me ne dà uno per la sera stessa alle cinque e mezzo nei giardini dell'avenue Marigny. Ci lasciamo. Lentamente raggiungo Duponceau, gli dico che non capisco, l'altro sbirro dovrebbe essere dietro l'angolo. I miei dubbi permangono, atroci, non capisco assolutamente perché Rabier mi abbia chiamata né perché mi abbia trattenuta cosí a lungo. Da dietro l'angolo non viene nessuno. Segnalo a Duponceau che l'uomo che sta là, a tre metri di distanza, è quello con cui deve mettersi in contatto, Godard. Mi allontano, non so assolutamente che cosa succederà. Non so neppure se ho fatto bene a non avvertire io stessa Godard. Non mi volto, vado dritta filata da Gallimard[8]. Mi lascio cadere su una poltrona. Vengo a saperlo la sera stessa: i compagni non sono stati arrestati.

La presenza di Rabier era realmente casuale. Si era fermato perché aveva riconosciuto la giovane francese che aveva portato il pacco in rue des Saussaies. L'ho saputo dopo, Rabier era affascinato dagli intellettuali francesi, dagli artisti, dagli scrittori. Era entrato nella Gestapo per ripiego, non avendo potuto acquistare una libreria di libri d'arte (*sic*).

Vedo Rabier la sera stessa. Non ha alcuna notizia da darmi, né di mio marito né di mia cognata. Ma dice che potrà averne.

A partire da quel giorno Rabier mi telefona, prima ogni due giorni, e poi tutti i giorni. Ben presto mi chiede di incontrarci. Accetto. Gli ordini di François Morland sono tassativi: devo mantenere quel contatto, è il solo che ci colleghi ancora ai compagni arrestati. Inoltre, se non andassi piú agli appuntamenti di Rabier gli diventerei immediatamente sospetta.

Vedo Rabier ogni giorno. Qualche volta mi invita a pranzo, sempre in ristoranti a borsa nera. Per lo piú andiamo nei caffè. Mi racconta gli arresti che ha effettuato. Ma soprattutto mi racconta non già la sua vita presente, ma quel-

[8] Gaston Gallimard (1881-1975), editore francese. La sede della casa editrice dal 1929 è in 5 rue Sébastien-Bottin, nel VII arrondissement.

la cui aspira. La piccola libreria d'arte ricorre di frequente. Faccio in modo di ricordargli ogni volta l'esistenza di mio marito. Dice che l'ha presente. Nonostante gli ordini di François Morland cerco diverse volte di troncare con lui, ma lo avverto, gli dico che penso di andare in campagna, che sono stanca. Non ci crede. Non sa se sono innocente, ciò che sa è che mi tiene in pugno. Ha ragione. Non mi decido ad andare in campagna. Sempre quella paura invincibile di perdere ogni contatto con Robert L.[9], mio marito. Insisto per sapere dove si trovi. Mi giura che se ne sta occupando. Sostiene di avergli evitato una sentenza e che adesso mio marito è stato fatto rientrare nella categoria dei renitenti al Servizio del Lavoro Obbligatorio. Anch'io lo tengo in pugno: se vengo a sapere che mio marito è stato mandato in Germania, non ho piú bisogno di vederlo, e lui lo sa. La storia del Servizio del Lavoro Obbligatorio è un'invenzione, lo saprò piú tardi. Ma se Rabier mente, è per rassicurarmi, sono sicura che crede di poter fare molto piú di quanto non possa in realtà. Credo che sia arrivato a credere di poter far sí che mio marito ritorni, e questo per tenere me. L'importante è che non mi dica che mio marito è stato fucilato perché non sanno piú cosa fare dei prigionieri.

Sono di nuovo in un isolamento quasi totale. La consegna è di non venire a casa mia e di non incontrarmi per nessuna ragione. Sospendo ovviamente ogni attività. Dimagrisco molto. Arrivo a pesare come una deportata. Ogni giorno mi aspetto di venire arrestata da Rabier. Ogni giorno comunico «per l'ultima volta» alla mia portinaia il luogo dell'appuntamento con Rabier e l'ora in cui dovrei rientrare. Vedo uno solo dei miei compagni: D. detto Masse[10], braccio destro del comandante Rodin, capo di un gruppo

[9] Robert Antelme (1917-1990) si nascondeva dietro il nome di Robert Leroy. Antelme è l'autore di uno dei libri piú importanti sull'universo concentrazionario, *La specie umana* (1947).

[10] È ancora Dionys Mascolo, che aveva come soprannome «Lieutenant Masse».

autonomo, direttore responsabile del giornale «L'Homme Libre». Ci incontriamo lontanissimo da dove abitiamo, camminiamo per la strada, passeggiamo nei giardini pubblici. Gli riferisco ciò che vengo a sapere da Rabier.

All'interno del movimento si manifesta un certo dissenso.

Alcuni vogliono uccidere Rabier senza perdere tempo.

Altri vogliono che io me ne vada subito da Parigi.

In una lettera che D. fa pervenire a François Morland, m'impegno sul mio onore di fare di tutto per consentire al movimento di uccidere Rabier prima che se ne occupi la polizia, e questo non appena saprò mio marito e mia cognata fuori tiro. Vale a dire fuori dalla Francia. Perché c'è anche questo pericolo, oltre al resto: che Rabier scopra che io faccio parte di un movimento della Resistenza e che questo aggravi la situazione di Robert L.

Vi sono due periodi distinti nella mia storia con Rabier.

Il primo periodo va dal momento in cui lo incontro in un corridoio della rue des Saussaies fino alla mia lettera a François Morland. È quello della paura, quotidiana, atroce, stressante.

Il secondo periodo va da quella lettera a François Morland all'arresto di Rabier. C'è la stessa paura, certo, ma a volte sconfina nel piacere di aver deciso la sua morte. Di averlo battuto sul suo stesso terreno, la morte.

Rabier mi dà sempre appuntamenti all'ultimo momento, sempre in luoghi imprevedibili e in ore ugualmente inusitate, sei meno venti, quattro e dieci. Qualche volta mi dà appuntamento in strada, qualche volta in un caffè. Ma che sia in strada o in un locale, Rabier arriva sempre molto in anticipo e aspetta sempre piuttosto lontano dal luogo dell'appuntamento. Se l'appuntamento è in un caffè, lui sta, per esempio, sull'altro marciapiede, ma non davanti al locale, se dobbiamo incontrarci in strada, lui si trova sempre un po' piú in là del luogo indicato. Sta sempre nel punto da cui si vede meglio la persona che si aspetta. Spesso quando arrivo non lo vedo, spunta alle mie spalle. Ma altrettanto spesso quando arrivo lo vedo, è a cento metri dal caffè in cui dobbiamo trovarci, la bicicletta accanto a sé, appoggiata a un muro o a un lampione, la cartella in mano.

Mi annoto ogni sera quel che è accaduto con Rabier, le cose che sono venuta a sapere, vere o false, sui convogli dei deportati diretti in Germania, sulla situazione del fronte, la fame a Parigi, non si trova davvero piú niente ed è ormai impossibile stabilire collegamenti con la Normandia che ha tenuto in vita Parigi per cinque anni. Prendo questi appunti per Robert L., per quando tornerà. Ogni giorno, segno anche su una cartina militare l'avanzata delle truppe alleate in Normandia e verso la Germania. Conservo i giornali.

A rigor di logica Rabier dovrebbe far di tutto per togliere dalla circolazione il testimone piú informato sulla sua attività presso la Gestapo, il piú pericoloso per lui, il piú attendibile: scrittrice e moglie di partigiano, io. Non lo fa.

Rabier mi dà sempre delle informazioni, anche quando crede di non darmene. Generalmente sono voci di corridoio della rue des Saussaies. Ma è cosí che vengo a sapere che i tedeschi cominciano ad avere molta paura, che alcuni disertano, che i problemi di trasporto sono i piú difficili da risolvere.

Anche François Morland comincia ad aver paura. Quanto a D., ha paura fin dal primo giorno. Per Leroy, per me.

Dimenticavo: gli appuntamenti di Rabier sono sempre in luoghi aperti, con diverse uscite, caffè d'angolo, crocicchi. I quartieri che predilige sono il VI, Saint-Lazare, la République, Duroc.

I primi tempi ho avuto paura che mi chiedesse di salire un momento dopo avermi accompagnata fino alla porta di casa. Non l'ha mai fatto. So che vi ha pensato fin da quel primo appuntamento nel giardino dell'avenue Marigny.

L'ultima volta che ho visto Rabier mi ha chiesto di andare a bere qualcosa con lui «nell'appartamentino di un amico che non è a Parigi». Ho detto: – Un'altra volta, – e sono scappata. Ma quella volta lui sapeva che era l'ultima. Aveva già deciso di lasciare Parigi la sera stessa. Quello che non aveva ancora deciso, era che cosa avrebbe fatto di me, come mi avrebbe rovinata, se mi avrebbe portata con sé nella sua fuga o se mi avrebbe uccisa.

Mi viene in mente in questo momento che è stato preso una prima volta in rue des Renaudes, in un appartamentino intestato a lui, credo, e poi rilasciato, e che vent'anni dopo in quella stessa strada Georges Figon[11] è stato trovato «suicidato» dalla polizia francese. Una strada che non conosco. Dal nome oscuro, come di estremo, cieco nascondiglio.

Una sola volta l'ho visto malridotto, la giacca marrone scucita al giromanica e con qualche bottone in meno. Aveva delle ferite in faccia, la camicia strappata. Era in uno degli ultimi caffè, in rue de Sèvres, a Duroc. Era stanchissimo ma sorrideva, gentile, come sempre.

– Me li sono lasciati scappare. Erano troppi.

Si riprende: – È stata dura, si sono difesi, erano sei intorno alla fontana del Luxembourg. Giovani. Hanno corso piú in fretta di me.

[11] Georges Figon (1926-1967), pregiudicato, implicato nel 1965 nel sequestro e nell'omicidio di Mehdi Ben Barka, oppositore del re del Marocco. Figon venne trovato morto nel suo appartamento dopo aver dichiarato di conoscere i mandanti. La polizia concluse che si era suicidato.

Stretta al cuore, ci scommetto, come un innamorato respinto, sorriso desolato: presto sarà troppo vecchio per fermare la gioventú.

È quel giorno, credo, che mi parla delle spie che ogni movimento di Resistenza genera inevitabilmente. È lui a informarmi che siamo stati denunciati da un membro della nostra organizzazione. Il compagno arrestato aveva parlato sotto la minaccia della deportazione. Diceva Rabier: – È stato facile, ci ha detto qual era il posto, la stanza, la scrivania, il cassetto –. Mi fa il nome del compagno. Lo dico a D. D. lo dice al movimento. Tale è l'abitudine a punire, difendersi, liquidare i problemi, e soprattutto pensare che «non c'è tempo», che viene presa la decisione di uccidere quel compagno alla Liberazione. Viene scelto perfino il posto, un parco di Verrières. A Liberazione avvenuta, lasceremo cadere la cosa all'unanimità.

Non ingrasso, Rabier ne fa una malattia. Dice: – Non lo sopporto –. Sopporta di arrestare, mandare a morte, ma che io non ingrassi quando vuole lui, questo non lo sopporta. Mi passa delle provviste. Le do alla portinaia o le getto in un tombino. Denaro, no, gli dico che non ne accetterò mai. Su quel punto, la superstizione è piú forte.

Quello che avrebbe voluto, oltre alla libreria, era diventare un esperto di quadri e oggetti d'arte, fare perizie presso i tribunali. Nel suo ricorso dice di essere stato «critico d'arte al giornale "Les Débats"[12], conservatore del castello di Roquebrune, perito della compagnia PLM[13]. Attualmente», scrive, «avendo acquisito un notevole bagaglio di informazioni e osservazioni, profondamente appassionato a tutti gli aspetti dell'arte antica e moderna, credo di poter

[12] È lo storico quotidiano «Journal des débats», fondato nel 1789 e sostenuto finanziariamente dal governo di Vichy durante l'Occupazione. Venne chiuso alla Liberazione.

[13] Compagnie des chemins de fer de Paris à Lyon et à la Méditerranée.

assolvere con la dovuta competenza gli incarichi piú seri e delicati che mi venissero affidati».

Mi dà appuntamento anche in rue Jacob, rue des Saint-Pères. E anche in rue Lecourbe.

Ogni volta che devo vedere Rabier, e sarà cosí fino all'ultimo, faccio come se fosse giunta l'ora della mia condanna. Faccio come se lui non ignorasse niente della mia attività. È cosí ogni volta, ogni giorno.

Venivano arrestati, portati via, mandati lontano dalla Francia. E non se ne aveva piú notizia, non davano piú alcun segno di vita, mai. E nessuno avvertiva neppure che non valeva piú la pena aspettare, che erano morti. Né ponevano fine alla speranza lasciando il dolore insediarsi, per anni. Per i deportati politici hanno fatto lo stesso. Neanche per loro valeva la pena avvertire, dire che non era piú il caso di aspettarli, che non li si sarebbe visti piú, mai piú. Ma quando ci si pensa cosí, tutto a un tratto, ci si domanda chi altri ha fatto questo? Chi l'ha fatto? Chi?

Questa volta è in rue de Sèvres, veniamo da Duroc, passiamo proprio davanti a rue Dupin dove mio marito e mia cognata sono stati arrestati. Sono le cinque del pomeriggio. Siamo già in luglio. Rabier si ferma. Tiene la bicicletta con la mano destra, posa la sinistra sulla mia spalla, e, con la faccia girata verso la rue Dupin, dice: – Pensi: oggi sono esattamente quattro settimane che ci conosciamo.

Non rispondo. Penso: «È finita».

– Un giorno, – continua Rabier, e si concede un ampio sorriso, – un giorno ho avuto l'ordine di arrestare un disertore tedesco. Ho dovuto prima fare conoscenza con lui, poi ho dovuto seguirlo dappertutto. Per quindici giorni l'ho visto ogni giorno, per molte ore. Eravamo diventati amici. Era un uomo notevole. Quattro settimane dopo l'ho guidato verso un portone dove due miei colleghi ci aspettavano per arrestarlo. È stato fucilato quarantotto ore dopo.

Rabier ha aggiunto: – Anche quel giorno erano quattro settimane che lo conoscevo.

La sua mano era sempre posata sulla mia spalla. L'estate della Liberazione è diventata di ghiaccio.

Nella paura il sangue defluisce dalla testa, il meccanismo della vista s'inceppa. Vedo gli alti edifici del crocicchio di Sèvres ondeggiare nel cielo e i marciapiedi sprofondare in un baratro nero. Non sento piú distintamente. La sordità è relativa. Il brusio della strada diventa ovattato, assomiglia al rumoreggiare uniforme del mare. Ma la voce di Rabier la sento bene. Faccio in tempo a pensare che è l'ultima volta in vita mia che vedo una strada. Ma non riconosco la strada. Chiedo a Rabier:

– Perché mi racconta questo?

– Perché sto per chiederle di seguirmi, – dice.

Stavo scoprendo che me l'aspettavo da sempre. Mi avevano detto che subito dopo la conferma della paura, sopravviene il sollievo, la pace. È vero. Là, sul marciapiede, mi sono vista già arrestata, inaccessibile ormai al fattore stesso della paura: Rabier stesso vi sfuggiva. Rabier prosegue: – Ma a lei chiederò di seguirmi in un ristorante in cui non è mai andata. Avrò il grandissimo piacere d'invitarla.

Si è rimesso a camminare. Fra la prima frase e la seconda, c'è stato il tempo di coprire una certa distanza, un po' meno di un minuto e mezzo, il tempo di arrivare ai giardinetti di place Boucicaut. Si ferma di nuovo, e questa volta mi guarda. Lo vedo ridere in una nebbia. In un ghigno crudele, atroce, scroscia il riso osceno. Anche la volgarità, improvvisamente, prorompe, nauseabonda. È uno scherzo che deve fare alle donne che frequenta, sicuramente prostitute. Fatto il suo giochetto, quelle gli devono la vita. Credo che, proprio in questo modo, abbia avuto qua e là delle donne, durante l'anno che ha passato in rue des Saussaies.

Rabier aveva paura dei suoi camerati tedeschi. I tedeschi avevano paura dei tedeschi. Rabier non sapeva a che punto i tedeschi facessero paura alle popolazioni dei paesi occupati dai loro eserciti. I tedeschi facevano paura come gli Unni, i lupi, i criminali, ma soprattutto gli psicotici del delitto. Non ho mai saputo come dirlo, come raccontare a coloro che non hanno vissuto quegli anni che tipo di paura fosse.

Nel corso del suo processo sono venuta a sapere che l'identità di Rabier era falsa, che aveva preso quel nome da un cugino morto vicino a Nizza. Che era tedesco[14].

Quella sera Rabier mi lascia a Sèvres-Babylone, raggiante, soddisfatto di sé.

Non l'avevo ancora condannato a morte.

Rincaso a piedi. Ricordo bene la rue de Sèvres, una leggera curva prima della rue des Saints-Pères, e la rue du Dragon, si cammina sulla carreggiata, non ci sono automobili.

Improvvisamente la libertà è amara. Ho appena capito cos'è la perdita totale della speranza e il vuoto che ne consegue: non c'è ricordo, non c'è memoria. Credo di provare un leggero rimpianto di aver perso l'occasione di morire viva. Ma continuo a camminare, passo dalla carreggiata al marciapiede, e poi ritorno sulla carreggiata, cammino, i miei piedi camminano.

Non ricordo piú di che ristorante si tratta – era un ristorante a borsa nera, frequentato da collaborazionisti, militi, agenti della Gestapo. Non era ancora il ristorante della rue Saint-Georges. Crede, invitandomi a mangiare, di mantenermi in una relativa buona salute. Mi protegge

[14] In realtà Delval non era un tedesco che si fingeva francese (come scrive Duras), ma un vero francese alsaziano di cultura tedesca.

cosí dalla disperazione, ai suoi occhi è la mia provvidenza. Quale uomo avrebbe resistito a un simile ruolo? Lui non vi resiste. Quei pranzi sono la parte peggiore del ricordo, ristoranti a porte chiuse, gli «amici» che bussano alla porta, il burro sui tavoli, la panna che straripa dai piatti, le carni succulente, il vino. Non ho fame. Lui è disperato.

Un giorno mi dà appuntamento al Flore, come al solito io arrivo e lui non c'è. Né all'interno del caffè né sul boulevard. Mi siedo al secondo tavolino a sinistra entrando. È poco che conosco Rabier. Non sa ancora esattamente dove abito, ma sa che abito a Saint-Germain-des-Prés. Per questo quel giorno decide di darmi appuntamento al Flore. Al Flore degli esistenzialisti, il caffè alla moda.

Ma in pochi giorni sono diventata altrettanto accorta di lui, sono diventata il suo sbirro, quello per il quale morrà. Pur crescendo, la paura rafforza questa certezza: Rabier è nelle mie mani.

Avevo avuto il tempo di avvertire. Due amici passeggiano davanti al Flore, hanno il compito di avvertire che non mi si deve avvicinare. Sono dunque relativamente tranquilla. Comincio a essere abituata alla paura di morire. Sembra impossibile. O meglio: cominciavo a essere abituata all'idea di morire.

Quello che fa al Flore, non lo farà mai piú. Posa la cartella sul tavolino. L'apre. Tira fuori una rivoltella. Posa la cartella sul tavolino e la rivoltella sulla cartella. Questi gesti, li compie senza una parola. Poi prende, fra la cintura di pelle e la tasca dei pantaloni, una catena d'oro, sembra la catena di un orologio. Mi dice: – Guardi, è la catena delle manette, è d'oro. Anche la chiave è d'oro.

Apre di nuovo la cartella e tira fuori le manette che appoggia vicino alla rivoltella. Questo, al Flore. È un gran giorno per lui, essere visto là, con l'armamentario del perfetto poliziotto. Non so cosa vada cercando. Vuol farmi correre il rischio della vergogna piú infamante, quello di essere vista allo stesso tavolo di un agente della Gestapo, o vuole semplicemente convincermi che lui è veramente questo, e solamente questo, questa precisa funzione, dare la morte a chi non è nazista. Tira fuori dalla cartella un pacco di fotografie, ne sceglie una, me la mette davanti.

– Guardi questa fotografia, – dice.

Guardo. È Morland. La fotografia è molto grande, è quasi a grandezza naturale. François Morland mi guarda anche lui, gli occhi negli occhi, sorridendo. Dico:

– Non capisco. Chi è?

Non me l'aspettavo assolutamente. Accanto alla foto, le mani di Rabier. Tremano. Rabier trema di speranza perché crede che riconoscerò François Morland. Dice:

– Morland, – fa una pausa. – Questo nome non le dice niente?

– Morland...

– François Morland, il capo del gruppo cui apparteneva suo marito.

Continuo a guardare le fotografie. Chiedo:

– Dovrei conoscerlo?

– Non necessariamente.

– Ha delle altre foto?

Ce n'è un'altra.

Registro: vestito grigio molto chiaro, capelli molto corti, cravatta a farfalla, baffi.

– Se lei mi dice come posso trovare quest'uomo, suo marito sarà liberato questa notte e tornerà a casa domattina.

Grigio troppo chiaro, baffi che saltano subito all'occhio, capelli troppo corti. Vestito a doppio petto. Cravatta a farfalla troppo riconoscibile.

Rabier non sorride piú, continua a tremare. Io non tremo. Quando non è solo la propria vita ad andare di mezzo, si trovano le parole da dire. Trovo ciò che occorre dire e fare, sono salva. Dico: – Anche se lo conoscessi, sarebbe disgustoso da parte mia darle informazioni del genere. Non capisco come abbia il coraggio di chiedermelo.

Mentre gli dico questo, guardo l'altra fotografia.

Il suo tono è meno convincente: – Quest'uomo vale duecentocinquantamila franchi. Ma non è per questo. È molto importante, per me.

Morland è nelle mie mani. Ho paura per Morland. Non ho piú paura per me. Morland è diventato mio figlio, il mio bambino. Il mio bambino è minacciato, rischio la mia vita per difenderlo. Ne sono responsabile. Improvvisamente, è Morland che rischia la vita. Rabier continua:

– Glielo assicuro, glielo giuro: suo marito lascerebbe Fresnes questa notte stessa.

– Anche se lo conoscessi, non glielo direi.

Finalmente mi sono guardata intorno. Nessuno sembrava aver visto le manette e la rivoltella sul tavolino.

– Ma lei non lo conosce?

– Appunto, si dà il caso che non lo conosca.

Rimette le fotografie nella cartella. Trema ancora un po', non sorride. Solo un'ombra di tristezza nello sguardo, ma breve, liquidata subito.

Annoto anche i fatti che possono farlo ridere, Robert L. Ride. Scoppia a ridere. Prendo nota della chiave delle manette d'oro e della catena d'oro. Sento lo scoppio di risa di Robert L.

Rabier aveva già effettuato ventiquattro arresti nel periodo che precede il nostro incontro, ma avrebbe voluto avere molti piú mandati d'arresto. Avrebbe voluto arrestare un numero quattro volte piú grande di gente e soprattutto gente importante. Vedeva la sua funzione poliziesca come una promozione. Fino a quel momento aveva arrestato ebrei, paracadutisti, partigiani di livello comune. L'arresto di François Morland sarebbe stato un avvenimento senza precedenti nella sua vita. Sono sicura che

Rabier vedeva un nesso possibile fra l'arresto di Morland e la libreria d'arte. Nel suo delirio quell'arresto prestigioso avrebbe potuto valere al suo autore una ricompensa di quel tipo. Della sconfitta tedesca non teneva mai conto. Perché se Rabier poteva concepire di essere al presente un poliziotto e domani il direttore dell'agognata libreria d'arte a Parigi, questo voleva dire che dava per scontata la vittoria tedesca, perché solo una società nazista franco-tedesca che si affermasse in Francia poteva riconoscere i suoi servigi, accoglierlo nel suo seno.

Un giorno Rabier mi dice che nel caso in cui i tedeschi fossero costretti a evacuare Parigi, eventualità cui non crede assolutamente, egli resterebbe in Francia in missione segreta. Questo viene detto, mi pare, in un ristorante, fra una portata e l'altra, il tono è disinvolto.

Con i soldi che mi rimangono compero tre chili di fagioli bacati e un chilo di burro, è aumentato ancora, costa dodicimila franchi al chilo. Faccio questa spesa per mantenermi in vita.

Io e D. ci vediamo tutti i giorni. Parliamo di Rabier. Gli racconto quello che dice. È molto difficile descrivergli la sua fondamentale imbecillità. Essa lo avvolge tutto, senza scampo. In Rabier, ogni cosa rientra nell'ambito di questa imbecillità, i sentimenti, la fantasia e la peggior specie di ottimismo. Questo, fin dall'inizio. Forse non ho mai incontrato qualcuno cosí solo come questo procacciatore di morti.

Nelle fotografie di gruppo del CC del Soviet Supremo a Mosca, i membri assassini si mostrano secondo me nella stessa solitudine di Rabier, l'anima rosa dalle tarme, la solitudine dell'appestato, peggio ancora, ciascuno chiuso nel suo vestito, ciascuno tremante per paura del vicino, dell'esecuzione capitale di domani.

Nel caso di Rabier c'era qualcosa che lo rendeva ancora piú solo di altri. Oltre alla libreria d'arte, Rabier doveva aspettare la fine di un incubo. Ma di questo non mi ha mai parlato. Per essersi affibbiato l'identità di un morto, per aver rubato l'identità di quel giovane morto a Nizza, doveva esserci stato negli anni precedenti della vita di Rabier un atto criminale, un episodio non risolto e sempre passibile di condanna. Viveva sotto falso nome. Un nome francese. E questo rende un uomo ancor piú solo. Non c'ero che io ad ascoltare Rabier. Ma Rabier non era udibile. Parlo della sua voce, della voce di Rabier. Era costruita, calcolata, una protesi. Si sarebbe potuta definire senza timbro, ma era qualcosa di molto piú importante, piú enorme. Ed era anche perché quella voce non era udibile che io l'ascoltavo con tanta attenzione. Ogni tanto gli capitava di avere qualche inflessione. Ma di che tipo? Forse qualcosa come un accento tedesco... Ma era il massimo che si potesse dire. Era questo che gli toglieva ogni possibile identità, questa estraneità, quella che filtrava dalla memoria e si diffondeva nella voce. Nessuno che avesse avuto un'infanzia e dei compagni di scuola in un determinato paese d'origine parlava cosí.

Rabier non conosceva nessuno. Non parlava neppure con i colleghi, mi è parso di capire che loro non ci tenessero. Rabier poteva parlare solo con quelli della cui vita disponeva, quelli che mandava nei forni crematori o nei campi di concentramento o quelle rimaste là, senza notizie, le mogli.

Se aveva accordato un rinvio di tre settimane al disertore tedesco era stato per poter parlare con qualcuno per tre settimane, parlare di sé, Rabier. Sono stata il suo errore. Avrebbe potuto arrestarmi quando voleva. Ha trovato in me un uditorio che certamente non aveva mai avuto, instancabile. Il fatto di essere ascoltato a quel modo lo turbò tanto da fargli commettere delle imprudenze, inizialmente leggere e poi sempre piú gravi, ma che in base alla logica piú elementare dovevano condurlo all'esecuzione capitale.

La notte mi sveglio, nella notte il vuoto dell'assenza è enorme, la paura lo fende, atroce. Poi viene in mente che nessuno ha ancora notizie. È piú tardi, quando le notizie cominciano ad arrivare, che avrà inizio l'attesa.

Rabier è sposato con una giovane donna di ventisei anni[15]. Lui ne ha quarantuno. Ha un bambino che deve avere quattro o cinque anni. Vive con la famiglia nell'immediata periferia parigina. Ogni giorno, viene a Parigi in bicicletta. Credo di non aver mai saputo ciò che diceva alla moglie circa l'impiego del suo tempo. Lei non sapeva che fosse della Gestapo. È un uomo alto, biondo, è miope e porta occhiali con la montatura d'oro. Ha uno sguardo azzurro, ridente. Dietro quello sguardo s'indovina un corpo che scoppia di salute. È molto curato. Cambia la camicia ogni giorno. Ogni giorno ha le scarpe pulite. E unghie immacolate. La sua pulizia è indimenticabile, meticolosa, quasi maniacale. Deve farne una questione di principio. È vestito come un signore. In quel mestiere bisogna aver l'aria di un signore. Lui che bastona, che lotta, che lavora con le armi, il sangue, le lacrime, si direbbe che operi in guanti bianchi, ha mani da chirurgo.

Durante i primi giorni dello sbandamento tedesco, Rabier dice, sorridendo: – Rommel sta per contrattaccare. Ne sono stato informato.

Siamo appena usciti da un bar-tabaccheria dalle parti della Borsa e stiamo camminando. È una bella giornata. Parliamo della guerra. Bisognava sempre parlare per non rischiare di sembrar tristi. Parlo, dico che da diverse set-

[15] Paulette Delval (1918-?)

timane il fronte di Normandia è fermo. Dico che Parigi è affamata. Che un chilo di burro costa tredicimila franchi. Lui dice: – La Germania è invincibile.

Camminiamo. Guarda attentamente le cose intorno a lui, le strade vuote, la folla sui marciapiedi. I comunicati sono categorici, il loro fronte sta per cedere da un giorno all'altro, il mondo intero aspetta quell'istante, il primo segno di arretramento. Guarda Parigi con amore, la conosce bene. In strade simili a queste ha arrestato delle persone. Ogni strada ha i suoi ricordi, le sue urla, le sue grida, i suoi singhiozzi. Questi ricordi non fanno soffrire Rabier. Loro sono i giardinieri di quel giardino, Parigi, di quelle strade che ora adorano, monde di ebrei. Rabier si ricorda solo delle sue buone azioni, non ha alcun ricordo della sua brutalità. Quando parla della gente che ha arrestato, s'intenerisce: tutti hanno compreso la triste necessità in cui si trovava, doveva farlo, purtroppo, e non hanno mai fatto difficoltà, deliziosi, tutti.

– Lei è triste, non posso sopportare che lei sia triste.

– Non sono triste.

– Sí, lo è, non dice niente.

– Vorrei vedere mio marito.

– Conosco qualcuno a Fresnes che può avere sue notizie, che le dirà con quale convoglio deve partire. Ma bisogna dargli dei soldi.

Dico che non ho soldi ma ho dei gioielli, un anello d'oro con un bellissimo topazio. Mi dice che si può provare. Il giorno dopo ritorno con l'anello, glielo consegno. Due giorni dopo Rabier mi dice che ha dato l'anello alla persona in questione. Poi non ne parla piú. Passano diversi giorni. Gli chiedo com'è finita con l'anello. Mi dice che ha cercato di rivedere quella persona ma invano, probabilmente non lavora piú a Fresnes, dev'essere tornata in Germania. Non chiedo se è partita con l'anello.

Ho sempre pensato che quell'anello, Rabier non l'avesse mai dato, che l'avesse preso, che avesse inventato quella storia e quella donna a Fresnes per tenermi, per farmi credere che mio marito fosse ancora là, accessibile, e che lui poteva sempre cercare di contattarlo. Non poteva restituirmi l'anello senza svelare la sua menzogna.

Ha sempre con sé quella bellissima borsa, una borsa eccezionalmente bella. Ho sempre sospettato che si trattasse di una «appropriazione» compiuta in occasione di un arresto o di una perquisizione in un appartamento vuoto. Non c'era mai altro, nella sua borsa, che le manette e la rivoltella. Nessun documento, mai. Tranne quella volta, al Flore, le fotografie di Morland.

Su di sé, nelle tasche interne della giacca, porta altre due rivoltelle di calibro minore. Secondo il suo difensore, l'avvocato F., oltre a queste gli capita di portarne altre due, sempre nelle tasche interne della giacca, adibite a tale scopo.

Questa notevole collezione portatile di rivoltelle è ritenuta, al processo, un elemento a suo favore.

– Pensate un po' che imbecille: arrivava a portarsi addosso sei rivoltelle, – dice l'avvocato F., il difensore d'ufficio.

Nella gabbia degli accusati Rabier è solo. Ascolta con attenzione. Tutto ciò che viene detto lo riguarda. Non smentisce le sei rivoltelle. Si parla di lui, lo scopo principale della sua vita è raggiunto. Si parla di Rabier, lo si interroga e lui risponde. Egli stesso non sa perché porti sei rivoltelle e le manette d'oro e una catena e una chiave d'oro. Nessuno glielo spiega.

È solo nella gabbia degli accusati. Non è preoccupato, è di un coraggio che si potrebbe definire soprannaturale tanto appare indifferente alla morte che lo aspetta. Ci guarda con amicizia. Siamo i soli, D., lui e io, a parlare meno degli altri. Dirà di noi: – Sono stati dei nemici leali.

Vado a Fresnes. Siamo sempre piú numerosi ad andare a Fresnes ogni mattina per cercar di sapere. Aspettiamo davanti alla porta monumentale della prigione di Fresnes. Interroghiamo tutti quelli che escono di là, soldati tedeschi, donne delle pulizie francesi. La risposta è sempre la stessa: «Non so. Non sappiamo niente».

Lungo le linee ferroviarie per le quali transitavano i convogli degli ebrei e dei deportati qualche volta la gente trova dei nomi scritti su pezzettini di carta con l'indirizzo al quale recapitarli e il numero del convoglio. Molti di questi biglietti arrivano a destinazione. Qualche volta al primo messaggio se ne aggiunge un secondo sul quale è scritta la località di Francia, Germania o Slesia in cui è stato trovato il primo biglietto. Ci si mette ad aspettare anche questo, pezzetti di carta gettati dai vagoni. Non si sa mai.

Il fronte tedesco in Normandia cede. Cerchiamo di sapere cosa faranno dei prigionieri: se affretteranno la deportazione dei *politici* in Germania o se li fucileranno prima di smobilitare. Da qualche giorno, escono dalla prigione autobus pieni di uomini scortati da soldati armati. Qualche volta gridano qualcosa, delle informazioni. Una mattina, sulla piattaforma di uno di quegli autobus, vedo Robert L. Corro, chiedo dove vanno. Robert L. grida. Credo di sentire la parola «Compiègne». Svengo. Alcune persone si avvicinano. Confermano di aver sentito anche loro la parola «Compiègne». Compiègne è la stazione di smistamento per i campi. Sua sorella dev'essere già partita. Penso che adesso ci siano meno probabilità che venga ucciso, dal momento che ci sono ancora dei treni. Piú tardi verrò a sapere, sicuramente da Morland, non ricordo esattamente, che mi sbagliavo, che Robert L. era stato mandato in Germania il diciotto agosto nel convoglio dei casi gravi.

La sera stessa comunico a D. la mia decisione di consegnare Rabier al movimento perché agiscano tempestivamente prima che abbia il tempo di scappare.

La prima cosa da fare è che alcuni membri del movimento identifichino Rabier. Improvvisamente il tempo stringe. Ho paura di morire. Tutti hanno paura di morire. È una paura terribile. Non conosciamo i tedeschi. Abbiamo la certezza che i tedeschi sono degli assassini. So che Rabier può uccidermi come potrebbe farlo un bambino. Ne ho la conferma ogni giorno. Ormai, anche se mi telefona puntualmente, è spesso costretto a «non potermi vedere», dice, per diversi giorni di fila. Immagino che stiano sbaraccando pratiche e incartamenti. Poi, un giorno può ancora vedermi. Chiede se posso fare colazione con lui. Dico di sí. Come al solito mi telefona mezz'ora piú tardi per dirmi l'ora e il luogo. D. mi richiama secondo gli accordi. Mi dice che per maggior sicurezza verranno a riconoscerlo in due.

È un ristorante della rue Saint-Georges vicino alla gare Saint-Lazare, quasi esclusivamente frequentato da agenti della Gestapo. Date le notizie che arrivano, Rabier non osa allontanarsi troppo dai suoi.

Mi aspetta come al solito fuori dal ristorante, all'incrocio della rue Saint-Georges con la rue Notre-Dame-de-Lorette.

C'è molta gente. Il locale è piuttosto buio, formato da due box di uguale grandezza uno dei quali dà sulla strada. I due box sono separati da un lungo sedile in similpelle. Io e Rabier ci sediamo all'ultimo tavolo in fondo, nel box che dà sulla strada.

Alzo gli occhi solo quando sono seduta vicino a lui. I compagni non sono ancora arrivati. Il locale è molto affollato. Quasi tutti hanno delle borse strette sotto il braccio. Rabier saluta tutti. Gli rispondono appena. Mi convinco ancora di piú che anche qui, in mezzo ai suoi, è solo.

Abbasso di nuovo lo sguardo – le palpebre di piombo trattengono lo sguardo, proteggono. Mi vergogno e ho paura. Semplificando: sono l'unica, qui, a non lavorare per la polizia tedesca. Ho paura di essere uccisa, mi vergogno di vivere. Non riesco piú a distinguere. Ciò che mi fa dimagrire ogni giorno un po' di piú è tanto la vergogna quanto la paura e la fame. La paura per Robert L. è semplicemente e soltanto paura della guerra. Non si sa ancora niente dei campi. Siamo nell'agosto 1944. È solo in primavera che si saprà. La Germania perde i paesi conquistati, ma i suoi confini sono ancora inviolati. Niente è stato ancora scoperto delle atrocità naziste. Ciò che si teme per i prigionieri, per i deportati, è lo sfascio mostruoso che si annuncia. Siamo ancora immuni da ogni sapere su quanto è avvenuto in Germania dal 1933. Siamo agli albori dell'umanità, essa è là vergine, virginale, ancora per qualche mese. Niente è ancora rivelato sulla Specie Umana. Sono in preda a sentimenti elementari dall'intatta limpidezza. Mi vergogno di stare vicino a Pierre Rabier Gestapo, ma mi vergogno anche di dover mentire a questo Gestapo, a questo cacciatore di ebrei. Arrivo fino a vergognarmi di dover forse morire per mano sua.

Le notizie sono cattive per loro. Nella notte, Montgomery ha sfondato il fronte di Arromanches. Rommel è stato chiamato d'urgenza dal GQG[16] del fronte di Normandia.

Al tavolo vicino c'è una coppia che Rabier sembra conoscere vagamente. Si mettono a parlare della guerra. Abbasso di nuovo gli occhi o guardo la strada. Non posso guardarli, sento che se lo faccio corro un grosso pericolo. Improvvisamente, immagino che qui sappiano leggere nel profondo degli occhi, nello sguardo della gente, nei loro sorrisi, nel modo di stare a tavola, e riescano a farlo per quanto naturali ci si sforzi di sembrare. La signora del tavolo vicino dice, rivolgendosi a Rabier e a me: – Sono già venuti questa notte, pensate! Hanno pic-

[16] Gran Quartier Général.

chiato alla porta. Non abbiamo chiesto chi era, non abbiamo acceso la luce.

Realizzo immediatamente che nella notte alcuni membri della Resistenza sono andati da quella gente. Che la porta dell'appartamento è blindata e non sono potuti entrare. Rabier ha sorriso, si è girato verso di me, ha detto a voce bassa: – Questa qui ha paura.

Ordina del vino. Loro non sono ancora arrivati. Il vino cambia la situazione. La paura svanisce. Gli chiedo:

– E la sua porta com'è?

– Non è blindata, io non ho paura, lo sa bene.

Per la prima volta gli parlo della donna svenuta che lui teneva in braccio nei corridoi della Gestapo, il secondo giorno che l'ho visto. Dico che so che si trattava della tortura della vasca. Ride, come davanti all'ingenuità di un bambino. Dice che è niente, proprio niente, appena sgradevole, che si è esagerato molto. Lo guardo. È già meno importante. È nessuno. Non è che un agente della polizia tedesca, niente di niente. Improvvisamente lo vedo invischiato in un tragico burlesque, una tragedia idiota come un cattivo esercizio di retorica, già segnato da una morte dello stesso squallido livello, deprezzata, non vera, come appiattita. D. mi ha detto che cercheranno di ucciderlo nei prossimi giorni. Hanno già scelto il posto. Bisogna far presto prima che tagli la corda.

La prospettiva dell'ingresso di D. in quel ristorante è inimmaginabile. Penso che non appena entreranno, cosí belli, cosí giovani, la polizia tedesca li identificherà. E penso che si comporteranno nel modo sbagliato. Il tipo di paura che vivo con Rabier da settimane, la paura di aver paura – me ne difendo chiamandola cosí –, questa paura, loro non la conoscono. Sono innocenti. In confronto a Rabier e a me sono innocenti, non hanno in alcun modo praticato la morte.

Dico a Rabier: – Non sono buone le notizie per voi.

Mi versa del vino, ancora e ancora. Non ha mai fatto cosí, e neanch'io bevo mai tanto: vuoto un bicchiere dopo l'altro. Dico: – Sono buone per me, le notizie.

Rido. È il vino. È chiaro, è il vino. Già non posso piú smettere di bere e bere ancora. Mi guarda. Dev'essere morto con quello sguardo. Già si allontana da tutti, circonfuso di luce, già non può piú essere diverso da quello che sarà nella gabbia degli accusati: un eroe.

– Un giorno, – dice Pierre Rabier, – dovevo arrestare degli ebrei, siamo entrati nell'appartamento, non c'era nessuno. Sul tavolo della stanza da pranzo c'erano delle matite colorate e un disegno di bambino. Sono andato via senza aspettarli –. È arrivato a dirmi che nel caso in cui l'avesse saputo mi avrebbe avvertita del mio arresto. Traduco: nel caso in cui altri, e non lui, avesse avuto l'incarico di arrestarmi. Insomma, è assolutamente indifferente al dolore umano, ma si concede il lusso di certi struggimenti paralizzanti, gli dobbiamo la vita, il piccolo ebreo e io.

Lo guardo ancora, con il vino lo faccio sempre piú spesso. Parla della Germania. Secondo lui, io non posso condividere la sua fede, essa è inintelligibile, soprattutto agli altri, ai vinti francesi. Gli dico:

– È finita, finita. Fra tre giorni Montgomery sarà a Parigi.

– Lei non capisce. È impossibile. La nostra forza è inesauribile. Solo i tedeschi possono capire.

Morirà per destinazione divina. Cosí diranno i giornali. Io invece dico: morirà fra tre notti. Ricordo esattamente: ho guardato la sua camicia nuova. Indossava il completo marrone. La camicia aveva il collo alla Danton ed era di un beige un po' dorato che s'intonava con il vestito. Ho pensato che era un gran peccato, per quella camicia nuova, esser capitata su un condannato a morte. E ho pensato ancora con forza (guardandolo con forza): «Ti dico che non comprerai delle scarpe oggi pomeriggio perché non ne vale la pena». Non sente. Penso che è privato della facoltà di percepire il pensiero, che è privato di tutto, deve solo morire.

Penso che, se mi fa bere cosí, è perché si sta già abbandonando alla disperazione della sconfitta, è strano che non lo sappia. Lui crede di farmi bere per cercare di portarmi in un albergo. Ma ignora di non avere ancora deciso che cosa farà di me in quell'albergo, se prendermi o uccidermi. Dice: – Ma è terribile, è dimagrita ancora. *Non posso sopportarlo*.

Quella mattina sento con precisione che proprio l'uomo che arresta gli ebrei e li manda nei crematori non resiste allo spettacolo che offro ai suoi occhi, quello di una donna magra e sofferente, perché ne è lui la causa. Dirà spesso che, se avesse saputo, non avrebbe arrestato mio marito. Ogni giorno decideva il mio destino, e ogni giorno, se avesse saputo, diceva, il mio destino sarebbe stato diverso. Che l'abbia saputo o no, prima o dopo, il mio destino era nelle sue mani. È il potere conferito alla funzione poliziesca. Ma di solito, nella polizia, si è separati dalle proprie vittime, lui invece, conoscendomi, aveva la conferma del proprio potere, aveva la meravigliosa opportunità di entrare nell'ombra dei propri atti, di godere di quella clandestinità nei confronti di sé stesso.

Avverto di colpo che nel ristorante regna una grande paura. L'ho vista, questa paura, quando la mia si è dissipata. Le quaranta, cinquanta persone che si trovavano là erano minacciate di morte. Questione di pochi giorni. Una carneficina.

Ricordo il vino, fresco. Rosso. Ricordo che lui non beveva.

– Lei non conosce la Germania, né Hitler. Hitler è un genio militare. So da fonte sicura che fra due giorni arriveranno grossi rinforzi dalla Germania. Pare che abbiano già passato il confine. L'avanzata inglese sarà fermata.

– Non lo credo. Hitler non è un genio militare.

Aggiungo: – Ho anch'io le mie informazioni. Vedrà.

La signora fa un cenno nella mia direzione e chiede: – Ma cosa sta dicendo?

Rabier si gira verso di lei, improvvisamente freddo, distante.

– Non ha il nostro stesso punto di vista sulla guerra, – dice.

La donna non capisce le parole di Rabier né perché abbia improvvisamente quel tono cosí sferzante.

Li vedo nella strada che metton giú le biciclette. È D. Come secondo hanno scelto una ragazza. Abbasso lo sguardo. Rabier li guarda, poi io distolgo gli occhi e lui non si accorge di niente. Lei deve avere diciotto anni. È una mia amica. Li vedrei passare attraverso le fiamme con meno emozione. Attraversano il ristorante. Cercano un tavolo. Ce ne sono pochissimi di liberi. Probabilmente cominciano ad aver paura di non trovare un tavolo. Li vedo senza guardarli. Bevo. Ecco, trovano da sedersi. È di fronte a noi, a due tavoli di distanza. Noto che c'era un altro tavolo un po' piú lontano, non l'hanno preso, hanno scelto quello piú vicino. Sono già posseduti dai loro ruoli, abitati dall'imprudenza, dalla turbolenza dei bambini. Spio i loro volti con lo sguardo, vedo la gioia che hanno negli occhi. Loro la vedono nei miei.

Rabier parla: – Ieri ho arrestato un giovane di vent'anni, dalle parti dell'Hôtel des Invalides. C'era anche la madre. È stato terribile. Abbiamo arrestato quel giovane davanti a sua madre.

Un cameriere si è avvicinato al loro tavolo. Stanno leggendo il menu. Mangio e non so cosa sto mangiando. Rabier continua: – È stato terribile. La donna urlava. Ci spiegava che suo figlio era un bravo ragazzo, che lei lo sapeva, era sua madre, che bisognava crederle. Ma vede, lui, il ragazzo, non diceva niente.

Entra un violinista. Tutto sarà piú semplice. Riprendo:

– E il ragazzo, non diceva niente?

– Niente. Incredibile. Era calmissimo. Cercava di consolare la madre prima di seguirci. Straordinario come fosse tanto piú vicino a noi che a sua madre. Incredibile.

Chiamano il violinista. Aspetto, non rispondo a Rabier. Ecco: è un motivo che conosco, che cantavamo insieme quando ci ritrovavamo. Ho la ridarella, non posso assolutamente frenarmi. Rabier mi guarda, non capisce.

– Che cos'ha?

– È la fine, la fine della guerra. Ci siamo, è la fine della Germania. È la gioia.

Mi sorride ancora gentilmente e mi dice una cosa, indimenticabile. E perfino adorabile, se detta da un nazista:

– Capisco che lei lo speri. Mi creda, lo capisco benissimo. Ma non è possibile.

– La Germania ha perso, è finita.

Rido, non riesco a fermarmi. Anche loro ridono, laggiú. Il violinista ci dà dentro felice. Rabier dice: – È allegra, mi fa piacere.

Dico: – Avrebbe potuto lasciarlo in pace, quel ragazzo, alla vigilia della fine. Che importanza poteva avere? L'avete ucciso per dimostrare a voi stessi che la guerra non era finita, vero?

Dice qualcosa che sapevamo già, io e D.

– Non è cosí. Per quelli come me la guerra non finirà. Continuerò a servire la Germania fino alla morte. Non lascerò la Francia, se vuol saperlo.

– Non potrà restare in Francia.

Non ho ancora mai parlato cosí. In qualche modo gli confesso chi sono. E lui non vuole sentire.

– La Germania non può perdere, in fondo lei lo sa. Vedrà fra due giorni.

– No. È finita. Fra due giorni, o tre o quattro, Parigi sarà libera.

La signora al tavolo vicino sente tutto quello che diciamo, nonostante il violino. La paura se n'è andata. Certo è il vino. La signora grida:

– Ma cosa sta dicendo, questa?

– Le abbiamo arrestato il marito, – dice Rabier.

– Ah! è cosí...

– Sí, è cosí, – dice Rabier, – è francese.

Molte di quelle persone stanno guardando i miei amici, i due innamorati capitati all'improvviso in mezzo a loro. Sembra che non cerchino di sapere chi sono. Sorridono, riconfortati: la morte non è cosí vicina.

Il violinista riprende a suonare davanti ai due innamorati rapiti. Mi accorgo che siamo solo noi, loro e io, a non aver paura. Le canzoni del violinista sono recenti. Sono canzoni dell'occupazione tedesca. Già struggenti per loro. Superate. Già il passato. Chiedo a Rabier:

– Funzionano, le porte blindate?

– Costano care, – sorride ancora, – ma funzionano.

La donna della Gestapo mi guarda, affascinata, vorrebbe sapere qualcosa sulla fine. Vengo da un paese lontano, per lei, vengo dalla Francia. Credo che vorrebbe chiedermi se è veramente la fine. Chiedo:

– Che cosa pensa di fare?

– Ho pensato a una piccola libreria, – dice Rabier. – Sono sempre stato un appassionato bibliofilo, forse lei potrebbe aiutarmi.

Cerco di guardarlo in faccia, non ci riesco. Dico: – Chissà?

Improvvisamente ricordo una cosa che qualcuno mi ha detto sulla paura. Che sotto le sventagliate di mitra si percepisce l'esistenza della pelle del proprio corpo. Un sesto senso che vien fuori. Sono ubriaca. Manca poco che gli dica che stiamo per ucciderlo. Basterebbe forse un bicchiere di vino in piú. All'improvviso mi invade una sensazione di facilità, come quando ci si tuffa in mare d'estate. Tutto diventa possibile. Per non ingannarlo, non ingannare lui, la spia. Dirglielo, dirgli che lo uccideremo. In una strada del VI arrondissement. Forse è solo la prospettiva di venir rimproverata da D. che mi trattiene dall'informarlo.

Siamo usciti dal ristorante.

Tutti e due in bicicletta. Lui qualche metro davanti a me. Ricordo come pedalava. Con calma. Un perfetto ciclista parigino. Intorno alle caviglie ha delle manette di ferro, la cosa mi fa ridere. Ha messo la borsa sul portabagagli, assicurata da una cinghia.

Alzo un attimo la mano destra e faccio finta di mirare, bang!

Continua a pedalare nell'eternità. Non si volta. Rido. Miro alla nuca. Pedaliamo veloci. La sua schiena si allarga, enorme, a tre metri da me. Impossibile mancarla, tanto è grande, bang! Rido, riafferro il manubrio per non cadere. Miro con attenzione, il centro della schiena mi pare piú sicuro, bang!

Si ferma. Mi fermo dietro a lui. Poi gli vado vicino. È pallido. Trema. Ecco. Lo dice sottovoce: – Venga con me, ho un amico che ha un piccolo appartamento qui vicino. Potremmo bere qualcosa insieme.

Era un incrocio piuttosto grande, Châteaudun, mi pare. C'era molta gente, eravamo immersi nella folla dei marciapiedi.

– Un minuto, – supplica Rabier, – venga per un minuto.

Dico: – No. Un'altra volta.

Sapeva che non avrei mai accettato. L'aveva chiesto tanto per chiedere, come prima di dire addio. Era molto emozionato, ma senza autentica convinzione. La paura si era già troppo impossessata di lui. E diciamo pure, la disperazione.

Abbandona bruscamente la partita. Si addentra sotto una volta e si allontana con il suo passo da funzionario.

Non mi ha piú telefonato.

Qualche giorno dopo, alle undici di sera, c'è stata la Liberazione di Parigi. Deve averlo sentito anche lui, lo straordinario frastuono di tutte le campane delle chiese di Parigi, e forse ha visto anche la folla che si riversava tutta nelle strade. Quella felicità inesprimibile. E poi dev'essere andato a nascondersi nella tana della rue des Renaudes. È solo, la moglie e il figlio sono già via da Parigi. La moglie, convocata al processo – bella e insignificante, dice un teste – ha detto di essere completamente all'oscuro delle sue attività poliziesche.

Si è cercato di sottrarlo all'apparato giudiziario, evitargli la solita trafila delle Assise e ucciderlo noi. Era già stato scelto il posto, boulevard Saint-Germain, non ricordo il punto esatto. Non l'abbiamo trovato. Allora abbiamo informato la polizia della sua esistenza, e la polizia l'ha scovato. Era nel campo di Drancy, solo.

Al processo ho testimoniato due volte. La seconda volta avevo dimenticato di parlare del bambino ebreo. Ho chiesto di essere sentita di nuovo. Ho detto che mi ero dimenticata di riferire che aveva salvato una famiglia ebrea, ho raccontato la storia del disegno del bambino ebreo. Ho detto inoltre di aver appreso nel frattempo che aveva salvato anche due donne ebree, le aveva fatte passare nella zona liberata. Il procuratore generale ha urlato, mi ha detto: – Cerchi di sapere quello che vuole, prima l'ha fatto a pezzi e adesso lo difende. Non abbiamo tempo da perdere qui –. Ho risposto che volevo dire la verità, volevo che fosse detta nel caso in cui quei due episodi avessero potuto evitargli la pena di morte. Il procuratore generale, esasperato, mi ha chiesto di uscire. Il pubblico mi era ostile. Sono uscita[17].

Al processo di Rabier sono venuta a sapere che aveva investito i suoi risparmi nell'acquisto di edizioni originali. Di Mallarmé, Gide, e anche Lamartine, Chateaubriand, forse Giraudoux: libri che non aveva e non avrebbe mai letto, che forse aveva cercato di leggere senza riuscirvi. Questo dato su Rabier evoca da solo, ai miei occhi, esattamente come il suo mestiere, l'uomo che ho conosciuto. Insieme alla sua aria da signore, alla sua fede nella Germania nazista, e anche alle sue bontà occasionali, alle sue distrazioni, alle sue imprudenze, forse anche a quell'attaccamento per me, per me che lo farò morire.

E poi Rabier mi è del tutto uscito di mente. L'ho dimenticato.

Dev'essere stato fucilato nell'inverno 1944-1945. Non so dov'è successo. Mi hanno detto: nel cortile della prigione di Fresnes, probabilmente, come gli altri.

[17] Le minuziose ricerche svolte da Pierre Péan (*Une jeunesse française: François Mitterrand, 1934-47*, Fayard, Paris 1994) permettono di integrare il racconto di Duras e spiegare il suo comportamento apparentemente contraddittorio. Dopo la Liberazione furono i partigiani a condurre l'interrogatorio dei collaboratori e dei loro familiari, e tra questi il compagno di Duras, Mascolo. Proprio in queste circostanze Mascolo cominciò una relazione con Pauline Delval, la quale, come ammise in seguito lei stessa con Péan, sperava in tal modo di riuscire a salvare il marito. Nel giugno del 1945 sarebbe nato anche un figlio dai loro incontri, e il loro rapporto sarebbe continuato (in parallelo a quello di Mascolo con Duras) per diversi anni. Poiché Duras era il principale accusatore di Charles Delval, Pauline, incinta, pregò Mascolo di intercedere affinché lei alleggerisse la testimonianza precedente, e Duras accettò di aggiungere il particolare sui due bambini ebrei (secondo Mascolo, Duras non seppe mai della sua relazione parallela, né del figlio che ne era nato). Con queste rivelazioni il testo perde un po' del suo mistero, ma è possibile apprezzare meglio la stilizzazione del passato biografico operata da Duras. Nella sua pagina una storia di passioni un poco sordide si trasforma nel dramma morale di una donna davanti alla vendetta che sa di meritare, ma non è sicura di volere.

Con l'estate, è arrivata la sconfitta tedesca. È stata totale. Si è dispiegata su tutta l'Europa. L'estate è arrivata con i suoi morti, i suoi superstiti, il riverbero di un dolore inconcepibile dai campi di concentramento tedeschi.

[1985].

Hanna Krall

Il fantasma del dolore

1.

La bisnonna di Axel von dem B.[1] era la contessa Cosel[2]. Non è del tutto chiaro chi fosse il bisnonno; secondo una versione era Augusto II il Forte[3], re di Polonia ed elettore di Sassonia. Un'altra versione vuole che fosse un ebreo polacco, un rabbino che si era trovato in conflitto con altri rabbini, aveva lasciato il paese e si era stabilito in Germania.

Ambedue le versioni, quella del re e quella del rabbino, si tramandano nella famiglia di Axel von dem B. da duecentocinquant'anni.

2.

Le sue trecce erano fluenti, corvine, gli occhi grandi, indicibilmente espressivi, la pelle bianca come marmo, la bocca minuta. Cosí veniva rappresentata Anna Cosel dai memorialisti, dai pittori, e da Ignacy Kraszewski[4]. Augusto le giurò che sarebbe divenuta regina. Non mantenne la promessa, dopo qualche anno l'abbandonò, e la fece imprigionare. Fu confinata nel castello di Stolpen, e qui rimase, in seguito ormai volontariamente, fino al giorno della morte.

[1] Axel Ernst-August Clamor Franz Albrecht Erich Leo Freiherr von dem Bussche-Streithorst (1919-1993).

[2] Anna Constantia von Brockdorff, contessa di Cosel (1680-1765).

[3] Augusto il Forte (1670-1733), principe elettore di Sassonia, re di Polonia dal 1697.

[4] Józef Ignacy Kraszewski (1812-1887), scrittore polacco.

La lettura preferita della contessa in esilio erano i libri ebraici. Cosí ha scritto Kraszewski. Si circondava di ebrei. Le opere rabbiniche gliele traduceva un orientalista, un pastore protestante, che lei ricompensava con larghezza. All'inizio gli faceva pervenire il denaro tramite un messaggero discreto, in seguito si incontravano e facevano lunghe conversazioni sul Talmud e sulla religione ebraica. A queste conversazioni pose termine la moglie del pastore, gelosa della contessa, ancora bella nonostante i suoi sessant'anni.

3.

Chi era l'amante ebreo di Anna Cosel?

(Che ve ne sia stato uno è certo... Come spiegarsi altrimenti questa singolare fascinazione per gli ebrei e per la loro religione? Il fascino esercitato da un uomo, è chiaro...)

Pertanto: un rabbino – la Polonia – un conflitto con altri rabbini – la partenza per la Germania...

Jonathan Eibeshitz[5]?

Nato a Cracovia, era un saggio; fu invitato ad Amburgo per domare l'angelo della morte, perché le puerpere morivano durante il parto; lui distribuí alle donne dei biglietti con una strana preghiera e con misteriosi segni. Lo accusarono di essere un seguace del falso messia. Lui si appellò ai rabbini polacchi. Il Sinodo dei Quattro Territori respinse l'accusa, ma nonostante il verdetto favorevole molti rabbini polacchi, e fra questi il grande rabbino di Dubno, Mojzes Osterer, lanciarono l'anatema su Jonathan Eibeshitz e sulla sua dottrina.

Salomon Dubno[6]?

Nato a Dubno – da cui prese il nome – morí ad Amsterdam. Gli fu data moglie quando aveva quattordici an-

[5] Jonathan Eybeschütz (1690-1764), talmudista, halakhista e cabalista polacco.
[6] Salomon Dubno (1738-1813), rabbino polacco.

ni. Studiò a Leopoli e a Berlino. Divenne il precettore del figlio del filosofo e teologo Moses Mendelssohn[7], che molti considerano, accanto a Lessing, la figura piú significativa dell'Illuminismo tedesco. Salomon Dubno indusse il filosofo a eseguire una nuova traduzione del Pentateuco in lingua tedesca. Egli stesso scrisse il commento alla Genesi. Mentre era a metà del commento al libro dell'Esodo, passò da Berlino il grande rabbino di Dubno Naftali Herz[8]. Questi criticò il circolo di amici nel quale si muoveva il suo connazionale, e gli ordinò di cambiare ambiente. Salomon non terminò il suo lavoro, lasciò Berlino e si trasferí ad Amsterdam.

Jakub Kranz?

Nato nella regione di Vilna, era un *magghid*, un predicatore itinerante. Per la verità non si mise in lite con gli altri rabbini, però emigrò lo stesso in Germania: per studiare e per partecipare alle dispute con altri studiosi. Lasciò la Germania per Dubno, dove lo pagavano sei zloty alla settimana, che poi gli aumentarono a otto, e gli accomodarono la stufa.

(Fu chiesto al *magghid* di Dubno: – Perché i ricchi fanno l'elemosina piú volentieri ai poveri zoppi e ciechi che ai poveri sapienti? – E lui rispose: – Perché il ricco non può essere sicuro di non divenire cieco o zoppo egli stesso, mentre invece sa bene che non diventerà mai un sapiente).

Nei ritratti si assomigliano un pochino tutti e tre: barba bianca, occhi tristi, sguardo trasognato. Forse perché quegli occhi li sollevano malvolentieri, e solo per un attimo, dai loro libroni aperti. Ma la contessa potrebbe averli incontrati prima, quando avevano la barba nera, e gli occhi piú allegri...

Non incontrò né il *magghid* di Dubno né Salomon Dubno; il primo nacque poco prima che lei morisse, il secondo poco dopo. Ma Jonathan Eibeshitz aveva ventisei anni, quando lei fu mandata alla torre...

[7] Moses Mendelshon (1729-1786), illuminista tedesco di origine ebraica.
[8] Naftali Herz Wessely (1725-1805), rabbino polacco.

Fu Jonathan dunque? Il seguace del falso messia? E inoltre, chi, se non lui, accusato, colpito dall'anatema, avrebbe avuto abbastanza coraggio per allacciare una relazione simile, con una gentile? Con la favorita ripudiata di un re?

C'è un'altra possibilità: contrariamente alla tradizione della famiglia di Axel von dem B., il bisnonno non era un rabbino.

Era un mercante. Diciamo Hershel Itzak. Viveva a Dubno, commerciava in pellicce, andava alla fiera di Lipsia, viaggiando in compagnia del suo servitore Michael Shmuel. Di lui non sappiamo altro, ma la dottoressa Ruta Sakowska[9], che mi ha tradotto i testi ebraici e aiutato a trovare un amante ebreo per la contessa Cosel, ritiene che gli abbiano dato moglie quando aveva quindici anni, che costei gli avesse sfornato un mucchio di bambini, che fosse diventata grassa e andasse in giro con la parrucca. Che ci sarebbe da meravigliarsi se avesse perso la testa per una dama bella ed elegante? Lui era un bell'uomo, è chiaro: occhi azzurri (incorniciati da una capigliatura nera e ricciuta dovevano apparire affascinanti), un sorriso aperto, denti d'un bianco abbagliante, pelliccia di zibellino. Non è da escludere che abbia regalato qualche zibellino anche alla contessa...

(Ma la dottoressa Sakowska non confonderà Hershel Itzak con Dimitri Karamazov?)

Si recava dunque il nostro mercante ebreo in Sassonia, alla volta di Lipsia, e, come ci fa sapere Kraszewski, i mercanti ebrei erano ospiti frequenti al castello di Stolpen. Portavano mercanzie, gazzette, libri, e una volta cercarono di aiutare la contessa a fuggire dalla torre. Si lasciò scivolare per una scala di corda, ma prima che riuscisse ad allontanarsi la guardia del castello l'aveva già ripresa.

Questo tentativo di fuga con l'aiuto degli ebrei ebbe luogo nel 1728. Cosí scriveva Kraszewski nel suo *La con-*

[9] Ruta Sakowska (1922-2011), storica polacca.

tessa Cosel. E in quello stesso anno, il 1728, Hershel Itzak arrivò da Dubno per la fiera di Lipsia. Cosí è stato scritto nella storia della città, nel libro commemorativo *Sefer Zikkaron* edito a Tel Aviv[10]... E quindi non sarebbe potuto accadere che proprio lui, Hershel Itzak, e il suo inseparabile servitore Michael Shmuel avessero organizzato la fuga rocambolesca con la scala di corda?

Rabbino o mercante, poco importa; l'importante è che il bisnonno di Axel von dem B. doveva provenire da Dubno. Dal momento infatti che è il Grande Sceneggiatore a intrecciare tutti questi fili misteriosi, egli conosce anche la fine. Sia di Dubno che di Axel von dem B.

Non poteva dunque non costituire un prologo comune alla successiva loro storia comune.

4.

Dubno si trova in Volinia, a centonovantuno metri sul livello del mare, sulle rive dell'Ikva, affluente dello Styr'. «Bella si presenta fin da lontano, poggiata su un'altura, circondata dalle paludi dell'Ikva», si leggeva sulle antiche guide.

Era fin dai suoi natali una città polacco-ebraica; polacchi ed ebrei dovevano occuparsi allo stesso modo dello stato dei ponti e delle strade. Gli ebrei potevano fare abluzioni ai bagni pubblici il giovedí e il venerdí, i cristiani il martedí e il sabato. Nelle festività cristiane importanti le botteghe degli ebrei dovevano restare chiuse, ma in quelle meno importanti le si poteva tenere aperte per i poveri e per i viandanti. Nel 1716 fu celebrato a Dubno un proces-

[10] Sul modello di libri del ricordo diffusi sin dal Medioevo nelle comunità ebraiche per evitare che venissero dimenticati i membri delle comunità morti e le atrocità dei pogrom subiti, dopo la Shoah venne pubblicata una serie di volumi che ricostruivano la storia degli insediamenti distrutti, tra le altre cose riportando i nomi degli abitanti di cui era sopravvissuta qualche memoria. *Dubno. Sefer Zikkaron*, a cura di Y. Adini, Tel Aviv 1956 (in ebraico e yiddish), è chiaramente una delle principali fonti usate da Hanna Krall per il suo racconto.

so contro due donne, una giovane e una vedova, accusate di essersi convertite al giudaismo. La giovane venne trascinata davanti al tribunale direttamente dalla festa nuziale, insieme al fidanzato ebreo, al rabbino e all'ufficiale civile che aveva verbalizzato il contratto di nozze. Dopo sessanta colpi le donne non avevano ancora abiurato la religione ebraica, dopo altri quaranta la giovane tornò al cristianesimo. Ambedue furono condannate al rogo, gli ebrei alle frustate e a un'ammenda, sotto forma di cera per candele, da devolvere ai conventi, alle chiese e al castello. Nel 1794 fu costruita a Dubno una sinagoga. Il padrone della città, il principe Michal Lubomirski[11], mandò per la costruzione mattoni, gesso, sabbia, e contadini servi della gleba. Per la cerimonia della posa della prima pietra bevve vodka insieme agli ebrei e mangiò dolcetti al miele, dopodiché espresse loro questo augurio: – Possiate pregare felicemente Iddio creatore del cielo e della terra, e nelle cui mani si trova la vita di ogni creatura.

Dubno appartenne ai Lubomirski per cinque generazioni. Michal, che aveva contribuito a costruire la sinagoga, era un generale, un massone e suonava il violino. Fondò a Dubno una loggia massonica, il Segreto Perfetto dell'Oriente. In occasione delle fiere annuali, chiamate contratti, dava balli strepitosi, a cui intervenivano ogni giorno fino a trecento invitati. Józef[12], suo figlio, giocava a carte ed era un avaro («per tirchieria non volle fare alcuna riparazione a Dubno» ha scritto un memorialista). Marceli, il nipote, giocava anche lui a carte, ma perdeva. Abbandonò la casa e se ne andò all'estero con un'attrice francese. Era amico di Norwid, degli insorti ungheresi e dei socialisti francesi. La moglie che lui aveva abbandonato mise in guardia lo Zar contro un attentato di cui era venuta a sapere per chiaroveggenza. Un suo figlio bastardo divenne un attore

[11] Michał Lubomirski (1752–1809), luogotenente generale dell'Armata polacca.
[12] Józef Lubomirski (1839-1911).

dell'Odeon di Parigi. L'ultimo proprietario di Dubno fu Józef Lubomirski. Come il padre e il nonno fu anch'egli un appassionato giocatore, e si riempí di debiti. Sposò una milionaria di dieci anni piú vecchia di lui, la vedova di un fabbricante di profumi conosciuta attraverso un'agenzia matrimoniale. Grazie al matrimonio scomparve l'incubo che gli turbava il sonno da trent'anni: non poteva uscire da una camera d'albergo perché non aveva i soldi per pagare il conto. Morí senza discendenti nel 1911. Dubno l'aveva venduta prima di morire a una principessa russa.

Nel ventennio fra le due guerre Dubno era capoluogo distrettuale del voivodato della Volinia; contava dodicimila abitanti, di cui la maggior parte era costituita da ebrei.

5.

Axel von dem B. nacque la domenica di Pasqua del 1919. La sua casa di famiglia si trovava sul fianco settentrionale del monte Harz. Era un edificio a due piani e con due ali, circondato da un giardino; a cento metri dall'ingresso principale scorreva il fiume Bode. I locali lo chiamavano il castello. Loro la chiamavano casa. La lasciarono nel febbraio 1945 in due ore, con il bagaglio a mano. Per la prima volta ci ritornò con la figlia e i nipoti poco prima della riunificazione della Germania. Nel palazzo c'era una scuola di marxismo-leninismo: il direttore voleva chiamare la polizia, perché attraverso il cancello – che del resto non c'era – erano entrati nel giardino. Durante la seconda visita, ormai dopo la riunificazione, la polizia non fu chiamata e fu permesso loro di entrare nell'edificio. – Insegnate ancora il marxismo-leninismo? – chiesero al direttore. – Siamo passati alla lingua inglese, – rispose. – Ma sapete cosa, signor barone? Quando lei avrà recuperato la proprietà, io l'affitterei volentieri per aprirci un hotel. Che ne dice?

Il padre di Axel amministrava la proprietà e studiava le culture dell'estremo Oriente. Si recava in Giappone, in Cina, si interessava anche di storia delle civiltà. Avevano un vecchio giardiniere, delle giovani cameriere, un fedele maggiordomo, una governante timida... come in tutti i castelli.

Il ricordo piú caro di Axel von dem B. erano le conversazioni della governante con il vecchio maggiordomo. Ogni mattina alle otto in punto si incontravano sulle scale: la governante saliva su dai bambini, il maggiordomo scendeva giú dal padre. Il maggiordomo non era uso a salutare per primo le giovani signorine, cosí passavano uno accanto all'altra senza una parola, dopodiché lui si fermava, girava la testa e diceva: – Signorina Kuntze, la signorina mi ha rivolto il buongiorno o forse si è limitata a pensare che sarebbe opportuno farlo? – Questo dialogo si era ripetuto ogni giorno, alle otto in punto, per otto o dieci anni.

Piú tardi Axel e suo fratello andarono al ginnasio, piú tardi prestarono il servizio militare a Potsdam, piú tardi scoppiò la Seconda guerra mondiale.

6.

«L'angolino di Dubno, quattro sinagoghe, la sera del venerdí, ebrei ed ebree in mezzo a queste pietre rotte – tutto questo resta nella memoria. Poi, a sera, l'aringa, e una sorta di tristezza...» scriveva Isaac Babel', che fu a Dubno nel 1920 con l'armata di Budënny. «I pascoli, i campi, il sole che tramonta. Le sinagoghe, basse, vecchiarelle, le casette verdi e blu...»

C'erano tanti alberi, specialmente sulle rive dell'Ikva. Lungo il fiume si andava a passeggiare le sere d'estate. D'inverno sul fiume si spaccava il ghiaccio che, immagazzinato, durava fino all'autunno successivo. Per tutto l'anno si attingeva l'acqua, e con carri botte trainati da cavalli la si distribuiva in città. All'imbrunire si accendevano le lanterne a gas. Nei giorni di mercato si alzavano nell'aria polvere e odore di sterco di cavallo.

La calligrafia piú bella nella Dubno ebraica l'aveva lo scrivano Josele. Non era male nemmeno il giovane Pinchasowicz, ma Josele era piú in voga, e andavano tutti da lui a farsi scrivere le petizioni.

Il dottor Abram Grynzwajg («elettro-foto-terapia»), che era arrivato direttamente da Vienna, riceveva in via Cisowski, il suo numero di telefono era 30.

Il fotografo R. Zuckier gestiva l'atelier «Decadence».

Lejb Silsker aveva un cavallo e un carretto. Andava alla stazione a ritirare e a consegnare la posta.

L'arrotino piú bravo era Reb Mejer. Era uno specialista nell'affilare i coltelli per la macellazione rituale.

Il cantore della sinagoga grande era Ruben Zypring. Cantava benissimo, suonava anche il clarinetto nell'orchestrina che accompagnava i matrimoni. Il violino lo suonava Eli Striner, la tromba Mendel Kaczka, che era stato solista della banda militare di Luck nell'esercito zarista. Tanta era la devozione religiosa di Mendel Kaczka che per i quattro anni in cui serví nell'esercito non volle toccare il rancio del calderone, perché non era kasher. La banda di Dubno andava a suonare per tutta la regione, ai matrimoni degli ebrei, dei polacchi e degli ucraini.

La compagnia teatrale dilettante mise in scena la commedia di Goldfaden[13] su Bar Kochbà, capo della rivolta giudaica contro Roma. Nel ruolo di Bar Kochbà recitava Wolff, il fidanzato della sarta Brandli. Era aitante e aveva una bella voce da baritono. Il padre di Dina, l'innamorata di Bar Kochbà, era Lajzer, il lattoniere che aveva l'officina vicino al pozzo.

Dubno era famosa per l'ottima qualità del suo pane azzimo, sottile ed eccezionalmente croccante. Quello da vendere cominciavano a cuocerlo in dicembre, subito do-

[13] Avram Goldfaden (1840-1908), attore e drammaturgo di lingua ebraica e yiddish. Il suo *Bar Kochbà* fu messo per la prima volta in scena a Odessa nel 1883.

po Chanukkà. Soltanto in primavera, dopo Purim, si mettevano a farlo per il proprio consumo.

I grossi mercanti commerciavano in luppolo e in legname: il luppolo lo vendevano in Austria, i pini, le querce e gli abeti in Germania.

C'erano molti poveri. Ogni venerdí si raccoglievano soldi per loro, perché non restassero senza pesce e senza challà per lo Shabbat.

«... il silenzio della sera in sinagoga ha sempre avuto su di me un effetto a cui non potevo resistere... – scriveva Babel'. – Quelle quattro sinagoghe in fila... Un edificio privo di qualunque ornamento, tutto bianco e liscio al limite dell'ascesi, tutto incorporeo, mostruosamente diafano; per concepirlo ci vuole l'anima ebraica... Com'è possibile che proprio nel nostro secolo tutto questo debba venire annientato?»

7.

Axel von dem B. attraversò la frontiera con la Polonia sul solco lasciato dai carrarmati di Guderian[14], il primo giorno di guerra. Il giorno seguente morí il suo amico Heinrich. Successe nei boschi di Tuchol. Il sole era già tramontato, cominciava a far buio, nell'oscurità vide i soldati del plotone di Heinrich che scappavano. Gridarono: – Il tenente è morto! – e continuarono a correre. I polacchi sparavano dall'alto, si erano legati con le cinture alle cime degli alberi. Era spiacevole. Passarono la notte nel bosco.

Axel sedeva con le spalle appoggiate a un albero, sulle sue ginocchia teneva la testa del giovane Quandt, ferito in quella stessa scaramuccia. Lo chiamavano «il giovane Quandt» per distinguerlo dal padre, il vecchio Quandt[15], proprietario di grandi fabbriche tessili. La madre del gio-

[14] Heinz Guderian (1888-1954), generale tedesco.
[15] Günther Quandt (1881-1954), imprenditore tedesco.

vane Quandt era morta che lui era ancora un bambino; il padre si era risposato con una ragazza di nome Magda. Per le vacanze avevano assunto un insegnante privato, che si chiamava Joseph Goebbels. Quando le vacanze terminarono, l'insegnante scomparve insieme a Magda[16]. Per questo e forse per altri motivi il giovane Quandt non andava pazzo per i nazisti.

Con la testa appoggiata alle ginocchia di Axel, il giovane Quandt diceva che stava morendo, e che tutti quei delinquenti nazisti... – Non sei ridotto cosí male, – cercava di consolarlo Axel, ma Quandt sapeva come era ridotto, e ripeteva che tutti quei delinquenti nazisti avrebbero dovuto fare la sua stessa fine. – E il piú presto possibile. Piú tardi finiranno, tanto piú terribile sarà la loro fine.

All'alba Quandt morí, e Axel cercò di entrare in possesso di un'altra pistola. Aveva vent'anni, aveva combattuto la sua prima battaglia e gli erano morti due amici. Quando si mossero, impugnava una pistola in ciascuna mano, e si sentiva piú sicuro di sé. Lo vide il comandante: – Noi, – gli disse, – nella nostra famiglia non dobbiamo dimostrare di essere coraggiosi. Noi *siamo* coraggiosi... – e gli tolse la pistola che Axel stringeva nella mano sinistra.

«Nella nostra famiglia» significava che Axel von dem B. e il comandante del reggimento Von und zu Gilsa[17] provenivano dalla medesima famiglia: la grande aristocrazia tedesca.

Con questo comandante Axel fece l'intera campagna di Polonia e una parte di quella di Russia. L'inverno del '40 lo passarono a Wloclawek. Un giorno furono informati che l'amministrazione civile avrebbe trasferito tutti gli ebrei della città in un quartiere a loro destinato; gli ebrei avevano il diritto di portare con sé solo bagaglio a mano.

– È scandaloso! – si indignò il comandante. – Ma chi è il cretino che si inventa simili cose? Domani di buon mat-

[16] Johanna Maria Magdalena Ritschel (1901-1945), moglie di Joseph Goebbels.
[17] Werner Albrecht Freiherr von und zu Gilsa (1889-1945), generale tedesco.

tino vado a Cracovia da Frank[18] e gli racconto ogni cosa. (Conosceva Frank dal tempo delle Olimpiadi di Berlino, durante le quali era stato comandante del villaggio olimpico).

Al mattino l'auto era pronta, ma un attimo prima della partenza l'aiutante osservò: – E se non si trattasse di un cretino? Se fosse... la politica del Reich?

– Lei crede? – Von und zu Gilsa esitò, poi dette ordine di riportare l'auto nella rimessa. (Piú tardi lo nominarono comandante di Dresda; all'indomani del memorabile bombardamento alleato lo trovarono morto: sua figlia assicurava che non si era trattato di suicidio).

A Wloclawek rimasero fino alla primavera del '41, quando si mossero verso est; all'alba del ventidue giugno, alle tre e quindici, Axel von dem B. attraversò la frontiera russa.

Sapeva che in Russia governavano i comunisti. Sapeva che c'erano i lager, e che Stalin era un assassino. In breve: sapeva di andare a combattere il comunismo, quindi era giusto.

(Anche invadere la Polonia era stato giusto, specialmente dopo Gliwice[19]; nessuno aveva sospettato che gli incidenti di Gliwice fossero stati provocati dai tedeschi; si riteneva che i polacchi avessero perso il controllo dei nervi e avessero cominciato; bisognava dar loro una risposta: era tutto giusto).

I russi li accolsero con il pane, con i fiori. Anche loro credevano che i tedeschi venissero a portare la libertà. Presto avrebbero dovuto ricredersi: i figli di puttana venuti da fuori si rivelarono ancora peggiori dei figli di puttana che avevano in casa.

Proprio cosí si espresse Axel von dem B. durante una conferenza al Rotary Club di Washington, poco dopo la guerra. Qualcuno degli intervenuti allora si alzò e lasciò per protesta la sala. Axel pensò che ciò volesse significare disapprovazio-

[18] Hans Michael Frank (1900-1946), governatore nazista della Polonia occupata.

[19] L'incidente di Gleiwitz (oggi Gliwice) fu un finto attacco inscenato contro la locale stazione radio tedesca il 31 agosto 1939 in modo da offrire un pretesto per l'invasione della Polonia.

ne per il suo punto di vista, ma gli fu spiegato che si trattava di una protesta contro l'espressione figlio di puttana. Si trovavano in mezzo alla piú raffinata società di Washington, dove certe espressioni non erano abituati a sentirle.

Passò da Smolensk, arrivò a Desna; rimase ferito sei volte; al braccio, alla gamba, al petto; ogni volta dall'ospedale tornava al fronte. Nell'autunno del '42 si trovava in Ucraina, a occidente del Dnjepr, su un fiume di cui non ricordava il nome, e che si gettava in un altro di cui pure non ricordava il nome.

La città si chiamava Dubno.

8.

Nella Dubno ebraica le persone avevano un soprannome; veniva usato piú spesso e lo si ricordava piú facilmente del cognome vero. Si diceva: Ida delle uova, Benjamin Capretta, Benjamin il falegname, Henia delle oche, Zalman il rosso, Zalman il nero, Karma la pazza, Chaim dei Nuoviricchi, il rosso Mottel, Mechl Perticone, Jankel Boccale, Nissel il Sanitario, Scholem Diociscampi, Mottel l'Acquaiolo, Basha la Nera, Aba il Maestro, Itzek il Saggio, Itzele Bicchierino, Esther la Cameriera, Asher il Cembalista, Isher il Pellaio.

Isher faceva senz'altro il pellaio, Itzele alzava certamente il gomito; ma Scholem? A quale avvenimento era collegato il Dio ci scampi?

E Hanna la pazza? Le venivano delle idee pazze? Forse aveva delle visioni? Forse, come la folle ebrea piangente di Sochaczew, rispondeva: «Perché piango? Se voi sapeste quello che so io, chiudereste le vostre botteghe e piangereste con me...»

Sono scomparsi quelli dei soprannomi.

Sono scomparsi quelli che hanno scritto il *Sefer Zikkaron*, il Libro della memoria.

Non c'è nessuno a cui lo si possa domandare.

9.

Axel von dem B. a Dubno era ufficiale di Stato maggiore. Comandante del reggimento era Ernst Utsch.

Axel aveva un cavallo, su cui faceva delle passeggiate nei dintorni. (I dintorni erano bellissimi: il fiume Ikva, i boschi di querce e abeti...) A volte cavalcava in direzione del vecchio aeroporto.

Un giorno, mentre faceva una di queste passeggiate, all'aeroporto vide che avevano scavato un'enorme buca rettangolare. Pensò che dovesse servire a impedire agli aerei nemici di atterrare. Ne fu sorpreso; sarebbe stato sufficiente collocare sulla pista d'atterraggio un qualunque ostacolo. Girò il cavallo.

All'indomani venne a far visita al comandante del reggimento il capo delle autorità civili, il *Gebietskommissar*. Quando se ne fu andato, Utsch disse che il *Gebietskommissar* aveva richiesto dei soldati per un'azione; avrebbero dovuto formare un cordone intorno all'aeroporto. Utsch aveva rifiutato; non gli era consentito immischiarsi in questioni di competenza dell'amministrazione civile. Per un momento lui e Axel si domandarono di che tipo di azione potesse trattarsi. Era la prima volta che udivano la parola azione – *Aktion* – in un contesto poco chiaro, ambiguo.

Un paio di giorni dopo ad Axel fu riferito che all'aeroporto stava accadendo qualcosa di strano. Montò a cavallo.

Vide la stessa fossa rettangolare.

Davanti alla fossa stavano in piedi, nudi, uomini e donne, bambini e vecchi.

In fila come le oche, uno dietro l'altro, cosí come si può stare normalmente in coda per il latte, o per il pane. Una coda lunga all'incirca seicento metri.

Sul bordo della fossa, con le gambe ciondoloni all'interno, sedeva una SS. Imbracciava un fucile mitragliatore. A un suo segno la fila avanzava. Lungo i gradini scavati nella terra la gente scendeva nella fossa. Si stendevano, uno a fianco dell'altro, a faccia in giú. La SS faceva fuoco. Un attimo dopo faceva un cenno, e la fila avanzava. La gente scendeva giú, si distendeva sui cadaveri. Partiva un'altra raffica, e la SS faceva un cenno. La fila veniva avanti...

Era una giornata calda, una di quelle calde giornate autunnali che capitano d'ottobre. Splendeva il sole.

Le donne nude portavano in braccio i neonati nudi. Gli uomini tenevano per mano i bambini e i vecchi che barcollavano. Le famiglie si stringevano fra di loro con le braccia nude.

Nessuno gridava, nessuno piangeva, né pregava, o tentava la fuga. Tra una raffica e l'altra regnava un silenzio perfetto.

Le SS erano otto. A sparare era uno. I rimanenti aspettavano, forse, che si stancasse.

Axel fece ritorno al quartier generale.

L'azione all'aeroporto durò due giorni, furono fucilate tremila persone.

La sera del terzo giorno Axel udí dei passi sulle scale e qualcuno bussò alla porta. Entrò un suo conoscente, un impiegato del quartier generale; disse:

– Ero al ristorante. Il *Gebietskommissar* ha offerto una cena alle SS dell'*Aktion*... Seduto accanto a lui c'è quello grande e grosso... ho sentito quello che diceva... diceva che vanno cosí di città in città... Le autorità civili preparano tutto – i camion, i cordoni, la fossa, e loro arrivano, e ammazzano... diceva di avere ammazzato lui stesso, fino a oggi, trentamila ebrei... diceva che per questo è stato promosso comandante... Ma tu mi ascolti?

– Ti ascolto, – rispose Axel, – va' a dormire.

L'impiegato uscí. Axel sentí scricchiolare sotto i suoi passi le vecchie scale di legno.

Un'ora dopo le scale scricchiolarono di nuovo, e l'impiegato bussò alla porta.

– Scusami se ti disturbo, ma ho fatto un po' di conti. Se quelli là sono in otto, e se ciascuno di loro ammazza trentamila persone, allora nel giro di quanto – diciamo tre mesi? quattro mesi? – quelli sono capaci di ammazzarne un milione! Ma tu mi ascolti?

– Va' a dormire, – gli rispose Axel.

In novembre il *Gebietskommissar* offrí un'altra cena, stavolta in occasione della festa d'Ognissanti; invitò Ernst Utsch, ma il comandante declinò l'invito e mandò al suo posto Axel.

Sedeva accanto a una donna il cui marito si occupava di agricoltura in Ucraina. Le chiese se era al corrente dell'*Aktion*. Lo sapeva. Sapeva anche che presto non ci sarebbero piú state fucilazioni. Ci sarebbero stati i camion, che avrebbero sistemato tutto coi gas di scarico. – Si tratta di adottare metodi piú umanitari, – aggiunse la donna. Axel non le chiese nei confronti di chi i metodi dovessero essere piú umanitari, se delle SS o degli ebrei; immaginò che si riferisse alle SS, perché le uccisioni le sfinivano.

Raccontò tutto al comandante.

– E cosí Adolf Hitler ci ha tolto anche l'onore, – fu il commento di Ernst Utsch.

Axel non gli chiese che cosa avesse tolto l'onore al comandante del reggimento. Comprendeva che dopo tutto quello che avevano saputo avrebbero continuato a vivere normalmente, come avevano fatto fino ad allora. Avrebbero dormito, mangiato, digerito e respirato. Fra di loro avrebbero fatto finta di non sapere. Non sapere sapendo benissimo.

Tre mesi piú tardi Axel von dem B. prese la decisione di uccidere Adolf Hitler.

10.

Il ghetto di Dubno era stato organizzato nell'aprile del '42, durante le festività di Pesach. Era situato tra via Scholem Aleichem e le vie parallele, lungo la riva dell'Ikva. Durante la liquidazione del ghetto, la gente si buttava nelle acque del fiume, che erano profonde e impetuose. Chaja Fajnblit del vicolo del Pesce, che dopo quattordici anni di matrimonio senza prole aveva dato alla luce il primo figlio durante la guerra, lo prese e lo annegò, poi inghiottí del veleno. Si avvelenarono i medici, la dottoressa Ortman e il dottor Kagan. Lejzer Wejsblum si impiccò. Alcuni cercarono rifugio fra i canneti in riva al fiume, ma i tedeschi di tanto in tanto incendiavano i giunchi.

A Yom Kippur – nel giorno dell'espiazione – gli ebrei che erano sopravvissuti si riunirono in casa del vecchio Sykuler, che abitava in riva all'Ikva. Dirigeva le preghiere il cantore Pinchas Shoched. Dopo le preghiere tutti si avvicinarono a lui e gli augurarono: – Reb Pinchas, possiamo noi rivederti in salute fra un anno da oggi.

Gli ultimi ebrei di Dubno furono assassinati in ottobre, a Simchat Torah – il giorno dell'Esultanza della Legge.

11.

Tre mesi piú tardi prese la decisione di uccidere...

La decisione di uccidere il Führer del Reich richiede un po' di tempo per essere presa. Soprattutto quando si hanno ventitre anni. Soprattutto quando si è un ufficiale che al Führer ha giurato fedeltà.

Non sentiva odio. Il suo ragionamento era freddo e semplice. Hitler era l'incarnazione di un mito. Bisognava distruggere il mito per sopraffare il crimine.

Parlò della sua decisione a un amico. Questi era Fritz von Schulenburg[20]. Durante gli studi universitari si era interessato al marxismo, poi si era legato ai nazionalsocialisti, quindi era passato all'opposizione capeggiata da Von Stauffenberg[21], il futuro organizzatore dell'attenta-

[20] Fritz-Dietlof von der Schulenburg (1902-1944), ufficiale tedesco.

[21] Claus Philipp Maria Schenk Graf von Stauffenberg (1907-1944), ufficiale tedesco.

to del luglio 1944. (Durante il processo seguito a questo attentato, il procuratore si rivolgeva a lui chiamandolo «criminale» oppure «il mascalzone Schulenburg». Una volta che lo chiamò col titolo di conte, lui lo interruppe: «mascalzone Schulenburg, prego»). Fu impiccato nell'agosto del '44. Un anno e mezzo dopo quel colloquio, nel corso del quale Axel lo aveva messo al corrente di essere pronto a uccidere...

12.

Nel giugno del '43 erano vicino a Leningrado, a pochi chilometri da Zarskoe Selo e dalla prima linea del fronte. C'erano le notti bianche, e fino al mattino si poteva leggere senza accendere la luce. («Scrivo, leggo senza lampada» raccontava Alexander Puškin, allievo del liceo di Zarskoe Selo). Era sera; il cielo aveva il colore del latte scremato.

Sedevano al quartier generale del reggimento – una villa di legno, che fungeva al tempo stesso da alloggio del comandante, e bevevano caffè. Il caffè lo facevano con il cognac sovietico bollente, che ricevevano con la razione insieme alle sigarette. Lo chiamavano caffè diabolic. Il comandante era andato a ispezionare la prima linea. Sedevano e parlavano. Non era una conversazione seria, non parlavano né di guerra né di politica. Erano piuttosto delle chiacchiere, di quelle che si fanno di sera, quando il cielo ha il colore del latte scremato, davanti a un caffè diabolic.

A un tratto si alzò dalla sedia il piccolo Bronsart. Estrasse la pistola dalla fondina, la puntò contro il ritratto di Hitler appeso alla parete e fece fuoco. Lo prese in pieno. Difficile dire perché lo avesse fatto; dopotutto non stavano parlando di niente di importante. Era evidente che il piccolo Bronsart non amava il Führer, ecco tutto.

Cadde un silenzio di tomba, com'è ovvio. Tutti guardavano il Führer con il buco in fronte pensando la stessa cosa: se il foro nella parete di legno sotto il ritratto fosse profondo, e se quelli nella stanza fossero tutti dei loro.

Fu Axel a rompere il silenzio, chiedendo a Richard, aiutante di campo del reggimento, se ci fosse da qualche parte un ritratto di riserva. Al che Richard, il fratello minore di quel Heinrich che era morto il secondo giorno di guerra nei boschi di Tuchol, rispose che, purtroppo, a ciascun reggimento toccava un solo ritratto.

Il silenzio diventava imbarazzante; adesso fu Richard a parlare:

– Per pensare abbiamo tempo. Mentre aspettiamo di capire cosa è successo, facciamo tutti come lui.

Tirò fuori la pistola e la puntò contro Hitler.

Dopo di lui sparò Axel.

Dopo Axel sparò Klausing[22], o forse Von Arnim…

Cosa avessero fatto del ritratto crivellato di colpi, e cosa venisse appeso al suo posto, Axel non lo ricordava. Non era un problema suo, questo; sbrigare le questioni col comandante era compito di Richard, l'aiutante di campo. Per fortuna era dotato di un non comune talento diplomatico, ed era il tipo adatto per smussare le situazioni angolose.

Bronsart von Schellendorf cadde un mese dopo, sulla Neva.

Friedrich Klausing rimase ferito, e fu rimandato a Berlino. Divenne poi aiutante di Stauffenberg, fu impiccato nel luglio del '44.

Ewald von Kleist non morí, ma Richard sostiene che quel giorno Kleist con loro non c'era.

Ad ogni modo furono in tre a sopravvivere: Axel von dem B., Max von Arnim, adesso in pensione, e Richard von Weizsäcker[23], che oggi è il presidente della Germania.

[22] Friedrich Karl Klausing (1920-1944).

[23] Richard von Weizsäcker (1920-2015), sesto presidente della Germania occidentale (1984-1990) e primo presidente della Germania riunificata (1990-1994).

13.

Nell'autunno del '43 Fritz von Schulenburg comunicò ad Axel che i congiurati cercavano un ufficiale disposto a uccidere Hitler durante una sfilata di uniformi. Si trattava di divise per il fronte orientale. Quelle usate fino ad allora, come si era visto nel corso delle battaglie, non erano adatte alle condizioni del fronte russo. Erano stati elaborati dei nuovi modelli, e Axel avrebbe dovuto presentarli a Hitler. Alla sfilata avrebbero presenziato anche Himmler e Göring. Dopo la disfatta di Stalingrado era raro che si facessero vedere tutti e tre insieme, quindi l'occasione era eccezionale.

Axel von dem B. era un indossatore perfetto. Conosceva il fronte orientale, ed era in grado di fornire a Hitler le indispensabili spiegazioni. Era decorato di medaglie e croci di guerra; alto di statura e di bell'aspetto ben rappresentava il tipo nordico.

Axel comunicò a Fritz von Schulemburg che era d'accordo.

L'adesione di Axel von dem B. è riportata da tutti i libri che trattano dell'opposizione antihitleriana nel Terzo Reich. Perché la situazione nel '43 appariva tale che «nessun ufficiale tedesco, neppure dei circoli dell'opposizione, se la sarebbe sentita di alzare la mano sul Führer». Gli uni si richiamavano alla volontà del popolo, che ancora subiva il fascino di Hitler; gli altri obiettavano le proprie convinzioni cristiane. Altri ancora, famosi altresí per il loro coraggio, rifiutavano, perché «non sarebbero stati capaci di fare una cosa simile». (Non sarebbero stati capaci – per dirla con le parole di Von Weizsäcker – di lasciare il dritto e angusto sentiero umano dell'ortodossia cristiana per cercare la strada attraverso il labirinto).

Dopo la guerra Axel, studente di Giurisprudenza all'università di Gottinga, tenne una conferenza per i suoi colleghi. Era in corso il processo di Norimberga, e quegli studenti non potevano credere a quanto scrivevano i giornali: pensavano si trattasse di un errore, o di propaganda. Axel raccontò loro di Dubno.

– L'hai visto con i tuoi occhi?

– Con i miei occhi.

– E sono stati dei tedeschi a fare questo?

– Sono stati i tedeschi.

La conferenza fu riportata da un giornale universitario, con il titolo: *Il giuramento e la colpa*. Axel chiariva per quale motivo si fosse deciso a compiere l'attentato. Parlava della fedeltà, e del giuramento prestato ai capi. Diceva che questo giuramento è un patto fra due uomini liberi di fronte a Dio. Che infrangere un giuramento vuol dire infrangere le leggi divine; ma si può non osservare un giuramento quando è stato il capo stesso a violarlo. E i capi del Terzo Reich lo avevano calpestato e tradito...

Dunque: Axel von dem B. disse a Fritz von Schulenburg che ci stava.

Richard, come aiutante di campo, gli rilasciò un Marschbefehl, un lasciapassare per Berlino.

(Cinquant'anni dopo Richard von Weizsäcker disse che Axel von dem B. aveva preso la decisione anche per lui. Dopo l'azione dell'aeroporto nessuno di loro ufficiali tedeschi di stanza a Dubno poteva piú dire di *non sapere*. Ormai sapevano. Sapevano, ma continuavano a trasmettere ai subalterni gli ordini del comando. Partecipavano essi stessi al crimine, e coinvolgevano nell'azione criminale anche i propri soldati.

– Ogni giorno tornavamo a porci la stessa domanda: che fare? – ricorda cinquant'anni dopo Von Weizsäcker. – Axel ci forní la risposta a questa domanda. Non ne fui sorpreso. Eravamo al fronte, e per ciascuno di noi ogni giorno poteva essere l'ultimo. E stando cosí le cose, perché non scegliersi da sé l'ultimo giorno? Morire per avere ammazzato il Führer sarebbe stato decisamente piú sensato che morire sul fronte orientale...)

Allora: Richard gli procurò un lasciapassare; Axel si recò a Berlino e si incontrò con Stauffenberg.

Claus Stauffenberg, ferito in Africa, aveva perso la mano destra, e della sinistra gli erano rimaste solo tre dita. Una benda nera gli copriva un occhio mancante. Era risoluto, sereno, senza un'ombra di pathos.

Chiese ad Axel perché volesse uccidere Adolf Hitler. – Ma lei sa che cosa fa con gli ebrei? – rispose con un'altra domanda Axel von dem B.; poi si corresse: cosa *noi* facciamo con gli ebrei.

Stauffenberg sapeva. Domandò a sua volta se Axel, come protestante, non avesse scrupoli morali. I cattolici comprendono la liceità del tirannicidio, ma anche Lutero in una delle sue opere ha scritto... Era evidente che aveva preparato per Axel, e forse anche per sé, un'argomentazione teologica. – La prego di riflettere ancora una volta, – disse al termine della conversazione. – Dopo pranzo lei mi informerà sulla sua decisione.

Dopo pranzo Axel informò Stauffenberg che la sua decisione era irrevocabile. Cosí passarono a definire i particolari. La sfilata delle uniformi per il fronte orientale si sarebbe svolta nella Tana del Lupo, il quartier generale di Hitler in Prussia orientale. Gli indossatori sarebbero stati soldati ignari di tutto. Il materiale esplosivo doveva trovarsi nascosto nell'uniforme di Axel von dem B. La carica esplosiva avrebbe ucciso i capi del Reich, Axel, e tutti i presenti.

Al termine del colloquio Stauffenberg estrasse dalla cartella una busta di piccole dimensioni. Questo è l'ordine, disse. Lo consegnerà al colonnello L. al quartier generale. Dopo la morte di Hitler sarà reso noto alle forze armate, a tutti i tedeschi e al mondo intero. Lei potrà leggerlo strada facendo...

Axel von dem B. si accinse all'esecuzione del compito.

Il materiale esplosivo gli fu consegnato dal colonnello L. Erano tre chili di mina, un chilo di dinamite e una bomba inglese. Tutto entrava in una piccola valigetta piatta. La bomba inglese era eccezionale, perché silenziosa. L'esplosione seguiva dopo dieci minuti dall'innesco del detonatore; i minuti scorrevano in un silenzio ideale. Ciononostante, Axel non voleva la bomba inglese. In primo luogo non la conosceva. In secondo, dieci minuti di attesa per la morte propria e quella altrui era un tempo troppo lungo. Restituí la bomba. (La utilizzò piú tardi lo stesso Stauffenberg nel luglio del '44). Chiese una normale bomba a mano, come quelle che aveva imparato a usare al fronte. Scoppiavano dopo quattro secondi e mezzo. L'innesco era rumoroso, questo è vero, ma si poteva soffocarlo con facilità, anche con un colpo di tosse. Il colonnello L. non aveva a portata di mano queste bombe, cosí Axel si recò a Potsdam da un compagno d'armi. Il camerata era un patriota tedesco, e un sangue misto tedesco-ebraico. Aveva troppo sangue ebraico per difendere la patria (era una delle prime leggi naziste: il sangue misto non poteva difendere la patria combattendo al fronte). Ne aveva troppo poco per finire ad Auschwitz o a Theresienstadt. Disperato di non poter combattere al fronte in difesa della patria tedesca, implorò che gli venisse affidato un servizio nelle retrovie. Fu collocato a Potsdam. Aveva le bombe a mano. Non fece domande. Axel von dem B. poté raggiungere gli alloggiamenti di Hitler. In treno si sfilò dallo stivale la busta con l'ordine, che dopo l'attentato avrebbe dovuto essere reso noto ai tedeschi e al mondo intero.

Il Führer è morto, suonava la prima frase.

È stato assassinato da una cricca di ambiziose SS...

In questa situazione l'esercito ha assunto il potere...

Il vagone letto del convoglio militare andava verso oriente, Axel von dem B. era a letto, sprofondato nella lettura.

E dunque Stauffenberg non aveva intenzione di dire la verità ai tedeschi. Il popolo continuava ad amare Adolf Hitler, e la responsabilità della sua uccisione andava scaricata sulle spalle di una «cricca» di «SS ambiziose».

E dunque siamo cosí deboli, pensò Axel von dem B. Nemmeno dopo Stalingrado possiamo dire la verità... Perfino noi dobbiamo cominciare dalle menzogne...

Arrivò a destinazione.

Consegnò la busta con l'ordine.

Raggiunse gli alloggiamenti degli ospiti. Aspettava la comunicazione dell'inizio della sfilata. Il vagone con le divise era in viaggio verso la Prussia.

Non sa esattamente quanti giorni rimase in attesa nella baracca degli ospiti, ma in compenso sa quante notti. Tre notti. Non dormiva. Seduto in poltrona, faceva un bilancio.

Quando si ha ventiquattro anni, il bilancio, anche di tutta la vita, non prende molto tempo, cosí alla terza notte si addormentò. All'alba lo chiamò il colonnello L. Gli Alleati avevano bombardato il convoglio fra i cui vagoni viaggiava quello con le uniformi. Le uniformi erano bruciate. Non ci sarà la sfilata, Axel von dem B. doveva senza indugio tornare sul fronte russo.

Raccogliendo le sue cose, si domandò cosa fare delle mine e della bomba a mano. Non poteva lasciare la valigetta nell'alloggio degli ospiti, e non aveva tempo per seppellirla nel bosco. La portò in Russia con sé. Là trasferí ogni cosa in una sacca militare – di tela, di color kaki, e la nascose nell'armadietto degli ufficiali.

Tre mesi piú tardi fu ferito. La ferita non sembrava grave, ma subentrò la cancrena, e gli amputarono un piede. Poi gli amputarono la gamba all'altezza del polpaccio. Poi all'altezza del ginocchio. Poi la gamba intera.

Fu operato a Berlino, nell'ospedale delle SS. Quando uscí dall'anestesia, vide davanti a sé l'armadio bianco dell'ospedale. Sull'armadio c'era la borsa di tela color kaki. Al fronte vigeva la consuetudine di spedire all'ospedale, dietro agli ufficiali feriti, le loro cose personali, cosí la famosa sacca aveva seguito Axel von dem B., senza che nessuno vi guardasse dentro.

Il diciassette luglio venne a trovarlo Friedrich Klausing, l'aiutante di Stauffenberg. Lo informò che ormai la *cosa* si sarebbe risolta nei prossimi giorni. Axel stava in ascolto.

Nella notte fra il venti e il ventuno luglio del '44 udí alla radio la voce di Hitler: «Vi parlo per due ragioni. Primo, perché udiate la mia voce e possiate convincervi che sono sano e salvo. Secondo, perché siate informati di un crimine che non ha eguale nella storia della Germania...»

Axel ritenne opportuno distruggere il taccuino con gli indirizzi. Era senza una gamba, e non poteva andare al gabinetto, cosí se lo mangiò, una pagina dopo l'altra, per tutta la notte.

Al mattino arrivò la Gestapo. Fu un interrogatorio breve, aveva un alibi: giaceva senza una gamba in un letto dell'ospedale delle SS. Sopra il capo degli uomini della Gestapo, sull'armadio, c'era la sacca di tela. La ritirò, piú tardi, Karl Groeben, un camerata che aveva una mano paralizzata e non era andato al fronte. Raccontò degli attentatori, quelli che erano stati impiccati, quelli che erano stati mandati in campo di concentramento, e quelli che si erano suicidati. Il colonnello L. era riuscito a fuggire. Pare che avesse attraversato il fronte e si fosse rifugiato dai russi. Il camerata terminò il suo resoconto, afferrò la sacca con la mano sana, si assicurò che fosse ormai inutile, e promise di gettarla nel corso d'acqua piú vicino.

14.

«Alla periferia di Dubno c'erano le casette con i giardini, cosí la città era attorniata dal verde. E in primavera si diffondeva un profumo intensissimo di sambuco, gelsomino, acacia... E il fiume che attraversa Dubno era coperto da alti canneti, pieno di pesci e di uccelli acquatici.

...Un mattino molto freddo, non so se in autunno o in primavera, ho sentito dei rumori insoliti. La gente correva da qualche parte, e mi dissero che nell'Ikva nuotavano un'ebrea con sua figlia. Si erano nascoste fra i giunchi, quando si accorsero che la gente faceva capannello e le vedeva. La gente stava a osservare quella spaventosa tragedia, tutti tacevano... Qualcuno avvertí i tedeschi, quelli vennero e si misero anche loro a guardare. Quelle non potevano restare continuamente acquattate fra i giunchi, avevano bisogno di muoversi, perché l'acqua era gelida, cosí un po' si nascondevano, un po' si muovevano nell'acqua, e alla vista dei tedeschi si nascosero di nuovo. I tedeschi presero una barca e andarono a prelevarle. Erano tutt'e due vestite di bianco, forse in camicia...» (Da una lettera di Antonina H., una volta abitante a Dubno).

15.

All'inizio Axel von dem B. portava la protesi, ma la gamba artificiale gli procurava un dolore insopportabile. È un fenomeno conosciuto in medicina provare sensazioni a un'estremità mancante. Si chiama fantasma del dolore. Il medico gli ha spiegato che l'origine del fantasma del dolore si trova nei lobi frontali del cervello, e che si potrebbe fare un'operazione chiamata lobotomia frontale. Ma il paziente si è rifiutato.

Cammina con le stampelle. È alto un metro e novantatre. Da sotto la giacca gli spunta una lunga gamba. Accanto a essa, fra il pavimento e la giacca, c'è un ampio spazio vuoto. La gamba che non c'è occupa un bello spazio. Molto di piú di quell'altra che spunta da sotto la giacca, in un pantalone scuro, calzata in un elegante mocassino tirato a lucido. Le stampelle sono comunissime, in alluminio, con dei terminali di gomma nera. Stampelle cosí ce le hanno anche gli invalidi polacchi, ci si appoggiano anche quelle vecchie che a Varsavia aspettano il tram in direzione di via Stalowa e via Brzeska.

Si muove con lentezza. Esamina il suolo con uno sguardo. A lungo e con cura sceglie un percorso che non sia scivoloso né scosceso; appoggia la stampella e sposta la gamba avanti. Quindi si arresta, e si concentra sull'esame del suolo...

Si è laureato in Giurisprudenza. È stato diplomatico, editore, direttore di scuole esclusive, e cosí via. Faceva colazione con Adorno, Golo Mann, Hanna Arendt. Le vacanze le passava insieme al cugino Klaus[24] e sua moglie, Beatrice d'Olanda[25].

Ha sposato un'inglese ed è andato a vivere in Svizzera. In Germania capitava di rado. Negli anni Cinquanta lo convocò la Procura; avevano trovato le SS dell'aeroporto di Dubno, e il procuratore gli chiese se fosse in grado di riconoscere le loro facce. – Non sono in grado di riconoscerli, – rispose.

– Ma come, – replicò stupito il procuratore, – lei non è stato testimone dell'uccisione degli ebrei di Dubno?

– Lo sono stato.

– Non ha visto le facce di quelli che li uccidevano?

– Le ho viste.

– E allora perché non è in grado di riconoscerle?

– Perché le facce delle SS erano tutte uguali: facce da cani da caccia, – spiegò Axel. – Lei ha mai visto i cani quando raggiungono la selvaggina? Lei sarebbe in grado di distinguere un cane dall'altro?

L'anno scorso la moglie[26] di Axel von dem B. è morta. Axel, dopo trentacinque anni di assenza, ha fatto ritorno in Germania.

Ha fatto visita a un paio di conoscenti, fra i quali il colonnello L., quello che nella Tana del Lupo gli aveva consegnato tre chili di mine e un chilo di dinamite. Dopo l'attentato di Stauffenberg era scappato in Russia. Ha trascorso

[24] Klaus-Georg Wilhelm Otto Friedrich Gerd (1926-2002).

[25] Beatrix Wilhelmina Armgard van Oranje-Nassau (1938-vivente), regina dei Paesi Bassi dal 1980 al 2013.

[26] Lady Camilla Mildred Nicola Acheson (1917-1988).

oltre dieci anni in cella di isolamento alla Lubianka e nei lager siberiani. Tornato in Germania, si è stabilito in Bassa Sassonia, in una piccola casa di campagna. Ha ricevuto Axel von dem B. con gentilezza. Si è irritato una sola volta, quando l'ospite lo ha chiamato colonnello. – Lei si trova di fronte a un principe coronato, – ha esclamato. – Lei non sa come ci si deve rivolgere a un sovrano? – Poi è stato chiarito che il colonnello L. era tornato dai lager sovietici incoronato principe di Prussia. A parte questo, si comportava normalmente.

Axel von dem B. è andato ad abitare coi suoi figli nel vecchio castello. Le sale sono buie e fredde, vi sono appesi specchi e quadri in pesanti cornici dorate. Gli arazzi rappresentano scene di caccia. I pavimenti scricchiolano tutta la notte. Li fa scricchiolare il fantasma di quel suo antenato che rubò la cassa del reggimento, fu decapitato e ora cammina per i corridoi con la testa insanguinata sotto il braccio. Le scale del castello sono ripide, perciò Axel occupa un stanza piccola, al pianterreno. C'entrano un letto, dei libri, un tavolino con la tazzina, un fornello elettrico e due stampelle.

Di tanto in tanto gli fa visita qualche storico tedesco o straniero che scrive l'ennesimo libro sulla Resistenza nel Terzo Reich.

A volte telefona Richard, fratello di Heinrich von Weizsäcker, il vecchio aiutante di campo del loro reggimento. Parlano della vita, o di Thomas Mann, oppure di avvenimenti che ormai non sono piú importanti o divertenti altro che per loro. La conversazione per Axel von dem B. è sempre piú difficile. Cade in stati depressivi. Per motivi non appurati ha cominciato a calare di peso. Lo tormenta un dolore che solo gli anestetici riescono a lenire. Poco gli importa la diagnosi, però preferirebbe non soffrire.

D'altra parte lo consola il pensiero che fra poco la festa finirà.

16.

Josele lo scrivano
Il giovane Pinchasowicz
Abram Grynzwajg, il dottore
R. Zuckier, il fotografo
Lejb Silsker, il postino
Reb Mejer, l'arrotino
Ruben Zypring, il clarinetto
Eli Striner, il violino
Mendel Kaczka, la tromba
Brandli, la sarta
Wolff, il suo fidanzato
Lajzer, attore e lattoniere
Ida delle uova
Benjamin Capretta
Benjamin il falegname
Henia delle oche
Zalman il Rosso
Zalman il Nero
Hanna la Pazza
Chaim dei Nuoviricchi
Il rosso Mottel
Mechl Perticone
Jankel Boccale
Nissel il Sanitario
Scholem Diociscampi
Mottel l'Acquaiolo
Basha la Nera
Aba il Maestro
Itzele Bicchierino
Itzek il Saggio
Esther la Cameriera
Asher il Cembalista
Isher il Pellaio

Chaja Fajnblit
Il bambino di Chaja Fajnblit
Ortman, la dottoressa
Lejzer Wejsblum
Sykuler, proprietario della casa sul fiume
Pinchas Shoched, il cantore
La donna con la camicia bianca
La figlia della donna con la camicia bianca
...

E non pensare a me, nell'ora in cui
Dio ti farà felice col gran dono...
Ma finché l'Ikva mia natale scorre
ingrossata di pianto per coloro
ch'ebbero cuore, ed animo
(...)
avrò diritto di ergermi e cantare
sui sepolcri, severo, ma senz'ira...
JULIUSZ SŁOWACKI[27], *Beniowski*, canto VIII

[1993].

[27] Juliusz Słowacki (1809-1849), grande poeta romantico polacco.

Maurice Blanchot

L'istante della mia morte

Mi ricordo di un giovane uomo – un uomo ancora giovane – a cui fu impedito di morire dalla morte stessa – e forse dall'errore dell'ingiustizia.

Gli Alleati erano riusciti a mettere piede sul suolo francese. I tedeschi, ormai vinti, lottavano invano con insulsa ferocia.

In una grande dimora (il Castello, lo chiamavano), bussarono alla porta quasi timidamente. So che il giovane uomo andò ad aprire come ad accogliere qualcuno che di sicuro doveva essere in cerca d'aiuto.

Questa volta, un urlo: – Tutti fuori.

Un tenente nazista, in un francese untuosamente normale, fece uscire per prime le persone piú anziane, poi due giovani donne.

– Fuori, fuori –. Questa volta, urlava. Il giovane uomo non cercava di scappare, è chiaro, ma avanzava lento, in modo quasi sacerdotale. Il tenente lo spinse, gli mostrò dei bossoli, dei proiettili, era evidente che c'era stato un combattimento, il suolo era un suolo di guerra.

Il tenente si strozzava in una lingua bizzarra e mettendo sotto il naso dell'uomo già meno giovane (si invecchia in fretta) i bossoli, i proiettili, una granata, scandí sbraitando: – Ecco a cosa siete arrivato.

Il nazista fece schierare i ranghi dei suoi uomini per l'esecuzione. Il giovane uomo disse: – Fate almeno rientrare la mia famiglia –. Ovvero: la zia (novantaquattro anni), sua madre, piú giovane, sua sorella e sua cognata, un lento e lungo corteo, silenzioso come se tutto fosse già compiuto.

So – lo so? – che l'uomo che i tedeschi stavano già puntando, in attesa soltanto dell'ordine finale, provò in quel momento una straordinaria sensazione di leggerezza, una sorta di beatitudine (niente di felice però) – una sovrana euforia? L'incontro tra la morte e la morte? Al posto suo, non proverò ad analizzare questa sensazione di leggerezza. Forse, era d'improvviso invincibile. Morto – immortale. Forse, estasi. O piuttosto il sentimento di compassione per l'umanità sofferente, la gioia di non essere né immortale né eterno. Da allora fu legato alla morte da amicizia surrettizia.

In quel momento – brusco risveglio – scoppiò il frastuono considerevole di una battaglia vicina.

I compagni del partigiano volevano portare soccorso a colui che sapevano in pericolo.

Il tenente si allontanò per andare a controllare di persona. I tedeschi mantennero l'ordine, pronti a restare in quell'immobilità che fermava il tempo.

Ma ecco che uno di loro si avvicina e con voce ferma: – Noi, non tedeschi, russi, – e quasi ridendo, – armata Vlassov –, fece segno di sparire.

Credo che il giovane uomo si sia allontanato, sempre con quel sentimento di leggerezza, finché si ritrovò in un bosco remoto, chiamato Bosco dell'Erica, dove si rifugiò tra alberi che conosceva bene.

Fu nel fitto del bosco che all'improvviso, e chissà dopo quanto tempo, ritrovò il senso della realtà. Incendi ovunque, un flusso ininterrotto di fuoco, tutte le fattorie in fiamme. Poco dopo apprese che tre giovani, figli dei contadini, estranei a qualsiasi combattimento e la cui unica colpa era la giovane età, erano stati abbattuti.

Anche i cavalli gonfi, sulla strada, nei campi, erano la prova di una lunga guerra. Quanto tempo era effettivamente trascorso? Quando il tenente era tornato e si era accorto che il giovane castellano era scomparso, perché la collera, la rabbia, non lo avevano spinto a bruciare il Castello (immobile e maestoso)? Ciò che l'aveva impedito era il Castello stesso. Sulla facciata era scritta, come un ricordo indistruttibile, la data 1807. Il tenente era abbastanza colto per sapere che 1807 era il celebre anno di Jena, quando Napoleone, sul dorso del suo piccolo cavallo grigio, passò sotto le finestre di Hegel che riconobbe in lui «lo spirito del mondo», come scrisse a un amico? Menzogna e verità, perché, come Hegel scrisse a un altro amico, i francesi razziarono e saccheggiarono la sua casa. Ma Hegel sapeva distinguere il contingente dall'essenziale. In quell'anno 1944, il tenente nazista ebbe per il Castello il rispetto – o la considerazione – che le fattorie non gli suscitavano. Cosí cercarono dappertutto. Furono presi un po' di soldi; in un locale separato, «la stanza alta», il tenente trovò dei documenti e una sorta di fitto manoscritto – che conteneva forse dei piani di guerra. Alla fine se ne andò. Tutto bruciava, tranne il Castello. I Signori erano stati risparmiati.

E cosí iniziò per il giovane uomo il tormento dell'ingiustizia. Niente piú estasi: ma la sensazione di essere vivo solo perché, anche agli occhi dei russi, apparteneva a una classe nobile.

Questa era la guerra: vita per alcuni, crudele omicidio per altri.

Eppure ci fu, nel momento in cui gli spari aspettavano solo di essere esplosi, una sensazione di leggerezza che non saprei tradurre: emanciparsi dalla vita? L'infinito che si spalanca? Né felicità, né infelicità. Né l'assenza della paura e forse già il passo successivo. So, immagino che questo sentimento insondabile mutò l'esistenza che gli restava davanti. Come se la morte fuori di lui non potesse da allora che scontrarsi con la morte in lui. – Sono vivo. No, sei morto.

Tornato a Parigi, incontrò Malraux. Malraux gli disse che era stato fatto prigioniero (senza essere riconosciuto), che era riuscito a fuggire, ma che aveva perso un manoscritto. – Erano solo riflessioni sull'arte, facili da ricostruire, mentre un manoscritto non può essere ricostituito –. Con Paulhan[1], fece fare delle ricerche destinate a restare vane.

Non importa. L'unica cosa che rimane è la sensazione di leggerezza che è la morte stessa o, per dirla con piú precisione, l'istante della mia morte da allora e per sempre istante.

[1994].

[1] Jean Paulhan (1884-1968), poeta e critico francese, membro della Resistenza e direttore della «Nouvelle Revue Française» (1925-40 e 1946-68).

Gli autori dell'antologia

ANNA SEGHERS

Figlia di un facoltoso antiquario ebreo, Nelly Reiling, che come narratrice assumerà lo pseudonimo di Anna Seghers (1900-1983), compie studi di storia dell'arte, laureandosi con una tesi su *L'ebreo e l'ebraismo nell'opera di Rembrandt*. La sua vita ha una svolta improvvisa nel 1928, quando esce il testo che la impone immediatamente come una grande promessa delle lettere tedesche, il breve romanzo *La rivolta dei pescatori di Santa Barbara*, e si iscrive al Partito comunista. Nel 1933 è costretta a emigrare con tutta la famiglia in Francia, paese dal quale deve nuovamente scappare al momento dell'occupazione tedesca, imbarcandosi fortunosamente da Marsiglia per il Messico (sua madre, invece, sarà deportata e morirà in un campo di sterminio). È a questi anni che appartengono tutti i testi piú celebri: *La settima croce* (1942), straordinario successo negli Stati Uniti, dove venne anche portata sullo schermo da Fred Zinneman in un film interpretato da Spencer Tracy; *Transito* (1944), ispirato alla sua ricerca di un visto per abbandonare l'Europa (forse il suo capolavoro); e *La gita delle ragazze morte* (1946). Nel clima arroventato della Guerra fredda, a partire dal 1947 Seghers viene ostracizzata in Occidente dalla sua scelta di trasferirsi nella Germania Est, anche se rimane molto amata dagli intellettuali politicamente a lei piú vicini, come per esempio Italo Calvino e Giorgio Strehler, che nella stagione 1967-68 mette in scena al Piccolo Teatro di Milano il suo radiodramma *Il processo di Giovanna d'Arco a Rouen*. L'opera narrativa di Seghers si distingue infatti da quella di altri autori *engagés* per la sua originalissima capacità di conciliare negli stessi testi realismo e dimensione mitica, impegno politico e tensione lirica. Presidente della Unione scrittori dal 1952 al 1978, per molti in quegli anni rappresenta il volto presentabile di una Ddr che sempre meno riesce a nascondere la sua natura di regime oppressivo. Alla caduta del Muro di Berlino, come tanti autori della Germania orientale sconta per qualche anno una vera e propria *damnatio memoriae*, per poi venire riscoperta nel nuovo secolo come un grande classico della letteratura tedesca del Novecento.

Il suo racconto incluso in questa raccolta, *Un posto dove stare*, è tratto da *I morti dell'isola di Djal e altre leggende*, trad. it. di Daria Biagi, L'orma, Roma 2022. © 2009 Aufbau Verlage GmbH & Co. KG, Berlin. Published by arrangement with Berla & Griffini Rights Agency. © 2002 L'orma editore.

VERCORS

Il Vercors è un massiccio montagnoso delle Prealpi occidentali, ma per gli appassionati di letteratura è anzitutto lo pseudonimo adoperato dall'illustratore e disegnatore satirico Jean Bruller (1902-1991) per pubblicare clandestinamente (presso Les Éditions de Minuit, da lui fondate assieme a Pierre de Lescure) *Il silenzio del mare*, racconto simbolo della Resistenza francese tradotto in una cinquantina di lingue, al quale segue l'anno successivo *Il cammino della stella*, ispirato alla vicenda del padre, ebreo ungherese immigrato in Francia e naturalizzato francese. Nel 1949 da *Il silenzio del mare* Jean-Pierre Melville trae un film molto apprezzato. Divenuto un'importante figura pubblica nel dopoguerra, Vercors si esprime in favore della clemenza verso i collaborazionisti, serve come presidente del filocomunista Comité national des écrivains (pur pronunciandosi con grande durezza a piú riprese contro i metodi dello stalinismo), si batte per l'indipendenza algerina e pubblica un altro successo letterario: il romanzo filosofico *Animali snaturati* (1952), su una spedizione di antropologi che, alla ricerca dell'anello mancante dell'evoluzione dai primati, scoprono per caso un'intera colonia di animali a metà strada tra le scimmie e gli uomini scampati all'estinzione in Nuova Guinea.

Il silenzio del mare è qui presentato nella traduzione di Natalia Ginzburg, Einaudi, Torino 2015. © 1942 Éditions de Minuit, Paris. © 2015 Giulio Einaudi editore s.p.a., Torino. Per la traduzione di Natalia Ginzburg: Published by arrangement with The Italian Literary Agency.

JULIUS FUČÍK

Di estrazione operaia, Julius Fučík (1903-1943) studia filosofia all'università di Praga e a partire dal 1921 milita nel Partito comunista, scrivendo diversi reportage politici dalla Germania e dalla Russia e subendo negli anni diverse condanne per la sua attività politica. Entrato in clandestinità all'inizio del secondo conflitto mondiale, Fučík aderisce alla Resistenza dopo l'attacco contro l'Unione Sovietica del giugno 1941, dedicandosi alla pubblicazione di periodici antinazisti. Arrestato nell'aprile del 1942, grazie a un secondino che gli fornisce carta e matita e porta alla moglie quanto lui scrive, in carcere redige un volumetto di brevi testi narrativi sulla lotta al fascismo e sulla esperienza della prigionia. Sotto il titolo complessivo di *Reportage scritto sotto la forca*, questi scritti verranno pubblicati nel dopoguerra e tradotti in moltissime lingue, diventando un piccolo classico della letteratura carceraria e della Resistenza. Solo nel 1989 è stata pubblicata una edizione integrale del volume, che comprende anche le parti (soppresse dalla censura comunista) nelle quali Fučík ammette di aver parlato sotto tortura e dunque di non essere un eroe invincibile (queste sezioni sono ancora assenti dalle diverse traduzioni italiane del volume).

Il suo racconto, *Smetonz*, tratto dalla raccolta *Reportáž psaná na oprátce* sopra citata, è stato tradotto per questa edizione da Luca Lamberti.

DER NISTER

Der Nister, ovvero «Colui che è nascosto», è lo pseudonimo adottato da Pinkhes Kahanovitsh (1884-1950), scrittore yiddish nato nella provincia ucraina dell'impero russo, dove riceve una formazione religiosa tradizionale. La vita di Der Nister sarà scandita da tutti i rivolgimenti politici dell'Europa orientale della prima metà del Novecento: l'espatrio a Berlino nel 1921 (come gran parte della intellighenzia ebraica dopo la rivoluzione sovietica), il ritorno in patria nel 1926, la scoperta delle efferatezze dei nazisti nei territori della Russia da loro occupati, grazie ai resoconti di prima mano di alcuni amici (argomento di una serie di testi brevi pensati anzitutto per testimoniare e dare voce a quanti l'avevano persa, e raccolti nel 1943 sotto il titolo complessivo *Vittime*, tra i quali il racconto qui antologizzato), e la nuova persecuzione antiebraica scatenata da Stalin nel secondo dopoguerra, nel cui contesto anche Der Nister viene arrestato nel 1948, per poi spegnersi nell'infermeria di un campo di prigionia due anni dopo. Il suo romanzo principale è la saga famigliare *La famiglia Mashber* (1939). Lo stile di quest'opera si distacca dal simbolismo e dalla vena fantastica degli scritti precedenti, spesso imbevuti di motivi cabalistici, e mostra in alcuni passi di conformarsi al realismo sociale prescritto dal regime. La seconda parte del ciclo sarà pubblicata solo a New York nel 1948, mentre il manoscritto della terza è andato smarrito.

Il racconto *Heshl Ansheles* è stato tradotto per questa edizione da Anna Linda Callow e Claudia Rosenzweig.

ALBERT CAMUS

Nato in Algeria da una famiglia francese installatasi lí sin dall'Ottocento, l'infanzia e la giovinezza di Albert Camus (1913-1960) sono all'insegna delle difficoltà e delle privazioni, e anche alla carriera universitaria è costretto a rinunciare per la salute malferma (peggiorata dalla tubercolosi). Reduce dal successo de *Lo straniero* (1942) e dalla partecipazione attiva alla Resistenza come redattore capo del giornale clandestino «Combat», al pari di Jean-Paul Sartre incarna per qualche anno nella Francia liberata il tipo per eccellenza del narratore-filosofo-drammaturgo impegnato nella vita pubblica, raggiungendo la definitiva consacrazione con il secondo romanzo, *La peste* (1947). I due amici rompono i rapporti nel 1952, in seguito a un duro attacco di Sartre, che deplora le critiche all'Unione Sovietica formulate da Camus nel saggio *L'uomo in rivolta* (prima della guerra Camus era stato iscritto al Partito comunista, ma ne era stato espulso con l'accusa di trotzkismo e da allora aveva sempre mantenuto un atteggiamento guardingo verso ogni totalitarismo, stringendo su queste basi una amicizia fraterna con Ignazio Silone e Nicola Chiaromonte). Tre anni dopo aver ricevuto il Premio Nobel per la letteratura (1957), Camus muore in un incidente d'auto.

Il testo incluso in questa raccolta è *Hanno fucilato dei francesi per tre ore*, uscito in origine su «Combat», n. 57, maggio 1944, ed è tratto da *Questa lotta vi riguarda. Corrispondenze per «Combat» 1944-1947*, trad. it. di Sergio Arecco, Bompiani, Milano 2018. © 2018 Giunti Editore S.p.A./Bompiani.

ANTOINE DE SAINT-EXUPÉRY

Di origini nobili, Antoine de Saint-Exupéry (1900-1944) viene associato dal grande pubblico a un solo titolo: *Il piccolo principe* (1943) – come si ricorda sempre, il libro non religioso in assoluto piú tradotto al mondo. Alla letteratura per l'infanzia Saint-Exupéry giunge però relativamente tardi, dopo diversi romanzi come *Volo di notte* (1931), *Terra degli uomini* (1939) e *Pilota di guerra* (1942), tutti ispirati alla sua grande passione: il volo, che per anni lo porta a lavorare in giro per il mondo nelle poste aeree dell'Africa, del Sudamerica e degli Stati Uniti. Nel 1939, allo scoppio delle ostilità si arruola nell'aviazione militare francese e viene insignito con la Croce di guerra per le sue azioni. Dopo la disfatta, si trasferisce a New York, simpatizzando inizialmente per il governo di Vichy; presto, tuttavia, nonostante la sua scarsa considerazione per il generale De Gaulle, intraprende una intensa attività di propaganda a favore dell'entrata in guerra degli Stati Uniti a fianco dell'Inghilterra, e nel maggio 1943 riesce addirittura a farsi riprendere nell'aviazione militare stanziata in Nordafrica, nonostante l'età avanzata per gli standard dei piloti. Durante un volo di ricognizione, nel luglio del 1944, il suo aereo si inabissa nel Mediterraneo.

La *Lettera a un americano* qui riportata è tratta da *Il diritto di vivere. Scritti di guerra*, trad. it. di Anna D'Elia, Bompiani, Milano 2014. Per la traduzione: © 2014 Giunti Editore S.p.A./Bompiani.

JÓZEF CZAPSKI

Proveniente da una famiglia della grande aristocrazia europea, Józef Czapski (1896-1993) nasce a Praga e trascorre l'infanzia nel maniero di famiglia nell'attuale Bielorussia per poi laurearsi in Giurisprudenza a San Pietroburgo nel 1917. Dopo la Rivoluzione si trasferisce in Polonia, divenuta nel frattempo indipendente, e quando la Polonia entra in guerra contro la Russia nel tentativo di abbattere il governo bolscevico si arruola volontario. Alla conclusione del conflitto, nel 1921 entra nell'Accademia di Belle Arti per dedicarsi alla pittura, e nel 1924 si trasferisce a Parigi, dove rimane fino al 1932 esponendo i propri quadri e pubblicando saggi di arte, letteratura e filosofia. Allo scoppio della Seconda guerra mondiale è fatto prigioniero dei russi, scampando per puro caso al massacro degli ufficiali polacchi messo in atto dai sovietici a Katyn (1940). Quando anche l'Unione Sovietica viene aggredita dalla Germania e Stalin decide di ricostituire l'esercito polacco con i soldati sopravvissuti per proseguire assieme la guerra, Czapski accetta di riprendere le armi, conducendo un'indagine tra le alte sfere dell'Armata Rossa in merito agli scomparsi, di cui ancora si ignora la sorte; la storia di questa ricerca sarà raccontata nel dopoguerra ne *La terra inumana* (1949). Serve nel Secondo Corpo del generale Anders, attraversando la Persia, la Palestina e l'Egitto per poi giungere in Italia, dove combatte nella sanguinosissima battaglia di Montecassino. Finita la guerra Czapski sceglie la via dell'emigrazione e per qualche tempo vive a Roma, dove pubblica *Ricordi di Starobielsk* (1944), per poi trasferirsi in Francia, dove assieme a Gustaw Herling fonda l'Instytut Literacki (Istituto letterario) a Maisons-Laffitte, non lontano da Parigi. Del 1947 è la pubblicazione di *Proust a Grjazovec*, dedicato alle lezioni sul grande narratore francese da lui tenute agli altri ufficiali polacchi al tempo della prigionia. L'anno successivo riprende a dipingere, attività che non abbandonerà piú fino alla morte (ma l'intera sua produzione prima del 1948 è andata perduta nella guerra).

Il suo scritto *Sull'insurrezione di Varsavia* (*List otwarty do Jacques Maritain'a i do François Mauriac'a*) uscí sulla rivista «Orzeł Biały», n. 34, 1944, e poco dopo fu stampato in italiano in forma di opuscolo dalla Drukarnia Polowa A.P.W.

FRIEDRICH DÜRRENMATT

Figlio di un pastore protestante, lo svizzero Friedrich Dürrenmatt (1921-1990) studia filosofia (senza mai finire la tesi su Kierkegaard) e nel periodo della guerra comincia a scrivere racconti brevi e teatro, oltre che a dipingere (l'altra sua grande passione). Negli anni Cinquanta per mantenersi pubblica a puntate sui quotidiani i romanzi *Il sospetto* (1951-52) e *Il giudice e il suo boia* (1951), che riprendono e sovvertono le leggi della narrazione d'inchiesta poliziesca; alla stessa tipologia di "gialli modernisti", dove il caso si intromette nella indagine razionale e la giustizia arriva, quando arriva, per strade del tutto inaspettate, appartengono *La panne. Una storia ancora possibile* (1956, adattato liberamente al cinema da Ettore Scola in *La piú bella serata della mia vita*, con Alberto Sordi nella parte del protagonista, 1972), *La promessa. Un requiem per il romanzo giallo* (1957, portato sullo schermo da Sean Penn nel 2001, in un film con Jack Nicholson nel ruolo principale) e *Giustizia* (1985), iniziato nel 1957 e poi interrotto per l'affollarsi di nuovi progetti, soprattutto teatrali. I drammi *La visita della vecchia signora* (1956), *I fisici* (1963) e *La meteora* (1966) lo consacrano al livello internazionale, facendo di lui uno degli autori piú messi in scena al mondo: il vero continuatore di Bertolt Brecht. In una serie di interventi Dürrenmatt dichiara finito il tempo della tragedia in un mondo dove gli uomini sono sempre meno capaci di controllare il proprio destino, ed è probabilmente anche questa riflessione sull'origine del teatro occidentale (e la sua fine) che gli stimola due riscritture paradossali del mito greco, sempre all'insegna del caso: *La morte della Pizia* (1976) e *Il minotauro* (1985). Accanto al teatro e alla narrativa, negli anni Settanta e Ottanta moltiplica gli interventi su questioni di attualità, imponendosi come intellettuale pubblico ascoltato in tutta Europa e oltre (e finendo spiato dai servizi segreti svizzeri per le sue idee progressiste). Muore improvvisamente per un infarto all'apice del successo.

Il suo racconto *Il Vecchio* (*Der Alte*) è qui proposto nella traduzione di Umberto Gandini pubblicata in *Racconti*, Feltrinelli, Milano 2013. First published in 1945, © 1986 by Diogenes Verlag AG, Zürich. Published by arrangement with Berla & Griffini Rights Agency.

LOUIS ARAGON

Figlio illegittimo, frutto di una relazione adulterina di un prefetto di polizia e politico conservatore, Louis Aragon (1897-1982) sembra aver declinato questa contraddittoria condizione di partenza in tutte le sue oscillazioni successive, che lo vedranno di volta in volta rivoluzionario e uomo di apparato, marito devoto e omosessuale represso, formalista radicale nel nome dell'infinita libertà di associazione dei sogni e diligente seguace dei precetti del realismo socialista. In mezzo secolo incontriamo il dadaista (dal 1917), il fondatore del surrealismo in compagnia di André Breton (nel 1924), il comunista militante (dal 1927 alla morte), il medico ausiliario insignito con la Croce di guerra per gli atti di valore compiuti al fronte nel 1940 (come Antoine de Saint-Exupéry), il partigiano, il direttore del quotidiano comunista «Ce soir» (dal 1937 al 1939 e nuovamente dal 1944 al 1953) e della rivista «Les Lettres Françaises» (dal 1953 al 1972), il poeta messo in musica da Léo Ferré e da Georges Brassens e cantato da Yves Montand, lo stalinista feroce e il critico altrettanto spietato nei confronti dell'Unione Sovietica davanti all'invasione della Cecoslovacchia, fino al tentativo, ampiamente fallito, di dialogare con i giovani del Sessantotto (che lo sbeffeggiarono e invece si riconobbero in Jean-Paul Sartre). Autore prolifico tanto in prosa quanto in poesia, dagli anni Trenta Aragon concentra i suoi sforzi di narratore su un vasto ciclo romanzesco intitolato *Il mondo reale* e composto di cinque libri, l'ultimo dei quali, *I comunisti*, in sei tomi (1949-51, rifatto nel 1966-67: nei progetti iniziali la vicenda avrebbe dovuto coprire anche gli anni dell'Occupazione, e dedicare ampio spazio alla stagione degli scioperi operai contro i tedeschi, ma durante la stesura Aragon decide di fermare il racconto alla disfatta militare del 1940). Secondo molti, il suo capolavoro narrativo è *Aurélien* (1944, quarto tassello del ciclo).

Gli incontri offre una immagine perfetta del talento e dei limiti di Aragon, tra ritmo della scrittura (che qui imita le movenze dell'oralità, assorbendo anche la lezione di Louis-Ferdinand Céline) e ansia pedagogica di trasmettere ai lettori un messaggio chiaro, privo di ogni ambiguità (nel finale).

Il racconto (*Les rencontres*, tratto da *Le Mentir-vrai*, in *Le collaborateur et autres nouvelles*, Gallimard, Paris 2002) è stato tradotto per questa antologia da Marta Barone. © 1980 Aragon et Éditions Gallimard, Paris.

HANS FALLADA

Nato in una rispettabile famiglia borghese (il padre è un magistrato) Hans Fallada (1893-1947) è per l'anagrafe Rudolf Ditzen, ma decide di nascondersi dietro a uno pseudonimo (ispirato alle fiabe dei fratelli Grimm) quando approda alla scrittura dopo una giovinezza scapestrata, culminata nel 1911 nell'uccisione di un coetaneo in duello, quando anche lui rimane gravemente ferito. Nell'indagine che segue un tribunale lo giudica incapace di intendere e di volere e lo fa internare per qualche tempo in una clinica psichiatrica. Anche sulla scia di questi traumi, Fallada diventa presto alcolizzato e morfinomane, alternando per tutta la vita fasi di lucidità con crisi anche gravissime e nuovi ricoveri. La frequentazione dei bassifondi della società gli fornisce ispirazione per i suoi primi romanzi, in un periodo in cui la cultura tedesca è divisa tra espressionismo e «nuova oggettività». Il successo internazionale arriva nel 1932 con *E adesso, pover'uomo?*, romanzo sugli effetti della Grande depressione in Germania. Sotto il nazismo Fallada oscilla tra resistenza interna, escapismo (evidente nella sua scelta di dedicarsi principalmente alla letteratura per l'infanzia), progetti di fuga all'estero mai messi in atto e docile collaborazione con il regime, il tutto costellato di frequenti crisi famigliari e periodi di reclusione forzata per disintossicarsi. Muore nel 1947 sfiancato da una vita di eccessi, poco prima che esca l'altro suo romanzo piú celebre, *Ognuno muore solo*, che attraverso una storia di Resistenza al nazismo gli offre l'occasione di tornare al suo mondo di reietti, falliti e canaglie delle piú diverse risme. Postumi appariranno anche altri due libri importanti: l'autobiografico *Il bevitore* (1950) e *Nel mio paese straniero* (2010), resoconto del proprio rapporto con il potere nazista scritto in caratteri volutamente quasi indecifrabili nel 1944, mentre era rinchiuso in un manicomio criminale dopo aver cercato di uccidere la moglie.

Il suo racconto *Sulla resistenza che nonostante tutto i tedeschi opposero al terrore hitleriano* è tratto da *Ognuno muore solo*, trad. it. di Clara Coïsson, Sellerio, Palermo 2020. Per la traduzione: © 2020 Sellerio Editore Palermo.

ROMAIN GARY

Pochi narratori novecenteschi dopo Ernest Hemingway hanno aspirato a fare della propria vita un romanzo quanto Romain Gary (1914-1980). Questa scelta nel suo caso ha voluto dire anche giocare con la propria biografia incrociando continuamente verità e leggenda, a cominciare dal *nom de plume* (al posto di Roman Kacew). Alcune cose però sono sicure: Gary nasce a Vilnius (allora parte integrante dell'impero russo) e si trasferisce con l'amatissima madre in Francia solo all'età di tredici anni, da cui – secondo i suoi detrattori – il controllo non perfetto del francese (dopo il divorzio dei genitori, nel 1925, il padre è uscito quasi completamente dalla sua vita). Dopo gli studi di giurisprudenza e di pilota da guerra, nel 1940 raggiunge le forze del generale De Gaulle (al quale rimarrà legato tutta la vita), militando sui fronti piú diversi in Medio Oriente e nel Mediterraneo e scegliendo in questo periodo il proprio pseudonimo (che in russo significa «Brucia!», all'imperativo). Ricompensato con la Legion d'onore per i servizi resi alla Francia, nel dopoguerra soggiorna in Bulgaria, Svizzera, Stati Uniti e Inghilterra in qualità di diplomatico e si sposa con l'attrice americana Jean Seberg, da cui ha un figlio (la coppia si separa nel 1970. Tra i suoi molti romanzi si distinguono *Educazione europea* (1944-45, un libro che – sappiamo dalle note editoriali dell'Einaudi – piacque molto sia a Cesare Pavese sia a Natalia Ginzburg), *Le radici del cielo* (1958), con cui vinse il Premio Goncourt, l'autobiografico *La promessa dell'alba* (1960) e *Gli aquiloni* (1980, postumo). A essi va però aggiunto *La vita davanti a sé* (1975), pubblicato sotto lo pseudonimo di Emile Ajar, con il quale vinse un secondo Goncourt (caso unico nella storia del premio, dove per regolamento i vincitori non possono ripresentarsi). Come Hemingway, per non invecchiare, Gary si tolse la vita con un colpo di pistola in bocca nel 1980.

Il racconto incluso in questa raccolta è *Sergente Gnama*, tratto da *Tempesta*, trad. it. di Riccardo Fedriga, Neri Pozza, Vicenza 2024. © 2024 Neri Pozza Editore.

KSAWERY PRUSZYŃSKI

Nato da una famiglia di proprietari terrieri originari dell'Ucraina (all'epoca parte dell'impero russo), Ksawery Pruszyński (1907-1950) si trasferisce a Cracovia allo scoppio della Rivoluzione russa. Dopo aver conseguito la laurea in Giurisprudenza, inizia a lavorare come giornalista, raccontando di Danzica, della Palestina mandataria e della guerra civile in Spagna in una serie di articoli sulla stampa polacca che vengono poi raccolti in volume e tradotti nelle principali lingue straniere. Dopo l'Occupazione della Polonia riesce a fuggire in Francia e si arruola nelle Forze armate polacche in Occidente, combattendo con gli Alleati in Norvegia (1941) e in Normandia (1944) e ricevendo per il suo coraggio in battaglia la Croce di guerra. Uno dei suoi libri, *L'invasione polacca* (1941), racconta umoristicamente i contrasti tra i soldati polacchi trasferiti in Scozia dopo la caduta della Francia e la popolazione locale. Il governo polacco in esilio comincia a servirsi di lui come diplomatico, mandandolo a Mosca tra il 1941 e il 1942 (dove tratta con Stalin). Caduto il nazismo, a differenza di molti compagni di avventure, Pruszyński sceglie di tornare nella Polonia comunista e prosegue l'attività diplomatica, prima all'Onu e poi come ambasciatore nei Paesi Bassi, pur continuando a scrivere e pubblicare, in particolare un romanzo sulla esperienza di guerra in Norvegia (*La strada passava per Narvik*, 1941) e due raccolte di racconti di guerra: *Tredici novelle* (1946), da cui è tratto il testo qui antologizzato, e *La sciabola di Meschef* (1948). Muore in circostanze mai chiarite in un incidente stradale in Germania. Oggi Pruszyński è riconosciuto come uno dei padri fondatori della scuola polacca di reportage; in particolare Ryszard Kapuściński lo ha indicato come il proprio ideale maestro. Nessuna delle sue opere è stata tradotta in italiano.

Il racconto *Il trombettiere di Samarcanda* (*Trębacz z Samarkandy*) è qui proposto nella traduzione di Giuliana Bertone Zieliński pubblicata nell'antologia *Racconti dalla Polonia*, a cura di Andrej Zieliński, Mondadori, Milano 1991.

JAN DRDA

Di famiglia operaia, il ceco Jan Drda (1915-1970) conosce un'infanzia difficile, perdendo ancora bambino i genitori e poco dopo i nonni che si occupano di lui. Riesce comunque a proseguire brillantemente gli studi, cominciando prestissimo a pubblicare racconti e a mettere in scena i suoi testi teatrali per piccole compagnie filodrammatiche; viene però espulso dall'università per aver organizzato uno sciopero studentesco nel 1936. Trovato impiego come giornalista, lavora a fianco di Karel Čapek, che avrà una forte influenza sulla sua opera successiva. È infaticabile e velocissimo nella scrittura: in cinque anni, dal 1937 al 1942, pubblica sul quotidiano «Lidové noviny» oltre 6000 articoli, per una media di oltre quattro al giorno. Gli anni dell'occupazione tedesca coincidono per Drda con la pubblicazione dei primi romanzi (*La piccola città sul palmo*, 1940, dove fonde realismo e fiaba; *Acqua viva*, 1941 e *Il vagabondaggio di Petr Sedmilhař*, 1943) e di un testo teatrale che può essere letto come un'allegoria della difficile condizione dei cechi durante la guerra, stretti tra violenza e collaborazione: *Chiacchiere col diavolo* (1945). Con la Liberazione, dopo aver pubblicato con enorme successo la raccolta di racconti sulla insurrezione di Praga *Barricata muta* (1947), Drda viene cooptato nel nuovo apparato comunista, che lo impone come presidente della Unione scrittori cecoslovacca (1949). Oltre a sedere in parlamento, in questi anni Drda collabora moltissimo anche con il cinema come sceneggiatore (adattando per lo schermo gran parte dei suoi testi), ma tanti impegni gli lasciano poco tempo per scrivere e a poco a poco finisce per trasformarsi in uno zelante funzionario del regime, che non si tira indietro neanche davanti alle commissioni piú imbarazzanti, come una biografia dei primi sedici anni di vita del giovane Stalin (1953). I suoi testi migliori di questa seconda fase sono diverse raccolte di favole, dove è libero di recuperare la sua vena iniziale, sottraendosi agli imperativi del realismo socialista. Nel 1968 condanna l'invasione della Cecoslovacchia da parte delle truppe del Patto di Varsavia, ma con questo improvviso sussulto di orgoglio si attira l'ostracismo del successivo governo filosovietico, che lo priva della tessera del Partito e lo rimuove da ogni incarico pubblico. Nemmeno due anni dopo muore improvvisamente d'infarto. Nessuno dei suoi libri è tradotto in italiano, anche se un intenditore come Angelo Maria Ripellino apprezzava molto la prima parte della sua opera.

Il suo racconto *L'assassino* (*Zákeřník*) è tratto dalla raccolta *Barricata muta* (*Němá barikáda*, Příbram: Knihovna Jana Drdy Příbram. 2014). Comparso per la prima volta in italiano sulle pagine de «l'Unità» il 20 novembre 1949, è qui ritradotto da Luca Lamberti.

LOUIS PAUL BOON

Di origini modeste, da ragazzo il belga Louis Paul Boon (1912-1979) deve abbandonare l'Accademia di Belle Arti per ragioni economiche e si forma da autodidatta, scoprendo presto una passione per la scrittura che lo porta a trovare lavoro come giornalista, prima di tornare a praticare anche la pittura con crescente successo. Durante l'invasione tedesca del Belgio viene catturato il primo giorno del conflitto e rimandato a casa dopo alcune settimane di prigionia. Il riconoscimento letterario arriva con *La mia piccola guerra* (1946), raccolta di brevi prose narrative (tra cui il testo qui presentato) ispirate alle sue esperienze del periodo bellico, dove le tecniche piú sperimentali del romanzo modernista si mescolano a un olandese popolareggiante, nutrito di coloriture regionali fiamminghe per cui a volte è stato evocato il modello di Louis-Ferdinand Céline. Per tutta la vita Boon non smetterà di battersi per un socialismo libertario, tra l'altro raccontando in diversi romanzi storici l'oppressione del proletariato nelle Fiandre; suo capolavoro è unanimemente considerato *La strada della cappella* (1953), prima parte di un dittico su successi, sconfitte e tradimenti del movimento dei lavoratori nell'Ottocento. L'opera di Boon è internazionalmente riconosciuta, ma rimane ancora del tutto ignota ai lettori italiani.

Il racconto *Qualcuno venuto da buchenwald*, tratto da *La mia piccola guerra* (*Mijn kleine oorlog*, Singel Uitgevers, Amsterdam 2020), è stato tradotto per questa edizione da Laura Pignatti. © 2020 Singel Uitgevers.

TADEUSZ BOROWSKI

Nato nell'Ucraina sovietica, Tadeusz Borowski (1922-1951) conosce un'infanzia drammatica: ha solo quattro anni quando nella repressione della minoranza polacca viene arrestato suo padre, e solo otto quando anche la madre subisce la stessa sorte. Passeranno anni prima che la famiglia possa finalmente ricongiungersi in Polonia, grazie a uno scambio di prigionieri. Qui Borowski studia in un convento francescano e, dopo l'arrivo dei tedeschi, che chiudono a tempo indeterminato tutti i centri di insegnamento superiore del paese, presso l'università clandestina organizzata in quel periodo a Varsavia. Entrato nella Resistenza, viene arrestato e deportato ad Auschwitz e a Dachau, sopravvivendo miracolosamente fino all'arrivo degli americani, quando ormai pesa trentacinque chili. Dopo la guerra pubblica tre raccolte di poesie e due di racconti sull'esperienza della deportazione, uscite entrambe nel 1948: *Addio a Maria* e *Mondo di pietra. Racconto in venti quadri* (da cui è tratto il racconto qui presentato). I testi, che narrano l'inferno dei campi di concentramento in prima persona, dalla prospettiva di un prigioniero di Auschwitz, generano scandalo sia tra i cattolici sia tra i marxisti, che lo accusano di nichilismo. Inizialmente Borowski non vede di cattivo occhio il regime comunista, e per un anno accetta di trasferirsi a Berlino per lavorare presso l'Agenzia di stampa polacca e poi presso l'Ufficio sicurezza, occasione in cui conosce i maggiori scrittori tedeschi della Ddr tra cui Anna Seghers. A questa fase appartengono una serie di testi saggistici estremamente violenti, in cui, con la passione del neofita, attacca tutta la letteratura che non rientra nei canoni del realismo socialista e si scaglia contro i propri stessi racconti su Auschwitz, denunciando la loro «oggettiva connivenza con l'ideologia fascista». In seguito all'arresto e alla tortura di un suo caro amico da parte della polizia politica del regime, constatata l'impossibilità di aiutarlo, se ne distacca e, sempre piú scoraggiato sul futuro, commette suicidio aprendo il gas della cucina e riempiendosi di barbiturici. È il terzo tentativo, questa volta gli riesce. Oggi i suoi scritti sono considerati un grande classico della letteratura del Novecento, incensato da figure diverse come Czesław Miłosz, Gustaw Herling, Hannah Arendt, Tzvetan Todorov, Jan Kott, Imre Kertész e Philip Roth; a essi è ispirato anche il film di Andrzej Wajda *Paesaggio dopo la battaglia* (1970).

Il racconto incluso in questa raccolta, *La morte di Schillinger*, è tratto da *Da noi, ad Auschwitz*, trad. it. e cura di Luca Bernardini, Mondadori, Milano 2023. Su licenza di Mondadori Libri S.p.A., Milano.

BERTOLT BRECHT

Assieme a Luigi Pirandello e a Samuel Beckett, Bertolt Brecht (1898-1956) è stato uno dei tre massimi rinnovatori della drammaturgia e della pratica teatrale del XX secolo con la sua teoria del «teatro epico». Dei tre è stato anche colui che ha sperimentato direttamente sulla propria pelle la durezza della politica novecentesca. Marxista impenitente e militante comunista, per le sue idee Brecht si vota presto a una esistenza da esule, abbandonando la Germania all'avvento di Hitler (1933) per una vita di peregrinazioni tra Francia, Inghilterra, Danimarca, Svezia, Finlandia, Russia e Stati Uniti, paese che deve a sua volta abbandonare sotto le pressioni della Commissione per le attività antiamericane del senatore McCarthy (1947); tornato in Germania, sceglie di risiedere nella parte orientale, dove dal 1949 il regime filosovietico finanzia generosamente il suo Berliner Ensemble, pur non fidandosi di lui e facendolo costantemente sorvegliare. Oltre ad aver scritto alcuni capolavori del teatro novecentesco come *L'opera da tre soldi* (1928), *Madre Coraggio e i suoi figli* (1941), *Vita di Galileo* (1943) e *La resistibile ascesa di Arturo Ui* (1958, ma composta nel 1941), Brecht è stato anche un saggista e un poeta notevole (radicalmente antilirico). Meno noto ma non meno rilevante è il prosatore, a cominciare proprio dalla raccolta di brevissime prose morali *Storie del signor Keuner* (1949), dalla quale è tratto il racconto qui riprodotto, *Misure contro la violenza*, trad. it. di Cesare Cases, Einaudi, Torino 2008.

MEŠA SELIMOVIĆ

Proveniente da una famiglia agiata, dopo una laurea in Lettere, con l'invasione dei tedeschi il serbo-bosniaco mussulmano Mehmed «Meša» Selimović (1910-1982) partecipa attivamente alla guerra di liberazione tra le file dei comunisti, venendo incarcerato per qualche tempo dagli occupanti. A guerra conclusa, accanto all'insegnamento della filosofia presso la università di Sarajevo svolge importanti attività culturali (direttore artistico di una casa cinematografica, direttore del Teatro Nazionale, direttore di una casa editrice, presidente della Associazione degli scrittori della Jugoslavia). Tutti i suoi primi libri di narrativa sono dedicati alla esperienza della guerra partigiana: le raccolte di racconti *Prima compagnia* (1950) e *Terra straniera* (1962) e i romanzi *Prigione* (1961) e *Nebbia e chiaro di luna* (1965: l'unico di questi volumi attualmente tradotto in italiano). Altri suoi romanzi si soffermano invece sulla delusione degli ex partigiani davanti alla realtà amara della nuova Jugoslavia postbellica: *Silenzi* (1961, rifatto nel 1966) e *Il cerchio* (1983, postumo e incompiuto). Suoi capolavori sono considerati tre libri della maturità: *Il derviscio e la morte* (1966), un grande successo internazionale tradotto in una quindicina di lingue, *La fortezza* (1970) e *L'isola* (1974).

Il racconto *I sei capitani di Jasenizze* (*Šest Jaseničkih vojvoda*, tratto da *Djevojka crvene kose*) è qui proposto nella traduzione di Giacomo Scotti pubblicata nell'antologia *Racconti dalla Bosnia*, a cura di Giacomo Scotti, Diabasis, Reggio Emilia 2006. © 1970 Meša Selimović. © 1982 Maša Selimović-Momčilović. Rispetto alla precedente edizione si è deciso di rendere il titolo piú fedele all'originale.

ANTONIS SAMARAKIS

Dopo la fortunata raccolta di racconti d'esordio *Cercasi speranza* (1954), Antonis Samarakis (1919-2003) conosce la celebrità internazionale grazie al romanzo antitotalitario *Lo sbaglio* (1965): una critica dei governi totalitari amata da lettori diversissimi tra loro come Luis Buñuel, Agatha Christie, Graham Green, Arthur Koestler, Arthur Miller e Georges Simenon, e tradotta in piú di trenta lingue (nel 1975 Peter Fleischmann ne trarrà un film con Michel Piccoli e Ugo Tognazzi). Già ostile alla dittatura militare di Metaxas negli anni Trenta, durante l'Occupazione Samarakis partecipa alla Resistenza contro i tedeschi, finendo prigioniero e riuscendo a scappare prima che venga eseguita la condanna a morte comminatagli dagli occupanti. Nel dopoguerra lavora al ministero del Lavoro e successivamente per le Nazioni Unite.

Il racconto *Il fiume* mostra in maniera esemplare le caratteristiche (e i limiti) della sua narrativa: personaggi astratti e quasi sempre privi di nome (per sottolineare meglio l'universalità delle questioni da lui affrontate), condanna della violenza, esaltazione della solidarietà tra gli uomini che, alla prova, si rivela piú forte delle contrapposizioni esteriori. Il testo (*Το ποτάμι*, tratto da Ζητείται ἐλπίς, Psichogios Publications S.A., Metamorfossi 2013) è qui proposto nella traduzione di Maria Luigia Di Stefano pubblicata in *Cercasi speranza*, Lazzaretti Editore, Torino 2003.

SŁAWOMIR MROŻEK

Dopo aver interrotto gli studi superiori e aver lavorato come giornalista e disegnatore satirico, Sławomir Mrożek (1930-2013) esordisce nel 1957 con la raccolta di racconti surreali *L'elefante* (tra cui il testo qui proposto). Al teatro, cui da quel momento dedicherà quasi tutte le sue energie, Mrożek approda invece l'anno successivo con la commedia grottesca *La polizia*, la quale ottiene ampi consensi in patria nonostante la rappresentazione caricaturale della società polacca e del suo sistema repressivo. Il successo internazionale arriva dopo l'espatrio in Europa occidentale nel 1963, quando Mrożek si stabilisce prima in Italia (a Chiavari, dal 1963 al 1968) e poi in Francia, prendendone la cittadinanza nel 1978, per poi soggiornare a lungo in Messico e rientrare in Polonia solo dopo la caduta del Muro di Berlino. Muore per le complicazioni provocate da un colpo apoplettico. Il suo capolavoro drammaturgico è generalmente considerato *Tango* (1965), il primo testo lungo da lui composto, spesso accostato al teatro dell'assurdo di Samuel Beckett, Eugène Ionesco e Arthur Adamov.

Il racconto incluso in questa raccolta è *La barricata* (*Jak walczyłem*), proposto nella traduzione di Riccardo Landau pubblicata in *L'elefante*, Einaudi, Torino 1963.

ANDRÉ MALRAUX

Essenzialmente autodidatta, vicino all'avanguardia artistica sin dagli anni dell'adolescenza, André Malraux (1901-1976) sposa nel 1921 un'ereditiera di origine ebraico-tedesca; dopo che la fortuna di lei è andata perduta in un cattivo investimento, cerca l'avventura e il profitto per l'estremo Oriente, finendo imprigionato per aver rubato e trafficato illegalmente antiche opere d'arte Khmer. Al ritorno in Francia, dopo un primo romanzo sulle lotte tra comunisti e nazionalisti in Cina (*I conquistatori*, 1928), racconta in forma romanzata la propria esperienza in Indocina ne *La via dei re* (1930). È però il libro successivo, *La condizione umana* (1933), ispirato al massacro di Shanghai perpetrato dai nazionalisti ai danni dei comunisti, a dargli ampia fama: il libro si aggiudica infatti il Premio Goncourt. Militante antifascista, nel 1936-37 è in Spagna per difendere la Repubblica, traendone materia per il romanzo *La speranza* (1937), da Malraux anche adattato al cinema l'anno successivo. Prigioniero di guerra nel 1940 (ma senza essere stato ferito, come farà credere invece in seguito), fugge dal campo dove sono rinchiusi gli ufficiali francesi e vive sotto falso nome. Si unisce alla Resistenza nel marzo del 1944, venendo anche imprigionato per breve tempo dai tedeschi, prima di unirsi alle operazioni belliche al momento della Liberazione. Cambiato radicalmente parere sul comunismo rispetto agli anni Trenta e legatosi al generale De Gaulle, dopo aver ricoperto per qualche mese il ruolo di ministro dell'Informazione (1945-46), dal 1959 al 1969 è ministro della Cultura. Nel dopoguerra abbandona la narrativa e investe le sue energie intellettuali soprattutto nella saggistica, con importanti saggi sull'arte, il cinema e la religione, e nelle proprie *Antimemorie* (1967); un progettato romanzo sulla Resistenza non va oltre le poche pagine. Muore per un tumore alla pelle. Nel 1996 le sue ceneri vengono trasferite al Pantheon.

Malraux era famoso per la sua straordinaria eloquenza in pubblico, di cui è un esempio il discorso qui riprodotto, *Commemorazione della liberazione di Parigi* (*Commémoration de la libération de Paris*, in *Oraisons funèbres,* Gallimard, Paris 1971), tradotto per questa edizione da Marta Barone.

BORIS PAHOR

Lo sloveno Boris Pahor (1913-2013) è stato l'ultimo grande scrittore novecentesco di una Trieste letteraria legata nell'immaginario ai nomi di James Joyce, Italo Svevo e Umberto Saba. Testimone già da bambino delle violenze contro le popolazioni slave dopo l'annessione all'Italia dell'Istria, di Zara e di Fiume, militante antifascista sin dagli anni Trenta, Pahor è costretto a servire nell'esercito italiano durante la prima parte della Seconda guerra mondiale, finché, al crollo del regime mussoliniano, entra nella Resistenza occupandosi della stampa clandestina. Presto arrestato, viene sottoposto a tortura e poi deportato in Germania, da cui rientrerà a Trieste solo dopo la fine del conflitto (l'esperienza della Liberazione è narrata nel racconto qui antologizzato, dalla raccolta del 1959 *Il rogo del porto*). Da questo momento Pahor insegnerà al liceo e dirigerà la rivista slovena «Zaliv» (ovvero «Golfo»), dove per decenni trovano ospitalità gli oppositori del regime di Tito. La sua fama internazionale rimane legata soprattutto al resoconto della esperienza del lager come prigioniero politico in *Necropoli* (1967), propiziata dalla sua tardiva traduzione in francese nel 1990. La prima versione italiana giungerà ancora piú tardi, nel 1997, presso un piccolo editore, prima che, sulla scia degli altri paesi, anche in Italia Pahor venga riconosciuto nei suoi ultimi anni di vita come uno dei massimi testimoni dell'universo concentrazionario, con lusinghieri accostamenti a Primo Levi e Robert Antelme.

Il suo racconto è *Nuove fibre*, da *Il rogo nel porto*, trad. it. di Mirella Urdih Merkú, La nave di Teseo, Milano 2020. © 2020 La nave di Teseo editore, Milano.

BRANKO ĆOPIĆ

Già apprezzato come narratore prima della guerra, durante l'Occupazione il serbo-bosniaco Branko Ćopić (1915-1984) partecipa alla Resistenza nelle formazioni comuniste, esperienza poi narrata in *Racconti partigiani* (1944), nelle poesie *La patria nasce nel fuoco* (1944) e nei romanzi *Rottura* (1952) e *Sorda polvere da sparo* (1957). Finite le ostilità, Ćopić diventa redattore di un giornalino per ragazzi, «Pionieri», e raggiunge la celebrità soprattutto grazie a una serie di libri per bambini e per adolescenti intrisi di umorismo (la sua cifra piú vera) e ambientati in gran parte durante la Seconda guerra mondiale. Il successo è enorme, le sue opere diventano presto lettura obbligatoria nelle scuole e vengono anche adattate per la televisione, vendendo nel corso degli anni milioni di copie. I rapporti di Ćopić con l'apparato politico non sono però sempre idillici. A partire dal 1950, quando pubblica il racconto satirico *Una storia eretica*, nel quale prende in giro la nuova élite dello Stato socialista e il divario tra gli ideali professati e la pratica quotidiana, Ćopić viene attaccato con estrema durezza dal maresciallo Tito in persona e posto sotto osservazione della polizia politica. Continua però imperterrito per la propria strada, limitandosi ad appendere sulla porta di casa un articolo di giornale nel quale Tito assicura che, nonostante la gravità delle sue bugie, Ćopić non sarà arrestato. I ripetuti contrasti non gli impediscono negli anni successivi di ricevere tutti i massimi riconoscimenti letterari dal regime. Muore suicida lanciandosi da un ponte, che da allora è noto a Belgrado come «il ponte di Branko». In Italia la sua opera rimane quasi sconosciuta, a parte la favola *La casa del porcospino*, che negli anni ha conosciuto diverse traduzioni.

Il racconto incluso in questa antologia è *Corrispondenza sulla vacca* (*Prepiska oko krave*, tratto dalla raccolta *Stari nevjernik*, Veselin Masleša, Sarajevo 1975) ed è qui proposto nella traduzione di Giacomo Scotti pubblicata nell'antologia *Racconti dalla Bosnia*, a cura di Giacomo Scotti, Diabasis, Reggio Emilia 2006. Rispetto alla precedente edizione si è deciso di rendere il titolo piú fedele all'originale.

KAZIMIERZ BRANDYS

Assai apprezzato in Italia da autori come Leonardo Sciascia, Giovanni Giudici, Franco Fortini e Giovanni Raboni, spesso vicino al Premio Nobel, Kazimierz Brandys (1916-2000) è una delle figure chiave della letteratura polacca del Novecento, di cui ha attraversato da protagonista tutte le fasi piú importanti. Mentre ancora porta avanti gli studi in legge, Brandys si avvicina ancora giovanissimo come critico al mondo del teatro, che eserciterà un forte influsso sulla sua scrittura. Socialista da prima della guerra, dopo la Resistenza (alla quale partecipa attivamente) nutre grandi speranze nella nuova Polonia comunista, offrendo alla causa il suo contributo di scrittore anzitutto con una serie di romanzi sulla recente lotta partigiana, come *La città indomita* (1946) e *Sansone* (1947), e una serie di racconti lunghi, in parte raccolti in italiano ne *La difesa della «Grenada»* (tra cui *Conversazione con Ballmeyer*, che qui si pubblica). Il primo successo internazionale arriva con *La madre dei re* (1957), una ampia rievocazione storica degli ultimi venticinque anni di storia polacca, ma da quel momento comincia a orientarsi verso una narrativa sempre piú ibrida, contaminata dalle forme del saggio, del diario, della lettera e del memoir, come in *Lettere alla signora Z.* (1958), *Variazioni postali* (1972) e *L'idea* (1974). Dopo aver sperato nel processo di destalinizzazione, l'atteggiamento di Brandys verso il regime si fa progressivamente sempre piú critico, sino a trasformarsi in aperto conflitto quando nel 1966 il filosofo marxista Leszlek Kołakowski viene espulso dal partito per le sue posizioni giudicate eretiche. Brandys giunge cosí poco per volta a sostenere sempre piú apertamente la causa dei dissidenti, firmando nel 1975 la «Lettera dei 59» contro la revisione della Costituzione polacca, gesto punito dal governo con l'interdizione alle pubblicazioni. Quando nel 1981 viene dichiarata la legge marziale in Polonia, Brandys si trova negli Stati Uniti per un tour di conferenze nelle università americane; raggiunto dalla notizia, decide di non rientrare in patria e si stabilisce in Francia, dove aveva già insegnato Letterature slave alla Sorbonne nel 1970-71. Non tornerà piú a vivere in Polonia. Il suo capolavoro è probabilmente il romanzo *Rondò*, composto nei tardi anni Settanta ma pubblicato in esilio nel 1982.

In questa raccolta, il racconto *Intervista con Ballmeyer* (*Interview with Ballmeyer*) è proposto nella traduzione di Giovanna Tomassucci pubblicata in *L'arte di farsi amare*, e/o, Roma 1990. © 1990 by Kazimierz Brandys. © Preservation of Jewish Heritage. Per gentile concessione del Preservation of Jewish Heritage.

VASILIJ GROSSMAN

Di famiglia ebraica, ingegnere chimico per formazione, solo dal 1934 Vasilij Grossman (1905-64) decide di consacrarsi a tempo pieno alla scrittura e al giornalismo, le sue vere passioni. Corrispondente dal fronte durante la Seconda guerra mondiale, in questa veste nel 1944 è il primo giornalista a entrare nel campo di sterminio di Treblinka, esperienza di cui ci ha lasciato un agghiacciante reportage; subito dopo la guerra *Il libro nero*, composto assieme a Il'ja Ėrenburg e dedicato a raccontare il massacro delle comunità ebraiche in Europa orientale, venne fermato, perché secondo Stalin insistere tanto sulle loro sofferenze significava porli al di sopra degli altri cittadini sovietici. Convinto della importanza degli eventi ai quali ha assistito, Grossman dedica al conflitto con la Germania anche diversi romanzi: *Il popolo è immortale* (1942) e soprattutto la dittologia composta da *Stalingrado* (1952), inizialmente osannato e poi severamente criticato dal regime per non aver valorizzato abbastanza il ruolo del partito nella lotta contro l'invasore tedesco, e *Vita e destino*, che viene addirittura sequestrato all'autore e distrutto affinché non ne resti traccia. Quest'ultimo libro, oggi ritenuto non solo il suo capolavoro ma uno dei grandi romanzi del XX secolo, sarà pubblicato in russo dalla casa editrice svizzera L'Age d'Homme solo nel 1980, dopo che il suo autore è morto da tempo di cancro allo stomaco, grazie al dissidente politico Andrej Sacharov, il quale riesce a far pervenire rocambolescamente una fotocopia del manoscritto in Occidente, vanificando gli sforzi del Kgb di mettere Grossman per sempre a tacere.

Il racconto incluso in questa raccolta è *La strada* (*The Road*, da *The collections of stories*) ed è tratto da *Il bene sia con voi!*, trad. it. di Claudia Zonghetti, Adelphi, Milano 2011. © 2010 Yekaterina Vasilyevna Korotkova-Grossman and Fyodor Borisovich Guber. © 2011 Adelphi Edizioni S.p.A. Milano.

ADOLF RUDNICKI

Dopo una serie di romanzi psicologici giovanili di grande forza lirica, che negli anni Trenta gli valsero un immediato riconoscimento critico, Adolf Rudnicki (1909 o 1912-1990) è oggi ricordato come uno dei massimi cantori dello sterminio degli ebrei polacchi, soprattutto per una serie di novelle e racconti composti all'indomani della guerra, che in italiano si possono leggere in due raccolte (composte in polacco come tutte le altre sue opere, nonostante la sua lingua materna forse l'yiddish): *I topi* (comprendente anche il suo romanzo d'esordio del 1932) e *Cronache del ghetto*. In parte si tratta di storie che Rudnicki ha vissuto di persona o che gli sono state raccontate: mobilitato al tempo dell'invasione nazista, dopo lo scioglimento dell'esercito e la spartizione della Polonia sceglie infatti di riparare nella zona occupata dall'Unione Sovietica, ma, quando anche l'Unione Sovietica viene attaccata dalla Germania, preferisce tornare a

Varsavia, dove vive nascosto e partecipa attivamente alla disastrosa insurrezione del 1944. Dalla metà degli anni Cinquanta, Rudnicki smette di scrivere della Shoah e dà sempre piú spazio alla vena saggistica, in una serie di testi in prosa che mescolano autobiografia, racconto, meditazione morale e reportage, poi raccolti sotto il titolo di *Pagine blu*. Nel 1964 è uno dei firmatari della «Lettera dei 34» al Primo ministro polacco sulla libertà della cultura; successivamente, per tutti gli anni Settanta, vive in Francia, prima di rientrare definitivamente in Polonia, dove muore quasi dimenticato, ma oggi è diventato un classico.

Il suo racconto *Declino di un combattente* (*Spadajacy bojownik*, tratto da *Le Marchand de Lodz*, trad. fr. di Gilberte Crépy, Gallimard, Paris 1969) è qui proposto nella traduzione di Giuliana Bertone Zieliński pubblicata nell'antologia *Racconti dalla Polonia*, a cura di Andrej Zieliński, Mondadori, Milano 1991. © 1969 Éditions Gallimard, Paris.

JOHN STEINBECK

Premio Nobel per la letteratura nel 1962, John Steinbeck (1902-1968) è ritenuto uno dei massimi romanzieri statunitensi del XX secolo, celebre soprattutto per *Pian della Tortilla* (1935), *Uomini e topi* (1937), *Furore* (1939) e *La valle dell'Eden* (1952). Già scrittore affermato, durante la Seconda guerra mondiale, Steinbeck lavora come corrispondente di guerra (rimanendo anche ferito in azione) e collabora con i servizi segreti americani, come lui stesso racconta nel testo memorialistico qui antologizzato. Su loro commissione compone *La luna è tramontata* (1942), che viene presto tradotto in un gran numero di lingue e contribuisce efficacemente alla lotta psicologica contro l'occupante tedesco; in patria il romanzo è anche adattato per il teatro e conosce un buon successo a Broadway. Comunista negli anni Trenta, allo scoppio della Guerra fredda Steinbeck offre spontaneamente i propri servigi alla Cia, anche se nello stesso periodo con grande coraggio interviene pubblicamente in difesa del drammaturgo Arthur Miller, che ha rifiutato di fare da delatore davanti alla Commissione per le attività antiamericane guidata dal senatore Joseph McCarthy; negli anni Sessanta con una serie di reportage sostiene l'impegno militare americano in Vietnam e si oppone apertamente al movimento pacifista, venendo per questo accusato da piú parti di aver rinnegato i propri ideali di gioventú. Muore per una crisi respiratoria acutizzata dall'asma.

Il suo testo *Riflessioni su un'eclissi di luna* (*Reflections on a lunar eclipse*, in «San Francisco Examiner», October 6th 1963, © 1963 John Steinbeck) è tradotto per questa edizione da Isabella Pasqualetto.

STEFAN HEYM

Il tedesco Stefan Heym (1913-2001), pseudonimo di Hellmuth Fliegel, alla presa di potere di Hitler nel 1933 è costretto a emigrare per motivi politici e, dopo un breve periodo in Cecoslovacchia, nel 1935 riesce a trasferirsi negli Stati Uniti grazie a una borsa di un'associazione ebraica, per poi laurearsi in Letteratura tedesca all'università di Chicago con una tesi su Heinrich Heine. Divenuto cittadino americano, nel 1941 pubblica il suo primo romanzo, *Ostaggi* (sulla lotta partigiana a Praga), che diventa presto un film per la Paramount, e nel 1943 si arruola nell'esercito, tornando in Germania con il compito di redigere testi di propaganda e di condurre gli interrogatori dei criminali nazisti (a questa esperienza sarà ispirato il romanzo *I crociati*, del 1948). Nel 1951, temendo la Commissione per le attività antiamericane del senatore McCarthy, abbandona gli Stati Uniti per rientrare in Germania Ovest, ma già l'anno successivo rinuncia alla cittadinanza americana in polemica contro la guerra di Corea e si trasferisce in Germania Est, dove continua a pubblicare in inglese presso una casa editrice fondata appositamente per lui (oltre che in traduzione tedesca). Presto però i rapporti con il regime si fanno difficili, soprattutto dopo che nel 1956 viene proibita la pubblicazione del suo romanzo *Cinque giorni in giugno*, sulla rivolta degli operai berlinesi del 1953. Pur non venendo meno alla sua fede politica marxista, nel corso degli anni Heym si mostra sempre piú severo verso la degenerazione del progetto socialista; per questo dal 1976 si vede interdetta la pubblicazione in Germania orientale e si trova costretto a riprendere a scrivere in tedesco per far stampare i propri libri direttamente nella Germania occidentale. Nel 1989, al momento della caduta del Muro di Berlino, prende posizione in pubblico in favore della democratizzazione del paese, ma difende l'indipendenza della Germania socialista. Alle elezioni del 1994, a riunificazione avvenuta, Heym viene eletto come indipendente nelle liste del partito erede dei comunisti della Germania orientale (Pds). Muore d'infarto qualche anno piú tardi, mentre è in visita in Israele per un convegno sull'amato Heine.

Il racconto incluso in questa raccolta è *Il sopravvissuto* (*Der Überlebende*), tratto da *L'infermiera Margot e altri racconti*, trad. it. di Stefania Saba, Marlin, Cava de' Tirreni 2006. © 2006 by Marlin Editore Srl. © 1976 by Stefan Heym.

ALEKSANDAR TIŠMA

Di padre serbo e madre ungherese di origine ebraica, durante l'occupazione tedesca della Jugoslavia Aleksandar Tišma (1924-2003) deve nascondersi per evitare la deportazione. Per qualche tempo è costretto a prestare servizio in un campo di lavoro coatto in Transilvania, ma, tornato libero, riesce a partecipare all'ultima fase della lotta partigiana. Dopo una laurea in Germanistica, nel dopoguerra lavora principalmente come giornalista e come traduttore dal tedesco e dall'ungherese, esordendo come poeta prima di passare alla narrativa. Una visita ad Auschwitz negli anni Sessanta gli "rivela" le proprie origini ebraico-ungheresi (dal lato materno), che diventeranno un tema sempre piú importante della sua narrativa successiva. Negli anni della guerra civile jugoslava prende apertamente posizione contro il nazionalismo serbo di Slobodan Milošević e, in polemica con la deriva del suo paese, nel 1993 si trasferisce in Francia, per rientrare in Serbia solo nel 2000. Oltre alle raccolte di racconti *Scuola di empietà* (1978) e *Senza un grido*, sono tradotti in italiano i romanzi *Il libro di Blam* (1971), da molti considerato il suo capolavoro, *L'uso dell'uomo* (1976), *Kapò* (1987) e *Pratiche d'amore* (1990).

Tratto dalla raccolta omonima, il racconto *Scuola di empietà* (*Skola Bezboznistva*) compare qui nella traduzione di Lionello Costantini pubblicata in *Scuola di empietà*, e/o, Roma 1988. © Aleksandar Tišma. © Andrej Tišma.

MARGUERITE DURAS

Al secolo Marguerite Donnadieu, Marguerite Duras (1914-1996) nasce in una famiglia benestante stabilitasi in Indocina francese che alla morte del padre, quando lei ha solo quattro anni, deve fare i conti col declassamento economico. Trascorre la giovinezza in Oriente (una esperienza trasfigurata in parecchi romanzi), prima di trasferirsi a Parigi nel 1931, dove studia diritto ed economia e comincia a lavorare come segretaria in una casa editrice. Qui conosce lo scrittore Robert Antelme, che sposa prima della guerra e con il quale prende parte alla Resistenza in una cellula guidata dal futuro presidente della Repubblica socialista François Mitterand. Antelme (dal quale Duras si sta già separando) viene catturato e deportato in Germania, lasciandola in una macerante attesa che decenni dopo lei racconterà ne *Il dolore* (1985). Nel dopoguerra Duras milita nel Partito comunista, ma ne viene radiata per le sue posizioni non allineate nel 1950, lo stesso anno in cui pubblica *Una diga sul Pacifico*, ispirato alla storia della sua famiglia, che le assicura i primi veri riconoscimenti letterari. La militanza a sinistra continua in forme diverse, dall'impegno a favore dell'indipendenza algerina al sostegno al movimento studentesco (solo negli anni Ottanta il furibondo anticomunismo maturato dopo la rottura del 1950 la porterà a dichiararsi, con gusto della provocazione, una fervente ammiratrice del presidente americano Ronald Reagan, in una serie di conversazioni con il suo vecchio amico Mitterand, ormai assurto alla guida della Repubblica). La sua fama cresce con la sceneggiatura di *Hiroshima, mon amour* di Alain Resnais (1959, per la quale viene anche candidata all'Oscar) e negli anni Sessanta i suoi libri si fanno sempre piú sperimentali, per poi abbandonare provvisoriamente la letteratura a beneficio del cinema d'avanguardia nel decennio successivo. Gli anni Ottanta le porteranno la consacrazione definitiva con l'autobiografico *L'amante* (1984), Premio Goncourt e straordinario successo di pubblico con oltre due milioni di copie vendute (nel 1992 Jean-Jacques Annaud ne trae un film, che l'autrice disconosce). Si spegne per un tumore alla gola.

Il testo incluso in questa antologia, *Il signor X, detto qui Pierre Rabier*, è tratto da *Il dolore* (*La douleur*), trad. it. di Laura Guarino, Feltrinelli, Milano 1985. © Giangiacomo Feltrinelli Editore Milano.

HANNA KRALL

Esponente di spicco della grande tradizione del reportage polacco, Hanna Krall (1935 o 1937 - vivente) si trova a perdere ancora giovanissima la maggior parte della sua famiglia nella Shoah, compresi il padre e la madre, e da quel momento dedica gran parte della sua opera letteraria al racconto dello sterminio degli ebrei nell'Europa orientale attraverso interviste con i sopravvissuti. Il suo primo successo è *Arrivare prima del Signore Iddio* (1977), basato su una serie di dialoghi con il cardiologo e partigiano ebreo Marek Edelman, ultimo dirigente allora in vita del gruppo che aveva guidato l'insurrezione del ghetto di Varsavia del 1943. Dopo l'imposizione della legge marziale nel 1981, per anni Hanna Krall si vede negato l'accesso ai principali giornali polacchi fino alla caduta del regime comunista. Tra i suoi libri piú famosi figurano in traduzione italiana: *Ipnosi e altre storie* (1989), *La festa non è la vostra* (1993, da cui proviene il racconto di questa antologia) e *Il re di cuori* (2006, che ha ricevuto ampi riconoscimenti in tutto il mondo ed è stato tradotto in una ventina di lingue). La vicenda personale di Hanna Krall ha ispirato l'ottavo episodio del *Decalogo* di Krzysztof Kieślowski, suo grande amico (per il quale ha scritto anche il soggetto del film per la televisione *Una breve giornata di lavoro*, 1981). Il Premio Nobel bielorusso Svetlana Alexievich ha sempre indicato Hanna Krall come una delle sue principali fonti di ispirazione.

Il racconto presente in questa antologia è *Il fantasma del dolore* (*Fantom bólu*), tratto da *La festa non è la vostra*, trad. it. di Claudio e Maria Madonia, Giuntina, Firenze 1995. © 1993 Hanna Krall. Polska Oficyna Wydawnicza - BGW, Warszawa. © 1995 Editrice La Giuntina, via Ricasoli 26, Firenze.

MAURICE BLANCHOT

Di famiglia agiata, Maurice Blanchot (1907-2003) si laurea in Filosofia a Strasburgo, dove conosce Emmanuel Lévinas, che gli fa scoprire uno dei libri decisivi per la sua formazione, *Essere e tempo* di Martin Heidegger; altrettanto importante in questa fase iniziale è il legame con i piú anziani Jean Paulhan e Georges Bataille, ai quali rimarrà legato per tutta la vita. Politicamente, è vicino a L'Action française, pubblicando i suoi saggi e le sue recensioni su riviste di estrema destra, cosa che continua a fare durante l'Occupazione, schierandosi di fatto fino all'ultimo con il regime di Vichy. Nel dopoguerra si sposta progressivamente su posizioni sempre piú di sinistra anche grazie all'amicizia con Marguerite Duras, Robert Antelme ed Elio Vittorini, opponendosi a De Gaulle, contribuendo a scrivere il «Manifesto dei 121» in favore della indipendenza dell'Algeria e appoggiando il movimento studentesco nel 1968. Nel 1960-61 cerca di lanciare una ambiziosa «Revue internationale» da pubblicare contemporaneamente in piú lingue assieme a Vittorini, Hans-Magnus Enzensberger, Günter Grass, Michel Butor, Italo Calvino e altri, ma il progetto non decolla. Dopo il 1968 diventa un punto di riferimento per i filosofi e i teorici della nuova generazione come Gilles Deleuze, Roland Barthes e Jacques Derrida, il quale attorno a *L'istante della mia morte* (1994) svilupperà *Dimora. Maurice Blanchot* (1996). Negli anni Novanta prende posizione in favore del riconoscimento giuridico delle coppie omosessuali e contro le politiche repressive verso l'immigrazione. Piú ancora che alla narrativa, la sua importanza è legata all'attività saggistica, disseminata in una serie di raccolte che – al di là delle singole opere e dei singoli autori analizzati – interrogano ogni volta il senso stesso dell'attività artistica, come *Lo spazio letterario* (1955) e *Il libro a venire* (1959).

Il testo incluso in questa raccolta è *L'istante della mia morte* («*Je me souviens* [...] *toujours en instance*», tratto da *L'instant de ma mort,* Gallimard, Paris 2002), nella traduzione di Francesco Guglieri.

Indice

Racconti della Resistenza europea

La Resistenza al presente
(1941 - aprile 1945)

La Resistenza al passato
(maggio 1945 - 1994)

Einaudi usa carta certificata PEFC
che garantisce la gestione sostenibile delle risorse forestali

Certificato PEFC
Questo prodotto è realizzato con materia prima da foreste gestite in maniera sostenibile e da fonti controllate
PEFC
PEFC/18-32-03
www.pefc.it

Stampato su carta HOLMEN con fibra vergine
proveniente da foreste sostenibili
www.holmen.com/paper

Stampato per conto della Casa editrice Einaudi
presso ELCOGRAF S.p.A. - Stabilimento di Cles (Tn)
nel mese di aprile 2025

C.L. 26903

Ristampa						Anno			
0	1	2	3	4	5	2025	2026	2027	2028